Gabriele Albers

NORDLAND

Hamburg 2059 - Freiheit

Roman

acabus

Albers, Gabriele: Nordland. Hamburg 2059 – Freiheit,
Hamburg, acabus Verlag 2018

3. Auflage
ISBN: 978-3-86282-549-3

Dieses Buch ist auch als eBook erhältlich und kann über den Handel oder den Verlag bezogen werden.
ePub-eBook: ISBN 978-3-86282-551-6
PDF-eBook: ISBN 978-3-86282-550-9

Lektorat: ds, acabus Verlag
Cover: © Annelie Lamers, acabus Verlag
Covermotiv: © Annelie Lamers, © pixabay.com
Hamburg-Karte: © Annelie Lamers, acabus Verlag

Bibliografische Information der Deutschen Nationalbibliothek:
Die Deutsche Nationalbibliothek verzeichnet diese Publikation in der Deutschen Nationalbibliografie; detaillierte bibliografische Daten sind im Internet über http://dnb.d-nb.de abrufbar.

Der acabus Verlag ist ein Imprint der Diplomica Verlag GmbH,
Hermannstal 119k, 22119 Hamburg.

---

http://www.acabus-verlag.de
Printed in Europe

acabus

für BJj

ohne euch wäre alles nichts

Diese Geschichte ist frei erfunden. Namen, Charaktere, Orte und Ereignisse entstammen entweder der Fantasie der Autorin oder werden fiktiv genutzt. Jede Ähnlichkeit mit tatsächlich existierenden, lebenden oder bereits verstorbenen Personen, Unternehmen und Ereignissen ist rein zufällig.

Libertatem quam peperere maiores digne
studeat servare posteritas.

Die Freiheit, die schwer errungen die Alten,
möge die Nachwelt würdig erhalten.

Inschrift über dem Eingangsportal am Hamburger Rathaus

HAMBURG

Hauptstadt von Nordland

Hamburger Stadtteile nach Einkommen

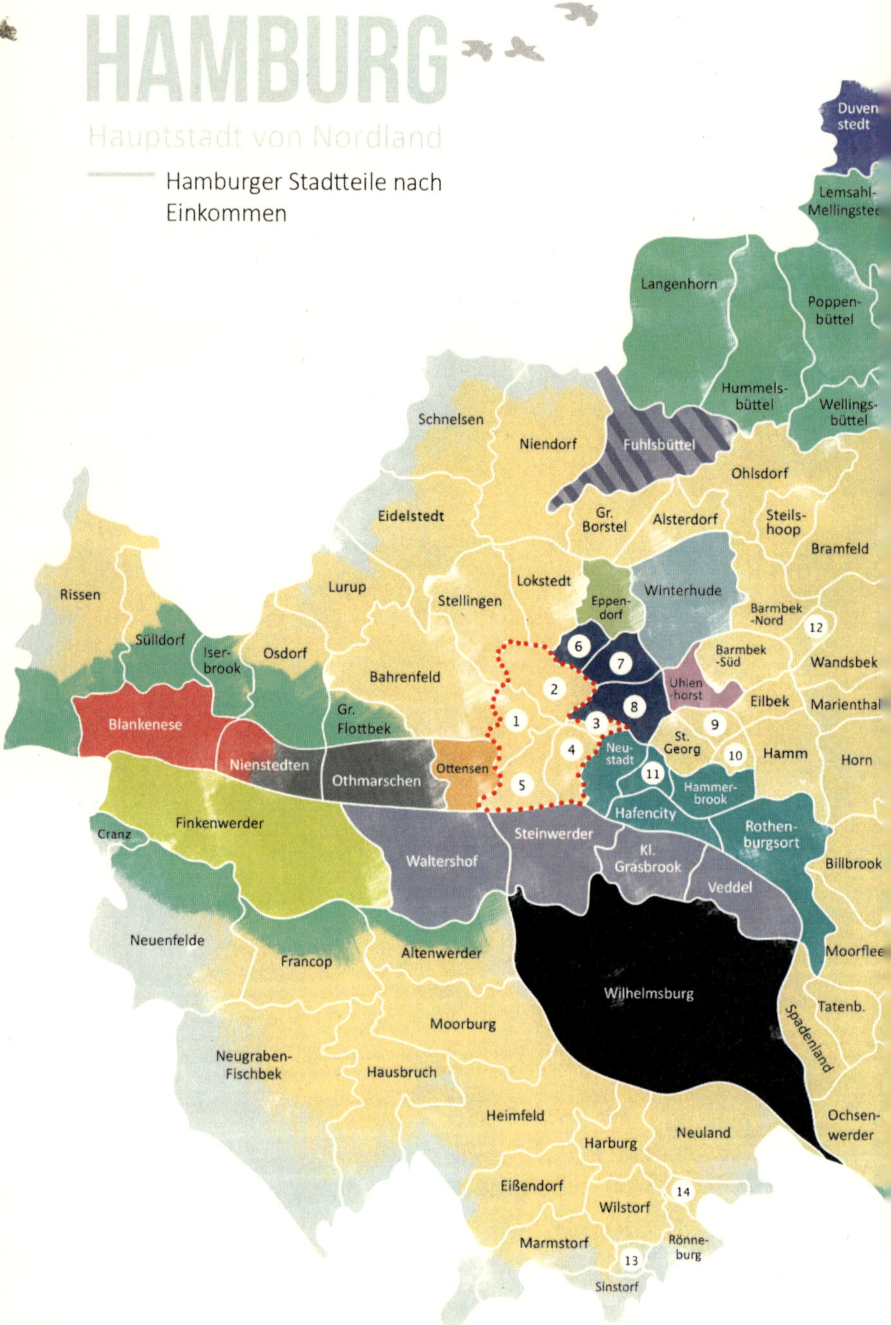

Quelle: Amt für Statistik, Nordland ©2059

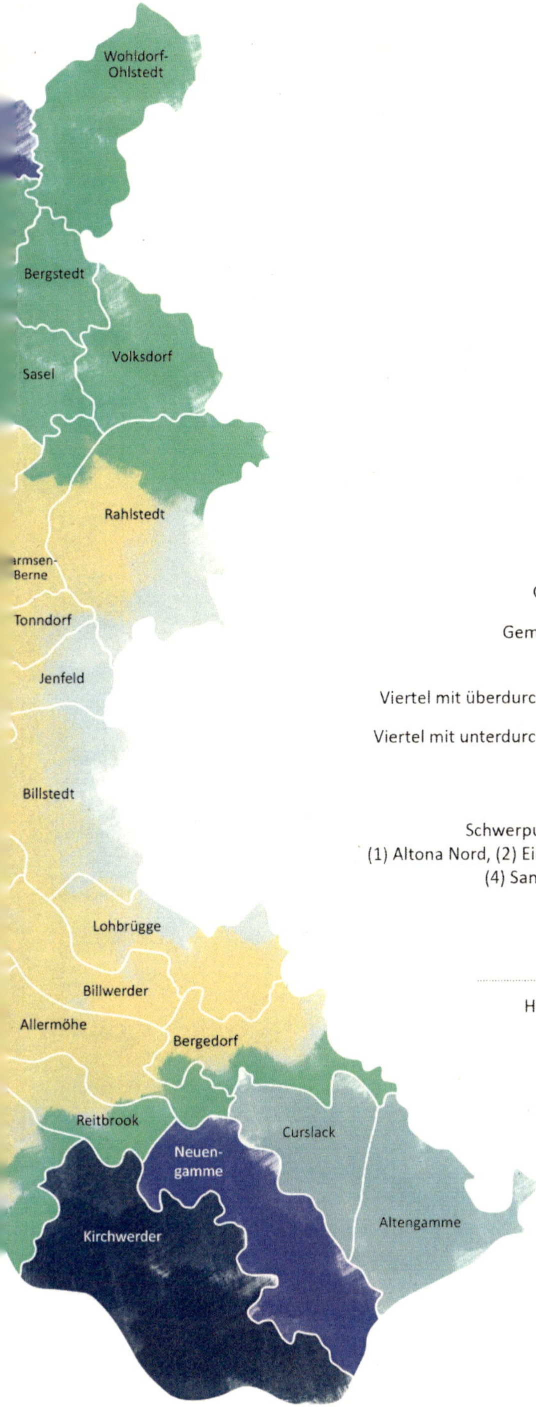

PRIVATBESITZ

Civetta

Drach

Duhnkreih

Rabe

Petersen

Benz

von Eschenburg

Hawik

Kropp

Oppermann

Krawinkel

Gemeinschaftsgebiet Hafen

Gemeinschaftsgebiet Flughafen

Viertel mit überdurchschnittlichem Einkommen

Viertel mit unterdurchschnittlichem Einkommen

Einkommen nicht messbar

Schwerpunktgebiet zur Umsiedlung:
(1) Altona Nord, (2) Eimsbüttel, (3) Sternschanze,
(4) Sankt Pauli, (5) Altona Altstadt

Stadtteil	Nr.
Hoheluft-Ost, Hoheluft-West	6
Harvestehude	7
Rotherbaum	8
Hohenfelde	9
Borgfelde	10
Altstadt	11
Dulsberg	12
Langenbek	13
Gut Moor	14

– I –

Ratten

Manche Dinge änderten sich nie. Egal, wie sehr sich die Welt verändert hatte.

Die dunkle Limousine rauschte durchs Schanzenviertel, als wären Geschwindigkeitsbegrenzungen nur für die anderen Verkehrsteilnehmer erdacht worden.

Es regnete und auf der Straße standen Pfützen. Die dunklen Spiegel verbargen tiefe Löcher unter ihrer wässrigen Oberfläche. Um einige Schlaglöcher lenkte das selbststeuernde Auto herum. Andere waren nicht in der aktuellen Navigationssoftware enthalten: Die Limousine setzte mehrfach auf und dem Mann auf dem Fahrersitz schlug es heftig in den Rücken.

Er übernahm die Kontrolle und drückte das Gaspedal herunter. In diesem Viertel waren er und seinesgleichen schon vor 30 Jahren nicht willkommen gewesen. In wildem Slalom lenkte er die Limousine um die nur scheinbar harmlosen Pfützen herum.

In dieser Gegend durfte man nichts und niemandem trauen.

Die Scheinwerfer glitten über beschmierte Fassaden, von denen der Putz in langen Fladen herunterblätterte. Das Licht huschte über mit Brettern verrammelte Fensterhöhlen und über tiefgelegene Hauseingänge, in deren Schwärze sich die Schatten zurückzogen, wenn ihnen das Licht zu nahe kam.

Jenseits davon versank alles in schwarzem Regen.

Männer, die an die Dunkelheit gewöhnt waren, warteten, bis das Auto an ihnen vorbei war. Dann folgten sie der Limousine, angezogen von dem Scheinwerferlicht, das immer schwächer wurde. Aber da der Fahrer grundsätzlich den Blick zurück verweigerte, sah er sie nicht.

Der Fahrer schlug den Cordkragen seiner Barbour-Jacke hoch. Etwas stimmte nicht mit der Heizung. Den Griff nach dem Flachmann hatte sein Körper fast so automatisiert wie Herzschlag und Atmung. Dabei übersah er das nächste Schlagloch. Der Schnaps lief dem Mann über Wangen und Hände.

Die Scheibenwischer blieben auf halber Strecke stehen und verweigerten den Dienst. Regentropfen schlugen dicht an dicht auf die Windschutzscheibe. Der Fahrer schlug aufs Lenkrad, drückte auf Tasten herum, kontrollierte die Energieanzeige: Die Batterie war fast voll.

Ein letzter Sprung nach vorne, dann blieb das Auto stehen.

Die Scheinwerfer dimmten herunter. Die Notbeleuchtung reichte zwei Meter weit.

Straßenlaternen gab es in diesem Viertel nicht.

Die Männer, alle in schwarz, ließen sich Zeit.

Der Fahrer stieg aus, ging um seine Limousine herum, verpasste ihr einen Fußtritt.

»Verdammte Scheißkarre«, rief er und: »Vidja, stell eine Verbindung her mit –« Weiter kam er nicht. Die Männer manifestierten sich aus dem Dunkel der Schatten. Ihr Opfer sprang zurück in sein Auto, wollte es von innen verriegeln, aber nicht mal dafür reichte der Strom. »Notfall! Hilfe! Vidja, stell sofort –«, schrie er, bevor ihn die Faust mitten ins Gesicht traf.

Die Männer zogen ihn aus dem Auto heraus.

»Hilfe!«, rief er nochmals. Seine Stimme klang nasal, fast weinerlich. »Was wollt ihr?«

Einer der Angreifer lachte. Es klang wie das Schleifen einer schlecht geölten Kette.

»Alles! Alles, was ihr scheiß Birds habt.«

»Ich …, hier, meine Brieftasche und, und –« Ein Schlag in die Magengrube verhinderte, dass er weiter verhandelte. Die Männer um ihn herum hatten die Kapuzen tief ins Gesicht gezogen. Sie hatten Stöcke dabei und Messer. Aber die brauchten sie nicht, um ihn zusammenzuschlagen.

Er lag auf dem Boden, zusammengekrümmt. Das Licht entfernte sich, mehrere Männer schoben die tonnenschwere Limousine davon. Einer der Angreifer zog ihm die Jacke vom Leib, dann die Schuhe und den Anzug. Ein weiterer Tritt in die Seite. Er wand sich, versuchte mit letzter Kraft davonzukriechen, aber der Fuß des anderen genügte, ihn an Ort und Stelle zu halten, während er ihm die goldenen Knöpfe aus den Manschetten riss. Der Mann auf dem Boden versuchte, etwas zu sagen, ein letztes Mal zu verhandeln, aber statt Worten quoll Blut aus seinem Mund.

Ein Messer näherte sich seinem Gesicht. Er wehrte sich, bäumte sich auf, ein Schlag aufs Ohr setzte ihn außer Gefecht, aber er blieb bei Bewusstsein. Alles drehte sich um ihn, und das Messer, das sich seinen Augen näherte, wurde zu hundert Messern.

Die Frau, die alles aus der Ferne verfolgte, konnte nicht helfen. Sie versuchte, die Polizei zu rufen, aber niemand reagierte auf ihren Anruf. Sie nahm den Ohrring ab, der den letzten Schrei des Mannes zu ihr trug und schloss die Augen.

Kurz zuvor

Besuch

Die Kieselsteine waren rund und glatt. Es waren perfekte kleine Kieselsteine für die perfekte Auffahrt zu einer perfekten Villa. Sie waren eine Katastrophe für Frauen mit hohen Absätzen. Lillith knickte um und klammerte sich an den Arm ihres Vaters, bevor ihre Röckepracht sie komplett aus dem Gleichgewicht brachte und sie wie ein gestrandeter Feuerfisch auf den Steinen landete.

»Einen gebrochenen Knöchel können wir gerade nicht gebrauchen, meine Liebe«, sagte ihr Vater und hastete weiter.

Sehr witzig. Als ob sie sich darum reißen würde, in Stilettos herumzulaufen.

»Mit flachen Schuhen –«

»– siehst du aus wie ein Dienstmädchen.«

Sie freute sich auf ihr Sofa und darauf, die Dinger gleich in die Ecke zu schleudern. Der Tag war lang gewesen und trotz diverser Polster und Ausgleichsmechanismen im Inneren des Schuhs brannten ihre Füße. Langsam humpelte sie die Treppe hoch. Ihr Vater war bereits oben und bog in den Bürotrakt ab. Lillith blieb stehen und löste den Riemen um ihre Fessel. Sobald ihr Vater in seinem Büro verschwunden war, würde sie auf Strümpfen weiterlaufen.

»Ich brauche dich noch für eine halbe Stunde im Grauen Salon. Willem will gleich vorbeikommen.«

Sie stöhnte auf. »Muss das sein? Kannst du die alte Krähe nicht ohne mich empfangen?«

Ihr Vater beachtete ihren Einwand gar nicht. »Außerdem gibt es erste Kandidaten.«

In Lilliths Bauch krampfte sich ein ungutes Gefühl. »Kandidaten? Wofür?«

»Lillith.« Ihr Vater drehte sich zu ihr um und schaute sie an, als ob er nicht glauben konnte, dass sie nicht begriff. »Du bist fast 25. Ich habe unseren Geschäftspartnern eine offizielle Note zukommen lassen, dass ich ihre Angebote erwarte.«

Es dauerte einen Moment, bis die Nachricht einsickerte.

»Das ist nicht dein Ernst.«

»Du weißt seit Jahren, dass du eines Tages heiraten wirst. Tu nicht so, als käme das jetzt überraschend.«

Aber Lillith war überrascht. Sie hatte nicht damit gerechnet, das Schicksal ihrer Freundinnen jemals teilen zu müssen.

Ihr Vater ging weiter den langen Gang hinunter.

»Warte!« Lillith stöckelte hinter ihm her. Das Wasser in ihren Augen hatte nichts mit den schmerzenden Füßen zu tun. »Wie kannst du mit den Verhandlungen anfangen, ohne mich vorher zu fragen? Mich wenigstens darüber zu informieren? Was ist mit unserem Abkommen?« Sie hasste sich für ihren jammernden Ton. Und dafür, die Tränen nicht wegdrücken zu können.

Ihr Vater hatte den Grauen Salon erreicht und hielt die Tür für sie auf. Seine Mundwinkel zuckten, als er die beiden schmalen Spuren in ihrem Makeup entdeckte. »Beherrsch dich gefälligst«, sagte er so leise, dass sie nicht sicher war, ob er überhaupt geredet hatte oder ob seine Stimme automatisch in ihrem Kopf angesprungen war.

Lillith wischte sich über die Augen, zog undamenhaft die Nase hoch und schluckte ein paar Mal, bis der Kloß in ihrem Hals so klein geworden war, dass die Luft zum Argumentieren wieder daran vorbeipasste.

»Ich dachte, ich soll erst über alles Bescheid wissen, bevor ich heirate. Damit ich meinen Zukünftigen bei seinen Geschäften beraten kann.« Ihre Stimme zitterte heftiger als ihr lieb war.

»Daran hat sich nichts geändert. Deshalb bist du jetzt hier und nicht auf deinem Zimmer.«

»Aber wenn ich verheiratet bin – wie soll ich dich dann unterstützen?«

»Ich war in der Vergangenheit erfolgreich, ich werde es auch in Zukunft sein.« Ihr Vater setzte sich an seinen gläsernen Arbeitstisch und öffnete mit einigen schnellen Fingerbewegungen mehrere Dokumente. Für ihn war die Diskussion beendet.

Aber nicht für Lillith. »Und was ist, wenn ich mich weigere?« Ihr Vater reagierte nicht. In seinem Gesicht bewegte sich kein einziger Muskel. Nur die Ader an der Schläfe pulste. Lillith stellte sich vor den Tisch, die Hände auf die Glasoberfläche gestemmt. »Ich bin keine Ware«, rief sie und es war ihr egal, dass die Stimme zitterte und die Tränen wieder nach oben drängten. »Ich lasse mich nicht meistbietend verkaufen.«

»Ich kann dir versichern, dass es nicht nur eine Frage des Preises sein wird«, sagte ihr Vater, ohne seinen Blick von einem Kurvendiagramm abzuwenden. »Du wirst jemanden heiraten, der außerdem gut fürs Geschäft ist.«

Die Logik ihres Vaters. Lillith blieb der Mund offen stehen, aber eine passende Antwort wollte ihr nicht einfallen.

Ein gelber Punkt blinkte auf dem Glastisch. Der Besuch war auf dem Weg zu ihnen.

»Wir reden später über die Kandidaten. Und jetzt beruhig dich. Bis die Verhandlungen abgeschlossen sind, werden noch gut und gerne zwei Jahre vergehen. Du hast also noch reichlich Zeit, um zu lernen, wie man sich beherrscht.«

Ihr Vater schaltete das Bild einer Kamera auf die Arbeitsplatte und Lillith sah, wie Willem Duhnkreih sich die Treppe hochquälte, eine Hand am Treppengeländer, den Blick starr auf ihren Sicherheitsmann gerichtet, der ihn zum Grauen Salon begleitete.

Sie hätte gut Lust, sich aus dem Staub zu machen. Aber wenn sie jetzt herumzickte, würde sie in den nächsten Wochen einen Vorgeschmack auf ihre Ehe bekommen und sich mit langweiligen Frauen über Kosmetik, Mode und ausländische Königsfamilien unterhalten, anstatt mit ihrem Vater zu reisen und über Windgas zu verhandeln. Lillith bückte sich und schloss den Riemen ihres Schuhs. Eine halbe Stunde lang konnte sie die schmerzenden Füße noch aushalten. Aus ihrer Handtasche holte sie Makeup und Spiegel und beseitigte die Spuren ihres Wutausbruchs. Zwei Jahre waren eine lange Zeit. Das sollte reichen, um sich unersetzlich zu machen. Sie zog die Lippen nach und bemerkte erst, als es zu spät war, dass sie den blutroten Lippenstift erwischt hatte, nicht den roséfarbenen.

An ihrem Stehpult öffnete sie das Übungsprogramm für chinesische Schriftzeichen. Die Geschäftspartner akzeptieren ihre Anwesenheit als eine Marotte des mächtigen Davide Civetta, solange sie sich unauffällig im Hintergrund hielt und scheinbar beschäftigt war. Keiner von ihnen wusste, dass sie mehr war als schmückendes Beiwerk.

Sie war Teil des Geschäfts.

»Was für ein Scheißwetter.« Willem Duhnkreih stand im Türrahmen und schüttelte sich wie ein nasser Hund. Lillith betrachtete ihn: das fahle Gesicht, die Schatten unter den Augen, die bläulich schimmernden, dünnen Lippen. In seiner vor Nässe fast schwarzen Barbour-Jacke sah er aus wie der Tod persönlich. Sie roch seinen Schweiß und den nach Schnaps stinkenden Atem. Ihr wurde übel, als er näher kam, und sie trat einen Schritt zurück. Der Gestank ließ nach, aber die Übelkeit blieb. Sie schluckte.

»Und was für ein Scheißteil.« Duhnkreih warf die Jacke über einen der Sessel. »Die Russen kriegen echt alles kaputt. Das kann doch nich' so schwer sein, 'ne Jacke wasserdicht zu machen. Ich mein, selbst die Engländer haben das früher geschafft, und die –«

»Guten Abend, Willem«, unterbrach Davide ihn und schloss mit einer kleinen Handbewegung die Dokumente auf seinem Tisch. »Soll ich dir eine neue Jacke bringen lassen oder reicht dir ein Handtuch?« Der Ton ihres Vaters war sachlich, kontrolliert, als er seinem Gast entgegenging und ihm die Hand schüttelte. Aber Lillith spürte seine Abneigung Duhnkreih gegenüber genauso deutlich wie die Übelkeit, die von ihrem Besucher ausging.

Sie reichte ihm ebenfalls die Hand. »Guten Abend, Herr Duhnkreih.«

»Lillith!« Willem drückte ihr einen feuchten Handkuss auf. »Du wirst deiner verstorbenen Mutter immer ähnlicher. Welchem Designer haben wir diese atemberaubende Wespentaille zu verdanken?«

»Baoxiniao.«

»Ich wusste gar nich', dass die auch in Businessmode für Damen machen.«

»Scheint ein Markt zu sein in China.«

»Ist das so?« Duhnkreih grinste schief. »Ich muss gestehen, die Bekleidungsindustrie verfolge ich mangels Frau und Tochter nur am Rande.« Endlich ließ er ihre Hand los.

»Und dich braucht das auch nicht zu interessieren, Lillith.«

»Ach lass sie doch, Davide. Ein bisschen Konversation muss erlaubt sein. Ich hab gehört, du kommst bald unter die Haube? Wird ja auch langsam Zeit. Ich stehe zur Verfügung.« Er tätschelte mit nassen, kalten Fingern ihre Wange.

Lillith wich zurück und musste ihre ganze Selbstbeherrschung aufwenden, um Duhnkreih nicht zu ohrfeigen. Sie wischte ihre Hand an den zahlreichen Lagen ihres langen Rocks ab und sah dabei zu ihrem Vater. Wenn jemand wie Duhnkreih auf der Liste stand, dann konnte er sich seine Pläne aber sowas von aus dem Kopf schlagen. Da würde sie eher ins Kloster gehen.

»Danke, alter Freund, aber du weißt doch, dass meine Tochter niemanden aus Nordland heiraten kann. Das würde unser Gleichgewicht zu sehr stören.« Davide legte seinen Arm auf Duhnkreihs Schulter und steuerte ihn zum Konferenztisch. »Was möchtest du trinken?«

»Ach, du immer mit deinem Gleichgewicht.« Duhnkreih zog lautstark die Nase hoch. »Ich nehm 'nen schönen steifen Grog. Aber nicht mit Hamburger Wasser verdünnen, das kriegt Meik grad nicht anständig gefiltert. Tu mir lieber 'nen zweiten Schuss

Rum dazu.« Er schlug Davide auf den Rücken. »Der Löffel muss drin stehen, dann ist er richtig.«

Als ob Alkohol den Grog zähflüssiger machen würde. Lillith verdrehte die Augen, zog sich an ihr Stehpult zurück und rieb die virtuelle Stangentusche, während sie Duhnkreih weiter beobachtete und sich an ihre eigentliche Aufgabe machte: ihren Vater über die Emotionen seines Gegenübers zu informieren. Mit einem leichten Druck auf den Goldreif an ihrem Handgelenk aktivierte sie ihre Vidja. Zwei Wimpernschläge später hatte sie die Verbindung zwischen sich und ihrem Vater hergestellt.

»Ihm ist schlecht vor Nervosität und Aufregung«, twinkerte sie lautlos und für alle anderen unsichtbar auf Davides Vidja-Kontaktlinse. Und mir auch, fügte sie in Gedanken hinzu. Das war der Preis, den sie für ihre besondere Fähigkeit bezahlen musste. Sie wusste genau, was die Menschen um sie herum fühlten – weil sie es selbst fühlte. Fühlen musste.

»Schön hier, mit dem Feuer«, sagte Duhnkreih und rückte seinen Stuhl mit lautem Schrammen an den Konferenztisch. Die Übelkeit ließ ein klein wenig nach, aber der schlechte Geschmack im Mund blieb. Lillith griff nach dem Wasserglas und konnte gerade noch verhindern, dass es ihr aus der schweißnassen Hand glitt. Ihr Puls raste. Himmel, was war denn nur mit Duhnkreih los? Sie hatte nicht damit gerechnet, dass diese halbe Stunde so anstrengend werden würde.

Das Kaminfeuer prasselte.

»Und? Mit der Energieversorgung alles im Lot?«, fragte Duhnkreih.

»Natürlich. Oder gibt es bei dir Probleme?«

»Ja. Also nee, keine, für die du was kannst. Mein Wandler ist kaputt und meine Karre könnte noch etwas Energie vertragen. Kannst du mir mit ein paar Kilowattstunden aushelfen? Damit ich nicht im Schanzenviertel liegenbleibe? Also, natürlich nur, wenn du selber genug Energie hast.«

»Warum sollte ich nicht genug Energie haben?« Davide war verstimmt. Nicht, dass Duhnkreih das bemerkt hätte.

»Na, wegen dieser Steinzeittechnik hier.« Duhnkreih zeigte auf den Kamin.

Davide ließ diese Bemerkung einen Moment im Raum stehen. »Solange ich für die Stromversorgung zuständig bin, wird Nordland immer genug Energie haben. Ich halte meinen Teil der Abmachung.«

»Ja, ja, schon klar.« Duhnkreih nickte. Lillith fühlte, wie sich neben seiner Nervosität Ärger breitmachte. Sie spürte genauer hin. Nein, kein Ärger. Das Gefühl war anders, intensiver: Groll. Tiefsitzender, uralter Groll.

»Er nimmt dir etwas sehr, sehr übel«, twinkerte sie.

Davide lenkte sofort ein. »Ich mag diese Wärme einfach. Hast du bei dir in Finkenwerder keine Kamine?«

»Ja, doch schon, aber ich benutz' die Dinger nich'. Mutter meint, die machen zu viel Dreck.« Er räusperte sich.

Duhnkreih faltete die Hände vor sich auf dem Tisch, fasste dann ins Jackett und lehnte sich zurück. Seine feuchten Handflächen hatten Flecken auf dem Glastisch hinterlassen. Lillith blickte an ihm vorbei aus dem Fenster und atmete langsam ein und aus. Sie bekam kaum noch Luft. Duhnkreihs Emotionen schnürten ihr, zusammen mit ihrem viel zu engen Mieder, die Luft ab. Sie versuchte, sich auf das Wasser der Außenalster zu konzentrieren, aber es war zu dunkel. Sie sah die Lichter, die im Garten die Uferpromenade beleuchteten, und am anderen Ufer die trüben Lampen der von Eschenburgs. Die Alster selbst verschwand im Schwarz des regennassen Abends. Wie der Rest der Stadt.

Die Tür zum Grauen Salon öffnete sich und Maja kam herein. Sie blieb mit gesenktem Kopf in respektvollem Abstand neben Duhnkreih stehen und bot ihm ein Handtuch und einen dampfenden Grog an. Duhnkreih ignorierte das Handtuch. Gier und Vorfreude verdrängten für einen Moment seine Nervosität und Lillith bekam wieder Luft. Aus der Innentasche seines Jacketts holte Duhnkreih eine Flasche hervor und goss einen weiteren Schluck brauner Flüssigkeit ins Glas. Die auf dem silbernen Flachmann eingravierte Krähe war vermutlich sein persönlicher Scherz.

»Also, Willem, was gibt es so Dringendes, dass du mich um diese Uhrzeit besuchst?«

»Ja, also, da ist die Geschichte mit den chinesischen Staatsanleihen«, fing Duhnkreih an. »Ich hatte da eine Menge investiert, sollte angeblich alles so sicher sein. Hast du von gehört, oder?«

Davide ließ seine halb geöffnete Hand kreisen, um zu zeigen, dass Duhnkreih sich mit seiner Geschichte beeilen solle. Natürlich wussten sie, dass die chinesische Regierung von einem Tag auf den anderen beschlossen hatte, die Kredite ausländischer Investoren nicht zurückzuzahlen. Und natürlich hatten sie – wie alle mit etwas Vermögen – Geld dabei verloren.

»Ich hab deshalb grad Probleme mit meiner Liquidität. Ich weiß, ich weiß, meine Kredite bei dir sind übermorgen fällig. Aber es wär klasse, wenn du sie mir noch einmal stunden könntest. Unserer alten Freundschaft wegen. Und mir vielleicht, ich mein, echt, ein allerletztes Mal, Geld leihst? Drei Millionen? Zwei reichen auch. Ich mein, im nächsten Monat bin ich bestimmt wieder flüssig und kann die Zinsen bezahlen.«

Lillith kannte die Antwort ihres Vaters und es fühlte sich so an, als ob auch Duhnkreih sie kannte.

»Er rechnet mit deiner Ablehnung«, twinkerte sie an Davide.

Ihr Vater ließ sich Zeit mit der Antwort. Er nahm die schwere Wasserkaraffe, in der sich langsam synthetische Coca-Blätter auflösten. Sein drittes Glas heute.

»Nein.«

Duhnkreih sackte zusammen wie ein herausgesaugter Fettklumpen nach einer Schönheitsoperation.

»Aber …«, setzte er an.

»Bei aller Freundschaft, Willem: nein. Du hattest neun Monate Zeit, deine Geschäfte in Ordnung zu bringen. Neun Monate, in denen ich dir deine Zinsen gestundet habe. Ich werde dir kein weiteres Geld leihen, und ich muss darauf bestehen, dass du deine Kredite bei mir wieder bedienst. Wenn du das nicht kannst, werden deine Sicherheiten wie vereinbart zum 1. Oktober in meinen Besitz übergehen.« Er nahm einen Schluck Tee. »Also übermorgen.«

Lillith wusste nicht, welche Sicherheiten Duhnkreih an ihren Vater verpfändet hatte. Aber es war etwas, an dem sein Herz hing. Aus Duhnkreihs Verzweiflung kristallisierte sich innerhalb von Sekundenbruchteilen eine neue Emotion heraus: Wut. Pure, eindeutige Wut. Sie versuchte, den nächsten Strich zu malen, aber statt einer eleganten Linie schmierte der Pinsel einen breiten Klecks auf die Fläche.

Sie biss die Zähne zusammen. Sie spürte, wie Duhnkreih kurz davor war, die Beherrschung zu verlieren. Er griff zum Grogglas und Lillith rechnete damit, dass er es gegen die Wand schleuderte. Aber er nahm nur einen tiefen Zug.

Die Übelkeit war fort, die Nervosität hatte sich in Luft aufgelöst. Ihre Hände waren trocken. Alles, was sie noch spürte, war eine kalte, mörderische Wut.

»Vorsicht«, twinkerte Lillith an ihren Vater, »extreme Wut.« Davide beobachtete seinen alten Schulfreund gelassen.

Duhnkreihs Mundwinkel war nach oben gezogen.

»Da werd' ich Mutter wohl beibringen müssen, dass sie auf ihre alten Tage umziehen muss. Du wirst sie nicht dort wohnen lassen, wenn du Finkenwerder übernimmst, oder?«

Das also hatte Duhnkreih aufs Spiel gesetzt. Kein Wunder, dass er darum kämpfte.

»Das wusstest du, bevor du mir euer Anwesen als Sicherheit angeboten hast.« Davide machte eine kurze Pause. »Hast du wirklich keine laufende Einnahmequelle mehr? Keine Geschäfte, die kurz vor dem Abschluss stehen? Was ist mit Aeroflot, kannst du mit denen nochmal verhandeln?«

Duhnkreih wand sich. Sowohl Davide als auch Lillith wussten, dass er die russischen Manager mit einer Bemerkung über deren angebliche Homosexualität vor den Kopf gestoßen hatte. Aber vielleicht ließ sich noch etwas retten.

»Die Schwuchteln haben ihre Flugzeuge gestern bei den Chinesen bestellt. Die wollen lieber sechs olle Comacs statt schöner neuer Airbusse.«

Davide wischte über den Konferenztisch und durch die Details von Willems Vermögen. »Was ist mit den Einnahmen aus dem Luftverkehrsnetz?«, fragte er. »Du könntest die Gebühren anheben, das müsste dir jährlich etwa dreieinhalb Millionen bringen.«

Duhnkreih verzog keine Miene, aber Lillith schmeckte, wie seine Wut einen bitteren Beigeschmack bekam.

»Mit den paar Flugzeugen, die heutzutage in der Luft sind, kann man kein Geld verdienen.« Er nahm einen langen Schluck und stellte das Glas vor sich auf den Tisch. »Mit dem Luftverkehrsnetz habt ihr mich damals echt über den Tisch gezogen«, fuhr Duhnkreih fort. »Während ihr euch die Perlen gesichert habt, gab's für mich nur die Glasklunker.«

»Wenn du es nicht willst, verkauf es. Petersen bietet dir sicher einen anständigen Preis.«

»Und ich bin dann raus aus allem, was Spaß macht? Nee, nee, ich bin Gründungsmitglied von Nordland, ich bin der Präsident der Bürgerschaft, ich gehöre dazu, wenn ich auch sonst nicht mehr viel hab.«

»Was ist mit deinen Anteilen an Airbus?«

»Da hat Liborius schon den Daumen drauf.« Wieder wanderte eine Hand in die Jackettasche. »Davide, echt, du bist meine letzte Hoffnung.«

Davide tippte auf die Glasfläche des Tisches, rief Zahlen, Diagramme und Kurven auf und hob schließlich in einer entschuldigenden Geste die Hände. »Es tut mir leid, alter Freund, aber ich fürchte, ich kann dir nicht helfen.«

Lilliths Innerstes wurde von einer Welle des Hasses überflutet. Der Pinsel fiel ihr aus der Hand, instinktiv trat sie ein paar Schritte vom Pult zurück. Weg von Duhnkreih. Er würde nicht wagen, ihrem Vater etwas anzutun. Oder? Sie blinzelte und überprüfte in ihrer Vidja Duhnkreihs Körperscan: kein Metall, keine Waffen. Sie atmete aus. Duhnkreih hasste ihren Vater, aber er würde nicht den Pakt aufs Spiel setzen. Seine Schulden verschwanden nicht, wenn Davide starb.

Aber bis der Nachlassverwalter einen Überblick über alle Finanzen hatte … vielleicht spekulierte Duhnkreih darauf, dass er dann wieder flüssig war? Oder dass der Verwalter entgegenkommender war und ihm die Kredite erneut stundete?

Das könnte die Übelkeit am Anfang des Besuchs erklären. Duhnkreih war kein Killer.

Der Hass schwächte sich ab. Aus der Flutwelle war ein ruhig strömender Fluss geworden. Duhnkreih hatte sich entschieden. Aber wofür? Sie beobachtete seine Hand, die nach wie vor in seiner Jackettasche steckte. Was hatte er in der Tasche?

Er nahm die Hand heraus, griff nach Davides Cocatee und schob ihn ihrem Vater über die Balkendiagramme hinweg zu. Dann hob er sein fast leeres Grogglas, um ihm zuzuprosten.

»Tja, schade. Das war's dann wohl. Auf die Freundschaft.«

Gift!

Davide nahm das Glas und erwiderte die Geste. Mit einem Wimpernschlag kehrte Lillith ins Hauptmenü ihrer Vidja zurück und steuerte zum ersten Mal den kleinen roten Punkt in der unteren Ecke ihres Sichtfeldes an. Gelacht hatte sie, als ihr Vater diesen virtuellen Alarmknopf vor ein paar Monaten in das Gerät hatte programmieren lassen. »Wer sollte dir was Böses wollen? Der Pakt hält seit 25 Jahren. Alle profitieren davon.« Sie hatte ihm vorgeschlagen, den Kurzbefehl lieber mit »Cocatee« oder »Ruhe« zu belegen.

Ihr Vater hatte darauf bestanden.

Und jetzt leuchtete direkt vor ihm und nur für ihn sichtbar das Wort »Lebensgefahr«.

Lillith drängte sich an dem Konferenztisch vorbei. »Bitte entschuldigen Sie mich, meine Herren, eine kleine Unpässlichkeit«, brachte sie leise heraus. Ihr Vater war im Begriff, das Glas an die Lippen zu setzen. Wie konnte er so schwer von Begriff sein? Lillith tat, als ob sie stolperte, ruderte mit den Armen und schlug das Glas aus Davides Hand. Der Cocatee verteilte sich auf dem Tisch und über Davides Anzug.

Aus Willems Entschlossenheit wurde Panik, Lilliths Knie zitterten. Auf ihrer Kontaktlinse tauchte ein »Danke« auf. Dann: »Ich kümmere mich um den Rest.«

Lillith wusste, was das bedeutete. Sie raffte ihre Röcke und verließ den Grauen Salon. Auf der Treppe hoch zu ihren Räumen stolperte sie wirklich, die Röcke zogen sie zurück, sie griff nach dem Geländer, ihre schweißnassen Finger glitten ab, sie schwebte für einen winzigen Moment zwischen Halt und Fall – und dann tauchte Maja aus dem Nichts auf und hielt sie.

Lillith kämpfte die Tränen zurück und ließ sich von der alten Frau nach oben helfen, die ganze Zeit verfolgt von einem irrationalen Schuldgefühl.

Als ob sie für diese Situation verantwortlich wäre. Dabei hatte Duhnkreih sich das ganz alleine zuzuschreiben. Duhnkreih hatte gegen den Pakt verstoßen, er hatte ihren Vater ermorden wollen! Alles, was heute Nacht noch passieren würde, war die Folge seines unüberlegten Verhaltens.

Aber egal, wie oft sie sich einredete, nicht schuld zu sein – ihr Gewissen war anderer Meinung.

Der Tod war in ihr Haus gekommen. Und er hatte die russische Barbour-Jacke gegen ein chinesisches Baoxiniao-Kostüm getauscht.

Ω Opfer Ω

Sie hatten sich in einem der Hauseingänge versteckt, als die Angreifer über den Mann herfielen. Zu zweit konnten sie nichts gegen die Männer ausrichten, die sich die Reichtümer nahmen und mit der Limousine davonschoben. Als der letzte Täter endlich hinter dem nächsten Häuserblock verschwunden war, liefen sie über die Straße zu dem Eingang der alten S-Bahn-Station, wo das fast nackte Opfer lag. Wie ein Mistkäfer, dachte Bo und schämte sich nicht für den Vergleich.

Joris suchte zwischen den Falten am Hals nach einem Puls.

»Er lebt noch, hilf mir, ihn in die stabile Seitenlage zu bringen.«

Bo setzte den Arztkoffer ab, in dem sein Vater eine medizinische Grundausstattung aufbewahrte und ohne den er nie das Haus verließ. Er packte den Mann an der Schulter, drehte ihn zu sich, sah das blutverschmierte Gesicht und dann die leeren Augenhöhlen. Fast hätte er ihn losgelassen.

»Oh Gott«, rief er. »Die haben ihm die Augen ausgestochen.«

Der Mann auf dem Boden stöhnte.

Joris nahm die Hand des Mannes in seine und legte den Arm vorsichtig in die vorgesehene Position. »Alles wird gut, ich bin Arzt, ich kann Ihnen helfen«, sagte er leise und voller Zuversicht.

Bo bewunderte seinen Vater für die Fähigkeit, selbst in solch einer Situation Hoffnung zu verbreiten. Er war kein Arzt, aber er hatte genug Verletzte gesehen, um zu wissen, dass dieser Mann nicht mehr lange zu leben hatte. Aus der Tiefe des riesigen Körpers kam ein Gurgeln und im nächsten Moment spuckte er Blut. Ein dunkler Bach rann über die hellen Steine.

Bo richtete sich auf. »Lass uns gehen.«

Joris hielt immer noch die Hand des Mannes. Sein Ärmel war blutverschmiert. Aber er rührte sich nicht. »Einen Moment noch.« Ein erneutes Gurgeln, dann ein tiefer, rasselnder Atemzug. Dann Stille.

»Das war's.« Mit einer verinnerlichten Geste wollte Joris dem Toten die Augen schließen, ließ die Hand aber wieder sinken. »Er hätte ihnen die Kontaktlinse bestimmt auch freiwillig gegeben«, sagte er. »Die Ratten werden immer brutaler.« Er stand auf und wusch sich die Hände in einer der Pfützen.

»Beeil dich, ja?«, sagte Bo. »Wir müssen abhauen, bevor die Bullen kommen.« Er zog sich die Kapuze seines Pullovers noch tiefer ins Gesicht. Die wahren Gegner waren nicht die Ratten, sondern die Polizisten und ihre Überwachungskameras. Ein Wunder, dass sie nicht schon lange hier waren. Er nahm die Tasche und marschierte los. Als er sich nach seinem Vater umdrehte, stand der immer noch vor dem Toten. Der Mond hatte sich zwischen die Regenwolken geschoben. Sein weißes Licht warf scharfe Schatten.

»Komm!«

»Willem Duhnkreih«, murmelte Joris. »Seit wann hast du nicht mehr genug Geld, um dein Auto anständig zu betanken?«

»Joris!«

Endlich setzte sich sein Vater in Bewegung. Er ging gebeugt, als hätte ihm jemand eine unsichtbare Last auf die Schultern gelegt. Bo lief ihm entgegen, besorgt über die plötzliche Veränderung seines sonst so aufrechten Vaters. »Was ist los?«

Aber der antwortete nicht. Mit einer leichten Kopfbewegung deutete er nach hinten, zum Dach der alten S-Bahn-Haltestelle. Jetzt hörte Bo es auch. Ein leises Surren. Er musste nicht hinschauen, um zu wissen, was es bedeutete. Eine Überwachungskamera hatte sich in ihre Richtung gedreht. Er hatte keine Ahnung, wie lange sie schon lief und was sie alles aufgezeichnet hatte. Er hatte nicht einmal gewusst, dass dort oben eine Kamera hing.

Und dann hörte er die Sirenen.

Sie rannten los, tauchten ein in das Gewirr der Straßen. Aber sein Vater war alt. Schon nach wenigen Minuten lehnte er keuchend an einer Wand. Sie waren in einem kleinen Quergang zwischen zwei größeren Straßen, zu klein für Autos und nach allem, was er wusste, auch ohne Überwachung.

»Gib mir die Tasche, Bo, schnell!«

Er drückte seinem Vater das abgewetzte Stück in die Hand. Der öffnete den Arztkoffer und löste an einer Stelle das Innenfutter. Dahinter, ganz genau konnte Bo es nicht erkennen, lag etwas, an das Joris seinen Daumen drückte. Der Fingerabdruck startete einen Mechanismus, der die feste Außenwand der Tasche wegklappen ließ. Oder das, von dem Bo bisher gedacht hatte, dass es die Außenwand sei. Als Joris seine Hand wieder aus dem schmalen Geheimfach hervorzog, befand sich ein alter, vergilbter Briefumschlag darin.

»Nimm.«

»Was …?«

»Betrachte es als mein Erbe. Lass dich nur nie damit erwischen. Auf den Besitz steht die Todesstrafe.«

»Aber …«

Joris' Atem ging immer noch viel zu schnell. Trotzdem unterbrach er Bo. »Wir haben nicht viel Zeit. Der Tote, das war Duhnkreih, der Bürgerschaftspräsident. So jemand wird nicht einfach überfallen. Ich weiß nicht, wer ihn aus dem Weg räumen wollte, aber die Polizei wird uns für seinen Tod verantwortlich machen. Du musst untertauchen, Bosse. Sofort. Geh zu Tom, der kann dir helfen.«

»Warum kommst du nicht mit?«

Joris lächelte. Zum ersten Mal an diesem Abend. Er legte seine Hand auf Bos Schulter und sah ihn voller Zuneigung und Zärtlichkeit an. Sein Atem hatte sich beruhigt.

»Ich hab meine Kämpfe gekämpft. Ich bin zu alt für ein Leben im Untergrund. Außerdem möchte ich mich von Johanna verabschieden. Du weißt doch: Sie wird wahnsinnig vor Angst, wenn wir nicht nach Hause kommen. Ich will ihr erzählen, was passiert ist und was passieren wird, bevor sie mich abholen.«

»Dich abholen? Aber du hast doch nur versucht zu helfen.«

»Das ist denen egal. Sie brauchen einen Schuldigen und mich werden sie schneller finden als die Ratten.« Joris drückte ihm den Briefumschlag in die Hand. »Hier steht alles, was du über die Birds wissen musst. Ein Journalist hat diese Sachen recherchiert, damals, vor der Blutnacht, und dafür mit seinem Leben bezahlt. Aber dieser Text hat die Menschen dazu gebracht, sich zu wehren. Auf die Straße zu gehen und zu demonstrieren. Vielleicht gelingt es dir erneut.«

»Aber …«

»Lauf. Lauf so schnell du kannst. Und mach mich stolz.«

Joris umarmte ihn. Bo fühlte die festen Arme seines Vaters, roch die Wolle des alten Mantels und dahinter, ganz leicht nur, den Geruch von Desinfekt. Er weigerte sich, diesen Abschied als endgültig zu akzeptieren. Aber in ihm keimte die Ahnung, dass das die letzte Umarmung gewesen sein könnte. Er hatte lange genug in Nordland gelebt, um zu wissen, dass den Birds alles zuzutrauen war. Außer Gerechtigkeit.

Und während sein Vater, die Tasche in der Hand, in die eine Richtung ging, rannte Bo in die andere, immer im Mondschatten der Häuser, die Kapuze seines Pullovers tief ins Gesicht gezogen.

Pakt

Die Ohrstecker ihrer Vidja filterten einen Teil des Hubschrauberlärms heraus. Aber eben nur einen Teil. Lilliths Kopf fühlte sich an, als ob er von den Rotorblättern in Stücke geschnitten wurde. Immer und immer wieder. Duhnkreihs Emotionen gestern Abend hatten sie ausgelaugt. Wie gerne wäre sie heute auf ihrem Zimmer geblieben, um wieder zu Kräften zu kommen.

Davide hatte darauf bestanden, dass sie ihn zur Eröffnung des neuen Methangasspeichers begleitete.

Aus dem Fenster des Helikopters sah sie die grünen Rasenflächen und die goldenen Beete voller Herbstastern. Die Weitläufigkeit des Parks half gegen die Enge im Kopf, aber nicht gegen den Rotorenlärm. Sie drückte auf das Pflaster an ihrem Unterarm und erhöhte die Schmerzmitteldosis. Es war ihr ein Rätsel, warum ihr Vater die alten kerosingetriebenen Hubschrauber bevorzugte. Die viel angenehmer zu fliegenden und deutlich leiseren Elektrokopter stürzten genauso selten ab.

Das Positive an diesem Ausflug ins südliche Nordland: Sie hatte ihren Vater eine halbe Stunde lang ganz für sich. Niemand würde heute in ihre Mittagsrunde hineinplatzen. Titus, der persönliche Assistent ihres Vaters, saß vorne beim Piloten und war in die Vorbereitungen für die bevorstehende Veranstaltung vertieft. Die Leibwächter beobachteten den Luftraum um sie herum und alle anderen Störenfriede waren zu Hause geblieben.

Sie würde mit ihm über Duhnkreih reden können. Der Bürgerschaftspräsident hatte die Nacht nicht überlebt und Lillith quälte sich mit der Frage nach dem »warum«. Sie wünschte sich überzeugende Argumente von ihrem Vater, Gründe, die ihr eigenes Gewissen erleichterten. Lillith wünschte sich Absolution.

Sie tippte mit ihren Fingerkuppen auf die Armlehnen, beobachtete abwechselnd ihren in Geschäftszahlen vertieften Vater und die Welt auf der anderen Seite des Fensters. In der Ferne hingen Zeppeline in der Luft und sorgten für die problemlose Übertragung der Vidja-Daten. Unter ihr wichen die manikürten Rasenflächen einer grau-braunen Landschaft aus ärmlichen Behausungen, verlassenen Straßen und leeren Plätzen. Hier irgendwo musste gestern Nacht der Überfall passiert sein.

Davide machte weiterhin keine Anstalten, mit der Mittagsrunde zu beginnen. Gut, dann würde sie eben auch arbeiten. Sie nahm eine lippenstiftgroße Schachtel aus der Handtasche, drückte auf einen Knopf und wartete, bis sich die Nanoteilchen neu sortiert hatten. Ein leichter Druck in die Vertiefung ihres goldenen Armreifs aktivierte ihre Vidja und stellte die Verbindung zu dem 21-Zoll-Monitor her, zu dem die Schachtel sich entfaltet hatte. Lillith überprüfte die neu eingegangene Post und löschte ungelesen die zahlreichen Werbe- und Bittbriefe, die es durch die Filter des Systems geschafft hatten. Sie leitete weitere Zusagen zur heutigen Eröffnungsfeier an Titus weiter, speicherte ein aktuelles Angebot für die nächste Generation Windrad-Rotoren und warf einen Blick auf die Tagesordnung für die Bürgerschaftssitzung morgen, bei der ein neuer Bürgerschaftspräsident gewählt werden musste.

Die letzte Nachricht kam von Kuwait Petroleum, die sich für die gute Zusammenarbeit bedankten. Die Araber kündigten an, ab sofort kein Q8-Getriebeöl mehr liefern zu können. Wieder ein Produzent weniger auf dem Weltmarkt. Lillith runzelte die Stirn. Jetzt waren die Russen die einzigen, die synthetische Spezialöle für Windenergieanlagen verkauften. Die Preise würden deutlich steigen. Auch das würde sie gleich mit ihrem Vater besprechen müssen.

Der schien sie heute ignorieren zu wollen. Sie presste die Lippen zusammen. Es war immer das Gleiche. Sie hatte wichtige Dinge mit ihm zu besprechen und er hatte keine Zeit. Dabei hatte er selbst dieses Mittagsgespräch ins Leben gerufen, als er merkte, welches Potenzial dank ihrer Hochsensibilität in ihr steckte. Seit ihrem 16. Geburtstag half sie ihm bei Verhandlungen. Im Gegenzug brachte Davide ihr alles bei, was sie über das Civetta-Imperium wissen musste. In den vergangenen neun Jahren hatte sie die Grundlagen der Betriebswirtschaft, der Energiewirtschaft und des Vermögensmanagements verinnerlicht, Schwedisch, Russisch und Chinesisch gelernt und jede Menge Praxiserfahrung in Taktik und Strategie gesammelt.

Sie war die perfekte Nachfolgerin.

Leider sah das Rollenverständnis Nordlands so eine Position für Frauen nicht vor.

Stattdessen schwebte das drohende Eheschwert nun auch über ihr. Sie verdrängte den Gedanken daran. Zwei Jahre, hatte ihr Vater gestern gesagt. In zwei Jahren konnte noch viel passieren.

Unter ihnen glitzerte die Elbe im Sonnenlicht. Die Reste der Köhlbrandbrücke ragten schwarz in den Himmel. Zu Füßen der Ruine steuerte ein Zollboot langsam durch das flache Gewässer. Bei Ebbe kam der Verkehr in diesem Teil des Hafens fast vollständig zum Erliegen. Nur Schiffe mit wenig Tiefgang hatten noch genug Wasser unter dem Kiel.

Hatte Lillith bislang gedacht.

Als der Hubschrauber leicht den Kurs änderte, sah sie ein Segelschiff, das trotz Wind nicht von der Stelle kam. Es musste auf eine der Sandbänke aufgelaufen sein, die in letzter Zeit an unerwarteten Stellen in diesem Teil der Elbe auftauchten. Sie blinzelte ein paar Mal und aktivierte die Vergrößerungsfunktion ihrer Vidja, aber den Mann, der an Deck stand und das Ufer beobachtete, hatte sie noch nie gesehen. Drei Wimpernschläge später hatte die Datenbank dem auffällig kantigen Gesicht einen Namen und einen Kontakt zugeordnet: Erik Drach, Sohn des vor Kurzem verstorbenen Senators Alexander Drach. »Brauchen Sie Hilfe?«, twinkerte Lillith ihm zu. Drach kniff die Augen zusammen und suchte nach dem Absender der Nachricht. Lillith lächelte freundlich und hob grüßend die Hand zum Fenster, ließ sie aber sofort sinken, als sie ein schlichtes »Nein« empfing.

»Dann warte halt, bis die Flut kommt«, murmelte sie und speicherte aus einem Impuls heraus diesen kurzen Dialog. Damit er ihr später nicht vorwerfen konnte, sie hätte ihm ihre Hilfe verwehrt.

Endlich aktivierte ihr Vater den abhörsicheren Kommunikationskanal seiner Vidja. »Also Lillith, was beschäftigt uns heute?«, fragte er. Der Lärm des Hubschraubers bildete nach wie vor die schrappende Hintergrundkulisse, trotzdem hörte sie die Stimme ihres Vaters dank Knochenschall klar und deutlich in ihrem Kopf.

Sie zupfte an ihren mit Goldfäden durchzogenen Röcken. »Willem Duhnkreih ist gestern Nacht im Armenviertel überfallen und totgeschlagen worden.«

»Ja, ich weiß. Gibt es bereits Details?«

Lillith spürte nach. Ihr Vater hatte nicht den Hauch eines schlechten Gewissens. Unglaublich. Sie fasste die Nachrichten zusammen: »Laut Heimatschutzbehörde ist Duhnkreihs Auto im Schanzenviertel liegengeblieben. Man vermutet technisches Versagen. Er wurde zusammengeschlagen und ist noch auf der Straße an seinen inneren Verletzungen gestorben. Sein Auto wurde gestohlen, ebenso seine Kleidung und seine – Vidja.«

Lillith versagte die Stimme. Sie sah wieder das Bild vor sich, das von der Heimatschutzbehörde am Vormittag veröffentlicht worden waren: der nackte, massige Körper, die leeren Augenhöhlen mit dem angetrockneten Blut. Das hatte sie nicht gewollt.

Sie räusperte sich. »Was sagen wir, wenn uns jemand nach ihm fragt?«

Davide hatte ihre kurze Pause anscheinend nicht bemerkt.

»Willem hat mich besucht, wir haben Geschäftliches besprochen, dann ist er gefahren.«

»Was ist, wenn ich mich getäuscht habe? Wenn er gar nicht vorhatte, dich …?« Sie brauchte den Satz nicht zu beenden.

Die dunklen Augen ihres Vaters bohrten sich in ihre. »Warum solltest du dich getäuscht haben?«

»Ich weiß nicht. Hast du den Tee analysieren lassen?« Sie hoffte, dass Fakten ihre Gefühle bestätigten. Empathie war eine ungenaue Wissenschaft.

»Dafür war gestern Abend keine Zeit.«

»Und heute?«

Davide antwortete nicht. Was Antwort genug war.

Willem Duhnkreih war von ihrem Vater mit einer fehlerhaften Energieanzeige nach Hause geschickt und im Armenviertel zu Tode geprügelt worden, weil sie seinen unbändigen Hass gefühlt hatte. Weil sie geglaubt hatte, dass dieser Hass in einem Mordanschlag gipfeln würde. Sie hätte ihn genauso gut selbst umbringen können.

»Gab es keine Alternative?« Sie versuchte, ihre Stimme sachlich kontrolliert zu halten, ihr Schuldgefühl nicht zu zeigen. Ihrem Vater war diese ganze Gefühlsduselei zuwider. »Er war einer deiner ältesten Freunde. Ihr seid zusammen zur Schule gegangen.«

Davide fuhr sich durch sein weißes Haar. Für einen Moment kam Lillith der Gedanke, dass die Schuldgefühle nicht nur ihre eigenen waren.

»Er wusste, dass er einen so massiven Verstoß gegen unseren Pakt mit dem Leben bezahlen würde.«

Lillith schwieg. Der Pakt. Die Grundlage Nordlands. Ihr Vater war bei der Neuordnung damals federführend gewesen. Er und seine Freunde, alles Unternehmer, hatten schnell begriffen, dass ihr kleines Land im Norden der ehemaligen Bundesrepublik auf Dauer nur bestehen konnte, wenn die Elite sich nicht in sinnlosen Führungskämpfen selbst auslöschte. Also hatten sich die Männer Nordlands auf ihre Stärken konzentriert, Landwirtschaft und Windenergie, und gemeinsam ein rechtsstaatliches Wirtschaftssystem aufgebaut, das schnell zu einem echten Wettbewerbsvorteil geworden war. So viele Länder gab es nicht mehr, die friedlich waren und funktionierten. Um diesen Zustand auf Dauer zu erhalten, hatten sich die führenden Familien Nordlands auf den Pakt verständigt, der unter anderem besagte, dass sie sich gegenseitig niemals schaden würden. Jeder von ihnen hatte die Mittel, die anderen aus dem Weg zu räumen. Aber allen war bewusst, dass – sobald sie zu diesen Mitteln griffen – die Kämpfe um ihr persönliches Überleben im Bürgerkrieg enden würden.

Fast 25 Jahre war dieser Pakt nun alt. Seit 25 Jahren hatte die Führungsriege das Geld in die Entwicklung ihrer Unternehmen statt in Waffen gesteckt, sie hatte prosperiert und ein kleines, feines Land geschaffen, das vielleicht nicht perfekt, aber im Vergleich zu den Nachbarländern schon ziemlich gut war. Für Lillith war der Pakt immer etwas Selbstverständliches gewesen. Etwas, das nicht in Frage gestellt wurde. Etwas, an das sich alle hielten, weil alle den Sinn dahinter verstanden. Willems Anschlag war völlig überraschend gekommen.

»Gab es früher eigentlich Verstöße gegen den Pakt?«, fragte sie.

»Ganz zu Beginn gab es ein paar Probleme mit weniger bedeutenden Familien, aber die haben wir lösen können. Willems Versuch ist der erste aus dem alten Gründerkreis.« Davide strich sich durchs Gesicht und Lillith fühlte sein Bedauern.

»Seine finanzielle Situation muss prekärer gewesen sein, als ich gedacht habe.« Davide griff zu seinem Manschettenknopf. Er schien das Gespräch beenden und sich wieder an seine Arbeit machen zu wollen. Lillith legte ihre Hand auf seine. Sie war noch nicht fertig.

»Aber warum musste er sterben? Hätte man ihn nicht anders bestrafen können, ins Gefängnis stecken oder ins Exil schicken?«

»Nein. Wenn jemals öffentlich wird, dass Willem mich umbringen wollte, wird es das Ende von Nordland sein. Wenn nur ein einziger offen den Pakt missachtet, dann wird sich kein anderer mehr daran halten. Das wäre das Ende unseres friedlichen Zusammenlebens.« Davide umfasste Lilliths Hände mit seinen. »Deshalb darfst du niemals über diesen Vorfall reden.« Er drückte ihre Hände fest zusammen. »Glaub mir, diese Entscheidung war eine der härtesten meines Lebens. Aber manchmal ist das Opfer eines einzelnen der einzige Weg, um das Leben aller anderen zu schützen.«

Lillith entzog sich ihm. »Es gibt immer mehr als einen Weg. Man muss nur intensiv genug darüber nachdenken.«

Unter ihnen erstreckten sich riesige Maisfelder. Ein grünes Dickicht aus Stangen und Blättern, kurz vor der Ernte. Manchmal entdeckte Lillith eine kleine Siedlung um einen Gutshof herum. Ansonsten war das Land menschenleer, bewirtschaftet von Maschinen, die keine Fahrer benötigten, bewacht von Drohnen, die jeden unbefugten Eindringling sofort betäubten, bevor sie die Sicherheit verständigten.

Davide hatte mit Lillith über das Ende von Q8 diskutiert, aber ihre Sorgen über das russische Monopol auf die speziellen Windkraft-Getriebeöle nicht geteilt. Dann hatte er sich wieder in seinen eigenen Bildschirm versenkt und an seiner Rede gefeilt.

»Hast du gesehen, dass Heinrich Schedalke kommen wird?«, fragte Lillith, als die aluminium-glänzenden Rohre und Türme der Methangasspeicheranlage unter ihnen auftauchten.

»Mhm.« Davide machte keine Anstalten sich vom Bildschirm zu trennen.

»Beunruhigt dich das nicht? Immerhin hat er gedroht, dir den Speicher notfalls mit Gewalt zu nehmen.«

Davide seufzte und reduzierte seinen eigenen Vidja-Bildschirm auf Streichholzkistenformat.

»Ich habe den größten unterirdischen Gasspeicher Westeuropas instand setzen lassen. Natürlich hätten die Westfalen ihn auch gerne, jetzt, wo er wieder funktioniert. Aber Rehden gehört zu Nordland. Mit allem was auf und unter der Erde ist. Schedalke hat nicht die Mittel, daran etwas zu ändern, weder als Geschäftsmann noch als Mitglied der westfälischen Regierung. Diese Drohung ist ein ziemlich durchsichtiges Manöver, um vom Bürgerkrieg im eigenen Land abzulenken.«

»Und du meinst, eine Einladung reicht, um ihn zu befrieden?«

»Nein. Vermutlich nicht. Ich habe ihn deshalb auf die Liste deiner potentiellen Heiratskandidaten setzen lassen.«

»Du hast was?«

Davide sah sie mit einer hochgezogenen Augenbraue an. Lillith mühte sich, die Kontrolle über ihre Emotionen zurückzubekommen. »Aber er ist nicht wirklich einer der Kandidaten, oder?«

»Natürlich nicht.«

»Und du hast keine Sorge, dass er sich rächt, wenn ihm klar wird, dass er nur Füllmasse war?«

»Er wird in einem fairen Verhandlungswettkampf ausscheiden und nicht bemerken, dass er nie zur Debatte stand.«

»Hoffentlich behältst du recht.«

»Selbst wenn nicht: Heute wird er sich jedenfalls zurückhalten.«

Der Hubschrauber landete mitten auf dem Firmengelände, nur wenige Schritte vom Festplatz entfernt. Am Arm ihres Vaters ging Lillith zum Hauptzelt. Aus dem Augenwinkel sah sie eine Reihe armseliger Behausungen, ganz schief und grau. Aus den Fenstern schauten blasse Gestalten auf die Veranstaltung vor ihrer Haustür. Lillith zog ihr Schultertuch enger. Sie fröstelte.

»Was sind das für Leute?«

Davide blickte in die Richtung, in die Lillith zeigte.

»Ehemalige Landarbeiter.«

»Warum sind die hier?« Lillith spürte Gram und Resignation.

»Es gab ein paar Familien, die unser Angebot für neuen Wohnraum nicht annehmen wollten, nachdem ihre Häuser bei den Vorbereitungsarbeiten abgesackt sind. Sie wollten lieber hier bleiben und ich habe anderes zu tun, als die Leute zu ihrem Glück zu zwingen.«

Unter den ganzen Kummer mischte sich Wut. Offenbar hatten einige der Anwohner Davide erkannt. Lillith drehte sich weg von den Menschen. Nicht schon wieder so intensive Gefühle. Ihre Kopfschmerzen hatten gerade erst nachgelassen.

Sobald sie das Zelt betraten, brandete Applaus auf. Davide nahm seinen Borsalino ab und ging, freundlich nach links und rechts grüßend, zum Rednerpult. Nach einer Stunde voller Ansprachen, Grußworte und Dankesreden schritt Davide zum Gashahn und drehte an dem großen, extra für diese Gelegenheit am Ventil angebrachten Metallrad. Windgas, das Elixier der modernen Gesellschaft, floss aus den großen Umwandlungsanlagen an den Küsten in den unterirdischen Speicher. Unsichtbar, geruchlos, sauber. Mit diesem Speicher war die Energieversorgung Nordlands für Monate gesichert.

Lang anhaltender Applaus beendete den offiziellen Teil. Auch der westfälische Handelsminister und Geschäftsfeind Heinrich Schedalke applaudierte. Langsam. Kraftsparend. Lauernd.

Der Wind bauschte Lilliths Röcke, als sie eine Stunde später wieder in den Hubschrauber stieg. Lillith spürte die Nervosität des Piloten und überprüfte die Wettervorhersage. Ein Sturmtief näherte sich von Nordosten, aber sie sollten zurück in Hamburg sein, bevor es in ihre Nähe kam.

Sie schafften es nicht einmal bis zur Elbe.

»Wir müssen landen. Sofort!« Der Pilot hatte panische Angst, Lillith krallte sich an den Armlehnen fest, ihr Atem ging flach und schnell, in ihren Ohren dröhnte es. Der Helikopter sackte ein Stück nach unten.

Davide sah stirnrunzelnd von seinem Bildschirm auf und nach draußen. Der Wind peitschte Regentropfen an die kleinen Fenster. Mehr war in dem schwarz-grauen Wolkenmeer um sie herum nicht zu sehen. Ein Windstoß schob den Heckausleger zur Seite, der Pilot steuerte sofort dagegen, Lillith biss sich auf die Lippen, um den Schrei nicht herauszulassen. Als ob die eigene Angst nicht schlimm genug war.

»Ich kann den Heli nicht mehr lange in Position halten, Senator Civetta.«

»Sie werden fürs Fliegen bezahlt, nicht fürs Jammern«, mischte sich Titus ein.

»Wo sind wir?«, fragte Davide.

»Etwa 20 Kilometer südlich der Elbe.«

»Stellen Sie sich nicht so an.« Titus wieder. »Es ist doch nur noch ein Katzensprung bis zum Anwesen der …«

»Wir landen«, unterbrach Davide seinen Assistenten. »Versuchen Sie, so nahe wie möglich an die Autobahn zu kommen.«

»Sie haben gehört, was der Chef gesagt hat. Landen, sofort.«

Die Panik des Piloten ließ nach, er wusste, was er zu tun hatte und steuerte den Hubschrauber langsam Richtung Boden. Die Windstöße schienen nachzulassen.

Lillith löste ihre Hände von den Armlehnen und schaltete den Bordfunk aus. »Kannst du bitte Titus entlassen?«, schickte sie als stumme Nachricht auf die Kontaktlinse ihres Vaters.

»Warum? Er ist klug, ehrgeizig und loyal«, bekam sie zur Antwort.

»Ein Opportunist ohne eigene Meinung.«

»Für Diskussionen habe ich ja dich. Organisiere uns bitte Limousine und Geleitschutz.«

Lillith öffnete den Kommunikationskanal. Die Windstöße wurden erneut heftiger. Sie twinkerte dem Fuhrpark die Anweisungen und war froh, sich dabei wieder an den Armlehnen festkrallen zu können. Ihre Vidja sendete die aktuelle Position. »20 Minuten bis zum Rendezvous«, meldete das System und mit einem letzten, viel zu heftigen Ruck setzte der Hubschrauber auf. Nur um sofort wieder den Kontakt zum Boden zu verlieren. Die Kabine überschlug sich, dann ein Ruck, ein weiterer Aufprall, noch ein Ruck. Lillith wurde in die Gurte gedrückt, um die eigene Achse geschleudert, sie schrie, sie hörte und fühlte die Todesangst der anderen, die Sekunden dehnten sich, während die Rotorblätter des Hubschraubers mit einem lauten Knall zerbarsten und zusammen mit der von ihnen aufgewühlten Grasnarbe davonflogen.

Und dann war alles ruhig.

Draußen verschwand die Welt in einer Matschwolke.

Schmerzen, Verwirrung, Angst. Lillith hing kopfüber in ihrem Sitz, gehalten von dem Gurt, gepolstert von den Luftkissen, die sich um sie herum aufgeblasen hatten. Sie stützte sich an der Decke ab, die nun der Boden war, löste die Gurtschnalle und machte eine wenig elegante halbe Rolle. Neben ihr kam Davide auf die Füße, der Pilot drückte bereits zusammen mit den Leibwächtern gegen die Tür, niemand schien ernsthaft verletzt worden zu sein. Mit einem Knall riss der Wind die halb geöffnete Tür aus der Verankerung und heftiger Regen prasselte auf sie ein.

»Dahinten sind Hütten, vielleicht bieten die uns ein bisschen Schutz«, rief der Pilot. Er schob sich nach draußen und reichte Davide die Hand.

»Was für ein Wetter«, murmelte der und kletterte behände aus dem Helikopter. Er drückte den Borsalino fest auf seinen Kopf, bevor er Lillith heraushalf.

Sie waren auf einer kahlen Anhöhe gelandet, an deren Rand halb verfallene, barackenartige Häuser standen. Der nächste Windstoß riss Davides Hut davon und blähte Lilliths Rock wie das Hauptsegel eines Dreimasters. Die Absätze ihrer Pumps versanken im Matsch, Lillith ließ sie zurück. Davide griff nach ihrer Hand und lief los, aber mit ihrem eng geschnürten Korsett konnte sie sein Tempo nicht mitgehen. Sie blieb stehen und versuchte, den Knoten zu lösen. Keine Chance. Maja hatte sie heute Morgen gründlich verpackt. Dafür schien der Sturm nur auf so eine Gelegenheit gewartet zu haben: Er verfing sich in ihren Röcken, gleich würde sie abheben. »Hilfe«, twinkerte sie an ihren Vater. Kurz fürchtete sie, mit wehenden Röcken von einer Sturmbö davongetragen zu werden, da fassten die beiden Leibwächter sie an den Armen und erdeten sie.

Ein Rudel wilder Hunde kam ihnen mit aufgerissenen Mäulern entgegen. Der Sturm war lauter als ihr Kläffen. Und lauter als die Schüsse, die einer der Leibwächter auf sie abfeuerte und mit denen er drei, vier, fünf von ihnen erschoss. Die überlebenden Hunde rannten zurück zu den flachen Ruinen. Lillith bemerkte erst jetzt, dass in einer der Türöffnungen jemand stand. Hinter ihm flackerte ein Licht. Auch der Leibwächter, der gerade die Hunde erschossen hatte, bemerkte ihn und hob die Pistole.

»Nicht!«, brüllte Lillith gegen den Sturm an. Sie spürte die knochentiefe Angst des Unbekannten. Im nächsten Moment schlug er die Tür zu und das gesamte Haus versank im Dunkelgrau des Unwetters.

»Seit wann leben hier Menschen?«, twinkerte sie an Davide. »Ich dachte, der alte Drach hat seinen Besitz komplett räumen lassen.«

»Wir sind nicht in Wilhelmsburg«, las sie auf ihrer Kontaktlinse. »Das hier muss Neugraben sein.«

Neugraben! Neugraben war Niemandsland. Es gehörte zu den Vierteln, für die sich bei der Neuaufteilung Nordlands niemand interessiert und die man deshalb den Armen der Stadt und dann sich selbst überlassen hatte. Eine der Gegenden, in die man sich besser nicht verirrte. Oder notlandete.

Sie überprüfte die Karte ihrer Vidja. Drei helle Punkte bewegten sich langsam in Richtung Süden. Die Fahrzeuge hatten noch nicht einmal die Grundstücksgrenze des Civetta-Anwesens erreicht. Noch 18 Minuten bis die Verstärkung hier war. Ihren Vater schien das nicht zu kümmern. Er hämmerte an die Tür, die sich gerade eben erst geschlossen hatte.

»Ich glaube nicht, dass der Mann gut auf uns zu sprechen ist«, twinkerte Lillith.

»Warum rennen seine Hunde auch frei herum?«, bekam sie zur Antwort. »Das Problem lösen wir mit ein paar Nordmark.«

Die Tür öffnete sich, erst nur einen Spalt, dann weiter, und Davide winkte ihr und den beiden Leibwächtern ungeduldig zu. Titus hatte bereits ein Bündel durchnässter Geldscheine aus seiner Jacke gezogen und hielt es jemandem vor die Nase. Der Mann hatte das Feingefühl eines Betonsenkkastens.

Je näher Lillith kam, desto stärker wurden die Gefühle von Angst, Unsicherheit und von Trauer. Um die Hunde? Aber die Menschen, die in diesem Haus wohnten, schienen keine Rachegelüste zu hegen, unter all der Angst und Unsicherheit war Resignation das vorherrschende Gefühl. Gut. Wenigstens mussten sie sich keine Sorgen um ihre Sicherheit machen. Sie löste sich von den beiden Leibwächtern und trat über die Schwelle.

Eine dichte, feuchte Wärme hatte sich dank eines Kanonenrohrofens in dem kleinen Raum breitgemacht. Die Löcher, die einmal Fenster gewesen waren, hatten die Bewohner mit schimmliger Pappe verklebt. Es stank nach ungewaschenen Menschen und feuchter Wolle – und nach Kohlsuppe. Der schmiedeeiserne Topf auf dem Ofen schien die aktuelle Mahlzeit zu enthalten. Um den Tisch in der Mitte des Raums hatte sich die Familie versammelt, die Hausherrin stand am Ofen und versuchte, Blickkontakt zu ihrem Mann aufzunehmen. Der Mann war riesig, bestimmt zwei Köpfe größer als Lillith. Er starrte auf Davide herab, die Arme vor der Brust verschränkt. Eine ältere Frau, seine Mutter?, zupfte an seinem Ärmel. Eine Fliege hätte mehr Eindruck hinterlassen. Ein halbes Dutzend Orgelpfeifenkinder blickte die Neuankömmlinge mit großen Augen an. Die Kerze auf dem Tisch brannte ohne das geringste Flackern.

»Wir können …«, begann Titus und wedelte wieder mit dem Geldbündel, aber Davide brachte ihn mit einer knappen Handbewegung zum Schweigen.

»Angst«, twinkerte Lillith, »Zorn und Stolz. Titus soll endlich das Geld wegstecken.«

Der Wind heulte um die Baracke.

Mit einem kurzen Nicken bot der Hausherr Davide einen Platz an.

»Sie haben Ihre Leute kontaktiert?«

»In einer Viertelstunde belästigen wir euch nicht länger.«

Jemand hämmerte an die Tür.

»Peer, ich bin es, Lasse.«

Peer öffnete die Tür einen Spalt breit.

»Was willst du?«

»Hast du den Hubschrauber gesehen? Ich hab den anderen Jungs schon Bescheid gesagt. Die Insassen können noch nicht weit gekommen sein.«

Lillith spürte eine unbändige Lust und Gier. Als ob ihr Vater seine Geschäftsfreunde zur Jagd geladen hätte.

»Kein Interesse.«

»Aber Peer, denk doch mal nach, was da für ein Lösegeld fällig wird. Das muss einer der Birds gewesen sein, der da vom Himmel gefallen ist.«

»Ich mach bei sowas nicht mit.« Peer schlug die Tür zu und drehte sich wieder zu ihnen, das Gesicht unlesbar, das Gefühlsleben chaotisch. Er blickte kurz zu seiner Frau, die ihm zunickte.

»Komm, Tonja, lass uns endlich zu Abend essen.«

Tonja nahm ein fast leeres Schraubglas vom Regal und schüttete die wenigen Kräuter in eine dickbäuchige Teekanne. »Wir müssen morgen nochmal los und Kräuter suchen«, sagte sie zu ihrer ältesten Tochter. »Begleitest du uns, Kimon?« Das war an den ältesten Sohn gerichtet, der schon fast die Statur seines Vaters hatte. »Muss das sein?«, murmelte er. »Ich wollte morgen …«

»Seit wann lassen wir unsere Frauen ohne Schutz vor die Tür, Kimon?« Peer sprach langsam und gedämpft. »Wenn du in diesem Winter Tee möchtest, begleitest du deine Mutter und deine Schwester.«

Tonja drückte Lillith einen angeschlagenen Emaillebecher in die Hand. Lillith schnupperte an dem aufsteigenden Dampf. Pfefferminze.

»Wir schicken euch Tee und Kräuter«, bot Lillith an. »Als Dank für eure Hilfe und dass ihr nicht …« Lillith zeigte mit dem Kopf zur Tür. »Tut mir wirklich leid, die Sache mit den Hunden.« Sie schaute auf ihren Tee. »Können wir es wieder gut machen?«

»Genug zu Kreuze gekrochen!«, las sie auf ihrer Kontaktlinse. Sie ignorierte Davide. »Was braucht ihr?«

»Nichts.« Peer drehte sich zu seiner Frau. »Wir haben alles, was wir brauchen, nicht wahr?«

Tonja nickte, aber der Stolz – das einzige, was dieser Peer im Überfluss besaß – wurde von Tonjas Verzweiflung überlagert. Lillith folgte ihrem Blick. Auf dem schmalen Regal standen mehrere Schraubgläser, die meisten davon leer. In einigen glaubte Lillith, Reste von Zucker und Mehl zu erkennen. Ein paar mickrige Kohlköpfe lagen in einer Schüssel, daneben verschrumpelte Kartoffeln voller Triebe. Neben dem Ofen lagen zwei, drei Holzscheite. Der Rest war Gestrüpp, das innerhalb von Minuten verbrennen würde.

Lillith nippte an ihrem Tee. Tonja rührte in der Suppe und eines der Mädchen stellte Teller auf den Tisch. Sie scheuchte ihre Geschwister fort und bat die Civettas und ihre Angestellten, Platz zu nehmen. Tonja füllte allen dünne Kohlsuppe auf und schnitt einen kleinen Laib Brot in Scheiben.

Davide ließ seinen Teller unangetastet vor sich stehen.

Lillith zögerte, unsicher, ob sie aus Höflichkeit essen oder angesichts der schmalen Gesichter der Kinder das Essen ablehnen sollte. Sie entschied sich, das Verhalten ihres Vaters zu kopieren.

Titus aß, als ob er seit drei Tagen gehungert hätte.

Der Pilot und die beiden Leibwächter winkten ab. Sie blieben neben der Tür stehen, bereit, sofort aufzubrechen, wenn Davide das Kommando gab.

Niemand redete. Die Kinder beobachteten fassungslos, wie Titus zwei weitere Scheiben Brot aß.

»Es reicht, Titus«, twinkerte Lillith.

Aber der reagierte nicht, sondern tunkte eine weitere Scheibe Brot, die letzte, in seine Suppe.

Jemand trommelte an die Tür. Davides Augen bewegten sich hin und her, er schien Kommandos zu twinkern. Noch bevor Peer aufgestanden war, hatten die neu angekommenen Sicherheitskräfte der Civettas die Tür bereits eingetreten. Lillith schaute entschuldigend zu Tonja, die mit offenem Mund die Männer und ihre Waffen anstarrte. Die beiden kleinsten Kinder fingen an zu weinen und versteckten sich hinter ihrer Mutter.

»Musste das sein?«, herrschte Lillith die Männer an. »Es gab wirklich keinen Grund für so ein …«

»Gut, dass ihr so schnell gekommen seid«, unterbrach Davide sie und ging ohne ein weiteres Wort des Dankes an Peer vorbei. »Komm, Lillith!«

»Es tut mir leid«, flüsterte sie und hoffte, dass Tonja ihr glaubte.

Peer beugte sich zu seiner Frau: »Vom Schlächter der Blutnacht war nichts anderes zu erwarten.« Tonjas Antwort wurde von einem weiteren »Komm jetzt, Lillith« übertönt.

Lillith stolperte über eine der herausgerissenen Türangeln. Die scharfe Kante schnitt in ihre nur von Nylon bedeckten Zehen. Mit zusammengebissenen Zähnen humpelte sie nach draußen. In ihrer Vidja-Navigation markierte sie das Haus ihrer Gastgeber und twinkerte eine Nachricht an sich selbst: »Nahrung und Energie schicken (Maja).«

Lillith setzte sich Davide gegenüber und untersuchte den verletzten Fuß: Ein glatter Schnitt, aber nicht allzu tief. Blut tropfte auf das helle Leder. Davide reichte ihr mit angewidertem Ausdruck ein Taschentuch, das sie auf die Wunde drückte. Sie spürte Ärger und Zorn und wollte sich gerade bei ihrem Vater für die Blutflecke entschuldigen, als sie bemerkte, dass der Ärger nicht von ihm ausging. Vor den Baracken standen Männer, die mit gierigen Blicken ihre Kolonne verfolgten. Angesichts der bis unter das Dach munitionierten Geländewagen wagten sie nicht, näher zu kommen. Lillith konnte durch die Panzerglasscheibe die Behausung erkennen, in der sie 20 Minuten lang sicher gewesen waren. Peer hatte die Reste der zersplitterten Tür wieder in die Öffnung gestellt, aber das letzte bisschen Wärme würde in wenigen Minuten aus ihrer kleinen Hütte verschwunden sein. Das Kerzenlicht flackerte und erlosch. In dem roten Licht ihrer Rückleuchten bewegten sich die Männer langsam durch den Sturm auf Peers Hütte zu. Voller Zorn. Voller Wut.

Wenige Minuten später erreichten sie die Mauer, die den Hamburger Hafen vor dem Mob schützte. Die Einfahrt zum Hafengebiet war mit einer automatischen Kontrolle gesichert. Lillith hob die Hand ans Fenster und drehte den Kopf, damit die Kameras ihre biometrischen Daten abgleichen konnten. Aber das Eingangstor stand bereits offen. Lillith spürte Davides Nervosität und durchsuchte die Vidja nach Neuigkeiten. Weder die aktuellen Berichte der Heimatschutzbehörde noch die Protokolle der Hafenaufsicht zeigten ungewöhnliche Aktivitäten, die das geöffnete Tor erklärten.

»Vermutlich ein technischer Defekt aufgrund des Sturms«, sagte Davide. »Wir sollten trotzdem Erik Drach informieren. Titus!« Davide verschwand hinter seinem Vidja-Monitor, Lillith lehnte sich zurück und versuchte, das ungute Gefühl zu ignorieren, dass sich in der Limousine breit machte. Sie war jetzt in Sicherheit. Trotzdem blieben ihre Handflächen feucht.

Vor ihnen lag der Elbtunnel. Sie traute diesem Bauwerk nicht. Lieber querte sie die Elbe mit dem Hubschrauber oder, wenn das nicht ging, über die Brücke bei Moorfleet.

Davide hasste Umwege.

In einer langgezogenen Linkskurve näherte sich ihre kleine Kolonne der letzten verbliebenen Elbröhre. Drei Röhren hatte sich die Elbe im vergangenen Jahr mit tatkräftiger Unterstützung eines tief liegenden Containerschiffes zurückerobert. Dessen Kiel hatte die ersten beiden Elbtunnel-Röhren aufgeschlitzt. Erst die dritte Röhre bremste das chinesische Schiff so weit ab, dass es kurz vor der vierten zum Halten kam.

Die Entschädigungszahlungen waren lachhaft gewesen. Aber was war Nordland im Vergleich zu China? Bürgermeister Rabe – reich geworden mit dem Bau von Straßen und immer noch verantwortlich für das gesamte Straßennetz Nordlands – hatte mit dem Geld nicht viel reparieren können. Er hatte die Straße neu asphaltiert, die Kacheln komplettiert und mit strahlender Lichttechnik dem Tunnel das Düstere genommen. Die Fahrstreifenbegrenzung leuchtete in frischem Weiß und Verkehrsschilder wiesen darauf hin, dass die Geschwindigkeitsbegrenzung bei 80 km/h lag. Sogar die Höhenkontrolle funktionierte. Behauptete Rabe. Lillith wusste es besser: Die Fassade war hübsch anzusehen, dahinter verrottete die Substanz.

»Hat Rabe schon neue Pläne für die Sanierung bekanntgegeben?«, fragte Lillith.

»Pläne hat unser Bürgermeister genug. Aber ihm fehlt das Geld, sie umzusetzen.« Davide sah aus dem Fenster. »Beim nächsten Mal sollten wir den Weg über Moorfleet nehmen. Ich traue der Statik nicht mehr.«

Lillith sah, was er meinte. An einigen Stellen liefen Rinnsale die Wand hinunter und verdarben den strahlenden, intakten Eindruck. Schwitzwasser wegen der mangelnden Belüftung? Oder Elbwasser? Sie tauchten weiter hinein in die Tiefe des Tunnels; ihr Fahrer wurde unwillkürlich langsamer – ein Phänomen, das so alt war wie der Tunnel. ›Kachelzähler‹ hatte ihr Hauslehrer die Autofahrer genannt, die das Tempo reduzierten und den ganzen Verkehr aufhielten. Zu einer Zeit, als täglich unvorstellbare 150.000 Autos unter der Elbe hindurchfuhren.

Sie entspannte sich, als sie sich dem untersten Punkt des Tunnels näherten. Ihre Leibwächter im Wagen vor ihnen hatten schon fast die andere Seite der Elbe erreicht.

Mit einem Ruck wurde sie in ihren Gurt gepresst. Reifen quietschten und Lillith rechnete damit, dass der Geländewagen hinter ihnen ihre Limousine rammte. Aber die automatischen Fahr- und Sicherheitssysteme funktionierten. Sie standen. 30 Meter unterhalb der Wasseroberfläche. Die Lampen im Tunnel erloschen, nur die Scheinwerfer ihrer Autos sorgten für Licht. Davide ließ die Scheibe herunter, die den Passagierbereich von dem des Fahrers trennte. »Bericht!«

Der Fahrer drehte sich zu ihnen um. »Die automatische Vollbremsung ist ausgelöst worden. Entweder befindet sich etwas auf der Straße, was dem Geländewagen vor uns nicht aufgefallen ist, oder …« Er drehte sich wieder nach vorne, offenbar nicht bereit, den Satz zu Ende zu bringen.

»Oder was?«, fragte Lillith.

»Oder jemand hat unsere Umfeldsensorik geknackt.«

»So ein Unsinn«, sagte Davide. »Die Systeme sind doppelt und dreifach gesichert. Ganz abgesehen davon, dass die Fahrsensorik unserer Limousine ein extrem uninteressantes Ziel ist. Wahrscheinlich hast du nur die Laserscanner nicht vernünftig gereinigt. Fahr weiter. Wir sehen ja, wenn etwas im Weg ist.«

Der Wagen setzte sich langsam in Bewegung. Wieder registrierte Lillith dieses Gefühl von Jagdlust. Davide war genervt, der Fahrer ebenso, sie verströmten eine Menge schlechte Laune, aber keine gespannte Erwartung. Dabei fühlte sie es ganz deutlich. Als ob gleich ein großes Abenteuer losgehen sollte. Und da begriff Lillith endlich.

»Wir sind nicht allein!«, rief sie und twinkerte »Höchste Alarmstufe! Volles Licht!« an die Leibwächter. Die auf dem Dach des Geländewagens montierten Scheinwerfer tauchten den Tunnel in grelles Weiß. Schatten lösten sich von den Wänden, einer von ihnen war nur noch wenige Meter von ihrem Auto entfernt, eine Pistole auf sie gerichtet.

Von irgendwoher kam ein Schuss, ein zweiter löste sich fast zeitgleich. Zwei Wimpernschläge später hallte der Tunnel wider von Schüssen, Schreien und Befehlen. Ihr Fahrer schaltete auf »manuell«, gab Gas und überfuhr einen Schatten. Einer der Leibwächter schrie: »Raus aus dem Tunnel, raus, nach vorne raus!«

Kugeln prallten von ihrer Panzerung ab. Hinter ihnen explodierte etwas Großes, das wie eine Granate aus einem Kriegsfilm klang. Lillith drehte sich um. Der Wagen ihrer Leibwächter folgte ihnen. Sonst war nichts zu sehen. Ein großes schwarzes Etwas kam hinter ihnen her, die Rücklichter waren nicht hell genug, um mehr zu erkennen. Das Schwarz füllte den ganzen Tunnel. Die Schreie verstummten …

»Wassereinbruch. Schnell! Raus hier!«

Ihre Angst mischte sich mit dem Schrecken Davides und der Panik des Chauffeurs, der das Gaspedal durchtrat, bevor Davide überhaupt »Gib Gas!« gebrüllt hatte.

Die Elbe schlug mit voller Gewalt in den Tunnel hinein, eine Wand aus Wasser walzte auf sie zu. Sie fuhren an schwarzen Gestalten vorbei, die um ihr Leben rannten, wie Ratten auf einem untergehenden Schiff. Die Tür eines Notausgangs stand offen, ein Mann lief hindurch, er stoppte kurz, sah sich nach den anderen um – und Lillith sah in die Fratze eines Dämons: Das Gesicht war riesig und eckig, als ob sein Schöpfer eine überdimensionierte Brotform dafür genutzt hätte. Die Augen lagen nah an den Schläfen und das Kinn streckte sich so weit nach vorne, dass es fast die Nase berührte. Dann schoss ihr Auto am Notausgang vorbei, die Elbe im Nacken. Die Scheinwerfer des Geländewagens hinter ihnen wurden schwächer und verloschen ganz, als das Wasser über sie hinwegspülte.

Die Elbe war kurz davor, auch ihre Limousine zu verschlingen.

Sie flogen aus dem Tunnel heraus. Zwei Sekunden später nivellierte der Fluss den Zugang zur letzten Röhre.

Ω Erbe Ω

Die Fenster waren mit dunklen Stoffen verhängt. Eine einzelne Kerze flackerte auf dem Tisch vor ihm. Tom setzte sich zu Bo und schob ihm ein Bier unter die Nase.

»Trink.«

Bo war kurz davor, das Glas vom Tisch zu schleudern. Aber Tom hob sein eigenes und prostete ihm zu: »Auf deinen Vadder, Bosse.«

Bo nahm einen Schluck. Er schmeckte nichts von dem Bier. Nur Galle, die bitter nach oben kam, sobald er an seinen Vater dachte. Also ständig.

»Wir müssen was tun«, sagte er zum etwa 700. Mal heute. »Irgendwie müssen wir ihn da rausholen.« Und zum etwa 500. Mal ergänzte er: »Ich könnte mich stellen. Ich könnte sagen, dass er nichts mit dem Tod von diesem fetten Bird zu tun hatte. Dass ich den Mann totgeschlagen hab.«

Tom wischte sich den Bierschaum vom Mund. In seinen goldenen Ohrringen schimmerte das Kerzenlicht. Die um seinen Hals tätowierte Schlange schien die Augen zu verdrehen, als er sich zu Bo beugte.

»Joris würd' nicht wollen, dass du ihm wie ein Schaf nachrennst.«

Bo presste die Fäuste auf die Augäpfel. Mit Heulen war niemandem geholfen. »Aber irgendwas müssen wir doch tun!«

»Und das werden wir. Wann ist die Hinrichtung?«

»Freitag um drei, auf dem Rathausmarkt.« Bo probierte einen weiteren Schluck Bier. Immer noch kein Geschmack. »Die Birds machen ein Volksfest daraus.«

»Gut.«

Ungläubig sah Bo seinen väterlichen Freund an.

»Gut? Was soll daran gut sein, wenn alle meinem Vater beim Sterben zugucken? Oder glaubst du, du kannst ihn dort befreien?«

Tom strich sich über seinen kahlen Schädel.

»Nee. Das schaffen wir nicht und Joris würd' das auch nicht wollen.«

»Woher willst du das wissen?«

Tom stand auf. Auch in seinen Augen glitzerte es verdächtig. Er ging hinter den Tresen und wischte mit einem Lappen über das glänzende Holz.

»Ist gerade mal 'n paar Tage her, dass wir drüber gesprochen haben, Joris und ich.«

»Dass er hingerichtet werden soll?«

»Nein. Das nicht.« Tom legte den Lappen zur Seite, nahm ein Glas, hielt es ins Licht, entdeckte Flecken, die außer ihm niemand sah, griff sich ein Geschirrhandtuch und polierte die Oberfläche. »Wir haben über die alten Zeiten geredet und was die Birds uns damals alles Tolles versprochen haben und dass sich heutzutage kaum noch einer daran erinnert. Alle glauben, das war immer so, dass die Birds alles haben und wir nix.«

»Ja, und?« Bo wollte Pläne. Er wollte seinen Vater befreien. Er wollte ihn nicht länger Foth und seinen Folterknechten überlassen. Bei der Vorstellung, was sie Joris alles antun würden, um herauszufinden, wer der zweite Mann auf dem Überwachungsfilm war, kam ihm das Bier wieder hoch.

Tom hauchte an dem Glas und putzte weiter, ohne Bo anzusehen.

»Dein Vadder meinte, dass sich die Stimmung im Land gerade dreht. Also jedenfalls bei seinen Patienten. Die würden immer wütender. Stimmt, sag ich zu ihm. Wenn die Jungs abends zu mir kommen, sind die auch nur noch am Meckern. So wie jetzt über die neue Wohnsteuer. Musste zahlen, ob du Geld hast oder nicht, kannste nichts gegen machen. Und da sagt dein Vadder, stimmt nicht, wir können uns wehren. Dafür brauchen wir nur zwei Dinge. Und ich sag, na was denn: Geld und ein anderes Universum? Nee, sagt er, und ist plötzlich ganz ernst, dein Vadder.«

Tom machte sich groß und imitierte Joris' ernsten Tonfall: »›Zum einen brauchen wir den berühmten Tropfen, der das Fass zum Überlaufen bringt. Und dann brauchen wir jemanden, der die Wucht dieser Flut gegen die Birds lenkt.‹ Aha, mein' ich, bei dem Tropfen, ja, das dauert nicht mehr lange, wenn die Birds hier so weitermachen. Aber bei dem Anführer … und während ich noch rede, fällt mir wieder ein, wie du mit deinen Jungs die Quartierswachen organisierst. Wie du mit zwei, drei Sätzen jeden an seinen Platz stellst. Und wie alle tun, was du sagst, ohne lange zu streiten. Und ich frag deinen Vadder: Bosse? Und der nickt. Und ich sag: Ist aber gefährlich. Und dein Vadder sagt: Leben ist gefährlich. Endet immer mit dem Tod. Aber wenn's so weit ist, dann soll es das wenigstens wert gewesen sein, oder? Puh, wenn er so philosophisch wird, dann weiß ich, dass Zeit ist für einen richtig guten Tropfen und …«

Ein lautes Klopfen unterbrach ihn. Er ging zur Tür und Bo hörte jemanden mit gedämpfter Stimme sagen: »Foths Männer kommen. Sie durchsuchen alle Häuser nach dem zweiten Verdächtigen. Falls du was hast, was sie nicht haben sollen, bring's in Sicherheit, Tom. Ich muss weiter, die anderen warnen.«

Seine Jungs wussten noch nicht, dass er untergetaucht war. Gestern waren sie die Patrouille ohne ihn gelaufen. Dass Joris verhaftet worden war, hatte sich schnell herumgesprochen. Wenn jetzt nach einem zweiten Verdächtigen gesucht wurde, konnten sie sich den Rest zusammenreimen. Gestern hatte er sich in Toms Keller versteckt. Wenn die Polizei jetzt ernsthaft suchte, dann blieb ihm nichts anderes übrig, als zu rennen. Er sprang auf.

»Wo willst du hin?«, fragte Tom.

»Weg. Du sollst meinetwegen nicht in Schwierigkeiten kommen. Ich verschwinde.«

»Kannste. Sobald ich dir den Weg gezeigt hab.«

Bo folgte Tom zurück in den Keller, aber statt zu dem alten Lager mit Spinnweben und leeren Fässern führte Tom ihn zum Plumpsklo. Dem Geruch nach floss unterhalb dieser Kammer das gesamte Abwasser des Viertels. Joris hatte bei ihnen zu Hause das alte Wasserklosett immer wieder repariert und es mit Hilfe verschiedener Dichtungen sogar geschafft, den Gestank draußen zu halten. Tom hatte sich diese Mühe offenbar nicht machen wollen.

Oben klopfte es wieder an der Tür. »Aufmachen, Polizei!«

Tom drückte auf einen Stein in der Mauer, der wie auf Schienen nach innen glitt und den Blick auf einen Hebel freigab.

»Aufmachen!«

»Ich komme«, brüllte Tom zurück, als er den Hebel zog. Ein Stück Boden klappte weg.

Oben hörte man das Holz der Tür splittern.

»Am Rand ist die Mocke nicht ganz so tief. Ich muss hoch, sonst brauch ich 'ne neue Tür.«

Bo schob sich durch die Öffnung. Unter ihm war eine Metallleiter an der Wand befestigt. Er kletterte den schmalen Schacht hinunter, hinein in den Siel – ja hier floss das gesamte Abwasser des Viertels. Über ihm klappte der Boden zurück und Bo stand in totaler Finsternis. Er hörte Tom noch rufen: »Lasst meine Tür heile, ich bin doch gleich da, alter Mann is' kein D-Zug«, und dann hörte er eine ganze Weile nichts mehr.

Theater

»Ihr habt den Elbtunnel geschrottet? Echt wahr?«

Lillith grinste. Fritjof!

»Ja«, twinkerte sie zurück. »Danke der Nachfrage. Ich habe überlebt und es geht mir den Umständen entsprechend gut.«

»Oh … Verzeih, meine Liebe. Du musst mir alles ganz genau erzählen. Ich bin gleich am Rathaus. Wir sehen uns.«

Lillith beendete die Verbindung und ging die schmale und schmucklose Treppe in den Zuschauerraum der Bürgerschaft hoch. Fritjof hatte definitiv das falsche Geschlecht. Sie kannte niemanden, der so gut über den Klatsch und Tratsch der Gesellschaft Bescheid wusste wie er. Seine Sensationslust war vermutlich der einzige Grund, warum er regelmäßig die Bürgerschaftssitzungen besuchte. Während der wöchentlichen Treffen, bei denen die Senatoren die Abgeordneten über ihre Entscheidungen informierten, passierte nicht viel und weil sich alle langweilten, blieb reichlich Zeit für informelle Vidja-Gespräche.

Der rote Teppich dämpfte ihre Schritte. Hinter ihr zog jemand geräuschvoll die Nase hoch. Lillith spürte Titus' allgemeines Unwohlsein. Anscheinend war ihm das schlechte Wetter gestern auf die Gesundheit geschlagen. Und dann spürte sie seine Gier. Sie drehte sich zu ihm um. Ertappt wandte er seinen Blick von ihrer Rückseite ab und starrte auf den Teppich vor sich.

Sie begriff wirklich nicht, warum ihr Vater diesen Mann als persönlichen Assistenten beschäftigte.

Lillith drückte sich mit ihrem Reifrock an der halbhohen Zwischenwand vorbei, die ihre Loge von den Plätzen der Familie Hawik trennte. Ausladender durfte die Mode nicht mehr werden, sonst würde sie nicht mehr durch den schmalen Gang passen.

Sie setzte sich auf einen der Konferenzstühle direkt an der Balustrade, obwohl sie bezweifelte, dass sie sich heute auf die Sitzung würde konzentrieren können. Maja hatte sie gestern Abend gleich in ein warmes Wannenbad gesteckt, während Davide Erik Drach über die Ereignisse informierte. Ihre alte Kinderfrau hatte sich geduldig Lilliths Schilderung angehört, vor allem die Geschichte von Peer und seiner Familie, die Lillith viel mehr bewegte als der Überfall im Elbtunnel. Überfälle passierten eben. Genau dafür hatte man seine Leibwächter.

Maja hatte ihr davon abgeraten, Lebensmittel und Energie nach Neugraben zu schicken. »Damit machst du die Nachbarn nur abgünstig und dann wird es für die Familie noch schwerer.«

»Und wenn ich allen etwas schicke?«

»Mit so'n paar Pfennig kannst du die Welt nicht ändern, Lillith. Die Menschen da draußen kommen zurecht. Misch dich nicht ein.«

Lillith war sich nicht sicher, ob sie Majas Rat folgen würde. Der Blick der Kinder, als Titus das letzte Stück Brot aß … Sie verdrängte die Erinnerung und musterte die Männerlandschaft unter ihr. Die Senatorenbank war heute fast vollständig besetzt. Von den Mitgliedern der Bürgerschaft war dagegen nicht einmal jeder dritte gekommen. Eine Ignoranz dem hohen Haus gegenüber, die Davide regelmäßig in Rage brachte. »Wir tun alles, um dieses Land am Laufen zu halten und die anderen Familien besitzen nicht einmal so viel Anstand, uns dafür Anerkennung in Form ihrer Anwesenheit zu zollen.«

Sein Standardspruch auf fast jeder Fahrt zurück.

Was er dabei zu erwähnen vergaß: Der Einfluss der Familien, die nicht auf der Senatorenbank Platz nahmen, war, vorsichtig formuliert, gering. Auf dem Papier war Nordland ein demokratisch organisierter Staat mit klassischer Gewaltenteilung. De facto bestimmten allein die Senatoren die Geschicke des Landes.

Unten rief eine Glocke zur Sitzung. Die Männer unterbrachen ihre Gespräche und gingen zu den Plätzen: die Senatoren zu den aufwändig geschnitzten Stühlen auf dem Podium unter den hohen Fenstern, die Abgeordneten zu ihren Klappsesseln im Halbrund des Saals.

Lillith richtete ihre Aufmerksamkeit auf die gegenüberliegende Seite des Raumes. In den Logen verfolgten Vertreter der wichtigsten Familien Nordlands die Sitzung. Baldachine, Säulen und handgeschnitzte Brüstungen rahmten die üppig verzierten Ehrenplätze ein. Das darin sitzende Publikum lieferte das passende Interieur.

Ihr genau gegenüber verzog Otwin Rabe, der Sohn des Bürgermeisters, sein teigiges Gesicht und scheuchte einen seiner Angestellten fort, der ihn belästigt zu haben schien.

Im Hintergrund lauerte Joseph Foth, ein Angestellter aus dem Hause Drach und ein Mann, bei dessen Anblick es ihr jedes Mal kalt den Rücken herunterlief: der steife hohe Kragen seiner Uniform, das schüttere und trotzdem streng gescheitelte Haar und die halb zusammengekniffenen Augen, die nie einfach nur so über die Menschen hinwegschweiften. Lillith hoffte, dass sie niemals in den Fokus des Polizeichefs geriet.

In der Loge, die den Rängen am nächsten war, saß Bibi Kropp, die stets schwarz gekleidete und schlecht gelaunte Ehefrau von Handelssenator Jay Kropp. Meistens war sie neben Lillith die einzige Frau in diesem ganzen Theater. Gegrüßt hatten sie sich hier noch nie.

Während unten auf der Senatsbank Bürgermeister Rabe zu seiner Begrüßung ansetzte, gab es auf den Rängen, wo sich die Vertreter der unteren Führungsebenen Nordlands versammelten, Geschiebe und Gedränge. Ein athletischer Mann, dessen graues Haar in krassem Widerspruch zu seinem fast jungenhaften Gesicht stand, drängelte sich nach vorne, vorbei an dem Saaldiener, der vergeblich versuchte, ihn wieder nach hinten zu komplimentieren. Lillith schüttelte missbilligend den Kopf: Fritjof von Eschenburg. Eine Naturgewalt – und ihr bester Freund.

»Hallo, meine Hübsche«, las sie im selben Moment auf ihrer Kontaktlinse. »Das rubinrot korrespondiert außerordentlich gut mit deinen dunklen Haaren.« Lillith drückte auf ihr Vidja-Armband, aber bevor sie antworten konnte, erhoben sich alle. Sie hörte Rabe sagen: »Bitte erweisen Sie unserem ehemaligen Bürgerschaftspräsidenten mit einer Schweigeminute Ihren Respekt.«

Lillith stand auf und strich die Röcke glatt. Die Sache mit Willem Duhnkreih hatte sie nach den Ereignissen gestern schon fast vergessen. Aber die Schuldgefühle waren sofort wieder da. Was, wenn … ? Sie nahm die Schultern zurück und machte sich gerade. Nein. Sie hatte sich nicht getäuscht.

»Einen Penny für deine Gedanken«, erschien auf ihrer Kontaktlinse.

Fritjof. Er konnte keine Schweigeminute lang den Mund halten. Dankbar für die Ablenkung antwortete Lillith mit schnellen Augenbewegungen.

»So billig sind die nicht zu haben. Einen halben Penny für deine!«

»Schon mal überlegt, dir den Chip für die Vidja implantieren zu lassen?«

»Damit du deinen Penny sparst?«

»Dann könnte ich jetzt live und in Farbe sehen, was gestern im Elbtunnel passiert ist und du müsstest nicht die nächste halbe Stunde nach den passenden Buchstaben suchen. Das würde enorm Zeit sparen.«

»So weit kommt das noch, dass ich dir Zugriff auf mein Gehirn gebe. Meine Gedanken sind frei und sollen es auch bleiben!«

»Sei doch nicht so technikfeindlich!«

»Das ist nicht technikfeindlich, das ist realistisch. Außerdem finde ich das aktuelle Modell mit Kontaktlinse, Ohrstecker und Armreif schon cyborgig genug.«

»Kontaktlinse, Ohrstecker und Manschettenknöpfe, meine Liebe. Dein Armreif ist eine Sonderanfertigung; möchte gar nicht wissen, wie viel dein Vater dafür hinblättern musste. Hat natürlich den Vorteil, dass du die Vidja nicht so schnell verlierst.

Du ahnst gar nicht, wie oft ich nachts aufwache und denke, dass ich meine Manschettenknöpfe verlegt habe. Ein implantierter Chip könnte mir endlich wieder ruhige Nächte schenken.«

»Allein deshalb würdest du der Technik erlauben, deine Gedanken ins große Vidjanetz zu schicken?«

»Das sind doch nur die von mir freigegebenen Gedanken, die ich auf die Reise schicke. Außerdem: Wen interessieren schon meine Gedanken?«

»Solange sie nicht zu unverschämt sind: mich!«

»Dabei sollten dich vor allem die unverschämten interessieren.«

Lillith schaute zum Rang hinüber. Fritjof strahlte sie an, sein Lächeln reichte fast von einem Ohr zum anderen, dann zeigte er nach vorne und twinkerte: »Es geht weiter.« Sie hob und faltete den Reifrock so, dass die ausgefeilte Mechanik die Stäbe an den passenden Stellen knickte und den Rest so hinbog, dass sie auf den schmalen Konferenzstühlen Platz fand.

»Vielen Dank.« Bürgermeister Rabe räusperte sich. »Kommen wir also zu Tagesordnungspunkt 1: Vereidigungen. Wir beginnen mit unserem neuen Senator für Heimatschutz: Erik Drach.«

Lillith war dem Erben von Alexander Drach bisher nicht persönlich begegnet, abgesehen von dem kurzen Überflug gestern. Der alte Drach hatte ihn vor über zehn Jahren nach Russland geschickt, wo Erik sich angeblich um neue Geschäftsfelder kümmern sollte. Gerüchten zufolge, war Russland der letzte Versuch gewesen, Vernunft in den Schädel von Drach Junior zu hämmern. Offenbar erfolglos. Zur Beerdigung war Erik nicht erschienen. Ein Affront, über den sich die versammelte Oberschicht Nordlands noch Tage später das Maul zerrissen hatte.

Erik Drach also. Zurück aus Russland. Mit schnellen Schritten hatte er seinen Platz auf dem Podium verlassen und stand nun am Rednerpult, das neben ihm wie ein Kinderspielzeug wirkte. Er hielt sich extrem gerade, was ihn noch größer erscheinen ließ. Der gutgeschnittene Anzug kaschierte das breite Kreuz, aber Lillith war sich sicher, dass dieser Mann ähnlich definierte Muskeln hatte wie ihre Leibwächter. Die Haare waren kurz geschoren, harte Linien um Mund und Nase ließen auf Entschlossenheit und Unnachgiebigkeit schließen. Ein kantiges Gesicht, an dem man sich blaue Flecken holen würde, wenn man ihm zu nahe käme. Drach ließ seinen Blick über die Abgeordneten vor sich wandern. Soviel Selbstvertrauen strahlte nicht einmal ihr Vater aus. Ein General, der seine Truppen begutachtete.

»Das ist doch mal ein Kerl«, las sie. »Wäre der nicht was für dich?« Fritjof wieder.

Sie erwiderte sein Lächeln, bevor sie eine Antwort twinkerte. »Ach Fritjof, du weißt doch, wenn ich jemanden aus Nordland heiraten dürfte, käme nur einer in Frage.«

»Diesen Heiratsantrag werde ich speichern und dir bei entsprechender Gelegenheit unter die Nase halten.«

»Wer sagt denn, dass du der eine bist? Ich dachte eher an … Ehrenreich Benz?«

Ein lautes Prusten kam von den Rängen. Die Saaldiener und selbst Bürgermeister Rabe blickten tadelnd in Fritjofs Richtung.

Bürgermeister Rabe stand neben Drach und hielt in seiner von Altersflecken übersäten Hand eine Bibel. Für einen Moment schien er nicht zu wissen, was er als nächstes tun sollte, dann nickte er. Vermutlich hatte ihm ein Assistent über die Vidja die fehlende Information zukommen lassen.

»Erik Drach, bitte sprich mir nach.«

Lillith kannte den Amtseid auswendig. Davide zitierte ihn bei jeder sich bietenden Gelegenheit. Vermutlich, weil er ihn sich ausgedacht hatte.

»Ich schwöre, dass ich meine Kraft dem Wohle Nordlands widme, seinen wirtschaftlichen Erfolg mehre und alles unterlasse, was den Geschäften Schaden zufügen könnte. Ich akzeptiere, dass kein Senator dem anderen übergeordnet ist. Ich respektiere den Pakt und werde das Leben der Elite und ihrer Angehörigen achten wie mein eigenes. Das schwöre ich, so wahr mir Gott helfe.« Drach nahm die Hand von der Bibel und ohne äußere Regung den Applaus entgegen.

»Danke, Erik.« Der Bürgermeister räusperte sich und blätterte durch die heilige Schrift, als würde er darin sein Redemanuskript vermuten. »Dann kommt jetzt also die Vereidigung von …« Er räusperte sich ein weiteres Mal und setzte neu an. »Nein, wir müssen ja erst wählen. Ich bitte Lüntje Petersen nach vorne, den einzigen Kandidaten für das Amt des Bürgerschaftspräsidenten.«

Auf dem Rang gab es kräftigen Applaus, als ein älterer Herr mit vollem weißem Haar und einem enormen Schnauzbart nach vorne ging. Endlich hatte es einer aus der zweiten Reihe nach oben geschafft. Na ja, fast. Die Position des Bürgerschaftspräsidenten lag zwischen der eines Senators und der eines Parlamentariers. Aber mit Petersen wurde sie nun von einem Mann besetzt, der nicht zur Gründungsmannschaft von Nordland gehörte. Die offizielle Wahl durch die Abgeordneten der Bürgerschaft war reine Formsache und inklusive Amtseid innerhalb von zwei Minuten erledigt.

Lüntje Petersen übernahm die Sitzungsleitung mit einer Souveränität, als hätte er nie etwas anderes getan. Lillith suchte in ihrer Vidja nach Hintergrundinformationen und fand lange Abschnitte über ihn und seine Familie in der Hamburger Genealogie. Ganz alter Hamburger Pfeffersackadel. Während der Umbruchjahre nicht schnell genug dabei, sich die wirklich wichtigen Ressourcen zu sichern. Aber seit der Gründung Nordlands stetig nach oben strebend. Er schien einer der logischen Kandidaten zu sein. Und hatte sich dabei so lange im Hintergrund gehalten, dass keiner der Senatoren, die inoffiziell diese Besetzung aushandelten, sich von ihm bedroht fühlte.

Das würde Fritjof noch lernen müssen, wollte er wirklich jemals einen wichtigen Posten übernehmen: Das politische System in Nordland vertrug keinen überehrgeizigen Einzelgänger. »Kein Senator ist dem anderen übergeordnet.« Selbst der Bürgermeister hatte nicht mehr Rechte als die acht ihm zur Seite stehenden Senatoren. Sie waren ein gleichberechtigtes Team, jeder zuständig für den Bereich, in dem er sich am besten auskannte.

Erik Drach, seit dem Tod seines Vaters Alleinaktionär der Sihhuri AG, war Experte für alles, was mit Sicherheit und Überwachung, Polizei und Grenzschutz zu tun hatte. Und erster Redner beim Tagesordnungspunkt »Aktuelles«.

»Sehr geehrter Herr Bürgermeister, sehr geehrte Senatoren, geehrte Abgeordnete.« Drach machte eine Pause und wartete, bis er die Aufmerksamkeit des gesamten Plenums hatte. »Ich bin erschüttert über die Lage in Nordland. Mord und Totschlag sind an der Tagesordnung, fast täglich gibt es neue Überfälle und Entführungen, Diebstähle und Einbrüche.«

Aus dem Plenum kamen zustimmende Kommentare. Lillith schüttelte den Kopf. So extrem wie Drach die Situation schilderte, war sie wirklich nicht. Sie hätten gestern nicht in den Tunnel hineinfahren dürfen, als ihnen klar wurde, dass es eine Störung beim Tor gegeben hatte. Aber das bedeutete noch lange nicht, dass die Verbrecher die Stadt tyrannisierten.

»In Russland weiß das Gesindel, wo es hingehört«, fuhr Drach fort. »Niemand muss Angst davor haben, bei einem abendlichen Spaziergang überfallen zu werden. Egal ob in Moskau oder in St. Petersburg, ob in Riga oder in Kiew – die Straßen sind sicher. Es wird Zeit, dass sie auch in Nordland wieder sicher werden.«

Der Applaus der Abgeordneten war deutlich.

»Eine gute Nachricht vorab: Der Mörder unseres allseits geschätzten Bürgerschaftspräsidenten Duhnkreih wird kein weiteres Mal morden.« Drach machte eine Pause und ließ seinen Blick über die Männer vor ihm schweifen. Selten hatte ein Redner so viel Aufmerksamkeit.

»Joseph Foth und seine Leute haben Duhnkreihs Mörder dank unserer hervorragenden Überwachungssysteme kurz nach der Tat festgenommen.« Erik blickte hoch zum Geheimdienstchef, der das Lob ungerührt entgegennahm. »Der Angeklagte ist geständig, ihm wurde gestern der Prozess gemacht. Der ehrenwerte Richter Professor Doktor Georg Dauve hat ihn der Gesetzeslage entsprechend zum Tode verurteilt. Der Verteidiger hat auf weitere Rechtsmittel verzichtet. Freitag, fünfzehnhundert, findet die Hinrichtung auf dem Rathausmarkt statt.«

Die Männer unten im Saal raunten, steckten die Köpfe zusammen, kommentierten den schnellen Fahndungserfolg und den noch viel schnelleren Prozess. Die allgemeine Verwunderung war nicht nur für Lillith deutlich zu greifen.

»Blufft Drach?«, fragte ihr Vater per Vidja. Er schien am schnellen Fahndungserfolg zu zweifeln. Oder er gönnte ihm nicht diesen sensationell guten ersten Auftritt. Lillith ließ Eriks Emotionen auf sich wirken: Der neue Senator für Heimatschutz legte eine kalte Selbstzufriedenheit an den Tag. Er schaute von seinem Rednerpult aus auf den Tumult, den er ausgelöst hatte, und war mit sich und der Welt im Reinen. Kein Anzeichen für eine Lüge, nichts, was auf einen Bluff hindeutete. Amüsement umspielte seine Lippen, als er die Parlamentarier im Halbrund vor sich betrachtete. Er drehte sich zu den Senatoren um und Lillith fühlte seine Genugtuung, als er registrierte, dass auch die wichtigsten Männer Nordlands von seiner Nachricht überrascht worden waren.

»Sieht nicht so aus«, schrieb sie zurück.

Drach rekapitulierte die letzten Minuten im Leben von Willem Duhnkreih. Mit einer Wischbewegung aktivierte er die stationäre Vidja auf dem Rednerpult. Das Licht wurde automatisch gedimmt, gleich neben dem Pult baute sich eine virtuelle Realität auf: Am oberen Bildrand sah Lillith ein Schild: »Sternschanze«. Die Daten waren einer Nachtsichtkamera entnommen worden; an der alten S-Bahn-Station musste eine aus der neuesten Generation hängen. Das Bild war gestochen scharf, alle Beteiligten waren deutlich zu erkennen.

»Wie hat er es geschafft, die Polizei so schnell ans Arbeiten zu kriegen?«, twinkerte Lillith an Fritjof. »Normalerweise brauchen die Wochen, bis sie alle Daten ausgewertet haben.«

»Russische Schule?«

»Oder Werbung in eigener Sache? Damit auch der letzte Nordländer endlich die Sihhuri-Analysesoftware auf seine Vidja spielt?« Wäre ihr Vater an Eriks Stelle, hätte er sich diese Marketing-Gelegenheit ebenfalls nicht entgehen lassen.

Auf dem Boden lag Willem Duhnkreih, die massige Gestalt seltsam verdreht, fast nackt und übel zugerichtet. Neben ihm knieten zwei Männer, einer ganz in schwarz, die Kapuze seines Pullovers tief ins Gesicht gezogen, der andere in einem von Flicken übersäten, dunklen Mantel. Duhnkreih lebte noch. Er spuckte Blut. Ein tiefer, rasselnder Atemzug – und dann Stille. »Das war's«, sagte der Mann in dem Mantel und säuberte in einer Pfütze seine Hände. Die Kamera zeigte ein altes Gesicht, von tiefen Linien durchzogen, keine der typischen Schläger-Visagen. Aber was bedeutete das schon?

Sein Begleiter stand bereits und half ihm auf die Beine. »Beeil dich, ja? Wir müssen abhauen, bevor die Bullen kommen.« Eine sehr tiefe und eindeutig junge Stimme. Auf Lilliths Armen bildete sich Gänsehaut. Der Alte blieb noch einen Moment stehen, bevor er dem Jüngeren ins Dunkel folgte.

»Wir haben Willem Duhnkreihs Mörder in derselben Nacht ausfindig gemacht.« Erik Drach stand selbstgefällig und ein bisschen gelangweilt am Rednerpult, als er ein Foto des älteren Mannes präsentierte: »Joris Thorn. Er ist für die Bewohner des Viertels eine Art Arzt, war aber nie in Nordland approbiert. Mit anderen Worten: ein Quacksalber, der mit selbst gemachten Tinkturen und Wundermitteln seine Nachbarn über den Tisch zieht. Er hat den Mord gestanden und alle Schuld auf sich genommen. Seinen Angaben zufolge ist der zweite Mann, dieser Kapuzenträger, erst dazu gekommen, als Willem schon tot war, was, wie Sie gerade sehen konnten, völliger Unsinn ist.« Drach rief ein Bild auf, das eher eine Karikatur als ein echtes Fahndungsbild war. »Leider hat unsere Datenbank kein Profil, das mit diesem übereinstimmt. Wir haben sein Stimmprofil bereits an alle sozialen

Einrichtungen, Polizeistellen und Überwachungsorgane weitergegeben. Es ist nur eine Frage der Zeit, bis wir zu der Stimme ein Gesicht haben – und damit den Mann.«

Davide meldete sich zu Wort: »Meinen Glückwunsch, lieber Erik, für diesen sagenhaft schnellen Fahndungserfolg. Nur der Vollständigkeit halber: Gibt es Bilder, die den Mord zeigen? Auf denen man sieht, wie Willem totgeschlagen wurde?«

Lillith spürte Davides Nervosität. Aber auch Drach fühlte sich unwohl. Sie gab ihren Eindruck an Davide weiter.

»Die Überwachungskameras scheinen vor der Tat manipuliert worden zu sein«, sagte Drach. »Die Tat selbst wurde nicht gefilmt. Aber die Indizien sind eindeutig und der Mann ist geständig.«

»Gibt es von Foths Verhör einen Mitschnitt?« Worauf wollte ihr Vater hinaus? An seiner Stelle würde sie das Ganze auf sich beruhen lassen, froh darüber, dass einer die Drecksarbeit erledigt hatte.

»Nein. Ist das in Nordland so üblich? Wenn dem so ist, werde ich künftig natürlich jedes Verhör für dich aufzeichnen.«

»Nicht nötig. Ich möchte nur, dass du dir darüber im Klaren bist, dass Nordland ein Rechtsstaat ist und dass jeder Angeklagte einen fairen Prozess verdient.«

»Wir haben hier doch kein Problem mit dem Rechtsstaat«, rief Drach und drehte sich den Parlamentariern zu. »Wir haben ein Problem mit der inneren Sicherheit!«

Die Männer unten im Saal murmelten ihre Zustimmung.

Finanzsenator Liborius Oppermann schaltete sich ein. »Wenn ich einen Vorschlag machen dürfte, lieber Erik?«

Drach nickte huldvoll in Oppermanns Richtung. Der neue Senator für Heimatschutz wusste noch nicht, welcher Granit sich unter dem Samtmantel von Oppermanns Höflichkeit befand.

»Ich würde es begrüßen, wenn du als erstes die Kameras auf den neuesten, nicht manipulierbaren Stand bringen könntest. Wenn ich mich richtig entsinne, haben wir dafür im vergangenen Jahr ein Budget in Höhe von 32,5 Millionen Nordmark zur Verfügung gestellt«, sagte Oppermann. »Dein Vater scheint dieses Geld anderweitig verwendet zu haben.«

Drach war völlig ungerührt von Oppermanns Tadel. »Das wird eine der ersten Maßnahmen sein, Liborius. Meine Analysesoftware nützt nichts, wenn es kein Quellenmaterial gibt. Punkt eins. Punkt zwei: Angesichts der steigenden Zahl der Verbrechen brauchen wir mehr Polizei. Jeder von uns sollte überlegen, wie viel er dazu beitragen kann. Ich werde das Kontingent unseres Hauses verdoppeln.«

Erstaunlich wie schnell Drach die Gesprächsführung wieder an sich riss, obwohl er gerade einen dicken Fehler hatte zugeben müssen. Lillith war von so viel Selbstbewusstsein beeindruckt, auch wenn sie wusste, dass Drach die Verdopplung des Kontingents nie durchsetzen würde.

Liborius Oppermann meldete sich erneut zu Wort. »Mein lieber Erik«, fing er versöhnlich an, »ich weiß es zu schätzen, dass dir die Sicherheit am Herzen liegt. Aber wenn du deinen Anteil erhöhst, müssen wir anderen nachziehen, damit das Gleichgewicht unseres Paktes gewahrt bleibt. Eine Verdopplung der Zahl der Sicherheitskräfte halte ich für übertrieben.« Oppermann nahm Blickkontakt zu seinen Senatorenkollegen auf. Davide Civetta und Bürgermeister Rabe nickten zustimmend. »Jeder von uns weiß, dass er nicht ohne Leibwächter durch die ärmeren Viertel der Stadt fahren sollte. Wir sind kein Polizeistaat und ich würde es begrüßen, wenn es so bleibt.«

»Aber es geht doch hier nicht nur um deine persönliche Sicherheit, Liborius«, mischte sich Landwirtschaftssenator Meik Hawik ein. »Ich hätte nichts gegen eine Aufstockung des Etats. In der Fläche habe ich enorme Probleme, den Plünderern Einhalt zu gebieten.« Sein Doppelkinn schwappte fast über. »Angesichts der chaotischen Verhältnisse in Westfalen ist die Zahl der Flüchtlinge dramatisch gestiegen«, fuhr Hawik fort. Er beugte seinen mächtigen Oberkörper über den Tisch. »Meine Drohnen fliegen 24 Stunden am Tag, aber sie können nicht überall sein. Ich schlage deshalb vor«, Hawiks Stimme war inzwischen eine halbe Oktave nach oben gewandert, »dass wir den Etat für Sicherheit um 50 Prozent erhöhen, um unsere Grenzen endlich vernünftig zu sichern. Das Geld dafür können wir an anderer Stelle einsparen, zum Beispiel bei unserer Jubiläumsfeier.«

»Wann lernst du endlich den Unterschied zwischen einmaligen und ständigen Ausgaben, Meik?« Davide verzog spöttisch den Mund. »Aber davon abgesehen: Wenn wir an dem Fest sparen, zeigen wir unseren Gästen, dass wir Probleme haben. Und das könnte enorme wirtschaftliche Folgen haben.« Er machte eine kurze Pause und verkündete dann in seinem besten Ich-beschließe-Ton: »Das Fest zum 25-jährigen Bestehen von Nordland werden wir im großen Stil feiern. Und wenn es das Letzte ist, was wir tun.«

Erik setzte zum Protest an, aber Davide unterbrach ihn gleich wieder. »Das soll nicht heißen, dass ich deinen Finanzbedarf nicht sehe, Erik.« Er wandte sich an den Mann ganz am Ende des Podiums. »Senator Benz, könnten wir nicht ein paar Positionen aus dem Bereich Bildung in den Bereich Sicherheit umschichten?«

»Ging es nicht eben noch um den Tod von Willem Duhnkreih?«, twinkerte Lillith an Fritjof. »Die sind aber schnell wieder beim Etat gelandet.«

Fritjof schickte das Bild eines großen Geldsacks zurück und titelte: »Dinge, die im Leben wirklich zählen.«

»Herr Vorsitzender«, Ehrenreich Benz setzte zum Protest an, wurde aber von Hawik übertönt. »Eine ausgezeichnete Idee, Davide, ausnahmsweise mal eine ganz hervorragende Idee.« Benz sackte auf seinem Senatorenstuhl in sich zusammen, ein kleines Männchen inmitten einer Horde von Alphatieren.

Lillith verzog verächtlich den Mund. »Behaupte noch einmal, dass das Vererben von Ämtern eine sinnvolle Sache ist, Fritjof.«

»Benz kann nichts dafür, dass sein Etat neben dem von Drach der einzige Gemeinschaftsposten ist. Logisch, dass sich alle auf ihn stürzen, wenn Drach mehr Geld will. Sein Alter hätte sich genauso wenig wehren können.«

»Schwachsinnssystem.«

»Funktioniert seit 25 Jahren. Und ganz ehrlich: Unsere Angestellten müssen lesen können, schreiben, ein bisschen rechnen. Für diese Minimal-Anforderungen hat Benz eine Menge Geld zur Verfügung. Wenn ihm das nicht reicht, muss er eben privat ein paar Millionen dazu tun. Mit dem Vidja-Netz verdient er schließlich mehr als genug.«

»Dann steht also folgende Maßnahme zur Abstimmung«, beendete Petersen die Debatte ums Geld. »Aus dem Bereich Bildung werden einmalig 15 Millionen Nordmark in den Bereich Heimatschutz umgeschichtet. Sollte sich weiterer Finanzbedarf ergeben, wird Senator Drach für unsere Haushaltssitzung im November einen entsprechenden Antrag stellen, in dem er die einzelnen Positionen genauer erläutert. Wer diesem Vorgehen zustimmt, hebe bitte die Hand.«

Alle Abgeordneten stimmten zu. Ehrenreich Benz hatte – anders als die anderen Senatoren – keine Hausmacht im Parlament.

»Herr Vorsitzender, wenn ich …« Ehrenreich Benz versuchte mit knödeliger Stimme den Bürgerschaftspräsidenten auf sich aufmerksam zu machen. »Ich, ähm, hätte noch eine Frage zu dem Mord an Willem Duhnkreih, wenn ich diese vielleicht, wenn es noch passt, also eben schnell noch stellen dürfte?«

Petersen nickte.

»Auch mich hat Willems Tod tief, ähm, getroffen«, fuhr Benz leise fort. »Aber irgendwie finde ich Todesstrafen, wie soll ich sagen, nun, irgendwie sind die ganz schön barbarisch. Vielleicht könnte man das Urteil ja noch in eine lebenslange Haftstrafe umwandeln, oder so? Gerade so kurz vor unserem großen Fest?«

Erik Drach beantwortete Benz' Frage mit der gleichen Souveränität, mit der er zuvor alle anderen Anmerkungen aus der Welt gewischt hatte. »Mord an einem von uns wird immer mit der Todesstrafe geahndet. Keine Ausnahme.«

»Aber …?«

»Der Mann hat gestanden, was wollen Sie noch, Senator Benz?« Drach wurde ungeduldig.

Ehrenreich Benz öffnete den Mund, besann sich dann anders und senkte den Kopf. Das letzte bisschen Farbe war aus seinem Gesicht gewichen.

Lillith konnte Benz' tiefe Trauer spüren, zum ersten Mal heute, dass überhaupt jemand trauerte. Sie twinkerte diese Beobachtung an ihren Vater. Willem Duhnkreih musste ein enger Freund von Benz gewesen sein. Das komplexe Beziehungsgeflecht der Männer Nordlands überraschte sie immer wieder. Es war ein undurchschaubares und lebendiges Netz aus Verbindungen und Verbindlichkeiten, Gefallen und Gefälligkeiten. Sie bezweifelte, dass außer Joseph Foth, der alten Spinne, irgendeiner alle Details dieses Netzes kannte. Aber bisher hatte sie immer gedacht, dass Benz außen vor stand. Niemand, so ihr Informationsstand, wollte gerne mit dem alten Kauz zusammen gesehen werden.

Drach stand immer noch am Rednerpult. »Vielen Dank, Senator Benz, vielen Dank, werte Abgeordnete. Ich weiß Ihre Unterstützung zu schätzen.« Immerhin wusste er, was sich gehörte. »Um die Ausgaben trotz der steigenden Gewalt im Griff zu behalten, habe ich einen Plan entwickelt, den ich Ihnen gerne vorstellen möchte.«

Petersens Ungeduld zeigte sich nicht auf seinem Gesicht, aber Lillith konnte sie deutlich fühlen. Auch der neue Bürgerschaftspräsident hatte offensichtlich wichtigere Dinge zu tun, als lange Sitzungen zu leiten.

»Bitte, Senator Drach«, erteilte er ihm ein weiteres Mal das Wort, »aber Sie wissen, dass die Redezeit für Themen der aktuellen Stunde auf fünf Minuten begrenzt ist?«

»Ich werde Ihre Zeit nicht mehr lange in Anspruch nehmen.« Drach projizierte eine Karte von Hamburg an die weiße Wand hinter den Senatoren. Grün waren die Viertel, in denen die reichen Familien der Stadt ihre Anwesen hatten, hellgrün die Gemeinschaftsanlagen der kleinen Mittelschicht Nordlands.

Ungleichmäßig in dem Grün verteilt waren zahlreiche rote Flecken, die sich vor allem in den ehemaligen Innenstadtvierteln St. Pauli, Altona, Eimsbüttel, St. Georg, Hamm und Barmbek zu größeren roten Flächen vereinten.

»Wie Sie auf dieser Karte sehen, ist Hamburg ein Flickenteppich. Wer von der Alster an die Elbe möchte, muss durch ein Armenviertel. Wer von Poppenbüttel aus die Autobahn nutzen möchte, muss durch ein Armenviertel. Sogar die wöchentlichen Sitzungen hier im Rathaus sind für die meisten Abgeordneten nicht erreichbar, ohne dass sie durch ein Armenviertel fahren müssen.«

»Das war schon immer so, Erik«, rief Davide dazwischen. »Wir kommen damit klar.«

Erik kniff die Augen leicht zusammen, Lillith spürte seinen Ärger über die Unterbrechung. »Ich möchte aus diesem Flickenteppich, den ihr euch in der Umbruchzeit zusammengeschustert habt, eine schöne und vor allem sichere Stadt machen, in der sich alle gesetzestreuen Bürger ohne Angst bewegen können. Eine Stadt, in der wir ohne Leibwächter unterwegs sein können.«

»Wie soll das gehen?« Davide war ebenfalls verärgert. Neue Pläne stellte man nicht einfach so der Bürgerschaft vor, die besprach man vorher mit den Senatoren. Der junge Drach würde noch eine Menge lernen müssen, wenn er in Nordland etwas durchsetzen wollte. »Das Gebiet umfasst die halbe Stadt. Dort wohnen überall Menschen. Die kannst du nicht einfach vertreiben.«

»Wie habt ihr das denn vor 25 Jahren gemacht?«

Davide presste die Lippen zusammen.

»Das waren andere Zeiten, Erik«, mischte sich Liborius Oppermann ein. »Heute sind wir darauf angewiesen, dass uns das Ausland, und hier meine ich vor allem die Skandinavische Union, als demokratisch legitimierten, Völker- und Menschenrechte achtenden Handelspartner anerkennt.«

»Dessen bin ich mir bewusst.« Erik drehte sich wieder zu den Abgeordneten. »Ich beabsichtige, die Menschen davon zu überzeugen, ihre Häuser und Grundstücke freiwillig zu verlassen.« Eriks Lippen kräuselten sich. »So freiwillig, wie das eben geht.« Er warf die nächste Karte an die Wand. Der gesamte innere Bereich Hamburgs war grün eingefärbt. Dafür gab es am östlichen Rand einen großen roten Fleck.

»Dieser Bereich hier am Rande der Vierlande ist, wie mir Senator Hawik versichert hat, unbewohnte Brachfläche. Hier könnten wir ein Neubauviertel schaffen, das wir an Wasser, Strom, Gas, Datenübertragung und Sicherheit anschließen. Alles Dinge, die die Menschen in den Armenvierteln derzeit nicht haben. Ich bin sicher, dieser Komfort wird auch den letzten Einwohner St. Paulis davon überzeugen, uns seine Abbruchbude zu überlassen. Meine Modellrechnungen zeigen, dass sich das alles ohne Probleme finanzieren lässt.«

»Diese Rechnungen würde ich gerne sehen.« Davide beugte sich vor und nahm Blickkontakt zu seinen Senatorenkollegen links und rechts von ihm auf. »Für mich sieht es eher danach aus, dass wir alle viel Geld in die Hand nehmen müssen, um dir deine Arbeit zu erleichtern. Da beschäftige ich lieber einige Leibwächter mehr.«

Erik drehte sich ebenfalls zu den Senatoren. »Kurzfristig werden wir alle etwas Geld in die Hand nehmen müssen, um die Quartiere zu bauen, das ist korrekt.« Er schob sein Kinn vor. »Die langfristige Rendite wird gewaltig sein. Allein die Wertsteigerung der Grundstücke zwischen Alster und Elbe könnte das Projekt finanzieren. Außerdem beabsichtige ich, die umzusiedelnden Menschen an den Investitionen zu beteiligen. Die Menschen werden Kredite aufnehmen, sie werden sich bezahlte Arbeit suchen, um sich dieses neue Viertel leisten zu können. Sie werden nicht länger auf unseren Straßen herumlungern. Das ganze Land wird davon profitieren.«

Petersen läutete mit der Glocke. »Danke für die Vorstellung deiner Pläne, Erik. Gibt es weitere Wortmeldungen zum Tagesordnungspunkt ›Aktuelles‹?«

»Wir müssen noch über den zerstörten Elbtunnel sprechen«, sagte Bürgermeister Rabe und klang dabei, als würde er etwas ablesen. »Und darüber, ob wir künftig wieder die zentralen Elbbrücken nutzen dürfen.«

Alle sahen zu Ehrenreich Benz. Ihm gehörte der gesamte ehemalige Innenstadtbereich und damit auch die Elbbrücken. Bislang hatte er sich geweigert, die Überfahrt über sein Gelände für den allgemeinen Verkehr freizugeben.

»Nein.«

Die anderen Senatoren tuschelten, die Verärgerung über Benz' Sturheit war deutlich zu spüren. Aber sie konnten nichts tun.

Kein Senator ist dem anderen übergeordnet.

Petersen rief den nächsten Tagesordnungspunkt auf. Handelssenator Kropp ging ans Rednerpult, schob seine große, schwarzgerahmte Brille den Nasenrücken hoch und begann mit der aktuellen Leistungsbilanz – ein Thema, das niemanden interessierte. Nicht mal ihn selbst. Senatoren und Parlamentarier beschäftigten sich unterdessen mit ihren Geschäften. Ein ungeübter Beobachter hätte glauben können, sie würden Kropp zuhören. Tatsächlich schauten sie über ihn hinweg auf die weißen Wände zwischen den Fenstern. Ihre Augen bewegten sich in unregelmäßigem Rhythmus von links nach rechts, von oben nach unten und wieder nach oben. Alle waren in ihre Vidjas vertieft, die kleinen indischen Alleskönner. Die Weisheit der Welt war dank der neuesten Modelle nur einen Wimpernschlag entfernt.

Auch Lillith bekam eine neue Nachricht auf ihre Kontaktlinse geschickt.

»Wie praktisch, dass die Kameras ausgefallen sind, bevor Duhnkreih etwas über seine wahren Mörder sagen konnte.«

Natürlich! Deshalb hatte Davide wissen wollen, ob es Aufzeichnungen vom Mord selbst gab.

Und dann erstarrte sie. Wer konnte wissen, dass sie etwas damit zu tun hatte? Die Nachricht hatte keinen Absender.

Lilliths erster Blick ging zu Polizeichef Joseph Foth in der Loge gegenüber. Aber der beachtete sie nicht. Die Senatoren? Die Gefühlslandschaft, die sich vor ihr ausbreitete, war geprägt von Langeweile, Müdigkeit, Desinteresse. Niemand schaute zu ihr hoch. Die Parlamentarier? Das gleiche Bild.

Ihr Vater berichtete von seinem jüngsten Coup, der Einigung mit Neu-Preußen über den Export von Windgas. Gesundheitssenator Quirin Krawinkel stellte seine Pläne für ein neues Schönheitszentrum vor und fing mit Landwirtschaftssenator Hawik wegen irgendwelcher Wasserprobleme zu streiten an. Anscheinend waren die Leitungen so verrostet, dass die weißen Handtücher in Krawinkels Gesundheitsfarmen nach der Wäsche eher rot als weiß waren. Lillith folgte dem Streit nicht. Sie war damit beschäftigt herauszufinden, von wem die Nachricht stammte. Aber weder in der Männerlandschaft unter ihr noch in den Logen ihr gegenüber entdeckte sie jemanden, der auf eine Reaktion von ihr wartete.

Nur Titus, der Assistent ihres Vaters, sah zu ihr hinüber und blickte dabei unanständig lange auf ihr Dekolleté.

Davide saß bereits zu Tisch, als Lillith am nächsten Tag den Kleinen Speisesaal im ersten Stock betrat. Bei schönem Wetter konnte man von hier aus die Alster und die alten Kirchtürme sehen. Im Moment prasselte der Regen an die bogenförmigen Fenster.

»Hast du herausgefunden, von wem die Nachricht auf meiner Vidja kam?«, fragte sie.

Davide schüttelte nur den Kopf. Er war in einen Bericht vertieft, den seine Vidja auf die Glasoberfläche des Esstisches projiziert hatte.

»Beunruhigt dich das nicht?«

»Doch, durchaus. Aber um mehr herauszufinden, müsste ich Erik um Unterstützung bitten – was ich gerne vermeiden möchte.« Mit einem entschiedenen Fingertippen schloss ihr Vater den Bericht. »Wir müssen abwarten, ob noch mehr kommt. Vielleicht war es ja auch nur ein Schuss ins Blaue.«

»Was ist mit Titus?«

Davide schaute zur Zimmerdecke hoch. »Ich weiß, dass du ihn nicht magst. Aber er war überhaupt nicht im Haus. Ich war komplett allein im Überwachungsraum. Außerdem: Was hätte er davon?«

Darauf hatte Lillith keine Antwort. Ihr Vater hatte ja recht: Warum sollte Titus die Hand beißen, die ihn fütterte? Für jemanden wie ihn, der aus ärmlichen Verhältnissen kam, weder Besitz noch Verbindungen hatte und sich mit viel Fleiß in seine jetzige Position gearbeitet hatte, war die Anstellung bei den Civettas das Beste, was ihm in seinem Leben passieren konnte. Mehr ging nicht.

Es klopfte und ein hübsches, schwarzhaariges Mädchen kam mit dem Mittagessen hinein. »Desiolerate ancora qualcosa?«, fragte das Hausmädchen in akzentfreiem Italienisch.

»No, grazie«, sagte Davide, tippte auf den Tisch und projizierte eine Liste mit Namen an die Wand. Lillith beachtete sie nicht weiter. Über Geschäftliches würden sie nach dem Essen sprechen.

Sobald das Mädchen aus der Tür war, fragte Lillith: »Padanische Verwandtschaft?«

Davide lächelte schmallippig. »Federica ist die Tochter eines entfernten Cousins.«

»Was ist passiert?«

Davide legte die Fingerspitzen zusammen. »Er ist vor Kurzem gestorben. Federica war sein einziges Kind, unverheiratet. Sein Vermögen war fort, bevor er unter der Erde war.«

Lillith schüttelte den Kopf. »Ich begreife nicht, dass sie sich das gefallen lässt.«

Ihr Vater sah sie mit einer Mischung aus Ungeduld und Unverständnis an. »Was hätte sie tun sollen? Vertreter der 'Ndrangheta haben dem Mädchen Verträge unter die Nase gehalten und behauptet, ihr Vater habe ihnen kurz vor seinem Tod alles überschrieben. Sie wird in ganz Padanien keinen Anwalt finden, der ihr hilft, diese Schriftstücke anzufechten.«

Er nahm die Cloches von den Essensschüsseln. Heißer Dampf entwich. Die Küche hatte Steaks von japanischem Koberind vorbereitet. Dazu Süßkartoffeln und Paprika-Zucchini-Gemüse, frisch aus den Gewächshäusern am Rande der Stadt.

»Damit dir nicht etwas Ähnliches passiert, beschleunigen wir unsere Verhandlungen.« Davide zeigte auf die Liste an der Wand. »Spätestens im Mai werden wir deine Hochzeit feiern.«

»Was?«

Lillith legte Messer und Gabel zurück auf den Tisch. Der Appetit war ihr schlagartig vergangen.

Sie sah sich die Liste an. Drei Dutzend Namen standen dort, von ihrem Vater offenbar nach Präferenz sortiert. Der Westfale Schedalke stand ganz unten.

»Bei unseren Jubiläumsfeierlichkeiten im nächsten Monat kannst du die Kandidaten persönlich treffen und dir den für uns passenden Ehemann aussuchen.« Davide schnitt ein Stück von seinem halb rohen Steak ab. Das Blut färbte die Kartoffeln daneben rosa.

Lilliths Fingernägel drückten kleine Halbmonde in ihre Handflächen. Jetzt nicht die Kontrolle verlieren. In ihrer Nase kribbelte es. Wie sie das hasste, wenn ihr vor hilfloser Wut die Tränen kamen.

»Warum so bald?« Die Worte kamen gepresst.

»Zwei Anschläge auf mich innerhalb von zwei Tagen – Lillith, das war kein Zufall. Jemand will mich aus dem Weg räumen.«

»Das glaub ich nicht.« Ihre Stimme wurde fester, lauter. Wenn das der Grund für die überstürzte Hochzeit war – dagegen konnte sie argumentieren. »Gestern im Elbtunnel, das waren Kleinkriminelle, die den offenen Eingang gesehen und die Gelegenheit genutzt haben. Reiner Zufall, dass die uns erwischt haben.«

»Dafür waren die aber gut ausgestattet. Mit einer Pistole schießt du den Elbtunnel nicht kaputt.«

»Dann hat die Kugel eben zufällig eine Ecke getroffen, die schon angeschlagen war. Du hast doch selbst gesagt, dass du der Statik nicht mehr traust.«

»Und Willem hatte auch nur zufällig Gift in seiner Tasche.«

»Das weiß ich nicht. Ich weiß doch nicht mal sicher, ob er dich wirklich umbringen wollte. Dieses Gefühle-Lesen ist keine Wissenschaft, das hat nichts mit Formeln und Fakten zu tun. Wie oft soll ich dir das noch erklären.« Ihr schlechtes Gewissen ließ den letzten Satz schnippischer klingen als ihr lieb war.

»Gar nicht mehr, vielen Dank.« Davide schnitt erneut ins Fleisch. »Falls du recht hast und alles nur ein dummer Zufall war, habe ich nichts zu befürchten. Außer jemand kommt dahinter, dass ich Willems Auto manipuliert und damit selbst massiv gegen den Pakt verstoßen habe. Was – wenn ich an diese ominöse Nachricht auf deiner Vidja denke – eine durchaus reale Gefahr zu sein scheint. Bevor ich also einen weiteren Fehler in dieser Größenordnung mache, werde ich auf deine Anwesenheit bei meinen Geschäften und dein Eintwinkern verzichten. Deine Ausbildung ist abgeschlossen. Es gibt keinen Grund, noch länger mit der Vermählung zu warten.«

Lillith sprang auf. Das meinte er nicht ernst. Er hatte doch sonst immer darüber gescherzt, dass er sie nie würde gehen lassen. Dass ihr Zukünftiger sich gerne bei ihnen in Nordland niederlassen dürfte, aber dass er auf seine Tochter nicht verzichten würde. Sie sollte doch seine Arbeit fortführen, als Frau im Hintergrund, als Ratgeberin. So wie Bibi Kropp, von der alle wussten, dass sie die Geschäfte für ihren Mann Jay führte. Dabei war Bibi nicht einmal empathisch.

Sie versuchte, einen Bluff zu spüren. Vielleicht war das hier nur eine Lektion in Selbstbeherrschung? Die sie gerade komplett vermasselte. Wuttränen liefen ihr über die Wangen. Sie ließ sie zu. Denn ihr Vater bluffte nicht. Er hatte keinen schlechten Witz gemacht. Er war im Begriff, sie zu verheiraten.

»Ich bin doch keine Zuchtstute, die du einfach so verkaufen kannst«, schrie sie. »Ich bin deine Tochter!«

Davide sah sie an, als ob sie sich übergeben hätte. Ihre Emotionalität war ihm geradezu körperlich zuwider. Er wandte den

Blick ab und kaute in Ruhe zu Ende. Dann schloss er die Liste mit den Kandidaten und öffnete das nächste Dokument. In klein, auf der Glasfläche neben seinem Teller. Ihr Gespräch war beendet.

Lillith drehte sich um, riss die Tür auf und lief die Treppe hinunter. Raus aus dem Haus, hinüber zum Fuhrpark, wo sie mit einem kurzen Twinkern einen der Sportwagen freischaltete. Ungeduldig stopfte sie mehrere Lagen Rock um den Sitz herum, drückte erst den Startknopf und dann das Gaspedal und überfuhr dabei fast einen Sicherheitsmann, der an ihrer Grundstücksgrenze patrouillierte.

Sie musste mit jemandem reden. Dringend.

»Cissy? Bist du zu Hause?«

Ihre Freundin hatte nur die Audio-Übertragung ihrer Vidja aktiviert.

»Willst du mich in meiner Wellingsbütteler Tristesse besuchen kommen, liebe Lillith?« Cissys Stimme war üppig und ein klein wenig rauchig. »Ich bin da. Ich weiß allerdings nicht, wann mein Mann zurückkommt.«

»Ich will ja auch dich sehen und nicht Lord Rook.«

»Dann beeil dich lieber.«

»Bin auf dem Weg.« Lillith beendete die Übertragung, nickte dem Sicherheitspersonal am Tor zu und bog ab auf die Straße, die über das Grundstück ihres Nachbarn, Handelssenator Jay Kropp, führte. Von ihrem Anwesen an der Alster bis zu Cissys Haus im Norden Hamburgs waren es nur 20 Minuten Fahrt. Die meiste Zeit ging es dabei über die gesicherten Grundstücke ihrer Nachbarn Kropp und Hawik. Nur zwischen Hawiks Anwesen und der Siedlung, in der seine Tochter Cissy nun wohnte, lag ein kurzes Stück Armenviertel. Lillith wusste, dass es leichtsinnig war, hier komplett ohne Leibwächter zu fahren.

Aber es war ihr egal.

Sie erreichte die Siedlung im Norden der Stadt ohne Probleme. Die Bewohner – sie gehörten zur kleinen Mittelschicht

Nordlands – hatten sich zusammengetan und ihre hübschen Viertel mit gemeinschaftlichen Sicherheitsanlagen versehen. Eine kleine Stadt innerhalb der Stadt.

»Wer sind Sie? Zu wem wollen Sie?«, fragte ein schlechtgelaunter Pförtner, dem der Regen in den Kragen tropfte, als er sich am Eingangstor zu ihr hinunterbeugte.

Lillith runzelte die Stirn. Der Mann hatte offenbar kein automatisches Erkennungssystem.

»Ich bin Lillith Athena Civetta und ich möchte zu meiner Freundin Lady Cecilia Rook.«

»Haben Sie eine Einladung?«

»Seit wann …«, fing sie an sich aufzuregen, fühlte aber sofort eine Mauer aus Abneigung, Abwehr und Frust. Hier würde sie den Kürzeren ziehen.

»Cissy«, twinkerte sie lautlos an ihre Freundin. »Der Gorilla am Eingang will mich nicht durchlassen.«

In dem Pförtnerhäuschen klingelte es. Der Sicherheitsmann lief zurück und Lillith konnte ihre Freundin auf den Mann einreden hören. Sie verstand nur einzelne Satzfetzen: »Mein Mann wird vergessen haben …« – »Aber Lord Rook hat ausdrücklich …« – »Er hat damit nicht Fräulein Civetta gemeint!« – »Ich brauche den Job …«

Der schlechtgelaunte Mann kam zurück zu ihrem Wagen und musterte sie gründlich. Dann die Rückbank. Und schließlich: »Machen Sie den Kofferraum auf.«

»Machen Sie bitte den Kofferraum auf«, gab Lillith schnippisch zurück. Aber der Mann stand bereits bei den Rückleuchten. Lillith drückte einen Knopf und vor ihrer Windschutzscheibe hob sich die Fronthaube. Der Angestellte schaute erst verwirrt, dann genervt, dann ging er um den Wagen herum und besah sich den leeren Kofferraum. Endlich ging er zurück zum Häuschen und öffnete das Tor. Während Lillith hindurchfuhr, sah sie noch, wie er nach einer alten, klobigen Vidja griff.

»Was war das denn?«, fragte sie ihre Freundin, die ihr im Empfangsbereich der Villa entgegenkam. Lilliths ausladende Röcke streiften dabei einen Stuhl, der mit lautem Gepolter umfiel. Bevor sie sich bücken konnte, hatte Cissy ihn schon wieder aufgestellt. Ihr formloser – und einlagiger – Rock behinderte sie dabei ebenso wenig wie die lose fallende und viel zu große Bluse.

Cissys Lächeln verschwand so schnell, wie es gekommen war. Ihre tiefe Frustration ließ auch Lilliths Mundwinkel nach unten sinken. »Mein wenig ehren- und auch sonst nichts werter Gatte hat Sorge, ich könnte ihn betrügen. Deshalb darf ich keine Gäste mehr empfangen.«

»Und daran hältst du dich?«

»Siehst du ja.« Cissys soulige Stimme täuschte ein Selbstbewusstsein vor, das sie nicht verspürte. Sie nestelte an den Falten ihres Rocks herum. Lillith fühlte Nervosität, fast schon Furcht, aber erneut überspielte ihre Freundin es mit ihrer kräftigen Stimme.

»Komm. Ich hab uns einen Tee gemacht. So schön, dich zu sehen.«

»Finde ich auch. Gut siehst du aus!« Lillith war froh, dass keiner ihrer Freunde ihre Gabe hatte. Ansonsten hätte Cissy ihr zu Recht eine Ohrfeige für die mehr als dreiste Lüge verpasst. Alles an ihr wirkte grau. Selbst von ihren prachtvollen blonden Haaren war bei diesem strengen Knoten nichts mehr zu sehen.

Cissys Furcht wich einer kurzen Freude. »Und du erst! Kannst du in dem Korsett überhaupt atmen?«

Lillith schüttelte den Kopf. »Es ist die Hölle«, gab sie zu. »Aber es hält mich aufrecht.« Sie folgte ihrer Freundin hoch in den zweiten Stock. Dort hatte Cissy einen der Räume als Salon eingerichtet. Dünnbeinige Stühle waren um einen kleinen Tisch arrangiert, auf dem bereits zwei Tassen und eine Schale mit Gebäck standen.

»Setz dich, ich hole nur schnell den Tee. Milch? Zucker?«

»Schwarz, danke.«

Lillith sah ihr verwundert nach. Was war aus den Hausangestellten geworden? Ihr Magen knurrte und ihr fiel das verpasste Mittagessen ein. Sie griff nach einem Keks, wollte ein Stück abbeißen, aber der Keks war steinhart. Sie legte ihn auf die Untertasse.

Cissy tat, als bemerkte sie den Keks nicht. Aber Lillith konnte ihre Verlegenheit spüren, als sie den Tee einschenkte. Und dann ihren Frust. Lillith vergaß für den Moment, warum sie eigentlich hergekommen war. »Was ist los?«, fragte sie.

»Nur das Übliche.« Sie hob ihre Hand mit dem schlichten Goldreif über dem Ringfinger. »Lass dir bloß Zeit damit, Lillith. Sobald der da über deinem Finger ist, besteht dein Leben nur noch aus Pflichten. Und wehe, du erfüllst sie nicht. Wehe, es gelingt dir nicht, den vertraglich vereinbarten Erben in die Welt zu setzen.«

»Immer noch nicht?«

Der Schmerz, den sie fühlte, trieb Lillith die Tränen in die Augen. Sie blinzelte und schaute an Cissy vorbei. Seit einem knappen Jahr versuchte ihre Freundin mit allen Mitteln der modernen Medizin schwanger zu werden. Beide wussten, was es bedeutete, wenn sich nicht bald der Nachwuchs einstellte: Scheidung, gesellschaftliche Ächtung, Rückzug in eines der Stifte für verstoßene Frauen und Töchter, wo sie den Rest ihres Lebens von verbitterten alten Damen umgeben war, bis sie schließlich selbst zu einer wurde.

Wäre sie nicht eine geborene Hawik und damit qua Geburt gezwungen, ihre Familie durch ihre Heirat mächtiger oder wenigstens reicher zu machen, hätte Cissy mit ihrer Stimme Karriere als Soulsängerin machen können. Irgendwo in einer anderen, besseren Welt. Hätte, wäre, könnte – Lillith verbot sich weitere Gedanken im Konjunktiv.

»Weißt du was?«, sagte Lillith betont munter. »Die Schweden sollen angeblich nicht so steife Traditionalisten sein wie wir Nordländer. Ich heirate einfach einen von denen und du ziehst zu mir nach Stockholm. Da gibt es bestimmt viele Bars, in denen du eine Karriere als Sängerin starten kannst.«

Cissy drückte Lilliths Hand, während ihr eine Träne die Wange hinunterlief. Soviel Hoffnungslosigkeit. Lillith blinzelte die Tränen weg, die schon in ihren Augen schwammen. Niemandem war damit geholfen, wenn sie jetzt auch das Flennen anfing.

»Kann übrigens schneller passieren, als mir lieb ist«, flüsterte sie.

»Was?« Cissy tupfte mit einem spitzenbesetzten Taschentuch die Tränen weg.

»Ein Ehemann in Schweden.«

Cissy sagte zunächst nichts, zerknüllte nur das Tuch in ihrer Hand. Traurigkeit, Frust, Genugtuung, Hoffnungslosigkeit, Ärger, Lillith wünschte sich nicht zum ersten Mal, diesen ganzen Gefühlscocktail einfach abschalten zu können. Als ob ihre eigenen Empfindungen nicht schon kompliziert genug waren.

»Seit wann weißt du es?«, fragte Cissy schließlich.

»Seit gerade eben.«

»Und wann soll die Hochzeit sein?«

»Wahrscheinlich im Mai. Beim Jubiläumsfest soll meine Verlobung bekannt gegeben werden.«

Cissy tunkte einen der Steinkekse in ihren Tee. »Ich dachte immer, dein Vater würde dich nie verheiraten. Warum beeilt er sich plötzlich so?«

Lillith überlegte, was sie ihrer Freundin erzählen konnte. *Wenn jemals öffentlich wird, dass Willem mich umbringen wollte, wird das das Ende von Nordland sein.*

»Ich weiß nicht, ich glaube, er sorgt sich generell um die Sicherheit hier.«

»Ein bisschen leichtsinnig ist es ja auch, dass du ohne Leibwächter gekommen bist.«

»Ach Quatsch. Das kurze Stück. Hast du mal rausgeguckt? Bei so 'nem Wetter steht da keiner und wartet darauf, dass ich vorbeikomme.«

»Das hat Duhnkreih bestimmt auch gedacht, bevor sie ihn erschlagen haben.«

»Das war in einem ganz anderen Viertel. Durch die Schanze fährt man nicht alleine.«

»Es sei denn, man ist ein Kerl und glaubt, dass die Welt da draußen einem nichts anhaben kann.« Cissy nagte an dem Keks. »Was wird nun wohl aus Duhnkreihs Mutter?«

»Duhnkreihs Mutter?« Lillith wusste im ersten Moment nicht, worauf ihre Freundin hinauswollte.

»Ja, Stine Duhnkreih. Die hat doch bei ihrem Sohn gewohnt, beziehungsweise er bei ihr.«

»Keine Ahnung. Sie wird wohl in eines der Stifte gehen.«

»Die alte Hexe? Soviel Geld kann Kropp gar nicht spenden, dass eines der Stifte sie aufnimmt. Vielleicht bleibt sie in Finkenwerder«, mutmaßte Cissy.

»Unwahrscheinlich. Wovon soll sie die Angestellten bezahlen? Sie hat doch nichts mehr. Willem Duhnkreihs Erbe ist komplett an seinen Schwager gegangen und der will, wie ich gehört habe, Finkenwerder verkaufen.« Duhnkreihs Schwager, Jay Kropp, hatte bereits angekündigt, dass er, sobald die Erbformalitäten geklärt seien, Willems Schulden bei Davide bezahlen würde. Er konnte von seiner Schwiegermutter verlangen, dass sie ihren Familiensitz verließ. Wohin sie dann ging, war ihr Problem.

Dieses patriarchalische Erbrecht war einer der Gründe, warum Lillith niemals selbst darüber entscheiden würde, wen sie heiratete. »Ich möchte einen würdigen Nachfolger für mein Lebenswerk. Einen, der mein Werk versteht, es erhält und erweitert und später an meinen Enkelsohn weitergibt«, sagte Davide immer. Womit auch Lilliths Rolle festgelegt war.

»Vielleicht zieht sie zu ihrer Tochter?«, überlegte Cissy.

»Niemals. Stine soll noch schlimmer sein als Bibi – und mit der ist Kropp schon gestraft genug.« Die beiden Frauen kicherten.

»Dann also ein Kloster.« Schlagartig war Cissy wieder ernst. »Die müssen jeden nehmen.«

Die Angst ihrer Freundin saß wirklich tief.

»Du wirst genauso wenig in einem Kloster enden wie ich, Liebes«, versuchte Lillith, ihre Freundin zu trösten.

Mit einem lauten Knall flog die Tür auf. Ein zu kurz geratener Mann stampfte in den Salon und baute sich vor ihnen auf. »Ich habe dir nicht erlaubt, Besuch zu empfangen, Frau.«

Cissy sackte in sich zusammen. Ihr graues Gesicht wurde noch aschener.

»Es tut mir leid. Ich dachte, du brauchst mich heute nicht und Lillith …«

»Fräulein Civetta wird uns jetzt verlassen.« Dabei würdigte er Lillith keines Blickes, sondern hielt Cissy seine offene Hand hin. »Deine Vidja bitte. Es geht ja offenbar nicht anders.« Cissy griff in die Tasche ihres Rocks und holte ein ähnliches, handflächengroßes Gerät hervor, wie es der Sicherheitsmann am Eingang benutzt hatte. Lord Rook nahm es und tippte darauf herum. Anscheinend überprüfte er Cissys letzten Gespräche.

Lillith war aufgestanden und sah mit zunehmender Fassungslosigkeit, wie Rook die Vidja einsteckte und Cissys leisen Protest mit einem scharfen »Um den Haushalt zu führen, brauchst du so ein Gerät nicht« kommentierte.

Sie wollte sich einmischen, Cissy verteidigen, aber sie schluckte die Worte hinunter. Damit würde sie alles nur noch schlimmer machen. Cissy war seine Ehefrau und er war der Herr im Haus.

»Darf Lady Rook mich hinausbegleiten?«, fragte sie mit aller Freundlichkeit, die sie in dieser Situation noch aufbringen konnte.

»Nein.«

Lillith warf Cissy einen Handkuss zu und erschrak über ihren leeren Blick.

Vielleicht war ein Kloster doch die bessere Alternative.

Ω Frösche Ω

Es tat gut, etwas zu tun. Das lenkte ab von dem Schmerz, der immer wieder zog und zerrte, sobald er an seinen Vater dachte. Ihm war dann, als wollte der Herzmuskel aus seiner Brust springen, als dehnten sich die Gefäße wie Bänder und Sehnen und als hätten sie große Mühe, das Herz an seiner Flucht zu hindern.

»Wir geh'n getrennt zum Rathausmarkt«, sagte Tom. »Ich geh' mit deiner Mudder und deiner Schwester. Is' nicht gut, wenn die alleine sind morgen. Und nee«, fuhr er fort, bevor Bo protestieren konnte, »du bist nich' dabei. Du präsentierst dich Foth und seinen Männern nich' auf'm Silbertablett. Du bleibst schön mit'm Kopp unten und im Versteck!«

»Ja, ja, okay, ich hab's verstanden, Tom. Aber ich sehe immer noch nicht, wie wir weitere Verhaftungen verhindern können.«

»Warum sollten sie uns verhaften?«, fragte Kris. »Bislang konnten wir immer unsere Meinung sagen, wenn uns was nicht passte. Haben wir alle Zettel?«

Bo reichte ihm den kleinen Stapel. Auf jedem Blatt stand ein einzelner Buchstabe. Sunna hatte sie heute Morgen gemalt. Sollten die einzelnen Demonstranten kontrolliert werden, gäbe es keinen Grund, sie wegen eines Ns oder eines Qs festzuhalten. Was mit ihnen passierte, sobald der Protest lesbar war … er war sich nicht so sicher wie sein Kumpel Kris, dass sie ungehindert den Rathausmarkt wieder würden verlassen können.

»Dann treffen wir uns morgen nach der Hinrichtung wieder hier, ja?«, fragte Bo. »Ich will alles ganz genau wissen. Jedes Wort der Birds, jede Reaktion von unseren Leuten.«

»Was ist mit der Mannschaft für unser Viertel morgen?«, fragte Nathan.

»Ich glaub, es reicht die Notbesetzung.« Die Feiertagsbesetzung, wie sie es normalerweise nannten, wenn nur eine Handvoll Quartierswächter durchs Viertel patrouillierten. Aber morgen war mit Sicherheit kein Feiertag. »Alek, suchst du dir ein paar Leute?«

Alek verzog den Mund. »Eigentlich würde ich danach lieber noch ein Bier trinken.«

Bo wusste, wofür »ein Bier trinken« bei Alek stand. Saufen und sich prügeln. Es grenzte an ein Wunder, dass sein herzförmiges Gesicht immer noch so hübsch symmetrisch war.

»Ich würde den Dienst übernehmen, aber wie du weißt, kann ich gerade schlecht raus auf die Straße. Also, lieber Stellvertreter, suchst du dir bitte ein paar Leute?«

Alek hob die Hand an den Kopf und salutierte. »Aye, aye, Sir.« Die übertriebene Schmissigkeit hätte Bo in jeder anderen Situation Sorgen gemacht, aber heute war sie ihm egal.

Seine Leute packten ihre Sachen zusammen. Im Abstand von einigen Minuten verließen sie jeweils zu zweit oder zu dritt den Keller, in dem sie getagt hatten. Ein altes Mehrfamilienhaus in der Schanze. »Brauchste noch was?«, fragte Tom zum Abschied.

»Was Hochprozentiges wäre gut. Etwas, mit dem ich mich morgen Abend abschießen kann.«

»Findste das schlau? Du brauchst ’nen klaren Kopf, Bosse. Du hast nu’ andere Gegner. Das sind nicht länger irgendwelche Kleinkriminelle, die planlos durch die Straßen zieh’n. Das sind die Birds, gegen die du kämpfst.«

Bo öffnete den geheimen Zugang, der vom Keller hinein in das unterirdische Wegenetz führte. Er wollte, dass Tom endlich verschwand. »Ich bin im Versteck«, sagte er und kletterte in den schmalen Tunnel, der von hier direkt in den Siel führte. Seine Taschenlampe leuchtete ihm den Weg. Er drückte einen Hebel und ließ den Deckel über sich einrasten.

Er wartete, bis er Toms Schritte nicht länger hörte. Dann drückte er den Hebel erneut und schob sich zurück in den Keller. Er brauchte Luft. Richtige, echte Draußen-Luft. Tom hätte mit ihm diskutiert, behauptet, das wäre zu gefährlich. Aber er war jetzt seit drei Tagen nicht mehr draußen gewesen. Es war dunkel, sein Gesicht würde unter der Kapuze nicht zu sehen sein und die nächste Kamera war ein ganzes Stück die Straße runter. Ihr Plan würde nicht scheitern, nur weil er einmal frische Luft schnappte.

Die kalte Regenluft war wie eine Liebkosung. Bo streckte die Zunge raus in dem kindischen Verlangen, ein paar Regentropfen aufzufangen. Er atmete tief ein, zog die Kapuze tiefer ins Gesicht und ging breitbeiniger als er sich fühlte. Er versuchte, sich einzureden, dass er keinen Grund hatte, sich zu fürchten. Er hatte nichts Unrechtes getan. Er gehörte hierher. Das war seine Straße. Seine Stadt.

Außer ihm war niemand unterwegs. In den Häusern flackerten Kerzen hinter den Vorhängen. In zwei, drei Zimmern schien sogar elektrisches Licht. Offenbar hatte jemand die Stromleitungen vom alten Civetta angezapft und war bisher noch nicht erwischt worden. Der Regen auf der Haut, der vertraute Geruch von verbranntem Holz, das Licht, das aus Häusern auf die Straße fiel – für einen Moment konnte Bo glauben, dass alles nur ein böser Traum gewesen war.

Und dann hörte er Geschrei aus einer der Wohnungen über ihm.

Eine Frauenstimme: »Nein, es passt mir gerade gar nicht. Bitte kommen Sie morgen wieder, wenn mein Mann … was wollen Sie? Raus aus meiner Wohnung!«

Eine Männerstimme, die zu leise war, als dass Bo sie hätte verstehen können.

»Ey, das gehört mir«, schrie die Frau. »Legen Sie das zurück!«

Bo rannte die Treppe hoch. Das Fenster, hinter dem sich mehrere Schatten bewegten, war im zweiten Stock. Die Eingangstür war nur angelehnt. Er schob sich leise in die Wohnung hinein: ein schmaler Flur, von dem drei halb geöffnete Türen abgingen.

An einem Nagel hingen eine Jacke und ein alter Hut. Auf einem kleinen Tisch daneben lagen Schlüssel, ein paar Steine, eine Brille mit Hornrand, ein ramponiertes, kleines Spielzeugauto.

Das Gespräch kam aus dem vorderen Zimmer, der Küche, wie Bo vermutete.

»... offiziellen Vertreter der Heimatschutzbehörde«, sagte ein Mann. »Sie haben sich auf unsere Anzeige gemeldet und jetzt sind wir hier, um Näheres mit Ihnen zu klären.«

»Um diese Uhrzeit?«

»Sie ahnen ja nicht, wie viele Leute sich gemeldet haben! Da machen wir sogar nach Feierabend noch Hausbesuche.«

»Und warum zählt Ihr Kollege dann mein Bargeld?«

Etwas klickte – ein Verschluss?

»Hey, das können Sie nicht einfach einsacken!«

»Möchten Sie eine neue Wohnung oder nicht?«

»Ja schon, aber ...«

»Betrachten Sie das als Anzahlung.«

Bo ging langsam weiter, den Blick auf die Küche gerichtet. Unter seinem Fuß raschelte es. Er bückte sich und hob ein Stück Papier auf. Ein fetter, grinsender Frosch war in die obere Ecke gedruckt, daneben stand »Behörde am Poggendiek – Wir realisieren Ihre Wohnträume«.

»Ich möchte dann bitte eine Quittung.«

Ein kurzes Auflachen. »Kannst du mir gerade mal unseren Quittungsblock reichen?« Und die ebenso scherzhafte Antwort des Kollegen: »Oh, den habe ich vergessen. Ich notiere es mir aber, Frau ...«

Bo schlich die drei Schritte zur Eingangstür zurück, setzte sich Brille und Hut auf, bevor er die Tür ins Schloss schlug und mit lauten Schritten zur Küche ging.

»Ich bin zu Hause, Schatz«, rief er. »Hast du Besuch? Die Tür war offen.« Er trat in die Küche und nahm die Frau schnell in die Arme, bevor sie etwas Falsches sagen konnte. »Quartierswache«, flüsterte er ihr ins Ohr. Er spürte ihr Nicken an seinem

Kinn, zu sehen war es nicht. Auf dem Tisch lag ein aufgeklapptes Messer.

»Also, meine Herren, ich habe gehört, dass Sie keine Quittung ausstellen können. Dann sollten wir das mit der Anzahlung verschieben, finden Sie nicht?«, fragte er und stemmte die Fäuste in die Seiten. Bo war einen Kopf größer als die beiden, deren Gesichter er durch die Brille nur verschwommen sah. Und er war deutlich muskulöser. Das schien auch den beiden Männern in ihren verschlissenen Anzügen bewusst zu werden. Bo runzelte die Stirn und blickte über den Rand der Brille, väterlich-freundlich, tatsächlich aber um zu sehen, ob sie bewaffnet waren.

Anscheinend nicht.

Er musste sie trotzdem so schnell wie möglich aus der Wohnung komplimentieren, bevor sie bemerkten, dass er mindestens 20 Jahre jünger war als seine vermeintliche Frau. Er ließ die Falten auf seiner Stirn stehen und zeigte auf den Aktenkoffer.

»Ich glaube, da drin ist was, das uns gehört.«

»Ich weiß nicht, wovon Sie reden«, versuchte es der Mann, der eben auch die meiste Zeit geredet hatte.

Wie zufällig griff Bo nach dem Messer auf der Ablage und schnitt sich ein Stück Brot ab. Das Messer glitt durch den Laib wie durch Butter. Mit der einen Hand hielt Bo das Brot – »Möchten Sie ein Stück?« – mit der anderen ließ er das Messer wirbeln. Im nächsten Moment war die Klinge am Hals des Kofferträgers.

»Unser Geld. Sofort.«

Bo roch den Schweiß, der dem Behördenvertreter aus den Poren trat. Der Mann ließ das Schloss aufklicken und nahm die Geldscheine heraus, die er lose auf einen Stapel Akten geworfen hatte. Die Frau riss sie ihm aus der Hand. »Ich glaube, ich bin doch ganz glücklich in meiner Wohnung hier. Sie können meinen Namen von der Liste der Interessenten streichen. Schönen Abend noch.«

Bo ließ das Messer sinken. Die beiden Männer verschwanden ohne ein weiteres Wort. Die Frau stand neben dem Fenster und wartete, bis die beiden nicht mehr zu sehen waren. Dann nahm sie drei Scheine aus dem Geldbündel und gab sie Bo. »Danke, Quartierswache.«

Bo steckte das Geld ein und nahm Hut und Brille ab. Wie angenehm, wieder scharf sehen zu können.

Ein Erkennen glitt über das Gesicht der Frau. »Du bist doch der Sohn von Johanna und Joris.«

Bo antwortete nicht, sondern zeigte auf den Zettel, den er auf die Ablage hatte fallen lassen.

»Was bedeutet das?«, fragte er.

»Die Birds wollen anscheinend dieses Viertel luxussanieren und bieten uns im Gegenzug für unsere Wohnungen neue Unterkünfte am Stadtrand«, erklärte sie. »Ich dachte, kann ja nicht schaden, sich ein bisschen zu informieren.«

»Kann ich den Zettel mitnehmen?«

»Klar. Mit dieser komischen Behörde will ich nichts mehr zu tun haben.«

»Lassen Sie in Zukunft keine fremden Männer mehr in Ihre Wohnung.«

Sie lächelte ihn an. »Mach ich. Und grüß deine Eltern von mir.« Sie gab ihm die Hand. »Ich bin Eve. Wir kennen uns noch vom Studium. Sag ihnen, sie sollen sich mal wieder blicken lassen.«

Bo nickte nur. Da war er wieder, der Schmerz. Als ob jemand sein Herz herausreißen wollte.

Volksfest

»Du wirst in der ersten Reihe sitzen und es dir angucken. Soviel Respekt sind wir Willems Familie schuldig.«

Lillith kannte diesen Ton. Weitere Diskussion zwecklos. Sie versuchte es trotzdem.

»Bitte, Vater! Hinrichtungen sind für mich jedes Mal die Hölle. Du kannst dir nicht vorstellen, wie intensiv die Gefühle …«

»Lern endlich, damit umzugehen«, unterbrach Davide sie.

Sehr witzig. Wenn sie wüsste wie, hätte sie es schon lange getan.

Sie steckte ihre Sonnenbrille ins Haar, überprüfte ein weiteres Mal die dicke Schicht Make-up und holte tief Luft. Zur Belohnung stachen ihr die Korsettstangen in die Seite. Dämliche Mode, die Frauen so einschnürte, dass jeder Atemzug schmerzte. Die Zahl der Ohnmachtsanfälle bei öffentlichen Veranstaltungen hatte deutlich zugenommen. Vielleicht konnte sie sich ja so retten, wenn es zu schlimm wurde.

Ihr Chauffeur hielt die Tür zum Fond der auf Hochglanz polierten dunklen Limousine auf. Lillith setzte sich ihrem Vater gegenüber, der seinen Borsalino neben sich warf, auf den Manschettenknopf drückte und die Vidja mit der hochauflösenden Oberfläche des Tisches zwischen ihnen verband. Der gepanzerte Wagen setzte sich in Bewegung und fuhr fast lautlos die Einfahrt hinunter. Lillith warf einen Blick auf die Dokumente, die Davide aufgerufen hatte: Berichte von den Windfarmen in der Nordsee: lange Zahlenreihen, Kurven und Grafiken, knappe Texte.

»Gibt es Probleme?«, fragte Lillith.

Davide strich sich über den Nacken. »Nicht mehr als sonst.«

»Warum bist du dann so besorgt?«

Davide blickte auf und lächelte Lillith an. »Du bist ja schlimmer als deine Mutter. Der konnte ich wenigstens bei den geschäftlichen Dingen etwas vormachen.«

Lillith erwiderte das Lächeln. »Also, welche Probleme gibt es?«

Davide seufzte. »Seit gestern ist Ventus 3 vom Netz. Bei der Hälfte der Windräder ist das Getriebe heiß gelaufen. Einer unserer Mitarbeiter hat es gerade noch rechtzeitig gemerkt und die Anlage abgeschaltet.«

»Was heißt das in Zahlen?«

»Eine halbe Million Nordmark pro Tag.«

Lillith holte so tief Luft, wie es das Korsett erlaubte. Da die Windfarmen in der Nordsee größtenteils abgeschrieben und die laufenden Betriebskosten zu vernachlässigen waren, redeten sie von einer halben Million Nordmark Reingewinn, der ihnen täglich entging. Nicht schön.

Lautlos rollte ihre Limousine die Allee hinunter, links und rechts leuchteten die Blätter der Kastanien kupferrot und gelb, auch die Buchen, Platanen und Eichen hatten erste goldene Farbtupfer. Am Südtor winkten die Sicherheitsmänner sie ohne genauer hinzuschauen durch ihre Hochsicherheitsanlage hindurch – und in der nächsten Sekunde waren sie in einer anderen Welt.

Von dem gerade beginnenden, goldenen Herbst war hier nichts zu sehen. Die Straße war schlammig grau. Der Fernsehturm, der auf alten Fotos strahlend weiß vor dem blauen Himmel leuchtete, war von einer dunklen Rußschicht überzogen. Selbst das Unkraut, das die alte Eisenbahntrasse überwucherte, war schmutzig braun. Hier wohnten die Menschen, die nicht bei einer der reichen Familien der Stadt beschäftigt waren und die, wenn Erik Drach sich durchsetzte, bald ihre Sachen würden packen müssen.

Die gepanzerte Limousine fuhr eigenständig durch die Straßen Hamburgs auf dem Weg zur Hinrichtung des Mannes, der, ohne es zu wissen, zum Werkzeug ihres Vaters geworden war. Lillith beobachtete den Chauffeur. Ein weiteres Werkzeug. Im

Prinzip nur dazu da, ihren Reichtum zur Schau zu stellen, die Türen des Fond zu öffnen, den Regenschirm zu halten und Lillith beim Aussteigen zu helfen. Fahren konnte das Auto allein.

Am Bunker, der seit über einem Jahrhundert unbeirrt und fast unbeschädigt auf dem Heiligengeistfeld stand, bogen sie ab auf eine der alten Magistralen, die hundert Meter weiter vor einer grauen Betonmauer endete. Hier begann das Anwesen von Bildungssenator Ehrenreich Benz. Das Tor stand offen, im Schritttempo fuhren die Limousinen mit ihren Begleitfahrzeugen durch die Sicherheitskontrollen. Benz' Männer verglichen sorgfältig Fahrzeuge, deren Insassen und ihre Identitätskarten mit den Daten, die sie auf langen, auf Papier ausgedruckten Listen vorliegen hatten. Davide guckte auf seine Uhr. »Kein anderer nutzt für die Sicherheitskontrolle noch ausgedruckte Listen. Papier! Dem Mann gehört das Vidja-Netz und er benutzt Papier! Erik Drach sollte ihm dringend ein Angebot machen.«

Ein Stück weiter hatte Benz das Fußgängertor öffnen lassen. Hunderte Menschen standen davor und drängelten sich durch den schmalen Zugang, um rechtzeitig zum großen Spektakel auf dem Rathausmarkt zu sein.

»Die einfachen Leute lässt er so durch«, bemerkte Lillith. Davide beendete mit einem Druck auf seinen Manschettenknopf seine Arbeit, die Dokumente auf dem Tisch vor ihm erloschen. »Manchmal glaube ich, er würde lieber zu den Menschen auf der anderen Seite seiner Mauer gehören«, sagte er. Er setzte seinen Filzhut auf, jede Faser seines Seins Senator. »Vermutlich das Erbe seiner Mutter.«

Eine Gruppe dunkel gekleideter Männer näherte sich dem Fußgängertor. Lillith öffnete ihr Fenster einen Spalt. Sie wollte hören, was draußen vor sich ging. Einer aus der Gruppe schlug den Cordkragen seiner fleckigen dunkelgrünen Jacke hoch und schrie die Menschen vor sich an: »Platz!« Der Mann klang wie eine schleifende, schlecht geölte Maschine. Die Menschen leisteten keinen Widerstand und machten, sich gegenseitig schubsend, eine Gasse frei. Der Mann drehte sich selbstzufrieden zu seinen Leuten um und Lillith sah in die Fratze eines Dämons.

»Da ist der Angreifer aus dem Elbtunnel!«, rief sie. Das Gesicht war unverkennbar. Riesig, eckig, als ob sein Schöpfer eine riesige Brotform dafür verwendet hätte. Die Augen lagen fast an den Schläfen, die Nase schien zwei Rücken und vier Nasenflügel zu haben und nahm den gesamten, reichlich vorhandenen Platz in der Mitte des Gesichts ein. Das Kinn streckte sich so weit nach vorne, dass es nur wenige Zentimeter von der Nase entfernt war. Der Mund war nicht mehr als ein schmaler Strich in einer Wanne aus Haut.

Davide drehte sich um und versuchte, ihrem Fingerzeig zu folgen. Aber der Mann war schon mit seinen Leuten hinter der Mauer verschwunden. »Sicher?«

Lillith nickte. »Absolut. Ich verstehe nicht, wieso Drach ihn noch nicht verhaftet hat. Seine tolle Software sollte ihn schon lange gefunden haben.«

»Es heißt Senator Drach«, tadelte Davide, »aber ich schicke ihm eine Nachricht. Wie ist die Stimmung im Volk?«

»Keine besonderen Emotionen«, sagte sie. »Der übliche Brei aus leichter Anspannung wegen der vielen Menschen und Vorfreude auf die Veranstaltung. Freude, verstehst du das?«

»Sie freuen sich, dass es sie nicht erwischt hat«, sagte Davide. »Erik muss aufpassen, dass die Urteile nicht willkürlich werden. Erinnerst du mich daran, dass ich ihm das sage?«

Lillith machte eine Notiz in ihre Vidja. Der Neue würde bald merken, dass er ohne Davides Unterstützung nicht weit kam. Liborius Oppermann nannte ihren Vater nicht ohne Grund den Paten von Nordland.

Sie fuhren zu dem Doppelgebäude aus Rathaus und Handelskammer – die Hamburger hatten schon immer gewusst, dass Politik und Wirtschaft zusammengehören – und parkten hinter dem altehrwürdigen Gebäude, in dem seit über 150 Jahren die Bürger der Freien und Hansestadt Hamburg über die Geschicke ihrer Stadt verhandelten. Durch ein seitliches Tor betraten Lillith und Davide den Innenhof. »Ich muss noch etwas besprechen, geh schon vor«, sagte Davide und bog in die alte Handelskammer ab, den nur einen Hauch schlichter gehaltenen Teil des Ensembles, der den Senatoren als Konferenz- und ihren Mitarbeitern als Büroraum diente. Lillith wandte sich in die entgegengesetzte Richtung und betrat die Rathausdiele.

Ruhe. Kühle. Erhabenheit. In der großen Halle war außer ihr niemand. Sie genoss den Anblick der mächtigen Sandsteinsäulen, die wie in einer Kathedrale das Kreuzgewölbe stützten. Die breiten Treppenaufgänge, die hohen Portale mit ihren schmiedeeisernen, reich verzierten Toren – alles atmete Großzügigkeit, Kultur, Geschichte. Sie tagträumte, wie sie selbst eines Tages die Treppe zu den Senatsräumen hinaufstieg, mit ihrem Assistenten die letzten Fragen klärte und durch geschicktes Taktieren ihre Senatorenkollegen dazu brachte, die Todesstrafe abzuschaffen und Männer wie Joseph Foth in die Verbannung zu schicken. Naiv. Ja. Aber noch hatte sie die Hoffnung auf eine selbstbestimmte Zukunft nicht aufgegeben.

Hinter ihr öffnete sich eine Tür. »So schön und so allein?«

Lillith drehte sich um und setzte ihr Geschäftslächeln auf: »Hallo Otwin.«

Bevor sie ausweichen konnte, hatte der übergewichtige Sohn von Bürgermeister Rabe sie schon bei den Schultern gefasst und an sich gezogen. Er drückte ihr Begrüßungsküsse auf die Wange, erst links, dann rechts, dann wieder links, während Lillith darauf wartete, dass er sie endlich losließ und sie sich von seinem Geruch entfernen konnte: Wermut und Anis. Offenbar konnte er das Leben nur mit Hilfe von Absinth ertragen.

»Wartest du auf jemanden?«, fragte er.

»Mich zieht es ehrlich gesagt nicht auf den Balkon.«

»Ach komm, manchmal ist das doch ganz unterhaltsam.«

Von Otwin gingen irritierend harmlose Sonnenstrahlen aus, er freute sich auf die Veranstaltung. Oder auf ihre Begleitung. Oder auf beides. Eigentlich war es genau das, was sie jetzt brauchte. Kaum zu glauben, dass sie etwas Positives mit diesem Mann verbinden konnte, dessen Auftreten genauso feist war wie alles andere an ihm. Ob dieser aufgeblasene Bürgermeistersohn wohl platzen würde, wenn sie eine Nadel in sein rundes Gesicht stach?

Sie legte ihre Hand auf den ihr dargebotenen Arm.

Der alte Balkon vor dem Rathausturm war vor einigen Jahren verlängert und in schusssicheres Glas eingefasst worden. Die wichtigsten Familien der Stadt mussten sich nicht mit dem Volk auf eine Ebene begeben. Lillith begrüßte die Anwesenden, sprach Bibi und Jay Kropp ihr Mitgefühl für den Verlust von Willem aus, beantwortete leise und zurückhaltend die Fragen der anderen Senatoren nach ihrer Befindlichkeit und setzte sich zu den Kropps in die erste Reihe.

Otwin ignorierte die Etikette und setzte sich neben sie. »Ich darf doch?«

Lillith zog eine Augenbraue leicht hoch, sagte aber nichts. In Otwins Augen war das offenbar ein »Ja«.

»Und du kommst jetzt tatsächlich unter die Haube?« Otwins Stimme war unangenehm spöttisch. »Ich hab gehört, dass dein Vater einen großen Märchenball organisiert, um deinen zukünftigen Ehemann auszuwählen. Verrätst du mir die Aufgabe, die ich erfüllen muss, um deine Hand zu bekommen?«

Die letzte irrationale Hoffnung, dass ihr Vater es gar nicht so gemeint haben könnte, löste sich in Luft auf. »Es gibt keinerlei Planungen für einen Märchenball und keine Aufgaben, die irgendein Kandidat erfüllen muss«, sagte sie kühl. »Und im Übrigen ist dein Vater der Bürgermeister und der erste Mann in Nordland. Damit steht dir der Titel ›Kronprinz‹ zu.«

»War das ein ›Ja, ich will‹? Wann ist die Hochzeit?«

Wieso akzeptierten die Männer in ihrem Umfeld kein Nein?

»Du weißt genau, was ich meine: Mein Vater ist ein Senator unter vielen. Ich glaube nicht, dass es von allgemeinem Interesse ist, wen ich heiraten werde.«

»Na klar, dein Vater ist nur einer von vielen. Lass mich mal überlegen, ob mir Gründe einfallen, warum du trotzdem eine Person des öffentlichen Interesses sein könntest …« Otwin schaute nach oben, als ob er ernsthaft nachdenken würde und zählte dann an seinen Fingern ab: »Vielleicht weil du, erstens, aus der reichsten Familie des Landes kommst? Oder weil dein Vater, zweitens, den Daumen auf unserer Energieversorgung hat? Wenn Davide Civetta beschließt, dass wir für heute genug Energie verbraucht haben, dreht er uns einfach den Strom ab. Soll ja schon mal passiert sein. Liborius!«

Otwin hatte Finanzsenator Liborius Oppermann entdeckt, der im Begriff war, sich einige Plätze entfernt von ihnen zu setzen. Der Sohn des Bürgermeisters sprang auf und drängte sich an Bibi Kropp vorbei, deren Mundwinkel noch weiter nach unten fielen. Lillith erwartete, Trauer bei Duhnkreihs Schwester zu spüren. Aber alles, was sie fühlte, war Verbitterung.

Otwin stürmte auf Oppermann zu und streckte ihm die Hand entgegen. »Schön, dich zu sehen.« Er senkte die Stimme. »Wegen der Finanzierung sollten wir im Anschluss kurz sprechen.« Und wieder laut: »Wir reden gerade über den passenden Ehemann für Lillith. Bist du mit im Rennen? Hast du Davide schon ein Angebot gemacht?«

Oppermann ließ Otwins Hand fallen, als ob er sich daran verbrannt hätte.

»Ich glaube, du verwechselst da etwas, Otwin.« Lilliths Stimme schnitt durch den Small Talk der anderen, die irritiert in ihre Richtung blickten: »Ich bin nicht käuflich zu erwerben.«

»Ist das so?« Otwin drehte sich wieder in ihre Richtung und lächelte auf sie herab.

»Selbst wenn es so wäre, wärst du der Letzte, der sich eine Civetta leisten könnte.«

»Ehemann?« Fritjof stand plötzlich neben ihr. »Ich dachte immer, dein Vater lässt dich nie aus seinem Schloss und du bleibst für immer die eiserne Jungfrau!«

Er beugte sich zu ihr herab und flüsterte: »Eine treffende Bemerkung, aber keine besonders kluge.«

Lillith bemerkte im selben Moment Otwins Ärger und flüsterte: »Die alte Saufnase soll mich gefälligst in Ruhe lassen. Reicht doch, dass er seinen Vater ins Unglück stürzt. Mein Geld wird er nicht kriegen.«

Bevor sie sich weiter aufregen konnte, klang die Nationalhymne aus den Lautsprechern. Die Menschenmenge, die sich unterhalb des Balkons versammelt hatte, verstummte. Die Gespräche im Aquarium wurden leiser.

Die Scheinwerfer gingen an und sorgten in dem Oktobergrau für gleißende Helligkeit auf der Bühne in der Mitte des Platzes. Lillith spürte die tausendfache Anspannung der Menschen auf dem Rathausmarkt. Die Vorfreude, die sie eben noch irritiert hatte, war verschwunden. Auch von der Volksfeststimmung, die öffentliche Bestrafungen sonst begleitete, war nichts zu spüren. Etwas stimmte nicht.

Ihr Vater nahm wortlos neben ihr Platz. Lillith versuchte, sich auf seine Ruhe zu konzentrieren, auf die Gelassenheit, die ihr Vater ausstrahlte. Sie wollte sich auf keinen Fall zu intensiv dem Geschehen dort unten auf dem Platz widmen. Schon die einfacheren Bestrafungen wie Haarescheren oder der Pranger waren unangenehm, voller Scham und Hilflosigkeit. Hinrichtungen konnte sie nur aushalten, weil die Delinquenten schon im Vorfeld mit Medikamenten ruhig gestellt wurden; man war schließlich ein zivilisiertes Land. Die Bestrafungen dienten allein der Abschreckung, nie der Rache.

Die letzte Exekution lag drei Monate zurück; damals hatten die Behörden einen jungen Mann aus dem Volk hingerichtet. Er war der Kopf einer Verbrecherbande gewesen, die in den weniger gut gesicherten Beamtenvierteln und sogar in den Armenvierteln der Stadt für Leid und Terror gesorgt hatte. Es gab wenig Mitleid aus der Bevölkerung, die Hinrichtung war auszuhalten gewesen.

Aber heute war es anders. Zur Anspannung kamen Trauer und Fassungslosigkeit. Und an einer Stelle unendlich viel Leid. Es stach klar aus allen anderen Emotionen heraus. Selten konnte sie bei einer solchen Menschenmasse eine einzelne Person so deutlich fühlen. Sie schloss die Augen und versuchte, die Stelle zu finden, an der ein dichter grauer Nebel alles andere verschluckte. Als sie die Augen wieder öffnete, sah sie in der ersten Reihe hinter der Absperrung eine schmale Frau mit ungewöhnlich langen, schwarzen Locken. Lillith schaute genauer hin und bemerkte die grauen Strähnen in den Haaren und den gebeugten Rücken. Da straffte sich die Unbekannte. Sie drehte sich zu dem Balkon und blickte ihr genau in die Augen.

Die Schuld zog sie unter Wasser. Luft! Ohne ihre scheiß Sensibilität wäre keiner von ihnen hier. Luft! Sie konzentrierte sich auf ihren Verstand. Hätte Duhnkreih ihren Vater lieber umbringen sollen? Sie atmete ein und aus, ein und aus. Niemand hatte diesen Thorn dazu gezwungen, Duhnkreih totzuschlagen. Ein, aus, ein, aus, ein. Die Korsettstangen drückten in ihre Seiten, der Schmerz betäubte die Schuld, sie bekam wieder Luft, trieb auf einer Welle, die langsam auslief. Niemand in ihrer Umgebung hatte etwas gemerkt. Nicht einmal Davide – Lillith atmete langsam aus.

Der Blickkontakt musste Zufall gewesen sein. Auf die Entfernung war es überhaupt nicht möglich, jemandem so genau in die Augen zu sehen. Sie musste sich das eingebildet haben. Als sie wieder hinunterschaute, konnte sie die Frau nicht mehr sehen, auch das unendliche Leiden war nicht mehr herauszuspüren.

Der Verurteilte kam in einem Gefängniswagen in einem Konvoi schwer bewaffneter Polizeifahrzeuge auf den Platz. Eine lächerliche Zurschaustellung von Macht. Wer sollte an dieser Stelle einen Befreiungsversuch unternehmen?

Sie erwartete einen halb betäubten Mann zu sehen. Aber der Mann, der aus dem Kastenwagen stieg, wusste genau, was um ihn herum passierte. Sein Gesicht wurde in Großaufnahme auf die

Leinwand oberhalb der Bühne projiziert. Ein Fehler. Denn der Verurteilte sah schlimm aus, die Nase gebrochen, ein Auge blau und zugeschwollen, sein notdürftig um den Kopf gewickelter Verband war an einer Stelle dunkel von getrocknetem Blut. Auch das Volk registrierte die Verletzungen. Ein Raunen ging über den Rathausmarkt. Lilliths eigener Ärger über diese unnötige Zurschaustellung von Foths Verhörmethoden vermischte sich mit der Wut der Leute auf dem Platz. Wohin würde diese Wut die Menschen dort unten tragen?

Lillith beugte sich zu ihrem Vater: »Das Volk ist sehr aufgebracht. Ist die Sicherheit alarmiert?« Davide nickte und tätschelte beruhigend ihre Hand, aber hinter seiner Schläfe pulste deutlich sichtbar eine Ader. Die Polizisten aus dem Begleitkonvoi stellten sich rund um die Bühne, ihre Gewehre im Anschlag.

Das Volk war verstummt. Kein Flüstern, kein Lachen, kein Sprücheklopfen. Diese Hinrichtung lief nicht wie geplant. Lillith biss sich auf die Unterlippe.

»Ich habe kein gutes Gefühl«, twinkerte sie an ihren Vater.

Davide reagierte nicht.

Lillith spürte erneut hinunter. Sie konnte den Hass auf die Machthaber bis in die letzte Ecke des Platzes spüren. Ihre Hände zitterten.

»Könnt ihr diesen Mann nicht in letzter Minute begnadigen?«

»Nein.«

Joris Thorn stieg unter Schmerzen die Stufen zur Bühne hoch, die Hände hinter dem Rücken gefesselt. Er stolperte, fiel, schlug mit dem Gesicht auf.

Das Volk stöhnte auf.

Einer der Polizisten packte ihn und stellte ihn wieder auf die Füße.

»Ich würde diese Hinrichtung wirklich stoppen.«

»Das kann ich nicht.«

»Du bist der mächtigste Mann Nordlands. Du musst doch irgendeine Möglichkeit haben, das hier zu stoppen.«

Davide betrachtete das Volk und blinzelte mehrmals. Ein Hinweis an Erik? Kommandos an die Sicherheit? Sollte sie sich tatsächlich durchgesetzt haben? Ihr Vater schien zufrieden zu sein. »Die Männer da unten haben alles im Griff«, twinkerte er. »Es geht weiter wie geplant.«

Lillith schüttelte heftig den Kopf. »Bitte!«, flüsterte sie. »Begnadigt ihn. Das gibt sonst eine Katastrophe.« Davide beugte sich zu ihr und flüsterte so leise, dass sie ihn kaum verstand: »Wir müssen diesen Mann hinrichten, damit das Kapitel Duhnkreih beendet ist. Manchmal ist das Opfer eines einzelnen der einzige Weg, um das Leben aller anderen zu schützen.«

Zwei Polizisten nahmen Thorn die Handschellen ab, nur um seine Hände gleich wieder auf den Armlehnen des stählernen Drehstuhls zu fixieren.

Aus den Lautsprechern tönte das Urteil. In Lilliths Ohren rauschte es. »Im Namen des Volkes: Joris Thorn …« Sie fühlte sich so hilflos und so wütend und würde am liebsten aufspringen und diese ganzen Lautsprecher von ihren Masten reißen …, »verheiratet, zwei Kinder, arbeitslos, ist des Mordes an dem ehrenwerten Bürgerschaftspräsidenten Willem Duhnkreih für schuldig befunden worden.« Warum begriff ihr Vater nicht, was gleich passieren würde? »… eine Begnadigung ist angesichts der Schwere der Schuld nicht möglich. Zur Abschreckung und Besserung wird die Strafe öffentlich vollzogen.«

Vereinzelt hörte man ein Schluchzen, geflüsterte Worte. Aber die große Mehrheit schwieg. Und ballte die Fäuste.

Der Henker schritt auf die Bühne, ein Arzt in der weißen Uniform seiner Zunft. Sein Gesicht war dank optischer Effekte so verpixelt, dass seine Identität geheim blieb. In der Hand hielt er die Schachtel mit den beiden Druckinjektoren. Wenn schon Todesurteile vollstreckt werden mussten, dann so human wie möglich. Kein Erhängen oder Erschießen, wie es in China und Russland üblich war. Nein. Ein Injektor, der den Verurteilten einschlafen ließ, und einer, der ihm den Tod brachte.

Bevor er mit seiner Arbeit anfangen konnte, ging eine Welle durch die Menge. Zahlreiche Menschen hielten Zettel hoch. Einzelne Buchstaben nur, die aber aneinandergereiht zu Wörtern und ganzen Sätzen wurden: »Warum?«, »Hilflos – Rechtlos – Staatenlos«, »Gegen die Willkür – Für die Freiheit!« und »Iniqua numquam regna perpetuo manent«. Lillith konnte kein Latein, aber ihre Vidja hatte sofort die Übersetzung parat: »Ungerechte Reiche währen niemals ewig.« Es dauerte nicht lange, bis die Polizei die Demonstranten festgenommen hatte. Aber lange genug, dass der Mann, der nur noch wenige Minuten zu leben hatte, ihre Botschaften lesen konnte. Tränen liefen ihm über das Gesicht, während die Protestierenden von den Sicherheitskräften mitgeschleift wurden.

Mitleid, soviel Mitleid. Lillith setzte ihre Sonnenbrille auf und war froh, dass niemand ihre Tränen sehen konnte. Sie suchte Trost bei ihrem Vater, aber der hatte seine Hand von ihrem Arm genommen, drückte auf seinen Vidja-Manschettenknopf und war mit seinen Gedanken offenbar schon wieder bei seinen Geschäften. Ganz kurz übernahm die Verachtung die Kontrolle in ihrem Gefühlschaos. »Kannst du eigentlich auch mal zwei Minuten ohne deine Vidja auskommen?«, hätte sie ihn gerne gefragt. Aber dann überwältigte die Traurigkeit der Menschen unter ihr sie erneut.

Lillith versuchte, sich auf etwas anderes zu konzentrieren, auf die Menschen um sie herum im Aquarium. Aber selbst die schienen zu spüren, dass etwas nicht so lief wie geplant.

Unten stieg Erik Drach die kleine Treppe zur Bühne hoch, ging auf den Henker zu und flüsterte ihm etwas ins Ohr. Der runzelte die Stirn, nickte dann aber und holte den ersten Injektor aus der Schachtel, ein silberglänzender Stift, von dem er langsam die Kappe abschraubte.

»Joris Thorn!«, dröhnte es aus dem Lautsprecher. »Du hast jetzt die Möglichkeit, etwas zu sagen.«

Welch' ein Elend. Da saß dieser Mann und schluckte seine Tränen hinunter. Lillith rechnete nicht damit, dass er überhaupt ein Wort herausbekommen würde. Seine Gelassenheit war verschwunden. Thorns festgebundener Oberkörper hob und senkte sich, als er versuchte, sich und seine Schmerzen unter Kontrolle zu bekommen. Er holte ein weiteres Mal Luft. »25 Jahre habe ich dem Schicksal abtrotzen können«, flüsterte er, die Stimme nicht mehr als ein Krächzen. Die ausgefeilte Mikrofontechnik verteilte seine letzten Worte trotzdem gut hörbar an jeden einzelnen Punkt des Rathausmarktes. »25 Jahre, in denen ich hoffte, dass alles wieder gut wird, wenn wir uns anpassen, wenn wir uns nicht weiter wehren.« Seine Stimme wurde fester. Und lauter. »25 Jahre, in denen dieses Nordland«, er spuckte den Namen förmlich aus, »seine Schuld hätte wiedergutmachen können. 25 vergebliche Jahre. Es wäre besser gewesen, wenn ich damals an der Seite meiner Freunde gestorben wäre. Im Kampf für eine gerechtere Gesellschaft.«

Ein Techniker sorgte für eine Rückkopplung. Das Volk hielt sich die Ohren zu, selbst auf dem Balkon konnte man dem Ton nicht ausweichen. Davide und einige andere Männer schickten wütende Kommentare in Richtung Tontechnik. Sofort verstummte die Rückkopplung und man hörte wieder Joris Thorn: »Ich bin das Alpha und das Omega, spricht Gott der Herr, der ist und der war und der kommt.« Der Lederriemen um Joris' Kopf wirkte wie die verrutschte Krone eines Königs. »Das Alpha und das Omega. Vergesst das nie!«

Der Henker drückte Thorn den Injektor auf den Arm. Joris schrie, er schrie, wie Lillith noch nie jemanden hatte schreien hören. Es war der Schrei einer gequälten und gefolterten Seele, direkt aus einem der Höllenbilder von Hieronymus Bosch. Sie krallte ihre Finger in die Lehnen ihres Sitzes. Das war der falsche Stift gewesen, der Henker hatte auf die Betäubung verzichtet. Trotz der Distanz spürte Lillith das Brennen in den Adern, das Feuer, das sich durch ihr gesamtes Blutsystem schob. Davide sprang auf und brüllte über seine Vidja Befehle, während er zum Ausgang des Aquariums drängte.

Lillith fühlte das Entsetzen und die Wut der Menschen unten auf dem Platz, sie hörte, wie auch das Volk zu schreien begann. Sie wollte aufstehen, fort, nur fort von hier. Aber das Feuer in ihrem Innern schob sich in Richtung Gehirn und ihre Beine knickten weg. Unten auf dem Platz kletterten Menschen über die Absperrung und liefen auf die Bühne zu, Sicherheitskräfte schossen in die Luft, Erik Drach wies sie mit wütenden Handbewegungen an, die anstürmenden Menschen zu erschießen, Lillith hörte weitere Schüsse, aber noch schien Joris der einzige Sterbende zu sein.

Wer konnte, rannte durch die schmalen Straßen davon, weg vom Platz der Hinrichtung, weg von der Polizei, die vom Rathaus her auf die Menge zukam. Nur in der Mitte des Platzes, dort wo Thorn auf der Bühne lag, sich wand und zuckte und schrie, drängten weiter Menschen nach vorn. Aus dem Augenwinkel sah Lillith eine Hundertschaft gepanzerter Polizisten, aber sie kamen von der falschen Seite, sie würden sich den Weg freischießen müssen. Lillith krümmte sich und rief nach ihrem Vater.

Niemand hörte sie. Dicke Wolken hüllten ihren Verstand ein. Die Schreie, das Getümmel, die Panik auf dem Rathausmarkt erreichten sie kaum noch. Sie hörte weitere Schüsse, warf einen vernebelten Blick nach unten, wo endlich jemand auf die Idee gekommen war, das im Boden der Bühne eingelassene Panzerglas hochzufahren. Ihr Körper krampfte, zuckte unkontrolliert und rutschte vom Stuhl. Sie sah noch, wie einer der Sicherheitskräfte auf der Bühne auf Joris Thorn zielte und abdrückte. Der alte Mann verstummte, Lillith schnappte nach Luft und versank in Dunkelheit.

Eine Reihe von Ohrfeigen holte sie zurück. Lillith blinzelte und schüttelte den Kopf, um das Grau um sich herum zu vertreiben. Bibi Kropp kniete über ihr und verpasste ihr weitere Ohrfeigen. »Schon gut, ich bin wieder da«, sagte Lillith und atmete tief ein. Irgendjemand hatte das Korsett gelockert. Etwa die alte Hexe? Das würde sie Überwindung gekostet haben. Ganz im

Gegensatz zu den Ohrfeigen. Fritjof und Otwin standen neben ihr und halfen ihr auf die Füße. Außer ihnen war niemand mehr im Aquarium. Lillith warf einen Blick hinunter. Rauchschwaden zogen über den Platz, aber im Scheinwerferlicht der Bühne erkannte sie, wie ihr Vater neben Erik Drach stand und den Arm des Heimatschutzsenators hinunterdrückte. Lillith blinzelte, Drach hatte eine Halbautomatische in der Hand. Er würde nicht wagen, ihren Vater … Warum war Davide eigentlich dort unten? Sie lag ohnmächtig neben ihm und er stritt sich lieber mit Erik Drach. Wenigstens schien die Polizei die Lage wieder unter Kontrolle zu haben. Sie hatten die Menschen in der Nähe der Bühne eingekesselt und führten nun einen nach dem …

Lilliths Empathie drängte sich in ihr Bewusstsein. Sie verkrampfte und kippte vornüber und wäre ohne den Halt von Fritjof und Otwin erneut gestürzt. Ihr Leib fühlte sich an, als ob er zusammengeprügelt, ihre Augen brannten, als ob sie selbst dem Tränengas ausgesetzt worden war. Ihr Körper wollte in die nächste Ohnmacht fliehen. Die beiden Männer trugen sie aus dem Aquarium hinaus. Im Treppenhaus filterten die dicken Rathausmauern die Schmerzen der anderen aus ihrem Kopf. Sie waren nur noch ein dumpfes Echo, wie die kaleidoskopischen Flecken auf ihrer Retina, wenn sie zu kräftig auf ihre Augen drückte. Sie hörte die Rufe derer, die sich gegen ihre Festnahme wehrten, sie hörte die stumpfen Schläge der Stöcke, die Schmerzensschreie der Verhafteten. Aber sie fühlte sie nicht mehr.

»Was machen die da?«, fragte sie.

»Sie sorgen für Recht und Ordnung«, antwortete Fritjof.

»Komm, Lillith, schnell, die Konvois fahren gleich los«, drängte Otwin. Bibi Kropp war bereits durch den Hinterausgang des Rathauses verschwunden.

Sie sah ihn fragend an.

»Du kannst jetzt nicht allein durch die Straßen fahren«, sagte er. »Das Volk ist aufgebracht. Wir fahren in Konvois, bis wir aus dem Gröbsten heraus sind.«

Ihre Limousine wartete mit laufendem Motor. Der Fahrer trommelte nervös auf dem Lenkrad herum. Die Leibwächter schoben ihre Maschinenpistolen schussbereit in die Fensteröffnungen. Um das Rathaus herum hatte die Polizei die Straßen gesäubert, aber als sie Benz' Grundstücksmauer erreichten, drängten sich die Menschen und Lillith konnte nicht mehr unterscheiden, ob sie sich dort sammelten, weil sie nicht schnell genug durch das kleine Fußgängertor kamen, oder ob sie sich sammelten, um auf den Konvoi loszustürmen.

»Nur Warnschüsse, und die auch nur, wenn absolut nötig«, twinkerte sie an ihre Leibwächter.

Das große Tor stand offen, aber auch hier war alles voller Menschen. Der Konvoi verlangsamte das Tempo, ihr Auto war das letzte, und plötzlich waren die Menschen direkt neben ihr, trommelten gegen die Fenster, auf das Dach, auf die Motorhaube, zogen an den Türgriffen, die schwere Limousine schwankte …

Lillith schrie. Die Leibwächter schossen und die Menschen ließen von ihrem Auto ab. Sobald sie auf der anderen Seite der Mauer waren, gab ihr Fahrer Vollgas und raste über die Straße und über alles, was ihm im Weg war.

Hinter ihr, auf dem Rathausmarkt, fielen Schüsse.

Warum hatte Davide nicht auf sie gehört und alles abgeblasen, als er noch konnte?

Ω Omega Ω

Bo tauchte den Pinsel in die Farbe und zog ihn viel zu schnell wieder heraus. Tropfen weißer Farbe zeichneten die Bewegung seines Arms auf den unebenen Pflastersteinen nach. Sunna hatte Schablonen hergestellt, aber er klatschte den Pinsel direkt auf die Mauer. Seine Ωs waren nicht ganz symmetrisch, dafür leuchteten sie viel stärker in der Nacht als die der anderen. Sein Farbeimer war schon wieder fast leer.

Jedes Ω, das er an die Wand malte – ein Ehrenmal für seinen Vater.

»Ich bin das Alpha und das Omega.«

Omega.

Ω.

Ich bin der Widerstand.

Er hatte sich nicht an Toms Ratschlag gehalten und war zur Hinrichtung gegangen. Sunna hatte ihm einen Rock geliehen und ihrer Mutter ein Kopftuch geklaut. Dazu zwei Äpfel unter einer Bandage, ein dickes Wolltuch für die Schultern, eine perfekte Rasur und niemand konnte ihn mehr von einem Mädchen unterscheiden. Er war froh, dass er dort gewesen war. Denn diese Bilder waren nun in seinem Kopf. Unauslöschlich. Sie feuerten ihn an. Trieben ihn weiter, wenn er einfach nur liegenbleiben wollte. Die Blutflecken, der schmutzige Verband um den Kopf des Mannes, der immer so sehr auf Sauberkeit bei seiner Arbeit geachtet hatte. Die Schreie. Bo prügelte ein weiteres Ω an die Wand.

Ihr werdet dafür bezahlen, ihr scheiß Birds.

»Iniqua numquam regna perpetuo manent«, schrieb er. Und noch ein Ω, dem aber nach einem halben Bogen die Farbe ausging. Er kratzte den letzten Rest der selbst zusammengerührten

Farbe zusammen, beendete den Bogen und ging dann zu Sunna, die eine Schablone an die nächste Mauer klebte.

»Hast du noch Farbe?«

»Geh ein bisschen sparsamer damit um«, meckerte sie ihn an. »Wir haben nicht unendlich viel davon. Und wir haben noch die halbe Stadt zu informieren.«

Bo goss ein bisschen von Sunnas Farbe in seinen eigenen Eimer. »Zeichen an den Wänden reichen sowieso nicht, um das Volk aufzurütteln«, meckerte er zurück.

Seine Schwester malte mit geübten Pinselstrichen die Öffnung der Schablone aus. Nur ein schmaler Streifen Farbe blieb auf dem Papier zurück. Ein perfektes Ω.

»Flugblätter«, sagte sie. »Wir werden Flugblätter verteilen. Kris hat gesagt, dass er Papier organisieren kann. Wird allerdings ein paar Tage dauern.«

Kris. Immer wieder Kris. So langsam ging ihm dieser Streber auf die Nerven. Er schmierte das nächste Ω an die Wand. Hätte Sunna sich nicht einen weniger Angepassten als Freund suchen können? Einen, der nicht in diesem scheiß Unrechtssystem angestellt war, nicht von ihm bezahlt wurde?

Okay, es hatte geholfen, dass er in der Heimatschutzbehörde arbeitete und dort ein paar Leute kannte. Ohne Super-Kris würden seine Leute von der Quartierswache jetzt hinter Gittern sitzen und auf ihren Pseudo-Prozess warten. Nur, weil sie einen Buchstaben hochgehalten hatten.

Bo ging weiter. Seine Stirnlampe glitt an einer noch nicht von ihnen bemalten Mauer entlang. Sie war von oben bis unten mit den fetten Fröschen plakatiert, die die neuen Wohnungen am Stadtrand anpriesen.

Vorsichtig löste er einen der Zettel ab.

»Das ist doch genau das, was wir brauchen«, sagte er. »Helft mal mit«, rief er zu den Jungs rüber. Sie würden die Zettel nutzen, um Warnungen darauf zu schreiben. Die Menschen durften die Behördenvertreter nicht in ihre Häuser lassen. Auf keinen Fall.

»Autos«, rief Sunna, die als Erste die in der Ferne leuchtenden Scheinwerfer gesehen hatte.

Sie packten ihre Sachen und kletterten über die Mauer. Die Dornen in den Büschen dahinter rissen Löcher in ihre Kapuzenpullis.

Ein kleiner Preis.

Markt

Lillith roch den Fliederduft ihrer Bettwäsche und spürte weiche Finger an ihrer Wange. So beruhigend. Schlafen.

»Wach auf, Lillith, du musst aufwachen.«

Die Stimme wurde drängender, eine Hand rüttelte an ihrer Schulter. Nein. Sie hatte schlimm geträumt, sie wollte weiterschlafen.

»Bitte, Lillith, wach auf, dein Vater ist sehr ungehalten.«

Mühsam kämpfte sich Lilliths Bewusstsein an die Oberfläche. Sie öffnete die Augen, alles um sie herum war in grelles Licht getaucht. Sie stöhnte und zog die Decke über das Gesicht.

Majas Stimme strahlte vor Erleichterung. »Endlich! Dein Vater versucht schon den ganzen Vormittag, dich zu erreichen. Ich habe ihn bis eben hinhalten können, aber gerade war er … egal. Möchtest du ein Kühlkissen für deine Augen?«

»Den ganzen Vormittag?« Ihre Stimme krächzte. »Wie spät ist es?«

»Kurz vor zwölf.«

Gerade eben hatte sie doch noch im Auto gesessen, war weggefahren von der … der Hinrichtung. Sofort sah sie wieder Thorns Todeskampf vor sich, hörte seinen entsetzlichen Schrei, spürte deutlich, wie ihre Limousine mit mehreren bu-bumm, bu-bumm über Körper gefahren war, oder waren das die im Boden eingelassenen Sicherheitsschranken gewesen?

Alles andere – der Weg nach Hause, in die Arme von Maja und in ihr Bett – war nur noch schemenhafte Erinnerung.

»Kannst du bitte die Vorhänge wieder zuziehen, liebe Maja? Das Licht tut weh.«

Noch bevor ihre alte Kinderfrau zurück war, hörte Lillith den Klang einer Oboe, die das Hauptthema des Filmklassikers »Der

Pate« spielte – ihr persönlicher kleiner Scherz, über den sie gerade nicht lachen konnte. Jeder einzelne Ton schlug von innen an ihren Kopf wie der Klöppel an eine Kirchenglocke. Sie drückte auf die kleine Vertiefung ihres goldenen Vidja-Armbands. Davides Hologramm baute sich vor ihr auf, sie hörte den kopfspaltenden Lärm eines Hubschraubers; das grelle Rot von Davides Überlebensanzug schmerzte in ihren Augen. Und nein, natürlich galt die Vidja-Etikette nicht für ihn. Er hatte es nicht nötig, vorher zu fragen, ob ihr die Videoübertragung genehm war. Er drängte sich in ihre privaten Räume und sah sie genauso deutlich vor sich wie Lillith ihn. Sie regelte die Lautstärke an ihrem Ohrstecker herunter.

»Hast du endlich ausgeschlafen?« Der gnadenlose Zynismus ihres Vaters war nicht zu überhören.

Lillith war zu erschöpft für einen Streit. »Wo bist du?«, fragte sie, um ihre Schwäche zu überspielen.

»Auf dem Weg nach Ventus 3.« Die Rotoren des Hubschraubers drehten sich durch sämtliche Schmerznerven in ihrem Kopf. Sie schloss die Augen. »Lillith, reiß dich zusammen!«

Sie riss die Augen auf und reduzierte die Lautstärke so weit herunter, dass sie ihren Vater gerade noch verstand. Dankbar nahm sie das Kühlkissen von Maja entgegen und legte es sich auf die Stirn. »Entschuldige, Vater, mir geht es wirklich nicht gut.«

Davide beugte sich nach vorne, als wollte er überprüfen, dass sie ihm nichts vorspielte. Kaum hörbar sagte er: »Du musst dieses Frauenleiden in den Griff bekommen. Dein tagelanges Ausruhen ist nicht hilfreich für unsere Arbeit.«

Hatte er nicht erst vor zwei Tagen gesagt, dass er ab sofort auf ihre Dienste verzichten wollte? Lillith drückte das Kühlkissen fester auf ihre Stirn.

»Alles hat seinen Preis«, murmelte sie leise. »Wenn ich gestern hätte zu Hause bleiben dürfen, würde es mir jetzt nicht so schlecht gehen. Aber dir sind deine Mitmenschen ja sowieso egal, ob sie leben oder ob sie sterben. Hauptsache dein blöder Pakt bleibt intakt.«

»Werde endlich erwachsen, Lillith. Es wird Zeit, dass du dich von deiner Kinderfrau und ihren überholten Vorstellungen von falsch und richtig löst.«

»Maja ist wenigstens hier und kümmert sich um mich.«

Davide reagierte nicht auf ihren Vorwurf, sondern schien mit seinen Gedanken ganz woanders zu sein. Was Lillith noch wütender machte. Ihr Kopf war kurz davor zu explodieren. Zu allem Überfluss spürte sie nun auch noch Majas Sorgen; Lillith wünschte sich in die Bewusstlosigkeit ihres Schlafes zurück.

»Moment noch, ich bin gleich fertig«, sagte Davide zu jemandem, der mit ihm im Hubschrauber war.

»Sobald du dazu in der Lage bist, Lillith, fährst du in die Stadt und findest heraus, wie die Stimmung ist. Wir haben die Situation auf dem Rathausmarkt gestern in den Griff bekommen, aber …«

»Gab es Tote?«, unterbrach Lillith ihn.

»Nein. Ich habe Erik angewiesen, nur Warnschüsse abzugeben. Es gab allerdings zahlreiche Verletzte, vor allem aufgrund der Massenpanik an Benz' Grundstücksgrenze. Natürlich macht das Volk uns für die Vorfälle verantwortlich. Gestern Abend gab es mehrere unangemeldete Demonstrationen.« Davides Ader an der Schläfe pulste sichtbar, als er fortfuhr. »Erik will Foth und seine Männer auf das Volk hetzen, aber wenn er jetzt seine Hunde aus dem Zwinger lässt, wird die Situation auf der Straße eskalieren. Straßenkämpfe sind das Letzte, was ich während unserer Jubiläumsfeier sehen möchte. Wir müssen die Lage behutsam unter Kontrolle bekommen. Foth und seinen Männern fehlt dafür das nötige Fingerspitzengefühl.«

Maja reichte Lillith ein weiteres Kühlkissen. Ganz langsam ließ der Druck im Kopf nach.

»Was ist mit den Überwachungskameras? Haben die nichts angezeigt?«

»Bislang nicht. Aber du kannst sicher sein, dass sich die Chaoten nicht direkt vor einer Kamera versammeln und den Aufstand gegen das System planen werden.«

»Aber doch auch nicht direkt vor meinen Augen.«

»Lillith.«

Die Verachtung klang so deutlich mit, als ob er ihr direkt gesagt hätte, was für ein dummes Ding sie sei. In Lilliths Bauch knüllte sich das Gefühl von Ungerechtigkeit.

»Dein Auftrag ist nicht, die Männer zu finden, die uns möglicherweise Schwierigkeiten machen können«, fuhr Davide fort. »Mit einzelnen Personen werden wir fertig. Ich will wissen, wie die Stimmung im Volk ist. Sind die Leute genug mit ihren Alltagssorgen beschäftigt oder unterstützen sie die Chaoten? Sind sie bereit, für etwas anderes zu kämpfen als für ihr tägliches Überleben? Ist die Wut so groß, dass aus dem kleinen Funken, den diese Hinrichtung geschlagen hat, ein Flächenbrand wird? Die Masse sollst du beobachten, Lillith, nicht die einzelnen. Ich erwarte deinen Bericht heute Abend, 19 Uhr.«

Neben Davide tauchte sein persönlicher Assistent auf, ebenfalls in grellrotem Überlebensanzug. Maja ging einen Schritt zur Seite als hätte sie Angst, im Weg zu stehen. Davide hatte seine Videoübertragung auf »komplett« gestellt, eine prinzipiell sehr praktische Funktion für die täglichen Konferenzen, die ihm eine Menge Reisen ersparte. Aber Titus hatte nichts in ihrem Schlafzimmer verloren, Lillith unterbrach die Bildübertragung sofort. Sie wollte gerade die Audio-Verbindung trennen, als sie Titus sagen hörte: »Bezüglich der Eheschließung: Måns Åkesson möchte mehr über die gestrigen Unruhen wissen, bevor er ein Angebot abgibt. Innokenty Sorokin will wissen, wie viel Zeit Sie für die konkreten Vertragsverhandlungen einplanen. Und Erik Drach lässt ausrichten, dass er nach wie vor interessiert sei und kein Problem mit dem Gleichgewicht in Nordland sehe.«

Lillith hörte ihren Vater schnauben.

»Der Mann ist wirklich hartnäckig. Wenn er als geeigneter Kandidat in Frage käme, hätten Alexander und ich uns schon vor Jahren geeinigt. Ignoriere seine Anfrage. Sorokin kannst du mitteilen, dass die Dauer der Verhandlungen von den Angeboten abhängt. Aber ich gehe davon aus, dass die Hochzeit im April oder Mai stattfinden wird. Und mit Måns mach mir bitte einen Termin. Das bespreche ich mit ihm persönlich.« Der Hubschrauberlärm verstummte. Davide hatte die Verbindung unterbrochen.

Maja setzte sich aufs Bett und reichte ihr ein Glas Wasser, in dem sich gerade eine Kopfschmerztablette auflöste. Ihre alte Kinderfrau, die einzige wirklich vertraute Person in ihrem Leben, strich ihr sanft über die Wange. »Vielleicht klappt es ja mit einem der Schweden oder Norweger«, sagte sie. »Dann wird das mit der Ehe schon nicht so schlimm werden.«

Lillith wertete es als gutes Zeichen, dass ihr Vater ihre Unterstützung einforderte und sein »deine Ausbildung ist beendet« offenbar vergessen hatte. Vielleicht überlegte er es sich doch noch mal mit der überstürzten Vermählung. Vielleicht hatte er sich wieder daran erinnert, wie wichtig sie für ihn war. Sie würde ihm beweisen, dass er nicht auf sie verzichten konnte.

Sie probierte alles, was sie an Hausmitteln hatte, um auf die Beine zu kommen. Trotzdem dauerte es noch drei Stunden, bis die hochdosierten Schmerztabletten, die Wechselduschen, das Minzaroma und die Koffeinpillen Wirkung zeigten. Ein transdermales Pflaster im Nacken schickte ein stetiges, wohl dosiertes Rinnsal von Opioiden in ihre Blutbahn, packte das scharfe Messer in ihrem Kopf in mehrere Lagen Leinen und ließ in ihrem Schädel nur das drückende Gefühl einer vollgestopften Schublade zurück.

»Fahr in die Stadt und finde heraus, wie die Stimmung ist«, hatte ihr Vater ihr aufgetragen. Am liebsten wäre sie bis nach Neugraben gefahren, um nach Tonja und Peer zu sehen und sie bei der Gelegenheit zu fragen, ob sie nicht für die Civettas arbeiten wollten. Aber Maja hatte sie überzeugt, dass solch eine Fahrt zu lang und damit viel zu gefährlich wäre. Also einigten sie sich auf eine Runde durch die umliegenden Viertel mit einem Abstecher zum Hafen und einem Besuch auf dem zentralen Markt in der Mundsburg.

Was nach den Ereignissen gestern riskant genug war.

Lillith hatte sich als einfaches Dienstmädchen getarnt: graue Hose, beigefarbene Uniformjacke, unbequeme Kunstlederschuhe. Ihre dunkelbraunen Locken waren unter einer aschblonden Kurzhaarperücke verschwunden. Eine große Sonnenbrille verdeckte Lilliths halbes Gesicht und war gleichermaßen Tarnung wie Schutz. Das Tageslicht brannte sich direkt durch die Netzhaut in ihr Gehirn. Aber noch länger durfte sie nicht warten.

Victor, Lilliths persönlicher Chauffeur, stand vor einem kleinen, silberfarbenen Denza, dem Kleinwagen-Exportschlager der Chinesen, und genoss die Sonnenstrahlen, die sich immer wieder durch die Wolken stahlen. »Wartest du schon lange?«, fragte Lillith. »Entschuldige.«

Victor stutzte einen Moment, erkannte seine Chefin, rannte um das Auto herum und öffnete die Beifahrertür. »Kein Problem.« Sein ausgeglichenes, fast immer gut gelauntes Wesen war einer der Gründe, weshalb er für sie arbeitete. »Ich habe mir die Beine vertreten, dann lässt es sich besser in der Sardinenbüchse aushalten. Sind Sie sicher, dass Sie nicht doch eine der Limousinen nehmen möchten?«

Lillith zeigte auf ihre Tasche, in der eine fast schon antike Hasselbladkamera steckte. »Ich möchte das Licht nutzen und Schiffe fotografieren, bevor es wieder zu regnen beginnt. Dafür brauche ich nicht den ganzen Pomp eines offiziellen Staatsbesuchs. Wo ist Yaren?«

Victor verdrehte kurz die Augen und zeigte zum Dienstmädchenhaus. »Er flirtet mit einem der neuen Mädchen. Muss die Zeit nutzen, solange sich sein Ruf nicht bis zu ihr herumgesprochen hat.«

Lillith schickte über ihre Vidja einen kurzen Rüffel an ihren Leibwächter. Sekunden später kam er über den Hof gerannt, knöpfte beim Laufen seine Jacke zu und strich sich über die raspelkurzen Haare. Lillith schickte ein kurzes »falscher Knopf« hinterher, bevor sie sich vorne neben Victor setzte. Sie konnte spüren, wie Yaren rot anlief, als er seinen Fehler korrigierte. Ihr lag nichts daran, ihre Mitarbeiter zu demütigen, vor allem nicht diejenigen, die ihr Leben für sie aufs Spiel setzen sollten. »Ist sie hübsch?«, twinkerte sie deshalb lautlos und versöhnlich hinterher.

»Sehr«, schrieb Yaren zurück. Auch er hatte eine Kontaktlinse im Auge. Das Privileg der Leibwächter.

Kurz nachdem sie ihr Anwesen verlassen hatten, entdeckte Lillith den ersten Frosch, der von einer Werbefläche herabgrinste. Hinter ihm lief ein Film mit animierten Bildern aus der von Erik Drach geplanten, neuen Siedlung. Der Film zeigte hunderte weiße Häuser mit roten Dächern, fünf bis sechs Stockwerke hoch, dazwischen Rasenflächen, Bäume, Spielplätze, gerade, saubere Straßen, Laternen an jeder Ecke, sogar Ampeln und Zebrastreifen hatten die Planer in die Bilder programmiert. Dazu der Werbespruch: »Sichern Sie sich die Zukunft« und kleiner darunter: »Unsere Mitarbeiter kommen gerne zu Ihnen nach Hause.«

»Warum hat Senator Drach einen Frosch als Logo gewählt?«, fragte Maja, die darauf bestanden hatte, sie zu begleiten.

»Keine Ahnung«, sagte Yaren. »Aber meine Schwester hat gestern einen Brief von der Behörde bekommen, die dafür zuständig ist. Anscheinend planen die erstmal eine Volkszählung, um zu prüfen, wie viele neue Wohnungen tatsächlich gebraucht werden. Vielleicht soll der Frosch vorab für gut Wetter sorgen? Zum Glück verlangen die nicht, dass man dafür zu denen ins Amt kommt. Das soll am anderen Ende der Stadt sein.«

»Am Poggendiek in Wilhelmsburg«, ergänzte Victor. »Senator Drach hat eines seiner leer stehenden Gebäude dafür zur Verfügung gestellt. Ich habe Ihren Vater gestern früh dort hingefahren, Fräulein Civetta.«

»Damit hätten wir auch die Erklärung für den Frosch«, sagte Maja. »Poggendiek ist plattdeutsch für Froschteich.«

Yaren lachte. »Und ich dachte immer, der neue Senator wollte mit dem Froschlogo für das schöne Leben draußen in der Natur werben.«

Erneut fiel Lillith auf, wie kahl und grau hier alles war. Natur gab es im Armenviertel wirklich nicht. Sie erinnerte sich an einen kurzen Abschnitt in ihrem Geschichtsbuch. Während der beiden Hungerwinter hatten die Menschen hier jeden Baum zu Feuerholz gemacht. Und danach hatte sich niemand mehr für dieses Viertel verantwortlich gefühlt.

Graue Wolken zogen vor die Sonnenstrahlen. Lillith nahm die Sonnenbrille ab. Bei Regen konnte sie ihre Mission gleich abbrechen. Die wenigen Menschen, die sich dann noch draußen aufhielten, würden missmutig sein, weil sie nass wurden. Und nicht, weil die Heimatschutzbehörde einen der ihren hingerichtet hatte.

Das Schanzenviertel war ihr erstes Ziel, die Gegend, in der Thorn gewohnt hatte. Lillith spekulierte darauf, dass möglicher Ärger am ehesten in der unmittelbaren Nachbarschaft zu spüren sein würde. Mit Tempo 30 rollten sie lautlos an einer vermüllten Brachfläche vorbei, in deren Mitte die Ruine eines Wasserturms thronte. Ein Stück weiter lag die alte S-Bahn-Station Sternschanze, vor der sich ein paar Männer versammelt hatten, alle in dunkle Kapuzenpullis, Bomberjacken oder schwarze Mäntel gehüllt.

»Hier wurde Willem Duhnkreih totgeprügelt, nicht wahr?«, fragte Maja von hinten. Ein Hauch von Trauer strömte für kurze Zeit durchs Auto, bevor Maja ihre Gefühle wieder unter Kontrolle bekam.

»Ja.« Lillith konzentrierte sich auf die Männer, die Ärger ausstrahlten. Ob der noch flüchtige Kapuzenträger dabei war? Lillith suchte in ihrer Vidja nach der aktuellen Fahndung. Das Bild, das auf der Windschutzscheibe des Denza erschien, hatte nicht an Qualität gewonnen. Offenbar hatte Drach mit der Veröffentlichung des Stimmprofils keinen Erfolg gehabt. Immerhin hatte er die Belohnung für »sachdienliche Hinweise« auf 5.000 Nordmark erhöht.

»Da stehen sie wieder, die Ratten.« Yarens Verachtung war nicht zu überhören. »Alles Kriminelle, die den Menschen das

Leben noch schwerer machen, als es sowieso schon ist.« Er zog seine Vidja-gesteuerte Beretta aus dem Holster und ließ die Männer nicht aus den Augen, während sie an ihnen vorbeifuhren.

»Sie haben die Gewehre und damit die Macht«, sagte Maja. »So ist die Welt.«

Wie um ihre Worte zu bestätigen, löste sich einer der Männer aus der Gruppe, zog eine alte Pistole und zielte auf die Reifen ihres Autos. Maja schrie auf, Lillith hörte einen Schuss, der Angreifer fiel auf die Knie, die Pistole neben ihn auf den Boden, den Oberköper über die zerschossene Hand gekrümmt. Erst als die Gruppe nicht mehr zu sehen war, schloss Yaren die kleine Öffnung im Heckfenster und blinzelte, vermutlich um das Fadenkreuz des Zielerfassungsprogramms von der Kontaktlinse zu löschen.

»Warum nimmt die Polizei diese Männer nicht fest?«, fragte Lillith.

»Die Polizei interessiert nicht, was in den Elendsquartieren dieser Stadt passiert«, antwortete Yaren.

Maja legte dem Leibwächter versöhnlich die Hand auf den Arm. »Eure Leute, Lillith, haben andere Sachen zu tun. Die Menschen hier kommen zurecht. Sie haben sich ihre eigene Polizei aufgebaut, nette Jungs, die gegen einen Kanten Brot oder für ein paar Nordmark die Ratten aus der Gegend verscheuchen. Wollen wir jetzt zur Elbe runter? Sonst ist es dunkel, bevor wir die Promenade erreicht haben.«

»Da unterschätzt du aber diese Seifenkiste, liebe Maja«, sagte Victor und klopfte liebevoll auf den Joystick, mit dem er – theoretisch – den Wagen selbst steuern konnte. »Soll ich das Kommando übernehmen, Fräulein Civetta? Dann sind wir in Nullkommanichts am Ziel.«

»Danke, lieber nicht. Ich fühl mich besser, wenn du weiter darauf achtest, dass wir genug Energie haben.«

Victor fügte sich mit einem spaßhaft gebrummelten »Na gut« und konzentrierte sich auf die Überwachungsinstrumente, die anzeigten, ob die Energieübertragung durch die Induktionsschleifen, die in unregelmäßigen Abständen unter den Straßen vergraben waren, funktionierte. In den Armenvierteln wollte niemand mit seinem Auto liegenbleiben. Auch Victor nicht.

Lillith ließ die Welt draußen weiter an sich vorbeiziehen. Kinder spielten auf der Straße Kästchen-Hüpfen. Frauen hängten auf ihren absturzgefährdeten Balkonen Wäsche auf. Eine alte Frau kippte schmutziges Waschwasser aus und kehrte zufrieden gnickernd ins Haus zurück, als die Kinder laut schreiend dem Wasser auswichen, das ihr Spielfeld wegwusch. Lillith spürte Gram und Leid, aber auch Glück und Freude – vor allem bei den Kindern, die sich mit einem Kreidestein bereits ein neues Spielfeld malten.

So wie sich ihr Vater aufgeführt hatte, hatte sie mit unangemeldeten Demonstrationen gerechnet, mit großen Versammlungen, bei denen sich die Menschen über das Unrecht beklagten oder wenigstens mit wehklagenden Frauen. Aber es war das gleiche Bild wie immer, wenn sie auf dem Weg zum Rathaus oder zu einem der Geschäftspartner ihres Vaters an der Elbe durch diese Viertel fuhr: Dreck, Armut, Elend. Eine Parallelwelt, mit der sie nichts zu tun hatte. Die Menschen waren mit dem Überleben beschäftigt. Nicht mit einem Aufstand.

Sie näherten sich der monumentalen Statue von Fürst Bismarck, der in ewigem Stillstand die steinerne Hand auf sein Schwert gestützt und den Blick drohend auf die Armenviertel gerichtet hatte. Schräg hinter ihm begann das Gemeinschaftsgebiet des Hafens. Auch auf dieser Elbseite war der Hafen durch eine lange Mauer geschützt. Immerhin funktionierte hier die automatisierte Einlasskontrolle.

Victor fuhr weiter stromabwärts, bis sie die kurze Promenade erreichten, die Hawiks Getreidesilos von Civettas Speichertanks für das mit Windenergie gewonnene Methangas trennte. Am Terminal Tollerort lag ein Containerschiff, den Bauch voll Waren aus aller Welt, die von hier aus für viel Geld in den Rest Nordlands und in die angrenzenden Länder transportiert wurden. Ein anderes Schiff legte gerade ab – einer der Tanker, der das Windgas ihres Vaters zu einem Kunden brachte. Vermutlich nach Indien oder China, Länder mit einem nie endenden Energiehunger.

Lillith holte ihre Kamera aus der Tasche und tat, als ob sie nach einem passenden Motiv suchte. Was für eine Scharade. Die Jungs mussten sie wirklich für das dumme, verwöhnte Gör vom alten Civetta halten, das nichts Besseres zu tun hatte, als bei schlechtem Wetter quer durch die Stadt zu fahren, um Schiffe zu knipsen. Dabei fotografierte sie wirklich gerne. Aber nicht unbedingt Landschaften, und schon gar nicht bei so einem schlechten Wetter. Sie liebte Portraits. Sie genoss es, wenn es ihr gelang, für einen winzigen Moment die Fassade ihrer stets kontrollierten Mitmenschen zu durchbrechen und das Echte dahinter festzuhalten. Es waren nicht immer schöne Aufnahmen, die sie in ihren privaten Unterlagen gespeichert hatte. Aber es waren wahrhaftige Bilder. Die anderen, die schönen Bilder, auf denen die Menschen so aussahen, wie sie aussehen wollten, verschenkte sie.

Ein Segelboot wich einem weiteren Containerschiff aus, es wirkte winzig neben dem voll beladenen Dickschiff aus Indonesien. Ein hübscher Kontrast, Lillith drückte auf den Auslöser. Ein Regentropfen fiel auf ihre Hand, dann noch einer. Sie packte ihre Kamera ein und ging zurück zum Auto. Wenn sie ihrem Vater Ergebnisse präsentieren wollte, dann musste sie sich jetzt beeilen.

»Schade, dass das Wetter nicht gehalten hat«, sagte Lillith, als sie wieder ins Auto stieg. »Aber so bleibt mehr Zeit für den Besuch auf dem Markt.« Sie spürte Yarens Sorgen, der dieser ganzen Runde nicht viel abgewinnen konnte.

Hinter der Mauer, die den Hafen vom Rest der Stadt trennte, war fast niemand mehr auf der Straße. Aus den einzelnen Regentropfen war ein typischer Hamburger Dauerregen geworden, Yarens Sorge war völlig überflüssig gewesen. Und ihr Versuch, auf diesem Weg mehr über die Stimmung in der Stadt zu erfahren, ebenfalls. Lillith lehnte den Kopf an die Kopfstütze und schloss die Augen.

Hinter ihr erschrak jemand heftig. Sie riss die Augen auf und drehte sich um. Maja starrte aus dem Fenster. Auf eine Mauer hatte jemand wilde Zeichen geschmiert. Die Farbe war noch frisch und leuchtete. Nein, keine Zeich*en*. Nur ein einziges, aber das immer und immer wieder: Ω.

»Maja?«, fragte Lillith. »Alles in Ordnung?«

Ihre Kinderfrau wirkte wie ein grauer Panther in einem Käfig. Lillith spürte ihre Konzentration. Und ihre Furcht. Majas Hand zitterte, als sie auf die Mauer mit den Graffiti zeigte.

»Ich hatte gehofft, ich würde das nie wieder sehen«, flüsterte Maja.

»Die Schmiererei an der Mauer?«

»Lillith, das ist nicht einfach nur eine Schmiererei.«

»Sondern?«

Maja zögerte, schien nach den richtigen Worten zu suchen.

»Omega ist der letzte Buchstabe im griechischen Alphabet und steht für ›Ende‹«, mischte sich Yaren ein.

»Alpha und Omega, Alphatiere und Omegatiere, ja, danke Yaren, davon hab ich schon gehört.«

»Elektrischer Widerstand wird in Ohm gemessen und mit dem Ω gekennzeichnet«, fügte Maja hinzu. »Deshalb haben die Menschen das Zeichen damals gewählt. In der Zeit des Umbruchs. Als dein Vater Nordland gegründet hat. Es war das Zeichen der Menschen, die mit der neuen Ordnung nicht einverstanden waren, das Zeichen des Widerstands.«

»Ich wusste gar nicht, dass es so eine Gruppe gab. Warum haben mir meine Hauslehrer nichts davon erzählt?«

Maja schaute an Lillith vorbei auf die regennasse Straße. »Das gehört wohl nicht zum Lehrplan.«

»Aber warum bin ich dann nicht an anderer Stelle darüber gestolpert? In irgendwelchen Büchern oder Dokumenten müssen die doch erwähnt sein.«

Maja schüttelte langsam ihren grauen Kopf. »Alle, die auch nur entfernt damit zu tun hatten, sind in der Blutnacht verschwunden«, erklärte sie. »Joseph Foth ist damals gerade Polizeichef geworden – das war die Zeit, in der er sich seinen Ruf aufgebaut hat.«

Die Blutnacht. Ein dunkles Kapitel im gerade gegründeten Nordland. Lillith hatte die Bilder sofort vor Augen. Eine Demonstration, die aus dem Ruder gelaufen war. Unfähige Politiker. Überforderte Polizisten. Schüsse auf dem Rathausmarkt. Panik. Und am Ende hunderte Tote. Niemand konnte genau sagen, wie es angefangen hatte. Oder wie viele Menschen in dieser Nacht ums Leben gekommen waren. Die Blutnacht war der Wendepunkt gewesen. Danach hatten sich die wichtigen Männer der Stadt zusammengesetzt und ein neues Gesellschaftssystem geschaffen. Eines, in dem panikblinde Politiker nicht länger den Befehl für solch ein Massaker geben konnten – weil die wirtschaftliche Elite nun auch offiziell die politischen Posten übernommen hatte. Als Ehrenamt. Mit freiwilligen Sozialleistungen hatten sie die Ärmsten der Armen abgesichert, mit gemeinsamen Anstrengungen auf Grundlage ihres Pakts für Sicherheit und wirtschaftlichen Aufschwung gesorgt. Seit 24 Jahren funktionierte dieses Gesellschaftssystem, in dem jedermann ungestört seinen Geschäften nachgehen konnte.

Was wollten diese komischen Omega-Leute jetzt?

»Bist du sicher, dass alle Widerständler verschwunden sind? Vielleicht haben sie sich am Ende mit dem neuen System abgefunden und arrangiert?«

Majas Verachtung war kurz, aber grenzenlos.

»Nein, Lillith, nein. Die Widerstandskämpfer hätten sich nie damit abgefunden. Nicht die Männer und Frauen, die damals in der ersten Reihe standen und gegen die Macht des Geldes gekämpft haben. Foth hat gründliche Arbeit geleistet und alles ausgerottet, was er mit Omega in Verbindung bringen konnte.«

Ich bin das Alpha und das Omega, spricht Gott der Herr. Endlich wusste Lillith wieder, wo sie das letzte Mal von Omega gehört hatte. »›Das Alpha und das Omega. Vergesst das nie!‹ – das waren die letzten Worte von Joris Thorn.«

Maja seufzte. »Das erklärt die Graffiti.«

Erneut spürte Lillith Majas Trauer, dieses Mal tiefer, verzweifelter.

»Kanntest du diesen Thorn?«

»Jeder in dieser Gegend kannte ihn. Er war Arzt, einer der wenigen, der den Armenvierteln geblieben war.«

»Und ein Mörder.« Nicht, dass es um die besoffene Krähe schade gewesen wäre.

»Ich weiß nicht, warum er Duhnkreih umgebracht hat. Wahrscheinlich aus blinder Not. Glaub mir, Lillith, das Leben außerhalb deiner Mauern ist so elend, dass manche Menschen schon für eine warme Jacke morden.«

Victor kam ohne Probleme durch das Armenviertel auf der östlichen Alsterseite. Aber auf Mauern und Wände war immer wieder mit frischer Farbe das Ω geschmiert worden, den ganzen Weg hoch bis zur Mundsburg. Sollte Davide Recht behalten? Ein Flächenbrand? Aber doch nicht wegen ein paar Schmierereien an den Wänden. Oder?

Der Autoverkehr nahm zu, je näher sie dem Marktgelände kamen. Lillith registrierte einige Wagen aus dem Fuhrpark der Civettas. Vermutlich Küchenpersonal, das frisches Gemüse einkaufte. An der breiten Straße vor dem Marktgelände waren mehr Menschen zu sehen als auf ihrer ganzen bisherigen Fahrt.

Keine Frau ging ohne männliche Begleitung.

Die Bettler bemerkten Lillith als erste und hielten ihr wehklagend die Hände hin. Das Elend drohte sie schon am Eingang zu überwältigen. Der saure Geruch von Urin und Schweiß vermengte sich mit Kohl- und Zwiebeldüften. Dazu Ströme von Hoffnungslosigkeit. Lillith ging einen Schritt schneller. Sie hakte sich bei Maja unter, ging gebückt, unauffällig, unscheinbar.

In der Markthalle war es so voll, dass das Elend der Bettler nicht länger ins Gewicht fiel. Die Musiker direkt hinter dem Eingang vertrieben mit jazziger Musik alle schlechten Gefühle. Lillith vergewisserte sich, dass Yaren keine Gefahr sah und ging tiefer hinein, Majas Arm fest umklammernd. Es gab hier so viel mehr Emotionen als in ihren Kreisen, aber die meisten davon waren auszuhalten. Die Menschen um sie herum waren zufrieden und verdrossen und neugierig und gelangweilt und angespannt und entspannt und fröhlich und traurig. Sie bewältigten ihren Alltag. Sie lebten. Und beachteten die junge Frau mit den aschblonden, kurzen Haaren nicht weiter, die durch die langen Gänge schlenderte.

Auf den Tischen lagen fein säuberlich aufgeschichtet Kohlrabi und Wirsing, Kartoffeln und Rotkohl, Kürbisse und Sellerie, Pastinaken und Schwarzwurzeln, Äpfel und Quitten. Daneben eingekochte Früchte des Sommers, Marmeladen, Bohnen, getrocknete Tomaten, kleine Fässer mit Apfelsaft.

Ein Stück weiter pries ein junger Mann einen schmalen, schwarzen Kasten mit Kurbel an. »Der MP3-Player läuft super und hat die Hits der 80er, 90er und das Beste von heute – also den 2000ern – gespeichert.« Er zwinkerte Lillith verschwörerisch zu. »Und manchmal kannst du sogar ein ausländisches Radioprogramm damit empfangen. Das ist natürlich illegal, pssst.« Er legte den Zeigefinger auf seine Lippen. Lillith nickte konspirativ und ging weiter.

Einen Gang weiter meckerten Ziegen. Hühner standen in einem kleinen Drahtkäfig. Die Verkäuferin lächelte ihr zahnlos entgegen. »Ein paar Eier, mein Kind? Beste Bioqualität.«

Als Lillith um die nächste Ecke ging, schwappte ihr der Gestank von totem Fleisch entgegen. Gerupfte Vögel in allen Größen hingen auf Kopfhöhe: Hühner, Tauben, kleine Singvögel. Lilliths Magen begann sich zu drehen. Ein weiteres gehäutetes Tier von der Größe eines kleinen Hundes oder einer großen Katze hing von einer Stange herab und stank, als ob der Verwesungsprozess schon eingesetzt hatte. Fliegen schwirrten um die Tierleichen herum, setzten sich in Klumpen darauf, bevor der Verkäufer sie mit einer gelangweilten Handbewegung zu verscheuchen suchte. Lillith machte auf dem Absatz kehrt. Drei Gänge weiter holte sie zum ersten Mal wieder Luft und konzentrierte sich auf die Menschen um sich herum. Auf ihre Aufgabe: die Stimmung im Volk zu erspüren.

Hinter einem Stand mit Jacken, Hosen, Schals und Mützen aus gewalkter Wolle zeterte eine kleine, kompakte Frau. »Wir lassen uns nicht zählen. Diese Frösche kommen mir nicht ins Haus.« Sie stemmte die Arme in die Hüften und blickte den vor ihr stehenden Mann herausfordernd an. Er war fast zwei Köpfe größer als sie und zeigte leichte Spuren von Verzweiflung: »Sofie, bitte, wir müssen jetzt wirklich unsere Sachen zusammenpacken, um pünktlich zu Hause zu sein.«

»Wenn du vor den Birds kuschen willst, ich halte dich nicht auf. Aber ich lass die nicht in meine Wohnung. Wir zahlen pünktlich unsere Marktsteuern, das muss reichen! Die kümmern sich doch sonst auch einen Scheißdreck um uns. – Was guckst du so blöd? Entweder kaufst du was oder gehst weiter. Ich hab nichts zu verschenken.«

Das Letzte war eindeutig an Lillith gerichtet.

Im Weggehen hörte sie das Flehen des Mannes. »Wenn wir nicht kooperieren, können die uns das Leben richtig schwer machen. Wir brauchen die Markterlaubnis. Das weißt du genauso gut wie ich. Wenn wir hier nicht verkaufen dürfen …«

»Wir sollten umdrehen«, las sie auf ihrer Kontaktlinse. Auch Lillith spürte die steigende Anspannung, je tiefer sie sich in diesen Mikrokosmos hinein verirrte. Nur diesen einen Gang noch. Da war etwas, das sie nicht einordnen konnte, flatterige Bewegungen, aufgeregtes Flüstern. An einem Tisch mit alten Büchern und Zeitschriften blieb sie stehen, der Besitzer schien gerade etwas Wichtiges unter dem Tisch zu tun zu haben, jedenfalls sah sie nur seinen gebeugten Rücken und spürte seine Anspannung. Sie nahm sich eines der Hefte, »Brigitte« stand auf dem verblichenen Titel, daneben eine hübsche junge Frau im Bikini und der Titel »Die neue Sommerdiät«.

»Hast du was gefunden?« Eine tiefe, extrem wohlklingende Stimme. Lillith fiel die Zeitschrift aus der Hand, die Härchen auf ihren Armen stellten sich auf. Ein junger Mann stand hinter dem Tisch, schüttelte mit einer unwirschen Kopfbewegung seine hellblonden Strähnen aus dem Gesicht, hob die Zeitschrift auf, blätterte darin, blickte auf den Titel und dann Lillith in die Augen. »Zwei Mark für den Traum von einer besseren Welt.«

Lillith senkte den Blick, unsicher, was sie tun sollte. Das war die Stimme vom Video, die Gänsehautstimme. Das war der Mann in dem Kapuzenpulli. Der Mann, der neben Joris Thorn auf dem Video zu erahnen gewesen war. Mörder sollten nicht so gut aussehen dürfen. Niemand sollte so gut aussehen dürfen.

»Tut mir leid, aber ich habe kein Geld.« Das war nicht mal gelogen. Sie musste Drach Bescheid geben, sofort.

Der Verkäufer musterte sie und bemerkte dann Maja und Yaren.

»Zahlt Civetta, der alte Eulenvogel, tatsächlich so schlecht, wie immer behauptet wird? Hallo Maja.« Die Wangen von Lilliths alter Kinderfrau färbten sich rosa. »Ausbeutung der Schwachen ist immer noch die einfachste Möglichkeit zu Geld zu kommen. Hier«, er hielt Lillith das Heft entgegen, »ich schenke es dir.«

Lillith sah ihn erstaunt an. »Danke. Aber …«

Er schaute an ihr vorbei, zuerst überrascht, dann entschlossen, und schnappte sich eine alte Sporttasche, die unter dem Tisch gestanden hatte. »Sorry, ich hab noch was Dringendes zu erledigen«, sagte er, drehte sich um und ließ seinen Verkaufstisch zurück. Er quetschte sich zwischen zwei Stände hindurch und verschwand in der Menschenmenge.

Lilliths Mund war staubtrocken. Sie suchte in ihrer Vidja nach Drachs Kontaktdaten. »Wer war das?«, fragte sie.

»Bosse Thorn.« Maja drängte sie in Richtung Ausgang. Lillith spürte, dass Maja verwirrt war von der Begegnung mit diesem Bosse – Thorn.

»Thorn?« Ihr wurde schlecht. Sie brach die Suche ab. Nichts überstürzen. In ihrem Kopf war ein heilloses Durcheinander, die Opioide hatten die Kopfschmerzen reduziert, aber ebenso ihre Fähigkeit für klare Analysen.

»Joris' Sohn, Bo Thorn«, bestätigte Maja.

»Warum kann er italienisch?«

Maja brauchte einen Moment, bevor sie begriff. »Ach, wegen des Eulenvogels?« Sie lachte kurz und trocken auf. »Lillith, jeder, der sich ein bisschen für Nordland interessiert, weiß, dass Civetta italienisch für Eule ist.«

Bevor Lillith weiterfragen konnte, nahm Maja sie an die Hand und zog sie mit schnellem Schritt hinter sich her. Die steigende Unruhe in der Mundsburg war mit Händen greifbar. Lillith sah den Grund: Polizisten in den verschlissenen, braunen Uniformen der Heimatschutzbehörde standen vor den Händlern, kontrollierten die Papiere und waren nicht zufrieden mit dem, was sie sahen. Der Gefühlsmix aus Verärgerung, Angst, Verzweiflung und Panik stieg Lillith übel auf. Sie musste raus hier, bevor es schlimmer wurde.

Vor ihr stockte es. Sie wusste Yaren in ihrem Rücken, trotzdem ging ihr Atem schnell und flach. Sie drängte sich an Maja vorbei durch eine Lücke in der Menschenmenge – und stand drei Männern in langen, schwarzen Mänteln gegenüber, die ihre Schlagstöcke lässig in den Händen hielten. Die Stöcke schimmerten rot, sie waren auf maximale Kraft gestellt.

Lillith versuchte, einen Schritt zurückzutreten, in der Masse zu verschwinden, aber die Lücke hinter ihr hatte sich geschlossen. Die Männer in den Mänteln beachteten sie nicht weiter. Ihre Aufmerksamkeit war auf einen alten Händler gerichtet, der für wenige Pfennige Saft verkaufte.

»Wo ist die Bestätigung der Poggendiekbehörde?«

Der Mann hob hilflos die Schultern. »Die hab ich noch nicht.«

»Warum nicht?« Die Männer traten auf den alten Mann zu. Der wich zurück, suchte nach etwas, das ihn vor diesen Männern mit ihren Schlagstöcken schützen könnte. Seine Angst wurde zu Lilliths.

»Die waren noch nicht da. Ich habe doch gerade erst das Schreiben …«

Eine laute Ansage übertönte ihn. »Alle Marktbeschicker ohne offizielle Genehmigung der Poggendiek-Behörde verlieren mit sofortiger Wirkung ihre Verkaufserlaubnis«, dröhnte eine offizielle Stimme durch die Halle. »Ihre Stände werden beschlagnahmt und können bei der Heimatschutzbehörde gegen Vorlage der offiziellen Meldebestätigung zurückgefordert werden.«

»Du hast es gehört, Alter.«

»Aber …« Ein Schlag in die Magengrube, der alte Mann kippte vornüber. Lillith blieb die Luft weg. Yaren drängte sich endlich vor sie und gab ihr Deckung vor dem Schmerz des alten Mannes und vor den Saftflaschen, die herunterprasselten, nachdem einer der Männer dem einfach zusammengezimmerten Regal einen Schlag verpasst hatte. Roter Traubensaft sprenkelte Lilliths Gesicht, unter ihren Füßen knirschten Glassplitter. Der alte Mann krümmte sich in einer braunen Lache aus Trauben- und Apfelsaft, als die Männer abwechselnd gegen ihn und gegen die Reste seines Verkaufsregals traten.

»Wo ist dein Geld, Alter?«, fragte der Mann, dem es besonders viel Freude machte, seinen stahlkappengeschützten Stiefel in den dürren Körper zu versenken. Der Alte gab keine Antwort, aber bevor der Mann ein weiteres Mal zutreten konnte, hatte Lillith sich an Yaren vorbeigedrängelt und sich vor dem Mann aufgebaut.

»Stopp!«, rief sie mit all ihrer Autorität. Die Wut war stärker als der Schmerz.

»Geduld, Schätzchen, zu dir kommen wir gleich – ah da!« Der Mann schubste sie grob zur Seite, bevor er sich bückte und mit einem Messer den Geldbeutel des Alten vom Gürtel schnitt.

»Was erlaubt ihr euch?« Lillith hatte komplett vergessen, dass sie wie ein Dienstmädchen aussah. Sie wollte ihn gerade auffordern, sich zu identifizieren, als sie Yarens Hand an ihrem Arm spürte, der sie wegzog und gleichzeitig Botschaften auf die Vidja schickte. »Nicht einmischen … schnell weg hier … höchste Gefahr!«

Und mit einem Mal waren alle Gefühle um sie herum wieder da. Höllischer Schmerz. Angst. Wut. Verzweiflung. Fassungslosigkeit. Panik. Blinde Panik. Lilliths Beine wurden wacklig. Sie umklammerte Yarens Arm und ließ sich von ihm und von der Menge zum Ausgang ziehen. Im Vorbeigleiten sah sie, wie Polizisten Händler hinter ihren Ständen herauszerrten und ihnen wie Schwerverbrechern Handschellen anlegten. Sie sah, wie Frauen aus der Besuchermasse herausgezogen und weggeführt wurden – aber nicht von Polizisten. Jedenfalls trugen diese Männer nicht die braunen Uniformen der Heimatschutzbehörde, sondern lange, schwarze Mäntel. Wie die drei, die eben den alten Mann zusammengeschlagen hatten. Was waren das für Männer? Wen hatte Foth da für diese Aktion organisiert?

Die schwarzgekleideten Männer waren es auch, die alles, was sie in die Finger bekamen, mit großer Geste wegwarfen oder einsteckten. Die Gläser mit Eingekochtem zerschmetterten und weiche Birnen unter ihren Stiefeln zerquetschten. Die Tische umwarfen und mit ihren Schlagstöcken zertrümmerten.

An den Ausgängen erfassten Polizisten, die offiziellen, braun-uniformierten, mit großformatigen, mobilen Vidjas die Fingerabdrücke und erfuhren in Sekundenbruchteilen alles, was zu diesem Fingerabdruck je an persönlichen Daten gespeichert worden war. Die Männer arbeiteten schnell. Lillith spähte an ihnen vorbei nach draußen. Nicht weit vom Eingang entfernt stand ein riesiger Geländewagen. Auf dem Beifahrersitz saß Polizeichef Joseph Foth persönlich und beobachtete die Arbeit seiner Leute durch die offene Tür.

Lilliths Fingerabdruck verriet sie. Foth blickte überrascht über die Menschenmenge hinweg, als ihre Daten durch das System liefen, und hielt nach ihr Ausschau. Ihr lief es kalt über den Rücken.

Diesem Mann wollte sie nicht ohne Beistand ihres Vaters gegenüberstehen. Sie duckte sich und eilte, geschützt von den Menschen um sie herum, zu dem kleinen silberfarbenen Denza. Hatte Davide nicht etwas von Deeskalation gesagt? Warum waren die Polizisten so brutal gegen die Händler vorgegangen? Was waren das für Männer, die im Auftrag oder zumindest mit Billigung der Heimatschutzbehörde die Stände zerstörten und die Händler ausraubten?

Ihr Puls beruhigte sich erst wieder, als sie die Mundsburg hinter sich gelassen hatten. Über ihre Kontaktlinse liefen Warnhinweise: »Meiden Sie die Viertel östlich der Alster. Chaoten überfallen beliebten Markt in der Mundsburg. Deeskalationsstrategie der Polizei schlägt fehl. Zahlreiche Verletzte. Weitere Eskalation nach Verhaftung der Rädelsführer nicht ausgeschlossen. Meiden Sie die Viertel östlich der Alster.«

Was?

Deeskalationsstrategie? Und welche Rädelsführer?

Ihre Hände waren schweißnass und umklammerten immer noch die zusammengerollte Zeitschrift, die der junge Thorn ihr geschenkt hatte. Ein Blatt Papier mit einem fetten, grinsenden Frosch ragte an einer Seite heraus. Sie schlug das Heft auf. Der Zettel hatte nichts mit den Schönheitstipps vergangener Zeiten zu tun:

> *Ω.*
> *Wehrt Euch.*
> *Lasst euch nicht zählen.*
> *Werft die Frösche raus.*
> *Es ist Zeit für ein Ende der Willkür und für ein besseres Leben.*
> *Für uns alle.*
> *Ω.*

Lillith schlug das Heft wieder zu und lehnte den Kopf an die Stütze.

Der Widerstand versammelte sich. Direkt vor ihren Augen. Und Bo Thorn gehörte zu ihnen. Zu den Menschen, die sich gegen die Willkür der Heimatschutzbehörde wehrten.

Er war außerdem der Mann im Kapuzenpulli, der Mann, der Willem Duhnkreih auf dem Gewissen hatte. Mit dieser Information konnte sie ihrem Vater beweisen, wie hilfreich ihre Fähigkeit war. Sie könnte behaupten, dass sie aus der Masse der Menschen gezielt diesen Mann hatte herausspüren können. Was gelogen war, aber das wusste Davide nicht.

Bo Thorn war ihr Ticket in die Freiheit. Sie würde ihrem Vater gleich von Duhnkreihs Mörder berichten.

Und dann?

Davide hätte keine Skrupel, Bo hinrichten zu lassen. Er hätte auch keine Skrupel, die Hochzeit trotz ihrer Hilfe für Mai zu terminieren.

Der Willkür auf dem Markt war sie knapp entkommen. Ihre Hände zitterten.

Ω Guerilla Ω

Kris' Zeichen war eindeutig gewesen. Verschwinde. Sofort. Bo tauchte in der Masse unter und ließ sich von ihr zu den Toiletten treiben. Aus dem Augenwinkel sah er, wie Polizisten in die Mundsburg hineinstürmten. Eine Ansage lief über die Lautsprecher, aber er hörte nicht zu. Da vorn, nur noch ein paar Stände entfernt, waren die Klos. Den Polizisten folgten Männer in langen, schwarzen Mänteln. Nicht hinschauen. Keine Aufmerksamkeit erregen. Untertauchen. Schnell.

Er war zu leichtsinnig gewesen. Was hatte er sich nur dabei gedacht? Der Markt in der Mundsburg. Ausgerechnet. In der Menge untertauchen und gleichzeitig neue Omegas anwerben, das war der Plan gewesen. Heute Vormittag hatte es gut geklappt. Was wollten die Bullen jetzt hier? Ob Maja ihn verraten hatte? Eigentlich konnte er sich das nicht vorstellen. Aber was wusste er wirklich von ihr? Die Belohnung auf seinen Kopf war weiter gestiegen. Nicht, dass man seinen Kopf auf dem Fahndungsplakat erkennen konnte. Aber wer Joris gekannt hatte, der konnte sich denken, wer der zweite noch flüchtige Mann war, der angeblich diesen fetten Bird getötet hatte.

Er hatte nicht nur Freunde auf dieser Welt. Dutzenden Bekannten war er heute begegnet. Jeder davon hätte die Polizei rufen können.

Er zog die Kapuze noch tiefer ins Gesicht.

Idiotisch, diese ganze Aktion.

Er zwang sich, nicht zu rennen. Ganz in Ruhe zu den Räumlichkeiten zu schlendern und dann zu beten, dass außer ihm niemand dort war. Er hielt die Luft an, als er die Tür öffnete. Mist. Am Urinal standen zwei Männer, und die Kabine war auch besetzt. Er atmete aus und durch die Nase wieder ein. Nur winzige Züge der stinkenden Luft. Er stellte sich zu den Männern ans Urinal.

Die Tür öffnete sich erneut. Ein Mann in einem langen, schwarzen Mantel stellte sich direkt neben ihn und sah ihn herausfordernd an. Bo spürte, wie unter seinen Armen der Schweiß zu laufen begann. Leider lief sonst nicht mehr viel. Ganz anders bei dem Mantelträger. Hörte das denn nie auf? Der Typ schaute ihn an und grinste. »Freibier. Konnte ich mir doch nicht entgehen lassen.«

Bo schob den Unterkiefer vor und nickte, zustimmend-anerkennend, wie er hoffte, bevor er den Reißverschluss zuzog und zum Waschbecken trat. Ein trauriges Rinnsal tropfte heraus. Der andere Mann verzichtete aufs Händewaschen und verließ den Raum. Genauso wie der Marktbesucher, der jetzt aus der Kabine heraustrat.

Endlich war Bo allein. Er öffnete die Tür der Kabine mit dem Schild »defekt«. Ein Drücken gegen einen der Steine, ein Ziehen am Hebel und der Fluchtweg lag offen stinkend vor ihm. Diese Flucht durch die Siele war wirklich ekelhaft.

Er sah seinen Vater vor sich. Zusammengekrümmt, blutverschmiert.

Scheiß auf den Siel. Er kletterte durch die Öffnung, zog erneut am Hebel und alles rutschte zurück an seinen Platz. Das hatten die Altvorderen damals echt gut gebaut. Selbst nach 25 Jahren funktionierte der Mechanismus perfekt.

Eine knappe Stunde später kletterte er aus einer anderen Klappe zurück an die Oberfläche. Am liebsten hätte er sich sofort gewaschen. Aber Sunna kam ihm schon entgegen.

»Da bist du ja endlich. Die anderen sind schon oben.«

Er wollte seiner Schwester einen Begrüßungskuss geben, aber die wich zurück. »Du stinkst.«

»Danke, ich kann dich auch gut riechen.«

Er lief die Treppe hoch in ihren Besprechungsraum. Taschenlampen sorgten für ein Minimum an Licht, aber er sah auf einen

Blick, dass ihre kleine Gruppe gewachsen war. Er gab sich keine Mühe, seine Freude darüber zu verbergen.

»Großartig, dass ihr alle da seid!«, rief er ihnen entgegen. Alek und die gesamte Quartierswache, Sunna und ihre Freundinnen aus dem Viertel, Nathan und seine Debattierfreunde und eine Menge Unbekannter, die er heute auf dem Markt angesprochen und das Flugblatt in die Hand gedrückt hatte. Wenn sie später zu ihm gekommen waren und gefragt hatten, was sie denn gegen die ganze Ungerechtigkeit machen könnten, hatte er ihnen Ort und Uhrzeit verraten. Und hier waren sie nun.

Aus seiner Sporttasche holte er den Briefumschlag, den sein Vater ihm an ihrem letzten gemeinsamen Abend gegeben hatte. In dem Umschlag waren zwei gefaltete Zettel, sehr alt, der Text darauf verblasst, aber immer noch lesbar.

»Ich habe hier Auszüge vom Text.« Bo machte eine Pause und sah seine Mitstreiter an. »Von DEM Text.« Endlich begriffen die Ersten. Ein Raunen ging durch den Raum. Der »Text«, wie er überall nur hieß, hatte über die Jahre die Aura des Heiligen Grals bekommen. Jeder wusste, dass dieser Text die Blutnacht ausgelöst hatte und dass im Anschluss daran die gesamte Opposition Nordlands vernichtet worden war. Jeder wusste, dass in dem »Text« die Geschichte der Birds stand, die vielen illegalen Mittel, die sie benutzt hatten, um zu Wohlstand und Reichtum zu kommen, während das Volk in den Wintern des Umbruchs verhungerte und erfror. Aber wie genau sie es gemacht hatten, welches Recht sie gebrochen und welche Unverfrorenheit sie begangen hatten, alles was die Menschen hätten nutzen können, um sich an ein ordentliches Gericht zu wenden, diese Informationen waren verloren gegangen.

»Es ist nicht ganz vollständig, aber schon das bisschen hier ist heftig. Wenn wir damit rausgehen, dann kriegen wir das Volk auf die Barrikaden. Dann haben wir hier eine Revolution. Dann schaffen wir es, dieses ganze scheiß System zu stürzen.«

Seine Leute applaudierten und johlten. »Und dann holen wir, was uns zusteht.« – »Nieder mit den Birds.« – »An die Wand mit ihnen!«

»Moment, Moment.« Bo hob beschwichtigend die Hände. »Wie ihr alle wisst, steht auf den Besitz des Textes die Todesstrafe. Wir müssen also vorsichtig vorgehen. Wir können ihn nicht einfach abschreiben und verteilen. Ganz abgesehen davon, dass die Birds dann behaupten würden, wir hätten uns die ganzen Geschichten nur ausgedacht.«

»Wie willst du vorgehen?«, fragte Nathan.

»Schritt für Schritt. Als Erstes müssen wir verhindern, dass die Birds mit diesen komischen Umsiedlungsplänen Erfolg haben. Wenn erstmal alle Menschen ihre Häuser hier verlassen haben, dann haben wir schlicht und ergreifend kein Volk mehr, das sich wehren kann. Mal ganz abgesehen davon, dass bei dieser Umsiedlung längst nicht alles mit rechten Dingen zugeht.« Kurz erzählte er die Geschichte von Eve und den beiden Behördenmitarbeitern. »Deshalb müssen wir als Erstes dafür sorgen, dass die Menschen überhaupt wissen, dass es uns gibt. Wir müssen die Stadt weiter mit Ωs fluten. Die Älteren werden wissen, was es heißt. Und die Jüngeren werden hoffentlich fragen.«

»Warum gehen wir nicht sofort mit dem Text raus?«, fragte Alek. »Wenn er so gut ist, wie du sagst, müsste das doch ein Selbstläufer sein. Warum willst du weiter Zeit vergeuden?«

»Weil wir noch keine Struktur aufgebaut haben, um die Wut der Leute zu lenken. Weil wir noch keine Kontakte ins Ausland haben, zu Menschen, die uns unterstützten könnten. Weil wir momentan so schwach sind, dass die Birds einfach eine zweite Blutnacht machen und uns vernichten würden.«

Zustimmendes Gemurmel zeigte ihm, dass die meisten kapiert hatten, dass mit einer Hau-Ruck-Aktion nichts gewonnen war.

»Deshalb fangen wir mit kleinen Aktionen an«, fuhr Bo fort und erklärte den Plan für diese Nacht.

Es war sternenklar, als er mit seinen Leuten die Max-Brauer-Allee erreicht hatte. So langsam gewöhnte Bo sich an das Prickeln im Nacken, wenn er unterwegs war und nicht wie sonst nach Ratten Ausschau hielt, die auf der Suche nach leichten Opfern waren, sondern nach Kameras, die in den entlegensten Winkeln montiert waren. Nicht, dass sie alle funktionierten. Die wenigsten schienen intakt, beziehungsweise wurden nicht kontrolliert. Er hatte sich schon oft gefragt, wie die Birds eigentlich das ganze Datenmaterial auswerteten, das tagtäglich bei ihnen einging.

Bislang hatten sie keine Schwierigkeiten gehabt. Vielleicht lag es daran, dass den Birds egal war, was außerhalb ihrer Grundstücksgrenzen passierte. Bo hatte für ihre Aktionen 500 Meter als Minimalentfernung zum nächsten Birdanwesen ausgegeben. Seit zehn Minuten malten sie nun schon völlig ungestört ihre Parolen auf die Straßen: »Tausch nur gegen Alstervilla«, »Meine Heimat ist die Schanze« und was ihnen sonst so einfiel. Am Montag würden die Senatoren wieder mit ihrer Entourage hier entlangrollen. Und dann würden sie sehen, was das Volk von ihren Umsiedlungsplänen hielt.

Nichts.

In der Ferne hörte er Sirenen. Aber die schienen östlich der Alster unterwegs zu sein. Vielleicht hatte es bei der Mundsburg weiteren Ärger gegeben? Kurz hatte Bo ein schlechtes Gewissen, weil auch die Quartierswächter aus St. Georg, Hamm und Barmbek in dieser Nacht im Dienst von Omega unterwegs waren und an ihren Straßen und Häusern ähnliche Botschaften hinterließen wie er hier im Schanzenviertel.

Der Ruf einer Eule ließ ihn aufhorchen. Da. Nochmal. Der vereinbarte Warnruf – der beim dritten Mal mittendrin abgeschnitten wurde. Mist. Bo spurtete zu der Ruine, in der Huge sich versteckt hatte. Der kleine rotlockige Huge, der mit seinen 14 Jahren eigentlich viel zu jung war, um bei ihnen mitzumachen, der mit seinen scharfen Augen aber perfekt geeignet war, um Wache zu stehen.

Und der jetzt ein Messer an der Kehle hatte. Von Skoruppa, dem Arsch.

»Lass den Kleinen laufen«, sagte Bo.

»Warum sollte ich?«, fragte Skoruppa, seine dünnen Lippen zogen sein hässliches Gesicht noch breiter als es ohnehin schon war. Hinter Skoruppa tauchten seine Leute auf: Ratten in ihren schwarzen Jeans, den schwarzen Pullovern – dass sie sich nicht noch das Gesicht schwarz färbten, war einzig ihrem Rassismus geschuldet.

»Weil es hier nichts für dich und deine Jungs zu holen gibt.« Bo hörte, wie hinter ihm die eigene Verstärkung auftauchte.

»Oh, das glaub ich aber doch«, sagte Skoruppa mit seiner schnarrenden Stimme. »Auf deinen Kopf, mein lieber Bosse, ist eine fette Belohnung ausgesetzt. Und wenn du nicht möchtest, dass dein kleiner Feuermelder hier draufgeht, dann kommst du besser freiwillig mit uns mit.« Er drückte die Klinge noch etwas fester und Bo spürte mehr als dass er es sah, wie die Klinge in der oberen Hautschicht verschwand.

»Lass ihn los.«

»Komm rüber.«

Bo zuckte mit den Schultern und näherte sich Skoruppa. Zwei Ratten nahmen ihn in Empfang und hielten ihn fest. Endlich ließ Skoruppa Huge laufen. Der stolperte zurück zu Bos Leuten – und in dem Moment gingen die beiden Gruppen aufeinander los. Mit einer schnellen Bewegung befreite sich Bo aus dem Griff der beiden Männer, schlug einem die flache Hand unter die Nase, dem anderen drückte er den Kehlkopf ein. Bo sah Messer durch die Nacht blitzen, er hörte Knochen auf Knochen schlagen, Schmerzenslaute, Stöhnen, er sah wie der kleine Huge eine Ratte von den Beinen holte. Im nächsten Moment blockte Bo ein Messer und trat dem Angreifer gegen das Knie. Er wurde in den Schwitzkasten genommen, schlug mit dem Hinterkopf gegen ein Gesicht und glaubte, die Nase des anderen knirschen zu hören. Er steckte Schläge ein, teilte aber deutlich mehr aus.

Als Skoruppa realisierte, dass er diesen Kampf nicht gewinnen würde, pfiff er kurz und verschwand mit seinen Leuten in der Nacht. »Ich weiß, wo du wohnst, Bo Thorn. Ich sorg dafür, dass Foth dich abholt. Dich oder deine Schwester. Such es dir aus.«

Vergangenheit

Lillith hatte sich den Platz an der Seite ihres Vaters zurückerobert. Sie war immer noch wacklig auf den Beinen nach den Ereignissen und den ganzen Emotionen von gestern, aber als Davide sie heute Morgen per Vidja-Nachricht gefragt hatte, ob sie nach dem gemeinsamen Mittagessen noch eine halbe Stunde Zeit für ihn habe, hatte sie sofort zugesagt. Sie musste unbedingt wissen, was er von der Willkür der Polizisten und diesen seltsamen Hilfssheriffs in ihren schwarzen Mänteln hielt. Und von den Lügen, die Erik Drach verbreitet hatte. Anscheinend hatte ihr Bericht ihm gezeigt, dass er nicht so einfach auf sie verzichten konnte. Vielleicht teilte er ihr auch mit, dass er noch ein paar Jahre mit ihrer Vermählung warten wollte. Dann hatten sich die Schmerzen und die Arbeit wenigstens gelohnt.

Sie hatte ewig mit sich gerungen, ob sie von Bo berichten sollte oder nicht. Sie hatte überlegt, Maja um Rat zu fragen, aber ihre alte Kinderfrau schien beim Thema Thorn voreingenommen zu sein. Schließlich hatte Lillith alle rationalen Pro- und Contra-Argumente zur Seite geschoben und ihren Bauch entscheiden lassen. Bo Thorn war in ihrem Bericht nicht vorgekommen – vorläufig nicht.

Dafür hatte Yaren ihr interessantes Material aus den Armenvierteln zukommen lassen. Sie war gespannt, was ihr Vater dazu sagen würde.

Der Nachtisch war gerade serviert, als Davide über die Glasplatte des Esstisches strich und ein Dokument an die Wand projizierte: Ein freundlicher Frosch lächelte auf die Zeit- und Etatplanung für das Projekt »Neue Heimat« herab. »Ich überlege, eine größere Summe in die Neue Heimat zu investieren«, eröffnete Davide ihre Mittagsrunde. »Erik will die ersten Wohnungen noch in diesem Jahr verkaufen. Er sagt, die Leute reißen ihm die Unterkünfte förmlich aus der Hand.«

Okay, nicht das Thema, mit dem sie gerechnet hatte, aber eines, zu dem sie etwas beitragen konnte.

»Reines Marketinggeschwätz«, sagte Lillith. »Darf ich?« Mit wenigen Handbewegungen warf sie aktuelle Bilder neben Drachs Planspiele, Fotos aus den Armenvierteln, die Yaren ihr am Morgen geschickt hatte. Mit weißer Kreide hatten die Bewohner im Schanzenviertel Mauersteine auf die Straßen vor ihre Häuser gemalt, einen Stein neben den anderen. Und dazwischen Parolen wie: »Dieses Grundstück steht nicht zum Verkauf«, »Tausch nur gegen Alstervilla«, »Meine Heimat ist die Schanze«. Auch das »Ω« tauchte an vielen Stellen auf.

»Ich glaube nicht, dass wir diesen Protest ernst nehmen müssen« antwortete Davide. »Wenn die Menschen die neuen Häuser sehen, werden sie ihre Meinung ändern. Die erste Mustersiedlung ist bereits in Arbeit.« Er zeigte auf das Ω. »Diese Chaoten müssen wir allerdings beseitigen. Was die gestern in der Mundsburg angestellt haben …« Er schüttelte den Kopf. »Ich verstehe so ein irrationales Verhalten nicht.«

Lillith zählte innerlich bis fünf, bevor sie antwortete. »Du hast meinen Bericht dazu gelesen?«

»Nur überflogen. Die aktuellen Ereignisse haben deine Arbeit … ich will nicht sagen, überflüssig gemacht, aber die Situation hat sich verändert. Erik hat berichtet, dass die Vermietung schimmeliger Zimmer ein florierender Wirtschaftszweig im Armenviertel ist. Er vermutet, dass es vor allem diese sogenannten Vermieter sind, die nun so tun, als wollte keiner dort weg. Du weißt doch, wie das funktioniert: Jemand hat ein bestimmtes Interesse und mit ein wenig Geld oder Schnaps oder Drogen holt er sich ein paar Jugendliche von der Straße, die dann für ihn Stimmung machen.« Er leerte sein Glas und griff zur Wasserkaraffe mit den synthetischen Coca-Blättern. »Möchtest du?«

Lillith schüttelte den Kopf. Soviel zum Thema Drogen.

Davide nahm einen langen Schluck. »Meine ursprüngliche Sorge, dass vom Volk eine Art Revolte ausgehen könnte, ist jedenfalls unbegründet. Mit Miethaien und den von ihnen engagierten Omega-Chaoten werden wir fertig.«

»Aber …«

Davide ließ sie nicht zu Wort kommen. »Es gibt eine weitere, erfreuliche Neuigkeit: Der zweite Mörder von Willem Duhnkreih konnte identifiziert werden. Einer der auf dem Markt Verhafteten hat die Stimme vom Überwachungsvideo erkannt. Es handelt sich um Bo Thorn, den Sohn von Joris Thorn, der angeblich nach Westfalen ausgewandert ist. Erik hat bereits eine nordlandweite Fahndung veranlasst und wird in den nächsten Tagen …«

Lillith hörte ihrem Vater nicht weiter zu. Ihr Magen schien durch einen Fleischwolf gedreht zu werden. Die Idee, Bo Thorn zu einem späteren Zeitpunkt als eine Art Joker zu ziehen, war mit dieser neuen Information hinfällig geworden.

»… und wir haben ihm ein paar weitere Vollmachten genehmigt, damit er der Lage Herr wird, bevor unsere ausländischen Gäste zu unseren Jubiläumsfeierlichkeiten kommen.«

»Wem? Was für Vollmachten?«

»Polizeichef Foth natürlich. Hörst du mir eigentlich zu?« Erneut wartete er keine Antwort ab. »Mit dieser Sondervollmacht kann Foth ohne konkreten Anfangsverdacht jeden Omega-Spinner verhaften. Er hat darüber hinaus bei der Rekrutierung und Qualifizierung von neuem Personal mehr Freiheiten bekommen. Außerdem haben wir uns auf eine Ausgangssperre von Sonnenuntergang bis Sonnenaufgang für die Bewohner in den Armenvierteln geeinigt … das Übliche eben. Ach ja, und Erik hat sich tatsächlich mit einer Etaterhöhung durchgesetzt. Zehn Prozent bekommt er ab sofort dazu. Ich hab mich am Ende überreden lassen – nachdem er mir zugesichert hat, dass er einen Teil des Geldes nutzen wird, um endlich diese Chaoten zu fassen, die uns im Elbtunnel überfallen haben.«

»Ich fürchte, Senator Drach hat dir nicht die Wahrheit gesagt, was den Vorfall in der Mundsburg betrifft«, sagte sie mit gepresster Stimme. »Es waren nicht die Leute von Omega, die alles kurz und klein geschlagen haben. Es waren Foths eigene Leute.«

Davides Löffel mit der Crème Brûlée verharrte auf halbem Weg zum Mund. »Woher weißt du das?«

»Ich war dabei.« Lillith fasste ihren Bericht in drei Minuten zusammen. Sie erzählte von ihrem Besuch auf dem Markt, der völlig normal und unspektakulär verlaufen war – bis die Polizei einmarschierte.

»Senator Drach hat am Mittwoch die Pläne für die Umsiedlung vorgestellt«, rechnete Lillith vor. »Am Samstagmittag konnten die meisten Händler die neueste Meldebestätigung noch gar nicht haben – nicht mal, wenn unsere Beamten 24-Stunden-Schichten gemacht hätten. Und trotzdem hat er den Marktleuten ihre Verkaufserlaubnis genommen. Warum?«

Zwischen Davides Brauen hatte sich eine steile, tiefe Falte gebildet. »Du bist dir sicher, dass die Unruhen auf dem Markt von der Polizei ausgingen? War es nicht vielmehr so, dass die Polizei angegriffen wurde?«

Lillith lachte bitter. Was für eine Vorstellung. Die alte Dame, die die Frösche nicht ins Haus lassen wollte, konnte vielleicht ihrem Mann an die Gurgel gehen, aber nicht den Männern mit ihren Schlagstöcken.

»Niemals. Das waren unsere eigenen Leute, die die Situation eskaliert haben. Und wenn die sich ihre Finger nicht schmutzig machen wollten, haben es Foths neue Hilfskräfte getan.«

Davide legte die Fingerspitzen zusammen und tippte mit den Zeigefingern an seine Lippen.

»Hast du Beweise? Bilder? Videos?«

Lillith schüttelte den Kopf. Sie war zu beschäftigt damit gewesen, aus dem Chaos herauszukommen und nicht vor den Gefühlen der anderen in die Knie zu gehen. An Beweismaterial hatte sie da nicht gedacht.

»Glaubst du mir nicht? Victor, Yaren und Maja können es bestätigen.«

»Die zählen nicht.«

Er schob den Teller zur Seite. Lillith spürte seinen Widerwillen. Etwas ging ihm ganz gewaltig gegen den Strich. Auf seinem Gesicht war ein Lächeln zu sehen. Sein Geschäftslächeln.

»Ich kümmere mich darum, Lillith.« Er zupfte seine Manschetten unter dem Jackett zurecht. »Was für eine Woche! Angesichts der aktuellen Lage ist es wirklich an der Zeit, dich unter die Haube zu bringen.«

»Das ist das nächste Thema, über das ich gerne mit dir reden möchte.«

Davide reagierte nicht auf ihren Einwand. Er tippte auf die Glasfläche des Tisches und öffnete eine Übersicht über die aktuelle Entwicklung seines Beteiligungsportfolios. »Möchtest du nach Mailand fliegen?«, fragte er mechanisch. »Oder lieber in Hongkong deine Hochzeitsgarderobe kaufen? Frag doch Cissy, ob sie mitkommt.«

Trotz der Etaterhöhung für Drach und den neuen Vollmachten für Polizeichef Foth nahm die Zahl der Überfälle auf die Fahrzeuge der Reichen weiter zu. Selbst das Personal traute sich nur noch in gesicherten Konvois durch die Armenviertel, und die Nachfrage nach Dienstwohnungen auf dem Grundstück der Civettas überstieg bei Weitem das Angebot.

Der erfolgreiche Angriff auf Willem Duhnkreih hatte anscheinend jeden einzelnen vom Glück nicht so Begünstigten dazu motiviert, sein Schicksal in die eigene Hand zu nehmen, und mit Gewalt den Reichtum Nordlands umzuverteilen. Die Ratten hatten sich unkontrolliert vermehrt. Oder waren es die Omegas? Gab es überhaupt einen Unterschied zwischen diesen beiden Gruppen? Überall in der Stadt tauchten Flugblätter auf, in denen der sogenannte Widerstand zum zivilen Ungehorsam aufrief und dazu, sich endlich gegen das herrschende System zu wehren. In den Armenvierteln waren ganze Wände damit plakatiert, sämtliche Litfaßsäulen zugeklebt. Manchmal wehte der Wind die Flugblätter über die Straße, manchmal fand man sie in gestohlenen Autos, denen die Energie ausgegangen war, vereinzelt steckten sie sogar in den Jackettaschen der Entführungsopfer, die gegen viel Lösegeld freigekommen waren.

Zum Glück hatte es bei den Überfällen bisher keine weiteren Toten gegeben; allerdings wurden einige Entführte noch vermisst, allesamt Angehörige der zweiten Gesellschaftsebene Nordlands: höhere Beamte, leitende Angestellte, Richter, sogar ein Offizier; Männer, die reich genug waren, um mit teuren Autos durch die Stadt zu fahren, aber nicht genug Geld hatten, um sich einen üppigen Sicherheitsapparat zuzulegen.

Davide war dazu übergegangen, seine Termine per Konferenzschaltung zu erledigen. Nur zu den Sitzungen der Senatoren montags und den Bürgerschaftssitzungen mittwochs fuhr er noch mit dem Auto – die einzigen Tage, an denen auch Lillith das Haus verließ. Der Civetta-Konvoi bestand aus sechs schweren Geländewagen und vier Motorrädern, die Davides gepanzerte Limousine in die Mitte nahmen, um sie sicher durch das Schanzenviertel zum Rathaus zu geleiten. Vielleicht war der Umsiedlungsplan von Erik Drach doch keine so schlechte Idee?

Im Vergleich zu dem Aufwand, den Hawik, Drach, Kropp und Petersen betrieben, war ihr Konvoi eine Minimal-Maßnahme. Die drei Senatoren und der neue Bürgerschaftspräsident bewegten sich nur noch mit Hubschraubern von einem Ort zum nächsten und erzählten jedem, der es wissen wollte, dass sie ihre persönlichen Portfolios umschichteten, um gegen das drohende Chaos gewappnet zu sein. Alle hatten Angst um ihre Person, um ihre Familie, um ihre Anwesen und nicht zuletzt um ihr Geld und meinten, mit deutlich mehr und besser ausgerüsteten Sicherheitskräften der herrschenden Bedrohung entgegentreten zu können. Jay Kropp machte mit den Einfuhrzöllen auf modernste Waffen gerade das Geschäft seines Lebens, genau wie Erik Drach, dessen Sicherheits- und Überwachungstechnik mit dem anachronistischen Namen »Der Hüter« den Reichen der Stadt das Gefühl gab, alles unter Kontrolle zu haben. Immer und überall.

Die Technik verhinderte allerdings kein einziges Graffito. Schmierereien an den Wänden informierten darüber, dass Omega nicht vorhatte, klein beizugeben. »Die Stadt gehört uns allen«, »Gerechtigkeit statt Willkür«, »Foth: Wo sind unsere Mädchen?« und immer wieder das lateinische »Iniqua numquam regna perpetuo manent«, das Lillith zum ersten Mal bei Thorns Hinrichtung gesehen hatte. Auf eine Hauswand hatte jemand mit dunkelroter Farbe das Hamburger Wappen gemalt; auf dem Tor saßen dicke Männer und rauchten Zigarren. Als Lillith genauer hinsah, entdeckte sie, dass das Hamburger Tor aus hunderten, dürren Menschen bestand, die von den Männern zusammengedrückt wurden. Augen quollen hervor, Münder waren weit aufgerissen.

Heimatschutzsenator Erik Drach musste sich in jeder Sitzung aufs Neue dafür rechtfertigen, dass ihm die Situation derart entglitt. Obwohl seine Kameras automatisiert jeden Überfall meldeten, waren weder die regulären noch die zahlreichen neu rekrutierten Hilfskräfte schnell genug vor Ort, um die Täter zu verhaften. Nicht einmal die Kreidekritzler bekam er zu fassen und die Fahndungsplakate, mit denen er nach Bosse Thorn suchen ließ, wurden heruntergerissen, sobald die Plakatekleber den Litfaßsäulen den Rücken zudrehten. Sogar die elektronischen Werbetafeln waren verschmiert oder mit alternativen Plakaten beklebt worden, nachdem die Fahndungsaufrufe mit »Hohe Belohnung für die Ergreifung von Bosse Thorn« darüber gelaufen waren.

Drachs geradezu reflexhafte Forderung nach immer mehr Geld lief ins Leere. Davide hatte die Vorfälle in der Mundsburg nicht im großen Kreis thematisiert. Aber seit dem Gespräch mit Lillith weigerte er sich, Drach weitere Mittel zu genehmigen und wurde dabei von Senator Oppermann und dem leicht zu manipulierenden Jay Kropp unterstützt. Davide nutzte die Tatsache, dass alle Entscheidungen im Senat entweder einstimmig oder, falls das nach zwei Verhandlungsrunden nicht erreicht worden war, wenigstens mit einer Dreiviertelmehrheit abgesegnet werden musste. Was im Umkehrschluss bedeutete, dass drei sich in der Sache einige Senatoren ein Vetorecht hatten und jedes unliebsame Vorhaben blockieren konnten.

Dem Heimatschutzsenator blieb nichts anderes übrig, als mit dem vorhandenen Geld auszukommen und das Thema zu wechseln. Er pries die enormen Fortschritte der neuen Siedlungsanlage, zeigte Bilder der Baustelle, wo Bagger die Baugrube aushuben, Grafiken, in denen er die Nachfrage seitens der Bevölkerung mit einer steil ansteigenden Kurve illustrierte, für die die vorhandenen Plätze (eine Parallele zur X-Achse) bei weitem nicht ausreichten. Nach kurzer Debatte einigten sich die Senatoren darauf, das Siedlungsgebiet auszuweiten, noch mehr Häuser zu bauen und Drach den dafür nötigen Etat zur Verfügung zu stellen.

Nur Lillith fiel auf, dass er keine Zahlen an die Achsen geschrieben hatte.

Mitte Oktober zog ein neuer Parlamentarier für seinen Vater ins Parlament ein: Fritjof. Der Gesundheitszustand Jakob von Eschenburgs hatte sich in den vergangenen Monaten verschlechtert, so dass er seinem Sohn die Geschäfte und seine politische Position als Abgeordneter der Nordländischen Bürgerschaft übergeben hatte – und Lillith endlich mal wieder einen Grund, ihr Haus zu verlassen.

Während sie über die Querverbindung auf dem Anwesen ihres Nachbarn Jay Kropp fuhr, leuchtete auf ihrer Kontaktlinse eine Gesprächsanfrage auf: »Lady Rook bittet um Audienz.« Cissy! Und offenbar gutgelaunt.

»Meine liebe Cissy! Wie schön, dich zu sehen.«

Die Bildübertragung zeigte eine entspannte Cissy, die es sich auf einem Sessel bequem gemacht hatte, neben sich eine dampfende Tasse Tee.

»Lillith! Tut mir leid, dass ich mich so lange nicht gemeldet habe. Du weißt ja, Henry mag es nicht, wenn ich seine Vidja

benutze. Aber heute ist er nicht da und was er nicht weiß …«
Sie kicherte und Lillith verzichtete darauf, ihr zu erklären, dass jedes Gespräch gespeichert und später wieder abgerufen werden konnte. Sie wollte ihrer Freundin nicht die Laune verderben.

»Hast du nicht Lust, spontan vorbeizukommen?«, fragte Cissy. »Ich würde so gerne mit dir plaudern!«

»Ich auch! Aber gerade geht es nicht. Ich bin unterwegs und muss etwas für meinen Vater erledigen. Wie wäre es mit heute Abend?«

Cissys Mundwinkel sanken nach unten. »Heute Abend ist Henry wieder im Haus, da passt es nicht so gut«, sagte sie so leise, dass Lillith sie nur mit Mühe verstand. Im nächsten Moment plauderte Cissy munter weiter. »Du Vielbeschäftigte, wohin geht die Reise?«

»Nur zu Fritjof. Aber wo du gerade von Reisen sprichst: Mein Vater möchte, dass ich demnächst eine ausgiebige Einkaufstour unternehme und er hat mir angeboten, eine Freundin mitzunehmen. Hast du Lust?«

»Lust auf jeden Fall. Aber ich fürchte …«

Jaja, dein blöder Ehemann wird es dir nicht erlauben.

Ein Lächeln breitete sich über Cissys Gesicht aus und für einen Moment war sie die wunderschöne, lebenslustige, fröhliche Cissy von früher.

»… mir wird solch eine Reise bald zu anstrengend.«

Lillith brauchte einen Moment, um das Gehörte mit Cissys Strahlen in einen sinnvollen Zusammenhang zu bringen.

»Bist du etwa …?«

»Ja! Ich bin schwanger!«

»Das ist großartig. Herzlichen Glückwunsch! Erzähl – wann ist es so weit?«

»Anfang Juni, wenn alles gut geht.« Cissy nahm einen Schluck Tee. Sie malte sich aus, wie sie zusammen mit Lillith kinderwagenschiebend an der Alster entlang spazierte. Sie beschrieb in den buntesten und schillerndsten Farben, wie das Kinderzimmer aussehen sollte. »Ich glaube, ich spüre sogar schon seine Bewegungen, ja, ja, ich weiß, er kann höchstens sechs Wochen alt sein, trotzdem.« Bisher war sie noch nicht beim Arzt gewesen, aber sie war fest davon überzeugt, schwanger zu sein. Cissys Augen strahlten, ihre Wangen glänzten, ihre ganze Erscheinung versprühte gute Hoffnung. Lillith hätte sie am liebsten in den Arm genommen, aber dafür war Cissys Hologramm nicht substanziell genug.

»Ich bringe dir auf jeden Fall die neueste Babymode mit, wenn ich das nächste Mal in ein zivilisiertes Land mit echten Einkaufszentren komme, versprochen. Ich muss Schluss machen, bin gleich bei Fritjof. Schwere Arbeit.«

Ein nervöses Lachen. »Das kann ich mir denken. Grüß ihn von mir.«

»Mach ich. Ist dein Mann demnächst noch mal fort?«

»Bestimmt. Er hat was von einer Dienstreise gesagt, nächste Woche oder so.«

»Prima! Ich melde mich und wir machen was aus. Pass gut auf dich auf, Süße.«

»Mach ich. Und du auf dich, Lillith.«

In Schlangenlinien fuhr Victor um die Pfützen auf der Straße herum, um nicht versehentlich in einem der Schlaglöcher aufzusetzen. Am Straßenrand wucherte das Unkraut kniehoch. Mehrfach hatte Lillith ihren Freund schon darauf angesprochen, dass der erste Eindruck, den man von seinem Anwesen bekam, kein besonders guter war. Aber er hatte ihre Kritik einfach weggelächelt. Erst kurz vor dem sechsstöckigen Haupthaus waren Kiesweg und Bankette wieder in einem angemessenen Zustand.

Fritjof kam ihr mit offenen Armen entgegen.

»Was für eine schöne Überraschung.«

»Freu dich nicht zu früh. Ich hab einen Anschlag auf dich vor, Abgeordneter Fritjof von Eschenburg.«

»Einen Anschlag? Hast du deinen Vater überredet, es mit mir als Schwiegersohn zu versuchen? Und ich muss bis morgen die Due Diligence vorbereiten?«

»Fritjof!« Sie boxte ihn. »Nicht das Thema schon wieder. Ich bin gerade dabei, sämtliche Vorbereitungen meines Vaters diesbezüglich zu ignorieren und wo immer es geht zu sabotieren. Nein, tatsächlich hat mich mein Vater zu dir geschickt, um dich um etwas zu bitten, das er nicht an die große Glocke hängen möchte.«

»Also doch die Drachentöter-Aufgabe für den Märchenprinzen! Du weißt, ich tue alles, um meine Chancen bei dir zu verbessern.« Er lächelte und öffnete das üppige Eingangsportal.

Die große Eingangshalle erinnerte Lillith immer an einen griechischen Tempel mit all den Säulen und Statuen, dem Stuck und dem kalten Marmorboden. Fritjofs Vater hatte das Haus in den 20er Jahren als Mischung aus repräsentativem Firmensitz und prunkvollem Adelspalast bauen lassen.

»Und? Wie gefällt dir deine Arbeit als Abgeordneter?«, fragte Lillith, während sie zum Fahrstuhl gingen.

»Geht so. Ich hätte nicht gedacht, dass ich für diese Sitzungen so viel Zeugs lesen muss.«

»Ja, mein Lieber, so funktioniert das System. Auch ihr Abgeordneten sollt an den Entscheidungen beteiligt sein – ihr zahlt schließlich ebenso in die allgemeinen Töpfe ein wie die Senatoren. Dafür müsst ihr natürlich das Material lesen, auf dessen Grundlage die Entscheidungen getroffen werden.«

Die Fahrstuhltür öffnete sich, Fritjof ließ Lillith vorgehen und drückte dann auf den obersten Knopf.

»Um dann gut informiert alles abzunicken, was die Herren Senatoren uns vorschlagen.« Fritjof lachte laut, ein Geräusch, das als leicht verzerrtes Echo von den chromatierten Wänden zurückkam. »Ich glaube, das ist das Erste, was ich mir bei diesen Sitzungen spare: das Lesen. Und als Zweites werde ich mit unserem Finanzsenator über die Höhe meines Mitgliedsbeitrags verhandeln. Dass mein Vater das jeden Monat klaglos bezahlt hat … da wird man ja arm!«

»Wer viel von den Gemeinschaftseinrichtungen profitiert, muss auch viel zahlen.«

»Da wüsste ich aber einige, die deutlich mehr profitieren als wir!«

Der Fahrstuhl hielt, Fritjof machte einen kleinen Diener. »Links den Flur hinunter bitte!«

»In die heiligen Hallen deines Vaters?«

Fritjof grinste. »Falsch. In meine heiligen Hallen, vulgo: Büro. Ich führe die Geschäfte, ich darf auf alles zugreifen, was dazu gehört.«

»Stört es deinen Vater nicht, wenn wir einfach hereinplatzen?«

»No. Er ist im Medizinischen Zentrum.« Er bot ihr seinen Arm, den Lillith ohne nachzudenken akzeptierte. Fritjofs neues Eckbüro lag am Ende eines langen Ganges. Dicke Teppiche, antike Prunktische und dazu passende, mit gelber Seide bezogene Rokoko-Sitzmöbel (breit genug für ausladende Röcke), mit rotem Damast bespannte Wände, kostbare Gobelins und die Ahnengalerie der von Eschenburgs zeigten jedem Besucher, dass er sich in einem Gebäude befand, das auf ganz altem Geld gründete.

»Wie geht es deinem Vater? Entschuldige, dass ich nicht gleich gefragt habe.«

»Im Prinzip unverändert. Seine Depressionen kommen und gehen.«

»Aber wenn er dich jetzt ans Ruder lässt …«

»… dann könnte es bedeuten, dass es schlimmer wird und er sein Ende herbeisehnt oder sogar schon die Vorbereitungen dafür trifft. Ja, möglich ist das.«

»Und du bist darüber nicht traurig?«

»Doch, klar, aber ich kann es nicht ändern, oder?«

Lillith war verunsichert. Trauer hatte sie nicht bei Fritjof gespürt. Er war so ausgeglichen und entspannt wie immer.

Fritjof legte seinen Daumen auf die Markierung neben der Tür und sagte seinen Namen. Die Spracherkennung aktivierte den Iris-Scan, Fritjof hielt zwei Sekunden still und im nächsten Moment öffnete sich die Tür. Lillith blieb überrascht stehen. Sie kannte das Arbeitszimmer ihres Vaters und das seines Freundes Liborius Oppermann, sie kannte die Konferenzräume seiner Geschäftspartner und die Büros ihrer Angestellten – aber nichts davon hatte auch nur entfernt Ähnlichkeit mit dem düsteren Raum hier.

Papier. Das ganze Zimmer war voller Papier. In den Regalen stapelten sich Bücher, alte Zeitungen, einzelne Blätter, Aktenhüllen, Kartons, Ordner. Auf einem Schreibpult lagen vergilbte Briefumschläge. Sogar auf der Fensterbank türmten sich Stapel von Papier und wankten bedrohlich, als die schwere Stahltür hinter ihnen ins Schloss fiel. Lillith bemühte sich, neben die zahlreichen Unterlagen zu treten, die auf dem Fußboden verteilt waren. Unmöglich.

Fritjof legte den Papierstapel, der auf einem der Clubsessel lag, zu den Stapeln auf dem Fußboden. »Setz dich. Möchtest du einen Drink?« Unter dem Schreibtisch seines Vaters, einem dunklen Monstrum aus massivem Holz, war ein kleiner Schrank. Fritjof holte eine Flasche Whiskey und eine Flasche Wodka hervor. »Hier gibt's leider nichts Antialkoholisches.«

Lillith schüttelte den Kopf, während Fritjof sich ein Glas Wodka einschenkte. Sie ging auf Zehenspitzen durch das Zimmer und musterte die unzähligen Stapel.

»Was ist das hier?«

»Mein neues Arbeitszimmer, sagte ich das nicht?«

»Das mein ich nicht. Wieso liegt so viel Papier herum?«

»Mein Vater ist zu faul zum Aufräumen und Putzfrauen lässt er nicht in sein Allerheiligstes. Was du hier siehst sind Unterlagen aus mehr als 60 Jahren Geschäftstätigkeit. Du weißt doch, dass er es nicht so hat mit der modernen Technik.« Fritjof grinste. »Er lässt sich seine komplette Korrespondenz ausdrucken. Behauptet, er könne auf einem Bildschirm nicht so gut lesen.

Kontaktlinse und Ohrstecker der Vidja sind seiner Meinung nach Teufelszeug.«

»Wie findet er seine Unterlagen?«

»Gar nicht. Oder indem er stundenlang einen Papierberg nach dem anderen durchsucht. Aber meistens weiß er schon nach wenigen Minuten nicht mehr, was er gesucht hat und versinkt in den Dingen, die ihm zufällig in die Hände fallen.«

Lillith drehte sich um die eigene Achse. Niemand arbeitete mit Papier. Alles wurde elektronisch gespeichert, verarbeitet, verschickt. Sämtliche Informationen, alle Bücher, alle Daten waren digitalisiert. Das Wissen dieser Welt existierte in Nullen und Einsen und jeder konnte es jederzeit auf seine Vidja holen – wenn er für den entsprechenden Zugang bezahlt hatte.

»Davide hat keine einzige Papierunterlage aus der Vergangenheit aufbewahrt, kein einziges Buch, nichts.« Sie ging an einem der Regale entlang und berührte vorsichtig die Buchrücken. »Er hat alles auf seiner Vidja gespeichert und die wichtigen Sachen verschlüsselt. Ich glaube nicht, dass er mir jemals unzensierten Zugang dazu gibt.«

»Das hier ist doch besser als jede Zensur. Wenn du etwas wirklich Wichtiges verstecken willst, solltest du es genauso machen, wie mein Vater es getan hat: unter Bergen von Unwichtigem.« Er setzte sich auf die Kante des mächtigen Schreibtisches und machte eine ausladende Handbewegung. »Glaubst du im Ernst, ich fange an, diese Masse an Information zu sortieren?« Sein jungenhaftes Lächeln breitete sich in seinem Gesicht aus und reichte fast von einem Ohr zum anderen.

»Ich könnte Tage hier verbringen.« Lillith setzte sich in den freigeräumten Clubsessel und griff nach dem erstbesten Stück Papier. Eine Zeitschrift aus dem Jahr 2013 mit einer Anzug tragenden Frau auf einer Säule, im Hintergrund Sumpf und Morast, in dem der Londoner Big Ben, die griechische Akropolis und der schiefe Turm von Pisa versanken; eine schlaff herunterhängende Eiffelturmspitze komplettierte das Bild.

»Die Mode damals war jedenfalls ziemlich geschmacklos«, sagte Fritjof, der einen Blick darauf geworfen hatte. »Und das Schönheitsideal – na ja.«

»Ich glaube nicht, dass diese Frau ein Model ist«, sagte Lillith und las die Titelzeile: »›One woman to rule them all‹. Mein Englisch ist etwas eingerostet, aber du warst doch auf einem englischen Internat, übersetz mal.« Sie warf ihm die Zeitschrift zu.

»Der Economist.« Fritjof klang überrascht. »Ich wusste gar nicht, dass es den in Papierform gegeben hat. Gehörte mal zu den führenden Wirtschaftsinfodiensten der Welt, und diese Frau, die hier alle beherrschen soll, ist …«, er blätterte durch das Heft, »hier, Angela Merkel, chancellor of Germany, und wenn ich das richtig übersetze, ist das so etwas wie die oberste Chefin.«

»Was?« Lillith sprang auf und riss ihm die Zeitschrift wieder aus der Hand. »Wo steht das?«

Fritjof zeigte ihr den Text.

»Angela Merkel scheint damals die mächtigste Person in Deutschland gewesen zu sein. Zumindest auf der politischen Ebene. Und in Europa hat sie auch kräftig mitgemischt.«

»Wann soll das gewesen sein? 2013? Vidja, nenne mir das deutsche Staatsoberhaupt im Jahr 2013.«

»Joachim Gauck.«

Auch Fritjof war verblüfft. »Frag deine Maschine nach dem Kanzler. Ich meine mich zu erinnern, dass es da verschiedene Positionen gab, und der Kanzler war nicht das offizielle Staatsoberhaupt.«

»Okay – nenne mir den deutschen Kanzler im Jahr 2013.«

»Im Jahr 2013 war A. Merkel Kanzler in Deutschland.«

Lillith wurde misstrauisch.

»Wofür steht das A. in diesem Namen?«

»Für Angela.«

»Okay, man muss also nur richtig fragen, dann rückst du auch damit heraus, blöde Maschine. Fritjof, warum habe ich solche Information nicht in der Schule bekommen?«

»Dann könnte dein Vater dich überhaupt nicht mehr verheiraten.« Fritjof feixte. »Du würdest solange jeden Kandidaten vergraulen, bis Senator Civetta dir freiwillig seinen Senatorenposten und das gesamte Erbe gibt.«

»Könnte passieren.« Jetzt grinste auch Lillith, war aber im nächsten Moment sofort wieder ernst. »Das würde den Männern in unserem Land ähnlich sehen, uns solche Beispiele vorzuenthalten. Damit wir Frauen solche Ämter gar nicht erst anstreben.«

»Und wieso weiß ich dann nichts davon?«

»Weil du im Unterricht nicht aufgepasst hast?«

»Pah.« Fritjof tat beleidigt. »Überhaupt: Wer will schon freiwillig so einen Job? Nur Deppen streben nach dem obersten Amt in der Politik. Dein Vater hätte Bürgermeister werden können und hat dankend darauf verzichtet. Viel Arbeit, wenig Geld und ständig meckert jemand an dir herum. Ich glaube, diese Merkel hat einfach einen unbedeutenden Job gemacht. Deshalb wissen wir so wenig von ihr. Und es wäre auch kein Wunder: Frauen haben die kleineren Gehirne, vergiss das nicht, sie sind von Natur aus nicht in der Lage, die Führung einer Gruppe zu übernehmen.«

»Ach Fritjof, das ist doch totaler Quatsch. Ich könnte unsere Unternehmen genauso gut managen wie mein Vater.« Mehr sagte sie nicht. Nicht einmal Fritjof wusste, wie tief sie in die Unternehmensführung des Civetta-Konzerns eingearbeitet war. »Wo ist da der Unterschied zur Führung eines Landes?«

»Und warum gibt es dann so wenige weibliche Staatsoberhäupter?«

»Vidja, zeige mir alle Länder an, in denen Frauen an der Spitze stehen.«

»Diese Information ist nicht verfügbar.«

»In welchen Wirtschaftsunternehmen haben Frauen eine Führungsposition inne?«

»In Nordland gibt es keine Frauen in Führungspositionen.«

»Und in anderen Ländern?«

»Diese Information ist nicht verfügbar.«

»Gab es früher Frauen, die entscheidenden Einfluss in Unternehmen hatten?«

»Diese Information ist nicht verfügbar.«

»Mistding.« Mit einem Druck auf ihr Armband stellte sie den Recherche- und Sprachmodus wieder aus. »Da hat aber jemand gründlich die Datenbank aufgeräumt.«

Sie hasste das. Im Laufe der Jahre hatte ihr Vater ihr zwar immer mehr Zugänge freigeschaltet, aber nach wie vor blieben ganze Themenbereiche unter Verschluss. Wie zum Beispiel die Zeit rund um die Gründung von Nordland. Vom Datenvolumen her waren diese Ordner riesig – aber angezeigt wurde nur ein Bruchteil: Dossiers, Artikel, Bücher, die sie im Geschichtsunterricht schon zu sehen bekommen hatte und die höchstens ein Prozent des verbrauchten Speicherplatzes benötigten. Von Omega stand dort nichts.

»Komm, lass uns gucken, ob wir noch mehr Zeitschriften finden.« Eine neue Welt tat sich vor ihr auf. Eine andere Perspektive. Sie ging zu den Bücherregalen hinüber. Wenn es früher ganz normal gewesen war, dass Frauen gleichberechtigt neben den Männern standen, warum sollte das nicht wieder möglich sein? Menschen änderten sich. Warum sollten sich nicht auch Gesellschaften ändern können? Ihr Vater war der mächtigste Mann Nordlands. Er musste doch in der Lage sein, so eine Position für sie durchzusetzen.

Fritjof hatte Recht. Sie würde keine Ruhe geben.

»Ähm, Lillith?« Fritjof saß immer noch auf der Schreibtischkante und sah ihr amüsiert hinterher. »Jetzt wäre ein guter Zeitpunkt für deinen Anschlag.«

Lillith schlug sich vor die Stirn. Das hatte sie ganz vergessen. Sie sah sich in dem dunklen Büro um. Der technikfeindliche Jakob von Eschenburg schien keine Überwachung oder automatisierte Aufzeichnung installiert zu haben. Sie ging zurück zu dem Clubsessel und musterte Fritjof. Seine Manschetten waren genauso weit offen wie sein krawattenloser Kragen. Keine Uhr, keine Ohrstecker, keine Vidja. Ihr alter Freund war nicht halb so vorsichtig wie ihr Vater.

»Mein Vater wollte einen gemeinsamen Termin mit dir und Finanzsenator Oppermann vereinbaren und schickt mich vor, um zu klären, ob dir das überhaupt recht ist.«

Fritjofs typisches Grinsen breitete sich in seinem Gesicht aus. »Was für eine Frage! Ich versuche seit Wochen mit Liborius über die«, er räusperte sich, »über die Neuordnung meiner Finanzen zu sprechen. Was muss ich tun, damit dein Vater sich für mich einsetzt?«

Lillith schlug die Beine übereinander. »Ach, nichts, was du nicht sowieso tust. Ein bisschen mit den anderen Parlamentariern plaudern und so. Meinen Vater interessiert, wie das Parlament zu den aktuellen Unruhen auf unseren Straßen steht. Und ob ihr weitere Etaterhöhungen im Bereich Heimatschutz mittragen würdet.«

»Noch mehr Geld in dieses Drach'sche Fass ohne Boden? Niemals! Die zehn Prozent waren schon ziemlich überflüssig, wenn du mich fragst.«

Lillith nickte zustimmend. »Finde ich auch. Die Frage ist: Sehen das deine Kollegen genauso?« Lillith hielt die Luft an. Als ihr Vater sie darum gebeten hatte, Fritjof als eine Art Kundschafter einzusetzen, war sie überrascht gewesen, dass ihm die Parlamentarier plötzlich so wichtig waren. Er hatte sie ernst angeschaut und dann einen Vortrag über das politische System gehalten. Sie hatte nicht alles verstanden, nur, dass die Parlamentarier mächtiger waren, als sie wussten. Sie konnten sogar das Veto der drei Senatoren aushebeln – ein Detail, das Erik bisher entgangen war.

»Denke schon, dass die auch keinen Bock darauf haben, noch mehr Geld in das Gemeinwesen zu pumpen. Soll ich mal rumfragen?«

»Nur wenn es sich ergibt.« Lillith versuchte, mit einem Schlenker ihrer Hand die Bedeutung ihres Anliegens herunterzuspielen.

Aber sie spürte, dass Fritjof voll konzentriert war und herauszufinden versuchte, was Davide tatsächlich bezweckte.

Das Wissen über die Macht der Parlamentarier war in den vergangenen 25 Jahren nach und nach verloren gegangen. Davide hatte sie sehr eindringlich davor gewarnt, diese Tatsache Fritjof gegenüber zu erwähnen. Keine Andeutung. Nichts. Sonst wäre Nordland in kürzester Zeit nicht mehr zu regieren. »Es ist schwierig genug, die Senatoren bei den Detailentscheidungen zu überzeugen. Auf die 100 Parlamentarier kann ich nicht auch noch Rücksicht nehmen«, hatte er zum Abschluss seines Vortrags gesagt. Zu seinem Glück war die Verfassung mit rund 350 Seiten deutlich umfassender als das normale Aufnahmevermögen eines durchschnittlichen Abgeordneten und dazu in einem so komplizierten Juristendeutsch verfasst, dass sich keiner die Mühe machte, den Text zu lesen und zu verstehen.

Und Fritjof schon gar nicht.

»Mein Vater möchte nicht, dass die Lage weiter eskaliert.« Lillith lächelte Fritjof so unschuldig an, wie sie konnte. »Du weißt schon, wegen der großen Feier und so. Senator Drach dagegen will immer mehr Polizei einsetzen und wird dabei unter anderem von Senator Hawik unterstützt. Mein Vater meint, das wäre das falsche Signal an unsere Geschäftspartner. Es wäre deshalb ein gutes Zeichen, wenn sich die Parlamentarier, wenn sie denn überhaupt anwesend sind, auf seine Seite und auf die von Senator Oppermann stellen könnten, symbolisch sozusagen. Das würde Drach den Wind aus den Segeln nehmen. Und euch allen eine Menge Geld sparen.«

Fritjof schien die Bitte nicht ungewöhnlich zu finden und erwiderte ihr Lächeln. »Geld sparen ist immer gut. Da machen die anderen garantiert mit. Und Oppermann will sich wirklich mit mir treffen? Ich hatte schon gedacht, er fände das Verleihen von Geld inzwischen unanständig. Weißt du eigentlich, wie lange ich schon versuche, einen Termin bei Liborius zu bekommen?«

Lillith atmete leise aus, froh darüber, dass Fritjof im Grunde seines Herzens genauso gestrickt war wie alle anderen Männer in ihrem Umfeld.

Zwei Tage später flog Davide nach Schweden, um mit Ingvar Sörensen, dem Hauptlieferanten für die technischen Komponenten ihrer Windparks zu reden. Dessen jüngste Lieferung hatte für die Probleme auf Ventus 3 gesorgt und Davide wollte nun persönlich mit ihm über Schadenersatz und die weitere Zusammenarbeit verhandeln. Lillith durfte nicht mit. »Ich weiß, dass er mich sabotiert«, sagte Davide, als Lillith sich darüber beschwerte. »Dafür brauche ich dich nicht. Aber die anderen Heiratskandidaten könnten deinen Besuch in Stockholm missverstehen und glauben, dass Sörensens Offerte bereits von uns akzeptiert wurde.«

Lillith zog eine Grimasse und ließ die Bemerkung über ihre baldige Hochzeit im Raum stehen. Kaum war ihr Vater fort, fuhr Lillith auf die Uhlenhorst, um die Schätze in Fritjofs Arbeitszimmer zu heben. Wenn er zurück war, wollte sie ihrem Vater ein alternatives Lebensmodell für seine einzige Tochter präsentieren und ihn überzeugen, die Sache mit der Ehe noch ein paar Jahre auf sich beruhen zu lassen. Fritjof beteiligte sich zunächst an ihrer Suche nach weiblichen Vorbildern in der jüngeren Vergangenheit, ließ sie aber nach einer halben Stunde allein in dem Arbeitszimmer zurück. Was Lillith nicht weiter störte. Dass Fritjof ihren Kampf nicht kämpfte und sie heimlich belächelte, war ihr klar und nichts, was sie ihrem alten Freund übel nahm. Sie war es gewohnt, allein zu arbeiten und statt sich über seine Ignoranz zu ärgern, freute sie sich an den zahlreichen Beispielen von Frauen, die nicht nur Länder regiert, sondern auch große Unternehmen geleitet hatten. Und die dabei offenbar sehr erfolgreich gewesen waren: Deutschland war zu Angela Merkels Zeiten ein wahnsinnig reiches Land gewesen.

Aber irgendwann war etwas furchtbar schief gegangen.

Irgendwann gab es keine Frauen mehr in Führungspositionen. Jedenfalls nicht in Nordland. Wenn über sie berichtet wurde, dann über ihre Garderobe bei den Festen und Bällen, auf denen die Mächtigen mit ihren schönen Frauen feierten: die Rabes, die Hawiks, die Civettas natürlich, sogar die von Eschenburgs hatten damals ganz selbstverständlich dazu gehört.

Lillith versuchte, den Zeitpunkt für den Rückzug der Frauen ins Private zu finden, einen Grund dafür, ein Ereignis, dass erklärte, warum die Frauen den Männern die Welt überlassen hatten. Sie fand ausgedruckte Artikel aus dem *Internet*, dem Vorläufer des Vidjanetzes, über die Rohstoffkriege vor rund 30 Jahren, als die ganze Welt im Chaos versank, als Russland und China gegen die NATO-Staaten um Rohstoffe in Afrika und Südamerika kämpften, als religiös motivierte Fanatiker die arabische Welt übernahmen, als die gesamte Wirtschaftskraft der entwickelten Länder in die Rüstungsindustrie floss. Frauen nahmen damals deutlich seltener am Verhandlungstisch Platz, aber noch saßen sie mit am Tisch.

Lilliths Geschichtslehrer hatte regelmäßig davon geschwärmt, wie ihr Vater als Teil einer – rein männlichen – Delegation aus Wirtschaftsfachleuten dazu beigetragen hatte, die unsinnigen Kriege zu beenden. Wie diese Delegation den zögernden und zaudernden Staatenlenkern das Heft aus der Hand genommen und gehandelt, wie sie wochenlang verhandelt und schließlich alle Beteiligten zu einem Friedensvertrag bewegt hatte. Zum Glück bevor jemand auf die Idee kam, die nuklearen Waffen einzusetzen, die vor allem während des Bürgerkriegs in den USA, als niemand mehr wusste, wer darauf zugreifen konnte, eine echte Bedrohung für den Fortbestand der Menschheit gewesen waren.

»Ihr Vater hat mit seiner Überzeugung für eine friedliche Welt Maßstäbe gesetzt.« Wie oft sie diesen Satz während ihres Geschichtsunterrichts gehört hatte.

Aber nach dem, was sie in der Bibliothek an Informationen fand, waren es nicht moralisch-altruistische Gründe gewesen, die

Davide damals zum Handeln bewogen hatten. Während dieses rund fünf Jahre andauernden Konflikts hatten nur einige wenige Unternehmen wirklich Geschäfte machen können. Die meisten von ihnen Waffenschmieden – und deren Anteile waren unverkäuflich. Kein Wunder, dass die anderen Wirtschaftsgrößen dem ein Ende machten. Ein Kommentar brachte es auf den Punkt: »In einer Welt voller Individuen, die sich nicht für die Gemeinschaft interessieren, in einer Welt, in der 90 Prozent der Bürger demokratische Wahlen verweigern, in so einer Welt dürfen wir uns nicht darüber beschweren, dass die Interessen der Allgemeinheit von denjenigen wahrgenommen werden, die am besten organisiert sind. In manchen Ländern sind das die politischen Parteien, in anderen sind es die Glaubensgemeinschaften, bei uns sind es die Wirtschaftslobbyisten.«

Trotz des mühsam verhandelten Friedens mussten die Jahre danach furchtbar gewesen sein. Das erste, was eingestellt wurde, war die Berichterstattung gewesen. Lillith versuchte, sich aus dem wenigen, was Jakob von Eschenburg noch ausgedruckt hatte, ein Bild über die Jahre kurz vor ihrer Geburt zu machen: Die europäischen Staaten, allen voran die Bundesrepublik Deutschland, waren pleite, niemand sonst auf der Welt fühlte sich bemüßigt, ihnen Geld zu leihen. Also druckten die Verantwortlichen, alles Männer, ihr Geld einfach selbst. Das führte innerhalb kürzester Zeit zur Hyperinflation und vernichtete die gesamten Ersparnisse. Wenn man diese nicht – wie ihr Vater und seine Freunde – rechtzeitig außer Landes gebracht oder in bleibende Vermögenswerte angelegt hatte.

Für die einfachen Menschen musste es eine schlimme Zeit gewesen sein. Es gab Demonstrationen, deutschlandweit, europaweit, aber keinen der Verantwortlichen kümmerte es, was das Volk wollte. Die Regierenden in Berlin waren damit beschäftigt, ihre Schäfchen ins Trockene zu bringen. Die Politiker in den Bundesländern hatte ohnehin nichts mehr zu sagen. Irgendwann beschlossen die Führungskräfte der Bundesländer Hamburg, Schleswig-Holstein, Niedersachsen und Mecklenburg-Vorpommern, alles Männer, sich nicht länger der Berliner Politik zu unterwerfen und erklärten sich für unabhängig. Was wiederum zu dem kurzen, aber heftigen Separationskrieg führte, der schließlich in dem Nordland mündete, das sie kannte und dessen Gründung vor fast genau 25 Jahren sie bald feiern würden. Ein Land, in dem Frauen nur noch für die Optik zuständig waren.

Als Lillith sich die Liste der aktuell reichsten Länder der Welt ansah, fiel ihr eine deutliche Zweiteilung auf. In den Ländern der Skandinavischen Union gab es zahlreiche Frauen, sowohl an der Spitze von Regierungen als auch in den Unternehmen. Genauso in Kanada. Anders in China und Russland – dort hatten die Männer kein Interesse daran, ihre Macht mit den Frauen zu teilen, sie waren seit Jahrzehnten nur schmückendes Beiwerk. Lillith stöberte weiter und entdeckte, dass die Idee zur Skandinavischen Union, in der sich Schweden, Norwegen, Finnland und Island zusammengeschlossen hatten, von einer Tyra Falk ausgearbeitet und in die Realität umgesetzt worden war. Und dass in all diesen Ländern die Zeit der Rohstoffkriege genutzt worden war, das Wirtschaftssystem so umzubauen, dass man nicht länger von Öl, Gas und seltenen Erden abhängig war. China und Russland hingegen hatten genug Rohstoffe. Sie konnten sich ihr in jeder Hinsicht konservatives Wirtschaftssystem leisten.

Nordland war mit seiner Konzentration auf Windenergie und Landwirtschaft eigentlich in die gleiche Richtung gelaufen wie die Skandinavier. Warum hatten die Frauen sich hier zurückgezogen? Wann hatten sie ihre hart erkämpfte Unabhängigkeit aufgegeben? War ihre Mutter auch nur eine von diesen hübschen Puppen gewesen, die auf roten Teppichen leer in die Kameras lächelten? Lillith starrte die reichlich mitgenommenen Zeitungsausschnitte mit den Bildern ihrer Mutter an. Hätte ihre Mutter sich verheiraten lassen? Sie hatte keine Erinnerungen an sie, kannte nur das Gemälde, das in der Ahnengalerie hing. Larissa von Stolzenburg-Civetta war in dem Jahr nach Lilliths Geburt gestorben. Ihr Vater hatte nie viel darüber erzählt, aber von Maja wusste sie, dass ihre Mutter in die Nachkriegs-Unruhen hineingeraten war, die mit der Blutnacht beendet worden waren.

Lillith fiel die Bemerkung des Mannes in Neugraben wieder ein, der Davide als »Schlächter der Blutnacht« bezeichnet hatte. Maja hatte das mit den Worten kommentiert, sie solle nicht jedem Dahergelaufenen alles glauben, die Wirtschaftsleute hatten doch genau wegen der Blutnacht die dafür verantwortlichen Politiker abgesetzt.

Ob der alte von Eschenburg Unterlagen darüber aufbewahrt hatte? Lillith blätterte weiter durch die Papierstapel. Aber egal in welchem Stapel sie suchte: Über die Blutnacht gab es kein einziges Papier. Die Nacht, die das neugegründete Nordland im ersten Jahr seines Bestehens fast zurück in Chaos und Bürgerkrieg gestürzt hätte, kam in der Bibliothek des Jakob von Eschenburg nicht vor.

Ω Väter Ω

Weder Bo noch seine Schwester Sunna waren in den vergangenen Wochen nach Hause zurückgekehrt. Ihre Mutter hatten sie bei Freunden untergebracht. Nicht nur, weil sie in ihrem aktuellen Zustand nicht allein sein konnte, sondern auch, weil man nicht wusste, wie weit die Sippenhaft der Birds reichte.

Bo hatte überlegt, ob er seine Mutter an den Widerstandsaktionen teilhaben lassen sollte. Ihm und Sunna tat dieser Aktionismus gut. Aber Tom, der sie regelmäßig besuchte, hatte ihm abgeraten. »Sie is' nich' sie selbst«, hatte er erzählt, aber auf alle weiteren Fragen nur vage geantwortet.

Die Widerständler bekamen inzwischen Routine bei ihren täglichen Aktionen. Sie gingen nur im Schutz der Dunkelheit hinaus, erneuerten regelmäßig die Omega-Zeichen an den Mauern und entfernten die Fahndungsplakate, mit denen nach Bo gesucht wurde. Sie verteilten Flugblätter, überklebten damit die Litfaßsäulen und die elektronischen Informationstafeln, die in den Armenvierteln für die neuen Quartiere warben. Freundinnen von Sunna malten ganze Widerstands-Kunstwerke an Wände und auf Straßen. Die Jungs waren für die kurzen knappen Botschaften zuständig.

Die Überwachungskameras waren nicht länger ein Problem, seitdem Tom in seiner Kneipe eine Vidja gefunden hatte. Voll funktionsfähig, dank integrierter Karte angeschlossen ans Vidjanetz, begleitet von einem Zettel und einem kleinen Schlüssel: »Meldet euch, wenn ihr mehr davon braucht. Ein Freund.« Als Kontaktadresse war ein schon lange nicht mehr bewohntes Haus auf St. Pauli angegeben, mit mehreren außen angebrachten Briefkästen. Zu einem davon passte der Schlüssel und in diesem fanden sie immer wieder alte, aber funktionierende Vidjas. Jedenfalls, solange sie das Haus nicht beobachteten. Egal, wie gut sie sich versteckten, wenn einer der Omegas in der Nähe war, wurde der Briefkasten nicht befüllt.

Sunna, die Technik-Expertin der Gruppe, hatte nächtelang über den Vidjas gesessen, hatte sie auf allen Ebenen auseinandergenommen und auf Spionageprogramme untersucht. Aber die Geräte waren sauber. Sie waren alt, aber sie reichten aus, um damit in das noch ältere allgemeine Überwachungssystem der Stadt einzubrechen. Seitdem zeigten die Kameras, in deren Nähe sich die Omegas aufhielten, in Dauerschleife eine ruhige Straßenszenerie.

Nur eine Sache machte Bo immer noch Kopfzerbrechen. Seit dem Überfall der Behörden auf den Markt in der Mundsburg wurden fast zwanzig junge Frauen vermisst. Sie waren von den Männern in den langen schwarzen Mänteln weggeführt worden, angeblich, um die Personalien festzustellen, aber sie waren danach nicht wieder zu ihren Familien zurückgekehrt. Wenn Eltern bei der Heimatschutzbehörde Vermisstenanzeigen aufgeben wollten, wurden sie wahlweise ausgelacht »das sind junge Dinger, die wollen was erleben und fragen dafür nicht ihre Eltern um Erlaubnis«, oder der Vorgang wurde gegen eine Vorabzahlung von 300 bis 500 Nordmark aufgenommen (je nach Beamten). Aber das Ergebnis war das gleiche: Kurze Zeit später kam ein Schreiben ins Haus, das die Eltern darüber informierte, dass die Suche eingestellt worden war.

Die Väter und deren Freunde hatten sich Omega angeschlossen und ihrem Haufen junger Wilder den nötigen Ernst verliehen.

Jeder Stuhl und jeder Tisch im Keller des Bunkers am Heiligengeistfeld war besetzt.

»Morgen treffen sich die Senatoren zu ihrer wöchentlichen Sitzung im Rathaus«, sagte Lukas, ein athletischer Mittvierziger. Bo kannte ihn vom Sehen. Er hatte ihnen vor einiger Zeit geholfen, das löchrige Dach ihres Hauses zu flicken. Dabei war er so schnell und so sicher wie ein Kater über das Dach gelaufen. Während Bo sich immer mit einer Hand abzustützen suchte, schien Lukas die Höhe zu lieben. »Wir sollten sie irgendwo abfangen und sie direkt fragen, wo unsere Mädchen sind.«

»Wie stellst du dir das vor?«, fragte Roderich, ein Witwer mit weißen Haaren, dessen jüngste Tochter unter den Vermissten war. »Sie werden kaum für uns anhalten und das Gespräch mit uns suchen.«

»Wir schmeißen einfach ein paar Mollis, dann müssen sie anhalten«, schlug Alek vor.

»Klar. Und die Leibwächter werden uns dann freundlich in die Limousinen bitten, damit wir den Birds unser Anliegen erklären können. Super Plan.« Dass Sunna nicht viel von Alek und seinen Plänen hielt, ließ sie ihn nicht zum ersten Mal spüren.

»Wir können nicht damit rechnen, dass sie anhalten. Aber sie müssen durch unser Viertel fahren«, sagte Bo. »Wir könnten entsprechende Botschaften an die Wände schreiben.«

»Das ist mir zu wenig«, sagte Lukas und sprang lautlos von dem Tisch herunter, auf dem er gehockt hatte. »Die sehen diese ganzen Botschaften doch gar nicht mehr. Ich will eine Antwort von ihnen. Ich werde mich ihnen in den Weg stellen. Unbewaffnet, friedlich, nur mit einem Schild.« Er holte ein Foto aus seiner Tasche und versuchte, die Knicke glattzustreichen. »Vielleicht haben sie meine Helly ja irgendwo gesehen.«

»Das ist ziemlich gefährlich«, sagte Nathan. »Die werden dich schneller einsperren, als du gucken kannst. Und damit ist deiner Helly auch nicht geholfen.«

»Aber wir müssen doch was tun!«, rief ein Mann um die 50, den Bo noch nie gesehen hatte. »Wir können doch unsere Mädchen nicht in den Händen von diesen Monstern lassen.«

»Und wenn wir uns alle hinstellen?«, fragte der weißhaarige Roderich. »Wenn wir uns einfach an die Straße stellen, wie lebende Plakatwände? Wir sind doch keine Bedrohung für die Männer in ihren Panzerglas-Autos.«

»Mit alle meinst du …«, fragte Bo vorsichtig.

»Alle Väter. Nicht alle Omegas. Das wäre Unsinn. Vor allem weil ich dir recht gebe, Nathan. Wir müssen damit rechnen, dass sie uns verhaften. Aber«, er zog die Schultern hoch, »vielleicht sehen wir auf diesem Weg unsere Mädchen wieder.« Roderich kratzte sich über den Handrücken, auf dem entzündete Pusteln leuchten.

Alek lachte laut auf. »Das ist nicht euer Ernst. Ihr wollt euch freiwillig ausliefern?«

»Das ist ja überhaupt nicht gesagt, dass es so kommen wird«, meinte Roderich. »Aber ich glaube nicht, dass wirklich alle Birds hartherzige Arschlöcher sind. Ich glaube, dass einige von ihnen gar nicht wissen, was Foth alles anstellt und wenn wir die auf unsere Seite holen ...«

Eine Explosion unterbrach ihn. Dann noch eine. Eine Reihe von Schüssen wie aus einem Schnellfeuergewehr. Das musste ganz in der Nähe sein. Hatte Foth ihr Versteck gefunden? Sofort waren alle auf den Beinen, redeten durcheinander, drängten zum Ausgang.

»Keine Panik, keiner verlässt das Gebäude«, rief Bo. »Dieser Bunker lässt sich nicht so leicht knacken. Das haben schon ganz andere versucht. Alek, Nathan, Lukas, ihr kommt mit hoch. Ihr anderen verhaltet euch leise und bleibt innerhalb des Gebäudes. Ist das klar? Wir sind gleich zurück.«

Allgemeines Nicken. Die ersten setzten sich wieder auf ihre Plätze.

Bo rannte die Stockwerke des Bunkers hoch, immer zwei Stufen auf einmal. Aus den kleinen Fenstern im Treppenhaus konnte er nichts erkennen. Sie mussten ganz nach oben. Lukas, der Dachdecker, war ähnlich schnell wie er. Im fünften Stock war die Tür nach draußen nur angelehnt. Hier zog sich ein Balkon um das ganze Gebäude, vor Urzeiten mal mit Grünpflanzen bestückt, heute war hier nur noch Gestrüpp. Aber das reichte, um sie vor den Blicken von unten zu schützen. Und endlich sah er, was passiert war:

Auf der Straße unter ihnen brannte eine Barrikade. Dahinter stand ein Auto mit zerschossener Windschutzscheibe. Mehrere schwarzgekleidete Männer näherten sich. Ratten.

»Wir müssen helfen«, rief Bo und war im Begriff, die Treppe wieder hinunterzulaufen.

Nathan hielt ihn fest. »Nein, Bosse, du kannst da nicht helfen.«

Bo riss sich los, blieb nach zwei Schritten jedoch stehen. Die Männer hatten das Fahrzeug erreicht. Sie rissen die hintere Tür auf und zerrten den Mann, der dort gesessen hatte, heraus. Er schien nicht ernsthaft verletzt zu sein. Dem Auto nach zu urteilen hatten sie jemanden aus der Mittelschicht des Landes erwischt, reich genug für einen Wagen mit Chauffeur, zu arm für eine Sicherheitsmannschaft. Offenbar hatte der Mann darauf gesetzt, dass Verbrecher sich an die Ausgangssperre hielten.

Bo hörte das Rauschen in seinen Ohren und das Knacken seines eigenen Kiefers. Unter ihm öffneten die Ratten den Kofferraum und zwängten ihr Opfer hinein. Dann zerrten sie den toten Fahrer auf die Straße, setzten sich ins Auto und fuhren davon.

Nathan hatte ja recht. Sie konnten nicht helfen. Sie hatten keine ernstzunehmenden Waffen. Sie hatten kein Geld. Sie hatten keine Kontakte, um irgendwas zu ändern. Sie waren ein erbärmlicher Haufen von Idealisten.

Demonstration

Es waren noch knapp zwei Wochen bis zum großen Jubiläum am 8. November. Die Senatoren segneten die letzten Details für die Feiern zum 25. Jahrestag der Unabhängigkeit Nordlands ab. Die Sitzung war ohne größere Streitereien verlaufen, und Davide war guter Stimmung, als sie die Handelskammer verließen. »Hast du schon einen Favoriten unter den Kandidaten?«, fragte er.

»Ich werde noch nicht heiraten«, sagte Lillith und schaffte es nicht, das Zittern aus ihrer Stimme zu halten. Sie hatte gehofft, das entscheidende Gespräch mit ihrem Vater weiter hinauszögern, noch ein paar Mal zu Fritjof fahren und Argumente sammeln zu können.

»Doch, das wirst du. Und zwar bald. Wir haben interessierte Kandidaten aus der ganzen Welt. Darunter wird schon einer sein, auf den wir uns einigen können.«

Lillith machte sich von ihrem Vater los. In ihrem Kopf drängelten sich die Argumente und Beispiele, aber wenn sie damit unstrukturiert herausplatzte, würde Davide innerhalb kürzester Zeit nicht mehr zuhören. Sie holte tief Luft. »Warum änderst du nicht einfach die Gesetze und machst mich offiziell zu deiner Erbin? Mit allen Vollmachten, die ein Sohn auch hätte? Dann bräuchten wir diese Ehemann-Nummer nicht.«

Davide hielt ihr die Autotür auf: »Tut mir leid, aber das geht nicht.«

Lillith hob ihre Röcke und setzte sich. Die Mechanik knackte, eine der Stangen hatte sich verhakt und ragte schräg zur Seite hinaus.

»Warum nicht?«

Davide schob sich mit einem missbilligenden Blick an der defekten Rockstange vorbei und setzte sich ihr gegenüber.

»Weil wir in Nordland leben und nicht in Utopia. Wir haben lange gebraucht, um das Gleichgewicht zwischen uns Männern auszubalancieren. Dieses Gleichgewicht hält nur, weil wir eine überschaubare Gruppe sind und weil wir uns vertrauen. Wenn wir das Gefüge dieser Gruppe verändern, zum Beispiel indem wir Frauen und ihre Interessen miteinbeziehen, dann wird das Gleichgewicht schneller kippen, als wir Emanzipation sagen können. Dann gilt allein das Recht des Stärkeren, nicht das Recht des Klügeren. Dann werden auf unseren Straßen die Milizen gegeneinander kämpfen, und wir reihen uns ein in die Liste der gescheiterten Staaten.«

Der Chauffeur schloss die Tür, ihr Konvoi setzte sich in Bewegung.

»Aber früher hat man die Frauen doch auch beteiligt, ohne dass die Länder deshalb gleich im Chaos versunken sind.«

Davide stutzte. »Wie meinst du das?«

»Vor den ganzen Kriegen und den ganzen Um- und Auseinanderbrüchen. Deutschland ist von einer Frau regiert worden. Und es gab vereinzelt Frauen in den Vorständen großer Firmen.«

»Richtig. Vereinzelt. Das ist nie zu einer Massenbewegung geworden, obwohl einzelne Gruppen immer wieder versucht haben, per Gesetz mehr Frauen auf Führungspositionen zu installieren. Aber warum sollten Männer ihre Macht teilen?« Er warf seinen Borsalino in die Ecke.

»Ich weiß es nicht, ich bin kein Mann. Aber in der alten Welt hätte ich wenigstens die Chance gehabt, deine Position zu übernehmen. Wir hätten dafür kein Gesetz gebraucht. Ich hätte es einfach gemacht.«

Davide lächelte sie resigniert an. »Mir würde diese Vorstellung auch gefallen, glaub mir. Selbst ohne deine Gabe wärst du die perfekte Nachfolgerin. Aber nicht in Nordland. Das ist die Realität. Die muss ich akzeptieren. Würde ich es anders machen, würdest du weit vor deiner Zeit sterben. Und nicht nur du. Denk an die kleine Le Févre und ihren vergeblichen Kampf beim Emanzenaufstand in Berlin.«

Das Standardargument. Der Emanzenaufstand in Berlin. Als sich einige Frauen aus den Herrscherfamilien ihren Anteil der Macht mit Gewalt holen wollten. Berlin hatte sich bis heute nicht von den Kämpfen erholt. Gwenaëlle Le Févre, eine entfernte Verwandte der Hawiks, war dabei wie so viele andere ums Leben gekommen.

»Ich will mich ja auch nicht mit Gewalt durchsetzen. Aber ich habe Studien gefunden, in denen empirisch bewiesen wurde, dass Unternehmen erfolgreicher sind, wenn sie Männer und Frauen gleichermaßen an der Führung beteiligen«, versuchte Lillith ihre Position zu behaupten. »Das gilt ebenso für Staaten. Warum sind die Länder der skandinavischen Union wohl so erfolgreich? Ich will unsere Gesellschaft ja nicht von jetzt auf gleich verändern. Aber wenn wir meine Hochzeit noch ein wenig verschieben, und du mich behutsam als deine Stellvertreterin aufbaust, dann können wir nach und nach Fakten schaffen. Du könntest mich zum Beispiel offiziell an deinen Verhandlungen teilnehmen lassen, nicht nur als Raumdekoration. Das wird das Gleichgewicht zwischen euch Senatoren nicht stören, und ich verspreche dir, mich nur einzumischen, wenn ich gefragt werde. Wenn sich deine Freunde daran gewöhnt haben, dass ich mitreden darf, werden sie mich später auch leichter als Stellvertreterin meines Mannes akzeptieren.«

Davide fuhr sich durchs Haar. Und schwieg.

»Papa?«

»Ich werde darüber nachdenken.«

Innerlich jubelte Lillith. Sie spürte, dass Davide nach wie vor hochkonzentriert war, aber nicht verärgert oder genervt von ihrem Vorstoß. Im Gegenteil. Ganz kurz spürte sie einen Anflug von Stolz.

Es war an der Zeit, seine gute Stimmung zu nutzen.

»Was ich mich frage: Wo sind die ganzen Frauen hin, die früher gearbeitet, Karriere gemacht, ja ganze Länder regiert haben? Wo sind die alle geblieben?«

Davide lockerte seine Krawatte, lehnte den Kopf zurück und schloss die Augen. »Sie sind ausgewandert, als sie noch konnten. Zwischen den Rohstoffkriegen und dem Separationskrieg gab es ein kurzes Zeitfenster, in dem deutsche Arbeitskräfte einen exzellenten Ruf hatten und im Prinzip überall arbeiten konnten. In Skandinavien, in der Schweiz, in Kanada.« Er öffnete seine Augen wieder. »Bis die Grenzen dicht gemacht wurden, und niemand weitere Wirtschaftsflüchtlinge aufnehmen wollte.«

»Und die Frauen, die in Nordland geblieben sind, die haben einfach akzeptiert, dass man ihnen ihre Rechte nahm? Sie zu Bürgern zweiter Klasse degradierte?«

»Ganz so ist es ja nicht, Lillith. Wir lieben unsere Frauen. Und sie haben im Großen und Ganzen die gleichen Rechte wie wir Männer.«

»Mit einigen signifikanten Ausnahmen beim Erbrecht und im Binnenverhältnis von Ehemann und Ehefrau.«

»Diese klaren Regelungen brauchten wir. Wenn wir auf jedes Einzelinteresse Rücksicht genommen hätten, damals nach dem Separationskrieg, dann hätten wir das Schicksal unserer Nachbarländer geteilt. Und den Frauen wäre es noch schlechter ergangen.«

»Du nennst die Hälfte der Bevölkerung ein Einzelinteresse?«

Davide zögerte mit seiner Antwort. »Versuch dich in die Zeit von damals hineinzudenken. Wir kämpften gerade um die Unabhängigkeit von Berlin. Kriegszeiten sind schlimme Zeiten, immer, überall. Überfälle, Vergewaltigungen, Morde gehörten zur Tagesordnung. Die staatliche Gewalt war im Begriff sich aufzulösen, auf den Straßen galt allein das Recht des Stärkeren. Die Frauen konnten nicht länger über ihre Handys die Polizei zu Hilfe rufen. Sie waren auf sich allein gestellt. Die wenigsten hatten Waffen oder das Geld, sich eine Waffe zu besorgen. Und als der Krieg vorbei war, hatten wir nicht die finanziellen Mittel, um einen dem alten System vergleichbaren Polizeiapparat aufzubauen. Unsere Polizei musste sich auf die Kapitalverbrechen konzentrieren, auf Mord und Totschlag; sie konnte nicht länger jeder Ehefrau zu

Hilfe eilen, die von ihrem Mann verprügelt wurde. Die Frauen wiederum mussten ihre neue Rolle als das im wahrsten Sinne schwache Geschlecht akzeptieren – oder untergehen. Die allermeisten passten sich an.«

»Hat Mama sich angepasst?«

»Nein.«

Das Eis, auf das sie sich begab, war hauchdünn. Sie konnte den Schmerz ihres Vaters fühlen, ein Echo aus weiter Ferne, trotzdem klar und scharf umrissen, eine Polarlandschaft unter knallblauem Himmel.

»Wie hat sie dann diese Welt ausgehalten?«

»Gar nicht.« Davides dunkle Augen bohrten sich herausfordernd in ihre. »Sie ist gestorben, weil sie die Realität nicht akzeptieren wollte.«

Lillith erwartete, dass sein Schmerz näher kommen würde, ein Eiszapfen, der sich durch ihre Seele bohren wollte. Aber ihr Vater hatte seine Trauer unter Kontrolle. Sie war nur noch ein fernes Echo, mehr nicht.

»Hättet ihr nicht auswandern können? Du hattest genug Geld, um überall auf der Welt neu anzufangen. Ihr wart keine Wirtschaftsflüchtlinge, es muss doch Dutzende Länder gegeben haben, die euch hätten aufnehmen können. Ghana oder Chile oder Neuseeland. Mit deinem Geld hättest du dir ein ganzes Land kaufen können oder wenigstens eine abgelegene Südsee-Insel, Aitutaki oder so.«

Davide wandte den Blick ab und schaute aus dem Fenster. Lillith presste die Lippen zusammen. Sie hatte den Bogen überspannt. Das ungewöhnlich offene Gespräch war zu Ende. Sie fühlte Schuld bei ihrem Vater, eine Schuld, die noch tiefer in ihm verborgen lag als die Trauer um seine viel zu früh verstorbene Frau. Er zupfte die Manschetten unter seinem Jackett zurecht und setzte das Gespräch zu Lilliths Überraschung fort.

»Deine Mutter war während des Separationskriegs mit dir schwanger. Ich habe sie angefleht, in ein sicheres Land zu gehen.

Ihre Ärzte, alle Geräte, ach, das ganze Krankenhaus mitzunehmen und in Südamerika oder in Australien oder meinetwegen auch auf Aitutaki zu warten, bis sich hier alles beruhigt hatte. Aber sie wollte nicht ohne mich gehen.«

»Und du wolltest Nordland nicht verlassen.«

»Nein.« Davide wischte sich durchs Gesicht. »Wir haben unser Vermögen in dieser Zeit etwa verzehnfacht. Während die Civettas vor dem Separationskrieg nur eine reiche Familie von vielen war, waren wir danach unangefochten die Nummer eins. Ich habe zu viele Chancen gesehen, ich konnte nicht weggehen.«

Und hast bitter dafür bezahlt, dachte Lillith. Die Schuld, diese eitrig-gelbe Schuld, würde ihren Vater nie verlassen. Ihr tat es leid, das Thema überhaupt angeschnitten zu haben.

Mit einem leisen Seufzen griff Davide zu der kleinen Bar neben sich und goss sich einen doppelten Whiskey ein.

Wie wäre ihr Leben verlaufen, wenn ihr Vater damals die Familie über seine Geschäfte gestellt hätte?

»Zumindest musste Mama nicht mehr erleben, wie ihre Rechte beschnitten wurden«, redete Lillith sich die Situation schön. »Wenn sie mir auch nur ein bisschen ähnlich war, dann hätte sie bestimmt furchtbar gelitten. Oder persönlich versucht, die ganze Gesellschaft umzukrempeln.«

Davides Mundwinkel zuckten für einen winzigen Moment nach oben. »Wahrscheinlich. Sie wäre die Letzte gewesen, die sich von mir – oder von welchem Mann auch immer – etwas hätte sagen lassen. Himmel, welche Diskussionen wir allein über deinen Namen geführt haben …« Davide fuhr mit leiser Stimme fort. »An dem Tag, an dem sie umgebracht wurde, habe ich sie gebeten, sie gewarnt, nicht rauszugehen. Es braute sich etwas zusammen. Ein Schmierenjournalist hatte in einem Pamphlet jede Menge Lügen über uns Männer, die wir nur das Beste für Nordland wollten, aufgeschrieben und das stachelte die Leute auf! Aber Rissa hat nicht auf mich gehört. Sie hat gelächelt und gesagt, dass sie sehr gut auf sich aufpassen könne und dass es jetzt wichtig sei, an der Seite des Volks zu stehen. Sie wollte, dass die Welt wieder so wird wie früher, dass sich die Schere zwischen Arm und Reich nicht weiter öffnet. Ich sagte ihr, dass das unmöglich sei. Und sie erwiderte, dass man eine Schere auch wieder schließen könne. Unser letzter Dialog.«

Wut legte sich über die Schuldgefühle.

»An dem Tag als Rissa starb, begannen die Nachkriegs-Unruhen in Nordland. Als sich die Straßen wieder beruhigt hatten, war es ein anderes Land, eines, in dem jeder seinen Platz kannte. Die Schere zwischen Arm und Reich war maximal weit geöffnet und niemand machte sich mehr die Mühe, sie zu schließen. Rissas Einsatz war vergebens gewesen, ihr Tod absolut sinnlos.«

»Senator Civetta?«, meldete sich ein Leibwächter aus dem ersten Fahrzeug. Davide aktivierte die Sprechverbindung. »Ja?«

»Da vorne scheint es Probleme zu geben, sollen wir umdrehen?«

Nur wenige Meter vom Benz'schen Tor entfernt, direkt am Heiligengeistfeld, standen Demonstranten, einer neben dem anderen. Mit ihren Schildern vor dem Bauch sahen sie aus wie lebende Plakatwände. Auf den Schildern waren Fotos von Mädchen abgebildet, alle höchstens 20, alle sehr hübsch. Darunter standen Namen und die Zeile: »Am 4. Oktober grundlos verhaftet. Seitdem spurlos verschwunden.«

Davide warf einen kurzen Blick auf die Männer und dann auf Lillith.

»Sind die gefährlich?«

Lillith spürte Verzweiflung, Hoffnungslosigkeit und Frustration – aber nichts davon war zu vergleichen mit der blinden Wut, die sie am Tag der Hinrichtung gespürt hatte. »Nein. Ich denke, die wollen nur ihre Botschaft loswerden.«

»Gut. Civetta an alle: Wir fahren auf normalem Weg nach Hause.«

Lillith sah durch das Rückfenster, wie ihre Leibwächter durch das Tor fuhren. Die Demonstranten standen reglos da, keiner machte den Eindruck, als ob er zum Angriff übergehen wollte. Und plötzlich fiel ihr ein, wo sie die Mädchen von den Plakaten schon einmal gesehen hatte. 4. Oktober! Natürlich. Auf dem Markt. Das waren die Mädchen, die von den Mantelmännern mitgenommen worden waren. Unter den Augen der Polizisten, die das Ganze grinsend beobachtet hatten. Warum hatte sie nicht gleich auf dem Markt kapiert, dass die Männer in den Mänteln sich ihre Kriegsbeute holten? »Diese Mädchen …«, fing sie an, aber bevor sie weiterreden konnte, schallten Martinshörner aus allen Richtungen gleichzeitig die Straßen hoch. Die Demonstranten ließen die Schilder fallen und rannten davon. Eine Kolonne von Polizeifahrzeugen raste auf sie zu, ganz vorne der große Geländewagen, in dem Joseph Foth an der Mundsburg Hof gehalten hatten, dahinter jede Menge Streifenwagen. Sie überholten die rennenden Menschen und schnitten ihnen den Weg ab. Innerhalb von wenigen Sekunden hatten sie einen Kessel gebildet. Ein weißhaariger Mann wollte sich zwischen zwei Autos hindurchquetschen. Die Fahrer ließen ihn nicht passieren. Lillith schloss die Augen. Das wollte sie nicht sehen.

»Was macht die Polizei da? Das ist doch völlig unverhältnismäßig. Bitte, Papa, stopp das.«

Davide betrachtete die hinter ihnen liegende Szenerie und drehte sich mit unbewegter Miene wieder seinen Dokumenten zu, die er gerade erst auf die Tischoberfläche projiziert hatte. »Warum? Foth kümmert sich doch.«

Joseph Foth sprang vom Trittbrett seines Wagens hinunter und marschierte auf die Eingekesselten zu, die Daumen in den oberen Jackentaschen seiner Uniform verhakt. In der Ferne hörte man weitere Martinshörner. Foths vidjaverstärkte Fistelstimme reichte weit über das Heiligengeistfeld hinaus und in Civettas Limousine hinein. »So, meine Herren, darf ich mal Ihre Demonstrationsgenehmigung sehen?«

Was für eine Farce. Demonstrationen wurden seit den Vorfällen in der Mundsburg nicht mehr genehmigt.

»Keine Genehmigung? Schön, schön, schön. Dann möchte ich Sie bitten, meine netten Kollegen hier ins Heimathaus zu begleiten.«

Ein Gefängnisbus raste an ihnen vorbei. Einer der Demonstranten stürmte auf ein Polizeiauto zu, sprang auf die Motorhaube, aber noch bevor er das Dach erreicht hatte, schoss jemand und der Flüchtende rutschte zurück auf den Boden. Ein roter Streifen zeigte, dass die Polizei nicht mit Gummi geschossen hatte.

»Du musst da eingreifen. Die schießen scharf«, rief Lillith und schüttelte ihren Vater.

»Zum letzten Mal!« Davide atmete schwer, als koste es ihn seine gesamte Selbstbeherrschung, nicht zu schreien. »Senator Drach ist für die Sicherheit in Nordland zuständig. Und wenn sein Polizeichef es für nötig erachtet, diese nicht genehmigte Demonstration aufzulösen, dann ist das seine Entscheidung.« Die Finger auf der Glasplatte klackten lautstark durch Dokumente, die er keines Blickes würdigte. »Du musst dich besser beherrschen, Lillith.«

Mehr musste er nicht sagen. Lillith hatte die Drohung verstanden. Sie schluckte. Und schwieg.

Nicht nur Lillith war der Meinung, dass Foths Art für Sicherheit zu sorgen, diskussionswürdig war. Auch die Skandinavische Union meldete Protest an, drohte mit Handelsboykott, forderte eine lückenlose Aufklärung der Vorfälle am Heiligengeistfeld und weitere Informationen über das Schicksal der vermissten Frauen. Dass Aufzeichnungen von dem – wie schließlich auch Davide zugeben musste – unnötig harten Vorgehen Foths ins Ausland gelangt waren, sorgte bei der Bürgerschaftssitzung am Mittwoch für mehr Aufregung als die zwei toten Demonstranten. Auf der Suche nach der undichten Stelle deutete alles auf einen Einzeltäter in der Behörde für Heimatschutz hin. Ehrenreich Benz, der für das Vidjanetz zuständige Senator, lokalisierte als Einspeisepunkt eine ältere Dienstvidja aus dem internen Netzwerk von

Erik Drach. Leider war das Gerät zum Zeitpunkt des Sendens keinem Mitarbeiter zugeordnet gewesen. Es hatte in einer frei zugänglichen Schublade gelegen und auf seinen nächsten Besitzer gewartet.

Ein Gutes hatte das brutale Vorgehen der Polizei: Die Kandidaten für Lilliths Hochzeit sagten reihenweise ab. Vor allem die wirtschaftlich interessanten Kandidaten aus der Skandinavischen Union hatten Sorge, dass eine zu enge Verbindung mit einem Land, in dem es schwelte, nur zu unnötigen Schwierigkeiten führte. »Vielleicht müssen wir deine Hochzeit tatsächlich noch einmal überdenken«, sagte Davide am Donnerstag, drei Tage nach dem Polizeikessel, als Lillith ihm bei ihrer Mittagsrunde die nächsten diplomatisch formulierteren Absagen unter die Nase hielt.

Gut gelaunt und motiviert trainierte sie am Nachmittag in der Fechthalle. Jeder Angriff saß und ihre Verteidigung war auch nicht übel. Gerade als sie unter die Dusche wollte, blinkte auf ihrer Kontaktlinse eine Nachricht ihres Vaters auf. »Wo bist du? Wir sind für 16 Uhr im Spiegelsaal verabredet.«

Wenigstens regnete es ausnahmsweise nicht, als Lillith durch den Park lief. Die Fechthalle lag ein gutes Stück von dem repräsentativen Altbau entfernt, in dem Davide den Festsaal hatte einrichten lassen. Die Flügeltüren standen weit offen und durch die hohen Bogenfenster des Spiegelsaals leuchtete der herbstgoldene Park. Schwäne schwammen auf der Alster und steckten ab und zu ihre Köpfe ins Wasser. An der gegenüberliegenden Wand spiegelte modernste Wiedergabetechnik die Natur in satten Farben und zeichnete Bäume, Schwäne und Wasser noch prächtiger, als sie in Wahrheit schon waren. Sie schritt in den Saal, den Säbel immer noch in der Hand, und lächelte ihren Vater entschuldigend an.

»Tut mir leid, ich dachte, du hättest heute Mittag gesagt, dass wir die Hochzeit nochmal überdenken.«

Davide erwiderte ihr Lächeln nicht. Er war verärgert.

»Das habe ich getan und beschlossen, dass genug Kandidaten übrigbleiben. Wir gehen jetzt ein letztes Mal die Gästeliste durch.«

»Aber …«

Ohne auf ihre Einwände zu achten aktivierte Davide mit einem kurzen Befehl das Vorbereitungsprogramm. Schlagartig erschienen im Saal Projektionen der erwarteten Gäste, die Davide mit einem Wimpernschlag zum Leben erweckte. Der eben noch leere Raum mit dem hohen, bemalten Deckengewölbe, dem Fußboden aus poliertem Robinienholz und den schweren, silbernen Lüstern war nun voller Menschen. Auf dem Balkon am anderen Ende spielte ein Kammerorchester eine belanglose, zeitgenössische Komposition. Stimmengewirr erfüllte den Raum, hier ein Lachen, dort klirrten Gläser.

Den meisten Menschen war Lillith noch nie im Leben begegnet, aber man erwartete von ihr, dass sie jeden Gast namentlich begrüßen und sich mit ihm unterhalten konnte. Sie aktivierte ihre eigene Vidja und rief die für diese Aufgabe nötige Hilfe auf: »Lóumiàn«, ein Programm, das die Gesichter mit der Datenbank abglich und ihr die wichtigsten Informationen auf die Kontaktlinse spiegelte: Name, Alter, Nationalität, Familienstand, Namen des Partners und der Kinder, Interessen. Ihr Vater bemerkte ihre Bewegung und unterbrach sie: »Das Armband gibst du mir.«

»Ohne Vidja bekomme ich das im Leben nicht hin.«

»Es ist sehr unhöflich, wenn man den Menschen während eines Gesprächs nicht ins Gesicht schaut, sondern auf die Säule hinter ihm, um die Informationen besser lesen zu können.«

»Aber …«

»Ich hatte dich gebeten, die wichtigsten Daten auswendig zu lernen. Außerdem kann es vorkommen, dass eine Vidja nicht funktioniert, dass der Datentransfer gestört ist oder dass dein künftiger Ehemann dir verbietet, das Gerät zu benutzen. Du solltest also lernen, darauf zu verzichten.«

Was für eine gruselige Vorstellung.

Ihr Vater hielt ihr seine Hand hin, sie legte ihre resignierend auf seinen Handrücken und gemeinsam schritten sie durch den Saal; Lillith in ihrer weißen Fechtkleidung, den Säbel an ihrer Seite.

Es klappte erstaunlich gut, was vor allem daran lag, dass ihr Vater die Vorstellungsrunde auf die Heiratskandidaten beschränkte. Trotzdem war es eine einzige Scharade. Lillith tat ihrem Vater den Gefallen, alles Wissenswerte zu den Kandidaten zum Besten zu geben. Wahrscheinlich wollte er nur prüfen, ob sie vorbereitet war. Er würde sie nicht verheiraten. Nicht mit einem dieser Kandidaten, die hier herumstanden und völlig inakzeptabel waren.

Sie zeigte auf einen allein am Tisch stehenden, hageren, hochgewachsenen Mann, der etwas auf seinem mitgebrachten Bildschirm überprüfte. »Für unsere Geschäfte mit Polen und den anderen halbautonomen Nachbarländern Russlands wäre eine Heirat mit Zdzislaw Król aus Gdánsk hilfreich«, referierte sie. »Seine Handelsflotte ist momentan die stärkste der Welt und er hat keine Skrupel, mit Regimen ins Geschäft zu kommen, die sich schwere Menschenrechtsverletzungen zuschulden kommen lassen. Sein größtes Problem: Er neigt dazu, hohe Risiken einzugehen. Das kann funktionieren, es kann aber auch zum totalen Verlust führen.«

Umringt von martialisch auftretenden Leibwächtern ließ sich ein alterslos scheinender Mann Häppchen und Getränke reichen. »Li Gang hat zugesagt?« Lillith war überrascht. »Welch eine Ehre. Li hat Zugriff auf 15 Prozent aller Neodym-Vorräte, zwölf Prozent aller Yttrium- sowie geschätzte sieben Prozent der weltweiten Lanthan-Vorkommen. Sein Problem: Er ist Chinese und niemand kann sagen, wann der Zentralrat beschließt, dass er zu viel Macht akkumuliert hat und ihm alles wieder nimmt. Aber das ist wohl das Geschäftsrisiko, nicht wahr?«

»So ist es. Wozu wolltest du deine Vidja nutzen?«

Neben einer Säule stand ein selbst für ihre Kreise ausgesprochen elegant gekleideter Mann, vertieft in ein Gespräch mit Meik Hawik. Seine langen, kupferrot gefärbten Koteletten leuchteten, und Lillith blieb wie angewurzelt stehen. Mit diesem Mann führten sie gerade einen ziemlich teuren Rechtsstreit.

»Du ziehst nicht ernsthaft Ingvar Sörensen in Betracht.«

»Er ist der einzige Mann aus Schweden, der sein Angebot nicht zurückgezogen hat.«

»Aber er sabotiert dich!«

»Das wird er nicht mehr tun, wenn die Windparks ihm gehören.«

Die krude Logik ihres Vaters.

Der nächste Kandidat war von jungen Damen umringt: Noah Kaufman aus Kanada. Dem Land war es gelungen – ähnlich der Schweiz und den Ländern der Skandinavischen Union – die Ungleichheit im Land niedrig zu halten. Leider waren seine geschäftlichen Möglichkeiten im Im- und Export beschränkt, was wohl der Grund war, dass er als einziger Kandidat aus Nordamerika den langen Flug auf sich genommen hatte. Er hatte Interesse an ihrem Geld.

»Kaufman ist für uns als Kontakt nach Nordamerika interessant«, referierte sie für ihren Vater, der die Stirn runzelte und sich in seine Vidja-Datenbank vertiefte. »Kanada ist als Absatzmarkt natürlich nicht besonders groß, aber wenn wir darauf spekulieren, dass sich die USA eines Tages wieder erholen …« Lillith wollte sich gerade über die mangelnde Aufmerksamkeit beschweren, als Davide mit einem kurzen Augenzwinkern den Kanadier verschwinden ließ.

»Kaufman hat vorhin abgesagt. Ihm ist Nordland zu unsicher.«

»Was?« Lillith beschloss, dieser Farce hier und jetzt ein Ende zu machen. »Lass uns das bitte beenden. Ich weiß, dass du es nicht ernst meinst. Diese Männer hier taugen doch alle nichts!« Sie hob ihren Säbel, um in einer ausladenden Bewegung auf die Kandidaten zu zeigen. Dabei erwischte sie Erik Drach, der gerade Finanzsenator Oppermann begrüßte. Bibi Kropp, die zufällig in der Nähe stand, beobachtete ungerührt, wie Lilliths Säbel sauber den Kopf des Senators für Heimatschutz vom

Rumpf trennte – oder getrennt hätte, wenn das hier die Realität gewesen wäre.

»Mir ist es ernst und ich werde nichts verschieben.«

»Diese B-Kandidaten willst du als Erben deines Hauses? Als Bewahrer von Nordland?«

»Zum einen gibt es weitere Kandidaten. Zum anderen gehe ich davon aus, dass du geschickt genug sein wirst, meinen zukünftigen Schwiegersohn in die richtige Richtung zu lenken.«

Lillith suchte nach Anzeichen für eine Lüge bei ihrem Vater. Nach Anzeichen dafür, dass er einen Witz machte. Aber er war nur verärgert über ihre Renitenz. Es war ihm ernst. Und dann sah sie die restlichen Kandidaten. Einer schrecklicher als der andere:

Urs Freudenthaler aus der Schweiz, 54, notorischer Erbschleicher, der die Ehen mit seinen bislang vier Gattinnen annulliert hatte, sobald deren Erbe auf seinen Konten lag.

Pietro Civetta, 57, ein entfernter Cousin ihres Vaters aus Padanien, ein Mann der seine Dummheit hinter der Fassade der hochmütigen Langeweile verbarg und gerade mit langsamen Bewegungen eine seiner Silberlocken ordnete. Er sprach nur italienisch, was die Zahl seiner möglichen Gesprächspartner auf die beiden anderen Civettas im Raum reduzierte.

Heinrich Schedalke, 75, und damit zehn Jahre älter als ihr Vater, der massige Geschäftsmann und Handelsminister aus Westfalen, der ihnen gerade erst wegen des Methanspeichers in Rehden mit Krieg gedroht hatte. Die Aufnahme in die Liste der Kandidaten hatte ihn tatsächlich befriedet – und seine Chancen auf ihre Hand waren in den vergangenen vier Wochen enorm gestiegen. Er schaute sich dauernd um, immer auf der Hut vor einem Attentäter der Neuen Kommunistischen Front. Ständig wischte er sich mit einem Taschentuch über die Stirn; unter seinen Armen breiteten sich Schweißflecken aus.

Innokenty Sorokin, 42, mit Vollbart, Seitenscheitel und dem kältesten Blick ausgestattet, den Lillith je bei einem Menschen gesehen hatte. Was nicht weiter verwunderte bei einem bekennenden Mitglied der russischen Mafia. Gerade schien es ihm in den Fingern zu jucken, dem nervösen Schedalke ein Messer zwischen die Rippen zu setzen …

… da drängte Alois Rosenheimer, 63, den schmalen Russen zur Seite und klopfte dem Westfalen brüderlich auf die Schulter. »A dabei?«

Lillith wandte sich angewidert ab. »War es das?«

»Ja.«

Sie drehte sich um die eigene Achse. Das konnte Davide nicht ernst meinen. Da musste doch noch ein anderer Kandidat sein, einer, der halbwegs akzeptabel war. Sie sah, wie Bürgermeister Rabe gegenüber dem Gesandten aus Ghana große Reden schwang. Wie Erik Drach am Rand der Tanzfläche stand, den Kopf wieder unversehrt auf den Schultern, und sie mit versteinertem Blick beobachtete. Wie an einem der etwas weiter entfernten Tische Fritjof einer ihrer Angestellten erst an den Po fasste und sie dann zu sich heranzog, obwohl die junge Frau das eindeutig nicht wollte.

Da musste aber jemand sauer auf ihn gewesen sein, als er das programmiert hatte. Otwin Rabe, den Sohn des Bürgermeisters, hatte der Programmierer ebenfalls nicht leiden können. Der grölte gerade durch den ganzen Saal: »Gebt mir Wein, gebt mir Weiber, gebt mir Gesang. Ich will feiern!«

»Wer erstellt eigentlich die Hologramme?«, fragte Lillith.

»Ein automatisches Programm, das aus den Videos der letzten Monate typische Verhaltensweisen nachstellt.«

Sie würde Fritjof sagen müssen, dass sich so ein Verhalten in aller Öffentlichkeit nicht gehörte. Apropos Fritjof:

»Könnten wir nicht vielleicht doch jemanden aus Nordland in die Kandidatenriege aufnehmen?«

»Nein. Das nach meinem Ableben umzuschichtende Vermögen ist zu umfangreich, als dass wir es einer anderen Familie hier in Nordland überlassen können. Das würde das Gleichgewicht empfindlich stören.«

»Was ist mit den von Eschenburgs?«

Davide schnaubte.

»Du willst diesem Nichtsnutz ernsthaft unser Vermögen anvertrauen, Lillith! Von so einer Verbindung hätten wir überhaupt nichts.«

»Diese Verbindung würde das finanzielle Gleichgewicht nicht stören. Und ich hätte was davon – ich mag ihn.«

Davide runzelte die Stirn. »Nein. Du wirst ohnehin den Kontakt zu ihm abbrechen.«

Lillith blieb stehen, fassungslos.

»Was? Warum? Er ist mein Freund.«

»Ich möchte nicht, dass einer der Kandidaten falsche Schlüsse zieht. Am Samstag reisen die ersten Gäste an. Ab dann brauche ich dich rund um die Uhr. Unsere Feier dient ja nicht nur dazu, dir einen Gatten zu suchen, sondern vor allem und in erster Linie unseren Geschäften.«

Um Lillith herum drehte sich alles. Samstag. Das war übermorgen. Ab dann würde sie keinen Fuß mehr vor den anderen setzen können, ohne dass Davide oder Titus oder ein anderer Aufpasser darüber informiert war. Sie durfte nicht mehr zu Fritjof fahren, vielleicht nicht einmal mehr zu Cissy, oder zum Fotografieren an die Elbe, wenn ihrem künftigen Gatten ihr Freiheitsdrang nicht gefiel. Sie drückte die Spitze des Säbels in das feine Parkett und stabilisierte sich.

»Ich werde keinen von diesen Männern heiraten.«

Davide strich sich durchs Gesicht. Er war erschöpft, das spürte Lillith, aber sie hatte kein Mitleid.

»Doch, das wirst du.« Davide nahm ihr den Säbel aus der Hand und sah missbilligend auf das kleine Loch im Parkett. »Wie unnötig«, murmelte er, bevor er ein paar schnelle Augenbewegungen machte. Die ganze Abendgesellschaft in ihrer glitzernden Pracht verschwand.

»Aber …«

»Du wirst einen dieser Männer heiraten«, wiederholte Davide. Er strich sich erneut durchs Gesicht. »Wenn alles so läuft, wie ich es plane, wirst du in spätestens anderthalb Jahren einen Sohn haben, dem ich mein Vermögen vererben kann.«

»Aber …«

»Wir können nicht länger warten«, unterbrach Davide Lilliths Protest. »Die Zahl der Chaoten nimmt täglich zu. Foth gelingt es nur mit Mühe, ihre Aktionen zu vertuschen und er hat konkrete Pläne gefunden, Attentate meine Person betreffend. Ich will dich und unser Vermögen in sicheren Händen wissen, bevor sich alles im Chaos verliert.«

»Aber …«

»Lillith, ich werde darüber nicht länger diskutieren.« Davide ging zum Ausgang. Statt Müdigkeit spürte Lillith nur noch Kälte. »Die aktuelle Situation ähnelt der eines Aktienmarkts«, dozierte er. »Selten gelingt es, zum Höchstkurs zu verkaufen; aber wenn die Kurse anfangen zu fallen, dann muss man schnell handeln, schnell verkaufen – sonst sind die Aktien wertlos und man steht mit leeren Händen da.«

»Du vergleichst mich mit einer Aktie?« Lillith stiegen die Tränen in die Augen.

Davide blieb stehen, die Augenbrauen hochgezogen, als ob er nicht glauben konnte, dass sie wirklich so naiv sei. »Du bist momentan mein wichtigstes Assett, der beste Vermögenswert, den ich besitze. Es wäre dumm zu warten, bis du nichts mehr wert bist.«

Ω PID Ω

Bo ging nicht mit hinaus auf den Friedhof. Während die anderen Trauergäste das letzte Lied sangen, schlich er sich aus der kleinen Kapelle und in ein nahegelegenes Mausoleum hinein. Er wollte gerade den Geheimgang wieder schließen, als Sunna auftauchte. »Gehen wir zusammen?«, flüsterte sie.

Bo wusste zwar nicht, warum sie mit ihm durch die unterirdischen Tunnel laufen wollte, anstatt im Schutz der Trauergemeinde mit dem Fahrrad zurück in die Stadt zu fahren, aber er wusste, wann seine Schwester eine Frage rhetorisch meinte.

Sunna kletterte durch den Sarkophag zu ihm in die Unterwelt. Sie ruckelte den steinernen Deckel über sich hin und her, dann lag er wieder so, als ob die letzte Ruhestätte nie geöffnet worden wäre. Gemeinsam gingen sie durch einen grob gehauenen Gang, den hölzerne Pfähle vor dem Einsturz bewahrten.

»Es war nicht deine Schuld, Bo«, flüsterte sie.

»Ich hätte sie aufhalten müssen.« Selten hatte er sich so wenig seiner Rolle als Anführer gewachsen gefühlt, wie in den vergangenen Tagen. Lukas und Roderich waren tot. Die anderen Väter verschwunden. Die Mütter und Ehefrauen redeten kein Wort mehr mit ihm, sondern überschrieben ihr letztes Hab und Gut der Poggendiekbehörde, um einen Platz in der Neuen Heimat zu bekommen.

Er hatte versucht, es ihnen auszureden. Sie davon zu überzeugen, wenigstens für eine Übergangszeit zu ihnen in den Bunker am Heiligengeistfeld zu kommen. Dort hatten schon einige Familien aus dem Viertel Unterschlupf gefunden, die nach Unterzeichnung der Verträge sofort ihre Wohnungen hatten verlassen müssen, obwohl in der Neuen Heimat noch kein einziges Haus stand.

Seine Taschenlampe leuchtete über eine gemauerte Wand. Von dieser Seite war er noch nie in die Gänge gestiegen. Er tastete über die Steine, fühlte nach Auffälligkeiten, nach einem Hinweis, der verriet, dass hinter genau diesem Stein der Hebel für den Eingang lag. Aber er fand nichts.

»Ich kann nicht mehr, Sunna«, sagte er und rutschte, an die Wand gelehnt, in die Hocke. »Das hat doch alles keinen Sinn.«

In seiner Hand zerknüllte er das Flugblatt, das Nathan an jenem Abend unter den Resten des verbrannten Autos gefunden hatte. Eines ihrer Flugblätter, mit denen sie das Volk hatten aufrütteln wollen. Aber im Zusammenhang mit dem verbrannten Auto und dem verkohlten Leibwächter las jeder, der es in die Finger bekam, nur noch »Anstiftung zum Mord«.

Ω.
Für ein Ende der Willkür.
Für ein besseres Leben.
Für uns ~~alle~~.
Ω.

Es war ein Fehler gewesen, die Flugblätter überall zu verteilen. So hatten die Ratten die Zettel einsammeln können. Und mit einem einzigen schnellen Strich machten sie aus dem friedlichen Protest für ein besseres Nordland einen brutalen Aufstand der Entrechteten.

Das Schlimme daran war, dass einige aus ihrer Gruppe derselben Meinung waren wie die Ratten. Alek redete die ganze Zeit davon, dass man endlich Waffen organisieren müsse. »Mit Worten allein kommen wir nicht weit. Und wenn sowieso alle glauben, dass Omega für die Überfälle verantwortlich ist, dann können wir uns auf diese Weise auch das nötige Geld besorgen.«

Noch konnte Bo die Mehrheit davon überzeugen, dass friedlicher Protest hilfreicher war als sinnloses Töten. Aber wie lange noch?

Sunna hockte sich zu ihm, nahm ihm das Flugblatt aus der Hand und zerriss es in hundert kleine Stücke. »So. Und jetzt schaltest du bitte dein Selbstmitleid aus und deinen Verstand wieder an, ja? Wir brauchen dich nämlich, wenn wir was verändern wollen.« Sie tastete hinter ihm die Wand ab und fand in weniger als einer Minute den passenden Stein.

»Die alten Omega-Kämpfer haben uns mit diesen unterirdischen Gängen ein großartiges Erbe hinterlassen. Ohne sie wärst du längst tot.« Sie quetschte sich durch die schmale Öffnung und verschwand. Er hörte nur noch ihre Stimme, als sie weiter in die Tiefe kletterte. »Also: revanchier dich gefälligst dafür und kümmere dich um das Omega von heute. Wenn du die Brocken hinschmeißt, übernimmt Alek. Und dann haben wir Krieg. Nicht nur bei Omega, sondern in ganz Nordland.«

Bo leuchtete in den dunklen Gang. Die Lampe seiner Schwester warf ein schwaches Licht auf den geschotterten Boden. An der Wand waren Eisensprossen befestigt. Er folgte ihr in die Tiefe.

Als sie fast zwei Stunden später durch den Keller zurück in den Bunker am Heiligengeistfeld kamen, hörten sie über sich Stimmen: Männer, die lautstark über etwas schimpften, Frauen, die sich ankeiften, Kinder, die lachten und brüllten. Es roch nach Essen und offenem Feuer. Bo trat ins Erdgeschoss und wurde von dem Schwall Wärme und der verbrauchten Luft fast zurück in den Keller gestoßen.

»Okay, unsere Wohngemeinschaft hat sich im Viertel herumgesprochen«, sagte er zu Sunna, die mit aufgerissenen Augen neben ihm stand.

»So viele. So schnell.« Mehr Frage als Aussage. »Wie kriegen wir die alle versorgt?«

Bo nahm sie in den Arm und zeigte auf die Familie, die auf einem Campingkocher ihr Abendbrot kochte.

»Die erwarten von uns kein Essen. Nur ein Dach über dem Kopf.«

Die ersten hatten Bo entdeckt und liefen auf ihn zu. Innerhalb von Sekunden war er umringt von Menschen, die ihm die Hand schüttelten, ihm dankten, ihn umarmen wollten, ihm ein Stück Brot in die Hand drückten oder einen Apfel. Der Zuspruch tat gut. Sunna hatte recht. Es gab kein Zurück mehr. Die Menschen im Viertel wollten, dass er voranging. Er, nicht Alek. Sie wollten Bo Thorn, Joris' Sohn.

Er redete mit jedem einzelnen, fragte, ob sie schon was von der Neuen Heimat gehört hatten, oder ob es ihnen möglich gewesen war, den Vertrag zu kündigen und ihre alte Wohnung zurückzubekommen. Was er hörte, ließ die Falten auf seiner Stirn immer tiefer werden.

»Das ist alles ein Riesenbeschiss, Sunna. Wir müssen das Volk warnen. Sie dürfen nichts unterschreiben. Kein einziges Papier.«

»Sie brauchen nichts Schriftliches«, sagte eine Frau hinter Bo. Er drehte sich um. Eve. Die Frau, die er in der Nacht vor der Hinrichtung von den Fröschen befreit hatte. Sie hatte einen Koffer in der Hand und blinzelte ihre Tränen weg. »Mein Mann hat sich gewehrt, als die Männer durch die Tür kamen. Er wollte sie rauswerfen, aber sie haben ihn gepackt, die Treppe runtergeschleift und mitgenommen. Ich durfte für mich noch einen Koffer packen, dann haben sie mich rausgeworfen. Aus meiner eigenen Wohnung.«

Bo wollte sie trösten, sie einfach nur in den Arm nehmen, aber noch bevor er ein Wort sagen konnte, gellte ein »Hilfe! Oh Gott, so hilf doch jemand!« durch den Bunker.

Bo nahm Eves Hände zwischen seine, flüsterte »Wir reden gleich weiter« und lief in die Richtung, aus der der Ruf gekommen war.

Sunna hatte sich bereits durch den Kreis der Schaulustigen gedrängelt und kniete am Kopf eines Mannes, der zuckend am Boden lag. Auf der anderen Seite saß eine Frau und hielt seine Hand. Bo bewunderte seine Schwester für ihre schnellen, sicheren Bewegungen. Sie drehte ihn in die stabile Seitenlage, fühlte den Puls am Hals, fragte die Frau mit wenigen gezielten Fragen nach möglichen Ursachen für den Anfall und entfernte ein

Pflaster, das der Mann frisch in der Ellenbeuge hatte. Die Haut darunter war knallrot, entzündet. Sunna wirkte zum ersten Mal heute ratlos. Die Frau drückte ihr einen Zettel in die Hand und zeigte abwechselnd auf den Zettel, auf ihren Mann und auf ihren eigenen Arm, an dem ein ähnliches Pflaster klebte. Ihre Finger zitterten so sehr, dass sie mehrmals ansetzen musste, bevor sie es ablösen konnte. Aber an ihrem Arm war keine Entzündung zu sehen. Sunna strich dem Mann auf dem Boden über das Haar. Sein Zucken hatte aufgehört. Er lag ruhig, die Augen weit geöffnet, war aber nicht ansprechbar. Sunna nahm ihre Taschenlampe und leuchtete in sein Auge. Das Schwarz der Pupille blieb unverändert. Sie fühlte nochmal den Puls, bevor sie aufstand und sich der Frau zuwandte.

»Sein Puls ist normal, er atmet, aber ich kann nicht sagen, ob er bei Bewusstsein ist oder nicht. Du musst ihn zurück ins Gesundheitszentrum bringen. Wenn jemand weiß, woran es liegt, dann die.«

Sunna drängte sich durch die Menschen zurück zu Bo.

»Eine neue Schikane der Birds«, sagte sie und schwenkte den Zettel. »Wer künftig Lebensmittel von den Sozialstationen will, kriegt keine Karte mehr, sondern muss sich persönlich identifizieren lassen. Wenn ich die Frau da eben richtig verstanden habe, hat man ihnen im Gesundheitszentrum Blut abgenommen. Das ist nanotechnisch behandelt und dann zurück in ihren Kreislauf gespritzt worden. Die Frau scheint die Behandlung gut überstanden zu haben. Der Mann dagegen … naja, du siehst es ja selbst.«

Bo nahm ihr den Zettel aus der Hand.

»Die Behörde für Gesundheit und Öffentliche Wohlfahrt gibt bekannt: Eine Persönliche Identifizierung (PID) ist zwingend erforderlich für eine gültige Registrierung im Zuge der Neuordnung Sozialleistungen und Wohnraum. Die Persönliche Identifizierung (PID) wird ab sofort in allen dafür ausgestatteten Gesundheitszentren (siehe Anlage) durchgeführt und ist in diesem Zeitraum kostenlos. Der Besitz einer Persönlichen Identifizierung

(PID) berechtigt den Träger an den Programmen zur Unterstützung Bedürftiger teilzunehmen.«

Unterschrieben war das Informationsblatt mit »Quirin Krawinkel, Senator für Gesundheit und Öffentliche Wohlfahrt«.

»… Sozialleistungen und Wohnraum«, wiederholte Bo. »Hier geht es nicht nur um die Lebensmittelkarten, Sunna. Hier geht es um die Neue Heimat und diese komische Umsiedlung.« Er spürte, wie die Verzweiflung der Menschen, die Ungerechtigkeit, mit der sie konfrontiert waren, ihm seine Kraft zurückgab. Das ganze System musste sich ändern. Und Sunna hatte recht. Den Aufbau eines neuen Systems durfte er nicht Alek überlassen.

Halloween

Es war viel los auf St. Pauli, kurz vor Beginn der täglichen Sperrstunde. Rund um das baufällige Millerntor-Stadion zogen Gruppen junger Männer singend durch die Straßen, braun-weiße Schals um den Hals, Bügelflaschen mit Selbstgebranntem in der Hand. Stühle standen vor den Türen, die Bewohner freuten sich an den letzten Sonnenstrahlen. Nachbarn standen zusammen und tauschten Neuigkeiten aus. Kinder tobten über die schiefen Bürgersteigplatten, an einer Ecke standen ein paar Leute mit Flöte, Mundharmonika und einem als Trommel zweckentfremdeten Eimer und spielten ein englisches Lied, in dem Whiskey eine wichtige Rolle zu spielen schien. Die Menschen genossen das Leben in ihrem Viertel.

Denn es war ihr Viertel. Das Volk ging zur Seite, wenn die Limousinen und Sportwagen und Sicherheitsfahrzeuge auf der alten Straße entlangrollten. Mehr nicht. Ein Meer, das sich von den gelegentlich hindurchpflügenden Schiffen nicht stören ließ. Die Menschen akzeptierten, dass junge Reiche in ihre Kneipen kamen, dort schräge Sachen wie »Halloween« feierten und für ein Bier zehnmal so viel auf den Tisch legten wie die Einheimischen. Das war der Preis dafür, dass man sich gegenseitig in Ruhe ließ. Die Reichen kauften sich ein kleines Abenteuer. Die Wirte konnten auf Unterstützung hoffen, wenn es bei Hopfen und Malz Lieferengpässe gab. Die Männer im Viertel versoffen zu günstigen Preisen ihren Tagelohn und klagten dann bei Frau und Kind über das niedrige Gehalt. So hatten alle etwas davon. Bis auf die Frauen und Kinder.

»Da vorne ist der *Eimer*.« Fritjof zeigte auf ein heruntergekommenes Haus, an dessen Fassade ein alter Plastikeimer baumelte. Er parkte sein Auto direkt vor einem Durchgang. »Der

Laden selbst ist im Hinterhof. Wir trinken ein Bier oder zwei, und sobald es dunkel ist, treffen wir uns zwei Straßen weiter mit Max.«

Lillith schluckte. Plötzlich hatte sie einen trockenen Mund und war sich nicht länger sicher, ob es funktionieren würde. So viel konnte schief gehen.

Gestern noch hatte alles so perfekt gewirkt, so idiotensicher. Sie hatte die Situation gemeinsam mit Maja analysiert: Das Problem, das sie momentan hatte, war schließlich nicht die Ehe an sich. Aus der Nummer kam sie – wenn überhaupt – erst mit jahrelanger Vorbereitung raus. Ihr Problem war, dass auf den Straßen Idioten für Krawall sorgten und Drach die Situation nicht in den Griff bekam. Oder nur mit so zweifelhaften Mitteln wie bei der Demonstration neulich.

Aber die Menschen würden sich beruhigen und die interessanten Heiratskandidaten würden zurückkommen. Sie würde einen auswählen, der ihr dieselben Freiheiten ließ, die sie heute besaß, sie würde seine Geschäfte führen und hätte dann ihr Leben lang Zeit, die Welt nach ihren Vorstellungen umzuformen, bis sie eines Tages die wahre Erbin ihres Vaters sein würde.

Deshalb musste sie bis zum Ende des Jubiläumsfestes verschwinden. Niemand kaufte unbesehene Ware, von der er nicht wusste, ob sie überhaupt geliefert werden konnte.

Fritjof hatte angeboten, sie auf einem seiner entfernten Landgüter unterzubringen. Damit ihr Vater dort nicht als erstes suchte, würden sie einen Überfall vortäuschen. Fritjofs Kumpel Max würde so tun, als sei er einer der Chaoten, er würde Fritjof aus dem Porsche zerren und mit ihr davonrasen.

Sie nahm den Arm ihres als Vampir verkleideten Freundes und tauchte ein in seine Welt der kalkulierten Abenteuer. Der Türsteher, ein Mann mit einer Frankenstein-Schraube im Hals, musterte sie interessiert. Fritjof legte besitzergreifend seinen Arm um Lilliths Schulter und begrüßte den Mann mit einem »Alles klar, Bro?«.

Das Frankenstein-Monster öffnete wortlos die angeschlagene Holztür. Lillith brauchte einen Moment, bis sich ihre Augen an das Dämmerlicht gewöhnt hatten. Von der untergehenden Sonne war hier im Hinterhof nichts mehr zu sehen. Der Wirt hatte dunkle Stoffe vor die Fenster gehängt und Kerzen auf den Tischen verteilt.

Eine lange Theke dominierte den Raum, hinter der ein untoter Barmann mit weißer Perücke und Riesenschnurrbart ein Bier zapfte. Nein, eine Bardame. Unter dem Schnurrbart verbarg sich ein glattes Gesicht und unter der blutbefleckten Schürze waren deutliche Rundungen zu sehen. Lillith begriff sofort, warum Fritjof den *Eimer* mochte. Sowohl die Frau hinter der Theke als auch die Kellnerinnen waren nicht nur ausgesprochen hübsch. Sie waren echt. Langbeinig, Haare bis zur Hüfte, schmale Taillen, echte Oberweiten und Gesichter, in dem kein Gift jeden Ausdruck lahmlegte. Dabei versprühten sie den rauen Charme des Unperfekten, was in ihrer eigenen Gesellschaft selten geworden war. Hier war eine Nase einen Tick zu groß, dort die Augenbrauen zu buschig, eine andere hatte einen so kleinen Busen, dass sie fast als Junge hätte durchgehen können. Eine Blondine in einem schwarz-roten Spinnenkleid durchpflügte mit langen Schritten den Raum, als ob sie noch nie ihren Gang hatte kontrollieren und spiegeln lassen.

»Da hinten?«, fragte Fritjof und zeigte auf einen Tisch in der Ecke. Lillith nickte und steuerte an mehreren Hexen in schwarzen Tüll- und Spitzenkleidern vorbei. Fritjof nahm ihr das Regencape ab und zog den Stuhl zurück, damit sie sich bequem setzen konnte. »Was möchtest du trinken? Bier? Hier gibt's frischgezapftes Beck's.«

»Aus Bremen? Echt? Gern.«

Fritjof machte sich auf den Weg zurück und Lillith entspannte. Sie war früher oft mit Fritjof in den Kneipen auf St. Pauli gewesen, meistens in einer größeren Gruppe zusammen mit ihrer Freundin Cissy und deren Schwestern, mit Otwin Rabe und seinen Kumpeln aus den angesehenen Familien. Seitdem Cissy und ihre Schwestern verheiratet waren, ging auch Lillith nicht mehr oft aus. Was Fritjof natürlich nicht darin hinderte, die besten und angesagtesten Läden der Stadt in- und auswendig zu kennen. Angesichts der Vielzahl an Etablissements – das war der einzige Wirtschaftszweig im Armenviertel, der von allein florierte – war das keine zu unterschätzende Aufgabe.

Nicht weit von ihr entfernt, fing eine Band an zu spielen. Schlagzeug, Gitarre, Piano, Bass, Sängerin, alles live, alles echt und unverstärkt. Sie spielten in genau der richtigen Lautstärke: Man konnte sich unterhalten ohne zu schreien, aber wenn man nicht reden wollte, füllten die Lieder die Lücke, momentan auf Englisch. Lillith hoffte, dass das so blieb. Sie mochte die Sprache, in der sich die älteren Geschäftsleute nach wie vor unterhielten. Der russische Punk, den Fritjof gerne auflegte, ging ihr schnell auf die Nerven. Auf Deutsch gab es keine guten Lieder.

Sie sah Fritjof an der Theke mit der Bardame flirten und beobachtete die anderen Gäste: Teufel mit Hörnern in allen Variationen: lang und spitz, kurz und stumpf, spiralförmig, gebogen. Gefallene Engel mit zerfetzten Flügeln. Untote Adelige mit Einschusslöchern auf Herzhöhe in Begleitung von Zombie-Bräuten. Psychos in schmutzig-grauen Zwangsjacken.

Teil eins des Plans hatte funktioniert. Sie hätte sich keinen besseren Abend für eine unauffällige Flucht aussuchen können. Von Maja als »Weiße Dame« zurechtgemacht, war außer der hochgewachsenen Figur nichts mehr von Lillith Civetta übrig. Das Gesicht blass gepudert, die Augen schwarz umrandet, platinblondes Wallehaar bis zur Hüfte. Nur die weißen Kontaktlinsen, die zum Kostüm gehörten, hatte sie nicht nutzen können. Die Vidja-Kontaktlinse war wichtiger. Ihre braunen Augen wirkten in dem ganzen Weiß ziemlich verstörend. Als ob sie das einzig Lebendige an ihr waren.

Neben den Läusen auf ihrem Kopf. Oder was auch immer unter ihren zwei Perücken juckte. Maja hatte darauf bestanden, dass sie unter ihrem Weiße-Dame-Kostüm auszusehen hatte wie ein einfaches Dienstmädchen. Deshalb trug sie auch noch die kurze aschblonde Perücke von ihrem Inkognito-Besuch auf dem Markt. »Jeder sieht, dass das Wallehaar falsch ist. Und du möchtest doch nicht, dass jemand aus Spaß daran zieht und Lillith Civetta zum Vorschein kommt.« Maja hatte ihre Flucht so kaltblütig geplant, als wäre sie Davide persönlich, während Lillith vor Aufregung ganz feuchte Hände bekommen hatte. Aber über diese seltsame Wandlung ihrer Majamama konnte sie gerade nicht nachdenken. Sie versuchte zu kratzen, bekam ihren Finger aber nur unter das Platinblond. Mistding. Das war das erste, was sie sich heute Abend herunterreißen würde.

Sie twinkerte eine Nachricht für Davide: »Es gibt keinen Grund, die Polizei zu rufen. Ich genieße meinen letzten Abend in Freiheit, morgen früh bin ich zurück.« Dann deaktivierte sie die Vidja.

Fritjof kam zurück, zwei Humpen in der Hand und ein Grinsen im Gesicht, das verschwand, als er Lilliths Vidja-Armband entdeckte.

»Warum hast du das dabei?«

»Zur Sicherheit.«

»Du weißt, dass dein Vater dich damit sofort orten kann?«

»Ich hab's ausgeschaltet.«

»Reicht nicht.« Er stellte die Gläser ab und griff nach ihrem Arm. »Gib mal her.«

Er nahm die große Brosche, die seinen Dracula-Umhang zusammenhielt, und drückte mit der Nadelspitze auf einen fast unsichtbaren Punkt auf der Innenseite von Lilliths Armband. Der Chip, der die Vidja mit dem Netz verband, glitt heraus. Ein weiterer Druck entfernte die Miniatur-Batterie. Fritjof steckte beide Teile in seine Hosentasche und gab ihr das goldene Armband zurück. Lillith legte es wieder um ihr Handgelenk und zog ihren langen weißen Ärmel darüber.

»Jetzt bin ich unsichtbar?«

»Zumindest für die Technik.« Fritjof nahm einen großen Schluck Bier. »Ahhh. Endlich Wochenende!«

»Als ob du so viel schuften müsstest.«

»Du ahnst nicht, wie viel Arbeit diese Bürgerschaft macht«, antwortete er. »Und ich bin nur ein einfacher Abgeordneter. Ganz ehrlich, ich wundere mich inzwischen nicht mehr, dass die meisten Männer deinem Vater dieses ganze politische Gedöns überlassen.«

»Ach, soviel Arbeit ist es normalerweise gar nicht. Die Umsiedlungspläne kosten Zeit. Aber wenn das über die Bühne ist, wird es ruhiger und du kannst dich ganz deinen Interessen widmen. Hattest du Erfolg bei der Dame an der Bar?«

»Als Dame würde ich sie nicht unbedingt bezeichnen, aber ja, ich glaube, sie ist interessiert.« Da war es wieder: Fritjofs Lächeln, von einem Ohr zum anderen.

Von der Bar kam lautes Streiten. Lillith spähte an Fritjof und einem Mumienpaar vorbei und sah ein paar junge Männer an der Theke wild gestikulieren. Die Bardame mit dem aufgeklebten Schnurrbart redete auf sie ein und hob beschwichtigend die Hände. Ein muskulöser Mann mit Piratentuch um den Kopf und Ringen das ganze Ohr hoch trocknete sich die tätowierten Hände an dem Geschirrtuch ab, das an seinem Gürtel hing. Kurz konnte Lillith unter dem Geschirrtuch den Pistolenhalfter sehen. Ein Mann mit Autorität, vermutlich der Wirt. Fasziniert beobachtete sie, wie sich ein Schlangentattoo über den Nacken und um den Hals schlängelte. Er baute sich vor den Männern auf und stemmte die Arme in die Hüften.

Die Männer drehten sich zu ihm. Einer, offenbar der Anführer, war als Sensenmann verkleidet und hatte die Kapuze seines schwarzen Capes tief ins Gesicht gezogen. Er schien auf den Wirt einzureden. Lillith konnte nichts verstehen, aber sie spürte seinen tiefsitzenden Ärger – und sah ihn im nächsten Moment, als er erst einen der Barhocker zur Seite trat und dann mit voller Kraft in das Holz der Theke. Schlagartig war es still und Lillith konnte ihn endlich verstehen. »… und die lassen das mit sich machen. Und wenn ich versuche, sie davon abzubringen, sagen sie nur, ist gut, Junge. Die hören mir überhaupt nicht zu, die wollen die Wahrheit einfach nicht hören!« Die tiefe Stimme von Bo Thorn klang durch den ganzen Raum.

»Is' gut«, unterbrach ihn der Wirt. Er schob Bo und seinen Männern eilig von der Bardame gefüllte Biergläser zu. »Trinkt.«

Bo nahm einen Schluck, holte dann den durch den halben Raum getretenen Hocker zurück und setzte sich wieder an die Bar. Die Band spielte ein lautes, schnelles Lied. Lillith konnte nichts mehr hören, sah nur, wie die Männer gestenreich diskutierten, wie Bo mit einer ausladenden Geste durch den ganzen Raum zeigte und dabei für einen winzigen Moment in ihre Augen blickte. Da war sie wieder, die Gänsehaut. Lillith versuchte, sich unter Kontrolle zu bekommen und statt ihrer eigenen die Gefühle von Bo zu lesen: Wut, klar, aber auch Frustration und Hilflosigkeit. Ein Mix, der ihr vertraut war. Das war das Gefühl, das man hatte, wenn man ungerecht behandelt wurde.

Wie war dieser Mann an den ganzen Überwachungskameras vorbeigekommen? Sollte sie der Polizei Bescheid sagen? Dann konnte sie ihren eigenen Plan für heute vergessen.

»Du hörst mir überhaupt nicht zu!«

»Was?« Lillith setzte ihr süßestes Lächeln auf. »Sag mal«, sie wechselte das Thema, »wie komme ich von deinem Gut wieder nach Hause?«

»Wann möchtest du denn?«

»Der Ball ist nächste Woche Samstag, am Sonntag ist das Abschluss-Diner bei Oppermann – ich glaube, am Montag kann ich mich wieder blicken lassen.«

»Dann schicke ich einen Wagen, der dich am Montag ganz zufällig am Straßenrand im Norden Hamburgs aufgreift.« Fritjof lachte, als er Lilliths entsetztes Gesicht bemerkte. »Du musst nicht das ganze Stück laufen. Max wird dich fahren. Aber es wäre nicht verkehrt, wenn du so aussiehst, als ob du die letzten

Nächte im Wald verbracht hast, wo du dich auf der Flucht vor den schlimmen Verbrechern verlaufen hast.«

»Das sollte mit diesem dünnen weißen Ding kein Problem sein.« Lillith zupfte die Ärmel ihres Kleides zurecht und freute sich schon auf die warmen Sachen, die sie in ihrem Koffer dabei hatte. »Auf gutes Gelingen.« Sie prostete Fritjof zu und nahm einen Schluck Bier.

Bremer Bier. Wer das wohl aus der alten Hansestadt zum Erzfeind nach Hamburg geschmuggelt hatte? Bevor sie Fritjof fragen konnte, der wusste solche Sachen immer, kam ein kleiner, ungepflegter Mann an ihren Tisch, dessen braune Haare so verfilzt waren, als ob Tauben darin genistet hätten. Sein Halloween-Kostüm war ein weißes Hemd, auf das er rote Farbe geschmiert hatte. Etwas Theaterblut im Gesicht – der Preis für das langweiligste Kostüm war ihm sicher.

»Hey Fritjof, alles klar?«

»Jo Stev – und bei dir?«

Lillith kräuselte die Nase. Der Mann stank wie ein Obdachloser, war aber offenbar einer von Fritjofs Freunden aus seiner Secundi-Zeit. Ihr war es ein Rätsel, warum sich die zweit- und drittgeborenen Söhne der wichtigen Häuser so gerne auf den Straßen Nordlands herumtrieben und ihr Erbe durchbrachten, anstatt mit dem ganzen Geld eine eigene, dauerhafte Existenz aufzubauen. Wenn sie diese Freiheit hätte … Sie presste die Lippen zusammen. Hätte, wäre, könnte.

»Wen hast du denn Leckeres dabei?«

Lillith schaute in das Bier vor ihr und vermied sorgsam jeden Blickkontakt. Dieser Stev war nicht Teil des Plans, er sollte gefälligst verschwinden. Es war nicht auszuschließen, dass Davide genau in diesem Moment eine Vermisstenanzeige ins System spielte – womöglich noch mit einer Belohnung – und dass dieser dämliche Typ, falls er sie erkannte, nichts Besseres zu tun hatte, als ihren Aufenthaltsort zu melden.

»Meins. Geh, schau dich woanders um«, sagte Fritjof.

»Warum so unfreundlich?« Der Mann mit den Taubennestern im Haar beugte sich vor, um einen besseren Blick auf ihr Gesicht zu bekommen und blinzelte mehrmals. Lóumiàn – Lillith war nicht die einzige, die das Gesichtserkennungsprogramm auf ihrer Vidja hatte. »Der Herr von Eschenburg führt das Fräulein Civetta aus. Inkognito. Ich verstehe.«

»Komm, Stev, ich geb' dir einen aus und dann«, Fritjof zwinkerte ihm zu, »dann lässt du uns allein, okay?«

Stev verstand und machte sich nach einem brüderlichen Hickhack mit einem frischgezapften Bier auf den Weg, auf der Suche nach einem anderen reichen Freund, den er anschnorren konnte.

Fritjof wandte sich ihr wieder zu. »Netter Typ, aber von seinem Erbe ist nicht mehr viel übrig«, kommentierte er.

Lillith schnaubte. »Ihr Kerle wisst gar nicht, wie gut ihr es habt, oder? Bekommt einen Haufen Geld mit auf den Weg – und was macht ihr damit? Versaufen und verhuren.« Sie nahm einen Schluck Bier und beruhigte sich wieder. Wenn sie es heute nicht vermasselte … »Wer war das überhaupt?«

»Steven Matthewes, der jüngere Bruder von Kjell Matthewes, dem Reeder.«

Der Name sagte ihr etwas. Kjell Matthewes hatte vor ein paar Jahren das Geschäft seines Vaters übernommen. Davide nutzte Matthewes Schiffe, wenn seine eigene Flotte ausgelastet war.

»Wollte der nicht zu seinem kinderlosen Onkel nach Westfalen auswandern?«

»Hat er auch gemacht. Aber wer lebt schon gerne in einem Kriegsgebiet? Seit drei Monaten ist er zurück und genießt es, seine letzten Nordmark, wie hast du es so schön genannt, ›zu versaufen und verhuren‹.«

Lillith konnte die Wehmut spüren, die plötzlich um Fritjof herum waberte. »Vermisst du dein altes Leben?«

Fritjof wurde ernst. »Wenn ich ehrlich bin: ja. So viel Freiheit wie zu der Zeit, als ich mit den Secundi um die Häuser gezogen bin, hatte ich davor und danach nie wieder.«

Er hob sein Bier: »Aber lass uns nicht über meine alten Zeiten reden. Oktavio ist seit fast zwei Jahren tot, ich bin der legitime Nachfolger meines Vaters und werde eines Tages alles besitzen, was den von Eschenburgs gehört.« Er nahm einen großen Schluck. »Oder was davon übrig ist, wenn mein Vater weiter so ein glückliches Händchen bei seinen Geschäften hat.«

»Hey.« Lillith legte ihre Hand auf Fritjofs Arm. »Wir arbeiten doch gerade daran. Du hilfst mir dabei, dass meine Vermählung verschoben wird, die Situation auf den Straßen wird sich beruhigen, du wirst die Geschäfte deines Vaters ans Laufen bringen und ich werde meinen Vater überreden, dass du der perfekte Schwiegersohn bist.« Sie wusste zwar nicht, ob sie das überhaupt wollte, aber das musste Fritjof in diesem Moment nicht wissen. »Und ganz ehrlich: So schlecht hast du es nicht getroffen. Du konntest erst dein ausgezahltes Erbe verprassen, Spaß haben, dir die Hörner abstoßen und wirst nach dem Tod deines Vaters auch noch in den Genuss des restlichen Erbes kommen.«

»Ich hätte lieber einen Bruder, der am Leben ist.«

»Entschuldige.« Lillith war für einen Moment verunsichert. »Seit wann geht dir sein Tod so nahe?«

»Seitdem ich seinen Job in der Bürgerschaft machen muss.« Fritjof nahm einen weiteren großen Schluck, versteckte sein Gesicht hinter dem Glas und kam dann spöttisch lächelnd wieder hervor: »Mach dir keine Gedanken, so schlimm ist es nicht. Ich denke nur manchmal, dass Oktavio der bessere Geschäftsmann gewesen wäre und mir finanziell bestimmt immer aus der Klemme geholfen hätte. So hatte ich mir mein Leben eigentlich vorgestellt.« Fritjof hob sich in sein Schicksal ergebend die Hände und lachte. Lillith stimmte ein.

Draußen war es inzwischen dunkel; durch die fast ständig geöffnete Tür drängten die Gäste in den *Eimer*. Ausgangssperre? Galt nicht für die Reichen.

»Wie spät ist es? Meinst du, wir können es wagen?«

Fritjof blickte auf seine antike Armbanduhr. »Gleich halb sieben. Ja, die Jungs sollten bereitstehen. Komm.«

Er warf ein paar Scheine auf den Tisch, half Lillith in ihr dunkelgraues Cape und bot ihr seinen Arm. Lillith hakte sich unter und ließ sich von ihm an den Gruselgestalten vorbei geleiten. Im Hinausgehen winkte Fritjof der Bardame zu. »Vielleicht komme ich später wieder. Aber zunächst möchte ich die Dame hier aus der Gefahrenzone bringen.«

Die Bardame lachte laut auf: »Als ob in deiner Gegenwart jemals eine Frau außerhalb der Gefahrenzone wäre.«

Zwei Straßen weiter stoppte Fritjof sein Auto. Vor ihnen war eine meterhohe Barrikade aus Schutt und Müll aufgebaut. Fritjof legte den Rückwärtsgang ein, aber im selben Moment stoppte mit quietschenden Reifen ein Geländewagen hinter ihnen und versperrte den Weg zurück. Fritjofs Porsche wurde von den Scheinwerfern ausgeleuchtet, jenseits davon war es finster.

»Ist das der Treffpunkt?«, flüsterte Lillith.

Fritjof drückte ihre Hand. »Alles wird gut.«

Ein Mann baute sich neben ihrem Fenster auf, in der Hand eine Pistole. Auch neben Fritjofs Tür stand einer, die Kapuze tief ins Gesicht gezogen. Und hinter ihnen ein Dritter. Bewaffnet, vermummt, und genauso aggressiv wie die beiden anderen.

»Wer von denen ist Max?« Sie klammerte sich an Fritjofs Hand, Fritjof, der die Ruhe in Person war. »Fritjof?«

»Ich weiß es nicht.« Fritjof streckte seine Hand zum Türgriff, aber im selben Moment riss der Angreifer die Fahrertür auf, packte Fritjof und zerrte ihn aus dem Auto. Dabei rutschte die Kapuze herunter und Lillith sah in die Fratze eines Dämons.

»Fritjof!«

Der Mann hatte Fritjof schon im Schwitzkasten, die Pistole an seiner Schläfe.

»Fräulein Civetta«, sagte der Angreifer mit einer schleifenden Stimme, die klang wie eine schlecht geölte Kette. »Bleiben Sie doch sitzen, wir fahren gleich weiter.«

»Hau ab, Lillith«, schrie Fritjof.

Lillith rutschte auf den Fahrersitz, gab Gas, mitten in die Barrikade hinein. Aber der Schrott ließ sich nicht zur Seite schieben. Jemand feuerte das Magazin eines Schnellfeuergewehrs auf sie ab. Die verstärkten Scheiben hielten. Sie legte den Rückwärtsgang ein, die Männer sprangen zur Seite, aber der Geländewagen, in den sie mit voller Wucht hineinraste, bewegte sich nur wenige Zentimeter. Links und rechts Häuser, vor ihr eine Barriere, hinter ihr das überbreite Auto. In was für eine beschissene Falle waren sie getappt? Das waren nicht Max und seine Kumpel. Das waren Ratten.

Sie kamen gelassen auf sie zu.

Lillith sah sich um. Hinter dem Geländewagen versank alles in der Nacht – sie sprang aus dem Auto und rannte im Zickzack davon.

Um sie herum schlugen Kugeln in die Häuserwände ein. »Stopp, sofort aufhören, wir brauchen die Frau lebend«, schleifte die Dämonenratte. Türen knallten, der Geländewagen wendete, aber bevor das Scheinwerferlicht sie erfasste, bog sie in eine Querstraße ab. Das Reifengeräusch entfernte sich, die Ratten fuhren in die andere Richtung. Lillith blieb stehen, schnappte nach Luft – da kam der Wagen zurück und bog in die Straße ab, in der sie sich an die nächstbeste Tür presste.

Mit einem nach Elektrizität klingenden »wush« war es plötzlich taghell. Die auf dem Dach des Geländewagens montierten Scheinwerfer leuchteten jeden einzelnen Hauseingang aus. Lillith drückte die Klinke herunter. Abgeschlossen. »Hilfe!« Sie klopfte an die Tür. »Hilfe! Bitte macht auf. Hilfe!« Der Wagen kam näher und hielt direkt neben ihr. Die Beifahrertür öffnete sich und die Dämonenfratze kletterte ohne Eile heraus. »Wenn ich bitten dürfte …«

Oh nein. So einfach war sie nicht zu haben. Sie rannte los. Mit einem Ruck schoss ihr Kopf zurück, die Wallehaarperücke. Sie rannte weiter. Da vorne – ein Durchgang! Zu schmal für den Geländewagen. Sie betete, dass es keine Sackgasse war.

Noch bevor sie das Ende des Durchgangs erreicht hatte, leuchtete das Scheinwerferlicht des Geländewagens ihren Fluchtweg aus. Ein Hinterhof! Vor ihr wieder nur Mauern und geschlossene Türen. Sie rüttelte an der ersten, der zweiten, der dritten, vergeblich. »Hilfe, hört mich denn keiner? Hilfe!«

Die Ratte kam mit langsamen Schritten auf sie zu.

»Hier kommt keiner raus, um dir zu helfen, Schätzchen. Jeder ist sich selbst der nächste, nicht wahr, Jungs?«

Lillith spürte das Holz in ihrem Rücken. Auch diese Tür bewegte sich keinen Zentimeter. Sie roch Nikotin und Schweiß, als sich die Dämonenratte näherte, sah die seltsam an die Schläfen gerückten Augen. Sie drückte sich an die Tür, als ob sie durch ein Wunder hindurchschlüpfen und entkommen könnte. Die Ratte streckte die Hand nach ihr aus, sie wuchs förmlich aus dem zu kurzen Ärmel seiner Wachsjacke heraus und näherte sich ihrem Gesicht. Lillith hörte einen dumpfen Schlag, spürte eine leichte Verwunderung zeitgleich mit einem heftigen Kopfschmerz, die Oberratte stürzte auf sie zu und rutschte bewusstlos an ihr herunter. Angewidert drückte sie den Körper von sich weg und sah die Umrisse eines Sensenmannes, der anstelle einer Sense einen Baseballschläger dabei hatte, auf den er sich stützte wie auf einen Dandystock. Er streifte die Kapuze vom Kopf, lächelte und reichte ihr die Hand. »Hi, ich bin Bo. Brauchst du Hilfe?«

Bo. Der Mörder von Willem Duhnkreih, geübt im Gebrauch stumpfer Waffen.

Sie klappte ihren Mund wieder zu.

»Dein Galan ist schon gefahren. Brauchst du Geleitschutz?«

Lillith starrte ihn mit aufgerissenen Augen an, ihr Blick wanderte zur Oberratte neben ihr, dann zu den beiden anderen leblosen Körpern am Rande des Scheinwerferlichts, dann zu dem Baseballschläger.

»Wir haben Hilferufe gehört«, erklärte Bo und zeigte auf seine Freunde, die sich im Geländewagen breitmachten. »Ich bin Bo«, wiederholte er, ihren Schrecken missdeutend, und hielt ihr erneut seine Hand hin. »Es ist alles okay, du bist in Sicherheit. Wie heißt du?«

»Lil…«, sie räusperte sich und setzte neu an, »Lilly.« Sie nahm seine Hand und erwiderte den festen Druck. Versuchte es zumindest, denn in dem Moment blitzten Lichtpunkte vor ihren Augen und der Boden schien sich zu bewegen. Sie hielt sich einen Moment länger an seiner Hand fest.

»Also, Lilly, wo musst du hin?«

Er hatte sie tatsächlich nicht erkannt! Das dunkelgraue Cape, das weiß geschminkte Gesicht, die aschblonde Kurzhaarperücke. Für ihn war sie ein Dienstmädchen, das mit einem Reichen ausgegangen und von diesem schmählich im Stich gelassen worden war.

»Ich weiß nicht.« Lillith versuchte, die Lichtpunkte wegzublinzeln. »Ich dachte, Fritjof, ich meine Herr von Eschenburg, würde mich auf sein Landgut nach Trappenkamp fahren, ich sollte da als Hausmädchen anfangen. Er hat mich auf ein Halloween-Bier eingeladen, zur Feier des Tages. Und dann sind wir auf diese komische Sperre gestoßen und auf diese, diese …« Lillith schluckte. »Vielleicht sollte ich hier warten, bis Herr von Eschenburg zurück ist?«

»Da kannst du lange warten. Eschenburgs verbeulter Porsche ist gerade in Richtung Uhlenhorst gefahren.«

In Lilliths Kopf drehte sich alles. Fritjof konnte sie doch nicht einfach allein lassen. Sie atmete schneller, bekam aber trotzdem nicht genug Luft. Angst machte sich in ihr breit, Angst, die sich offenbar in ihrem Gesicht zeigte.

»So sind sie, unsere Birds. Flatterhafte Wesen und schneller weg, als man einen Stein nach ihnen werfen kann.« Bo legte beruhigend seinen Arm um ihre Schulter. »Aber mach dir keine Sorgen. Wir finden einen Platz, wo du heute Nacht bleiben kannst.«

Lillith zuckte zurück. Keine gute Idee. Der Boden unter ihren Füßen bewegte sich wie ein Boot bei schwerer See. Sie griff nach seinem Arm, schnappte nach Luft. Hatte sie im *Eimer* eine Überdosis Emotionen abbekommen? Aber dort hatte sie – außer Bos Wut – nichts Intensives gespürt. Wieso drehte sich alles? Bo führte sie zum Auto und blieb im Scheinwerferlicht stehen. Er schaute sie überrascht an. Erkannte er sie? Wusste er, wer ihm da gerade freiwillig ins Netz geflattert war? Die Welt drehte sich noch schneller, sie griff nach der Autotür, um sich festzuhalten und sah ihre blutrote Hand. Die Tür war glatt wie Eis, da war kein Halten. Ihre Beine knickten weg. Sie griff ins Leere. Schwarze. Leere.

– 11 –

Lilly

Irgendwo, ganz am Rande ihres Bewusstseins, hörte sie eine Frauenstimme. »Wenn ich kein Penizillin auftreibe, stirbt sie.«

Eine zweite Stimme, ein Mann: »Nimm die Gänge, ja?«

Sie kannte diese Stimme, aber ihr Gehirn war voller Watte. Einzelne Bilder kämpften sich durch zähe graue Masse: Ein Mann, irgendwie vertraut, bis er seine dolchartigen Zähne entblößte. Ein anderer Mann mit einer Schlange um den Hals, die vorschnellte und sie in die Schulter biss. Ein Dämon, der immer näher kam. Aus Mund und Augen flammte grünes Feuer, und im nächsten Moment saß sie im Grauen Salon bei ihrem Vater, der sie ernst ansah und sagte: »Dein Opfer ist der einzige Weg, um unser aller Leben zu retten.« Erst da bemerkte sie, dass die Augenhöhlen ihres Vaters leer waren, es waren nur noch schwarze Löcher, und Blut klebte an seiner Schläfe. Die Hitze wurde unerträglich, das Feuer aus dem Kamin hatte den Teppich in Brand gesetzt, das ganze Haus brannte, sie rannte davon, aber die Flammen waren schneller, umkreisten sie wie Lebewesen mit eigenem Verstand. Sie stand in einem Flammenmeer, ihr Vater war fort, aber der Dämon schwebte über ihr und lachte laut und geckernd.

Flackerndes Licht drang durch ihre geschlossenen Lider und in ihr Bewusstsein. Lillith öffnete die Augen, bereit sofort weiter zu rennen, aber da war kein Flammenmeer, nur eine Stumpenkerze, die auf einem kleinen Hocker neben ihr stand. Erleichterung. Erschöpfung. Sie mühte sich, wach zu bleiben. Der Albtraum war noch zu nah, sie würde wieder darin versinken, sobald sie einschlief. Wo war Maja? »Vid…«, setzte sie an und es war nicht nur der Schmerz in der Kehle, der sie am Weitersprechen hinderte. Sie war nicht zu Hause. Sie war überfallen worden. Ihre Flucht war grandios gescheitert. Die Oberratte … und dann dieser Typ vom Markt … ein unkontrollierbares Zittern lief durch ihren Körper. Sie zog die Decke hoch und wartete, bis das Schütteln vorbei war. Lillith wollte sich aufrichten, aber alles drehte sich. Ein dumpfer Schmerz an ihrer rechten Schulter pochte hinunter bis zu ihrer Hüfte und erklärte, warum sie seitlich auf diesem Bett oder besser: Brett lag. Ihr Mund war trocken, sie hatte einen wahnsinnigen Durst und ihr Kopf fühlte sich fast so schlimm an wie an dem Tag nach der Hinrichtung von Joris Thorn. »Ich bin das Alpha und das Omega«, hörte sie Thorn rufen.

Omega … Thorn … wenn sein Sohn sie erkannte … Sie hatte keine Ahnung, was die Omegas mit ihren Entführungsopfern machten. Sie musste weg hier, irgendwie weg … Ihre Arme knickten unter ihrem eigenen Gewicht ein wie Streichhölzer, sie fiel zurück auf das Brett-Bett und landete auf dem Rücken, ein Käfer, kraftlos und voller Schmerzen. Die Schulter! Es war, als hätte man ihr ein Stück Fleisch aus der Schulter geschnitten. Oh Gott, alles drehte sich, sie musste sich auf die Seite drehen, weg von dem Schmerz, und jetzt brannte ihre Kopfhaut, als ob tausend Feuerameisen darüber liefen. Dieses Mistding von Perücke. Sie wollte ihre Finger unter die dünne Haube schieben, die ihre echten Haare von den künstlichen trennten, aber jemand hatte Messer implantiert, die sich immer tiefer in ihre Schulter bohrten, die an ihren Muskeln und Sehnen sägten.

Sie schnappatmete. Keine Panik, keine Panik. Keine Panik! Sie musste lange auf sich einreden, bis ein klarer Gedanke kam. Alles tat weh, ja, aber in welchem Delirium war sie, dass sie ohne Not ihre Tarnung aufgeben wollte? Diese Perücke war vermutlich das einzige, das verhinderte, dass Bo Thorn sie erkannte. Sie war das Dienstmädchen Lilly, sitzengelassen von ihrem treulosen Galan.

Wie lange würde es dauern, bis er sie erkannte? Und was würde er dann tun?

Ihr Hals schnürte sich zu, ihr Atem beschleunigte sich in dem vergeblichen Instinkt, für die Flucht mehr Sauerstoff bereitzustellen. Sie hatte Angst. Pure, fette Angst. Toller Plan. Statt auf dem luxuriösen Landsitz der von Eschenburgs lag sie verletzt auf einer brettharten Liege, gerettet von dem Mann, dessen Vater vor vier Wochen von ihren Leuten hingerichtet worden war.

Wie würde er sie dafür bezahlen lassen? Würde er sich mit Lösegeld zufrieden geben? Sie bezweifelte das.

Aber sie war es ja auch gewesen, die den Alarmknopf gedrückt hatte. »Lebensgefahr.« Sie wusste bis heute nicht, ob ihr Vater wirklich in Gefahr gewesen war … Joris Thorn dagegen – ohne ihre unnatürliche Fähigkeit wäre er noch am Leben. Sie konnte es seinem Sohn noch nicht einmal verdenken, wenn er … Aber nicht kampflos. Sie musste aufstehen … Sie schwang ihre Beine über den Rand der Liege … ein Monster verbiss sich in ihrer Hüfte … sie schrie auf, alles drehte sich … sie rutschte von der Liege auf den Boden …

»Aufstehen ist keine gute Idee.« Die Gänsehautstimme. Dunkel und tief. »Komm, ich helfe dir.« Gleichzeitig klingend und voll, als ob seine Stimmbänder die Töne nicht durch einen profanen Mund nach außen ließen, sondern durch einen riesigen, mit Samt ausgekleideten Saal. Lillith versuchte, etwas zu sagen, brachte aber nur ein Krächzen heraus. Bo hob sie hoch, so behutsam und mühelos, als wäre sie ein Kind, und legte sie zurück auf die schmale Liege.

»Tut mir leid, dass ich dich allein gelassen habe, Lilly.« Bo Thorn zog die falschen Schlüsse. Zum Glück. »Du bist in Sicherheit und kannst dich bei uns ausruhen, bis es dir wieder besser geht. Wie fühlst du dich?«

Mies. Ziemlich mies sogar. Panisch. Schuldig.

»Durstig«, flüsterte sie und erkannte ihre eigene Stimme kaum.

»Kein Wunder, bei dem Fieber.«

Bo setzte sich neben sie, stützte sie und half ihr, einen Schluck aus einer abgeschabten, schmutzig weißen Plastikschale zu nehmen. Kleine rote Teilchen schwammen im Wasser herum. Wie konnte dieser Mann so freundlich sein?

»Was ist passiert?«, fragte sie. Versuchte sie zu fragen. Heraus kam nur ein »wass pas'?«

»Was passiert ist?«

Lillith nickte ein weiteres Mal.

»Die Ratten haben dich angeschossen, nur Streifschüsse, aber du hast mächtig viel Blut verloren. Du musst komplett unter Schock gestanden haben, dass du das nicht gemerkt hast. Zum Glück war der Überfall in der Nähe unseres kleinen Büros.«

Er hob die Kerze von dem Hocker und leuchtete in den fensterlosen Raum hinein. Der Lichtschein flackerte über Tische und Stühle hinweg. Überall an den Wänden verliefen Rohre. »Zum Glück hat meine kleine Schwester gestern Abend gearbeitet. Sie hat die Blutung gestillt, aber dann hast du hohes Fieber bekommen, vermutlich hat sich in der Wunde etwas entzündet. Sunna hat Penizillin auftreiben können, deine Temperatur sinkt seitdem.«

Lillith nahm einen weiteren Schluck Wasser und schaute Bo genauer an. Er schien sie tatsächlich nicht zu erkennen, obwohl er direkt neben ihr saß. Die fast kinnlangen, hellblonden Haare hingen ihm ins Gesicht. Seine Augen standen leicht schräg, was ihm zusammen mit der geraden, schmalen Nase etwas Raubkatzenhaftes verlieh. Vielleicht war es auch nur sein Blick, der sie an ein Raubtier erinnerte: entschlossen, gnadenlos, der unbedingte Wille zum Überleben. Wie alt mochte er sein? Ende 20, Anfang 30, jedenfalls deutlich älter als sie selbst.

»Wie lange«, sie musste sich mehrfach räuspern, um den Frosch aus ihrem Hals zu schaffen, »habe ich geschlafen?«

Bo schaute auf eine sehr alte Uhr an seinem Handgelenk.

»Es ist jetzt kurz vor sieben. Also knapp 24 Stunden.«

»So spät?«

Bo nickte. »Du hast heute noch was vor, ja?«, fragte er und legte seine Hand auf ihre gesunde Schulter. »Das kannst du vergessen. Wenn dir mein Leben lieb ist, bleibst du besser hier liegen und wirst schnell wieder gesund.«

»Dein Leben …?«

Bo lächelte und mit einer Stimme wie Samt und Moos sagte er: »Weil Sunna mich umbringt, wenn die Wunde wieder aufgeht oder dein Fieber steigt. Nach allem, was sie getan hat, um das Penizillin für dich zu besorgen.«

Lillith konnte nicht anders als zurück zu lächeln. Alle Panik war verschwunden. Wie konnte so ein gefährlicher Mann so viel Wärme und Freundlichkeit ausstrahlen?

Oder hatte sie bereits das Stockholm-Syndrom?

»Warum hast du mir geholfen?«

Bo zuckte mit den Schultern. »Das ist mein Job. Einer muss doch darauf achten, dass die Ratten sich nicht alles erlauben.«

Lillith erinnerte sich daran, wie Maja ihr erzählt hatte, dass die Menschen in den Armenvierteln ihre eigene Polizei hatten. Sie würde Bo bezahlen müssen. Nur womit?

»Keine Sorge, du wirst uns nichts schuldig bleiben«, sagte Bo, als könne er ihre Gedanken lesen. »Wir schreiben Rechnungen.« Er lächelte freundlich, aber Lillith spürte die Ernsthaftigkeit seines Angebots. Er war Geschäftsmann – und sein Geschäftsfeld war die öffentliche Sicherheit.

»Sobald ich wieder auf den Beinen bin, sollst du dein Geld haben. Was glaubst du, wie lange das dauert?«

»Keine Ahnung. Die Entzündung an der Hüfte sah beim letzten Verbandswechsel übel aus, trotz Desinfekt. Aber Sunna glaubt, dass du morgen, spätestens übermorgen wieder transportfähig bist. Wir haben Eschenburg eine Nachricht zukommen lassen. Vielleicht hat er dich ja noch nicht entlassen. Warum bist du eigentlich zu dem gewechselt? Als ich dich das letzte Mal gesehen habe, warst du im Dienste der Civettas.«

Er erinnerte sich an ihren Besuch auf dem Markt. Lillith schluckte nervös und versuchte, sich die Vita ins Gedächtnis zu rufen, die Maja vor ihrer Abfahrt noch schnell für sie zusammengesponnen hatte, »für alle Fälle«: Lilly, aufgewachsen auf einem der Landgüter der Civettas, in die Stadt gekommen, um als Kammermädchen für Fräulein Civetta zu arbeiten, Fritjof von Eschenburg begegnet und in dessen Dienste gewechselt.

»Er hat mir ein Angebot gemacht. Und will deutlich mehr zahlen. Da fiel mir die Entscheidung leicht.«

»So?«

In diesem einen Wort steckten so viele Zweifel, dass Lillith kurz davor war, ihren Freund Fritjof zu verteidigen. Er ging schließlich nicht mit jeder seiner Angestellten ins Bett. Nur mit den Hübschen, meldete sich eine Stimme ganz hinten in ihrem Kopf. Egal. Sollte Bo doch denken, was er wollte. Egal? Wieso war ihr das nicht egal? Er war ein Verbrecher. Der Mörder von Willem Duhnkreih! Einer der Chaoten, die mit ihren Aktionen dafür gesorgt hatten, dass ihr Vater sie mit einem Schreckgespenst verheiraten wollte. Und er würde sie nicht mehr nett anlächeln, wenn sie jetzt aus ihrer Rolle fiel.

»Transportfähig heißt nicht, dass ich schon wieder arbeiten kann, oder?«

»Du kannst es versuchen. Aber an deiner Stelle würde ich mich noch ein paar Tage ausruhen. Sunna hat die Krater in deiner Haut nicht zusammengenäht, nur die Blutung gestillt.«

»Ist deine Schwester Ärztin?«

»Nein, Sunna ist unsere Technikexpertin, aber sie hat ein phänomenales Gedächtnis und sich viel von dem gemerkt, was mein Vater gemacht hat. Der war Arzt, bevor ihn die Birds hingerichtet haben.« Schlagartig war Bos Gesicht ernst, jedes Lachen fort. Sie fühlte Trauer. Schuld. Ärger. Reue. Und unendlich viel Wut.

»Das tut mir leid«, brachte sie heraus.

»Danke«, erwiderte Bo, der ihre Beileidsbekundung als Standardfloskel abtat. »Du siehst erschöpft aus. Möchtest du schlafen?«

Lillith nickte. Sie hatte Angst, etwas Falsches zu sagen. Sie war zu schwach, um Theater zu spielen. Zu verwirrt von dieser ganzen Situation.

Bo stand auf und streckte sich. »Lass dich von mir nicht stören.« Er setzte sich an einen der Tische, kramte ein Stück Papier und einen Bleistift aus seiner mehrfach geflickten Sporttasche und fing an zu schreiben.

Lillith beobachtete ihn eine Weile und fiel dann in einen unruhigen Schlaf.

Sie hatte in diesem fensterlosen Raum jedes Zeitgefühl verloren. Die Stumpenkerze war ein ganzes Stück heruntergebrannt. Wie viele Stunden leuchtete so eine Kerze? Die Schmerzen an Schulter und Hüfte waren immer noch deutlich zu spüren, aber Lillith fühlte sich insgesamt klarer und stärker und konnte sich vorsichtig aufsetzen. Auf dem Stuhl neben ihr lag ein Zettel von Bo: »Bin bald zurück, muss ein paar dringende Geschäfte erledigen.«

Sie fühlte sich schon wie zu Hause.

Wenigstens schien die Situation nicht ganz aussichtslos. Bo hatte sie nicht erkannt und von ihren Leuten würde niemand sie hier suchen. Ihre Verletzungen heilten, Fritjof war informiert. Er würde sie bald abholen und wie geplant nach Trappenkamp bringen. Und sobald sie in Sicherheit war, würde sie diesem Feigling die Leviten lesen.

Sie hörte eine Tür, dann Schritte, die sich näherten. Eine junge Frau trat ins Licht, einen angeschlagenen Becher in der Hand.

»Hallo Lilly.« Sie hatte die gleichen, leicht schräg stehenden Augen wie Bo, das gleiche schmale Gesicht. Nur war ihres voller Sommersprossen und ihre langen blonden Haare waren dunkler und hatten einen Stich ins Rote. »Ich bin Sunniva, Bosses Schwester.« Sie sah mit ernstem Gesichtsausdruck auf sie herab, ganz Frau Doktor. »Wie geht es dir?«

»Besser.«

Sunniva reichte ihr den Becher.

»Brühe, nicht besonders heiß. Aber du musst viel trinken.«

Lillith nahm einen Schluck. Es schmeckte wie ausgekochte, kalte Schuhsohlen. Sie spürte Traurigkeit und Ohnmacht; Sunniva wischte sich über die sommersprossige Wange und drehte sich weg. Sie versuchte, die Fassung zu wahren, wofür ihr Lillith dankbar war. Mühsam tat Lillith es ihr gleich.

Wieder Schritte. Dieses Mal laut, schnell, zielgerichtet. Bo kam herein und nahm seine Schwester in den Arm, die hemmungslos zu weinen begann.

»Sie ist einfach gegangen, hat eine der Frauen erzählt. Sie hat behauptet, sie wäre mit Joris verabredet und ist einfach gegangen. Huge ist hinterhergelaufen, aber er war zu spät. Als er bei unserer alten Wohnung ankam, fuhren die Bullen gerade weg, mit Mama auf dem Rücksitz.«

»Die werden schnell feststellen, dass es sich nicht lohnt, sie zu verhören«, erwiderte Bo.

Sunniva liefen weiter die Tränen über das Gesicht. »Das ist denen doch völlig egal. Sie ist die Ehefrau von Joris Thorn und deshalb schuldig. Wir müssen sie da rausholen, so schnell wie möglich.«

Bo strich ihr beruhigend über den Rücken und schien zu überlegen.

»Wir sollten Kris fragen. Vielleicht kann er wieder helfen.«

Sunniva machte sich von ihm los und wischte sich durchs Gesicht. »Nein. Sein Vorgesetzter hat ihn auf dem Kieker, seitdem er sich für die Demonstranten eingesetzt hat. Ich will Kris nicht auch noch verlieren. Ich fahre selbst nach Wilhelmsburg und hol sie da raus.«

Bo lächelte ein schiefes Lächeln. »Du weißt, dass das sinnlos ist. Die Bullen würden dich sofort verhaften. Ich frag Tom, vielleicht hat der noch alte Kontakte in die Heimatschutzbehörde. In zwei Stunden bin ich zurück.« Seine Stimme hatte das weiche Timbre verloren. Lillith spürte seine Anspannung. »Und dann bringen wir dich endlich nach oben, Lilly, in ein Zimmer mit Licht und anständiger Luft.«

Lillith hatte keine Ahnung, was er damit meinte, aber sie lächelte zurück und blinzelte die Tränen weg.

Die Vidja-Kontaktlinse kratzte scharf in ihrem Auge. Sie müsste sie dringend herausnehmen und reinigen. Lillith blinzelte weiter, aber der Schleier blieb. Vor ihrem rechten Auge lag alles im verschwommenen, grauen Dunst. Noch ein paar Stunden und sie würde gar nichts mehr auf dem Auge sehen können. Es widerstrebte ihr, die Linse herauszunehmen und wegzuwerfen. Sie war die letzte Verbindung zu ihrer Welt. Auch wenn diese Verbindung wegen des fehlenden Innenlebens ihres Vidja-Armbands unterbrochen war.

Es war kein guter Zeitpunkt für ihre Bitte, sie fragte trotzdem. »Wenn du die wirklich wichtigen Dinge geregelt hast, könntest du dann etwas abgekochtes Wasser und ein bisschen Salz mitbringen?«

»Wozu?«

»Meine Kontaktlinse ist mir schon fast im Auge angewachsen und ich möchte sie nicht rausnehmen, solange ich sie nicht lagern kann.«

»Du trägst Kontaktlinsen?«

»Ja.« Ganz dünnes Eis. Nur die Reichen und ihre engsten Mitarbeiter besaßen Vidjas mit Kontaktlinsensteuerung. »Ich bin auf einem Auge extrem kurzsichtig, und meine Eltern haben lange gespart und mit den Civettas verhandelt, damit ich nicht immer mit diesem dicken Glasklunker vor dem Auge herumlaufen muss. Wäre schade, wenn ich sie jetzt aufgeben müsste.«

»Ich schau, was ich machen kann.«

Sobald Bo fort war, setzte sich Sunniva zu Lillith an die Liege. Gedankenverloren kratzte sie an ihrem Arm. Lillith entdeckte ein halbes Dutzend Mückenstiche.

»Wo kommen die denn her?«

Sunniva hörte auf zu kratzen. »Keine Ahnung. Passen nicht wirklich in die Jahreszeit, oder? Vielleicht mögen sie das Eisenoxid, das sich seit einiger Zeit aus den alten Leitungen löst.«

»Warum beschwert ihr euch nicht, wenn das Wasser schlecht ist?«

Sunniva grinste und hätte in dem Moment trotz Sommersprossen als Doppelgänger ihres Bruders durchgehen können. »Wie war das doch gleich mit dem geschenkten Gaul?« Sie kratzte sich wieder und Lillith konnte nur mit Mühe den Impuls unterdrücken, es ihr gleich zu tun. Hatte Maja ihr Juckpulver unter die Perücke getan?

»Also Lilly«, fing Sunniva an. »Jetzt mal unter uns Frauen: Warum gibt sich so eine hübsche, junge und anscheinend auch nicht ganz dumme Frau mit so einem Scheißkerl wie Fritjof von Eschenburg ab? Du weißt, wie schnell er seine Mätressen wechselt, oder? Seine Geschenke reichen meist nicht, um den Rest deines Lebens zu finanzieren. Darf ich mal?« Sie zeigte auf Lilliths goldenes Armband.

Lillith hörte das Eis knacken, aber welche Wahl hatte sie? Sie löste den Verschluss und gab Sunniva den Reif. Die drehte ihn in ihren Händen hin und her. »Schick. Massives Gold, oder? Schon vom Material her ein Vermögen.«

Sunniva sah ihr prüfend ins Gesicht. Lillith wollte das Dummchen vom Land spielen, aber etwas in dem Ausdruck der anderen Frau hielt sie davon ab. Sunnivas Blick wanderte von Lilliths Augen zu ihren Ohren, in deren Ohrläppchen immer noch die Schmucksteine steckten, die das Kommunizieren über Vidjas so einfach machten.

Ohne ein weiteres Wort stand sie auf und ging zur Tür, Lilliths Goldreif immer noch in der Hand.

»Äh, also …«, protestierte Lillith.

»Du bekommst den Armreif gleich zurück«, sagte Sunniva. Sie kramte in ihrer Jacke, die sie über einen der Tische geworfen hatte. Aus einer der zahlreichen Taschen holte sie ein uraltes Schweizer Taschenmesser. Dabei fiel ihr Blick auf den Stuhl, über dem Lilliths Angestellten-Cape und das ehemals weiße, jetzt fleckig braune Kostüm hingen. Sunniva strich über das Kleid. »Schöner Stoff«, murmelte sie, legte Vidja und Messer auf den Tisch und suchte nach einem Etikett. Lillith dachte fieberhaft über eine Ausrede nach, warum sie, als einfache Angestellte, ein

Designer-Halloween-Kostüm von Yudashkin trug. Noch ein Geschenk von Fritjof?

Aber Sunniva war erfolglos bei ihrer Suche. Maja musste die Schilder entfernt haben. Sie nahm Armband und Taschenmesser und setzte sich wieder zu Lillith.

»Was hast du vor?«, fragte Lillith alarmiert.

Sunniva reagierte nicht, zog eine schmale Nadel aus dem Sammelsurium an Instrumenten und drückte auf genau den gleichen Punkt, den Fritjof am Freitag schon betätigt hatte. Eine winzige Klappe öffnete sich.

»Das gibt's doch nicht!«, entfuhr es ihr. »Ich wusste gar nicht, dass es die Minis auch für Frauen gibt. Die wenigen, die ich bisher gesehen habe, waren in Uhren oder Manschettenknöpfen eingebaut. Du musst gut sein, dass der von Eschenburg dir so eine Vidja überlässt.«

»Was soll das heißen?«, protestierte Lillith.

»Nichts für ungut, Lilly, jeder muss sein Geld verdienen mit dem, was er am besten kann.« Sunniva sah ihr erneut ins Gesicht und legte dabei den Kopf schief, als ob sie versuchte, eine andere Perspektive zu bekommen. Dann sah sie auf ihre Hände. Und schließlich in Richtung ihrer Füße, die unter der Wolldecke lagen. »Wie lange, sagtest du, bist du schon in den Diensten von Fritjof von Eschenburg?«

Lillith entspannte. Kurz hatte sie befürchtet, Sunniva hätte sie erkannt. Misstrauen war jedenfalls reichlich vorhanden. »Freitag war mein erster offizieller Arbeitstag.«

»Und dann gleich so ein Gerät …« Sunniva wog den Armreif in ihrer Hand. »Was ich nicht verstehe: Warum bist du mit einer leeren Vidja unterwegs? Wenn von Eschenburg sie dir geschenkt hat, warum fehlen dann Akku und Karte? So nützt sie ihm doch nichts. Er kann ja nicht mal nachvollziehen, wo du gerade steckst.«

Sunniva kniff die Augen zusammen und starrte ihr nochmals ins Gesicht. Dann lehnte sie sich zurück und strahlte eine Zufriedenheit aus, als ob sie gerade ein Rätsel gelöst hatte.

»Oder ist es das, was du willst?«

Sunniva beugte sich wieder nach vorne, und sah ihr ohne zu Blinzeln in die Augen.

»Dass niemand weiß, wo du gerade steckst, Lilly…th Civetta?«

Kein Hass, keine Wut, pure Sachlichkeit. Null Zweifel angesichts ihrer ziemlich verrückten Schlussfolgerung. Ein bisschen Misstrauen und jede Menge Neugier.

Lillith schloss die Augen. Sie wusste, dass sie ihre Situation mit Leugnen nur noch schlimmer machen würde. Aber zugeben konnte sie es auch nicht! Oder?

»Wieso glaubst du, dass ich Lillith Civetta bin?«

»Ich hab Augen in meinem Kopf und einen Verstand, der nicht durch deine anderen Reize durcheinandergebracht wird. Außerdem habe ich dich verarztet, schon vergessen?« Sunnivas Stimme klang heiter, amüsiert. Lillith traute sich wieder, die Augen zu öffnen. »Deine Haut ist so weich wie die eines Babys. Deinen Händen sieht man die Maniküre an, auch wenn deine Nägel aktuell ein bisschen schlampig geschnitten sind. Aber deine Fußnägel sind sauber und in Form gefeilt und deine Füße haben nicht den Hauch einer Hornhaut – du bist keine einfache Angestellte.«

Lillith sah auf ihre Hände. Daran hatten Maja und sie bei der Vorbereitung noch gedacht. Aber dass ihre Füße sie verraten würden …

»Weiß Bo, wer ich bin?«

»Nein. Deine Perücke ist gut. Das schlichte weiße Kleid war ebenfalls eine gute Tarnung. Du solltest besser nicht mit Mieder und in langen Röcken herumlaufen, dann könnte er stutzig werden. Aber mit Bos T-Shirt bist du gut genug verkleidet.«

»Du wirst mich nicht verraten?«

Unsicherheit. Erste Zweifel. Sunniva schien sich selbst nicht sicher zu sein, was sie mit ihrem Wissen machen sollte. Sie verstaute das Messer in ihrer Jackentasche, bevor sie antwortete.

»Das kommt darauf an, welche Erklärung du mir dafür gibst, dass du hier auftauchst und so tust, als wärst du ein einfaches Dienstmädchen. Und ob ich dir glaube.«

Was sollte sie sagen? Für so einen Fall hatte Maja keine Geschichte vorbereitet. Würde die Wahrheit reichen, um Sunniva auf ihre Seite zu ziehen? Sie musste es riskieren.

»Ich hatte nie vor, in euren Kreisen aufzutauchen.« Lillith erzählte von den Heiratsplänen ihres Vaters und von den furchtbaren Kandidaten und wie sie dann zusammen mit Maja überlegt hatte, dass sie mit einer vorgetäuschten Entführung Zeit gewinnen könnte.

»Wieso lässt du dich überhaupt verheiraten? Sag nein.«

»So funktioniert unsere Welt nicht, Sunniva. Ohne Ehemänner sind wir nichts. Wenn unsere Väter sterben, bevor wir verheiratet sind, haben wir ein echtes Problem. Die großen Vermögen werden immer nur an männliche Nachfahren vererbt, also entweder an den Sohn, den Enkelsohn oder – wenn es beide nicht gibt, an den Schwiegersohn. Würde mein Vater jetzt sterben, würde meine weit entfernte padanische Verwandtschaft alles bekommen. Wenn ich Glück habe, lassen sie mir so viel, dass ich mich auf eines unserer Landgüter zurückziehen und dort für den Rest meines Lebens Blumen züchten darf. Wenn ich Pech habe, reißen sie auch die Landgüter an sich und mir bleibt nur das Kloster.«

»Was sind das denn für mittelalterliche Regeln?« In Sunnivas Misstrauen mischte sich Empörung.

»Nicht meine. Glaub mir, ich habe in den vergangenen Wochen jedes nur denkbare Argument gebracht, um nicht verheiratet zu werden. Aber mein Vater möchte seinen Nachlass geregelt haben. Die Vorstellung, dass seine Cousins aus Padanien alles bekommen, ist für ihn unerträglich. Da akzeptiert er lieber den schwedischen Geschäftsmann als Erben, der ihm vor zwei Wochen noch die Windanlagen sabotiert hat.«

»Dann kannst du ja nur hoffen, dass dein Vater nicht während deiner Flucht stirbt.«

Der Gedanke war Lillith auch schon gekommen, und regelmäßig hatte sie dann Federica vor sich gesehen, ihre entfernte Cousine, ihr neues Hausmädchen. Sie schob diesen Gedanken zur Seite.

»Dass ihr Frauen euch das gefallen lasst.« Sunniva schüttelte den Kopf. »Was für ein ausgesprochener Schwachsinn.«

»Du kannst doch auch nicht ohne Schutz auf die Straße.«

»Ja, aber das ist etwas anderes. Die Straßen sind so gefährlich, dass auch viele Männer es vermeiden, allein unterwegs zu sein. Aber die Vorstellung, mein Vater würde mir vorschreiben, wen ich zu heiraten habe …« Trauer setzte sich in Lilliths Herz fest.

»… hätte mir vorgeschrieben …«, flüsterte Sunniva. Eine einzelne Träne lief ihr über die Wange. Sunniva sprang auf und wischte im Hinausgehen mit dem Handrücken übers Gesicht.

»Sunniva?«, rief Lillith ihr hinterher.

Aber sie bekam keine Antwort.

Die Kerze war schon fast heruntergebrannt, aber von Bo war weit und breit nichts zu sehen. Sunniva hatte seit ihrer Rückkehr die meiste Zeit an einem der Tische gesessen und an kleinen Geräten herumgebastelt. Jeden Versuch von Lillith, ein Gespräch zu beginnen, hatte sie mit höflichen, aber unmissverständlichen Worten beendet.

Irgendwann legte Sunniva das Werkzeug zur Seite, streckte sich und wandte sich Lillith zu. In dem Kerzenlicht schienen ihre Sommersprossen ein Eigenleben zu führen. Lillith spürte Interesse und Neugier und einen Panzer aus Abneigung.

»Stimmt es eigentlich, dass du mit deiner Vidja plötzlich in einem anderen Raum stehen kannst? Dass du dich hier auflöst und woanders wieder materialisierst?«

Lillith schmunzelte, froh, dass Sunniva überhaupt mit ihr redete. »Das wäre mal eine praktische Funktion. Nein, die Vidja überträgt nur ein dreidimensionales Bild von mir, meinen Avatar.«

»Wie muss ich mir das vorstellen?«, hakte Sunniva nach. »Sieht dein Gegenüber dich dann so, wie du bist? So, wie du sein möchtest? Oder sieht er ein stationäres Bild von dir?«

»Das kann ich mir aussuchen. Meistens wählen wir die reale Übertragung, um einer normalen Gesprächssituation so nahe wie möglich zu kommen. Wenn beide Seiten dieser Übertragungsart zustimmen, ist es, als ob man sich im Raum des jeweils anderen aufhält.«

»Kann man seinen Avatar auch ohne konkreten Gesprächspartner aktivieren?«

»Natürlich. Du kannst eine Kopie von dir losschicken, die dann an einer vorher einprogrammierten Stelle deine Botschaft sendet. Manche Senatoren machen das, wenn sie sich die wöchentlichen Sitzungen sparen wollen, aber trotzdem etwas Wichtiges mitzuteilen haben.«

»Und was ist mit den Vidjas, die man sich ins Gehirn einpflanzen lassen kann? Geht das wirklich?« Pure Neugier leuchtete in ihren Augen.

Lillith nickte. »Aber diese Technik hat sich in Nordland bislang nicht durchgesetzt. Zum Glück.«

»Warum zum Glück? Ist das nicht praktisch, wenn man keine Geräte mehr bedienen muss und alles mit seinen Gedanken steuern kann?«

Sunniva würde sich gut mit Fritjof verstehen. Der sah auch nur die Chancen, nie die Risiken neuer Technologien.

»Es klingt faszinierend, ich weiß. Aber selbst im technikverrückten Russland trägt kein einziger Oligarch einen Chip. Die Mächtigen dort haben die Chips nur ihren Angestellten und Ehefrauen eingepflanzt.«

»Warum? Was haben sie davon?«

»Die Oligarchen? Die totale Kontrolle. Die implantierten Chips sind mit dem jeweiligen lokalen Vidja-Netzwerk des Oligarchen verbunden und wenn der Herr des Hauses wissen will, wo sich seine Angetraute gerade befindet, stellt er einfach die

Verbindung zu dem Chip in ihrem Kopf her. Die Augen der Ehefrau sind dann seine persönliche Überwachungskamera, ihre Ohren seine Wanzen. Bei den neuesten Modellen funktioniert das sogar, wenn sie schläft. Fremdgehen wird schwierig mit so einem Ding im Kopf.«

»Und die Frauen lassen sich das gefallen?«

»Solange ihre Männer die virtuellen Shoppingtouren und die Besuche beim Chirurgen bezahlen …«

Je mehr Lillith erzählte und preisgab, umso offener wurde auch Sunniva. Mal drehte sich das Gespräch um das Leben in den Armenvierteln, um den täglichen Kampf ums Überleben, um die Suche nach Arbeit, Nahrung, Kleidung; mal drehte es sich um den unvorstellbaren Luxus, der Lillith täglich umgab, und immer wieder drehte sich das Gespräch um die Rolle der Frauen diesseits und jenseits der Mauern.

»Ich hab euch Frauen immer beneidet«, gab Sunniva zu und holte aus einer Kiste neben ihrem Tisch eine Taschenlampe hervor. Sie drückte auf einen Knopf, aber die Lampe war offensichtlich defekt. »Als Kind habe ich davon geträumt, die Tochter eines Birds zu sein und in Reichtum und Luxus aufzuwachsen«, sagte sie.

»Wir leben in goldenen Käfigen.«

»Und nach dem großen Fest fliegst du freiwillig zurück?«

»Was soll ich sonst tun?«

Sunniva schraubte an der Lampe herum. »Kannst du nicht ins Ausland gehen? Wo es nicht so mies ist wie hier? Dir dort dein eigenes Leben aufbauen?«

Lillith schüttelte den Kopf. »Die wenigen Länder, in denen Frauen gleichberechtigt sind, lassen eine Civetta nicht einwandern. Und bei den anderen habe ich das gleiche Problem wie zu Hause – ohne Ehemann nimmt mich niemand ernst. Aber was ich dich schon die ganze Zeit fragen will: Warum nennst du uns ›Birds‹?«

»Birds?« Sunniva öffnete eine kleine Klappe an der Lampe und schob den Schraubenzieher vorsichtig hinein. »So nennen euch doch alle.« Lillith hörte, wie etwas leise einrastete. Als Sunniva das nächste Mal auf den Anschaltknopf drückte, warf die Lampe ein kaltes Licht in ihre Richtung. »Aber ich glaube, zuerst hat euch der Journalist so genannt, weißt du, der den ›Text‹ geschrieben hat.«

»Den Text?«

Zufrieden legte Sunniva die Taschenlampe zur Seite. »Ja, dieses Dossier, in dem die Profiteure des neuen Systems aufgeführt wurden, Civetta, Rabe, Oppermann, Hawik und so weiter.« Sie griff nach dem nächsten Gegenstand in der Kiste und Lillith spürte eine leichte Nervosität. »Also, ich hab den Text auch nie zu sehen gekriegt, unsere Eltern haben nur manchmal davon erzählt.« Eine klobige, rechteckige Kiste, die fast so aussah wie eine alte Vidja, rutschte ihr aus den Händen. Sie fluchte, hob die Kiste auf und legte sie vorsichtig vor sich auf den Tisch. »Jedenfalls: Alle hatten irgendwie eine Verbindung zu einem Vogel. Oppermann wohnt in Duvenstedt – Duuv ist plattdeutsch für Taube –, den Hawik trennt nur das i vom englischen Falken, und dass Eule auf Italienisch Civetta heißt, brauche ich dir sicher nicht zu sagen.«

Sie hörten Stimmen über sich.

»Das muss ziemlich unglaublich gewesen sein, wie schnell die Birds damals den Reichtum Nordlands an sich gerissen haben.« Sunniva steckte einen schmalen Draht in eine winzige Öffnung am Rand der Kiste, aber nichts passierte. »Und jetzt ist einer dieser Birds bei uns.«

Schritte kamen näher. Die Zeit drängte.

»Wirst du mich verraten?«

Sunniva legte die Kiste zurück und sah Lillith an. Ihr Gesicht war unlesbar, aber das Durcheinander von Sunnivas Gefühlen war unüberfühlbar.

»Ich werde mich revanchieren, ich werde euch helfen«, flüsterte Lillith, »aber das kann ich nur, wenn ich meine Verlobung platzen lasse. Wenn ich bei euch bleiben darf, bis Fritjof mich abholt. Als Lilly.«

Im nächsten Moment stand Bo bereits im Raum, neben ihm ein schlaksiger, junger Mann, der direkt zu Sunniva ging, sie in den Arm nahm und küsste. »Du arbeitest zu viel, Sunna. Heute ist Sonntag.«

Sunniva machte sich von ihm los. »Habt ihr was von Mama gehört?«

Bo nickte. »Foth konnte mit ihr nichts anfangen und hat Tom höchstpersönlich erlaubt, sie aus dem Heimathaus abzuholen. Hätte nicht gedacht, dass ich für ihren Zustand mal dankbar sein würde. Apropos Zustand: Meinst du, du kannst ein paar Stufen steigen, Lilly? Wir bräuchten unser Büro nämlich langsam mal zurück.«

»Bestimmt.« Lillith versuchte tapferer zu klingen, als sie sich fühlte. »Nur, ich, ähm, müsste mich noch anziehen.« Und das wollte sie ganz bestimmt nicht in Gegenwart dieser Männer.

»Stimmt, das hatte ich fast vergessen.« Bo kramte in seiner Sporttasche, holte eine mehrfach geflickte Jeans heraus und warf sie ihr zu. »Hier. Oder möchtest du lieber dein dünnes Kleidchen aus der Halloweennacht?«

Keiner machte Anstalten, den Raum zu verlassen. Okay. Lillith steckte ihre Füße unter der Decke heraus und in die Jeans hinein. Keiner schien sie und ihre nackten Beine weiter zu beachten. In der Hüfte drehte sich eines der neu in ihrem Körper versteckten Messer. Sie kniff Augen und Zähne zusammen und zog die Hose über den Po. Geschafft. Sie öffnete die Augen. Bos Blick sprang zur Wand hinter ihrer Liege.

»Ich bin übrigens Kristofer«, sagte Sunnivas Freund und gab Lillith die Hand. Er war einen Kopf kleiner als sie und sogar eine Handbreit kürzer als seine Freundin Sunniva, aber er strahlte dabei so viel Energie aus, dass diese Äußerlichkeit sofort in den Hintergrund rückte.

»Lilly«, antwortete Lillith mit einem Seitenblick auf Sunniva. Lillith spürte die innere Zerrissenheit, die Unsicherheit und rechnete jede Sekunde damit, dass ihre Maskerade aufflog.

»Gibt es schon etwas Neues von Herrn von Eschenburg?«, fragte Lillith.

»Nein.« Bos Stimme hatte fast wieder das alte Gänsehauttimbre. »Wir haben bislang keine Antwort bekommen.«

»Warum das nicht?«

Bo und Kristofer brachen in lautes Gelächter aus.

»Was war daran jetzt komisch?«, fragte Lillith.

Bo sah sie überrascht an. »Männer wie Fritjof von Eschenburg bekommen täglich hunderte Nachrichten mit der Bitte um Hilfe. Rechne damit, dass er deinen Namen bereits vergessen hat.«

»Warum habt ihr ihn dann überhaupt benachrichtigt?«

»Standardprozedere. Manchmal haben wir Glück und werden anständig bezahlt. Aber das ist eher die Ausnahme. Ich fürchte, die Botschaft, dass die kleine Lilly jetzt abgeholt werden kann, interessiert ihn nicht besonders.«

Das sollte sie aber besser. So dumm konnte Fritjof doch nicht sein, dass er nicht verstand, wer sich hinter dem Pseudonym Lilly versteckte.

Oder?

»Du kannst bei uns bleiben, bis es dir wieder besser geht.« Bo verstand ihren Gesichtsausdruck falsch.

»Danke. Aber irgendwie hatte ich gehofft …« Sie sprach nicht weiter.

»Glaubst du wirklich, dass Eschenburg auf einem weißen Pferd angeritten kommt und dich aus Armut und Elend rettet?«, fragte Kristofer.

Lillith hob nur hilflos die Schultern. Vermintes Gebiet.

»So viel Unschuld ist ja schon fast niedlich«, sagte Kristofer. »Wo kommst du eigentlich her?«

»Ich bin auf dem Landgut der Civettas in Bederkesa groß geworden und erst seit Kurzem …«, fing Lillith mit ihrer Alibi-Vita an.

»Du kommst gar nicht aus Hamburg?«, unterbrach Bo.

Lillith schüttelte den Kopf.

»Na, das erklärt einiges.« Bo holte tief Luft. »Okay. Also: Hier in der Stadt läuft vieles anders als bei euch auf dem Land. Wenn du überleben willst, musst du vor allem eine Grundregel beachten: Mach einen weiten Bogen um alles, was mit den Birds zu tun hat, ja?«

Lillith heuchelte Verstehen. »Sieht so aus, als ob ich noch einiges lernen muss.«

Was man zum Beispiel machte, wenn man einer der Birds war.

Lillith humpelte, auf Bo gestützt, aus dem Kellerraum ein Stockwerk höher. Sie roch Bos herben Duft. Da war nichts parfümiert, noch nicht einmal frisch gewaschen. Die Nase ihres Vaters würde vermutlich nur den Gestank eines Straßenköters wahrnehmen, aber Lillith roch so viel Echtes, so viel Leben, dass der Geruch der Straße nicht störte. Als sie um die letzte Biegung kamen, wurde aus dem Geruch der Straße Gestank. Bevor sie darüber nachdenken konnte, zogen ihr die gesammelten Emotionen hunderter Menschen die Beine weg.

»Woah«, rief Bo. »Alles okay?«

Lillith klammerte sich an seinen Arm und versuchte, das Elend auszublenden. Das ganze Treppenhaus war voll. Jeder freie Platz war belegt. Auch die daran anschließenden Räume waren überfüllt. Auf dem Fußboden lagen Decken und Beutel mit Habseligkeiten. Mehrere Frauen saßen mit kleinen Kindern apathisch an die Wand gelehnt. Es stank nach Hoffnungslosigkeit. Resignation, Angst, Traurigkeit und unendliche Sorgen prasselten auf sie herab. Sie suchte nach Wut. Aber die Menschen hier waren nicht wütend. Sie brauchten ihre ganze Kraft zum Überleben. Die bittere Armut ließ keinen Platz zum Aufbegehren.

»Wir haben oben ein kleines Zimmer, da kannst du dich ausruhen«, sagte Sunniva.

Lillith biss die Zähne zusammen und humpelte die ersten Stufen hinauf.

»Woher kommen diese ganzen Leute?«, fragte sie, als sie auf dem ersten Treppenabsatz stehenblieb und nach Luft schnappte.

»Aus Hamburg«, erklärte Bo, die Stimme voller Bitterkeit.

»Haben die keine Wohnung?«

»Nicht mehr.« Kristofer schien lange nicht so viel Naivität gesehen zu haben. »Die haben sich für die Neue Heimat registrieren lassen und mussten ihre Wohnungen sofort verlassen.«

»Aber die neue Siedlung ist doch noch gar nicht gebaut«, sagte Lillith.

»Das hindert die Froschbehörde nicht daran, die Leute aus ihren Wohnungen zu schmeißen«, erklärte Kristofer. »Obwohl in Krümmel die Bagger noch damit beschäftigt sind, die letzten AKW-Reste zu vergraben.«

»Da soll die Neue Heimat hin?« Das hatte ihr bisher niemand erzählt. Krümmel war Niemandsland, genau wie Brokdorf und Brunsbüttel. Die Rohstoffkriege hatten den geordneten Rückbau der alten Teufelsanlagen verhindert. »Da ist doch alles radioaktiv verseucht.«

»Meine Worte.« Bo seufzte. »Aber mir glaubt keiner. Die Birds haben es auch geschickt angestellt: Sie behaupten, der ganze radioaktive Müll würde rechtzeitig abtransportiert. Dann haben sie den ersten tausend Registrierten zinsfreie Kredite angeboten, die sie erst zurückzahlen müssen, wenn sie die neuen Wohnungen bezogen haben. Im Gegenzug müssen die Menschen sofort ihre Wohnungen in der Stadt räumen und für die Zeit der Bauarbeiten bei Freunden und Verwandten unterkommen. Oder wo auch immer.«

Lillith klappte ihren Mund wieder zu. Drach musste seine Pläne, die Stadt aufzuräumen und den Flickenteppich aus Armut zu beseitigen, massiv vorangetrieben haben. Wie konnten die Senatoren ernsthaft das Gelände in Krümmel in Betracht ziehen? Das musste ein Missverständnis sein.

Viele schmerzhafte Treppenstufen später waren sie endlich auf der Etage mit dem freien Zimmer. Lillith drehte sich ein letztes Mal zum Treppenhaus um – da wollte sie so schnell nicht wieder runter – und sah kleine, dunkle Punkte in unregelmäßigem Abstand auf dem Fußboden. Je näher sie ihr kamen, umso größer wurden sie. Sie ließ Kristofer los und fasste an ihre Hüfte; ihre Hand war feucht und warm. Die Wunde war aufgegangen und hatte bereits den Verband und die Jeans durchnässt.

»Ich glaub, ich würde mich jetzt gerne hinlegen«, murmelte sie.

Bo sah an ihr herunter und rief ins Treppenhaus: »Sunna, wir brauchen dich. Schnell!«

Sunniva kam die letzten Stufen hochgerannt. Sie rümpfte die Nase, als sie die Blutflecken sah. »Okay, tragt sie vorsichtig ins Zimmer und dann besorgt ihr mir frisches Wasser und sauberen Stoff.« Sie lief an den dreien vorbei, und als Lillith das schmale Zimmer am Ende des Flurs erreichte, hatte Sunniva bereits eine Kerze angezündet und ein Laken über eine auf dem Boden liegende Matratze gelegt.

Die Kerze lieferte nicht viel Licht, aber es reichte, um zu sehen, dass die Wunde keine Anstalten machte, von allein mit dem Bluten aufzuhören. Sunniva reinigte die gesunde Haut rund um die Fleischwunde und drückte ein Stück Stoff auf die Verletzung. Lillith schrie auf.

»Bleib still liegen, dann hört es gleich auf zu bluten.« Sunniva lächelte Lillith aufmunternd an: »Das sollte es jedenfalls. Sonst ist bald kein Tropfen Blut mehr in dir drin.« Mit geübten, aber keinesfalls sanften Händen wickelte sie die frischen Stoffstreifen um Lilliths Hüfte und versuchte, mit dem improvisierten Druckverband die Blutung zu stillen.

Neben Lillith lag ein Stück bedrucktes Papier. Lillith griff danach, sie musste sich ablenken. Doch selbst diese kleine Bewegung schmerzte. Richtig, die Schulter. Lillith streckte sich erneut nach dem Zettel, etwas vorsichtiger dieses Mal, während Sunniva ihre Hüfte versorgte. Ein Flugblatt von der Gesundheitsbehörde, der Absender war trotz des Flackerlichts deutlich zu lesen. Was wollte Krawinkels Behörde von den Armen? Mal wieder ein Aufruf zur freiwilligen Organspende? Wundern würde sie das nicht: Die Preise für Nieren waren in den vergangenen zwei Jahren durch die Decke gegangen.

Aber es ging nicht um Organspenden, sondern um eine »Persönliche Identifizierung (PID)«. Der Text war kompliziert geschrieben, außerdem strebten ihre Gedanken ständig weg von dem Zettel, hin zu dem Reißen in ihrer Hüfte.

»Was ist denn diese ›Persönliche Identifizierung‹?«, fragte Lillith.

Sunniva verknotete die letzten Stoffstreifen und warf einen kurzen Blick auf den Zettel, bevor sie in den hinteren Teil des Raums ging und eine Wolldecke aus einer alten Truhe holte.

»Das ist Teufelszeug. Für neue Lebensmittelkarten muss man jetzt Blut abgeben. Das wird dann mit neuester Nanotechnologie behandelt und ein paar Minuten später zurückgespritzt. Angeblich, damit die Ratten den Bedürftigen nicht länger ihre Karten klauen und jeder die Sozialleistung kriegt, die ihm zusteht. Leider hat diese Behandlung fiese Nebenwirkungen. Ich kenne inzwischen mehrere Fällen von Menschen, die kurz danach ins Wachkoma gefallen sind.« Sie deckte eine kratzige Decke über Lilliths nackte Beine. »Die Wohnungen in der Neuen Heimat gibt es auch nur für diejenigen, die gepiddet sind.«

»Wird das angenommen?«

»Für eine warme Mahlzeit am Tag und ein Dach über dem Kopf lassen sich die Menschen eine Menge gefallen.«

»Du machst das nicht, oder?«

Sunniva richtete sich auf und blickte Lillith grimmig an.

»Niemals. Mal ganz abgesehen von den Nebenwirkungen: Weiß ich, was die mir ins Blut tun? Und ob sich das nicht für andere Zwecke missbrauchen lässt? Wenn es einmal drin ist, bekomme ich das Zeug doch nicht wieder raus aus meinem Körper.«

Kluges Mädchen, dachte Lillith, die den gleichen Gedanken gehabt hatte.

»Ich würde auch die Finger davon lassen. Du solltest deine Leute warnen. Auch vor der Neuen Heimat in Krümmel. Die werden den radioaktiven Müll nie im Leben dort wegräumen. Sie wissen doch gar nicht, wohin damit!«

»Du klingst ja fast wie eine von uns«, sagte Sunniva, kramte in der alten Sporttasche von Bo und holte ein Fläschchen und einen abgeklebten Salzstreuer heraus. »Dann mach ich jetzt mal die Natriumchloridlösung für deine Kontaktlinse fertig.«

Die anderen Matratzen in dem Raum blieben unbenutzt. Sunniva war irgendwann gegangen und Lillith versuchte einzuschlafen. Was die Mücken erfolgreich zu verhindern wussten. Immer wenn sie dachte, sie hätte eine erschlagen, summte es nur Sekunden später erneut um ihre Ohren herum. Sie zog die Wolldecke hoch bis zur Nasenspitze. Aber dann lagen die Füße ungeschützt auf der Matratze und Lillith spürte, wie die Mücken darauf landeten. In dem flackernden Kerzenlicht waren sie nicht zu sehen. Immer nur zu hören: ssssssssssssssss. Lillith tauchte ganz unter die Decke und versuchte die Beine anzuziehen, woraufhin die verletzte Hüfte protestierte. Kurz wünschte sie sich nach Hause, in ihr eigenes, weiches Bett. Dann erschienen Schedalke, Rosenheimer und all die anderen Kandidaten vor ihrem inneren Auge. Was waren die paar Mücken gegen eine Zukunft an der Seite eines Ekelpakets?

Sie musste nachdenken. Einen Plan B entwickeln. Sie konnte nicht darauf spekulieren, dass Fritjof sie abholte. Also musste sie die nächste Woche hier durchhalten. Sie würde den anderen Menschen aus dem Weg gehen. Nicht nur, um nicht erkannt zu werden. Die Emotionen in den Stockwerken unter ihr …

Als die Sonne wieder aufging, juckte ihr ganzer Körper: Die Kopfhaut unter der Perücke, die Ohren, der Hals, die Arme hinunter bis zu den Händen. Unter das T-Shirt waren die Blutsauger nicht gekrochen, aber ihre Beine … an ihren Beinen hatten sie ein Festmahl gehalten: überall prangten rote Flecken. Lillith versuchte, sich zu beherrschen. Nicht kratzen, nicht kratzen. Sie drückte etwas Spucke darauf, aber das half nur kurz. Kaltes Wasser wäre toll, aber hier gab es nirgendwo kaltes Wasser. Die Wolldecke kratzte über ihre Hände und sofort explodierte der Juckreiz auf ihrem Handrücken, auf den Fingern, zwischen den Fingern. Ihre Fingernägel waren blutverkrustet, was die aufgekratzten Beulen an den Beinen erklärte. Bevor sie ihre Hand zurückhalten konnte, hatte sie mit einem einzigen Nagelstrich die Oberfläche eines Mückenstichs auf ihrem Unterarm aufgerissen. Kurze Erleichterung. Gelber Schleim quoll heraus, wie Lava aus einem Vulkan. Dann juckte die Wunde weiter.

Bei jedem einzelnen, aufgekratzten Mückenstich bildete sich ein roter Hof um die Einstichstelle herum, der immer größer wurde und an den Rändern blau schimmerte. Auf und zwischen den Zehen juckte es, auf ihrem linken kleinen Zeh waren mindestens drei Stiche. Sie rieb den Fuß an der Wolldecke, aber aus der kurzen, ganz kurzen Erleichterung wurde rasend schnell giftiger Schmerz. Sie stöhnte auf. Der einzige Trost war, dass niemand sonst in dem Zimmer war und ihr Gejammer ertragen musste.

Was waren das für Teufelsmücken?

Lillith begutachtete den Druckverband. Dieses Mal schien er zu halten. Vorsichtig versuchte sie aufzustehen. Ihre Knie waren wacklig, aber die Beine hielten. Sie hielt sich an der Wand fest, ging die wenigen Schritte zum Fenster und hoffte, sich so von den Mückenstichen abzulenken.

Der Blick war vertraut. Die große, leere Betonfläche vor ihr war das Heiligengeistfeld. Sie ging die verschiedenen Gebäude durch, die rund um den Platz standen – sie musste im alten Bunker sein. Wer hätte gedacht, dass hier die Omega-Kämpfer ihr Lager hatten?

Die Tür öffnete sich und Sunniva strahlte hindurch. Ihr folgte leicht gebückt eine schmale, kleine Frau mit ungewöhnlich dichten, langen schwarzen Locken, die von einzelnen grauen Strähnen durchzogen waren. Sie war so traurig, dass Lillith am liebsten sofort das Zimmer verlassen hätte. Sie konzentrierte sich auf Sunnivas Glücksgefühle, aber die Trauer war ein tiefschwarzes Meer, das alles andere verschlang.

»Sie ist wieder frei«, rief Sunniva und drückte die Frau an sich. »Und endlich bei uns. Sie haben Tom gestern noch Stunden im Heimathaus warten lassen, bis sie Mama rausgelassen haben, und dann war es dunkel und er konnte nicht mehr nach Hause und musste sich eines von Drachs ›Hotels‹ in Wilhelmsburg nehmen. Aber jetzt bist du wieder bei uns, Mama. Und du bleibst auch bei uns.«

Lillith drehte den Kopf weg, sah aus dem Fenster und kämpfte heftig gegen den Drang an, einfach loszuheulen. Sie kannte Sunnivas Mutter. Sie hatte ihr kurz vor der Hinrichtung von Joris Thorn direkt in die Augen geblickt. Sie wollte ihr nicht nahe sein. So viel Leid und keine Möglichkeit, Distanz zwischen sich und diese Frau zu bringen.

Sunniva bemerkte nichts. »Darf ich vorstellen: meine Mutter Johanna. Mama, das hier ist Lilly. Sie ist am Freitagabend überfallen worden. Bo ist zufällig vorbeigekommen und hat ihr geholfen.«

Lillith konzentrierte sich ein weiteres Mal auf die helle, strahlende Freude von Sunniva. Sie streckte Johanna die Hand entgegen: »Hallo.«

Ihre Hand hing für einen Moment in der Luft. Johanna sah ihr in die Augen und schlug Lilliths Hand fort: »Was bildest du dir ein!« Mehrere Schläge trafen Lillith am Arm, dann am Oberkörper. »Wie kannst du es wagen, Lillith Civetta!« Als Johanna die verletzte Schulter traf, klappte Lillith zusammen wie ein Taschenmesser. Sunniva zog ihre Mutter weg. »Bo ist genauso ein Idiot wie sein Vater, wenn er glaubt, dass du ihm das danken wirst. Dreckiges Vogelküken.«

»Mama! Hör auf!« Sunniva zwang sie sanft auf eine Matratze auf der anderen Seite des Raums. Johannas Trauer war einem fast genauso tiefen Hass gewichen, was das Denken nicht leichter machte.

»Sunniva, ich habe einen Bärenhunger«, rief Johanna plötzlich. »Sollen wir den Pizzadienst anrufen?«

Lillith zog die Augenbrauen hoch.

»Nein, Mama, heute nicht«, sagte Sunniva. »Vielleicht morgen. Ich mach uns gleich ein paar Brote.«

»Wo ist denn eigentlich mein Handy? Sunniva, wo hast du mein Handy hingelegt?«

»Ich hatte es nicht, frag Bo doch mal.« Sunnivas Ton war schnippisch, fast pubertär. Aber sie grinste erleichtert und flüsterte Lillith zu: »Seit dem Tod meines Vaters versinkt sie entweder in apathischer Trauer oder lebt in der Vergangenheit. Das eben war ihr erster klarer Moment seit Joris' Tod. Woher wusste sie, wer du bist?«

Ohne eine Antwort abzuwarten, drehte Sunniva sich zu ihrer Mutter. »Johanna, darf ich dir unsere neue Mitbewohnerin vorstellen? Lilly!« Johanna winkte Lillith kurz zu, vertieft in ihre Aufgabe, das alte Bettlaken von der Matratze zu ziehen. »Hast du noch weiße Wäsche, Sunna? Ich mach gleich eine Maschine an.«

Sunniva beugte sich wieder zu Lillith: »In ihren verrückten Phasen ist sie absolut harmlos. Hör dem Geplapper einfach nicht zu. Glaub mir, sie ist leichter zu ertragen, wenn sie in der Vergangenheit lebt.«

Das bemerkte Lillith auch gerade. Die tiefe Trauer war ausgeschaltet. Sie spürte keine einzige Emotion mehr. Gar nichts. Kein einziges Gefühl. Johanna warf das Bettlaken zur Seite, ging im Zimmer umher und rief: »Sunniva, wo sind eigentlich die ganzen Laken geblieben?« Sunniva hob das zur Seite geworfene auf und drückte es ihr in die Hand.

»Wir haben keinen anderen Raum, in dem wir sie unterbringen können«, wisperte Sunniva, »oder dich. Sie ist ein guter Mensch. Sie wird dir nichts tun, glaube ich. Vielleicht kannst du ihr die ganze Geschichte erzählen, wenn sie einen klaren Moment hat – falls sie noch einen hat.«

Lillith lächelte Sunniva aufmunternd zu. »Ich komme zurecht.« Selten hatte sie sich so ausgeliefert gefühlt, so hilflos. Johannas Gefühle eben – das waren Gefühle kurz vor dem Wahnsinn gewesen. »Hast du vielleicht etwas zu essen?«, wechselte sie das Thema.

»Natürlich! Entschuldige, wie konnte ich das vergessen? Die Märkte sind gerade alle geschlossen, aber Freunde von uns haben noch ein paar Kleinigkeiten in ihrer Speisekammer.« Sunniva warf Lillith einen verschrumpelten Apfel zu. »Besser als nichts.«

Sunniva setzte sich zu ihrer Mutter auf die Matratze, drückte ihr ebenfalls einen Apfel in die Hand und strich ihr sanft über die Haare. Johanna fing an zu plappern: »Kochst du uns einen Tee? In der Dose müsste noch Grüner Darjeeling sein.« Johanna redete in einem fort, aber Sunniva beachtete es gar nicht. »Und wenn Joris kommt, sag ihm …«

Was Sunniva ihrem toten Vater sagen sollte, ging in einem lauten Aufschrei Johannas unter. Wehklagen füllte den Raum. Das schwarze Meer war wieder da und Lilliths Herz wurde groß und schwer und schien sich aus ihrem Innersten herauspressen zu wollen. Sunniva drückte Johannas Kopf an ihre Schulter und strich ihr sanft über den Rücken. Das Schluchzen verebbte langsam und wich erneut dem Geplapper. Lillith wischte sich über die Augen, froh, dass die Trauer fort war. Sie hoffte, dass Sunniva ihre Tränen nicht bemerkte.

»Ich muss los«, sagte Sunniva. »Mama, auf dem Tisch steht Wasser, wenn du Durst hast. Ich verlass mich darauf, dass du dich gut benimmst und nett zu Lilly bist, okay?«

Johanna nickte, starrte auf den Apfel und drehte ihn in ihren Händen. Immer weiter und weiter und weiter.

Lillith versuchte, dem Blickkontakt mit Sunniva auszuweichen. Vergeblich. Sunniva bemerkte Lilliths leidenden Ausdruck. »Was ist los? Ist die Wunde wieder aufgegangen?« Im nächsten Moment sah sie die von Mückenstichen perforierten Arme. »Oh nein, haben dich diese Mistviecher auch erwischt. Nicht kratzen!« Sie schob ihren Ärmel hoch und tat genau das.

Lillith war dankbar für diese Ausrede. »Ich geb mir Mühe.«

Sunniva ging zur Tür. »Du hast alles, was du brauchst? Ich muss noch ein paar Dinge erledigen. Mama wird viel schlafen. Wenn sie wach ist, ist es am einfachsten, wenn du ihr Spiel mitspielst. Und wenn es gar nicht mehr geht, dann …« Sie war genauso um eine Antwort verlegen wie Lillith.

Zeit wurde zu einem kaum noch fassbaren Begriff. Phasen tiefer Trauer und Verzweiflung reihten sich aneinander, eine an die nächste. Einige Male glaubte Lillith, den Verstand zu verlieren, aber genau dann legte Johanna einen Schalter um. Dann war sie die 20-jährige Studentin, die auf einer Party einen netten Jungen kennengelernt hatte und ihrer Mitbewohnerin von dem ersten Date erzählte. Nur um nach wenigen Minuten wieder in ihre Trauer zu fallen und Lillith mitzureißen. In dem tiefen schwarzen Loch war Lillith kaum mehr als ein Schatten, ihr Herz war lange herausgerissen und in ihrem Verstand war nur noch Leere. Sie wusste nicht mehr, wer sie war, wo sie war, warum sie überhaupt existierte. Sie lag auf der durchgelegenen Matratze und weinte.

»Wieso heulst du?«, hörte sie im nächsten Moment eine unfreundliche, tiefe Stimme, die sie nicht zuordnen konnte. »Ist dir dein Bettchen nicht weich genug?«

Lillith fühlte sich, als ob ein Folterknecht ihren Körper in alle einzelnen Bestandteile zerlegt hätte.

»Ich kann«, sie schniefte und setzte nochmal an, ihr Hals fühlte sich ganz roh an, »ich kann deine Gefühle nicht von mir fernhalten.«

Zum ersten Mal seit Stunden fühlte Lillith etwas anderes als Leid. Überraschung? Neugier? Sie war zu erschöpft, um es genau zu benennen. Ihr Kopf war ein einziges Chaos und in ihrem Herzen war keine einzige Zelle, die noch etwas anderes fühlen konnte als abyssustiefe Traurigkeit.

»Wie meinst du das?«, fragte die plötzlich sehr sachliche Johanna.

»Ich fühle deine Trauer als wäre sie meine.« Lillith schlug die Hand vor ihren Mund. Was war nur in sie gefahren? Außer ihrem Vater und Maja wusste niemand davon. Johanna stand von ihrem Lager auf und ging auf Lillith zu, die Augen weit geöffnet, der Blick seltsam schief, entrückt. Verrückt. Sie rutschte so weit es ging auf der Matratze nach hinten. An Weglaufen war nicht zu denken, ohne Hilfe würde sie keine drei Schritte weit kommen.

»Morgen gibt es in der Mensa Hühnerfrikassee.« Johanna drehte kurz vor Lilliths Matratze ab, ging im Zimmer umher und plapperte. Lillith sackte vor Erleichterung auf ihrem Platz zusammen. Johannas Blick wirkte immer noch seltsam verrückt. Aber das lag nicht an ihrem Zustand, sondern an einer Anomalie in Johannas Augen: Die Pupillen waren nicht rund, sondern sahen aus wie schwarze Tränen, die sich in die blaue Iris ergossen. Irritierend. Und gleichzeitig wunderschön.

Die Erleichterung war auch dieses Mal nur kurz. Lillith versuchte, den Raum zu verlassen, einfach aufzustehen und zu gehen, aber sie lag wie unter einer Bleidecke und konnte keinen einzigen Finger rühren. Sie wollte auf ihren Verstand zugreifen, aber der hatte sich verkrochen, und sie wusste nicht wohin.

Und dann, von einer Sekunde auf die andere, war alles hell. Johanna lag entspannt auf ihrer Matratze, die Augen geschlossen, der Atem gleichmäßig. Sie schlief. Die Mückenstiche fingen an zu jucken.

Irgendwo draußen hämmerten Schläge. Sie kratzte über die wenigen, noch nicht aufgekratzten Mückenstiche. Jetzt, wo sie aussah wie ein Johannisbeerkuchen, ließ der Juckreiz langsam nach. Vielleicht hatte sich ihr Körper in Johannas Trauer erschöpft und keine Kraft mehr für banale, körperliche Leiden. Leise humpelte sie zum Fenster.

Die Hammerschläge waren direkt unter ihr. Aus alten Brettern und Platten bauten junge Männer eine Bühne vor dem Bunker. Dem Stand der Sonne nach musste es früher Nachmittag sein. Montagnachmittag, wenn sie richtig zählte und Johannas Leid sie nicht genauso schachmatt gesetzt hatte wie die Streifschüsse der Ratten.

»Unsere letzten Vorbereitungen«, flüsterte Bo ihr ins Ohr.

Lillith zuckte zusammen. Sie hatte ihn nicht hereinkommen hören.

»Wofür?« Die Gänsehaut auf ihren Armen war nicht zu übersehen. Sie schlang die Arme um sich.

»Für unsere Gedenkveranstaltung. Heute vor genau einer Woche sind hier zwei Männer von der Polizei ermordet worden und ein Haufen anderer verhaftet. Ist dir kalt?« Bo nahm die Wolldecke von der Matratze und legte sie Lillith um die Schultern.

Der Mann wusste nicht, welche Wirkung er hatte.

»Wir wollen den Familien dieser Männer zeigen, dass sie nicht allein sind.« Er strich sich über den Nacken. »Wenn ich vorher gewusst hätte, dass Foth die Männer so skrupellos umbringen lässt, dann hätte ich ihnen die Demo ausgeredet.« Bo zog die Nase hoch. »Sie wollten doch nur wissen, wo ihre Töchter abgeblieben sind. Aber ich sag dir eines, ja? Je brutaler Foth und seine Leute werden, umso stärker wird Omega. Die Menschen auf den Straßen sind die ewige Willkür leid.«

»Was ist mit den Verhafteten passiert?«

»Foth hat sie ins Heimathaus gebracht, das wissen wir. Aber sobald sie durchs Tor waren, haben sie aufgehört zu existieren. Keine erkennungsdienstliche Maßnahme, keine Akte, keine Anklage. Sie sind spurlos verschwunden. Ebenso wie ihre Töchter. Die Birds versuchen, uns mit ihrem Polizeistaat kleinzukriegen. Aber das werden sie nicht schaffen. Denn die ganze Stadt unterstützt uns.« Er zog den weißen Stoffstreifen an seinem Oberarm zurecht. Lillith betrachtete ihn genauer. Das Ω-Zeichen war mittig platziert. Dick und schwarz. Der Widerstand. Nicht zu übersehen.

»Hast du keine Angst, verhaftet zu werden?«

»Für jeden, den die Bullen verhaften, kommen zwei Neue dazu.«

»Und wenn sie weiter Menschen erschießen oder mit ihren Autos überfahren?«

»Woher weißt du, wie die beiden gestorben sind?« Bo sah sie an, Freundlichkeit und Misstrauen hielten sich fast die Waage.

»Von einem der Civetta-Leibwächter«, fabulierte Lillith. Sie musste wirklich besser aufpassen.

»Ach, stimmt, der Civetta-Konvoi fuhr gerade vorbei, als Foth und seine Männer auf die Demonstranten losgingen, nicht wahr? Der Alte ist natürlich nicht auf die Idee gekommen, sich einzumischen und Foth zu stoppen. Hätte auch nicht zu ihm gepasst. Aber heute wird es keine Toten geben und keine Verhaftungen. Foth hat keine Ahnung, dass wir uns direkt vor seiner Nase treffen.«

»Was ist mit den Kameras rund um den Platz?«, fragte Lillith und zeigte auf die alten Laternenmasten, an denen kleine graue Kästen hingen.

Bo grinste. »Außer Betrieb.«

»Kommt dann nicht sofort jemand zum Reparieren?«

»Nicht, wenn noch genug andere in der Nähe funktionieren. Meistens reicht ihnen sogar eine einzige Kamera, die Bilder sendet. Ob diese Bilder der Realität entsprechen oder nicht – wer weiß das schon.«

Lillith hielt kurz die Luft an, als sie begriff, was Bo gesagt hatte.

»Ihr könnt die Überwachungskameras manipulieren?« Deshalb war noch keine Hundertschaft angerückt, obwohl direkt unter ihr Vorbereitungen für eine nicht genehmigte Aktion in vollem Gange waren.

»Eine unserer leichtesten Übungen. Oder was glaubst du, warum ich immer noch frei herumlaufe, obwohl ich überall in der Stadt aufrührerische Reden halte? Ganz abgesehen von den Fahndungsplakaten mit meinem Konterfei.«

»Nach dir wird gesucht?« Lillith versuchte, möglichst überrascht zu klingen.

»Jetzt sag bloß, du weißt nicht, dass ich der Mörder von Willem Duhnkreih bin, unserem allseits geschätzten Präsidenten der Bürgerschaft.«

Lillith ging einen Schritt zur Seite und blickte Bo mit großen Augen an. Der grinste breit. »War ein Witz, Lilly.«

»Komischer Witz.«

»Tatsache ist jedenfalls, dass die Heimatschutzbehörde mich sucht. Meinen Vater haben sie bereits hingerichtet. Aber mich kriegen sie nicht.«

»Wie kommt die Polizei darauf, dass du es warst?«

»Sie haben uns gefilmt.«

»Sie haben euch gefilmt …«, wiederholte Lillith. »Ich dachte, ihr könnt die Kameras ausschalten?«

Bitterer Zynismus strömte über Lillith hinweg. »Das haben wir leider erst später gelernt.«

»Was ist passiert?«

Bo antwortete nicht. Lillith spürte seine Wut und seine Trauer. Keine Schuld. Das musste aber nichts heißen. An der Seite ihres Vaters war sie oft genug Männern begegnet, die über Leichen gingen, ohne jemals von Schuldgefühlen belästigt zu werden.

Auf dem Platz unter ihnen versammelten sich Männer, Frauen, Kinder. Sie kamen in kleinen und großen Gruppen, mit Taschen und Körben und Decken. Von hier oben sah es aus, als ob sich eine große Familie zum Picknick verabredet hatte.

»Hat das mit deiner Kontaktlinse eigentlich geklappt?« Bo kramte aus der Sporttasche einen eng beschriebenen Zettel heraus. Lillith nickte und zeigte auf den Salzstreuer, in dem die Linse lagerte.

»Kannst du ohne überhaupt was erkennen? Ich dachte, du bist extrem kurzsichtig?«

Da war es wieder, das Knacken des Eises. Die freundlich-ironische Zuneigung zu ihr überwog, aber sie spürte, wie ein Hauch von Misstrauen darauf wartete, sich auszubreiten.

»Es ist nur das eine Auge. Wenn ich deutlich sehen will, mache ich das kurzsichtige einfach zu. Auf Dauer endet das mit Kopfschmerzen. Aber spätestens wenn du auf der Bühne stehst, ist die Linse im Auge. Ich bin schon sehr gespannt.«

Das Misstrauen wurde stärker. Er schien nicht anfällig für Schmeicheleien zu sein.

»Ich würde gerne helfen«, wechselte Lillith das Thema. »Mit meinen blöden Verletzungen sind zwar keine Botengänge drin, aber wenn ich sonst was tun kann?« Ein absolut ehrlich gemeintes Angebot. Das schien auch Bo zu spüren. Das Misstrauen schwand. Ein bisschen.

»Du könntest von hier oben die Lage beobachten. Falls du irgendwo die Bullen siehst oder einen von Foths Schergen oder auch nur einen einzigen Bird mit oder ohne Schwarm, musst du uns ein Signal geben.« Bo sah sich im Zimmer um, ging nochmal zu der alten Sporttasche und zog Lilliths Halloweenkostüm heraus. »Häng das aus dem Fenster, wenn dir was auffällt, ja?«

»Mach ich.«

Bo sah ihr in die Augen. »Vielleicht solltest du mit der Kontaktlinse nicht warten, bis ich auf der Bühne stehe.«

»Du hast recht.« Sie griff nach dem Salzstreuer und setzte die Linse in ihr Auge. Als sie wieder hochschaute, hatte Bo das Zimmer bereits verlassen.

Der Platz füllte sich. Irgendwann fingen an einer Stelle weiter hinten auf dem Heiligengeistfeld die Menschen an zu jubeln und zu lachen. Lillith öffnete das Fenster und kniff die Augen zusammen, um zu erkennen, was vor sich ging. Aber sie war zu weit weg. Die Menschen reckten die Hände in die Höhe, die gute Stimmung floss über die Menge wie eine La-Ola-Welle in einem Fußballstadion und als die Welle endlich den Bunker erreichte, verstand Lillith warum: Ferngesteuerte Modellhubschrauber flogen über den Platz und ließen Zettel regnen. Offenbar mit guten, motivierenden Nachrichten. Davon könnte sie auch mal wieder eine gebrauchen.

Lillith betrachtete Johanna, die immer noch schlief. Würde sie sie verraten? So viel Hass. Und so viel Trauer. Aber im Moment: so viel Frieden. Sie träumte, die Lider flackerten und die Mundwinkel zuckten. Lillith hoffte für sie, dass es schöne Träume waren.

Die Menschen applaudierten und drängten sich an die Bühne, auf der eine junge Frau ein paar Begrüßungsworte sagte. »Unsere Gedanken sind bei den Familien der Verstorbenen. Und sie sind bei den Männern, die hier verhaftet wurden und seitdem verschwunden sind.« Sie hielt ein altes, batteriebetriebenes Megafon an den Mund, das ihre Stimme bis in die hinteren Reihen trug. Oder vielleicht auch nicht. Denn die hinteren Reihen waren ziemlich weit hinten. Fast bis an die Reeperbahn heran. Das waren mehrere tausend Menschen. Lillith hatte keine Ahnung gehabt, dass so viele in diesem Viertel lebten.

Sie hielt wie versprochen Ausschau nach Polizisten, ihren eigenen Leuten oder anderen Männern, die für Ärger sorgen könnten. Die manipulierten Kameras schienen zu funktionieren. Direkt neben der Grundstücksgrenze von Senator Benz, dem alten Kauz, lief eine Massenveranstaltung. Und er bemerkte sie nicht. Was sie nicht wirklich überraschte.

Ein alter Mann stand auf der Bühne, sprach den Angehörigen der Getöteten sein Beileid aus und erzählte, wie das Leben früher gewesen war, als es noch einen Staat gegeben hatte, der sich um seine Menschen kümmerte. »Damals wäre so ein Verhalten der Polizei undenkbar gewesen. Wir hatten Rechte! Wir waren Menschen, nicht nur Verfügungsmasse, die man beliebig von einem Ende der Stadt in die andere vertreiben kann.« Lange begleitete ihn der Applaus, als er mühsam und mit Hilfe von zwei jungen Männern die provisorischen Stufen hinunterhumpelte.

Innerhalb weniger Redebeiträge wurde aus der Gedenkveranstaltung eine politische Kundgebung. Die Wut des Volkes über den sinnlosen Tod der beiden Männer steigerte sich durch immer neue Geschichten über die Willkür der Behörden. Mit zunehmender Fassungslosigkeit hörte Lillith, wie das neue Einwohnermeldeamt am Poggendiek – die Froschbehörde – sich an den Armen bereicherte. Eingerichtet, um den Bedarf an neuen Wohnungen zu ermitteln und Umsiedlungswillige zu beraten, hatten die von Senator Drach angestellten Mitarbeiter eine eigene Agenda entwickelt: Nicht nur, dass sie die wenigen Wertgegenstände mitnahmen, die sie in den Häusern fanden. Nein. Sobald sie in einer Wohnung standen, galt diese als verkauft. Selbst wenn der Eigentümer es sich in der Zwischenzeit anders überlegt hatte.

»So stehlen deine Leute uns auch noch unseren letzten Besitz.« Lillith zuckte zusammen. Sie hatte nicht bemerkt, dass Johanna wach geworden war. »Mit juristischen Winkelzügen, ohne jede Moral. Recht ist, was ihr ins Gesetz schreibt. Gerechtigkeit? Ein Konstrukt aus dem letzten Jahrhundert.«

Bevor Lillith antworten konnte, flutete eine neue Welle aus Trauer auf sie zu. Sie war kurz davor, über ihrem Kopf zusammenzuschlagen, als Johanna wieder in ihre gefühlsfreie Vergangenheit rutschte.

»Oh Mann, Demos sind ja so was von Old School. Wer geht denn da noch hin? Dieser Mediziner, den ich neulich kennengelernt habe, der findet das ja total wichtig. Aber ganz ehrlich, mir ist die Zeit dafür zu schade.« Johanna plapperte weiter und erklärte Lillith ausführlich, warum Wahlen überflüssig, das politische System korrupt und Demonstrationen und Kundgebungen wie die da draußen echt überflüssig seien.

Lillith konzentrierte sich wieder auf die Redner. Dass, was die Menschen hier erzählten, konnte nicht sein. Durfte nicht sein. Sie lebten in einem Rechtsstaat. »Ich habe nur den Fehler gemacht, diese Männer in mein Haus zu lassen«, rief die Frau, die gerade auf der Bühne das Megafon in der Hand hielt. »Und schon bin ich alles los, was ich besitze. Lasst sie nicht in eure Häuser! Schmeißt sie raus, bevor sie euch alles nehmen können.«

Sie hob die Hand, Daumen und Zeigefinger zu einem Kreis verbunden. Dem »okay« aus der Tauchersprache, wie Lillith wusste. Und offenbar ein Zeichen für die Menschen von der Straße. Denn die Zuhörer auf dem Heiligengeistfeld hoben ebenfalls die Hände und verbanden Daumen und Zeigefinger zu einem O. O wie Ω.

Lillith suchte die Ränder des Platzes ab. Nichts. Keine Polizisten, keine offiziell aussehenden Behördenleute. Sie glaubte, ein paar dunkel gekleidete Ratten zu erkennen, aber sobald Bos Leute mit den weißen Armbinden in ihre Nähe kamen, verschwanden sie wieder.

»Die wollen uns nicht nur aus der Stadt vertreiben«, rief eine alte Frau. »Die wollen das zu Ende bringen, was sie während der Blutnacht angefangen haben. Sie wollen uns vernichten.«

»Wer wird eigentlich eure goldenen Kloschüsseln putzen, wenn ihr die Armen aus der Stadt vertrieben habt?« Johanna war wieder in der Jetztzeit angekommen.

Lillith drehte sich zu ihr um. »Ich höre diese Geschichten zum ersten Mal und finde sie genauso ungerecht wie du. Und wenn du mich jetzt entschuldigst, ich hab was zu erledigen.« Sie konzentrierte sich wieder auf die Welt vor ihrem Fenster und versuchte, Johannas Verachtung auszublenden.

»Was hast du denn zu erledigen?« Johannas Abscheu war grenzenlos. »Das kann doch nicht so schwer sein, die Geschirrspülmaschine auszuräumen«, rief sie. »Wir haben die Aufgaben klar verteilt und du bist für das Geschirr zuständig.«

Lillith lächelte entschuldigend, erleichtert, dass Hass, Abscheu und Verachtung verschwunden waren. »Ich mache es gleich. Sobald das da unten vorbei ist.«

Johanna ging wieder zu ihrem Bett und zog das Laken von der Matratze.

Tosender Jubel. Wie ein Showstar betrat Bo die Bühne. Er nahm das Megafon in beide Hände und brüllte ein »Hallo Hamburg« hinein. Die Masse war in Ekstase. Alle paar Sätze musste Bo eine Pause machen und den Applaus und Jubel abebben lassen. Was für eine Präsenz. In ihrer Welt könnte er mit so einem Auftritt ganze Konzerne lenken. Niemand würde hinterfragen, was er sagte, wenn er nur etwas sagte. Es war nicht nur der Klang seiner Stimme, tief und voll wie die eines professionellen Sprechers oder Schauspielers. Es war auch nicht die Art, wie Bo sich artikulierte, die zeigte, dass er mit Worten umgehen konnte. Es war das gänzlich Unverfälschte. Er hatte nichts Affektiertes, nichts Drohendes, nichts Hinterhältiges. Bo hatte eine Stimme, an die man sich anlehnen konnte, die Stärke versprach, und Güte und Wahrheit.

Der Mörder von Willem Duhnkreih.

Er hatte das als Witz abgetan. Aber wirklich abgestritten hatte er den Mord nicht.

Wussten die Menschen in den Armenvierteln davon? Omega konnte nicht alle Fahndungsplakate abgerissen, nicht alle Werbetafeln auf Dauer verschmiert haben. War der Hass auf ihre Leute bereits so groß, dass ein Mörder zu einem Volkshelden wurde?

Bo lächelte, hielt die Arme ausgestreckt, als ob er alle Menschen dort unten umarmen wollte. Dann redete er wieder und ging dabei von einem Ende der Bühne zum anderen. Jeder der Anwesenden hatte das Gefühl, er sprach zu ihm, zu ihr. Persönlich. Keiner fühlte sich ausgeschlossen. Jeder angesprochen.

»Wer hat eigentlich behauptet, dass wir unser Leben nicht verändern können?« Bo hob leicht die Schultern, die Handflächen nach oben, als ob er darauf wartete, dass jemand diese Frage für ihn beantwortete. Lillith spürte Stolz und rückte zur Seite, damit Johanna den Auftritt ihres Sohnes verfolgen konnte. »Natürlich können wir das. Ich sage nicht, dass es leicht wird. Wir müssen dafür kämpfen und einige von uns werden mit ihrem Leben bezahlen. Aber wenn mein Tod dazu beiträgt, dass unsere Kinder in einer gerechteren Welt aufwachsen, dann ist es das wert!« Er ging wieder zur Mitte der Bühne und stellte sich so dicht an die Kante, dass er Teil der Masse wurde: »Wehrt euch! Lasst euch nicht vertreiben. Bleibt in euren Wohnungen. Nutzt unsere neuen Märkte. Ihr braucht keine Genehmigungen dafür und müsst keine Abgaben zahlen!« Er zeigte in den Himmel. »Orte und Öffnungszeiten sind per Drohnenpost verteilt worden.«

Das also hatten die Spielzeug-Hubschrauber unters Volk gebracht.

»Lasst euch nicht pidden«, rief Bo dem Volk zu. »Ihr seid doch kein Vieh!« Er trat wieder ein paar Schritte zurück, breitete die eine Hand wie zu einem Segen aus, während die andere das Megafon hielt: »Glaubt immer daran, dass wir unser Leben verändern können. Realität ist, was wir als real akzeptieren. Lasst uns zusammenstehen, damit eine gleiche, gerechte und freie Gesellschaft für alle real wird. Lasst uns eine Realität schaffen, in der wir genauso viel zu sagen haben wie die Mächtigen heute. Eine Realität, in der wir ein menschenwürdiges Leben führen können. In der wir nicht länger darauf warten, dass ein Vogel kommt und uns wie einen ganz besonders leckeren Wurm aus dem Boden pickt.«

Eine Krähe flog über den Platz. Dicht gefolgt von einer Möwe. Lillith sah sie nur aus den Augenwinkeln, zu gebannt von Bos Auftritt. »Wir können es schaffen«, rief er der Menge zu. »Eine gerechte Welt für alle. Glaubt an uns, glaubt an euch!«

Krähe plus Möwe? Lillith sah genauer hin. Sie flogen fast perfekt. Schwebten auf einer Bö nach oben, schlugen gleichmäßig mit ihren Flügeln. Zu gleichmäßig. Fast synchron. Wenn nur einer der Vögel unterwegs gewesen wäre, hätte sie es nicht bemerkt. Aber Foth – oder wer auch immer sie losgeschickt hatte – wollte offenbar ganz sicher gehen. Das waren Drohnen. Gut getarnte Drohnen. Und sie filmten, was unten auf dem Platz passierte. Sie drehten ihre Runden und sie filmten Bo.

Wie lange würde es dauern, bis Foths Männer hier waren? Bis sie Bo festnahmen – und sie selbst wieder bei Davide ablieferten?

»Johanna, geh zur Seite.« Sie drängte Bos Mutter aus dem Weg und griff nach dem Kleid.

»Was …«, fauchte Johanna, ließ sie aber gewähren.

Lillith hängte das Kleid aus dem Fenster. Aber Bo stand mit dem Rücken zu ihr, er konnte es nicht sehen. Sie suchte den Platz nach weiteren bekannten Gesichtern ab. Sunniva, Kristofer … da, die rotblonden Haare von Sunniva. Sie winkte mit dem blutbefleckten Stück Stoff. Sunniva sah hoch und winkte zurück. Aber sie tat nichts, um Bo oder sonst wen auf Lillith aufmerksam zu machen.

Mist. Mist. Mist. Sie musste Bo warnen. Hatte er denn niemanden über ihr Zeichen informiert? Panisch sah sie sich um. Johanna schien wieder in ihrer emotionsfreien Welt zu sein. Wenn das Drohnen waren, mussten sie weg hier. Sie knallte das Fenster zu und klemmte den Stoff zwischen Fenster und Rahmen.

»Johanna, wir müssen Bo warnen. Da draußen fliegen als Vögel getarnte Drohnen und filmen ihn!«, wiederholte sie, hoffend, dass Johanna einen klaren Moment hatte und ausnahmsweise tat, was Lillith sagte. »Es ist nur noch eine Frage von Minuten, bis Foth mit seinen Leuten auftaucht und alle festnimmt. Johanna!«

Johanna sah sie an, als ob sie ihre Sprache nicht verstand. Und dann, als ob Lillith ein kleines Insekt sei, das sie gleich zerquetschen würde.

Lillith biss die Zähne zusammen und nahm Johannas Arm. »Komm, wir müssen weg hier. Sofort.« Sie griff nach Bos Sporttasche. Sie hatte das Gefühl, dass diese Tasche besser nicht Joseph Foth in die Hände fallen sollte. Das Kleid ließ sie hängen.

Ohne sich zu wehren, kam Johanna mit. Lillith humpelte und versuchte, sich nicht zu sehr auf die alte Frau zu stützen. Aber die Treppe hinunter ging es nicht ohne ihre Hilfe. »Komm, ich nehm' die Tasche«, sagte Johanna plötzlich und klang wieder wie die junge Studentin. Dankbar drückte Lillith sie ihr in die Hand. Jeder Schritt brannte in ihrer Hüfte. Sie ging gebückt, um ihre

Seite zu schonen, trotzdem brauchte sie alle drei Schritte eine kurze Pause.

»Ich bin nicht schnell genug. Johanna, du musst runterlaufen und Bo warnen.«

Eine Welle aus Hass und Verzweiflung und Trauer traf sie und riss sie fast von den Beinen. Aber dahinter war die See glatt, wenn auch tief und schwarz.

»Bitte«, fügte Lillith hinzu. Bos Mutter sah sie nachdenklich an, nickte dann und rannte los.

Lillith stützte sich auf das Geländer und beobachtete, wie Johanna die Treppenspirale leichtfüßig hinunterflog. Sie drückte ihre Hand auf den Verband an der Hüfte. Noch war alles trocken. Mühsam humpelte sie weiter. Einen Schritt nach dem nächsten. Eine Stufe nach der anderen.

Sie würde niemals rechtzeitig unten ankommen.

Seit wann durfte Foth Vogeldrohnen zur Überwachung losschicken? Oder steckte Hawik dahinter? Der hatte Krähen, das wusste sie. Aber diese Art von Drohnen war ausschließlich für die Überwachung der eigenen Grundstücke erlaubt. Keiner wollte Vögel über seinem Grundstück fliegen haben, von dem er nicht wusste, ob es Tiere waren oder kleine Spionagegeräte. Der Einsatz jenseits der Grundstücksgrenzen war verboten und ein klarer Verstoß gegen den Pakt.

Ein Schritt nach dem nächsten. Eine Stufe nach der anderen.

Der Bunker war fast leer. Ein paar ältere Menschen und einige Kranke waren zurückgeblieben. Alle anderen standen auf dem Heiligengeistfeld.

Die Eingangstür wurde aufgerissen, Menschen strömten hinein, offenbar hatte Bo die Veranstaltung beendet und alle gebeten, sofort die Gegend zu verlassen. Männer rannten die Treppe hoch und schubsten sie zur Seite. Lillith ließ sich an Ort und Stelle zu Boden sinken. Sollten sie doch alle rennen. Wenn die Polizei sie fand, war sie eben Lillith Civetta, armes und verletztes Entführungsopfer.

Nein. Die Polizei durfte sie hier nicht finden. Sie würde keine zweite Fluchtmöglichkeit bekommen.

Mühsam kam sie wieder auf die Füße. Ein Schritt nach dem nächsten. Eine Stufe nach der anderen. Ihr wurde schummerig. Dunkle Flecken tanzten vor ihren Augen. Nicht schon wieder ohnmächtig werden! Sie hielt an, schloss die Augen, versuchte den Panikknoten in ihrem Bauch zu lösen. Eine Hand legte sich auf ihre Schulter und sie zuckte zusammen.

»Komm, wir tragen dich«, sagte die Gänsehautstimme ganz nah an ihrem Ohr.

»Bist du wahnsinnig?« Lillith beobachtete wie durch dicken Nebel den Mann neben Bo. Das herzförmige, symmetrische Gesicht stand in seltsamen Widerspruch zu der heiseren Stimme. »Die hält uns auf. Lass sie hier.«

»Ich lass sie nicht zurück, Alek. Sie hat uns geholfen und du weißt, was die im Heimathaus mit hübschen Frauen machen.«

Bo blickte auf Lillith herunter. Sie konnte seine Zerrissenheit spüren, seinen Fluchtimpuls, aber gleichzeitig auch – Zuneigung?

Alek drängelte: »Bo, du musst sie hier lassen. Deine Mutter hält uns schon genug auf und die kann wenigstens noch laufen.«

»Nein.«

»Die kriegen uns, wenn wir nicht sofort verschwinden. Begreif doch endlich: Du musst an dich denken. Und an unsere Sache. Du kannst dich nicht um jeden einzelnen kümmern, wenn du die Welt verändern willst. Komm schon, Bo. Jetzt!«

»Ich kann die Welt nur verändern, wenn ich um jeden einzelnen kämpfe!« Bo war laut geworden. »Und du hilfst mir dabei.« Er legte vorsichtig Lilliths Arm um seine Schultern. »Komm schon, Alek. Jetzt!«

Heisere Flüche murmelnd nahm Alek Lilliths anderen Arm. Hunderttausend Nadelstiche schossen gleichzeitig in ihre Schulter, aber mit der Mischung aus Aleks Wut und Bos Entschlossenheit humpelte sie davon.

Ω Tunnel Ω

Sie hatten die Treppe in den Keller geschafft, waren aber immer noch ein ganzes Stück vom Eingang in den Fluchttunnel entfernt, als Bo über sich die schweren Schritte der Polizisten hörte. Verdammt. Die waren schneller in den Bunker gekommen, als er erwartet hatte. Er beschleunigte seine Schritte und ignorierte das leise Stöhnen von Lilly. Da musste sie jetzt durch. Alek warf ihm einen wütenden Blick zu. Er konnte es ihm noch nicht einmal verdenken.

»Der Bunker ist umstellt, kommt raus«, brüllten die Bullen. Ein Schuss, hoffentlich wehrten sich diejenigen nicht, die noch im Gebäude waren. Bo fühlte den Knoten in seinem Bauch wieder größer werden. Diesen Menschen konnte er nicht helfen. Jetzt musste er sich um sich selbst kümmern.

Da hinten war endlich das schmale Loch im Fußboden. Sunna und Kris sprangen hinein. Seine Mutter hangelte sich an den in der Wand eingelassenen Eisenholmen hinab und brauchte dafür nur unwesentlich länger. Alek, Lilly und er waren die letzten. Das Mädchen hangelte sich mühsam und langsam, viel zu langsam nach unten. Alek sprang an ihr vorbei, er selbst ging als letztes in die Tiefe und ruckelte den Felsbrocken über seinem Kopf zurück in die Position. Keine Omega-Technik, sondern Zweiter Weltkrieg.

Der alte Fluchttunnel für Hitlers Offiziere endete nach etwa fünfzig Schritten vor einer eingestürzten Wand aus Geröll. Selbst wenn die Bullen diesen Gang kannten, spätestens hier würden sie umdrehen müssen. Hinter ihnen schabte Stein auf Stein. Ja, die Bullen kannten den Gang. »Sunna, beeil dich«, flüsterte Bo. Seine Schwester pulte den losen Ziegel heraus und zog an dem dahinterliegenden Hebel. Ein schmaler Teil der Wand klappte zurück und der Geruch der Kanalisation drang in seine Nase.

»Schnell, schnell, schnell«, flüsterte Alek und kletterte als Erster durch die schmale Öffnung. Die anderen Omegas folgten ihm. Lilly hatte sich das T-Shirt über die Nase gezogen und offenbar Probleme mit dem Luftholen. Kurz wünschte Bo sich, sie oben gelassen zu haben. »Los jetzt«, drängte er, bevor er den Ziegelstein zurücklegte und als Letzter durch den geheimen Eingang in die Hamburger Unterwelt stieg. Ein kurzer Druck auf den Hebel, der von dieser Seite deutlich zugänglicher war, und sämtliche Steine glitten wie von Zauberhand auf ihren Platz.

Keine Sekunde zu früh. Ein letztes Schaben, dann das Geräusch von stahlbewehrten Schuhen auf Eisenstangen und schließlich von Schritten auf Geröll. »Wenn die hier runter sind, sitzen sie in der Falle«, schrie jemand. Die schweren Schritte kamen näher.

Lilly musste würgen. Bo stieß sie an, gröber als geplant. Himmel, ganz schlechter Zeitpunkt, um zu kotzen. Sie sah ihn mit ihren großen braunen Augen an. Ungewöhnlich diese Kombination mit den blonden Haaren, dachte Bo. Zum Glück schluckte sie und schien sich wieder einzukriegen.

»Hier ist Ende Gelände«, rief ein Mann, direkt neben ihnen.

Bo zeigte mit seinem Kopf in die Richtung, in die die anderen Omegas bereits verschwunden waren. Lilly nickte, stützte sich auf ihn und setzte, das Gesicht vor Ekel verzogen, einen Fuß vor den nächsten. Als ob es in Bederkesa weder Gülle noch menschliche Abfälle gab.

Neben ihnen wühlten Foths Männer in den Steinen. »Die können sich doch nicht in Luft aufgelöst haben«, meinte einer. Wieder schabten Steine über den Boden.

»Du willst jetzt nicht im Ernst den Schutt hier zu Seite räumen, oder?«

Lilly zog den Fuß aus der Mocke, was von einem lauten Schmatzen begleitet wurde. Bo drückte sie an sich. Jetzt keine weitere Bewegung.

»Da! Hast du das auch gehört?«

»Was gehört? Hier ist niemand. Du solltest nicht so viel Zeug rauchen.«

Immer noch schabten Steine über den Boden. Eine Faust klopfte an die Wand. »Klingt das hohl? Das klingt doch hohl, oder?«

»Du bist hohl, Mann, komm, wir gehen wieder hoch. Mir stinkt das hier zu sehr nach Kloake.«

Bo blieb noch einige Minuten stehen, bis er sich ganz sicher war, dass niemand mehr auf der anderen Seite der Wand nach dem versteckten Zugang suchte. Außerdem fühlte Lilly sich gut an. Er mochte ihren Duft. Selbst in der Kanalisation, in diesem ganzen Elend hier, strömte sie etwas Frisches aus, etwas Neues, Unerwartetes. Eine Feldblume in der Stadt.

»Tut mir echt leid, dass dein Ausflug so endet«, sagte er, sobald sie sich auf den schmatzenden Weg den anderen hinterher machten. »Und danke, dass du uns gewarnt hast. Dein Wissen über diese Vogeldrohnen hat uns den Arsch gerettet. Ich hab die Dinger vorher noch nie gesehen. Werden sie auf dem Land häufiger benutzt?«

Lilly nickte nur und schaute starr geradeaus. »Ist es weit?«, fragte sie.

»Schon ein Stück.«

Bo konzentrierte sich auf den Weg und darauf, sie weiter zu stützen. Da Alek nicht mehr half, merkte er ihr Gewicht deutlicher als erwartet.

Plötzlich schrie sie auf, ließ ihn los und war kurz davor, in die Scheiße zu kippen. Bo fing sie gerade noch auf – und sah dann auch, was sie erschreckt hatte: Ein Molch. Er holte ihn aus ihrem Nacken und hielt ihn ihr vor die Nase. »Die Wasserqualität scheint besser zu werden. Ein Molch in seiner Wassertracht. Und was für ein Riesenexemplar.«

Im Schein der Taschenlampe drehte sich das eidechsenartige Tier mit dem Drachenkamm auf dem Rücken aus seiner Hand und verschwand in der nächsten Sekunde in der Dunkelheit.

Endlich erreichten sie den Zugang zum U-Bahn-Tunnel. Die anderen waren schon hindurch, nur Huge, der kleine Huge mit seinen roten Locken, hatte auf sie gewartet.

»Da seid ihr ja endlich«, rief er ihnen entgegen. »Ich sag den anderen Bescheid, dass sie nicht auf Rettungsmission gehen müssen.« Und weg war er.

Lilly versuchte, sich an den Eisenholmen festzuklammern und langsam weiter in die Tiefe zu rutschen. Ein vergebliches Unterfangen, aber bevor er es ihr sagen konnte, war sie schon durch die Röhre hindurchgerutscht und mit einem Schmerzensschrei gelandet. Auf ihrem Po.

»Alles in Ordnung?«, fragte er und konnte nur mit Mühe sein Lachen zurückhalten, als er ihr wieder auf die Füße half. Die anderen Omegas, die hier unten auf sie gewartet hatten, waren weniger höflich. Ihr Gelächter hallte von den Wänden wider.

»Ja. Doch. Ich denke, es ist alles in Ordnung«, brachte sie hervor. Die Lüge war ihr genauso deutlich abzulesen wie die Schmerzen von ihren Verletzungen, und Bo hatte den Drang, sie in den Arm zu nehmen und zu trösten.

Nicht hier.

Sie stand auf und sah sich um. »Ein U-Bahn-Tunnel!«, rief sie.

»Bitte von der Bahnsteigkante zurrrrücktreten, der Zug fährt gleich ein«, deklamierte er.

»Ich dachte, die wären alle gesprengt worden.« Nach einer ganz kurzen Pause fügte sie hinzu: »Das hat uns jedenfalls unser Lehrer mal erzählt.«

»Sind sie auch«, bestätigte Bo. »Nachdem die Birds alles rausgeholt hatten an Schienen und Leitungen und was sie sonst noch nutzen konnten, haben sie die Eingänge gesprengt. Damit sich niemand auf ihre Anwesen schleichen kann. Aber wir hatten viele Jahre Zeit, um uns durch die Erde zu wühlen.« Ihn freute die Überraschung auf ihrem Gesicht. »Diese Tunnel sind schon von den alten Omega-Leuten instand gesetzt oder neu gegraben worden. Ein paar davon kannten wir schon länger, aber vor Kurzem habe ich eine Karte bekommen, auf der das gesamte unterirdische Gängesystem verzeichnet ist. Seitdem können wir uns ungesehen durch die ganze Stadt bewegen.«

Alek rempelte ihn an.

»Welche Geheimnisse möchtest du ihr noch verraten?«, zischte er, sprang in das Geröllbett der alten U-Bahn-Linie und folgte den anderen mit schnellen Schritten.

Bo half Lilly vom Bahnsteig hinunter, legte sich ihren Arm über die Schulter und setzte seinen Weg ebenfalls fort. Für so ein dünnes Wesen war sie erstaunlich schwer, und sie hatten noch ein ganzes Stück Weg vor sich.

»Kris, hilfst du mir?«, fragte er den Freund seiner Schwester, der sofort umdrehte und Lillys anderen Arm nahm.

Mehrfach verlor das Mädchen unterwegs das Bewusstsein, ihre Verletzungen schienen schlimmer zu sein, als er vermutet hatte. Aber irgendwann hatten sie es geschafft und das Landei, das ihnen da ins Nest geplumpst war, schlief in einer Ecke ihres neuen Hauptquartiers.

Bo betrachtete sie einen Moment und fragte sich, ob Alek Recht hatte und es ein Fehler gewesen war, sie mitzunehmen.

Die Mätresse von Fritjof von Eschenburg.

Untergrund

Lillith brauchte einen Moment, um zu begreifen, dass das Schwarz ihres Traumes dem Schwarz der Realität gewichen war. Nicht weit von ihr atmete jemand. Sie tastete durch die Dunkelheit und fand neben ihrer Matratze einen langen, stabförmigen Gegenstand. Eine Taschenlampe? Sie suchte nach einem Schalter, fand einen Knopf, da, endlich Licht.

Ein riesiger Raum, das Licht erreichte kaum die gegenüberliegenden Wände, aber abgesehen von dem Matratzenlager in ihrer Ecke war er komplett leer. Der Lichtstrahl huschte kurz über Johannas Gesicht. Sie schlief. Lillith fühlte sich, als hätte sie 24 Stunden an einem Haken gehangen. Wenn Johanna aufwachte und trauerte, wollte sie so weit weg von ihr sein wie möglich. Und erst recht, wenn sie bei klarem Verstand war.

Sie hörte Stimmen, irgendwo am anderen Ende des Raums. Links und rechts von ihr wölbten sich aus Ziegelsteinen gemauerte Säulen und Bögen. In den dahinter liegenden Alkoven lagen Trümmerteile: Steine, Betonreste, Sand, zerbrochene Fensterrahmen, gesplitterte Bretter, halbierte und geviertelte Dachziegel, Glasscherben.

Am Ende des Raums führte eine Wendeltreppe nach oben. Ihre Hüfte brannte, aber um nichts in der Welt wollte sie zu Johanna zurück. Sie hielt sich an dem groben Handlauf fest und zog sich Steinstufe für Steinstufe nach oben, die Stimmen wurden lauter, waren aber immer noch zu weit weg, als dass sie etwas hätte verstehen können.

Oben bot sich ihr das gleiche Bild wie in der Etage darunter: ein fensterloser Raum mit aus roten Backsteinen gemauerten Bögen, ein Gang, der ins Schwarze führte.

Dann verlosch das Licht ihrer Lampe.

Lillith tastete sich behutsam weiter. Hinter einer Biegung flackerte Kerzenlicht.

»Ich sag dir, wir müssen endlich in das Entführungsgeschäft einsteigen. Warum überlässt du das den Ratten? Da ist die Kohle. Mit deinen blöden Flugblättern kommen wir nicht weiter. Schade, dass es bei dem Duhnkreih nicht geklappt hat, aber im Prinzip ist das der richtige Weg.« Eine heisere, ungeduldige Stimme, die Lillith nicht sofort zuordnen konnte.

»Den haben die Ratten totgeprügelt, wie oft soll ich dir das noch sagen, Alek.« Bo klang unwirsch.

Alek, genau. Die Stimme gehörte zu dem Mann, der ihr voller Widerwillen in den Keller des Bunkers geholfen hatte. Der Mann mit dem Herzgesicht.

»Ach komm, gib's doch endlich zu, Bo. Die Idee ist und bleibt gut, und es ist an der Zeit, dass nicht nur die Ratten mit Entführungen Geld machen.«

»Vor allem, weil sowieso jeder denkt, dass Omega dahinter steckt.« Eine weibliche, ziemlich gelangweilte Stimme, die klang, als fände sie die Debatte überflüssig und unter ihrem Niveau. »Ich hab euch doch gesagt, dass es gefährlich ist, wenn ihr die Flugblätter unkontrolliert in der Stadt verteilt.«

»Lasst uns den Oppermann entführen oder besser noch den Civetta.« Alek wieder. »Oder wegen mir auch seine Prinzessin, dann wären wir unsere Geldsorgen los. Wir müssen die Geisel ja nicht sofort umbringen. Obwohl«, er lachte, »das würde für richtig Aufsehen sorgen, wenn wir so eine Hinrichtung live über das Vidjanetz bringen würden.«

Zustimmendes Gemurmel übertönte Lilliths scharfes Einziehen der Luft.

»Und wie bitte sollen wir an diese mega-gesicherten Birds herankommen?« Lillith glaubte, Sunnivas Stimme zu erkennen. »Gibt es dazu konstruktive Ideen? Alek? Riekje?«

»Na genauso, wie Bo und Joris an Duhnkreih gekommen sind«, sagte Alek. »Ich weiß wirklich nicht, warum du so ein Geheimnis darum machst, Bo. Ich meine, wenn dein Alter dich jetzt hier sehen könnte, glaubst du, der wäre glücklich über dein Rumgeeiere?«

Ein Stuhl fiel um und Lillith hörte eine müde Männerstimme sagen: »Lass ihn, Bo! Du wirst keinen Verstand in ihn hineinprügeln können.«

»Ihr kennt meine Meinung.« Bo wieder, die Stimme gepresst, als ob er die Zähne zusammenbiss. »Wenn ich könnte, würde ich allen Birds persönlich den Hals umdrehen. Aber das bringt uns nicht weiter.«

Die heftigen Emotionen ebbten ab. Die Mückenstiche fingen wieder an zu jucken. Lillith kratzte über den Stoff an ihrem Arm.

»Seid mal leise«, sagte die gelangweilte Frauenstimme. »Da ist jemand.«

Lillith ging sofort ein paar Schritte weiter und räusperte sich.

»Hallo? Ach, hier seid ihr alle. Die Taschenlampe hat den Geist aufgegeben und ich bin gerade ein bisschen herumgeirrt.« Sofort blendeten sie mehrere helle Lichter.

»Ihr könnt die Verhörfunzeln wieder runternehmen«, sagte Bo. »Das ist Lilly.«

Eine Mischung aus Neugier, Interesse, Zweifel und Ablehnung empfing sie.

»Lilly haben wir es zu verdanken, dass gestern alle rechtzeitig vom Heiligengeistfeld verschwinden konnten«, fuhr Bo fort. »Und das hier sind … zu viele, um sie dir jetzt alle vorzustellen. Ihr könnt euch ja später bekannt machen«, sagte er zu den rund 20 Männern und Frauen, die im Licht von mehreren Kerzen und Taschenlampen um einen langen Tisch herum saßen. »Danke übrigens, dass du an die Tasche gedacht hast«, flüsterte er ihr zu.

»Hey Lilly, endlich ausgeschlafen?« Der Junge mit den roten Locken strahlte sie an und streckte ihr die Hand entgegen. »Ich bin Huge.«

»Ausgeschlafen?« Lillith sah irritiert in die Runde. Das Blut schoss ihr in die Wangen. Wie lange war sie ausgeschaltet gewesen? Diese blöde Empathie.

Sunniva kicherte. »Du hast fast 20 Stunden lang den Schlaf der Gerechten geschlafen. Komm, setz dich zu uns«, sagte sie und holte aus einer hinteren Ecke einen Plastikklappstuhl, dem die halbe Sitzfläche fehlte. Huge rückte bereitwillig seinen Stuhl zur Seite.

Bo redete unterdessen weiter: »Konzentrieren wir uns auf die machbaren Aktionen, ja? Erstens: Information. Unsere wichtigste Aufgabe ist es, die Bevölkerung daran zu hindern, blind in diese Neue Heimat zu laufen. Die nächste Veranstaltung ist heute Nachmittag in Hamm. Ich kann dort …«

»Du gehst nirgendwo mehr auf eine Bühne«, unterbrach ihn Sunniva. »Das ist viel zu gefährlich, wie wir gestern gesehen haben.«

Lillith spürte Bos Verdruss.

»Du bist echt zu wichtig, Bosse, du kannst da nich' einfach mehr rausgehen und schnacken«, sagte ein muskulöser, glatzköpfiger Mann am anderen Ende des Tisches, dessen müde Stimme nicht recht zu seinem Äußeren passen wollte. In seinen zahlreichen Ohrringen spiegelte sich das Licht der Kerzen. Lillith erkannte den Wirt aus dem *Eimer*.

»Nein, Tom, ich verstecke mich nicht!«, rief Bo so laut, dass ein Echo von den hohen Wänden widerhallte. »Das ist doch genau das, was die wollen! Wir müssen den Menschen zeigen, dass wir uns nicht einschüchtern lassen.« Er wurde wieder ruhiger, dennoch füllte seine dunkle Stimme den ganzen Raum. »Wir müssen den Birds zeigen, dass sich nicht nur ein paar Spinner gegen ihre Pläne wehren, sondern die ganze Stadt! Wir müssen die Massen gewinnen. Aber das gelingt uns nur, wenn wir uns zeigen!«

Konnte bei so einer Stimme jemand anderer Meinung sein?

Alek konnte. »Momentan verhaftet unser lieber Polizeichef jeden, der sich zeigt. Aber bitte, ich halte dich nicht auf.«

»Foth kann nicht das ganze Volk verhaften. Wir sind viele. Die Versammlung gestern hat das eindrucksvoll gezeigt.«

»Das waren doch nur ein paar hundert Leute, und viele von denen …«

»Auf welcher Veranstaltung warst du denn?«, fiel Lillith Alek ins Wort. »Oder kannst du nicht bis tausend zählen?« Sie hatte nicht vergessen, dass er sie gestern ohne mit der Wimper zu zucken zurückgelassen hätte. Bo schenkte ihr ein amüsiertes Lächeln.

»Hundert, zweihundert oder auch tausend, das ist doch völlig egal.« Alek schnaubte. »Die Masse versinkt nach wie vor in Lethargie und tut, was man ihr sagt.« Alek ließ seinen Blick über die Mitstreiter an dem Tisch streifen. Fünf oder sechs von ihnen nickten. »Ich sag dir, wenn wir Waffen hätten, dann würden die Massen an uns glauben und uns unterstützen. Aber so …« Mit einer nachlässigen Handbewegung verwarf er Bos Argumente. »Worte allein stürzen keine Systeme. Wir brauchen Waffen.«

»Wir haben Waffen«, antwortete Bo. »Jeder Einzelne von uns ist eine Waffe. Jeder, der sich uns anschließt. Jeder, der für unsere Sache aufsteht und bereit ist, dafür zu sterben. Die Masse ist eine Waffe, die von den Birds unterschätzt wird. Wenn wir zusammenhalten und die Menschen Nordlands auf unsere Seite holen, dann müssen sie nachgeben und unsere Forderungen erfüllen.«

»Deine Forderungen«, sagte die Frau mit der gelangweilten Stimme jetzt mit einem bitteren Unterton. Ihre Lider hingen schwer über den großen, dunklen Augen.

»Unsere Forderungen, Riekje. Ich weiß, dass du davon nichts hältst. Aber lass uns die Debatte über Sinn und Unsinn von Demokratie nicht schon wieder führen. Wir wollen für unsere Leute, für unser Volk ein besseres Leben, ja?«

»Und für uns«, ergänzte Riekje.

»Ich glaube, wir sind Teil des Volks.« Bos Stimme war schneidend geworden. »Ein besseres Leben für alle bekommen wir nicht, wenn wir die herrschende Oligarchie wegputschen, nur um sie durch eine neue Oligarchie zu ersetzen. Wir brauchen Hilfe aus dem Ausland, darin sind wir uns einig, ja? Wen glaubt ihr, wird das Ausland unterstützen? Milizen, die ein weiteres Land ins Chaos schießen? Oder ein ganzes Volk, das sich die friedliche Rückkehr zur Demokratie und zur sozialen Marktwirtschaft auf seine Fahnen geschrieben hat?«

»Mit Ausland meinste die Skandinavische Union?«, fragte Tom, der Wirt. »Wenn wir die überzeugen könnten, das wär was. Hab' gehört, die finanzieren die Revoluzzer in Frankreich. Und das wohl ohne irgenwelche Hintergedanken. Nur für die großen Ideale der westlichen Zivilisation.«

»Egalité – Liberté – Fraternité.« Ein alter Mann mit dünnem, schütterem Haar seufzte.

»Es gibt auch noch ein anderes Ausland«, warf Alek ein. »Russland zum Beispiel besteht nicht auf demokratischen Wandel.«

»So, du willst uns also an Russland verkaufen?« Tom lehnte sich so weit vor, dass Alek unwillkürlich ein Stück zurückwich. »Schon vergessen, was die mit der Ukraine gemacht haben? Wenn du die Russen um Hilfe fragst, kannste denen unser Land auch gleich komplett in 'n Rachen schmeißen!«

»Woher wisst ihr das?«, rutschte es Lillith heraus.

Alek verdrehte die Augen. »Was habt ihr Dorfmädchen eigentlich im Kopf? Stroh?«

»Hör nicht auf ihn«, sagte Bo und legte seine Hand auf Lilliths Unterarm, der sofort zu kribbeln begann. Er tippte ein paar Mal auf einer klobigen, ziemlich alten Vidja mit integriertem Bildschirm herum, wie sie manche Dienstboten besaßen, um rund um die Uhr für ihren Herrn erreichbar zu sein. Im Prinzip nicht mehr als ein Kommunikator. Trotzdem ungewöhnlich: Vidjas, egal wie simpel, verließen nicht das Umfeld der Reichen. Alte Geräte wurden eingezogen und vernichtet, inklusive der Chips, die den Zugang zum Vidjanetz ermöglichten. Wie also kam Omega an eine Vidja? Und woher hatten sie den Chip?

Bo drückte ihr das Gerät in die Hand. Lillith starrte auf den Bildschirm. Eine ihr völlig unbekannte Vidjaseite thematisierte den Generalstreik und die Massendemonstration in Paris. »Was ist das?«

Bo lächelte zufrieden. »Das ist Omegas offizieller Vidja-Auftritt. Absolut niedrigschwellig, so dass jeder, der auch nur einen Kommunikator hat, die Informationen abrufen kann. Und gleichzeitig so komplex programmiert, dass er nicht zu hacken, zu infiltrieren oder lahmzulegen ist.«

»Deine Arbeit?«

Sein Lächeln wurde noch breiter. »Nein, es gibt genug Leute, die das besser können als ich.« Sein Blick ging zu seiner Schwester, die auf einem zweiten klobigen Gerät herumwischte und tippte. Lillith verstand zum ersten Mal, warum ihre Leute den Handel mit gebrauchten Geräten verboten hatten. Mit der richtigen Programmierung schien man einiges aus diesen Teilen herausholen zu können.

»Können wir bitte wieder zum eigentlichen Thema zurückkommen?«, fragte Riekje, die Stimme noch gelangweilter als vorher. »Umsturz in Nordland.«

»Das ist nicht unser Thema«, erwiderte Sunniva scharf. »Wir wollen die Enteignungen und die Umsiedlungen stoppen und die Menschen davon überzeugen, sich gemeinsam mit uns für eine echte Demokratie einzusetzen. Friedlich. Ohne Waffen. Für eine Revolution fehlen uns die Mittel, schon vergessen?«

Riekje, Alek und einige andere waren nicht Sunnivas Meinung. Lillith schluckte. Sie dachte an die Geschichten aus Westfalen und Sachsen, wo selbsternannte Volksrevolutionäre Blutbäder angezettelt, die Eliten ermordet und ehemals funktionierende Volkswirtschaften vernichtet hatten. Um am Ende mit noch weniger dazustehen als vorher.

»Okay, so kommen wir nicht weiter«, sagte Bo. »Lasst uns über unseren grundsätzlichen Kurs abstimmen, ja? Die Frage ist: Bleiben wir friedlich und bitten die Skandinavische Union um Hilfe? Oder wollen wir eine gewalttätige Revolution und suchen uns andere Verbündete? Also wer ist dafür, dass wir es friedlich versuchen?«

Viele Hände gingen nach oben. Die meisten Omega-Mitglieder unterstützten Bos Kurs.

»Wer ist dagegen?«

Alek, Riekje und ein riesiger Typ mit ungepflegtem Bart zeigten auf.

»Enthaltungen?«

Drei weitere Hände.

»Gut, dann ist das jetzt beschlossen«, sagte Bo. »Wir bleiben friedlich. Keine Gewalt, keine Anschläge, keine Entführungen.«

»Was bleibt dann noch?«, ätzte Alek, sein hübsches, herzförmiges Gesicht verlor jegliche Symmetrie. »Wir können uns wohl kaum vor den Mauern der Birds versammeln und für unsere Rechte demonstrieren.«

Tom räusperte sich. »Also, das Volk muss kapieren, dass es sich nich' alles gefallen lassen muss. Dafür brauchen wir 'n paar coole Aktionen. Früher, also als ich noch so 'n junger Hüpfer war, da ham' wir so was Guerilla-Aktionen genannt: Aus'm Nichts auftauchen, zuschlagen, maximale Aufmerksamkeit und dann nix wie weg.«

Alek grinste selbstgefällig. »Sag ich doch die ganze Zeit. Guerilla-Aktionen mit richtig Wumms dahinter, nicht immer nur dieses dämliche ›schön, dass wir drüber geredet haben‹.« Er ließ abwechselnd die Knöchel der linken und rechten Hand knacken. Auch seine Hände waren mit rot leuchtenden Mückenstichen übersät. »Wir könnten ein paar Mollis in die Fahrzeugkolonne werfen, die am Mittwoch zur Bürgerschaftssitzung fährt.«

»Oder die Induktionsschleifen lahmlegen und die Abgeordneten aus ihren stillgelegten Limousinen herauszerren. Dann müssen sie mit uns reden«, schlug der riesige, bärtige Mann vor. Im Dunkeln könnte der auch als Bär durchgehen, dachte Lillith.

»Tolle Idee«, lästerte Sunniva. »Wenn du das schwere Gerät dabei hast, um die Straßen aufzustemmen, kann ich mich gerne um die Überwachungskameras kümmern. Aber solange du nur mit Hacke und Spaten unterwegs bist … sorry, Jouko, vergiss es.«

Der Bärtige machte hinter Toms breitem Kreuz eine obszöne Geste.

»Mit Guerilla-Aktionen erreichen wir zwar die Birds und vielleicht sogar unsere eigenen Leute«, meldete sich eine hübsche junge Frau mit offenbar südeuropäischen Wurzeln zu Wort. »Aber bis ins Ausland reichen die nicht. Die Verantwortlichen in Schweden wissen doch nicht mal, dass es Omega gibt.«

»Das stimmt nicht«, sagte Lillith.

Totenstille. Lillith hätte sich am liebsten die Zunge abgebissen. Eine weitere Taschenlampe gab den Geist auf und die Kerze flackerte nervös in einem unsichtbaren Luftzug.

Aleks Schatten wuchs. »Die Schweden wissen, dass es Omega gibt?«, wiederholte er. »Wie das?«

»Also, ob sie Omega kennen oder nicht, das weiß ich auch nicht, aber, aber ...«, stotterte Lillith, »... aber über die verschwundenen Mädchen und die Vorgänge am Heiligengeistfeld wissen sie Bescheid. Die Bilder davon sind irgendwie nach Schweden gekommen, keiner weiß wie. In der Bürgerschaft soll es deshalb einen Riesenaufstand gegeben haben.«

»Woher weißte das?«, fragte Tom, gleichzeitig misstrauisch und interessiert.

Lillith schluckte. »Fritjof von Eschenburg, also mein Dienstherr, der hat sich über seine Vidja mit einem Abgeordneten darüber unterhalten. Herr von Eschenburg hat sich ziemlich aufgeregt und gesagt, dass die Senatoren aufpassen müssen, dass sie den Bogen nicht überspannen, dass er es sich nicht leisten kann, wenn Schweden und womöglich auch noch andere Länder Nordland wirtschaftlich boykottieren und so.«

»Warum bespricht er Geschäftliches in deiner Gegenwart?«, fragte Alek, der ihr kein Wort glaubte und sich keine Mühe gab, seine Abneigung zu verbergen.

»Naja«, Lillith zuckte die Schultern, »es war drei Uhr nachts und er dachte, ich schlafe.«

Verachtung, Belustigung, Respekt und Enttäuschung schlugen ihr entgegen. Sie senkte den Kopf und schloss die Augen. Der Gefühlscocktail schwappte über sie hinweg. Sie atmete tief durch, als die anderen am Tisch sich wieder auf Bo konzentrierten.

»Schade, dass wir nicht wissen, wer die Bilder aufgenommen und ins Ausland gespielt hat. Oder hat dein«, Bo machte eine kurze Pause, als suchte er nach dem richtigen Wort, »Arbeitgeber dazu etwas gesagt?«

Lillith rümpfte die Nase. Solange sie nicht weiter über Bos Verachtung nachdachte und sie vor allem nicht auf sich selbst bezog, ließ sich dieses Gefühl aushalten.

»Ja, hat er. Die Bilder sind von einer herrenlosen Vidja direkt aus dem Heimathaus gesendet worden.«

Bo blickte Sunniva an, die mit weit aufgerissenen Augen zurückstarrte, blass unter ihren Sommersprossen.

»Das hätte er nicht getan, ohne es mit uns abzusprechen«, flüsterte sie. »Wenn sie ihn dabei erwischt hätten …«

»Haben sie aber nicht. Coole Aktion. Wir fragen ihn morgen nach den Details, ja? Dann haben sich die Schweden bestimmt bei ihm gemeldet. Großartig, wenn wir da endlich einen Kontakt hätten.«

Lillith wüsste zu gern, wer der geheimnisvolle Kontaktmann im Heimathaus war. Aber endlich einmal gelang es ihr, den Mund zu halten.

»Okay, jetzt müssen wir die Schweden nur noch überreden, dass sie uns unterstützen«, fuhr Bo fort. »Problem eins: Masse. Wir müssen so schnell wie möglich das Volk hinter uns vereinen, sonst nimmt uns niemand ernst. Problem zwei: Zeit. Wir müssen schnell mit einer Aktion nachlegen, sonst lassen sich die Schweden von den Birds mit leeren Versprechungen einlullen und vergessen uns wieder. Irgendwelche Ideen?«

Jede Menge Vorschläge schwirrten durch den Raum: Massendemo, Generalstreik, das Rathaus besetzen, den Hafen kapern, die Zeppeline übernehmen und Werbebotschaften verschicken … Eines war allen Ideen gemein: Sie überstiegen die bescheidenen Mittel der Widerständler bei Weitem.

Als die Pausen zwischen den Vorschlägen länger wurden, meldete Lillith sich zu Wort. »Am Wochenende ist die 25-Jahr-Feier«, fing sie an.

»Ich glaube nicht, dass wir das feiern möchten«, sagte Riekje, jede Silbe ihres Satzes so überdeutlich betonend, als ob Lillith geistig zurückgeblieben wäre.

»Musst du auch nicht«, schnappte Lillith zurück. »Aber es werden eine Menge Reporter aus der ganzen Welt kommen und berichten, und die Reichen werden nichts tun, was ein schlechtes Licht auf sie wirft. Wenn ihr die Menschen – egal ob im Ausland oder hier in Nordland – gefahrlos erreichen wollt, dann an dem großen Festwochenende. So viel Aufmerksamkeit bekommt ihr so schnell nicht wieder.«

Bo sah sie über seine zusammengedrückten Fingerspitzen hinweg an und tippte ein paar Mal nachdenklich die Zeigefinger gegeneinander. »Die Birds werden vermutlich nicht mit Gewalt gegen uns vorgehen. Aber sie werden nicht tatenlos dabei zusehen, wenn wir der Welt von unserem Elend erzählen.«

»Eine Demonstration durch die Stadt werden sie uns nicht genehmigen«, sagte der alte Mann mit dem schütteren Haar. »Das war in den letzten Wochen schon verboten, das werden sie an ihrem Festwochenende erst recht nicht zulassen.«

»Und etwas Unpolitisches?«, fasste Lillith nach. Ihr fielen die Musiker ein, die sie überall im Armenviertel gesehen hatte. »Wie wäre es mit einem Konzert?«

Keiner reagierte. Entweder hatte sie gerade etwas unsagbar Dämliches oder etwas richtig Gutes gesagt.

»Super Vorschlag«, rief Tom. »Hätten wir auch selbst drauf kommen können.«

»Könnte funktionieren.« Bo war abwartender, noch nicht ganz überzeugt.

Der alte Mann sprang auf. »Ich finde, das ist eine klasse Idee! Wie damals in Wembley für Nelson Mandela. Nur dass es dieses Mal um unsere Freiheit geht.«

Bo sah ihn skeptisch an.

»Wer ist Nelson Mandela?«

»Nelson Mandela war ein südafrikanischer Freiheitskämpfer, der zum Ende des 20. Jahrhunderts gegen die Apartheid in seinem Land gekämpft hat. Das Konzert für ihn war einer der Meilensteine auf dem Weg zu seiner Befreiung. Er hat …«

»Danke, Nathan«, unterbrach Bo den Alten, zog die Diskussion wieder an sich und in die Jetztzeit: »Okay, wir bitten die besten Bands unseres Landes am Sonnabend aufzutreten. Wenn wir das als unseren Beitrag zum 25-jährigen Bestehen verkaufen, können die Zensurbehörden nichts dagegen haben. Wir müssen gucken, ob wir das Millerntorstadion kriegen können. Und dann werden wir der Welt die Wahrheit über Nordland erzählen. Friedlich und waffenlos!« Bo schickte einen warnenden Blick in Aleks Richtung. »Könnte funktionieren.« Er schaute in die Runde. Alle nickten zustimmend.

»Nathan, du kümmerst dich um die Genehmigungen. Alek, kannst du die Bands besorgen? Aber bitte nicht nur Punk und Metal. Tom, du übernimmst die Gastronomie, ja? Wahrscheinlich wirst du Genehmigungen brauchen, aber das kennst du ja. Aysen, du kümmerst dich um die Flugblätter und versuchst möglichst viel Werbung zu streuen. Sunna, du übernimmst die technische Seite der Werbung, ja? Ich kümmere mich um den Ablauf und die Botschaften, die wir senden wollen. Riekje, hilfst du mir dabei?«

Innerhalb von Minuten hatte Bo die Aufgaben verteilt, bis hin zur Organisation von Toiletten und Ordnern, damit die Behörde für Heimatschutz keinen Grund hatte, die Genehmigung zu verweigern. Die Stimmung war gelöst, sogar Aleks Leute hatten sich von Bo einbinden lassen. Lillith genoss die enthusiastische Atmosphäre und half mit vorsichtigen Fragen und Bemerkungen, das geplante Konzert in eine machbare Aktion zu verwandeln. Ein friedliches Konzert war in ihrem ureigenen Interesse. Es würde der Welt zeigen, dass Nordland ein zivilisiertes Land war, dass es Meinungsfreiheit gab, dass die Machthaber eine Zivilgesellschaft neben sich duldeten und es keinen Grund für potenzielle Heiratskandidaten gab, eine Ehe mit ihr als unkalkulierbar abzulehnen. Sie musste nur höllisch aufpassen, nicht von Bos Anerkennung fortgerissen zu werden und mehr Wissen preiszugeben, als man einem naiven Landei zugestehen würde.

Bo wäre vermutlich nicht mehr so begeistert von ihren Ideen, wenn er wüsste, dass ein Vögelchen sie ihm ins Ohr zwitscherte.

Lillith und Sunniva waren zurück in ihrer gemeinsamen Schlafecke. Johanna schlief noch und mit leisen, geübten Bewegungen untersuchte Sunniva im Schein der Taschenlampe Lilliths Verletzungen.

»Der Schlaf hat dir gut getan«, flüsterte Sunniva. »Ein paar Tage noch, dann kannst du wieder herumspringen. Und Plakate kleben!«

Lillith spürte, welch diebisches Vergnügen Sunniva diese Vorstellung bereitete. Lillith kratzte an den Mückenstichen an ihren Beinen.

»Meinst du, die anderen haben was gemerkt?«

»Ich glaube nicht.«

»Und du …?« Lillith stockte. »Danke, dass du bisher nichts gesagt hast.« Der Verbandswechsel schmerzte immer noch, obwohl die Wunde an Lilliths Hüfte langsam verheilte. »Ich wünschte, ich könnte die Hinrichtung deines Vaters ungeschehen machen.«

»Es war ja nicht deine Schuld.«

Es fühlte sich an wie ein Volltreffer in den Magen. Sunniva konzentrierte sich zum Glück auf Lilliths Wunden und merkte nichts.

»Ich werde euch helfen, Sunniva! Wenn auch nicht unbedingt mit Plakatekleben.«

»Nenn mich ruhig Sunna.« Sie lächelte Lillith voller Wärme an, stand auf und nahm die frisch gewaschenen Tücher von der durch den Raum gespannten Wäscheleine. »Wir werden schon was für dich finden. Aber wenn ich dir etwas raten darf: In der großen Runde solltest du dich zurückhalten. Dein Wissen über die internationale Presselandschaft war auffällig.«

»Tom kannte die doch auch alle.«

»Der ist so alt, dass er die Welt vor Nordland bewusst miterlebt hat. Bei einem Küken wie dir erwartet man das nicht.«

»Schräger Typ, dieser Tom.«

»Wegen seiner ganzen Piercings und den Tattoos? Täusch dich nicht. Tom Dederding ist ein guter Mann. Hätte ohne Probleme die Führung übernehmen können, wenn er gewollt hätte.«

»Aber er wollte nicht?«

»Nein. Meinte, er sei zu alt. Und Omega bräuchte eine Person, die das Volk begeistern kann, und nicht nur die Aktivisten hinter sich schart. Bo war die naheliegende Wahl. Du hast gesehen, was für eine Wirkung er auf der Bühne hat.«

Nicht nur dort.

Lillith drängte den Gedanken sofort wieder beiseite. Stockholm-Syndrom!

»Achtung, gleich tut es ein bisschen weh.« Sunna sprühte eine kalte Flüssigkeit auf die Hüfte, die sofort zu brennen begann.

»Könntest du mir das auch auf meine Mückenstiche sprühen?«

»Nein, für diese Minikratzer ist mir mein Desinfekt zu schade.«

Lillith seufzte und umklammerte den Rand ihrer Matratze, um nicht erneut an den Stichen herumzukratzen. Oder ihre Perücke herunterzureißen und endlich ausgiebig ihre Kopfhaut …

»Deine Mutter ist wach«, flüsterte Lillith, deren Inneres sich plötzlich stumpf anfühlte. »Könnten wir ein bisschen Abstand …« Tränen schossen ihr in die Augen, sie beugte sich nach vorn, in dem genauso instinktiven wie vergeblichen Versuch, den Schmerzen auszuweichen. Johanna stöhnte auf, wund bis ins Innerste ihrer Seele.

Sunna zog mitleidend die Augenbrauen über der Nasenwurzel in die Höhe. Das Licht der Taschenlampe richtete sich auf das blasse Gesicht ihrer Mutter, deren Augen geschlossen waren. »Wie kommst du darauf, dass sie wach ist?« Sie drehte die Lampe in Lilliths Richtung. »Himmel, was ist los? Die Wunde sah doch gut aus. Sind die Mückenstiche so schlimm? Sie wirkten gar nicht so …«

»Nein, Sunna, das ist es nicht.« Lillith schluchzte. »Ich kann … ich fühle … ihre Trauer. Es ist, als ob mein eigenes Herz herausgerissen würde.«

Sunna war sichtlich bemüht, das Gehörte zu begreifen. »Du bist eine Hochsensible? Wie Mama?«

Lillith nickte.

»Aber wieso blendest du ihre Gefühle nicht aus? Das muss doch die Hölle sein.«

»Wie soll ich denn die Gefühle von jemandem ausblenden, der keine zwei Meter von mir entfernt ist?« Lillith, die nun auch noch Sunnas Mitgefühl spürte, weinte hemmungslos. Tränen aus Erschöpfung und Verzweiflung liefen über ihre Wangen.

»Na, wie meine Mutter das sonst auch macht. Gemacht hat.« Sunna zögerte einen Moment. »Du kannst die Gefühle der anderen nicht aus deinem Bewusstsein drängen?«

»Kannst du mir zeigen, wie?«

Sunna schüttelte bedauernd den Kopf. »Ich habe Mama oft darüber reden hören, aber ich kann dir genauso wenig erzählen, wie es geht, wie dir ein Blinder die Farben eines Schmetterlings beschreiben kann.«

»Sunniva?«, flüsterte Johanna.

Sunna lief zum Lager ihrer Mutter und strich ihr über die Wangen. »Mama, liebe Mama.« Soviel Mitgefühl. Und so viel Schmerz. »Hast du Hunger? Ich hol dir was zu essen.« Und an Lillith: »Ich bin gleich wieder da, okay?«

Der Gedanke, mit Johanna allein zu sein, war bedrohlich. Aber was sollte sie tun?

»Hast du noch eine Ersatzbatterie für die Taschenlampe?«, fragte Lillith. »Dann sitzen wir nicht ganz im Dunkeln.«

»Ersatzbatterie?« Sunna kicherte. »Die Lampe funktioniert mit Muskelkraft. Gib mal her.« Sie nahm die Taschenlampe, öffnete eine Seitenklappe und holte eine Miniaturkurbel heraus, die sie in die passende Öffnung steckte. Nach ein paar Umdrehungen flackerte ein schwaches Licht. »Fünf Minuten kurbeln ergeben ungefähr eine Stunde Licht. Ich würde an deiner Stelle aber nicht auf große Erkundungstour gehen.«

Lillith verstand sofort. Vermutlich hatten die ersten Widerständler bereits Bedenken geäußert. Sie war eine von denen, die von den Birds profitierte, konnte man ausschließen, dass sie als Spionin hier war? Wenn sie jetzt auch noch auf eigene Faust herumlief, herumschnüffelte … Sie lehnte sich an die Wand, Johannas Trauer wie eine schwarze Teerschicht auf ihrer eigenen Seele.

Kurze Zeit später war Sunna zurück mit etwas Brot, einem Stück Kohl, ein paar Nüssen und einem Krug mit Wasser. Sie stellte alles ab, griff in ihre Jeanstasche, holte eine der klobigen Vidjas heraus und hielt sie sich ans Ohr.

»Ja?« Pause. »Ich komme.« Die Vidja verschwand wieder in der Hosentasche und Sunna sah Lillith entschuldigend an. »Es gibt ein paar Probleme und die Jungs brauchen mich. Ich muss dich leider wieder allein lassen.«

»Schon okay«, sagte Lillith. Obwohl gar nichts okay war.

»Ah, du warst beim Bäcker. Gab es keine Croissants mehr?« Johanna fiel über das Essen her. Mit vollem Mund erzählte sie, dass diese vegetarische Küche ja eigentlich überhaupt nicht ihr Ding sei. »Wir waren neulich im Burger Lab, großartige Burger machen die da. Nicht so ein veganes Labberzeug.« Sie nahm einen Schluck Wasser, hielt in der Bewegung inne und sah Lillith über den Becherrand hinweg an.

»Die kleine Civetta. Du hast eine wahnsinnige Ähnlichkeit mit deiner Mutter.«

Lillith schluckte. »Ich hab sie nie bewusst kennengelernt.«

Resignation. Ein Hauch Traurigkeit. Aber nicht die abgrundtiefe Trauer, die Lillith sonst von Johanna gewohnt war.

»Nach allem, was man gehört hat, scheint sie keine schlechte Person gewesen zu sein.« Johanna seufzte. »Gott, wie lange ist das alles schon her.« Johanna war eindeutig im Hier und Jetzt.

»Wirst du mich verraten?«

Mit einem fast mütterlichen Lächeln sah Johanna sie an. Lillith musste an Maja denken, die einzige Person, die sie in ihrem Leben jemals so angesehen hatte.

»Warum sollte ich? Soviel Mitgefühl wie bei dir habe ich lange nicht mehr gespürt, nicht bei uns und erst recht nicht in deiner Sippschaft. Das werde ich doch nicht mit überflüssigem Getratsche zerstören.« Sie machte eine kurze Pause und sagte, mehr zu sich selbst als zu Lillith: »Ein hochsensibler Bird. Welch eine ungewöhnliche Fügung der Natur.«

Lillith spürte, wie Johanna mit aller Gewalt versuchte, die Trauer von sich fernzuhalten. Sie holte eine kleine silberne Kugel aus den Falten ihres Rocks. »Ich habe dich gesehen, neulich. Ich dachte, ich hätte mich getäuscht, als auf der Tribüne plötzlich so intensive Emotionen zu spüren waren. Das warst du, nicht wahr?«

Lillith nickte.

»Weiß Bo, wer du bist?«

»Nein.«

Johanna ließ die kleine Kugel von einer Hand in die andere gleiten. »Du solltest es ihm sagen.«

Lillith nickte erneut. Ihr Sprachzentrum war gerade deaktiviert. Sie spürte eine Welle aus Trauer über sich hinwegfluten; wieder konnte sie nicht anders, als unkontrolliert loszuschluchzen. Eine weitere Welle kam und wurde im nächsten Moment von einem unsichtbaren Damm gehalten.

»Du hast nie gelernt, die Gefühle der anderen auszublenden?«

Lillith schluckte und flüsterte: »Nein. Ich wusste nicht, dass das geht.«

»Wenn du willst, zeige ich es dir.«

Wieder brachte Lillith nicht mehr als ein Nicken zustande.

Johanna drückte Lillith die Silberkugel in die Hand. Ein zarter, heller Ton klang aus dem Inneren. »Eine Qi-Gong-Kugel«, erklärte sie. »Wenn die Emotionen auf dich einströmen und du kurz davor bist, dich selbst zu verlieren, zeigt sie dir den Weg zurück. Hast du schon mal meditiert?«

Lillith nickte.

»Gut. Setz dich und konzentriere dich nur auf die Kugel.«

Lillith kniete sich auf die Matratze und ließ sich dann vorsichtig auf ihre Fersen herab. An einen Lotussitz war bei den Schmerzen in ihrer Hüfte nicht zu denken. Sie atmete ein und aus und versuchte den Juckreiz auf Armen, Beinen und unter der Perücke zu ignorieren. Sie mochte Meditationen. Auch ihre Mutter hatte meditiert, und Lillith fühlte sich während ihrer eigenen Sitzungen mit ihr verbunden. Die Konzentration auf ihr Innerstes, ihren Herzschlag, ihren Atem. Nichts mehr denken müssen, nur noch sein. Momente der Stille, des Alleinseins, kostbare Momente.

Sie konzentrierte sich auf die Kugel und lauschte dem leichten Klang hinterher.

»Was fühlst du?«, fragte Johanna.

Lillith brauchte nicht lange zu überlegen. »Aufregung, Neugier, Überraschung, Furcht. Scham.«

»Und was davon sind deine eigenen Gefühle?«

»Ich weiß es nicht. Alle? Keine?«

»Also ganz von Anfang an.« Johanna seufzte leise. »Du musst als erstes lernen, deine Gefühle von denen der anderen zu unterscheiden. Nur dann kannst du sie überhaupt ausblenden.«

»Meine eigenen nicht?«

»Willst du das? Willst du zum gefühllosen Psychopathen werden?«

Lillith schüttelte den Kopf.

»Deine Gefühle sind wertvoll, selbst wenn sie wehtun. Sie erinnern dich daran, dass du ein Mensch bist. Die Emotionen der anderen sind es, die du ausblenden und blockieren musst.«

»Aber wie denn?«

»Eines nach dem anderen. Erst musst du lernen, deine Gefühle von denen der anderen zu unterscheiden. Warte einen Moment.« Johanna schloss die Augen und saß ganz still. Nur ihr Kopf bewegte sich leicht, als hörte sie eine leise Melodie.

»Unsere Gefühlswelt setzt sich aus mehreren Ebenen zusammen, wie ein Musikstück. Grundlage, die Basslinie sozusagen, ist deine Persönlichkeit. Stell dir einen Kontrabass vor, allein auf großer Bühne, der eine kleine, immer wiederkehrende Harmonie zupft, mehr ein Rhythmus als eine Melodie. Bei manchen ist dieser Rhythmus voller Energie, bei anderen schleppt er sich durch das Musikstück, manchmal vermittelt die Basslinie Geborgenheit, manchmal macht sie einen ganz nervös. Schüchtern oder extrovertiert, weltumarmend oder abweisend, fatalistisch oder kämpferisch – der Bass hat für jede Persönlichkeit eine eigene Harmonie.

Dann kommen die Streicher und die Bläser, die der Basslinie die Melodie mitgeben. Das sind im Fall unserer Gefühlswelt die sinnlichen Gefühle: du bist hungrig oder satt, dir ist heiß oder kalt, deine Haut juckt oder du fühlst dich wohl in ihr. All das gehört zu deiner Gefühlswelt. Mal geht es dir gut, mal geht es dir weniger gut. Mal spielt dein Orchester in Dur, mal in Moll – aber immer werden die Streicher und Bläser von der Basslinie, von deiner Persönlichkeit angetrieben.«

Johanna öffnete die Augen. »Die Gefühle, die dir das Leben schwer machen, sind die Gefühle im engeren Sinne, die Emotionen. Deine eigenen und vor allem die der anderen. Es sind die Solostimmen, die klar und deutlich aus Basslinie und Melodie herausragen und dir deine aktuelle Stimmung zeigen: Zorn, Wut, Trauer, Angst, Neid, aber auch Freude, Euphorie und Mitgefühl. Solange es nur deine eigenen sind, passen sie sich dem restlichen Orchester an. Aber die Emotionen der anderen kennen deine Basslinie nicht. Sie reagieren nicht harmonisch auf deine Persönlichkeit. Im besten Fall produzieren sie nur ein leichtes Beben in deinem Bauch, ein leichtes Unwohlsein, Ohrenschmerzen wegen des disharmonischen Klangs. Im schlimmsten Fall zerfetzen sie erst dein Trommelfell und dann dein Gehirn. Oder, um im Bild zu bleiben, sie übertönen nicht nur deinen Kontrabass, sie zerstören ihn, kappen seine Saiten, zertreten seinen Klangkörper. Sie vernichten deine Persönlichkeit.«

Zum ersten Mal in ihrem Leben hatte Lillith das Gefühl, dass jemand verstand, was mit ihr los war. Ihr Inneres – ein Orchester der Gefühle. Ihre Beine kribbelten, sie wollte aufspringen, tanzen, Johanna und mit ihr die ganze Welt umarmen.

»Als erstes musst du deine eigene Solostimme finden. Es ist nicht schwer, ich hab sie schon gehört.« Johanna lächelte sie so herzerwärmend und grundgütig an, dass Lillith in dem Moment alles für sie getan hätte. Sie schloss die Augen und hörte – nichts.

Fragend sah Lillith auf die Kugel in ihrer Hand. »Ich höre die kleine Glocke in der Kugel. Mehr höre ich beim besten Willen nicht.«

»Konzentrier dich auf die Kugel. Und sieh dir dann jedes Gefühl an, das du spürst. Klingt es nach, wie die Kugel, die du in deiner Hand hältst? Dann ist es deines. Oder ist es stumpf, wie ein einzelner Ton ohne Tiefe? Ein Wassertropfen, der auf dem Boden zerplatzt? Dann gehört das Gefühl einem anderen.«

Alles war stumpf. Sie entdeckte keinen einzigen Nachhall. Sie war ebenso gefühllos wie der Rest ihrer Sippe. Lillith war frustriert.

Johanna lächelte immer noch. »Ich kann deine Gefühle doch spüren, Kind.« Sie schloss erneut die Augen. »Nimm die Kugel, lass sie von einer Hand in die andere gleiten, bis diese Bewegung völlig automatisiert ist und du nicht mehr darüber nachdenken musst. Und dann lauschst du, welcher Klang sich mit der Kugel vereint.«

Lillith versuchte es erneut. Sie schloss die Augen, spürte in sich hinein. Neugier, nein definitiv kein Nachhall, Erstaunen, nein auch alles nicht ihres. Es war frustrierend. Frust! Da endlich, der Ton öffnete sich wie die Blütenblätter einer Blume, streckte sich kurz in ihr Bewusstsein und war verschwunden. Sie spürte weiter in sich hinein, aber der Augenblick war fort. Logisch. Sie wollte lächeln und von ihrem Erfolg berichten und fing stattdessen hemmungslos an zu weinen. Irritiert öffnete sie die Augen und entdeckte, dass Johanna zusammengesunken auf der Matratze kauerte, das Gesicht in den Händen verborgen. Ihre Schultern zuckten. Lillith wusste, dass jeder Trost vergeblich war. Sie sah auf die Kugel in ihrer Hand, hörte den feinen hellen Klang der Glocke. Ungelenk stand Lillith auf und brachte Abstand zwischen sich und der unendlichen Traurigkeit.

Ω Tiere Ω

Die Uhr an dem Kirchturm zeigte vier Uhr. Bo hatte noch eine knappe Stunde bis die Sonne unterging, die Ausgangssperre in Kraft trat und die Polizisten der Heimatschutzbehörde und ihre zahlreichen neuen Hilfskräfte die Straßen abriegelten und jedem, der dann noch unterwegs war, alles abnahmen, was er bei sich trug.

Die Raubritter des 21. Jahrhunderts.

Bo verabschiedete sich vom Pastor der Dreifaltigkeitskirche, der sich nochmals überschwänglich dafür bedankte, dass er gekommen und über die Neue Heimat geredet hatte. Es waren weniger Menschen hier gewesen als bei ihrer Kundgebung gestern am Heiligengeistfeld, trotzdem war er mit einem guten Gefühl aus der Kirche gegangen. Die 250 Menschen, die ihm zugehört hatten, würden nicht für die Neue Heimat unterschreiben. Der Widerstand gegen die Birds festigte sich. Er war froh, nicht auf Tom und Sunna gehört zu haben und hierhergekommen zu sein.

Heute waren weder Drohnen noch Polizisten erschienen. Bo wollte sich gerade auf den Weg zum Bunker machen, um von dort aus im Untergrund zu verschwinden, als er mehrere Lastwagen auf sich zukommen sah.

Zeitgleich vibrierte seine Vidja. »Runter von der Straße. Birds!«

Er schlug sich ins Dickicht neben der Straße. Wie gut, dass Hamburg früher so viele Parks gehabt hatte. Die Reste wild wuchernder Büsche boten ihm heute die nötige Deckung.

»Danke Sunna«, schrieb er zurück. »Bin in Sicherheit und beobachte. Woher kommen die LKW?«

»Hawik – und misch dich nicht ein!«

Sunna hatte, wie immer, wenn er unterwegs war, die Überwachungskameras im Blick. Was wusste sie, was er noch nicht wusste? Und warum schickte Hawik seine LKW durch die Stadt?

Seine Zucht- und Mastbetriebe lagen ebenso außerhalb Hamburgs wie die Schlachthöfe.

Der erste LKW wurde langsamer und hielt nur wenige Meter von Bos Versteck. Er zog seine Kapuze tiefer ins Gesicht und vermied jede Bewegung. Ein knackender Zweig konnte ihn verraten. Zwei Männer in den dunkelgrünen Uniformen von Landwirtschaftssenator Hawik sprangen aus dem Fahrzeug.

»Hier muss es sein. Hammer Landstraße, Ecke Steindamm.« Der Fahrer des LKW legte den Rückwärtsgang ein und fuhr auf ein gerodetes Gelände, das die Bewohner hier offenbar als Kartoffelacker genutzt hatten. Die beiden Männer gingen auf ein verfallenes Mehrfamilienhaus hinter dem Acker zu, die Gummistiefel an ihren Füßen bildeten einen seltsamen Kontrast zu den goldenen Tressen ihrer Uniformen. Bo nahm den Gestank von Schweinen wahr, als sie an ihm vorbeigingen.

Die anderen LKW waren weitergefahren. Sie hielten nun in unregelmäßigen Abständen vor weiteren Häusern, Schuppen und Garagen.

Was hatte Hawik vor?

Der Fahrer des ersten LKW sprang aus der Kabine und ging um sein Fahrzeug herum. Standardmaß, feste Wände, aber mit zahlreichen Luftlöchern versehen. Der Geruch nach Schwein wurde stärker, als der Fahrer die Klappe öffnete. Dicht an dicht standen die Tiere auf der Ladefläche; auf mehreren Etagen hatte man sie gestapelt. Zum Gestank kam ein infernalischer Lärm aus Quieken, Grunzen und Schreien dazu. Bo hätte sich am liebsten die Ohren zugehalten. Die Schreie klangen zu menschlich.

»Das könnt ihr nicht machen!«, schrie ein Mann. »Da muss es doch wenigstens eine Entschädigung für geben.«

Bo steckte seinen Kopf ein klein wenig weiter aus seinem Versteck. Die beiden Hawik-Männer trieben eine Sau mit sechs Ferkeln vor sich her.

»Wir holen die Viecher nur ab«, sagte einer der Uniformierten. »Wegen Entschädigungen und so müsst ihr euch an den Senator wenden.« Er schlug sich in den Nacken. »Scheiß Mücken. Alles eure Schuld.«

»Was?«, rief eine Frau. »Damit haben doch unsere Tiere nichts zu tun.«

»Tja, das sehen die Herren Senatoren anders.« Er trieb die Schweine die Laderampe hoch.

»Aber wie sollen wir denn jetzt durch den Winter kommen?«, fragte die Frau und konnte die Tränen nicht aus der Stimme halten.

Der zweite Uniformierte schlug die Klappe hinter den Schweinen zu und drückte der Frau einen Zettel in die Hand. »Hier. Meldet euch für die Neue Heimat an. Es soll dort auch kleine Häuser mit angrenzenden Ställen geben, in denen ihr Tiere halten könnt. Kann sein, dass die meisten davon schon weg sind. Aber vielleicht kriegt ihr noch eines, wenn ihr euch beeilt.«

Er folgte seinem Kollegen in die Fahrerkabine und ließ das Ehepaar stehen. Hängende Schultern, graue Gesichter, ein Blatt Papier in der Hand – Bo wäre am liebsten aus seinem Versteck gesprungen, hätte sie geschüttelt, ihnen gesagt, dass sie die Finger davon lassen sollten, dass es sich nur um eine weitere Teufelei der Birds handelte.

»Wir sollten uns anmelden«, sagte der Mann zu seiner Frau. »Vielleicht haben wir ja Glück und können uns dort was Neues aufbauen.« Er drehte sich um und ging zurück ins Haus. Seine Frau starrte dem LKW hinterher. Regungslos verfolgte sie, wie auch ihren Nachbarn alle Tiere genommen wurden: Hühner, Gänse, Schafe, Ziegen und Schweine, sogar die Hunde und Katzen nahmen die Männer aus Hawiks Landwirtschaftsbehörde mit.

Ihre Nachbarn, ähnlich graugesichtig wie sie selbst, empfingen den Zettel wie eine Botschaft aus einem anderen Leben und gingen zurück in ihre Häuser.

Die ihnen nicht mehr lange gehören würden.

Bo hatte das Gefühl, das ihm der schwere Stein entglitt, den er gerade nach oben gerollt hatte.

Das Konzert musste ein Erfolg werden! Das Konzert war die einzige Möglichkeit für Omega, das Volk davon zu überzeugen, nicht in die Neue Heimat zu gehen, egal, was die Birds ihnen versprachen.

Wahrheit

Zeit wurde in dem tageslichtlosen Versteck zu einem seltsamen Phänomen. Sie dehnte sich in der Dunkelheit und für Lillith fühlte es sich an, als ob sie schon wochenlang bei Omega war. Aber sobald sie genauer darüber nachdachte, fiel die Zeit in sich zusammen und aus den Wochen wurden zwei Tage.

Sie wachte auf, sobald Sunnas Vidja piepte. Frühstück fiel aus, von den Lebensmitteln, die die Widerständler am Abend zuvor mitgebracht hatten, blieb in der Regel nichts übrig. Die Omegas, die im Versteck übernachtet hatten, machten sich auf den Weg, und Lillith blieb mit Johanna zurück.

Wann immer es der alten Frau gelang, ihre Trauer einzudämmen, unterrichtete sie Lillith. »Jede Emotion hat eine bestimmte Struktur«, erklärte sie. »Keine ähnelt der anderen und um sie von dir fernzuhalten, wirst du viel ausprobieren müssen. Nicht jedes Bild passt, nicht jedes funktioniert.«

Sie fingen mit Trauer und Verzweiflung an. »Sehr heftige Emotionen, aber du wirst selten so gutes Übungsmaterial finden.« Sie drückte Lillith die Qi-Gong-Kugel in die Hand. »Stell dir Trauer als dicke, harte Regentropfen vor. Das Wasser schlägt dir ins Gesicht, es fließt durch die Straßen, der Wind reißt dir den Regenschirm aus der Hand.« Sie ließ ihren eigenen Deich rissig werden. Mit den kleinen Bächen und Johannas stark kontrollierter Trauer kam Lillith nach einer – schmerzhaften – Weile zurecht. Wenn Johanna jedoch die Kontrolle verlor, ertrank Lillith in der Verzweiflung ihrer Mentorin. Ohne den feinen hellen Klang der Qi-Gong-Kugel wäre sie verloren gewesen.

Dann streifte sie durch die fensterlosen Etagen, bis Sunna zurückkam oder Johanna wieder nach ihr rief. Sie sehnte sich nach Tageslicht, wusste aber, dass ein einziger unvorsichtiger

Ausflug nicht nur ihre eigenen Pläne ruinieren, sondern auch Omega schaden würde. Ganz abgesehen davon, dass Sunna sich weigerte, ihr den Ausgang aus dem Quartier zu zeigen und sie selbst ihn bislang noch nicht gefunden hatte. Immerhin bekam sie langsam eine Ahnung davon, wo sie war. Die dicken, alten Ziegelsteinmauern, die Rundgänge, die durch die Etagen führten, die feuchte klamme Luft … »Wir sind in einem der alten unterirdischen Regenrückhaltebecken, oder?«, versuchte sie per Überraschungsangriff mehr aus Sunna herauszubekommen. Aber die lächelte nur sibyllinisch.

Abends füllte sich das Versteck mit Widerstandskämpfern. Fast erleichtert bemerkte sie, dass Alek und seine Leute nicht nur ihr gegenüber misstrauisch waren, sondern jedes neue Gesicht am liebsten des Tisches verwiesen hätten. Aber Bo hieß jeden Neuen willkommen. Solange mindestens zwei Mitglieder für ihn bürgten.

Oder für sie. Lillith war überrascht, wie viele Frauen gleichberechtigt zwischen den Männern saßen und diskutierten. Am späten Abend verließen die meisten Widerständler das Versteck, schlichen dank der unterirdischen Gänge trotz Ausgangssperre durch die Nacht, lebten am nächsten Tag ihr normales Alibi-Leben und versuchten möglichst unauffällig ihre Aufgabe für Omega zu erledigen, bevor sie am nächsten Abend erneut in das Versteck kamen. Die, die blieben, suchten sich eine ruhige Nische für die Nacht.

Lillith hielt sich bei den Diskussionen zurück, mehr als genug damit beschäftigt, die verschiedenen Regenmäntel, Hitzeschilde und Schutzanzüge auszuprobieren. Sie konnte inzwischen ihre eigenen Gefühle recht gut von denen der anderen trennen, aber heftige Emotionen überwältigten sie immer noch: die Wut, der Hass, die Hilflosigkeit – alles spiegelte sie wider. Bevor ihr Tränen über das Gesicht liefen, zog sie sich zurück in ihre kleine Ecke in der Etage unterhalb des Besprechungsraums.

Lilliths Magen knurrte, als sie am Donnerstagabend, sechs Tage nach Halloween, mit Sunna die Steinstufen hinabstieg. Das

Brot, das einer der Widerstandskämpfer hatte auftreiben können, war nicht mehr als ein Gruß aus der Küche gewesen.

Dazu hatte sich eine neue Anspannung über Omega gelegt. So als ob ihnen zum ersten Mal bewusst geworden war, was für einen aussichtslosen Kampf sie eigentlich kämpften. Dass zu ihrem Kampf mehr gehörte, als ein paar Zeichen auf die Wände zu malen. Und dass sie nicht die Mittel dafür hatten.

Sie hatten keine Möglichkeit, den Armen Ersatzquartiere für ihre Tiere anzubieten. Und so stahlen Hawiks Männer nach und nach alles, was für das Überleben in den Elendsquartieren nötig war. Angeblich, um der Mückenplage Herr zu werden. Tatsächlich, um die Menschen aus ihrer Heimat zu vertreiben.

Sie hatten keine Möglichkeit, Foths Hilfskräften Einhalt zu gebieten. Die legten die Sperrstunden inzwischen nach ihrem Gutdünken aus. Es konnte passieren, dass nachmittags um drei Passanten von diesen meist halbstarken Kerlen aufgehalten wurden und ihnen alles überlassen mussten, was sie bei sich trugen. Die Alternative: ein Aufenthalt im Heimathaus wegen des angeblichen Verstoßes gegen die Ausgangssperre. Das wollte niemand riskieren.

Sie hatten keine Möglichkeit, etwas gegen die willkürlichen Verhaftungen der Heimatschutzbehörde zu unternehmen. Die Mädchen vom Markt waren bis heute nicht wieder aufgetaucht. Genauso wenig wie ihre Väter. Oder wie komplett Unbeteiligte, die ins Heimathaus verschleppt wurden, weil an ihrer Hauswand ein Ω prangte. Sobald sie im Heimathaus waren, hörten sie auf zu existieren. Anders als den normalen Insassen konnte man ihnen kein Essen, keine Decken, keine Seife zukommen lassen – angeblich waren sie nie in Wilhelmsburg angekommen.

Eben gerade hatte der Frust über die Willkür ihr Ventil in einem heftigen Streit zwischen Aysen und Nathan gefunden. Da es bisher keine Genehmigung für das Konzert gab, wollte Nathan, der alte Mann, der sich um die Behördengänge kümmerte, am liebsten gar nicht dafür werben, »dann bewilligen die das gar nicht«, während Aysen, die junge Frau mit den türkischen Wurzeln, am liebsten in dem Moment damit angefangen hätte, als sie das Konzert beschlossen hatten. Also vor zwei Tagen. »Wenn unsere Leute nicht wissen, dass wir ein Konzert planen, dann spielen die Musiker vor leeren Rängen – und das Ausland tut unsere Forderungen als Spinnereien von ein paar Bekloppten ab.«

Sunna, die für das Schalten der Werbung auf den großen elektronischen Anzeigetafeln in der Stadt zuständig war, genaugenommen für das Hacken dieser Tafeln, versicherte Aysen, dass sie jederzeit mit ihrer Werbung loslegen könnte, sie hätte alles im Griff. Nur Lillith hatte die Lüge gespürt.

Alle Anwesenden waren gereizt gewesen, innerhalb kürzester Zeit waren sie wieder bei dem Thema Waffen gelandet und Piet, ein kleiner Typ, der wegen seiner Kurzsichtigkeit ständig die Augen zusammenkniff, hatte Lillith ins Gesicht gesagt, dass die Mätresse bei dieser Diskussion nicht erwünscht sei. Dabei sympathisierte Lillith inzwischen aufrichtig mit Omega. Sie fühlte die Ungerechtigkeit am eigenen Leib. Nicht zuletzt deshalb, weil sie ständig hungrig war. Aber sie wollte die Situation nicht weiter anheizen und war kommentarlos aufgestanden, begleitet von Sunna, die noch etwas arbeiten wollte.

»Kommt Kristofer eigentlich gar nicht in dieses Versteck?«, fragte Lillith. Seit ihrer Flucht vom Heiligengeistfeld hatte sie Sunnas Freund nicht mehr gesehen.

»Er ist unterwegs«, antwortete Sunna knapp. Lillith spürte ihre Sorge und fragte nicht weiter. Sie wünschte sich, sie könnte irgendwie helfen. Hier in diesem Versteck, als Lilly vom Land, hatte sie nichts, womit sie Omega unterstützen konnte. Ihr Wissen über die Welt war bruchstückhafter, als sie es sich je hätte träumen lassen. Das, was sie wusste, konnte sie dagegen nicht weitergeben, wenn sie ihre Identität geheim halten wollte. Wahrscheinlich würde sie warten müssen, bis sie wieder zu Hause war und auf Geld und Ressourcen zugreifen konnte.

Nur: Wie sollte sie Bo und den Rest von Omega davon überzeugen, dass sie ihnen wirklich helfen wollte? Sobald sie wussten, wer sie in Wahrheit war, würden sie glauben, sie habe sie nur ausspioniert. Egal was sie dann auch tat und sagte – sie würden ihr nicht länger vertrauen.

Also musste es auch nach dem Ende des Festes eine Lilly geben.

Aber nicht in diesem lichtlosen Versteck, nicht als hilfloses Mädchen vom Lande.

»Glaubst du, sie würden mich als Mata Hari akzeptieren?«

»Als was?«, fragte Sunna, die mit ihren Gedanken offenbar ganz woanders war.

»Mata Hari. Spionin im Ersten Weltkrieg, in Wahrheit nicht besonders erfolgreich, aber wegen ihrer angeblichen Verruchtheit eine Legende. Wenn ich schon offiziell als Mätresse gelte, sollte ich das ausnutzen, oder? Ich könnte versuchen, mit Fritjof Kontakt aufzunehmen. Ich bin sicher, dass ich ihn auf unsere Seite ziehen kann. Und nach dem großen Fest kann ich euch unterstützen. Mit Geld, Essen, Medikamenten, Informationen. Was ihr braucht.«

»Hm. Vielleicht. Lass uns das nachher mit Bo besprechen.«

Lillith schwieg, enttäuscht, dass ihr Vorschlag auf so wenig Begeisterung gestoßen war.

Selbst wenn sie unerkannt und unbeschadet diesen Ort nach dem großen Fest verlassen konnte, selbst wenn ihr Plan aufging und sie nicht sofort verheiratet wurde – sie würde nicht weiterleben können wie bisher. Sie würde ihrem Vater den Ernst der Lage klar machen. Er brauchte Nordland als sicheren, ruhigen Hafen für seine Geschäfte. Und war es nicht eine großartige Chance, die sich ihm mit Bo und den Omegas bot? Er musste nur rechtzeitig auf die gemäßigten Kräfte zugehen. Bevor die Männer um Alek sich durchsetzten, sich irgendwoher Waffen organisierten und Nordland zu einem weiteren gescheiterten Land machten. Wenn sie wieder zu Hause war, würde sie ihren Vater davon überzeugen, zumindest auf einen Teil von Omegas Forderungen einzugehen. Die Umsiedlung stoppen. Wahlrecht für alle. Das sollte doch machbar sein.

Überhaupt. Zu Hause. Sie hatte bisher noch nicht mit Sunna besprechen können, wie sie Omega wieder verlassen würde. Sie kratzte an der Perücke, die nicht mehr so fest saß wie noch vor ein paar Tagen.

Am anderen Ende des Ganges leuchtete eine Taschenlampe, deren Licht langsam näher kam. Zwei Paar Schritte kamen auf sie zu, fest, aber nicht besonders eilig. Die Akustik in diesen Räumlichkeiten war gut und die beiden Personen so laut, dass sie trotz der Entfernung jedes Wort verstehen konnte.

»Bist du sicher, dass keiner von unseren Jungs sie geschnappt hat?« Lillith erkannte Riekjes gelangweilte Stimme.

»Das wüsste ich.« Eine heisere, verächtliche Stimme. Alek. »Wie dämlich sind wir eigentlich? Wir lassen uns wie die Schafe über die Wiese treiben, anstatt als Schäferhund für Ordnung zu sorgen.«

Lillith fasste Sunna am Arm, bremste ihren Schritt und legte einen Finger auf die Lippen.

»Du meinst wirklich, die Ratten haben sie entführt? Aber wieso veröffentlichen die Birds das erst jetzt, wenn sie schon seit Freitag vermisst wird? Warum haben die das fast eine ganze Woche lang geheim gehalten?«

»Ich schätze, der alte Civetta hat gehofft, sie taucht von allein wieder auf.«

»Als ob so was je passieren würde. Wie sind die Ratten überhaupt an sie rangekommen?«

»Sie war wohl an Halloween in einer unserer Kneipen unterwegs. Ganz wie ihre Mutter. Die meinte damals ja auch, sich unters Volk mischen zu müssen.«

Riekje lachte höhnisch. »Stimmt. Wie hieß die noch? Die hatte doch so einen hochherrschaftlichen Namen.«

»Larissa von Stolzenburg-Civetta. Aber der hat ihr auch nicht geholfen, als sie in die Hände der Aufständischen geraten ist.«

»Wie war das noch? Die war plötzlich bei einer der Demos dabei, oder? Und am Ende tot.«

Ein heiseres Lachen. Dann, in einem fast wollüstigen Ton: »Aber erst, nachdem noch viele Männer ihren Spaß mit ihr gehabt haben.«

Lillith blieb stehen. Sie wusste, dass ihre Mutter bei den Unruhen ums Leben gekommen war. Sie hatte immer gedacht, es wäre ein Unglück gewesen, eine verirrte Kugel. Maja hatte ihre Fragen nur ausweichend beantwortet, so genau wisse sie das nicht, ihre Mutter habe wohl einfach das Pech gehabt, zur falschen Zeit am falschen Ort gewesen zu sein. Von einer Massenvergewaltigung war nie die Rede gewesen.

Ihr war mit einem Mal eiskalt.

»Jedem das, was er verdient.«

»Wie naiv muss man sein, wenn man zur herrschenden Klasse gehört und glaubt, man könne bei einer Demo gegen dieses Unrechtsregime mitlaufen?« Riekjes Stimme war immer noch zu Tode gelangweilt. Als ob sie das Wetter diskutieren würde. Und nicht das gewaltsame Ende einer Frau, die an das Gute im Menschen geglaubt hatte.

»Dem Alten war es am Ende bestimmt nur recht, dass sie nicht weiter dazwischenfunken konnte. Ich würde ihm sogar zutrauen, dass er persönlich dafür gesorgt hat, dass sie diese Demo nicht überlebt. Und wer weiß, vielleicht hat er seine Tochter auch aus dem Weg räumen lassen? Vielleicht ist sie gar nicht entführt worden, sondern liegt schon lange am Grund der Alster?«

»Oh Mann, Alek, deine Verschwörungstheorien werden auch immer wilder«, rief Sunna ihm entgegen. »Bo wird bestimmt dankbar sein, wenn du ihm statt neuer Verstecke nur diesen Quatsch präsentierst.«

»Mach du erstmal deinen Job, Sommersprosse«, schnappte Alek zurück. »Soweit ich weiß, habt ihr die neuen Sicherheitssperren im Netz immer noch nicht knacken können. Also haben wir keinen Zugriff auf die Tafeln. Und da die Heimatschutzbehörde allen untersagt hat, private Mitteilungen an die Litfaßsäulen zu kleben, haben wir keinerlei Werbemöglichkeit für das tolle Konzert. Wir werden vor leeren Rängen spielen! Aber das Beste …« Alek machte eine Pause, Lillith spürte seinen Hohn, seinen Zynismus, kniff unwillkürlich die Augen zusammen und hob selbst verächtlich einen Mundwinkel; ein Spiegelbild von Alek, wie sie sah, als ihre Lampe in sein Gesicht leuchtete.

»… oder das Schlechteste, kommt wohl drauf an, wo man steht: Die Kameras der Stadt funktionieren wieder einwandfrei im Sinne der Heimatschutzbehörde, wie Kristofer dir bestätigen kann. Falls die Bullen ihn jemals wieder laufen lassen.«

»Was?« Sunna blieb abrupt stehen.

Alek lachte höhnisch. »Wusstest du das noch gar nicht? Deinen Liebsten haben sie erwischt. Drach soll begeistert gewesen sein, dass er den Maulwurf in seiner Behörde so schnell geschnappt hat.«

Panik stürmte wie ein heißer Sandsturm auf Lillith ein. Ohne lange nachzudenken, zog sie ein Tuch über Mund und Nase, eines, das nur vor ihrem inneren Auge existierte. Es funktionierte! Sie spürte nichts mehr. Aber die Freude wich schnell dem Schrecken: Kristofer verhaftet! Alek ging an ihr vorbei, nicht ohne sie anzurempeln und ihr ein »Heute Nacht bin ich mal dran, Nutte« zuzuflüstern.

Lillith zog die immer noch stocksteif stehende Sunna weiter, vorbei an ihrem Schlaflager, hin zu einer schweren Tür, die sie gestern bei einem ihrer Streifzüge entdeckt hatte. Dahinter war ein winziger, abhörsicherer Raum, kleiner noch als eine Besenkammer, in dem zwei schlanke, nicht klaustrophobische Personen, an kalte Metallrohre gepresst, Platz hatten.

Lillith wusste endlich, wie sie helfen konnte.

»Warum hast du mir nicht früher gesagt, dass ihr Probleme mit den Werbetafeln habt, Sunna?«

Keine Reaktion.

»Sunniva Thorn, ich kann dir helfen.«

»Deshalb hat er sich nicht gemeldet.« Sie schluchzte. »Er wäre besser tot.«

»Nein. Wir holen Kristofer da raus. Versprochen. Sobald ich zu Hause bin, sorge ich persönlich dafür. Aber Alek hat recht. Ihr müsst endlich Werbung für das Konzert machen. Sonst wird das ein Riesenflop. Vergesst die Genehmigungen. Wenn von allen Tafeln der Stadt die Einladungen leuchten, kann euch das keiner mehr verbieten. Hamburg ist voll mit ausländischen Gästen. Komm schon, Sunna, wer die Überwachungskameras ausschalten kann, kann doch auch diese blöden Werbetafeln hacken. Ich kann mir nicht vorstellen, dass die gesichert sind. Füttere die Tafeln mit den notwendigen Informationen und …«

»Das geht alles nicht mehr.«

Lillith drückte Sunnas Hand. So verzweifelt hatte sie sie noch nie erlebt. Das Regencape, das sie sich gedanklich überstülpte, war an mehreren Stellen undicht. Trotzdem hielt es so viel von Sunnas Gefühlen fern, dass sie nicht mit ihr zusammenbrach. Danke Johanna!

»Kristofer war in der Heimatschutzbehörde angestellt?«

Sunna nickte. »Er ist ein ziemlich guter Programmierer. Deshalb kannte er auch die ganzen Schwachstellen in der Überwachungssoftware.«

»Und er kannte das Risiko. Er würde nicht wollen, dass du alles hinschmeißt. Du musst an die große Sache denken. Bitte Sunna!«

Sunna reagierte nicht. Sie schniefte und wischte mit dem Ärmel durchs Gesicht.

Der Regen ließ langsam nach. Lillith drückte Sunnas Hand. »Nicht aufgeben. Bitte. Und dann erzählst du mir, was genau das Problem ist, okay?«

Ein letzter Schluchzer, ein tiefes Lufttholen. »Seit gestern kommen wir nicht mehr ins Überwachungsnetz. Drach muss ein neues System aufgespielt haben und die Rechenleistung unserer alten Vidjas reicht nicht aus, um die Verschlüsselungen zu hacken.

Wir haben also keinen Zugriff mehr auf die Kameras. Und deshalb können wir keine Werbung auf den Tafeln schalten.«

»Warum braucht ihr für Werbung auf den Tafeln Zugriff zum Überwachungsnetz?«

Sunna sah sie irritiert an.

»Weißt du das nicht?«

»Was?«

»Die Werbetafeln der Stadt senden nicht nur – sie empfangen auch. In sämtlichen Tafeln, in allen Litfaßsäulen, ja sogar in den Schaufensterpuppen in den besseren Gegenden sind Kameras installiert, damit die Heimatschutzbehörde jederzeit alles beobachten kann. Verbunden mit einem selbstlernenden System werden die offiziellen Stellen informiert, sobald irgendwo etwas nicht der Norm entspricht. Der alte Drach hat sich nicht weiter um dieses Überwachungssystem gekümmert, die halbe Bürgerschaft hat darauf Zugriff, da konnten selbst wir uns reinhacken und Kameras manipulieren.«

Lillith runzelte ihre Stirn. Das hatte sie tatsächlich nicht gewusst. »Und was genau hat die Überwachung mit der Werbung zu tun?« So ganz begriff sie den Zusammenhang immer noch nicht.

Sunna zog spöttisch einen Mundwinkel hoch. »Wir haben schnell begriffen, dass man dem System nicht nur unsere harmlosen Straßenbilder als Realität verkaufen kann, sondern dass es mit einem einfachen Wechsel der Polarität möglich ist, eigene Nachrichten über die Tafeln zu schicken. Wenn wir in den vergangenen Wochen dem Volk etwas zu sagen hatten, haben wir das über die Tafeln gemacht.« Sie seufzte, der Spott war aus der Stimme verschwunden. »Das scheint der junge Drach wohl bemerkt zu haben.«

»Okay«, sagte Lillith mit einem langgezogenen »aaayyy«. Sie hatte nicht viel davon verstanden. »Wir reden über dieselben Tafeln, ja? Die großen Bildschirme, die in der ganzen Stadt verteilt sind und über die alle offiziellen Mitteilungen der Behörden verbreitet werden.«

»Und Werbung für unbezahlbare Gesichtscremes und teure Autos. Genau die.«

»Auf die könnt ihr nicht mehr zugreifen, weil Drach neue Sicherheitssperren hat einbauen lassen.«

»Korrekt.«

»Was ist aus dem guten alten Kaufen von Werbung geworden?«

Ein flüchtiges Lächeln auf Sunnas Gesicht. »Wenn man Geld hat, soll das immer noch funktionieren.«

Jetzt war es an Lillith zu lächeln.

»Damit kann ich zufälligerweise dienen.«

Sie spürte einen Funken Hoffnung bei Sunna, der aber sofort wieder erlosch.

»Dann entdeckt dein Vater dich, und deine ganze Flucht war vergebens.« Sunna wand sich, offenbar drückte das Rohr unangenehm in ihrem Rücken.

Lillith spürte das kalte Metall nicht mehr. Zu glücklich war sie, endlich helfen zu können.

»Unsere Marketingabteilung gibt jedes Jahr Millionen aus, da fällt es nicht auf, wenn wir über deren Konten ein paar Buchungen laufen lassen. Ich muss mich nur einmal als Sachbearbeiterin in unserem System anmelden.«

»So einfach ist das nicht, Lilly. Auf nordlandweite, allgemeine Systeme wie Überwachung und Sicherheit können und müssen viele zugreifen, da waren die Barrieren bislang so niedrig, dass wir mit unseren alten Geräten eine Menge machen konnten. Aber wenn du auf die Marketingabteilung der Civettas zugreifen willst, brauchst du dafür eine Vidja, die zum internen Netzwerk der Civettas gehört und …« Sunna verstummte und folgte mit ihrem Blick Lilliths königlich winkender Hand. Am Handgelenk blitzte das goldene Vidja-Armband.

»Wir bräuchten einen Akku, eine Karte und eine begnadete Programmiererin, die dem Civetta-System weismacht, dass es sich bei diesem Gerät um eines der unbedeutenden Mitarbeiter-Geräte handelt. Kriegst du das hin?«

Sunna lächelte wieder und nickte.

Mühsam nestelte Lillith in der Enge des Raums am Armband herum und drückte es schließlich Sunna in die Hand. »Hier. Lass uns dafür sorgen, dass das Konzert ein voller Erfolg wird und die Welt von euch erfährt.«

Sunna öffnete die Tür. Auf dem Gang aktivierte sie ihre eigene, klobige Vidja. Sie tippte und wischte darauf herum, las etwas und drückte sie dann Lillith in die Hand. Ein offiziell aussehender Nachrichtenbeitrag auf »NLW heute«, der einzigen kostenlosen Nachrichtenseite Nordlands. Das offizielle Foto von Lillith Civetta: kinnlange, lockige, dunkelbraune Haare, arroganter Blick unter falschen Wimpern, hohe Wangenknochen, schmale Nase, volle Lippen, makelloser Teint, perfekt geformte, eng anliegende Ohren, langer Hals – abgesehen von der Haarfarbe war sie der Inbegriff des aktuellen Schönheitsideals. Unter dem Foto die Meldung: »Lillith Civetta entführt. Heimatschutzbehörde verstärkt Fahndung nach Aktivisten der sogenannten Widerstandsgruppe Omega.«

Lillith drückte auf den Vorwärtspfeil: drei Männer, die sie noch nie gesehen hatte und deren Bilder genauso gut aus dem Polizeiarchiv stammen konnten. Um ihre Arme hatten sie weiße Stoffstreifen mit dem Ω gewickelt. Immerhin kein Bild von dieser Oberratte mit der Dämonenfratze. Bo würde keine Verbindung herstellen zwischen diesen angeblichen Entführern und ihrer Person.

»Kennst du die Männer?«, fragte sie Sunna.

»Noch nie gesehen. Die sind nicht von uns, du hast doch Alek eben gehört.«

»Und das Ω?«

»Kann sich jeder um den Arm binden. Nein, das sind gefälschte Bilder. Aber«, sie senkte ihre Stimme zu einem Flüstern, »dein Glück, dass dein Freund Fritjof nicht erwähnt wird.«

Richtig! Daran hatte sie noch gar nicht gedacht. Bo hatte sie gemeinsam mit Fritjof im *Eimer* gesehen. Aber nicht einmal der

Eimer tauchte in dem kurzen Text auf. Der Nachricht zufolge hatte sie gemeinsam mit Freunden auf der Reeperbahn Halloween feiern wollen. Dort sei sie überfallen und entführt worden. Die Überwachungskameras hatten den Vorgang gefilmt und die Bilder der Entführer extrahiert.

Was angesichts der fehlenden Ähnlichkeit der beteiligten Personen eine dreiste Lüge war.

»Habt ihr eigentlich auch die Kameras rund um den *Eimer* …?«

Weiter kam sie nicht. In der Nähe ihres Schlaflagers funkelten mehrere Lichter und eine laute Stimme hallte über die ganze Etage.

»Foth hatte keinen Grund, seine Meute auf sie zu hetzen. Nicht einen gottverdammten Grund.« Bo war zurück und seine Gänsehautstimme war zu einem nur mühsam unterdrückten Geschrei geworden.

»Das macht er bestimmt, um seinem Chef Aktivität in Sachen Civetta-Entführung vorzugaukeln.« Eine Frauenstimme, gelangweilt, nahezu emotionslos. Riekje. Wie war die so schnell an Bos Seite gekommen?

»Als ob einer von denen überhaupt wüsste, wer Lillith Civetta ist. Hätten die Ratten mit ihrer Scheiß-Entführung nicht warten können, bis das große Fest vorbei ist?«

»Was ist passiert?«, fragte Sunna.

Bo trat gegen eine der Matratzen.

»Die Kinder waren krank. Krank! Die hatten am ganzen Körper rote Flecken und waren völlig apathisch. Die Eltern sind mit denen zu einer von Krawinkels Schönheitsfarmen gegangen, weil sie sich nicht mehr zu helfen wussten. Der Mann ist schließlich Gesundheitssenator. Aber bevor die überhaupt nur in die Nähe kamen, hat Foth sie mit seinen Hilfssheriffs wie Vieh zusammengetrieben, in Busse verfrachtet und wer weiß wohin transportiert. In was für einem Land leben wir eigentlich, in dem man Kinder von der Straße weg verhaftet?«

Bo ließ seine Lampe über die Gesichter der Anwesenden leuchten. An Lilliths Gesicht blieb er hängen, sie spürte eine kurze Irritation, dann verrauchte seine Wut. Der Anführer in ihm gewann wieder die Oberhand. »Es ist wirklich an der Zeit, dass sich in diesem Land was ändert!« Er leuchtete zu Sunna.

»Wie weit seid ihr mit den Werbetafeln?«

Lilliths Herz klopfte viel zu laut. Für einen kurzen Moment hatte sie befürchtet, Bo habe die Wahrheit gesehen.

»Morgen früh stellen wir sie online«, sagte Sunna. »Auf die Überwachungskameras haben wir allerdings immer noch keinen Zugriff.«

»Nicht so schlimm. Das unterirdische Wegenetz ist besser als gedacht. Wir haben ein paar neue Eingänge ausprobiert. Und wir haben eine Alternative zu den Werbetafeln! Damit können wir nicht nur unsere eigenen Leute erreichen, sondern auch unsere Freunde in Schweden. Ein bisschen riskant in der praktischen Ausführung, weil wir dafür auf den Fernsehturm müssen, aber …«

»Haben wir denn inzwischen einen Kontakt nach Schweden?«, fragte Sunna. »Du weißt von Kris?«

Bo legte seinen Arm um seine Schwester und drückte sie an sich. »Wir holen ihn da raus, so schnell wir können. Und was den Kontakt angeht: Die von Kristofer verschickten Bilder vom Heiligengeistfeld haben uns Dutzende Kontakte verschafft.«

»Wir haben immer noch keine einzige Genehmigung für das Konzert«, sagte Nathan. Auch er ließ seinen Blick einen Wimpernschlag länger als nötig auf Lillith verweilen.

»Die kriegen wir. Du gehst am besten gleich morgen früh persönlich bei der Heimatschutzbehörde vorbei und stellst unser neues Motto vor. Dann können die gar nicht anders, als dir alle Genehmigungen mitzugeben.«

»Was war an dem alten Motto schlecht?«, fragte Sunna.

» ›Die große Freiheit – 25 Jahre Nordland‹ war zu offensichtlich. Die Zensurbehörde hat den Braten gerochen. Unser neues Motto heißt deshalb …«, mit einer ausladenden Geste präsentierte Bo ein imaginäres Plakat: »… ›Freiheit für Lillith Civetta‹.

Damit beziehen wir eindeutig Stellung. Wir, das Volk, sind mit diesen Gewalttaten nicht einverstanden! Medienvertreter aus aller Welt kommen ins Stadion und sehen unseren friedlichen Einsatz. Dann machen wir weiter wie gehabt: Wir spielen Musik, singen unsere Lieder und erklären allen, die es hören wollen, welche Zustände in Nordland herrschen. Und wenn alle Kameras auf uns gerichtet sind, wird aus dem ›Freiheit für Lillith Civetta‹ ein ›Freiheit fürs Volk‹ und wir projizieren die Namen aller Verhafteten und Verschwundenen auf eine große Leinwand.«

Lillith ging zwei Schritte zurück, raus aus dem direkten Licht, das die vielen Lampen warfen. Ihre Kopfhaut fing an zu jucken, sie kratzte, stoppte aber sofort, als die Perücke ein Stück nach hinten rutschte. Ihr war schlecht. Um sie herum Aufbruchsstimmung. Und sie würde sich am liebsten übergeben. Was für eine ausgesprochen schlechte Idee, die Bo da gerade vorstellte. Aber die anderen fanden sie toll! Selbst Riekje, die sich selten für etwas begeistern konnte, war sofort einverstanden.

Sunna warf ihr einen warnenden Blick zu. Unnötig. Jetzt ein falsches Wort, eine falsche Bewegung, ein gedankenloses Kratzen – und ihre Tarnung war dahin.

Es war weit nach Mitternacht, als die letzten Widerständler aufstanden und sich in der unteren Ebene einen Platz zum Schlafen suchten. Lillith blieb an Sunnas Seite sitzen. Sie hatte die ganze Debatte über das Konzert und über Bos neue Idee, den Fernsehturm für die Kommunikation zu nutzen, unkonzentriert verfolgt. Zu sehr war sie darauf bedacht gewesen, dass das spärliche Licht nicht auf ihr Gesicht fiel und einer aus der Runde die richtigen Schlüsse zog.

Lillith hätte sich schon vor Stunden zurückziehen und zu Johanna gehen können. Aber in den Abendstunden war deren Trauer schier endlos. Als ob ihr Körper keine Kraft mehr hatte, in die Verwirrtheit zu fliehen und stattdessen zwei Stufen vor dem Wahnsinn verharrte.

»Was machen wir mit Kris?«, fragte Bo und sah seine Schwester müde an.

Der schossen sofort die Tränen in die Augen. Lillith blinzelte ein paar Mal, zu erschöpft, um auch nur den Versuch zu starten, Sunnas Gefühle von sich fern zu halten.

»Ich weiß nicht. Ich versuche, nicht allzu sehr an ihn zu denken, sonst krieg ich meine Jobs für das Konzert nicht gemacht.«

»Sunniva. Er ist dein Freund, ihr seid so gut wie verlobt.«

»Aber was soll ich denn tun?«, rief Sunna und wischte sich über die Augen. »Meinst du, er würde wollen, dass ich mir in irgendeiner Ecke die Haare raufe und wilde, undurchführbare Pläne schmiede, die ihn doch nicht befreien?«

Bo war für den Moment sprachlos, um dann umso bitterer zu reagieren.

»Nein, natürlich wird er das nicht wollen. Er wird in seiner gemütlichen Zelle sitzen, sich freuen, wenn die netten Herren zum Verhör kommen und er wird ihnen bereitwillig Auskunft über all die Personen geben, denen es offenbar scheißegal ist, was mit ihm passiert. Sunna! Wir müssen ihn da rausholen. So schnell wir können.«

»Wir haben heute lange darüber gesprochen«, mischte Lillith sich ein. »Wenn ich das richtig sehe, haben wir bisher keine Möglichkeit, ungesehen ins Heimathaus zu kommen, oder?«

Bo nickte.

»Und außer Johanna habt ihr bislang niemanden mit guten Worten und dem entsprechenden Bestechungsgeld herausgeholt, richtig?«

Bo nickte erneut, widerwilliger dieses Mal.

»Wenn ich Foth und seine Leute richtig einschätze«, fuhr Lillith fort, »wollen sie im Moment vor allem Ruhe auf den Straßen. Die haben gar keine Zeit für intensive Verhöre. Die werten ihr Kameramaterial aus und gucken, ob aktuell einer für Ärger sorgt. Wenn sie in den nächsten Tagen nichts Bedrohliches von Omega sehen oder hören, haben sie keinen Grund, auf die schnelle und brutale Art Informationen aus Kristofer herauszupressen. Können die Behörden das Konzert mit dem Widerstand in Verbindung bringen?«

»Nein. Nathan hat als Gründer der Stadtteilgruppe St. Pauli den Behörden eidesstattlich versichert, dass keiner der Organisatoren Mitglied bei Omega ist oder Omega unterstützt. Wir bleiben bis Sonnabend unsichtbar. Aber warum sollte Foth die Ermittlungen gegen uns plötzlich einstellen?«

»Nicht einstellen, nur für den Moment auf Eis legen. Ich würde darauf wetten, dass er sich zurückhält, bis das große Fest vorbei ist. Und wenn wir mit dem Konzert Erfolg haben, kann sein Chef, Senator Drach, es sich gar nicht mehr leisten, die vielen Unschuldigen im Heimathaus gefangen zu halten. Vielleicht verkündet er sogar eine Amnestie, um das Image von Nordland aufzupolieren. Aber das tut er nur, wenn genug internationaler Druck da ist. Der wiederum entsteht nur, wenn das Konzert maximale Aufmerksamkeit bekommt. Deshalb ist es zum jetzigen Zeitpunkt viel wichtiger, dass Sunna bei den Vorbereitungen hilft. Einen besseren Schutz kann Kristofer sich nicht wünschen.«

Bo sah sie nachdenklich an. »Du bist wirklich eine kleine Wundertüte, Lilly. Ist Strategie ein Unterrichtsfach bei euch auf dem Land?«

»Ich geh schlafen«, sagte Sunna und stand auf. »Lilly, kommst du mit?«

»Ich komm gleich, ich hol mir nur noch etwas Wasser.«

»Gute Nacht, Lieblingsbruder.«

»Gute Nacht, Lieblingsschwester.«

Die beiden hauchten sich einen Kuss zu, während Lillith zur provisorischen Küche ging, einem an die Wand geschobenen Tisch, auf dem Plastikbecher und ein paar Tonkrüge mit Wasser standen, und weiter über Kristofer nachdachte. So vernünftig ihre Argumente klangen, sie wusste, dass weder Erik Drach noch die anderen Senatoren nach den Regeln der Vernunft handelten.

»Was ist eigentlich mit eurem Kontakt, der euch die Vidjas besorgt?«, rief sie Bo zu, und tat so, als wisse sie alles über diesen Händler – oder was auch immer er war. »Vielleicht kann er euch helfen, Kristofer aus dem Heimathaus zu holen.«

»Das glaube ich nicht.« Bo schüttelte den Kopf. »Nein, soweit ich weiß, arbeitet er für einen der Birds und hat einfach rechtzeitig damit angefangen, die aussortierten Geräte aus dem Müll zu fischen. Irgendwie besorgt er passende Chips und verkauft die Vidjas dann an uns.«

Es gab also mindestens einen aus ihren Kreisen, der sich nicht an die Vereinbarung hielt, Vidjas nach Gebrauch zu vernichten. Wieso wunderte sie das nicht? Sie nahm einen der Plastikbecher und roch kurz daran. Schien nicht für etwas Ekliges genutzt worden zu sein. Wenn Maja sie jetzt sehen könnte. Lillith hatte Gläser in die Küche zurückgehen lassen, wenn im Gegenlicht nur der Hauch einer Schliere zu sehen gewesen war.

Sie lächelte und goss Wasser in den schon von vielen Menschen benutzten Becher. Sie hatte gar keinen Durst. Aber so selten Gelegenheit, allein mit Bo zu reden. Stockholm-Syndrom.

»Was zahlt ihr dafür?«

»Nicht viel. Meist so um die 100 Nordmark.«

Lillith pfiff leise. 100 Nordmark! Das war nichts. Selbst für diese alten Gurken.

»Und für die Chips?« Sie nahm einen weiteren Becher und füllte ihn nach kurzer Riechprobe ebenfalls mit Wasser.

»Die schenkt er uns. Sagt immer, merkt doch keiner, ob einer mehr oder weniger aufs Netz zugreift.«

Womit er vermutlich recht hatte. Ehrenreich Benz, der das Vidja-Netz verantwortete, war nicht für sein Controlling berühmt. Sie selbst bezahlten seine Rechnungen frühestens nach der zweiten Mahnung – die öfter in Benz' Chaos unter- als bei den Civetta-Firmen eingingen. Lillith trug die Getränke zurück zum Tisch.

»Hier.« Sie schob Bo einen Becher zu. »Du musst genug trinken, sagt Maja immer.«

»Wer?«

Lilliths Gesicht wurde heiß, sie war froh, dass die Lampen kaum noch Leistung brachten und hoffte inständig, dass Bo das Rot in ihrem Gesicht nicht sah. »Mama. Meine Mama sagt das immer. Stell dir vor, so was gibt es auf dem Land.« Sie lächelte das entwaffnendste Lächeln, das sie hatte. Sie sollte ins Bett gehen. Warum ging sie dieses völlig unnötige Risiko ein? »Und ihr seid euch ganz sicher, dass die Vidjas keine Falle sind?«, hakte sie nach.

»Der Mann kriegt Geld dafür, oder? Und bisher ist noch niemand von uns verhaftet worden.«

»Kristofer?«

»Der hatte Pech.«

»Vielleicht wartet Foth nur auf den richtig großen Fisch? Auf dich zum Beispiel?«

Bo lachte laut los und beugte sich zu ihr vor.

»Das glaube ich nicht. Wenn Foth hinter diesen Vidjas stecken würde, wären sie schon lange in unserer Mitte explodiert und hätten uns alle umgebracht. Im Übrigen hast du einen völlig falschen Eindruck von mir, Lilly. Ich bin nur einer von vielen. Selbst wenn sie mich kriegen, läuft Omega weiter. Wir haben hier viele gute Leute.«

Das bezweifelte Lillith nicht, aber sie wusste auch, wie wichtig es war, den richtigen Mann an der Spitze zu haben. Wie verheerend es sein konnte, wenn man nur die zweitbeste Lösung dafür bekam. Die Konzerngeschichtsbücher waren voll davon: Ratan Tata, Steve Jobs oder Ferdinand Piëch waren alle geniale Männer gewesen, die großartige Unternehmen aufgebaut oder geführt hatten. Nach ihrem Tod war nicht mehr viel davon übrig geblieben.

Aber wenn Bo meinte, dass er nicht so wichtig sei, dann wollte sie nicht diejenige sein, die sein Ego weiter aufpolsterte. Von solchen Männern kannte sie mehr als genug.

Sie diskutierten die halbe Nacht. Nachdem Lillith ihre Eltern kurzerhand zu Politik-Studenten gemacht hatte, die nach den

Unruhejahren auf dem Land ihr Glück versucht und dann in die Dienste der Civettas aufgenommen worden waren, wunderte Bo sich nicht länger über ihr detailliertes Wissen. Noch nie hatte sie so intensiv über ihr Land diskutiert, nie so viele neue Ansätze und Argumente gehört. Das Gespräch mit Bo war wie ein Wind, der ihren Kopf vom Staub freiblies, der sich in ihrem Wohlstand auf ihr Gehirn gelegt hatte. Bo war ernsthaft an ihrer Meinung interessiert, auch wenn er sie selten teilte.

»Wo ist denn der Unterschied zur Leibeigenschaft, wenn ihr Zeit eures Lebens schuften müsst, ohne jemals selbst Land besitzen zu können? Ihr könnt doch nicht einmal die Erträge eurer Arbeit behalten!«

»Die Herrschaften sorgen für uns, auch in schlechten Jahren und im Alter. Wir haben immer genug zu essen, ein Dach über dem Kopf und im Winter eine warme Stube. Das ist mehr als ihr hier in der Stadt habt.«

»Dafür haben wir unsere Freiheit!«

»Und was könnt ihr euch dafür kaufen? Nichts!«

Lillith erlebte eine Diskussionskultur, die ganz anders war als die autoritäre ihres Vaters oder die gelangweilte der Männer in der Bürgerschaft. Sie genoss jede einzelne Minute und ließ Bos Emotionen ungefiltert an sich heran. Ihre Basslinien schienen zu harmonieren. Zum ersten Mal konnte sie die intensiven Gefühle ihres Gegenübers spüren, ohne dabei in ihrem Inneren auseinandergerissen zu werden. Kurz überlegte sie, ob sie ihn nach Willem Duhnkreih fragen sollte. Aber wozu? Würde sie das Gespräch abbrechen und schlafen gehen, wenn Bo zugab, dass er Duhnkreih umgebracht hatte? Oder wenn er es abstritt und sie seine Lüge entdeckte? Nein. Aber mit großer Wahrscheinlichkeit hätte er dann kein Interesse mehr an ihrem Gespräch.

In den seltenen Pausen versuchte sie, die von Johanna gelernten Techniken anzuwenden. Sie spürte Unsicherheit und hörte das Echo, den Nachhall, der ihr zeigte, dass sie selbst es war, die unsicher war. Dann war das Echo fort, nicht aber die Unsicherheit. Sie schob jeden weiteren Gedanken dazu beiseite, entschlossen, diese Diskussion zu genießen: »Wir leben in Frieden, während alle anderen Länder im Bürgerkrieg versinken«, argumentierte sie.

»Aber zum Preis der Unterdrückung ganzer Bevölkerungsschichten.«

»Wer wird denn unterdrückt? Wer sich anpasst und nicht gegen den Staat kämpft, kann doch in Ruhe sein Leben leben.«

»Welcher Staat, Lilly? Das ist kein Staat, gegen den wir kämpfen, das ist eine Clique von Verbrechern und ehemaligen Mafiabossen, die die Reichtümer Nordlands an sich gerissen haben, als keiner so genau geguckt hat. Nordland ist staatenlos.«

»So ein Unsinn! Nordland ist ein Staat mit Staatsgebiet und allen Institutionen, die einen Staat auszeichnen.« Sie zählte die formellen Einrichtungen an ihren Fingern ab. »Erstens: Exekutive – der Senat mit seinen Behörden, die sich um alles kümmern. Zweitens: Legislative – die Bürgerschaft, ein klassisches Parlament, das die Gesetze verabschiedet. Drittens: Judikative – die Gerichte, unabhängig von Senat und Bürgerschaft. Es gibt, viertens, Medien, die über alles berichten, was in diesem Staat passiert. Und es gibt, fünftens, Parteien und soziale Gruppen wie Kirchen, Gewerkschaften, Vereine. Wie viel Staat willst du denn noch?«

»Das sind doch alles nur leere Hüllen, Feigenblätter der Wirtschaftsbosse. Weil man das eben so macht. Nordland ist ein Zusammenschluss mächtiger Männer zwischen Nord- und Ostsee und dem Harz. Aber Nordland ist kein Staat. Dafür fehlt ihm nämlich das Wichtigste: ein Volk. Alle Staatsgewalt geht vom Volk aus, so stand es früher einmal in der Verfassung.«

»Und weißt du auch, was dann passiert ist? Das Volk wollte diese Gewalt nicht mehr. Keiner ist mehr zur Wahl gegangen.«

»Weil die Menschen das Gefühl hatten, dass ihr Kreuz nichts bringt. Dass die da oben sowieso machen, was sie wollen. Und weil sie sich nicht vorstellen konnten, dass es ihre heile Welt eines Tages nicht mehr gibt. Aber heute haben sie nicht mal mehr die

Möglichkeit, ein Kreuz zu machen. Heute verfolgt die Führungsspitze nur noch ihre wirtschaftlichen Interessen. Die Menschen, die hier leben, sind den Birds völlig egal. Sie sind Produktionskräfte, deren einzige Aufgabe darin besteht, ihre Arbeitskraft zur Verfügung zu stellen.«

»Aber das Grundproblem ist doch das gleiche wie vor 40 Jahren: Die Menschen interessieren sich nicht für das politische System, in dem sie leben. Damit ein Staat funktioniert braucht er Menschen, die sich einbringen, denen die Welt, in der sie leben, nicht egal ist. Vielleicht hast du recht und wir sind staatenlos, aber das liegt an dem Volk selbst, das diesen Staat nicht will.«

»Sie werden doch nicht mal mehr gefragt.«

»Das stimmt nicht. Jeder darf wählen.«

»Wenn er das nötige Geld dafür hat.«

»Das ist die Grundlage unseres Gesellschaftssystems: Nur wer etwas besitzt, wer also etwas zu verlieren hat, darf mitbestimmen. Warum sollte jemand, der – weil er nichts hat und deshalb auch keine Steuern zahlen muss – warum sollte so jemand darüber bestimmen dürfen, was mit den eingesammelten Steuergeldern der anderen passiert? Da finde ich das aktuelle System gerechter. Wer viel besitzt, hat schließlich ein großes Interesse daran, in einem funktionierenden Land zu leben.«

Lillith sah Bos in Falten liegende Stirn und argumentierte weiter, so wie sie es gelernt und bis vor Kurzem für logisch, sinnvoll und richtig gehalten hatte: »Die Reichen zahlen eine Menge Steuern und bestimmen im Gegenzug darüber, was mit ihrem Geld gemacht wird. Das System steuert sich selbst, die unsichtbare Hand des Marktes funktioniert auch im Bereich der Politik. Denn wenn die Führenden zu viel falsch machen, laufen sie Gefahr, dass es zum Bürgerkrieg kommt und sie ihren ganzen Reichtum verlieren. Siehe Westfalen. Siehe Bayern. Siehe USA.«

Bo lachte laut auf. »Die ›unsichtbare Hand des Marktes‹, ja? Die alle Probleme lösen soll, wenn man sie nur machen lässt? Die ganze Gesellschaften voranbringt? So ein Quatsch!« Er wurde wieder ernst. »Was wir in Nordland sehen ist purer Darwinismus. Zivilisierte Gesellschaften, weiterentwickelte Gesellschaften zeichnen sich dadurch aus, dass sie die Schwächeren am Leben lassen, dass deren Leben genauso viel wert ist wie das der Stärkeren. In solchen Gesellschaften kommt es nicht durch Bürgerkrieg zu Veränderungen, sondern durch Wahlen. Warum können wir die Birds nicht abwählen?«

Lilliths ganzes Weltbild wankte. Sie wehrte sich. »Natürlich können wir die abwählen. Es gibt eine Menge Leute im Parlament, die früher eine wichtige Rolle gespielt haben und jetzt nichts mehr zu sagen haben. Und umgekehrt geht es doch auch. Petersen ist dafür das beste Beispiel.«

»Aber bei den alles bestimmenden Senatoren ändert sich nichts. Und selbst Petersen ist nur Bürgerschaftspräsident geworden, weil es die extrem seltene Konstellation gab, dass der Erbe von Willem Duhnkreih bereits Senator ist.« Bo schob seinen Becher zur Seite und beugte sich vor. »Das haben die sich damals gut ausgedacht. Ein System, das oberflächlich betrachtet alles hat, was eine Demokratie auszeichnet, das aber im Inneren nur die wirtschaftliche Kraft der Reichen widerspiegelt. Ein System, das allein den Reichtum belohnt und dafür sorgt, dass nichts davon in andere Bahnen gelangen kann.«

»Wie meinst du das?«

Bo sah sie nachsichtig an.

»Ist doch ganz einfach: Wer erfolgreich ist, hat eine Menge Angestellte. Denen zahlt er die Gebühren, die jeder Wahlberechtigte zahlen muss, wenn er sein Kreuz machen will«, erklärte er. »Natürlich macht der Angestellte dann bei seinem Herrn das Kreuz. Je mehr Mitarbeiter, umso mehr Kreuze. Das hat nichts damit zu tun, wie gut seine Politik für Nordland ist. Sondern nur noch, wie gut seine Politik für sein eigenes wirtschaftliches Vorankommen ist. Das ist keine Demokratie, das ist Kleptokratie, wenn nur die Reichsten der Reichen zur Wahl stehen, um weitere Reichtümer anzuhäufen.«

»Die Reichen, die du kritisierst, bekommen keine einzige Nordmark für ihre Tätigkeit. Eine Entscheidung, die übrigens beim Aufbau von Nordland bewusst getroffen wurde, damit die Selbstbedienungsmentalität der Politiker endlich ein Ende hat.« Lillith ignorierte die kleine Stimme in ihrem Kopf, die sie darauf hinwies, dass ihr Vater erst durch das Amt des Energiesenators so reich geworden war. Durch das damit verbundene Monopol auf die Energieversorgung. Und durch den Teil des Pakts, der garantierte, dass alle Senatoren ihre jeweiligen Monopolgewinne abschöpfen konnten, solange sie nur die Versorgung sicherstellten. »Diese Ämter kann man nur ausüben, wenn man finanziell unabhängig ist. Wovon sollte denn einer der Armen leben, wenn er plötzlich in die Bürgerschaft gewählt würde?«

»Du klingst gerade, als seist du eine von ihnen.«

»Ich bin gut, oder?« Lillith lachte, aber ihre Hände zitterten. Sie ballte sie zu Fäusten und boxte Bo an den Arm. »Ich mach hier nur den Advocatus Diaboli, damit du für künftige Diskussionsrunden mit den Machthabern gewappnet bist.«

»Du kennst Wörter …« Bo seufzte. »So langsam glaube ich, dass ihr auf dem Land doch angemessen bezahlt werdet. So viel Wissen hat mir nicht mal mein Vater mit auf den Weg gegeben.« Dann lächelte er sie an. »Glaubst du, die lassen sich jemals auf Diskussionen mit uns ein?«

»Sie müssen. Wenn sie weiterhin in einem friedlichen Land leben wollen, dann müssen sie mit euch reden. Unterschätze nicht das Interesse der Reichen, ein nach außen stabiles Land zu präsentieren. Veränderungen passieren nicht von heute auf morgen. Aber sobald die Führenden begreifen, dass sie euch nicht länger ignorieren können, werden sie die Welt ändern müssen.«

»Ich wünschte, ich hätte deinen Optimismus.« Bo sah an ihr vorbei ins Dunkle. »Es geht ja nicht nur um Wahlen. Das ganze Gesellschaftssystem ist verrottet. Wir haben nichts, kriegen nichts, müssen aber trotzdem zahlen, sobald wir mit dem System in Berührung kommen.«

»Du meinst die Marktsteuer?«

»Ach, das ist ja nur eine der vielen unerschöpflichen Einnahmequellen der kreativen Birds. Schulen kosten, Krankenhäuser kosten, selbst für den Aufenthalt in Gefängnissen müssen wir bezahlen. Es ist ein Wunder, dass sie uns noch keine Rechnung schicken für die Luft, die wir atmen.« Bo machte eine Pause, drehte den Becher in seinen Händen.

»Wir haben unseren Vater bis heute nicht beerdigen können, weil wir die Gebühr für die Hinrichtung nicht haben zahlen können.«

»Das müsst ihr bezahlen?« Lilliths Stimmbänder schienen sich zu verknoten.

»Sie nehmen es vom Lebendigen, wenn sie vom Toten nichts mehr kriegen.« Bo lachte bitter. »Nicht, dass noch viel von ihm übrig wäre. Knochenmark, Sehnen und Augen sind schon lange in Indien. Vielleicht sogar seine Herzklappen. Die paar Nordmark, die wir dafür bekommen haben, reichten gerade mal, damit sie den Rest von ihm vier Wochen lagern. Wir dachten, wir könnten das Geld auftreiben. Hätten wir uns sparen können. Ich werde ihn sowieso nicht mehr in Empfang nehmen können.«

Soviel Trauer und Resignation hatte Lillith noch nie bei ihm gespürt. Sie legte, ohne lange nachzudenken, ihre Hand auf seine.

»Wir ändern das System. Wir beenden diese ganze Ungerechtigkeit. Das verspreche ich dir. Kein System hält ewig.«

Bo nahm ihre Hand in seine Hände. Trockene, warme Hände, während ihre plötzlich zu zerfließen drohten.

»Du kannst echt überzeugend sein, weißt du das, Lilly? Wenn du so redest, bin ich immer kurz davor, dir zu glauben, dass diese Welt gar nicht so schlecht ist, und wir selbst schuld sind an unserer Lage.«

»Glaub mir bloß kein Wort. Ich nehme nur die Seite der Reichen ein, damit du weißt, wie sie argumentieren. Damit du die passenden Argumente parat hast und sie überzeugen kannst.«

Bo hielt immer noch ihre Hand. Er drückte sie.

»Dich hat der Himmel geschickt, Lilly. Dein Wissen ist unbezahlbar. Du solltest mit mir auf den Bühnen stehen und zu unseren Leuten reden. Oder die Verhandlungen mit den Birds führen. Du verstehst sie besser als jeder andere, den ich kenne.«

Lillith grinste schief, während ihr Herz ein Schlagzeugsolo spielte, das Bo hören musste. »Deshalb weiß ich auch, dass sie nie im Leben eine Frau als Verhandlerin akzeptieren würden.«

»Meinst du?« Bo sah an ihr vorbei und überlegte. »Gibt es bei den Birds Frauen in Führungspositionen?«

»Nein.«

»Warum nicht?«

»Angeblich, weil sie nicht geeignet sind.«

Bos Daumen strich sanft über ihren Handrücken, während er ihr in die Augen sah.

»Wenn die Birds nur einmal ihre Augen aufmachen und über ihr eigenes Nest hinausblicken würden, würden sie reichlich geeignete Frauen sehen.«

Sie sollte die Hand wegziehen.

»Die sehen die Frauen nur, wenn sie blond sind, langbeinig und vollbusig.«

»Dann sollten sie dich eigentlich nicht übersehen.« Bos Hand ging zu ihrer Perücke. Lillith zuckte zurück und Bo argumentierte und gestikulierte dabei mit den Händen, als hätte er nie etwas anderes vorgehabt, die Stimme erneut ganz Samt und Moos. »Das Volk ist geschlechtslos. Die Rechte, die wir erkämpfen, stehen allen zu, Männern und Frauen. Unsere Frauen würden uns was erzählen, wenn wir sie zum schmückenden Beiwerk degradieren wollten. Wundert mich sowieso, dass die Vogelfrauen sich nie gewehrt haben.«

»Haben sie. In Berlin haben die Frauen der herrschenden Familien versucht, die Macht an sich zu reißen. Ist noch gar nicht so lange her.«

»Und?«

»Die wenigen Überlebenden haben bitter dafür bezahlt.«

Bo schien zu spüren, dass ihr diese Ereignisse nahe gingen. Er legte einen Arm um ihre Schulter. Brüderlich. Freundschaftlich.

Lillith lehnte sich an ihn. Zum ersten Mal kam ihr der Gedanke, dass sie und Bo auf der gleichen Seite standen. Was würde passieren, wenn sie ebenso vehement für die Rechte der Frauen stritt wie Bo für die Rechte des Volkes? Freiheit fürs Volk. Freiheit für Lillith Civetta. Diese beiden Sprüche hatten mehr gemein, als sie bisher geglaubt hatte.

»Der Fehler war, dass sie es mit Gewalt versucht haben«, reflektierte sie. »Die Frauen haben Soldaten rekrutiert und sie in sinnlosen Kämpfen mit der neu-preußischen Armee verheizt. Anstatt die Männer zu überzeugen, ihnen mehr Mitsprache zu geben. Sie hätten es langsam angehen müssen. Schritt für Schritt. Nicht sofort Maximalforderungen stellen. Logisch, dass die Männer sich wehrten. Veränderungen gibt es in zivilisierten Gesellschaften nur in kleinen Schritten, nur mit endloser Geduld, endloser Überzeugungsarbeit. Niemals mit Gewalt.«

»Findest du denn, dass wir in einer zivilisierten Gesellschaft leben?« Seine Stimme war ziemlich dicht an ihrem Ohr. Gut, dass das Licht inzwischen so schwach war, dass die Gänsehaut auf ihren Armen nicht mehr zu erkennen war.

»Du nicht? Du bist doch derjenige, der Alek und seine Leute zurückhält.«

»Aber nur weil ich glaube, dass wir den Birds unterlegen sind. Jedenfalls im Moment.«

Lillith rückte ein Stück von ihm weg und sah ihn ungläubig an. »Mit anderen Worten: Wenn du genug Waffen hättest, würdest du es versuchen? Bürgerkrieg und alles?«

Bo schob das Kinn nach vorn. »Käme auf einen Versuch an, findest du nicht?«

»Nein! Ganz und gar nicht. Mahatma Gandhi. Martin Luther King. Nelson Mandela. Die Montagsdemonstranten in der DDR – das waren die Menschen, die die Welt verändert haben. Gewaltlos.«

»Was ist mit der Französischen Revolution?«

»Unendlich blutig, Revolution, Gegenrevolution, Terror – und am Ende hatten die Franzosen mit Napoleon wieder einen Monarchen.«

»Die Russische Revolution?«

»Blutig. Unmenschlich. 70 Jahre Kommunismus. Das meinst du nicht ernst.«

»Die Boston Tea Party?«

»Spricht für meine These. Die Amerikaner haben Tee versenkt, aber keine gewaltsame Revolution angezettelt. Kreativer Protest. Bis zum amerikanischen Unabhängigkeitskrieg hat es noch anderthalb Jahre gedauert, und der war keine Revolution, sondern ein klassischer Kolonialkrieg. Nordland ist aber keine Kolonie. Ganz ehrlich, Bo, mit Gewalt kommen wir nicht weiter.«

»Aber mit netten Worten auch nicht. Ich bezweifle, dass wir die Birds mit ›kreativem Protest‹ überzeugen können.«

Lillith beugte sich zu ihm. »Nicht alle. Aber einige von ihnen. Alles, was Omega dafür braucht, bist du. Mit deiner Stimme, deiner Präsenz, deiner Überzeugungskraft kannst du das Volk vereinen. Und dann müssen sie dir zuhören. Du bist derjenige, der die Welt in Nordland ändern kann.«

»Ich glaube, ich bin hier nicht der einzige mit Überzeugungskraft.« Bos Gesicht kam näher. Sie konnte seine Haut riechen. Sie wollte eine angemessene Distanz zwischen sich und Bo bringen. Aber er roch so gut. »Wenn du so redest«, sagte er, »dann klingt alles ganz einfach.« Seine Stimme wurde noch weicher, noch voller, sie erreichte jede Nervenzelle zwischen Lilliths Haarwurzeln und ihrem kleinen Zeh. »Hör niemals auf, so zu reden. Außer …« und dann küsste er sie. Erst ganz vorsichtig, dann fordernder, zwingender. Lillith wollte zurückweichen, empört seine Annäherung abwehren, aber Bos Verlangen deckte sich zu sehr mit ihrem eigenen, ihre Emotionen waren im völligen Gleichklang. Lilliths gute Erziehung hatte nicht den Hauch einer Chance.

Der Akku hauchte sein letztes bisschen Energie in die Lampe und gab auf.

Als Lillith am nächsten Morgen aufwachte, war sie allein. Bo war verschwunden, zurückgeblieben war nur ein Schwarm Heuschrecken, der auf unerklärliche Weise in ihren Bauch gelangt war. Sie horchte, ob in ihrer Nähe jemand atmete. Nichts. Wo waren alle? Hatten die Emotionen der vergangenen Nacht sie so überwältigt, dass sie mal wieder komplett ausgeschaltet worden war? War heute womöglich Samstag und das Konzert lief schon? Sie griff nach der kleinen Campinglampe neben ihr, kurbelte, bis der Akku wieder Licht erzeugte, und machte sich auf die Suche nach Menschen und Neuigkeiten. Wenn sie noch lange hier blieb, würden die Heuschrecken das letzte bisschen Rationalität in ihr verschlingen.

Was hatte sie sich nur dabei gedacht? Warum hatte sie nicht einmal versucht, seine Gefühle abzuschirmen?

Hinter der Biegung schimmerte ein schwaches Licht. Als sie näher kam, hörte sie Johanna, die leise vor sich hin summte. War sie wieder in ihrer eigenen Welt? Lillith spürte vorsichtig in die Richtung. Nein, da war sie wieder, die tiefe Trauer, aber zum ersten Mal noch etwas anderes. Ein Hauch von Hoffnung.

»Hallo Johanna.«

»Hallo Langschläferin«, rief Johanna ihr zu. »Auch wieder unter den Lebenden?«

»Wie spät ist es? Und wo sind die anderen?«

»Sie kümmern sich um die letzten Vorbereitungen fürs Konzert. Wenn ich diesem komischen Gerät hier trauen kann, ist es 10 Uhr 22.« Sie zeigte Lillith eine der alten Vidjas, auf der sie anscheinend gerade gelesen hatte. »Willst du ein bisschen üben?«

Lillith konnte sich viele Dinge vorstellen, die sie im Moment lieber täte, aber sie wusste, dass sie nicht mehr allzu oft die Gelegenheit bekommen würde, mit Johanna zu üben. Ihr Abschied von Omega rückte näher. Morgen Abend war das große Fest.

Danach musste sie zurück in ihre Welt. Aus dem Leben der Widerständler verschwinden, bevor einer die Wahrheit über sie erfuhr. Bevor Bo die Wahrheit erfuhr. Die Heuschrecken in ihrem Bauch nagten weiter und begannen einen Wunsch freizulegen, der komplett irrational war.

Sie versuchte, an etwas anderes zu denken, bevor Johanna ihr Chaos spüren konnte. »Gibt es eigentlich noch mehr Hochsensible?«, fragte sie.

»Ja, natürlich.« Johanna lächelte und Lillith realisierte, dass sie dieser Frau nichts vormachen konnte. Johanna wusste genau, wo Lillith die letzte Nacht verbracht hatte. Und mit wem. »Früher gab es noch viel mehr. Aber die wenigsten haben die Umbruchjahre überstanden. Sie haben den Verstand verloren oder sich umgebracht. Da hattet ihr es schon leichter.«

»Warum?« Lilliths Gesicht war ein einziges Fragezeichen. Um Johannas Augen kräuselten sich die Lachfältchen. Lillith hatte sie noch nie so entspannt gesehen.

»Warum glaubst du, ist es Leuten wie Hawik, Oppermann und deinem Vater gelungen, die Macht zu ergreifen?«, versuchte Johanna, Lillith selbst auf die Antwort zu bringen.

»Weil sie die Gelegenheit gesehen und ergriffen haben?«

»Das auch, aber vor allem deshalb, weil sie absolut skrupellos waren. Empathie, Mitgefühl, Sensibilität, solche vermeintlich typisch weiblichen Eigenschaften kannten und kennen sie nur aus Büchern. Wenn überhaupt. Unsere Welt wird regiert von einer Horde Psychopathen.«

Lillith wollte protestieren, aber Johanna unterbrach sie.

»Nicht die Psychopathen, die als Serienmörder in Krimis auftauchen. Deine Leute richten ihre Energie nicht darauf, banale Verbrechen zu begehen. In der klinischen Psychologie hat man früher versucht, Psychopathen anhand von bestimmten Merkmalen zu erkennen: ein sehr hoher Intelligenzquotient, ein charmantes, einnehmendes Wesen, häufig wechselnde Sexualpartner, eine völlige Unverbindlichkeit anderen Menschen gegenüber, um nur ein paar davon zu nennen. Aber die herausragendste von allen war – und ist – die fehlende Empathie. Sie sehen ein Verbrechen und bleiben davon völlig unberührt. Sie sehen ein Kind leiden und haben nicht den Impuls zu helfen. Erst diese Eigenschaft macht sie so skrupellos, dass sie ihre Ziele ohne Rücksicht auf andere verfolgen können.«

Lillith konnte diese Beschreibung problemlos auf viele ihrer Bekannten übertragen. Sogar auf ihren Vater. Trotzdem hatte sie den irrationalen Impuls, ihn verteidigen zu müssen.

»Mein Vater ist anders«, meinte sie. »Er ist mitfühlend. Ihm ist das Volk nicht egal.«

»Er mag die berühmte Ausnahme sein. Aber dann hat er gelernt, sein Mitgefühl auszublenden, sonst wäre er nicht in der Position, in der er heute ist. An der Spitze ist Mitgefühl extrem hinderlich. Falls er aber doch ein Psychopath ist, wovon die meisten Menschen, die ich kenne, ausgehen, verstellt er sich dir gegenüber. Was ebenfalls nicht unmöglich ist. Viele Psychopathen verstehen intellektuell das Konzept der Empathie. Bis zu einem gewissen Grad lässt es sich sogar lernen.«

»Wenn mein Vater kein Mitgefühl empfinden kann – woher habe ich dann diese extreme Ausprägung?«

Johanna lächelte. »Ich weiß es nicht. Vielleicht war deine Mutter sehr mitfühlend?«

Lillith hob bedauernd die Arme.

»Richtig, du warst damals noch ein Baby.« Johanna schüttelte sich kurz. »Es ist jedenfalls bemerkenswert, dass es das in deinen Kreisen noch gibt. Du bist die einzige Hochsensible, oder?«

Lillith nickte. »Ich kenne sonst niemanden.«

»Wer weiß alles von deiner Fähigkeit?«

»Nur mein Vater.«

»Eine kluge Entscheidung, das nicht öffentlich zu machen.«

»Es hilft bei Verhandlungen.«

Johanna verdrehte die Augen. »Und ich dachte, er würde es geheim halten, um dir zu helfen.«

Lillith wollte ihren Vater erneut verteidigen, unterdrückte den Reflex aber in letzter Sekunde. Was, wenn Johanna recht hatte und alles, was sie von Davide sah, Fassade war? »Wir kommen zurecht«, murmelte sie.

Johanna sah Lillith nachdenklich an. »Lass uns anfangen. Ich weiß nicht, wie lange meine Kraft reicht.«

Die Qi-Gong-Kugel in Lilliths Hand tönte hell und sanft. Sie ließ sie von einer Hand in die andere gleiten, konzentrierte sich auf ihren Atem und versank.

Ärger kroch in ihr hoch. Dann Sorge, Ansätze von Freude, Gelassenheit, schließlich Wut. Lillith konnte jede Emotion, die Johanna in sich selbst wachrief, am eigenen Leib fühlen und benennen. Nur mit dem bewussten Ausblenden hatte sie immer noch Schwierigkeiten. Das Tuch, das sie sich angesichts von Sunnas Panik vors Gesicht gezogen hatte, musste ein Zufallstreffer gewesen sein. Sie fühlte alles, was Johanna fühlte, als käme es aus ihr selbst. So wie jetzt gerade Johannas Enttäuschung. Lillith öffnete erschöpft die Augen. »Es geht nicht.«

»Ja, das sehe ich.« Eine nüchterne Feststellung. Kein Vorwurf. »Lass uns weitermachen. Probieren wir es mit einem anderen Bild: Stell dir vor, du bist am Meer, aber du siehst es nicht, denn es ist hinter einem hohen Deich. Du hörst, wie die Wellen an den Deich schlagen. Der Deich hält die Wellen von dir fern. Sie können dich nicht erreichen. Du ahnst sie, aber bevor sie dich berühren, fließen sie wieder zurück.«

Für einen Moment gelang es ihr, Johannas Trauer auszublenden, aber dann brach der Damm. Das unendliche Schwarz des Universums war zurück und mit ihr alles Leid, das im Weltraum verstreut war und sich in dieser einen Person brach. Mechanisch ließ sie die Qi-Gong-Kugel von einer Hand in die andere fallen. Mechanisch bewegten sich ihre Füße fort von Johanna.

Sie war noch keine zehn Meter weit weg, als ihr Gehirn wieder ihr selbst gehörte. Lillith atmete tief durch und während sie noch überlegte, was sie mit diesem Tag anfangen sollte, hörte sie schnelle, leichte Schritte. Sunna kam um die Biegung und strahlte.

»Lilly, wir haben die Genehmigungen bekommen. Nathan hat die Heimatschutzbehörde endlich davon überzeugt, dass unser Konzert im Stadion die perfekte Imagekampagne ist. Und Huge war erfolgreich mit den fehlenden Ersatzteilen.«

Triumphierend hielt Sunna Lilliths Armband in die Luft. »Sie läuft. Hier, willst du gleich mal ausprobieren?«

Lillith legte sich den goldenen Reif um. »Jetzt brauche ich nur noch die Kontaktlinse.«

»Nicht nötig.« Sunna holte eines der alten Geräte aus ihrer Tasche. »Die anderen brauchen nicht zu wissen, dass du eine Mini-Vidja hast. Ich hab sie mit einer von unseren gekoppelt, von der du in Wahrheit nur den Bildschirm benutzt. Hier ist der Werbetext, den ich gerne auf allen Tafeln in den Armenvierteln sehen würde.«

Lillith aktivierte ihre Vidja mit einem leichten Druck auf die Vertiefung im Armband. Auf dem Miniatur-Bildschirm leuchtete ein graugrünes Feld und tauchte alles in ein krankes Oliv.

»Ich muss los«, sagte Sunna, wollte Lillith umarmen, starrte sie dann aber erschrocken an. »Oh-oh.«

»Was?«

»Hat dich außer Mama heute schon jemand gesehen?«

»Nein. Ich glaube nicht. Warum?«

Statt einer Antwort nestelte Sunna an Lilliths Perücke herum, steckte ein paar Strähnen zurück und rückte die aschblonde Kurzhaarfrisur zurecht. Eine bislang versteckte Haarspange ziepte an Lilliths echten Haaren. Sie fummelte sie heraus.

»Da sollte jetzt besser keiner mehr dran ziehen, oder?«

»Zwei Tage noch. Dann kannst du zurück. Falls du nicht doch die dreckigen Straßen deinem goldenen Käfig vorziehst und bleiben möchtest. Wir können dich hier gut gebrauchen.«

Der Gedanke war verlockend – und alles andere als neu. Die letzte Nacht machte die Entscheidung nicht leichter. Sie seufzte.

»Ich glaube, ich kann euch besser unterstützen, wenn ich zurück in meiner Welt bin. Hast du eine Möglichkeit, wie wir anonym miteinander Kontakt aufnehmen können? Nachrichten über das Vidja-Netz lassen sich schließlich genauso leicht lesen wie früher E-Mails.«

»Ich hab uns schon einen verschlüsselten Kanal eingerichtet.«

»Perfekt. Und hast du was von Fritjof gehört? Wir sollten ihn langsam mal einweihen, damit er mich am Sonntag irgendwo aufgabeln kann.«

»Ich war ein paar Mal bei ihm auf der Uhlenhorst. Aber seine Sicherheit hat mich jedes Mal am Eingangstor abgewimmelt. Bin vermutlich nicht sein Typ.« Sunnas Grinsen war ein bisschen schief, als sie fortfuhr: »Aber das kriegen wir hin. Ich muss los. Du kommst klar, oder?«

Lillith nickte. »Du bist dir ganz sicher, dass du auf dieses baufällige Monster willst?«

»Ich lauf zum Glück nicht mit hoch, ich steh nur Schmiere. Anders als Riekje muss ich unseren Jungs nicht beweisen, wie stark ich bin.« Sunna senkte ihre Stimme zu einem Flüstern. »Wir brauchen diesen Kanal, um unsere Leute zu erreichen. Spätestens ab dem Tag, wenn du …, falls du …« Sie unterbrach sich selbst.

Lilliths Magen verkrampfte sich. Riekje – in diesem Moment wünschte sie sich, dass die Frauen bei Omega genauso recht- und bedeutungslos wären wie in ihrer Gesellschaft. Wenigstens ein paar von ihnen.

»Falls du uns zuhören willst. Die Frequenz ist schon eingestellt. Wahrscheinlich musst du pumpen, die Akkus sind ziemlich ausgelutscht.«

Sunna stellte ihr einen kleinen, rechteckigen Kasten vor die Nase. Ein Radio, wie sie es auf dem Markt in der Mundsburg gesehen hatte. Bos großartige Idee. Radiowellen waren eine so altmodische Technologie, dass keiner von Foths Leuten auf die Idee kommen würde, die Funkkanäle abzuhören. Und auf dem Fernsehturm standen immer noch riesige Antennen. Die Sender waren zwar ausgeschlachtet worden, damals, als mit Elektroschrott noch Geld zu machen war. Aber für die unhandlichen Antennenanlagen hatte keiner Verwendung gehabt. Es hatte sich nicht gerechnet, sie zu demontieren und durch das schmale Treppenhaus hinunterzutragen.

Angeblich gab es in vielen Häusern noch alte Radios. Jetzt kam es nur darauf an, dass möglichst viele sie anschalteten. Die Widerständler hatten Zettel mit der Uhrzeit und der Frequenz verteilt und vertrauenswürdigen Leuten gesagt, was es mit dieser Nummernfolge auf sich hatte. Jetzt musste sich das Wissen über diesen neuen Kommunikationsweg nur noch verbreiten, ohne dass Foth davon erfuhr und direkt zum Turm fuhr und Bo und Sunna …

Lillith verdrängte die Horrorgedanken und konzentrierte sich auf ihre Aufgabe: Die Werbung für das Konzert zu buchen. Sie brauchte keine halbe Stunde, um alle Tafeln, Litfaßsäulen und Informationsflächen in den Armenvierteln zu buchen. Sunna und Huge hatten gute Arbeit geleistet, ihre Vidja funktionierte perfekt. Lillith hoffte jedenfalls, dass die Arbeit gut war. Wenn nicht, würde gleich die Polizei vor ihrem Versteck stehen. Schon wieder einer dieser Horrorgedanken.

Sie versuchte, sich abzulenken und ging bei Johanna vorbei, aber ihre Mentorin war gefangen in ihrer Welt der Trauer. Lillith nahm das Salzfässchen an sich und setzte die Kontaktlinse ein. Solange sie allein war, konnte sie auch den von ihr gewohnten, twinkernden Umgang mit ihrer Vidja nutzen. Sie buchte weitere Werbepakete, die sie direkt auf der alten, klobigen Vidja speicherte, damit Sunna zu einem späteren Zeitpunkt darauf zugreifen konnte.

Sie überlegte, ob sie Fritjof direkt kontaktieren sollte. Sie könnte sich unter falschem Namen bei ihm melden, dann würden die automatisierten Überwachungsroutinen nicht anspringen. Würde Fritjof überhaupt auf jemanden reagieren, den er nicht kannte? Und konnte sie wirklich sicher sein, dass Foth ihre

Datenspur nicht verfolgte und so das Versteck von Omega fand? Nein. Kein direkter Kontakt. Das Risiko war zu groß.

Aber was sollte sie machen, wenn sie Fritjof nicht erreichte? Wie würde sie dann nach Hause kommen?

Wollte sie überhaupt zurück?

Und endlich ließ sie den Gedanken zu, den sie seit ihrem Aufwachen immer und immer wieder verdrängt hatte: Was, wenn sie ihr altes Leben zurückließ und sich Omega anschloss? Was, wenn sie Bo die Wahrheit sagte? Er würde sie vermutlich hassen, sich hintergangen fühlen. Jedenfalls im ersten Moment. Aber sie würde sich sein Vertrauen verdienen. Wenn er es wollte, würde sie bleiben und ihn mit allen Infos versorgen, die er im Kampf gegen die Birds brauchte. Oder sie würde in ihren goldenen Käfig zurückkehren, ein Doppelleben führen und von dort aus kämpfen. Für Omega – und für die Freiheit.

Sie fasste an ihre Perücke, die nur noch von zwei dünnen Klammern an ihrem Platz gehalten wurde. Heute Nacht würde aus Lilly wieder Lillith.

Ω Fernsehturm Ω

Bo hatte längst aufgehört, die Stufen zu zählen, als sein Fuß ins Leere trat. Er wäre ins Nichts gefallen, wenn der Neue nicht nach seinem Arm gegriffen hätte. Unter ihm klaffte die Tiefe. Hundert Meter. Mindestens.

»Vorsicht, hier fehlt eine Stufe«, rief er den anderen zu und leuchtete mit seiner Lampe wieder nach oben. Über ihm kreiselte das Treppenhaus weitere 100 Meter hoch. Überall waren Risse in den Wänden. Und gerade wieder fühlte es sich so an, als ob der Turm sich im Wind bewegte. Wie lange hielt Stahlbeton? Und wann genau hatten die Altvorderen den Heinrich-Hertz-Turm gebaut?

»Wie weit ist es noch?«, fragte Riekje, ein ganzes Stück unter ihm. Ihre Lampe leuchtete nur noch schwach.

»Noch etwa 400 Stufen, schätze ich.« Riekjes Schritte waren langsam geworden, ihr Rücken beugte sich unter der Last. »Soll ich dir die Batterie abnehmen?« Sein eigener Rücken tat ebenfalls weh, aber die Schlepperei in diesem engen, dunklen, muffigen Treppenhaus war nichts für Frauen. Auch nicht für so starke wie Riekje.

»Nicht nötig, Bosse. Spar dir dein Kavaliergetue für unser Landei.«

Die anderen lachten.

»Ist mein Job, den Schwachen zu helfen«, entgegnete er lahm.

»Bei Lilly ist dein Helfersyndrom aber ganz schön ausgeprägt«, sagte Riekje. »Sonst sammelst du doch auch nicht jede sitzengelassene Nutte auf.«

»Sie ist keine Nutte«, sagte Bo, dieses Mal schon heftiger. Warum hackte Riekje so auf Lilly herum? »Solange sie verletzt ist, bleibt sie bei uns. Dass ist das Mindeste, was wir tun können, nachdem sie uns bei der Kundgebung den Arsch gerettet hat.«

Außerdem gab es da noch ein Geschäft, von dem die anderen nichts wussten. Er war gut dafür bezahlt worden, dass er sie an Halloween aus den Fängen der Ratten befreit hatte. Und von der letzten Nacht brauchten die anderen auch nichts zu wissen. Nein. Lilly würde bei ihnen bleiben, solange sie wollte.

»Wäre sie auch noch bei uns, wenn sie alt und schrumpelig wäre?«, hakte Riekje nach.

»Was für eine blöde Frage«, sagte Bo. »Natürlich.« Er dachte an die letzte Nacht zurück und verspürte einen Stich bei der Vorstellung, dass Lilly ihr Aussehen auch dafür nutzte, um diesem scheiß Bird zu gefallen.

»Komm, gib mir den Rucksack«, wechselte er das Thema. Aber Riekje sprang über die fehlende Treppenstufe und lief wie eine Bergziege die nächsten Stufen hinauf. Aus Bos gequältem Lächeln wurde ein echtes. Bloß keine Schwäche zugeben, Riekje, Riekje.

Der Neue, Stev, war schon mehrere Absätze weiter oben. Bo hatte nicht erwartet, dass ein Secundus so gut in Form war. Wahrscheinlich half es, wenn man noch nie hatte hungern müssen.

Die Treppe zog sich ins Unendliche. Es fühlte sich an, als wäre er in einem Albtraum gefangen, der ihm in Dauerschleife Stufen präsentierte. Er versuchte, aufmerksam zu bleiben, nicht noch eine fehlende Stufe zu übersehen. Wieder knarrte der Turm, als ob er gleich in sich zusammensacken wollte. War der Riss da neben ihm gerade auch schon so lang gewesen? Er versuchte, sich abzulenken. Ein Schritt nach dem anderen. Seine Gedanken gingen zurück zu Lilly und er tagträumte sich in ein anderes Leben. Ein Schritt nach dem anderen. Ein ganz anderes Leben.

Endlich erreichten sie die Tür zur Betriebskanzel. Der Secundus stemmte sich dagegen. Die Tür rührte sich nicht. Er stieß mit seiner Schulter davor, einmal, zweimal. Die Tür öffnete sich einen Spalt, nicht mehr als eine Hand breit. Stev drückte weiter dagegen. Aber die Tür bewegte sich nicht. So ein Mist. Wenn sie hier nicht weiterkamen, war die ganze Schlepperei umsonst gewesen.

»Alle zusammen«, sagte Bo und stellte sich neben den Neuen. »Bei drei.« Er drückte mit seinen Händen gegen die Tür, stemmte seine Füße in den Boden und presste. Neben ihm keuchten Stev, Alek und Jouko. Zunächst passierte nichts. Dann endlich bewegte sich die Tür Zentimeter für Zentimeter und kratzte dabei eine Spur tief in den Boden. Das dazugehörende Geräusch ging in dem Geheule des Windes unter, der nun die ganze Kälte der Nacht in das Treppenhaus hineinschob.

Bo trat automatisch einen Schritt zur Seite. So durchgeschwitzt wie er war, fühlte sich die Kälte dieser Novembernacht an, als bräche er durch eine dünne Eisschicht in einen See. Er leuchtete mit seiner Lampe über die Wände der Betriebskanzel. Sämtliche Fensterscheiben waren geborsten.

»Brrr, ist das kalt«, sagte Huge, der es sich wie Riekje nicht hatte nehmen lassen, beim Schleppen zu helfen. »Wohin mit den Batterien?«

Nathan zeigte in eine Ecke, die trotz Sturm und Regen trocken zu sein schien. Innerhalb weniger Minuten baute er aus 20 Autobatterien eine voll funktionsfähige 240-Volt-Batterie, die sich künftig dank frisch angebrachter Solarzellen von allein aufladen würde. Den Radiosender hatte Nathan aus einem uralten Röhrenverstärker samt Mikrofon und einigen weiteren Bauteilen zusammengebastelt. Jetzt mussten sie ihn nur noch an eine der UKW-Antennen anschließen, die wie spirrige Geister einer alten Zeit um den Sendemast herum angebracht waren.

Nathan überprüfte die Anschlusskabel, die an verschiedenen Stellen aus den Wänden kamen. Über einigen hingen kleine Metallschilder mit kryptischen Abkürzungen. Offenbar war nicht das Richtige dabei. Nathan murmelte vor sich hin, ließ das Licht seiner Lampe langsam über die Wand gleiten.

Bo untersuchte den Raum nach Dingen, die sie bei Omega gebrauchen könnten. Aber außer ein paar alten Tischen und einem Teppich, der unter seinen Füßen verrottete, hatten die Birds nichts zurückgelassen. Er ging auf die andere Seite der

Betriebskanzel. Hier pfiff der Wind noch erbarmungsloser durch die kaputten Fenster. Die Regentropfen fühlten sich an wie Eisdornen. Er sah hinaus auf eine Stadt in Dunkelheit. Dort hinten musste irgendwo ihre alte Wohnung sein. Die drei Zimmer mit den hohen Decken und dem Kaminofen, an dem er gemeinsam mit seiner Familie viele Stunden gesessen und über das Leben diskutiert hatte. Wehmut schlich in sein Herz und der Wunsch, zurückzukehren in diese Zeit.

In die Zeit, bevor die verdammten Birds seinen Vater hingerichtet hatten.

Er schmeckte Galle, spuckte aus und ging zurück zu Nathan und den anderen. Der Tod seines Vaters würde nicht vergebens sein. In den Geschichtsbüchern würden sie später davon schreiben, wie sich nach dieser Hinrichtung das Volk aufgelehnt und die Birds davongejagt hatte.

»So«, sagte Nathan sehr zufrieden und legte einen Schalter um. Einzelne Leuchtioden flackerten grün, der Strom floss. Aber die roten Lämpchen, die die Verbindung zur Antenne anzeigten, blieben dunkel. Nathan fluchte leise. Er zog die Kabel wieder heraus und setzte neu an.

»Ey Mann, wenn wir jetzt den Scheiß hier umsonst hochgeschleppt haben …« Jouko gehörte nicht zu den geduldigen Zeitgenossen.

»Ich halt ja auch nichts von dieser Aktion«, meinte Alek. »Wer weiß, ob die Leute ihre alten Radios überhaupt einschalten. Oder ob nicht einer von denen auf die Idee kommt, uns bei Foth zu verpfeifen.«

Nathan schaute von seiner Bastelarbeit hoch: »Wie wär's, wenn ihr einfach mal die Klappe haltet? Wir haben uns auf diese Aktion geeinigt. Wir ziehen sie jetzt durch und ich muss mich konzentrieren.«

»Ich muss mich konzentrieren …«, äffte Alek ihn nach.

»Danke fürs Hochschleppen«, versuchte Bo zu schlichten. »Den Rest kriegen Nathan und ich allein geregelt.«

Riekje und die Jungs setzten ihre Rucksäcke auf. Stev, der noch länger die Aussicht auf der anderen Seite der Kanzel genossen hatte, kam zurück und schüttelte sich wie ein nasser Hund. Aus seinen verfilzten Haaren flog das Wasser in Nathans Richtung.

»Hast du sie noch alle?«, schrie Nathan. »Schon mal was davon gehört, dass man elektronische Geräte nicht unter Wasser setzen sollte?«

»Stell dich nicht so an, ich kann dir alles organisieren, was du brauchst.«

»Na klar. Wäre schön, wenn du deinen großspurigen Worten auch mal Taten folgen lässt. Bisher bist du nur der Weltmeister im Schnacken.«

Stev wollte auf Nathan losgehen, aber Bo stellte sich dazwischen. »Nicht jetzt.«

Stev dreht sich um und murmelte Unverständliches. Bo sah ihm nach, wie er hinter den anderen die lange Treppe nach unten stieg. Ob man diesen Bird-Kindern wirklich trauen konnte? Als Zweit- und Drittgeborene hatten sie einen Haufen Geld – vorgezogenes Erbe und so – aber null Einfluss auf die Gesellschaft. Weshalb Stev ihre Gesellschaft gesucht und gefunden hatte. Angeblich würden viele denken wie er und die Welt ziemlich ungerecht finden. Angeblich hatte er viele Freunde, die sich ebenfalls dafür einsetzen wollten, dass das ganze Volk vom Reichtum des Landes profitierte und nicht nur ein paar Auserwählte.

»Bist du soweit?«, riss Nathan ihn aus seinen Gedanken. Bo nickte und holte einen Zettel aus seiner Hosentasche.

Nathan hielt die Hand hoch, drei Finger, dann zwei, einen, null. Bo räusperte sich:

»Es ist 20 Uhr. Willkommen zur Tagesschau.« Bo grinste. Das sollte bei den Älteren Erinnerungen wachrufen. »Dies ist die erste unabhängige Nachrichtensendung seit 25 Jahren. Künftig hört ihr auf dieser Welle jeden Abend um 20 Uhr die Nachrichten des Tages.« Er strich den Zettel glatt und las vor, was er sich dort notiert hatte. Er erzählte von den offiziellen Vertretern der Stadt, die den Menschen mit fadenscheinigen Gründen ihre Wohnungen wegnahmen. Er warnte vor der Persönlichen Identifizierung (PID) durch die Gesundheitsbehörde, nach der einige Menschen aus bisher unbekannten Gründen ins Wachkoma gefallen waren. Er bat seine Mitbürger eindringlich, nicht für die Neue Heimat zu unterschreiben, egal welches Paradies man ihnen versprach. »Sie haben kein Recht, euch eure Wohnungen zu nehmen. Sie haben kein Recht, eure Tiere zu konfiszieren. Sie haben kein Recht, euch Marker ins Blut zu spritzen, als wärt ihr selbst nur Vieh. Wo ist unser Rechtsstaat geblieben? Wo sind Recht und Gesetz, wenn die Hilfskräfte der Polizei willkürlich jeden von der Straße weg verhaften können?«

Bo lud die Menschen zur Feier anlässlich des 25. Geburtstags von Nordland ein. »Die Welt ist bei uns zu Gast und sie soll nicht nur die Reichen und Schönen sehen. Wir haben jetzt die Chance, die Welt auf unser Elend aufmerksam zu machen. Morgen feiern wir ab 14 Uhr im Stadion am Millerntor. Kommt alle und feiert mit. Der Eintritt ist frei. Bringt eure Kinder mit, erzählt euren Nachbarn und Freunden davon. Auch wir feiern den 25. Geburtstag unseres Landes. Nordland ist unser Land. Hamburg ist unsere Stadt. Kommt alle. Morgen, Sonnabend, 14 Uhr, Millerntorstadion. Das Wetter soll gut werden.«

Nathan nickte und machte eine halsabschneidende Geste. Ende der Übertragung.

Kurze Zeit später piepte Bos Vidja. Sunna. »Super, Bo!«, las er auf dem Display. »Die Übertragung hat geklappt. Aber ihr müsst aufpassen. Unsere Läufer haben gemeldet, dass die Polizei in Richtung Fernsehturm unterwegs ist. Wir glauben zwar nicht, dass sie Verdacht geschöpft hat. Trotzdem: Passt auf und bleibt lieber noch ein bisschen drin.«

Eine Windbö pfiff durch die geborstenen Scheiben und wieder hatte Bo das Gefühl, dass der Turm gleich kippen würde.

Nathan sah seinen Gesichtsausdruck: »Gibt's Probleme?«

»Die Bullen fahren Streife.«

Er gab die Meldung an seine Leute weiter, die vermutlich schon im unteren Drittel des Turms waren, bekam aber keine Bestätigung. »Riekje?« tippte er in sein Gerät. Nichts. »Scheiße, Nathan, warum antworten die nicht?«

»Könnte an der Struktur des Turms liegen. Unten sind die Wände so dick, dass das Vidjasignal nicht durchkommt.«

Bo schnappte sich seinen Rucksack. »Ich lauf runter und warne sie.«

Schon während er die ersten Stufen nahm, rief er so laut er konnte nach unten: »Stopp, Riekje, Alek, wenn ihr mich hört, wartet! Geht nicht raus. Stopp!« Aber er bekam keine Antwort. Er rannte weiter. Stufen, Stufen, Stufen. Zwischendurch brüllte er immer wieder »Stopp«, aber die anderen reagierten nicht. Verdammt. Wenn die Bullen irgendwie Wind von ihrer Aktion bekommen hatten, dann mussten sie draußen vor dem Eingang nur darauf warten, dass ihnen die Führungsriege von Omega direkt in die Arme lief. Scheiße. Bo schaute auf die Vidja. Kein Empfang. Nathan hatte recht gehabt. Er rannte weiter.

Kurve um Kurve. Stufe um Stufe. Im allerletzten Moment sah er die fehlende Stufe. Er sprang ab und versuchte, die Stufe dahinter zu erwischen, hatte aber zu viel Schwung und kippte vornüber. Er überschlug sich, seine Hände versuchten, Halt zu finden, der Rucksack zog ihn weiter nach unten, noch eine Rolle und noch eine. Er streckte die Füße voraus und versuchte, den Fall zu stoppen und endlich hörten die Rotationen auf und er rutschte mit dem restlichen Schwung noch ein paar Stufen weiter, bevor er wieder auf die Füße kam.

»Huge, Stev, hört ihr mich?«, schrie er.

Und endlich kam eine Antwort von unten, ganz schwach.

»Bosse? Was ist los?«

»Geht nicht raus!«, brüllte er.

»Was?«

»Bleibt im Turm. Die Bullen sind in der Nähe.«

»Was?«

»Stopp, verdammt!«

Das schien sie erreicht zu haben. Bo hastete weiter. Ihm war schwindlig. Er wischte sich über die Augen, über die Stirn, schob die zu lange Haarsträhne hinters Ohr und fasste ins Feuchte. Seine Finger waren rot. Er blieb stehen. »Stev, Riekje?«, rief er.

»Wir warten auf dich«, hörte er Riekjes Stimme.

»Gut. Nicht rausgehen«, schrie er ein weiteres Mal zur Sicherheit.

»Verstanden«, kam endlich zurück. Er atmete durch, tastete kurz am Kopf, die Platzwunde schien nicht tief zu sein, jedenfalls hatte er bis eben noch keinen echten Schmerz gespürt, nur diesen Schwindel. Weiter.

Er hatte die anderen gerade noch rechtzeitig warnen können. Sie warteten im Erdgeschoss des Turms, bis auch Nathan zu ihnen stieß. Die Vidjas funktionierten wieder und Sunna schickte eine Nachricht an alle: »Polizeiwagen fahren Streife zwischen Schröderstift- und Rentzelstraße. Aber sie scheinen euch nicht im Turm zu vermuten, sondern fahren vorbei.«

Riekje leuchtete mit ihrer Funzel in sein Gesicht. »Autsch, das tut bestimmt weh.« Sie streckte ihre Hand aus, aber Bo drehte sich weg.

»Geht schon«, sagte er. »Sunna, wie ist es draußen?«

»Die Straßen sind frei für den Moment. Die Polizei scheint in Richtung Schanze abgebogen zu sein.«

Stev hatte die Tür schon geöffnet und spähte hinaus. »Sieht gut aus.«

Sie zogen die Kapuzen ihrer Pullis tief über ihre Köpfe und gingen hinaus, einer nach dem anderen. 20 dunkle, fast unsichtbare Gestalten. Bo schloss die Tür zum Fernsehturm und hängte das altmodische Schloss wieder davor. Kein wirkliches Hindernis.

Ohne ein Wort zu sagen schlichen sie durch die Nacht.

Der Eingang zur Zentrale war schon fast in Sichtweite, als Scheinwerfer durch die Nacht schnitten. Zeitgleich vibrierte Bos Vidja: »Achtung, Polizei auf dem Weg zu euch.« Bo schätzte die

Entfernung. Noch 600 Meter. Aber das Auto war schnell. Das Licht würde sie genau in dem Moment erfassen, wo sie im Untergrund verschwanden. Damit würden sie ihr Versteck preisgeben.

Auch die anderen hatten das Licht gesehen. Bo musste nichts sagen. Seine Leute funktionierten. Links von ihrem Weg waren ein paar Büsche, nichts, was wirklich Tarnung bot, aber mit etwas Glück glitten die Scheinwerfer über sie hinweg und die Bullen hielten sie für abgekippten Müll.

Die Scheinwerfer kamen näher. Direkt vor ihnen sprang eine Werbetafel an. Hoffentlich lenkte das die Polizisten ab und hoffentlich reichte der Schein des Films nicht bis in ihr Gebüsch. Mehrere Bands spielten kurze Musikschnipsel. Luftballons stiegen in den Himmel und eine freundliche Sprecherin lud ein, am Samstag ab 14 Uhr beim großen Fest im Stadion am Millerntor dabei zu sein. Bo erkannte die Werbung. Es war ihre eigene.

Offenbar hatte Lilly es tatsächlich geschafft, die Werbung auf die Plattformen zu schicken. Der Wagen der Polizei wurde langsamer. *Nicht anhalten, Jungs*, schickte Bo als Stoßgebet in den Himmel. Wenn sie ihre Wärmekameras ins Gebüsch richteten, war es vorbei mit dem Versteck. Der Wagen stoppte. In dem Film explodierten Feuerwerkskörper zu klassischer Musik und zeigten Uhrzeit und Ort in Form von bunten Lichtern, bevor der Bildschirm wieder schwarz wurde.

Das Auto fuhr weiter.

Bo regte sich nicht. Auch die anderen warteten, bis die Rücklichter nicht mehr zu sehen waren. Ohne ein weiteres Wort zu verlieren rannten sie zu ihrem Hauptquartier, dem alten Wasserturm, liefen in die Tiefgarage und dort zum Schuttberg am Ende des Raums. Gleich daneben war auf halber Höhe ein präparierter Mauerstein. Bo zog ihn heraus, drückte den dahinter verborgenen Hebel; zu ihren Füßen öffnete sich ein schmaler Spalt. Sie rutschten hindurch und waren in Sicherheit.

Sunna hatte auf der anderen Seite gewartet und fiel Bo in die Arme.

»Scheiße, das war wirklich knapp eben.«

»Danke für deine Hinweise, sonst hätten sie uns gehabt. Aber so – ich würde sagen, ein voller Erfolg.«

Die anderen nickten. Gemeinsam gingen sie weiter durch die verschiedenen Geheimgänge hinein in das Dunkle des Wasserturms. Die Lampen leuchteten den Weg und sie waren euphorisiert von ihrer gelungenen Aktion.

»Habt ihr die Werbung fürs Konzert gesehen? Super!«

»Die Übertragung hat einwandfrei geklappt.«

»Und keiner der Birds hat was davon mitgekriegt.«

Sie waren schon fast in dem Raum, der ihnen als Küche und Besprechungszimmer diente. An einem der hinteren Tische saß seine Mutter und nippte an einem Becher. Es war das erste Mal, dass sie ihr Lager verlassen hatte. Lilly kam ihnen entgegen, sie strahlte über das ganze Gesicht. Bo hätte sie am liebsten sofort in seine Arme geschlossen. Was für ein perfekter Tag.

»Super Job bei den Werbetafeln, Lilly«, sagte Bo. Wenn schon keine Umarmung, dann wenigstens ein Kompliment.

»Danke, aber wenn Sunna nicht vorher alles Nötige organisie…«

»Lilly?«, unterbrach Stev, der Neue, sie und leuchtete der jungen Frau genau ins Gesicht. Bo musste sich zusammenreißen, diesem kleinen Mann mit seinen verfilzten Haaren nicht die Lampe aus der Hand zu schlagen.

»Da warst du aber nicht besonders kreativ bei deinem Namen. Lillith.«

Mit einem Schlag verstummten alle Gespräche.

Bo starrte Lilly an. Lillith? Lillith Civetta? Das entführte Vogelküken?

Lilly-th stürzte zu Boden. Hatte sie jemand gestoßen? Sie kniete vor Stev und versuchte, wieder auf die Füße zu kommen. Aber es war, als ob sie unter Drogen stand. Bo wusste nicht, was er tun sollte.

»Was für eine dreiste Aktion. Dein Vater ist sicher stolz auf dich, dass es dir gelungen ist, dich bei Omega einzunisten.« Stev wieder. Er riss an ihren aschblonden Haaren. Eine Perücke. Braune Locken fielen der jungen Frau ins Gesicht.

»Das gibt's doch nicht!«, hörte er Nathan sagen.

»Ich wusste, das mit ihr was nicht stimmt«, keifte Riekje. Sie holte mit ihrer Stablampe aus. Aber bevor sie zuschlagen konnte, hielt Bo ihren Arm fest.

Was machte dieses Vogelküken hier? Hatte sie ihn ausspioniert? War die vergangene Nacht Teil des Plans gewesen? So wie sie da auf dem Boden kniete, sah sie aus, als ob sie kurz davor war, ohnmächtig zu werden. Oder war das nur geschauspielert? Hatte sie ihm die ganze Zeit etwas vorgespielt?

Er wollte sich das nicht vorstellen.

Aber hier war sie. Die Tochter des reichsten Mannes von Nordland. Inmitten der Widerstandsbewegung, die auf gutem Weg war, ihr Land zu verändern. Wenn er sie einfach laufen ließ, würde sie alles verraten und Omega wäre schneller Geschichte, als er die Treppen des Fernsehturms herunterstürzen konnte.

»So viel dann zu deinem tollen Motto, Bo.« Alek sah ihn herausfordernd an.

»Was glaubst du, wieviel Lösegeld können wir für sie fordern?« Riekje.

Lillith Civetta. Seine Reden klangen hohl in seinen Ohren. Keine Gewalt, sonst verlieren wir die Unterstützung des Volks.

»Wir werden kein Lösegeld fordern«, sagte Bo, laut und bestimmt. »Sunna und Riekje: Bringt sie weg, in die entfernteste Ecke, die wir haben, wo sie uns nicht weiter ausspionieren kann. Sorgt dafür, dass sie nicht abhaut. Keine Gewalt, es sei denn, sie lässt euch keine andere Wahl.«

»Also Bosse, was machen wir mit ihr?«, fragte Nathan, sobald die Frauen außer Hörweite waren.

Die Galle von eben war wieder in seinem Mund. Er sah seinen sterbenden Vater vor sich. Die verschwundenen Mädchen.

Den Wahnsinn seiner Mutter. Erinnerungsfetzen aus der letzten Nacht. Die Diskussion. Die Nähe. Die Seelenverwandtschaft. Das hatte er jedenfalls geglaubt. Er sah wieder seinen Vater vor sich, blutverkrustet, vor Schmerz gekrümmt und er erinnerte sich an seine letzten Worte: »Ich bin das Alpha und das Omega. Vergesst das nicht.«

Wenn er nicht wollte, dass ihr ganzer Kampf vergebens war, dann musste er die letzte Nacht aus seinem Gedächtnis streichen. Dann musste er die Wunde, die seine nächste Entscheidung in ihm reißen würde, ignorieren und hoffen, dass er daran nicht innerlich verblutete. Er strich sich über den Nacken und berührte dabei die Platzwunde an seinem Kopf. Sie war bereits verkrustet.

»Wir töten sie.«

Konzert

Angebunden wie ein Hund, allein, durstig, hungrig, erschöpft, mit schmerzenden Handgelenken, schmerzendem Gesicht, schmerzendem Herzen saß Lillith auf dem kalten Steinfußboden, weit weg von allen anderen. Um sie herum war es still geworden, jeder versuchte, ein paar Stunden Schlaf zu bekommen. In einer Ecke hörte sie etwas rascheln. Ratten? Oder ihre Henker, die möglichst schnell vollendete Tatsachen schaffen wollten?

»Sie wollen dich töten«, hatte Sunna geschrieben. Das war die letzte Nachricht gewesen, bevor Lilliths Vidja den Geist aufgegeben hatte.

Müsste sie nicht Todesangst spüren? Momentan war in ihr nur Wut. Wut darüber, wie Steven Matthewes, Fritjofs stinkender Kumpel aus dem *Eimer*, es geschafft hatte, Bo mit einem einzigen Satz gegen sie einzunehmen.

»Dein Vater ist sicher stolz auf dich, dass es dir gelungen ist, dich bei Omega einzunisten.«

Das war eine so unglaubliche Unterstellung gewesen, dass ihr darauf keine Antwort eingefallen war. Und dann waren Überraschung, Zweifel, Unverständnis, Wut und blanker Hass auf sie niedergeprasselt. So viel Hass. Die gesammelten Emotionen hatten ihr die Beine weggerissen und im nächsten Moment hatte sie in einer scheiß Demutsgeste vor Steven Matthewes gekniet. Sie hatte versucht, Johannas Übungen anzuwenden, sich eine Sonne vorzustellen und die spitzen Eisnadeln aus purem Hass zu schmelzen. Ohne Erfolg.

Sunna hatte ihr aufgeholfen und sie in eine weit entfernte Nische gebracht, Riekje als Aufpasserin an ihrer Seite. Checks and Balances.

Das war zu Beginn dieser unendlich langen Nacht gewesen. Inzwischen war sie allein. Allein mit ihren Erinnerungen an jedes verdammte Detail. Und an jedes einzelne Gefühl:

Zunächst war da vor allem Ratlosigkeit. Ratlosigkeit und Unsicherheit. Sunna, Riekje und sie selbst saßen vielleicht fünf Minuten in der Nische und schwiegen sich an, bevor Sunna ihre Vidja hervorholte und auf dem Bildschirm herumtippte. Lillith begriff und drückte auf die kleine Vertiefung in ihrem Armband. Auf ihrer Kontaktlinse erschien ein einfaches Auswahlmenü und der Warnhinweis: »Ihr Akku hat weniger als zehn Prozent Energie.« Ärger. Ohne die elektromagnetischen Induktionsfelder, mit denen die Vidjas im Vorbeigehen aufgeladen wurden, hielten die Akkus nur ein paar Stunden. Sie suchte nach dem von Sunna vorhin erwähnten abhörsicheren Kanal. Da: »Adam«. Sie blinzelte einmal. Und nein, bitte keine Bildübertragung, auch keine Avatarunterstützung, einfach nur stummer Austausch mit geschriebenen Wörtern. »Sunna?«

Adam. Vergnügen. Ausgerechnet Adam.

»Bestätigt«, leuchtete vor ihrem Auge auf. Sorge.

»Sollte besser abhören, oder?«

»?«

»Abhauen.« Mit dem Schmutz im Auge war die Steuerung schwierig. Ständig verrutschten ihr die Buchstaben, bevor sie die vorgeschlagenen Wörter mit einem Wimpernschlag bestätige. Zum ersten Mal wünschte sie sich das Gehirnimplantat, mit dem man angeblich allein durch die Kraft der Gedanken die Vidja steuern konnte.

»Ja. Hab eben versucht, Fritjof zu erreichen. Erfolglos. Wem können wir noch trauen?«

Sie überlegte einen Moment.

»Maja, meiner alten Kinderfrau«, twinkerte sie. »Aber die hat keine Vidja.« Ihre liebe Majamama hatte sich immer geweigert, wenn sie ihr so ein Gerät andienen wollte.

»Maja … stimmt, das können wir probieren.«

Lillith schickte ein »Du kennst Maja?« zurück. Ihr fiel ein, dass auch Bo damals auf dem Markt – Lichtjahre war das her – Maja sofort erkannt und angesprochen hatte.

»Nicht so wichtig.« Wachsamkeit. »Du verschwindest morgen früh, einzige Chance, ich kümmere mich darum, dass dich jemand findet und mitnimmt. Schluss.« Jetzt hörte Lillith auch die schnellen, kräftig auftretenden Schritte, die in ihre Richtung kamen. Sie rappelte sich auf. Sie hasste es, wenn jemand von oben auf sie herabguckte. Entschlossenheit. Verachtung. Amüsement.

Bo, Alek und dieser furchtbare Steven Matthewes bauten sich vor ihr auf.

»Ich wollte dir sagen, wer ich bin, Bo, ehrlich«, fing sie an. »Mein Vater hat mich nicht geschickt. Ich bin von Zuhause weggelaufen und dann …«

Alek strich ihr über die Wange, seine Finger glitten hinunter zu ihrem Kinn und drückten es so fest zusammen, dass sie verstummte. Sie starrte zu Bo, aber der wich ihrem Blick aus. Alek dagegen begutachtete sie wie ein Stück Ware.

»Ich unterstütze euch«, nuschelte sie, »ich möchte euch wirklich helfen …«

Alek ließ ihr Kinn los und griff ihr an die Brust. Sie wollte zurückweichen, aber hinter ihr war die Wand. Sie versuchte, Alek wegzustoßen, doch Stev umklammerte im selben Moment ihre Arme.

Ekel. Angst. Gier. Verlangen. Unbehagen.

»Alek«, sagte Bo, »lass sie los.«

Schmerz. Alek drückte so fest zu, dass ihr die Tränen in die Augen stiegen. »Darüber sollten wir nochmal reden«, meinte er, als er endlich seine Hand wegnahm. »Wenn sie uns doch so gerne helfen möchte.« Lust.

»Nach dem Fest. Wie über alle anderen Details auch.«

»Zum Beispiel das Detail, dass dieser Spacko hier zur Reederfamilie Matthewes gehört?« Lillith versuchte vergeblich, sich aus Stevs Umklammerung zu befreien. Frustration. Vergnügen.

»Ach Goldkehlchen, stell dir vor: Sogar bei euch gibt es Menschen, die das bestehende System ungerecht finden.« Aleks hübsches herzförmiges Gesicht war vor Spott und Selbstgefälligkeit ganz schief geworden.

»Diese verkorkste Existenz lasst ihr in eure Reihen?« Lilliths Stimme zitterte. »Und mir glaubt ihr nicht?« Wut. Unsicherheit.

»Das Wort eines Mannes hat eben mehr Gewicht.« Die zum Taubennest verfilzten Haare auf seinem Kopf schwankten gefährlich, als Stev vor sich hin kicherte und dabei wie irre nickte. Triumph.

Fassungslosigkeit. Hatte Stev recht? Waren die Spielregeln hier doch die gleichen wie in ihrer Welt?

»Das hat damit nichts zu tun«, sagte Bo. Zerrissenheit. Und dann nichts mehr. »Wir glauben ihm, weil er uns keine falsche Identität vorgespielt hat.« Er ließ das Ende eines Plastikbands auf den Boden fallen. »Und weil wir dir nicht mehr trauen können, müssen wir deine Bewegungsfreiheit einschränken.«

Bo griff nach ihren Händen, drehte sie auf den Rücken und schlang das blaue Band um ihre Handgelenke. Die Hände, die sie gestern, gestern!, gestreichelt hatten, waren zu Schraubstöcken geworden. Schmerz. Sorge. »Nicht so fest«, sagte Sunna. »Seit wann begibst du dich auf Aleks Niveau?«

Durch die eben noch abgedrückten Adern floss wieder etwas Blut. Der Schmerz ließ nach. Bo drehte sich zu Alek und warf ihm das andere Ende des Bands zu. »Hier, überprüf es.«

Alek ruckte heftig an dem Band. Die Hände nutzlos hinter ihrem Rücken zusammengebunden, versuchte Lillith, den Fall mit ihrer Schulter abzufedern. Vergeblich. Ungebremst knallte sie auf den Steinboden. Sie spürte, wie die Haut unter ihrer Augenbraue riss und das Blut wie eine dicke Träne über ihr Gesicht floss. Sie starrte hoch zu Bo, aber der wandte sich ab. Wie hatte sie nur glauben können, er sei anders als die Männer in ihren Kreisen? Wut. Hilflosigkeit. Scham.

»Los jetzt.« Alek zog ein weiteres Mal. Freude. Um nicht wie ein Stück Vieh durch den Dreck gezerrt zu werden, mühte

Lillith sich, auf die Füße zu kommen. Es war Sunna, die ihr half. Dabei ließ sie etwas in Lilliths Hosentasche gleiten. »Wenn das ehrenwerte Fräulein Civetta endlich bereit ist …«, rief Alek, die Stimme so heiser, als habe er den ganzen Tag gebrüllt, und zog erneut. Etwas Spitzes bohrte sich in ihren Oberschenkel. Lillith stolperte vorwärts, hinein in die Dunkelheit, Alek hinterher. In ihrem Kopf Bilder ihrer schlimmsten Ängste.

Aber Bos Ansagen schienen immer noch Gewicht zu haben. Alek schleifte sie in einen Raum, fesselte sie dort an einen in der Wand versenkten Ring und ließ sie in Ruhe.

Wie viele Stunden war das jetzt schon her? An ihrer gerade verheilten Wunde an der Schulter pochte das Blut, als wollte es jeden Moment hinausschießen. In ihren Armen lösten sich unsägliche Krämpfe mit völliger Gefühlslosigkeit ab. Die Finger waren steif und eiskalt.

»Ich kümmere mich darum, dass dich jemand findet und in Sicherheit bringt.« An diesen Satz von Sunna klammerte sie sich. Musste sie sich klammern. Denn kurz nachdem Alek das Plastikband so knapp an dem Ring befestigt hatte, dass keine gymnastische Verrenkung der Welt die Hände nach vorne hätte holen können, bekam sie die letzte Nachricht von Sunna auf ihre Kontaktlinse:

»Sie wollen dich töten.«

Jetzt, in der dunkelsten Stunde dieser Nacht, verschwand ihre Wut und die Angst kroch in sie hinein, ein Tier mit hundert Tentakeln. Es nistete sich in ihrem Kopf ein und schickte seine Fangarme durch ihren Körper. Sie fanden die Schwachstellen, sie saugten sich fest an ihnen, zerrten sie nach vorne. Die Hilflosigkeit. Die bodenlose Enttäuschung. Der Ekel. Die Wut, die jeden klaren Gedanken unmöglich machte. Die Angst, die alles andere fraß.

»Sie wollen dich töten.«

Nein.

So würde sie nicht enden. So nicht.

Sie rief sich Johannas Übungen ins Gedächtnis. Holte in Gedanken die Qi-Gong-Kugel heraus. Allein die Erinnerung an den Klang beruhigte sie, drängte die Angst zurück, kappte die ersten Tentakeln. Sie würde die Zeit nutzen, die ihr noch blieb. Nie wieder wollte sie solch eine Hilflosigkeit spüren. Wenn sie hier lebend herauskam, dann würde sie nicht nur die Gefühle der anderen ausblenden können. Dann würden ihr auch die eigenen nicht länger im Weg stehen.

»Los, mach schon.« Ein Fuß in ihren Rippen. Ein Rucken an ihrem Handgelenk. Sie musste eingeschlafen sein. »Bosse hat dir erlaubt, noch einmal unsere wunderbaren sanitären Anlagen zu benutzen.« Riekje.

Lillith schüttelte sich kurz, um ihren Kopf klar zu bekommen. »Okay, danke.« Sie versuchte aufzustehen. Eine harte Hand half ihr, zog sie hoch und drückte dabei so fest zu, dass sie das Hämatom schon spüren konnte, das sich unter ihrer Haut bildete. Lillith stolperte zu der Nische, in der die Toilette stand. »Hilfst du mir?«, fragte sie, so leise und demütig, wie sie konnte. Riekje lachte hässlich. »Sunniva würde dir deinen Hintern vermutlich ablecken, aber nein. Das darfst du selber erledigen.«

Darauf hatte Lillith gehofft. Kurz vor der Nische löste Riekje Lilliths Fesseln und schubste sie in den Raum. Lillith griff nach dem spitzen Gegenstand in ihrer Tasche. Eines der Küchenmesser, die Klinge nicht besonders scharf, aber das musste reichen. Sie steckte es in die Gesäßtasche ihrer viel zu großen Männerjeans und betete, dass Riekje die ausgebeulte Tasche übersehen würde.

Riekje bemerkte nichts, als sie ihr kurze Zeit später die Hände erneut fesselte. Sie führte Lillith an der Treppe vorbei, die zur Konferenzebene führte. Omega war im Aufbruch. »Wo sind die Flugblätter.« – »Die hat Aysen.« – »Notfallpläne habt ihr verinnerlicht?« – »Klar.« – »Bo, ich kann nicht mit. Joris kommt mich gleich besuchen.« – »Mama«, Bos Stimme, wieder wie Samt, nur leicht angeraut, »Papa kommt später nach, du kommst jetzt mit uns mit.« – »Ja, gleich, ich will nur kurz eine Nachricht für Joris hinterlassen. Damit er weiß, wo er mich findet.«

Lillith spürte die Nervosität, sie spürte wie Bo genervt war von seiner Mutter und sie spürte Johannas Trauer. Trauer? Das konnte nicht sein. Wenn sie in ihrer Studentenwelt war, spürte Johanna nichts! Die Dunkelheit zerrte an Lilliths Nerven. Sie sollten endlich verschwinden. Damit sie diese in ihre Haut einschneidenden Fesseln durchsäbeln konnte. Damit sie endlich anfangen konnte, nach dem Ausgang zu suchen.

Warum sie den ausgerechnet heute finden sollte, nachdem sie fast eine Woche lang durch die Gänge gestreift war und dabei nur verschüttete Wege gefunden hatte, wusste sie nicht. Aber mit diesem Problem würde sie sich auseinandersetzen, wenn es soweit war. Als erstes musste sie das Band durchschneiden. Ein Schritt nach dem anderen. Nicht verzweifeln an der viel zu großen Aufgabe.

Sunna schaute zum Abschied kurz nach ihr, aber da Riekje neben ihr stand, beschränkte sich die Kommunikation auf ein Lächeln und ein kurzes Nicken.

Und dann waren alle fort. Lillith zog das Messer mit klammen, schlecht durchbluteten Fingern aus der Tasche und versuchte, es so in einer der Mauerritzen zu positionieren, dass die stumpfe Klinge nicht abrutschte. Sie brauchte viele Versuche. Ständig fiel es ihr aus den Händen. Sie verrenkte sich in alle möglichen und unmöglichen Positionen, um das fast außer Reichweite gefallene Messer mit ihren Zehen wieder in Richtung ihrer Hände zu schubsen und dankte nicht nur einmal ihren Yoga-Lehrern für die jahrelangen Übungen.

Sie war schweißgebadet, als das Band endlich zerfetzt neben ihr lag. Sie hatte jedes Zeitgefühl verloren. Die Hände kribbelten, als das Blut frei zu zirkulieren begann. Lillith strich über die malträtierten Handgelenke, streckte sich und versuchte, sich in der Dunkelheit zurechtzufinden. Was, wenn Johanna eben tatsächlich klar gewesen war? Wenn ihr Satz »Ich will eine Nachricht für Joris hinterlassen« an Lillith gerichtet gewesen war.

Lillith tastete sich in Richtung ihres alten Lagers vor. Wenn sie sich nicht täuschte, musste Johannas Matratze sieben oder acht Nischen entfernt sein. Ohne Licht stolperte Lillith von einer Ecke zur nächsten. Sie tastete hinter jeden Mauervorsprung, fasste in Feuchtes, Schleimiges, Ekliges und kam endlich zu der ihr vertrauten Nische. Auch hier lag alles im Dunkeln. Neben den Matratzen stand normalerweise eine kleine Campinglampe. Aber was war heute schon normal? Am liebsten würde sie sich auf die Matratze werfen, sie war so erschöpft. Und dann würde sie einschlafen und erst wieder aufwachen, wenn alles zu spät war. Super Plan.

Sie tastete nach einer Lampe. Nichts. Auf der anderen Seite? Nichts. Ohne Licht würde sie niemals hier herauskommen. Selbst mit Licht … Wieso hatten die alle Lampen mitgenommen? Sie warf sich auf Johannas Matratze. In ihren verkrümmten Rücken schoss ein dumpfer Schmerz. Bitte kein Hexenschuss. Sie streckte sich vorsichtig und lachte im nächsten Moment laut auf. Sie hatte sich auf eine Stabtaschenlampe geworfen.

Als der Lichtkegel über das Lager glitt, fiel zum ersten Mal ein Teil der Anspannung von ihr ab. Zwischen den Falten von Johannas dünner Decke ragte ein Stück Papier hervor. Eines von Aysens Flugblättern, in denen die Bevölkerung aufgefordert wurde, sich nicht aus ihren Häusern vertreiben zu lassen, egal was die Birds versprachen. Sie drehte es um. Und da, in krakeliger, schneller Schrift, eine Botschaft. Johannas Nachricht für Joris:

»Treppe runter, letzte Stufe liegt nur lose auf, darunter Tunnelsystem« und dann folgte eine detaillierte Beschreibung, wie sie durch U-Bahn-, Siel- und selbstgegrabene Kriechtunnel zum Stadion kam. »Warte beim Tunnelausgang. Adapter für Vidja ist am Radio. Ich melde mich, S.«

Mit frisch gekurbeltem Licht und einer wieder funktionierenden Vidja machte sich Lillith auf den Weg. Sollte sie Fritjof kontaktieren? Später. Draußen. Am Ende der Treppe drückte sie das Holz der letzten Stufe zur Seite. Dutzende Male war sie in den vergangenen Tagen hier vorbeigekommen und hatte vor der eingestürzten Wand gestanden, nicht ahnend, dass es von hier aus weiter ging. Sie quetschte sich durch die schmale Öffnung – wie Jouko wohl hier durch kam? – und stand bequem auf einem weiteren Boden. Bevor sie ganz abtauchte, schloss sie die Stufe über sich, die mit einem leisen Plopp fast von allein in die Halterung glitt.

Ein altes Rollband, wie an einem Flughafen, führte nach unten. Lillith fand den von Sunna beschriebenen Hebel unter der Fliese, die zwei Platten links und dann fünf Platten vom Ende der Rolltreppe entfernt war, sie staunte kurz über den einwandfrei funktionierenden Mechanismus, der die anderen Platten zur Seite schob und ihr den Zugang in die Unterwelt öffnete. Auf einer Röhre rutschte sie nach unten und landete schließlich auf den Gleisanlagen, auf denen sie in dieses Versteck gekommen war. Jetzt bloß nicht in die falsche Richtung laufen. Sie sah erneut auf Sunnas Plan. »In Laufrichtung weiterlaufen.« Okay, was war ihre Laufrichtung gewesen, bevor sie die Rutsche auf die Gleise genommen hatte? »Nach fünf Minuten Bahnsteig.« Sie lief los und zählte dabei langsam bis 300. 400. 500, um ganz sicher zu gehen. Kein Bahnsteig. Dafür flackerte die Lampe. Sie drehte aufmunternd an der Kurbel. Das Flackern schien nichts mit dem Akku zu tun zu haben. Sie aktivierte ihre Vidja, aber so tief unter der Erde bekam sie keine Verbindung zum Netz. Sie war auf sich allein gestellt.

Lillith drehte sich um, ging in die andere Richtung. Selbst nach tausend Schritten war kein Bahnsteig in Sicht. Und die Röhre, die nach oben führte, hatte sie auch nicht wiedergefunden. Die Lampe flackerte, ging zwischendurch für einige Sekunden ganz aus, bevor sie sich erbarmte und wieder Licht spendete. Bilder geisterten durch ihren Kopf: sie selbst als Skelett, das in fünfhundert Jahren bei Ausgrabungen wiedergefunden wurde. Als wahnsinnige Medusa, die schreiend und heulend die Gänge zum spukenden Untergrund machte. Sie war kurz davor, sich zu ohrfeigen, um ihren Verstand wieder ans Arbeiten zu bringen, als sie Licht sah. Der Bahnsteig. Von oben kamen durch die Ritzen der Steine ein paar Sonnenstrahlen. Keine Chance, durch diesen Schutt nach oben zu klettern und zu gucken, wo sie war. Aber wenigstens die Richtung schien zu stimmen.

Sie würde nicht als Klappergespenst hier unten enden.

Sie versuchte, auf ihrer Vidja den Entfernungsmesser zu aktivieren. Aber sämtliche Funktionen, die das Gerät ortbar machten, waren deaktiviert. Und sie hatte keine Ahnung, wie sie die in Gang setzen konnte. Sie tauchte wieder in den U-Bahn-Tunnel ein und verdoppelte Sunnas Zeitangaben. Nach 35 Minuten fand sie das auffällige Bananen-Graffito an der Wand, das nach Sunnas Angaben nach 15 Minuten auftauchen sollte. Die untere Spitze der Banane zeigte auf den Stein, der nur lose befestigt war. Dahinter lag ein Hebel, mit dem sich eine Luke öffnen ließ. Lillith kletterte nach oben.

Sie stand in einem verstaubten, zugestellten Keller. Kurz unterhalb der Decke waren Lüftungsschächte eingebaut, durch die Tageslicht in den Raum fiel. Direkt vor ihr stapelten sich große Kisten, daneben stand ein Sofa mit Zebramuster und einige Polstersessel in magenta und taubenblau. Auf dem Boden hatte sich eine dicke Staubschicht gebildet. Hier war seit Jahren niemand mehr gewesen. Lillith bewegte sich vorsichtig, um so wenig Staub wie möglich aufzuwirbeln, und stellte sich unter einen der Luftschächte. Licht. Tageslicht! Wolken trieben über den Himmel, aber gerade schien die Sonne durch eine Lücke. Gutes Wetter für Anfang November. Omega würde Erfolg haben mit dem Konzert. Lillith wandte ihr Gesicht der Sonne zu und schloss für einen Moment die Augen. Hier würde sie warten, bis Sunna sich meldete. Es gab schlimmere Orte.

Sollte sie Sunna kontaktieren? Würde das Zeit sparen? Oder würde das Sunnas Pläne torpedieren? Lillith sah auf den Zettel: »Ich melde mich.« Deutliche Ansage. Sie würde Gründe dafür haben. Lillith lehnte sich an die Wand. In dem Schreiben hatte Sunna sie gebeten, den Eingang in den Keller wieder zu schließen. Das hatte sie getan. Von dem Loch war nichts mehr zu sehen. Nur der Versuch, spurlos durch den Raum zu kommen, war gescheitert. Ein schmaler Weg schlängelte sich von der Wand durch die Staubschicht zu dem Ort, an dem sie jetzt stand. Um das zu verbergen, müsste sie den ganzen Raum putzen. Sie nieste. Sie würde gleich ein paar Möbel rücken und hoffen, dass das reichte. Der Staub kitzelte in ihrer Nase. Sie nieste erneut.

Ein Stück entfernt führte eine schmale Treppe steil nach oben. Sie kletterte hoch und lauschte an der Tür. Nichts. Vorsichtig öffnete sie die Tür einen Spalt und wich direkt zwei Stufen zurück. Kurz zweifelte sie daran, dass die Luft auf der anderen Seite atembar war. Sie warf einen Blick auf einen Gang mit Regalen voll verschimmelter Bücher. Als sie leise tippelnde Schritte hörte, schloss sie die Tür. Besser die Nase nicht zu weit nach draußen stecken.

Kurz vor zwei Uhr blinkte auf ihrer Kontaktlinse eine Nachricht auf. »Schon da, Schatzi?«

»Ja«, twinkerte sie zurück. »Freu mich darauf, dich zu sehen«, schob sie hinterher und hoffte, dass es wirklich Sunna war, die ihr diese Nachricht geschickt hatte.

Sie war es. Aus jeder Sommersprosse strahlend kam Sunna die Stufen in den Kellerraum hinuntergeklettert. »Du hast es geschafft. Großartig! Ich hab nicht viel Zeit. Wenn alles klappt, kommt bald jemand vorbei und bringt dich in ein anderes Versteck. Ich weiß nicht wer, aber ich denke, Maja wird jemanden schicken, den du kennst.«

»Maja? Du hast Maja erreicht?«

»Noch nicht. Ich hab Johanna und Nathan losgeschickt. Die beiden sind momentan eh allen im Weg.«

»Können wir Nathan trauen?«

»Ja. Er mag dich. Außerdem versucht er seit gestern Abend, Bo davon zu überzeugen, dass es viel sinnvoller wäre, dich am Leben zu lassen.«

»Nett von ihm.«

»Er ist nicht der einzige, der so denkt.«

Lillith betrachtete Sunna genauer. Die derbe Cordhose, die Mütze, die ihre Haare versteckte, die weite Joppe. Sie sah aus wie ein Kerl.

»Wer begleitet dich heute auf den Straßen?«

»Niemand. Heute ist so viel Polizei unterwegs, ich glaube nicht, dass es einen einzigen Überfall geben wird. Außerdem bin ich gleich wieder bei den anderen und kümmere mich um die Technik. Dann wird es Alek schwerfallen, mir zu beweisen, dass ich dir bei der Flucht geholfen habe.« Sunna lächelte aufmunternd. Sie war sich ihrer Sache sicher.

»Ach und eines noch. Heute herrscht der totale Überwachungswahnsinn.« Sie kramte aus einer der riesigen Taschen ihrer Joppe ein buntgemustertes Kopftuch. »Das dürfte für kurze Transferstücke reichen. Aber du solltest besser nicht über deine Vidja zu Fritjof oder irgendeinem aus deinen Kreisen Kontakt aufnehmen. Dann ist deine Tarnung sofort dahin. Heute wird alles abgehört, was durchs Netz läuft und ganz speziell das, was bei den Birds ankommt. Wie man hört, hat Senator Drach entsprechende Anweisungen an seine Behörde gegeben.«

»Das darf er überhaupt nicht. Das verstößt gegen den Pakt!«, rief Lillith. Zwar wusste jeder, dass die Vidja-Kommunikation theoretisch abgehört werden konnte, aber wenn Erik offiziell anordnete, die Privatsphäre der anderen Senatoren zu verletzen, bekam das eine neue Ebene. Ob ihr Vater davon wusste?

Sunna war schon halb die Treppe hoch. »Das mit dem Pakt musst du mir ein anderes Mal erklären. Ich muss los.«

»Was ist denn mit dem Zugang hier zu eurem unterirdischen Netz? Was mach ich, wenn jemand kommt?«

Sunna schüttelte den Kopf. »Unwahrscheinlich. Wir sind alle durch den Ausgang unterhalb des Stadions gekommen. Diesen hier am Schwimmbad hat außer dir in den letzten 20 Jahren niemand mehr benutzt. Draußen hängen überall Kameras. Die Gefahr, entdeckt zu werden, ist viel zu groß.«

»Und wie komme ich raus?«

»Ganz einfach: Kopftuch auf, gebückter, schlurfender Gang. In der Ruine über diesen Kellerräumen leben zwei Dutzend alte und ziemlich gebrechliche Frauen. Ist so eine Art Altersheim. Tu einfach so, als wärst du eine von ihnen.«

»Mach ich. Und Sunna?« Lillith war noch etwas eingefallen und sie lief ihr hinterher.

Sunna blieb auf dem kleinen Absatz vor der Tür stehen und sah Lillith ungeduldig an, die Hand bereits auf der Türklinke.

»Ich wäre gerne bei euch geblieben«, sagte Lillith. »Bei dir, Johanna …« Bevor ihr ein … »und Bo« herausrutschte, biss sie sich auf die Zunge. Ging's noch? Der Mann wollte sie umbringen! Und sie heulte ihm nach wie ein liebeskranker Teenager. »Ich kümmere mich darum, dass Kristofer wieder raus kommt. Versprochen!«

»Danke.« Sunnas Freundschaft war so warm wie das Wolltuch, das sie sich zu Hause manchmal umlegte.

Lillith nahm Sunnas Hand und drückte sie zum Abschied. »Danke. Für alles.« Dabei ließ sie das goldene Vidja-Armband in Sunnas Hand gleiten, griff dann an ihre Ohrläppchen und öffnete die kunstvoll angebrachten Clips. »Nimm du sie. Auf deinen Kommunikator habe ich dir gestern ein Budget für Werbung geladen. Aber mit meiner Vidja hast du praktisch unbegrenzten Zugang zu den Werbetafeln.« Schließlich nahm sie die Kontaktlinse aus dem Auge und legte sie in ihre eigene Handfläche, erleichtert, dass das Kratzen und Brennen im Auge endlich aufhörte. Mit der anderen Hand holte sie den Salzstreuer heraus, öffnete ihn und schob die Linse vorsichtig hinein. »Hier. Ich lasse dir noch vernünftige Reinigungslösung zukommen. Irgendwie.«

Sunna sah auf ihre Hand, in der technische Schmuckstücke im Wert einer großen, voll ausgestatteten Limousine lagen. Nicht, dass sie diesen Vergleich hätte ziehen können. Lillith spürte trotzdem die Unsicherheit und schloss Sunnas Finger.

»Sehen wir uns wieder?«, fragte Sunna.

»Ich weiß es nicht.« Lillith sah an Sunna vorbei und blinzelte die Tränen weg. »Wenn ich diese Nacht überstehe und ich nicht morgen früh an der Seite meines Zukünftigen das Land verlasse …« Was als Scherz gemeint war, klang plötzlich wie ein ziemlich wahrscheinliches Ende ihres Abenteuers.

»Ich bin froh, dich kennengelernt zu haben, Lillith Civetta«, sagte Sunna. Sie umarmte Lillith, auch ihre Augen schimmerten. »Vergiss uns nicht, wenn du zurück in deiner Welt bist.«

Bevor Lillith antworten konnte, hatte Sunna ihr den Rücken zugedreht und war nach draußen gehuscht. Fort.

Lillith hörte, wie der Moderator das Konzert eröffnete und die erste Band auf die Bühne kam. Jubel, Applaus, sie konnte nicht weit vom Stadion entfernt sein.

Sie versuchte, durch die Lüftungsschächte nach draußen zu spähen. Aber abgesehen von einer Menge vorübereilender Füße und Hosenbeine war nichts zu erkennen.

Lillith rückte einen schweren Karton vor die Tunnelklappe, gerade so weit, dass die Klappe sich noch ein kleines Stück öffnen ließ, öffnete eine andere Box, verteilte Rechnungen und Quittungen und Broschüren mit der Aufschrift »Schwimmclub« so im Raum, als wäre der Karton gerissen und hätte seinen Inhalt ausgespuckt. Wer jetzt noch den Weg in das unterirdische Netz finden wollte, musste schon sehr genau wissen, wo er zu suchen hatte.

Ohne weitere Vorankündigung knallte die Tunnelklappe gegen den Karton.

Sunna hatte sich getäuscht. Es gab noch jemanden, der diesen Ausgang nutzte.

Lillith rannte zur Treppe, rutschte auf einer der Broschüren aus und fiel hin. Bevor sie sich wieder aufgerappelt hatte, schoben Hände den Karton zur Seite. Eine bekannte, heisere Stimme fluchte: »Wer hat denn den scheiß Karton genau vor den Ausgang gestellt?« Alek kletterte hinaus. Lillith schätzte die Entfernung zur Treppe – zu weit. Sie kroch hinter das Sofa, zitterte, hoffte, dass Alek sie nicht bemerken, sondern einfach die Treppe hoch laufen und verschwinden würde. Schritte kamen in ihre Richtung.

»Hier sieht es ja aus.« Riekje. »Wusste gar nicht, dass die alten Damen noch so viel Zeugs haben.« Pause. Ein Fuß schob die Broschüren und Papiere zur Seite. »Davon könnten wir einiges gut gebrauchen.«

»Riekje, wir sind hier nicht zum Containern, lass die Sachen liegen. Kommt ihr? Heute noch?«, brüllte Alek in den Gang hinein.

Wie viele denn noch? Ihre Chance, unentdeckt zu bleiben, sank.

»Wo sind die Armbinden?«, fragte Alek.

»Hier.« Riekje klopfte auf Stoff. »Bosse wird kotzen.«

»Ey, was'n das hier für 'n Loch?«, rief eine weitere, bekannte Stimme: Jouko.

»Nu' mach schon, schlimmer als deins wird's schon nicht sein.«

Raues Gelächter. Im Raum und im Tunnel.

Jemand ließ sich auf das Sofa fallen, dann noch jemand. Lilliths Nase fing an zu jucken, nicht niesen, nicht niesen!, ein leises »tschi«, dann noch eines, wie es sich für eine Dame gehörte. Leider nicht leise genug.

»Gesundheit, Zuckerpuppe«, sagte Alek.

»Ich hab nicht geniest«, sagte Riekje.

Stille.

Lillith rannte los, stolperte die Treppe hoch, während sich hinter ihr die Stimmen überschlugen.

»Wer ist das?«

»Wie kommt hier jemand rein?«

»Scheiße Mann, ich glaub …«

»Ey, das war das Goldkehlchen.«

»Schnapp sie dir, Alek.«

Lillith riss die Tür auf und rannte los. Sie touchierte gestapelte Kartons, die hinter ihr zu Boden fielen und den Weg versperrten. Kein Hindernis für Alek. Er pflügte hindurch, seine langen Beine bewegten sich wie die Messer eines Schredders.

Wohin?

Raus!

Aber wo war der Ausgang? Ihre einzige Chance war, dass Alek sich draußen nicht sehen lassen durfte, unmaskiert.

Sie selbst auch nicht.

Aleks Keuchen war dicht hinter ihr, als sie um eine Ecke lief. Ein langer Gang mit vielen Türen. Sie riss die erste auf, rannte hindurch und stoppte im letzten Moment. Vor ihr fiel der Boden mehrere Meter in die Tiefe: das alte Schwimmbecken. Links und rechts versperrten Geröll und Trümmerteile den Weg und im Schwimmbecken selbst türmte sich weiter hinten der Schutt zu unpassierbaren Mauern.

Hinter ihr stand Alek, das herzförmige Gesicht in Widerspruch zu den kalten Augen, die Arme wie zur Begrüßung ausgebreitet. »Wo möchtest du denn hin, mein hübsches Goldkehlchen?« Er kam näher, bereit, sie in seine Arme zu schließen.

Ohne nachzudenken griff Lillith nach einem Stock aus dem Trümmerfeld, warf sich nach vorne – Flèche – und stach ihm damit ins Auge. Treffer. Ihr Fechtlehrer wäre stolz auf sie. Alek ging schreiend zu Boden, beide Hände vors Auge gedrückt. Aber die nächsten Männer kamen schon durch die Tür.

Unter ihr, in dem Becken, schien zwischen zwei riesigen Trümmerteilen ein Mini-Durchgang zu sein, eine Art Tunnel. Sie sprang hinunter, legte sich auf den Bauch und schob sich hinein.

Sie war fast drinnen, als einer der Männer ihren Knöchel erwischte und festhielt. Sie trat und kickte und hielt sich an einem der verkeilten Steine fest, sie trat erneut, spürte wie die Hand sich lockerte, nur noch den Schuh fasste. Lillith zog den Schuh von ihrem Fuß und war im Tunnel. Wenn es denn wirklich einer war und keine Sackgasse. Hinter ihr hörte sie mehrere Männerstimmen und einen wütend schreienden Alek.

»Riekje, los, von uns passt keiner da durch, beeil dich verdammt.«

Lillith robbte tiefer in den Tunnel hinein. Weiter vorne leuchtete ein Sonnenstrahl auf den Betonboden – der Ausgang. Leider noch enger als der Eingang. Sie legte den Kopf schief und betete, dass ihre Schultern und Hüften schmal genug dafür waren. Sie kniff die Augen zusammen, drückte sich mit beiden Füßen ab, spürte wie ein spitzer Stein sich in ihren nackten Fuß bohrte und glitt mit einem Schmerzensschrei hinaus. Sie kletterte auf Holz, Ziegeln und Steinen herum, fand den Beckenrand, zog sich hoch und schaute sich um: Drei Männer räumten am gegenüberliegenden Rand die seitlichen Trümmer aus dem Weg. Von Riekje war nichts zu sehen.

Vor ihr drohten die Reste einer Wand beim nächsten Windstoß in das Becken zu stürzen. Dahinter erstreckte sich eine verwucherte Brachfläche, an deren Ende das Millerntor-Stadion stand. Nur 50 Meter von ihr entfernt hing die erste Kamera unter dem schon lange nicht mehr leuchtenden Kopf einer Straßenlaterne. Lillith ging wieder in Deckung. Sollte sie? Die Polizisten bekamen die Bilder aus dieser Kamera mit Sicherheit direkt auf die Bildschirme ihrer Kommunikatoren gespielt. Sie sah sich um. Alek und eine Handvoll seiner Leute kletterten über mehrere schräg stehende Gitter. Dahinter war nichts mehr, was sie aufhalten konnte.

Lillith zog das Kopftuch heraus, band es sich tief ins Gesicht und verließ langsam humpelnd, schlurfend und gebückt das alte Schwimmbad. Sie sah sich erneut um. Niemand folgte ihr. Lillith lächelte und merkte an den schmerzenden Gesichtsmuskeln, wie lange es her war, dass sie das zum letzten Mal getan hatte.

Dreckige, rotzige, rockige Töne dröhnten vom Stadion herüber. Lillith drehte sich um die eigene Achse, unsicher, was sie als nächstes tun sollte. Ins Versteck zurück? Unmöglich. Sie musste auf Majas Hilfe warten. Aber wie sollte sie überhaupt gefunden werden, wenn sie nicht mehr in dem Versteck war?

Zeit für Plan B.

Sie würde sich unter die Menschen mischen. In der Menge konnte sie leichter untertauchen, als wenn sie allein am Rand stand. Sie würde möglichst unauffällig durch den Eingang humpeln und sich an dem Konzert freuen. Die Augen offen halten und später wieder zum Schwimmbad gehen. Vielleicht entdeckte sie ja ein bekanntes Gesicht. Das Kopftuch musste reichen, damit sie selbst unerkannt blieb.

Die Schultern nach vorne gebeugt, den schmerzenden Fuß hinter sich herziehend, den Kopf gesenkt, schlich sie an der ersten Kamera vorbei. Sie hörte, wie die Mechanik surrte und sich der Fokus auf sie richtete. Wie alt waren diese Dinger? Sie würde ihren Vater darauf aufmerksam machen müssen, dass Drach immer noch nicht wie vereinbart in moderne Technik investierte.

Sie näherte sich dem Eingang zum Millerntor, einer breiten Treppe, auf der hunderte Menschen standen. Wenn Foth durchgesetzt hatte, dass jeder seinen Finger- oder gar diesen neuen Nanoabdruck abgeben musste, wäre sie geliefert. Sie zwang sich, das Kopftuch nicht noch tiefer ins Gesicht zu ziehen. Sie war jetzt eine alte Frau, die ein bisschen unsicher und wacklig auf den Füßen noch einmal in ihrem Leben zu einer Veranstaltung gehen wollte, die passenderweise direkt vor ihrem Altersheim stattfand. Langsam rückte sie vorwärts, Stück für Stück näher an die Schleuse.

Foth schien nicht mit Ärger zu rechnen. Die Heimatschutzbehörde sparte sich die Identitätskontrollen. Am Eingang standen nur ein paar Männer, die die Menschen gelangweilt an den Sicherheitsbarrieren vorbei ins Innere winkten. Lillith richtete sich erst wieder auf, als sie an ihnen vorbei war.

Im Stadion sah es aus wie in einem der Bücher, die Maja ihr als Kind vorgelesen hatte: Ein Imbiss-Stand reihte sich an den nächsten. Ein Jongleur wirbelte Bälle durch die Luft. Daneben bot ein kleiner, dicker Mann rosafarbene Zuckerwatte an. Auf einem Karussell fuhren Kinder auf Motorrädern, Feuerwehrwagen und kleinen Pferdchen im Kreis herum. Die alte Rasenfläche des Stadions war ebenso voller Menschen wie die Ränge. An einem Ende hatten die Organisatoren ein Podium aufgebaut, darüber flimmerte eine Leinwand, auf der abwechselnd Bilder der live spielenden Musikgruppe, Werbebotschaften der nordländischen Konzerne und Glückwünsche befreundeter Staatschefs zu sehen waren.

Mit lautem Applaus verabschiedete das Publikum die Rockgruppe und eine Bigband kam auf die Bühne: Schlagzeug, Gitarre, Saxophon, Klarinette und Kontrabass. Ein Kontrabass? Lillith konnte sich nur schwer vorstellen, wie in dem Elend der Stadt solch ein Riesen-Instrument die Zeit überstanden hatte. Mit vereinter Kraft stellten zwei Männer das Gerät vorne auf die Bühne und überließen es einem dünnen, alten Mann, der fast hinter dem Steg seines Instruments verschwand, als er die Basslinie zu zupfen begann.

Die Basslinie … jeder Ton traf ihr Herz. Jeder einzelne verdammte Ton zupfte an ihrem Innersten, ließ erst hinterhältig die Harmonie der vorletzten Nacht lebendig werden. Bumm. Um im nächsten Moment genussvoll alle Saiten zu zerreißen. Bäng.

Wenn sie überleben wollte, durfte sie nicht länger darüber nachdenken. Dann musste sie alles, was mit dieser Nacht zu tun hatte, von sich abspalten. Sie hörte die Qi-Gong-Kugel in ihrem Kopf und das Zittern ihrer Hände ließ nach.

Vor der Bühne tanzten ein paar Kinder, während Nachrichtenteams mit Vidja-Kameras die Szenerie filmten. Das waren nicht nur ihre eigenen, nordländischen Sender. Die Birds hatten Bos Köder geschluckt. Sie hatten das Konzert als PR-Veranstaltung für sich vereinnahmt und jeden Pressegast eingeladen, ein paar hübsche Bilder davon zu machen. Sie ahnten ja nicht, was noch kommen würde. Lillith sah ein padanisches Team, ein schwedisches, ein kanadisches, sogar der russische Staatssender schien sich für ihr kleines Fest zu interessieren.

Auf der anderen Seite des Stadions standen Tische, voll mit Obst und Gemüse, mit Äpfeln, Birnen, Kohl und Roter Bete, aber auch mit Südfrüchten: Bananen, Orangen, Kiwis. Sicherheitsleute hielten das Volk vom Plündern ab, Kinder mit großen Augen in hohlwangigen Gesichtern standen hinter den Metallgittern, die dieses Schlaraffenland vom Rest des Festes abschnitten. Wer hatte das aufgebaut?

Lillith humpelte in Richtung der Tische, sicher, dass dieser Obststand nicht mit den Organisatoren des Konzerts abgestimmt worden war. Sie roch den Duft von frisch geschälten Apfelsinen und erinnerte sich daran, wie hungrig sie war. Einige Kinder drängelten sich an ihr vorbei. Ein Mann in Zivil rief: »Wir beginnen jetzt mit der Verteilung der Lebensmittel. In einer Reihe anstellen. Eine Reihe, na los.«

Uniformierte Männer, die meisten in den grün-goldenen Farben von Landwirtschaftssenator Hawik, andere in einem silber-grau, das Lillith nicht zuordnen konnte, öffneten einen winzigen Teil der Absperrung und postierten sich links und rechts davon, sodass keiner auf die Idee kam, an dieser Stelle zu drängeln. Andere Uniformierte schubsten mit weiteren Absperrgittern die Menschen in eine halbwegs annehmbare Reihe, die erst außer Sichtweite der Kameras in einem dichten Pulk endete. Eine junge Frau in einem silbergrauen Mantel tauchte hinter dem Tisch auf.

Aenne Petersen.

Die Frau des neuen Bürgerschaftspräsidenten stellte sich neben den Tisch und begann, kleine Tütchen an die Wartenden zu verteilen.

Um sie herum postierte sich ein Kamerateam. Dem Aufdruck auf ihren Westen zufolge gehörten sie zur NLW, der Nordländischen Welle. Logisch, dass die sich diese großzügige »Obst für die Welt«-Aktion nicht entgehen ließen und fleißig filmten. Natürlich ohne die Metallgitter.

Lillith wurde schlecht. Sie spürte die Gier der Menschen um sich herum. Sie schaute weg und versuchte, gegen den Sog der Menge zu laufen, ein Stück zurück, weg von den Absperrungen. Aber es hatte sich herumgesprochen, dass es etwas umsonst gab. Genauso gut und genauso vergeblich hätte sie gegen einen Eisberg anschwimmen können. Sie wurde von der Masse immer weiter nach vorne gedrückt und war nicht mehr die einzige, die sich Sorgen machte.

Die freundlich lächelnde Frau Petersen erschien in Großaufnahme auf der Leinwand. Sie hatte für jeden der Anwesenden ein gutes Wort übrig, während die Band auf der Bühne ihre Version von Jeepers Creepers spielte. Die Mädchen bedankten sich mit einem Knicks, die Jungen mit einem kleinen Diener. Die älteren Frauen drückten ihr fest die Hand, Tränen in den Augen, die Männer schlugen sich die flache Hand auf die Brust. Keiner hatte einen Blick für das Drama, das sich hinter dem Metallgitter anbahnte. Das Volk strömte weiter nach vorne, wissend, dass das Verteilen enden würde, sobald die Kameraleute ihre Bilder hatten.

Vor Lillith weinte ein kleines Mädchen, das genau wie sie selbst immer weiter nach vorne gedrückt wurde.

»Wo ist meine Mami?«, schrie das Kind. »Ich will zu meiner Mami.«

»Komm, wir suchen sie.« Lillith streckte ihr die Hand entgegen. Zentimeter nur trennten sie, aber die Masse schob das Kind weiter. Das Schreien wurde lauter. Lillith streckte den Arm erneut aus, aber sie bekam den Zipfel der dünnen Jacke nicht richtig zu fassen. Das Mädchen ging zu Boden, keiner kümmerte sich darum. Lillith schrie nun ebenfalls. Sie hieb dem Mann neben ihr den Ellenbogen in die Seite, er taumelte ein Stück nach rechts, ein Tritt gegen das Knie einer jungen Frau und Lillith hatte endlich die Zentimeter Platz, die sie brauchte, um den Arm des Mädchens zu packen, es hochzureißen und auf den Arm zu nehmen.

Sie wich ein winziges Stück zur Seite aus, quetschte sich in eine kleine Lücke, wurde immer noch nach vorne gedrängt, aber mit weniger Wucht. Um sie herum tausende Menschen. Dicht an dicht. Lillith drückte das Mädchen an sich, froh, so groß und nicht mit dem eigenen Gesicht zwischen Rücken und Bäuchen der anderen gefangen zu sein. Sie hüllte sich gedanklich wie ein Schmetterling in einen Kokon, jetzt nur nichts davon an sich heranlassen. Es funktionierte! Sie fühlte nichts mehr. Gar nichts. Gott sei Dank. Die ersten panischen Schreie hallten durchs Stadion, die Musik hörte auf zu spielen. Lillith erinnerte sich an die Kinder, die sich eben erst an ihr vorbeigedrängelt hatten. Auf der Leinwand sah sie Gesichter in Großaufnahme, hilflos an Gitterstäbe gedrückt.

Aenne Petersen blickte irritiert auf. Wer verdarb ihr die Show?

»Sicherheit!« Ihre Stimme war hoch und schrill.

Fünf Uniformierte begleiteten Aenne aus dem Stadion heraus, die anderen feuerten in die Luft, in dem vergeblichen Versuch, das letzte bisschen Ordnung aufrechtzuerhalten. Zu spät. Der Druck suchte sich ein Ventil. Die Absperrungen gaben nach. Diejenigen, die vorne an den Tischen standen, wurden überrannt. Sie hatten keine Chance.

Weiter hinten ließ der Druck nach und Lillith fand endlich eine Lücke aus dem Menschenblock heraus, das Mädchen immer noch auf dem Arm. Im Schatten der Tribüne rückte sie das Kopftuch zurecht und starrte fassungslos auf die Menschen, die an ihr vorbeiströmten, ohne Rücksicht auf Verluste; die sich um die letzten Bananen prügelten, anstatt den Verletzten zu helfen oder die Totgetrampelten aus der Menge herauszuziehen und ihnen ein letztes bisschen Würde zu geben.

Von dem kostenlosen Obststand begann die Plünderungswelle auf die anderen Stände überzuschwappen. Der kleine, dicke Zuckerwatteverkäufer schnappte sich seine Kasse und verschwand. Die grün-goldenen und silber-grauen Männer waren mit der Situation genauso überfordert wie Foths Sicherheitsleute und wie die Männer, die von Omega bereitgestellt worden waren. Innerhalb von Minuten war aus dem friedlichen Konzert eine Katastrophe geworden. Überall hörte man Schreie, Gebrüll, Wehklagen. Lillith drückte das Mädchen fest an sich, das immer noch leise weinte und nach seiner Mama rief. »Wir finden sie, Süße, wir finden deine Mama gleich.«

»Es reicht«, donnerte eine Stimme über den Platz. Eine Stimme, die so durchdringend war, dass die Menschen mitten in der Bewegung innehielten und sich zur Bühne drehten. Bis auf einen kleinen Jungen, der unbeeindruckt davon ein paar kandierte Apfelspalten klaute.

Lillith blinzelte, kniff die Augen zusammen. Bo auf der Bühne? Um den Arm hatte er für alle sichtbar das weiße Tuch mit dem Ω geschlungen. War er wahnsinnig, sich so zu präsentieren? Foth suchte doch nur einen Schuldigen und würde ihn erschießen, bevor er die Bühne überhaupt verlassen hatte. Ein Sonnenstrahl kam durch die Wolken und Lillith bemerkte, dass Bo durchsichtig war, eine Projektion, ein Avatar. Sunna hatte schnell geschaltet und Lilliths Vidja genau richtig eingesetzt.

»Wo ist euer Anstand geblieben?«, begann Bo. »Hier sind gerade Kinder gestorben und viele liegen verletzt am Boden. Wir sind doch keine Tiere! Auch wenn wir hungrig sind und verzweifelt – wir sind immer noch Menschen. Wir helfen einander.« Er machte eine kurze Pause und jeder konnte die Fassungslosigkeit in seinem Gesicht sehen. Die ersten Zuschauer gingen auf die am Boden hockenden und liegenden Verletzten zu.

»Lasst uns auf die zeigen, die niemandem helfen. Die uns vertreiben, uns aushungern, uns schikanieren. Die Reichen unseres Landes, die uns am liebsten zu Tieren machen würden.« Mit seinem Finger zeigte er auf eine der Vidja-Kameras, die ihn filmte.

Verhaltener Applaus setzte ein.

»Lasst uns ein Zeichen setzen. Heute haben wir die Möglichkeit, der Welt unsere Lage zu zeigen. Vielleicht werden die Menschen außerhalb Nordlands endlich begreifen, in welchem

Elend wir leben, wenn sie sehen, wie wir für ein paar Weintrauben unsere Kinder tottrampeln.«

Das kleine Mädchen starrte gebannt auf die Bühne, den Daumen im Mund. Es hatte aufgehört zu weinen.

»Wir wollten mit diesem Konzert darauf aufmerksam machen, wie schlecht es um Nordland steht. Nicht nur Lillith Civetta ist seit über einer Woche verschwunden. Auch einfache Menschen aus dem Volk verschwinden. Sie verschwinden, weil man uns mundtot machen will. Die Verantwortlichen wollen verhindern, dass die Wahrheit über die Neue Heimat bekannt wird, dass die mit vielen Werbemillionen propagierte Umsiedlung in Wahrheit eine gnadenlose Vertreibung ist. Wir fordern die Freiheit, leben zu dürfen, wo und wie wir wollen«, fuhr Bo fort. »Wir werden unsere Häuser nicht verlassen. Wir werden die juristischen Winkelzüge nicht akzeptieren, mit denen ihr uns unser Eigentum raubt. Wir werden mit friedlichen Aktionen um unseren Besitz kämpfen.«

Sein Blick ging zu den Übertragungsteams der ausländischen Sender: »Und wenn die Straßen Nordlands brennen, dann war es nicht das Volk, das sie in Brand gesetzt hat! Seht euch das Unrecht an, das hier Tag für Tag passiert. Verschließt nicht eure Augen. Macht keine Geschäfte mit einem Regime, das sich nicht an die einfachsten Regeln eines Rechtsstaats hält.«

Die Übertragung des Avatar fing an zu zittern. Offenbar war es den Sicherheitsleuten gelungen, die Übertragungsfrequenz zu knacken. Sie waren kurz davor, ihn auszuschalten. Auch der Bo-Avatar schien das zu bemerken: »Stoppt die Vertreibung. Lasst unsere verschleppten Mitbürgerinnen und Mitbürger frei. Wir wollen keine Neue Heimat. Wir wollen unser Eigentum zurück! Freiheit fürs Volk! Freiheit!«

Bo verabschiedete sich mit dem Omega-Gruß: Er hob die Hand, Daumen und Zeigefinger zu einem Kreis verbunden. Alle, wirklich alle, machten es ihm nach. Sogar das kleine Mädchen. Sogar Lillith.

Die Projektion verschwand.

Ein Moderator stand auf der Bühne, ein unscheinbarer Mittfünfziger, den Lillith ein paar Mal an dem langen Tisch in ihrem Versteck gesehen hatte. Eigentlich hatte Omega noch mehrere Bands spielen lassen wollen, aber niemandem war mehr zum Feiern zumute. Die Masse strömte zu den Ausgängen. Helfer mit einfachen Erste-Hilfe-Ausstattungen kümmerten sich um die Verletzten. Andere trugen die Toten an den Rand. Lillith drückte das kleine Mädchen fester an sich, als sie die Toten zählte: sieben Kinder, drei Erwachsene. Aysen, die Widerstandskämpferin mit den türkischen Wurzeln, flüsterte dem Moderator etwas ins Ohr. Der nickte und bat die ausländischen Vidja-Kamerateams zu sich auf die Bühne.

In einer Sitzecke wartete bereits ein halbes Dutzend Menschen, um ihre persönliche Geschichte zu erzählen. Lillith sah die Gesichter in Großaufnahme auf der Leinwand, hörte aber keinen Ton mehr. Foths Männer schienen die Technik sabotiert zu haben. Die Teams aus dem Ausland ließen sich davon nicht abhalten, sondern filmten, was die Menschen zu sagen hatten. Auch die Männer in ihren NLW-Westen hielten alles fest.

Vermutlich um die Leute später leichter wiederzufinden, dachte Lillith bitter. Dabei wimmelte es hier von Kameras. Es grenzte an ein Wunder, dass Foth diese Interviews noch nicht abgebrochen hatte. Und an ein weiteres Wunder, dass sie selbst noch nicht erkannt worden war. Aber alte Frau mit kleinem Kind schien eine gute Verkleidung zu sein.

»Komm, wir suchen deine Mama«, sagte Lillith zu dem Mädchen. »Wie heißt du?«

»Tara.« Tara schob ihre kleine Hand in Lilliths.

»Hallo Tara. Ich bin Lilly.«

Gemeinsam gingen sie durch das Stadion, versuchten, den Ort zu finden, an dem sich Tara zuletzt mit ihrer Mutter aufgehalten hatte. Aber das Mädchen war keine große Hilfe. Dinge, an die sie sich erinnern konnte, bezogen sich immer auf andere

Personen. »Da stand eine dicke Frau neben uns. Die hat mir einen Lolli geschenkt. Aber ich seh' die nirgendwo.«

»Ja, die wird wohl weg sein. Wart ihr denn vorne an der Bühne oder eher weiter hinten?«

Tara legte den Kopf schief, dachte angestrengt nach und sagte dann: »In der Mitte, glaube ich. Vor uns stand ein Mann in einem komischen Anzug; der hat sich überhaupt nicht bewegt. Mama hat mich auf den Arm genommen und dann hab ich die Musik gesehen.«

Lillith nickte resigniert. So würden sie die Mutter nie finden. Sie stellten sich in die Nähe des Tunnels, der zum Ausgang führte und beobachteten den Strom derer, die genug von dem Tag heute hatten. Die sich nicht hatten anstecken lassen von Bos rebellischen Worten. Die nach Hause wollten, weg von der Überwachung, weg von dieser Veranstaltung, weg von allem, was mit Widerstand zu tun hatte.

Vielleicht kam Taras Mutter hier vorbei. Auf jeden Fall war die Kleine hier leichter zu entdecken, als wenn sie als Teil der Masse über den Platz liefen. Lillith zog das Kopftuch weiter ins Gesicht.

Das Stadion war fast leer, als ein Chor junger Mädchen auf die Bühne kam und das Ave Maria sang. Die Fernsehteams packten ihre Kameras ein und machten sich auf den Weg. Irgendwann musste Taras Mutter hier doch vorbeikommen. Wenn sie nicht … Lillith verbot sich, den Gedanken zu Ende zu denken.

»Tara! Tara!« Eine ausgemergelte Frau drängelte Lillith zur Seite, warf sich vor dem Mädchen auf die Knie und drückte es an sich. »Ich hab dich überall gesucht!«

»Mama!«, rief Tara und schlang ihre Ärmchen um den Hals ihrer Mutter. Den beiden liefen Tränen über das Gesicht. Fühlen konnte Lillith nichts, der Kokon saß immer noch fest um die Stellen in ihrem Gehirn, die ihr das Leben bisher so schwer gemacht hatten. Aber das brauchte sie auch nicht. Sie sah die

Erleichterung, lächelte zu den beiden hinab und machte sich auf den Weg, um mit dem ausgedünnten Strom an Leuten das Stadion zu verlassen.

Kurz vor der Treppe, die nach draußen führte, öffnete sie den Kokon. Vielleicht wartete ein Auto mit einer ihr vertrauten Person. Dann wollte sie wissen, ob diese Person nicht nur vertraut, sondern auch vertrauenswürdig war. Wenn nicht, würde sie zum Schwimmbad zurückgehen. Alek und seine Leute hatten sicher besseres zu tun, als dort den ganzen Tag auf sie zu warten.

Hatten sie.

Sie standen vor dem Stadion, ganz in schwarz, die Gesichter vermummt. Nicht nur die paar Männer, die sie vorhin verfolgt hatten. Das waren mindestens 50 Leute. Die weißen Bänder mit dem Ω auf ihren Armen stachen aus der dunklen Masse hervor. Kalte Wut schlug ihr entgegen, Anspannung und Vorfreude.

Vorfreude?

Den Omegas gegenüber, mit dem Rücken zum Stadion, standen zwei Dutzend Polizisten, bislang offenbar ohne klare Ansage vom Polizeichef. Lillith konnte den Angstschweiß riechen. Alle Uniformierten hatten die Hände auf ihren Waffen.

Wollte Alek ein Blutbad provozieren?

Sie entrollten Spruchbänder: »Freiheit ist immer auch die Freiheit der Anderen.« »Auge um Auge, Zahn um Zahn«, »Foth: Wo sind unsere Töchter?« und »Nordlands Bilanz für das laufende Geschäftsjahr: 6 tot, 91 verhaftet, 167 vermisst«. Über ihren Köpfen wurden menschliche Körper nach vorne gehoben. Lillith kniff die Augen zusammen. Strohpuppen. Dort, wo theoretisch das Gesicht war, hatten sie Bilder von Joseph Foth, Erik Drach und von Davide Civetta festgesteckt. Am Rand der Gruppe flackerte eine Fackel.

Ungeduld, Aufregung, noch mehr Ungeduld.

Die Demonstranten schienen auf die Vidja-Kamerateams zu warten, die gerade aus dem Stadion kamen und dieses Aufgebot sofort zu filmen begannen.

Sie musste Tara und ihre Mutter warnen. Noch schlängelten sich die Menschen vorbei, taten so, als bemerkten sie die Gruppe gar nicht. Aber wenn die Polizisten gleich die Nerven verloren …

Lillith drehte sich um, wollte zurück ins Stadion laufen. Hinter ihr stand ein Mann in Uniform mit hohem, steifem Kragen, der aus halb zusammengekniffenen Augen die Situation analysierte und mit schnellen Wimpernschlägen Kommandos gab.

Joseph Foth.

Und dann passierte alles gleichzeitig:

Foth erkannte Lillith. Sie spürte seine Überraschung.

Ein Stein flog knapp an Lilliths Ohr vorbei und verfehlte auch Foths Kopf nur um Zentimeter. Foth sah wütend an ihr vorbei und duckte sich, als der nächste Stein geflogen kam. Er wollte gerade Lilliths Arm packen, als ein weiterer Stein ihn traf und er benommen ein paar Schritte zur Seite stolperte.

Jubelgeschrei.

Ein Schuss in die Luft.

Lillith rannte die Treppe hinunter. Weg hier, nicht jetzt noch Foth in die Arme fallen. Tara und ihre Mutter mussten allein klar kommen.

Auf dem Platz loderte Feuer auf. Sie hatten die Strohpuppen in Brand gesetzt.

Noch mehr Schüsse und dann Foths fistelige Stimme:

»Die Veranstaltung ist hiermit geschlossen. Alle gehen sofort nach Hause. Ich wiederhole: Alle Anwesenden gehen sofort nach Hause.« Foth hatte den Stimmverstärker seiner Vidja aktiviert und war über den ganzen Platz zu hören. »Wer sich weigert, wird wegen unberechtigten Aufenthalts an einem öffentlichen Platz während der Ausgangssperre belangt werden«, rief Foth. Und dann, mit deutlich mehr Verachtung in seiner Stimme: »Und dieser erbärmliche Haufen angeblicher Widerstandskämpfer hier vor mir, der begleitet mich und meine Männer ins Heimathaus.«

Wie ein plötzlich hereinbrechender Hagelschauer flogen Steine und trafen Polizisten und Besucher gleichermaßen. Die

Polizisten schossen mit Tränengas zurück. Innerhalb kürzester Zeit war alles voll beißendem Qualm, die Menschen rannten zurück ins Stadion, raus aus der Schusslinie. Von der anderen Seite kam das Sirenengeheul der Verstärkung, Foths neu angeforderte Kräfte versperrten mit ihren Fahrzeugen den Weg. Die Omegas warfen weiter Steine, während sie durch die letzten Lücken in der Polizeikette flüchteten.

Lillith konnte nichts mehr sehen, sie stolperte, ihre Augen brannten. Und plötzlich brannte die ganze Haut. Sie blinzelte verzweifelt, suchte das Feuer, das sie verbrannte, konnte aber keine Flammen sehen. Sie fiel auf die Knie, Schreie, Schmerzen, die Menschen um sie herum schienen wie sie selbst bei lebendigem Leib zu verbrennen. Aber da war kein Feuer. Nicht mal die Strohpuppen brannten noch.

Mikrowellen! So mussten sich die kurzwelligen Mikrowellen anfühlen, wenn man sie auf Menschen feuerte. Sie musste raus aus dem Radius der Wellen. Ihre Haut fühlte sich an, als würde sie gegrillt. Auf allen Vieren kroch sie weiter, halbblind vom Tränengas, halb verrückt vor Schmerz. Bruchstücke kamen ihr ins Gedächtnis, als wollte ihr Verstand ihren Körper ermahnen, dass er sich das alles nur einbildete: Wellen erhitzen die oberste Hautschicht … Schmerzrezeptoren liegen in dieser Schicht … Todesqualen … perfektes Folterinstrument …

Sie musste laufen. Nicht länger kriechen. Sie brannte von den Fußsohlen bis zur Kopfhaut. Kleidung hielt die Strahlung nicht ab. Aber Stein. Eine Hauswand. Sie lief quer über die Straße, auf das nächste Haus zu, immer noch halbblind vom Tränengas.

Ein Elektroauto rollte auf sie zu. Im allerletzten Moment sprang sie zurück. Aber das Auto hielt, die Tür flog auf und eine Hand griff nach ihrem Arm. Sie wehrte sich, riss den Arm zurück, wurde erneut gepackt, schlug mit der freien Hand nach dem Angreifer. Vergeblich.

Brutal wurde sie ins Auto gezogen und auf den Beifahrersitz gepresst. Die schnelle Beschleunigung drückte sie noch tiefer in den Sitz, während die Autotür von allein zuschlug. Panisch rüttelte sie an dem Türgriff. Raus hier. Nur raus. Aber die Tür ließ sich nicht öffnen.

Das war's.

Ihre Flucht war gescheitert. Diese Erkenntnis zerschmetterte das letzte bisschen Kontrolle, das sie bis eben noch über sich gehabt hatte. Lillith verbarg ihr Gesicht in den Händen und fing an zu weinen.

Ω Verrat Ω

»Oh, verdammt! Was soll der Scheiß? Ihr könnt doch nicht …« Bo starrte auf den Bildschirm. Die Strohpuppen brannten lichterloh. Er wusste genau, wer hinter dieser Aktion stand. Wo war er? Wo war Alek, dieses Riesenarschloch? Er konnte seinen Stellvertreter nicht ausmachen in der Masse der vermummten, schwarzgekleideten Gestalten. Alle trugen sie das Omega-Zeichen auf ihren Armen. Wie zum Hohn. Ja, er verstand sehr wohl den Mittelfinger, den sie ihm zeigten.

»Komm jetzt, Bosse, wir müssen wech hier.« Tom griff nach seinem Arm, aber Bo konnte sich nicht von den Bildern losreißen. Steine flogen, Tränengas vernebelte den Platz, Sirenengeheul lieferte den Sound. Besucher des Konzerts, die zwischen die Fronten geraten waren, zogen sich Tücher und Schals über Mund, Nase, Augen, in dem vergeblichen Versuch, sich vor dem Tränengas zu schützen. Ein Polizist richtete ein … Ding auf die Protestierenden, etwas, das Bo noch nie gesehen hatte und das ihn entfernt an eine dieser tragbaren Luftabwehrraketen erinnerte. Der Polizist drückte ab. Obwohl nichts zu sehen war, hatte das »Ding« eine durchschlagende Wirkung. Die Menschen gingen zu Boden, warfen sich im Dreck hin und her, als ob sie in Flammen stünden. Die meisten von ihnen waren Besucher des Konzerts. Alek und seine Jungs hatten rechtzeitig die Lücken im Polizeikordon gesehen und sich aus dem Staub gemacht.

Er spürte, wie Tom an seinem Ärmel zerrte. Ein letzter Blick auf den Bildschirm. Die alte Frau, die da auf den Knien lag, hatte Ähnlichkeit mit Lilly. – Lillith.

War es sein schlechtes Gewissen, das ihm Zerrbilder von ihr vorgaukelte? Das Wissen darum, was ihm heute noch bevorstand? Er musste es tun, oder? Er hatte gedacht, mit dieser harten

Entscheidung könnte er Alek und seine gewaltverliebten Jungs ruhigstellen. Aber anscheinend hatten die das nur als Einladung verstanden, selbst alle Zurückhaltung fallen zu lassen.

Er warf keinen weiteren Blick mehr auf den Bildschirm, als er ihre provisorische Technikzentrale verließ und Tom in die Tunnellandschaft folgte. In den Kampf, der über ihnen tobte, würde er sich nicht einmischen. Er konnte nur hoffen, dass es nicht noch mehr Tote gab. Die Kinder, die gegen die Gitter gedrückt wurden. Die Panik im Stadion. Die Schreie. Er schüttelte sich. Es hatte wirklich genug Tote gegeben in diesem Kampf. Ungefragt drängten sich die Bilder von Joris' Hinrichtung in sein Bewusstsein. Die blutverkrusteten Verbände. Der Moment, als der Henker ihm die falsche Spritze gab. Die Schreie. Sein Vater hatte gewollt, dass seine öffentliche Hinrichtung einen Sinn hatte. Dass sein Tod der Anfang zu einem besseren Leben für alle war.

Ob er gewollt hätte, dass sein Sohn auf diesem Weg zum Mörder wurde?

Tom legte ihm die Hand auf die Schulter. »Du musst nix überstürzen.«

»Kannst du Gedanken lesen?« Bo leuchtete seinem väterlichen Freund ins Gesicht, die zahlreichen goldenen Ohrringe glänzten im Licht der Taschenlampe.

»Nee, aber ich weiß doch, dass du 'n feiner Mensch bist, Bosse. Nich' so 'n ungehobelter Klotz. Aber du denkst jetzt wahrscheinlich, dass sie dir alle auf der Nase rumtanzen, oder? Erst Lilly. Jetzt Alek und seine Jungs. Und du glaubst, dass du genauso brutal sein musst, oder?«

»Die verstehen doch alle keine andere Sprache!«

»Also, bei Alek würd' ich dir nich' widersprechen. Aber Lilly? Überleg doch mal. Was, wenn sie die Wahrheit sagt? Wenn sie uns wirklich helfen will? Nicht alle Birds haben so 'ne rabenschwarze Seele wie ihr Alter.«

»Wir können sie nicht laufen lassen. Das Risiko ist viel zu groß.«

Tom schwieg. Bo wünschte sich eine Antwort von ihm, wünschte sich, dass er ihn überredete, Lillith zu vertrauen, sie bei den Omegas aufzunehmen. Aber Tom schwieg. Kilometer um Kilometer gingen sie schweigend durch den alten U-Bahn-Tunnel. Ihre Taschenlampen reichten nicht viel weiter als bis zum Schotter unter ihren Füßen. Und Bo gestand sich ein, dass er Angst hatte. Vor vielem. Aber vor allem davor, als Anführer Fehler zu machen. Er begriff, dass er nach jemandem suchte, der die Entscheidungen für ihn traf. Dem er die Schuld geben konnte, wenn es schief ging. Aber wenn er tatsächlich weiter an der Spitze von Omega stehen wollte, wenn er sich nicht von Alek und seinen gewaltbereiten Jungs verdrängen lassen wollte, dann musste er selbst die Entscheidungen treffen. Dann durfte er nicht hoffen, dass andere sie ihm abnahmen. Weder Tom. Noch Alek.

Im Dunkel unter der Erde kamen bald andere Bilder in seinen Kopf. Er sah Lillith, wie sie neben ihm und den anderen Omegas saß und sie beobachtete. Wie sie sich um Johanna kümmerte. Wie sie mitlitt, als er ihr von Joris erzählte. Wie sie die halbe Nacht über das Gesellschaftssystem diskutierten. Er spürte sie neben sich, fühlte ihre Haut, schmeckte ihre Küsse.

Aber, Himmelherrgott nochmal, sie war Lillith Civetta! Und ihr Vater war einer der schlimmsten und skrupellosesten Profiteure der Umbruchszeit; im Text, unvollständig wie er war, kam sein Name am häufigsten vor. Schlauer Strippenzieher. Gewissenloser Unternehmer. Mafioso.

Der Titel »Schlächter der Blutnacht« kam später dazu.

Lillith war damals ein Kleinkind gewesen. Wollte er sie wirklich in Sippenhaft nehmen?

Aber was, wenn der alte Civetta sie als Spionin bei Omega eingeschleust hatte? Wenn Maja auf der Seite der Birds stand und das alles arrangiert hatte. *Hab ein Auge auf unser Dienstmädchen.* Er schnaubte. Dienstmädchen? Wie hatte er so blind sein können?

Trotzdem. Er wollte nicht noch mehr Tote. Dieser Tag hatte genug von ihnen gebracht.

Aber selbst wenn er sich dazu durchringen konnte, einer Civetta zu trauen – etwas, von dem er noch sehr weit entfernt war – bezweifelte er, dass die Mehrheit seiner Leute ihm folgen würde. Nein. Er konnte sie nicht laufen lassen.

»Hast du einen gut gesicherten, abschließbaren Raum, Tom?«, fragte Bo, kurz bevor sie durch die Röhre hoch in den Wasserturm kletterten.

»Aha, Gefängnis statt Todesstrafe«, antwortete Tom und für einen Moment glaubte Bo, dass die Tattoo-Schlange an Toms Hals ihm zuzwinkerte. »Jo, da lässt sich bestimmt was machen. Hast du schon überlegt, wie du das Alek und seinen Kumpels beibringst?«

»Die können mich mal.«

»Gute Einstellung.«

Es war erstaunlich ruhig im Wasserturm. Die lauten Jungs schienen nach wie vor in den Straßen rund ums Millerntorstadion unterwegs zu sein und sich mit der Polizei zu prügeln.

»Halt still, ich kann nichts sehen, wenn du so herumzappelst.« Sunna. Anscheinend verarztete sie jemanden. Bo stieg die Wendeltreppe hoch. Sunnas Stimme kam aus ihrer provisorischen Küche.

»Autsch, verdammt. Sei doch vorsichtig.« Die heisere Stimme erkannte Bo sofort.

»Ich bin vorsichtig. Ich kann den Splitter auch gerne in deinem Augapfel lassen. Dann entzündet er sich mit Sicherheit und du verlierst nicht nur dein beschissenes Auge, sondern vielleicht sogar dein Leben. Eigentlich eine ganz vielversprechende Perspektive. Ich kann jederzeit aufhören.«

Alek grummelte etwas vor sich hin und brüllte im nächsten Moment in einer Lautstärke, dass Bo die Druckwelle zu spüren glaubte. Sunna war rechtzeitig zurückgesprungen, sodass Aleks Faust ins Leere schlug.

»Bitte schön, hier ist der Splitter. Ich sprüh dir ein bisschen Desinfekt auf ein Tuch, das darfst du dir dann aber selber aufs Auge legen. Ich bin weg, du Arschloch!«

Alek schrie immer noch, aber selbst seine Stimmbänder schienen irgendwann zu schwächeln. Jedenfalls konnte Bo nicht genau verstehen, was er brüllte.

»Ein letztes Mal, Alek: Ich habe Lillith seit gestern Abend nicht mehr gesehen. Riekje hat sich heute Morgen um sie gekümmert. Und wie du vielleicht weißt, bin ich mit euch zusammen ins Stadion gegangen und habe mich die ganze Zeit in der Technik um Überwachung und Übertragung gekümmert. Wann, bitte, hätte ich sie losschneiden sollen?«

Lillith? Losgeschnitten?

»Was ist passiert?«, fragte Bo. Er kontrollierte seine Atmung und seine Stimme; er ahnte, dass er gleich Schlimmes hören würde.

»Unser Goldkehlchen ist abgehauen. Ich hab sie im alten Schwimmbad entdeckt, wollte sie gerade wieder einfangen, als dieses Biest mir einen Stock ins Auge gerammt hat. Ey, ich bin blind auf dem Auge. Und deine Schwester ist schuld daran, die hat ihr irgendwie geholfen.«

»Ich hätte dich an dem Splitter verrecken lassen sollen«, sagte Sunna und drehte sich zu Bo. »Ich war die ganze Zeit mit euch zusammen. Wann und wie hätte ich sie befreien sollen?«

Das wusste Bo auch nicht. Aber was er wusste, war, dass Lillith fort war, dass Alek ein elender Waschlappen war und dass er die Wut dringend rauslassen musste. Sein erster Faustschlag ging auf Aleks Nase. Er hörte es knacken, spürte unter seinen Knöcheln, wie dessen Nase brach und setzte einen zweiten Faustschlag nach, bevor Alek überhaupt wusste, wie ihm geschah. Ja, es war unfair, Alek war bereits verletzt, aber er hatte so einen Hass auf seinen Stellvertreter. »Lillith ist mir gerade scheißegal. Aber was war das für eine miese Aktion, die du mit deinen Leuten gemacht hast?« Alek wehrte sich, schlug zurück, Bo spürte ihn nicht. Er hörte, wie Omegas die Treppe hochkamen und prügelte weiter auf Alek ein. »Wir hatten gesagt: gewaltfrei. Was ist an diesem Wort nicht zu verstehen?« Weitere Faustschläge.

»Wenn du die Omegas anführen willst, dann sag es. Dann stimmen wir darüber ab.« Aleks Faust traf ihn am Kinn, es war Bo egal. Er traf ein weiteres Mal Aleks Nase. »Aber solange ich der Anführer von Omega bin, macht mein Stellvertreter keine Alleingänge.« Noch ein Schlag, dieses Mal in Aleks Magen, dann noch einer und noch einer. Milz, Leber, Magen. »Und während unsere Leute da draußen kämpfen und sterben, lässt du dich winselnd von meiner Schwester verarzten? Du bist so ein verlogener Feigling.« Alek sackte zusammen, sank auf den Boden. Um sie herum hatte sich ein Kreis von Omega-Kämpfern gebildet. Bo konnte sich gerade noch beherrschen, nicht auf Alek einzutreten. Stattdessen griff er sich einen der Holzstühle und schleuderte ihn so heftig an die Wand, dass er in hundert Einzelteile zersplitterte.

Niemand sagte ein Wort. 30 oder vielleicht auch 40 Männer und Frauen standen um ihn herum und starrten ihn an. »Das war eine Scheißaktion«, wiederholte Bo. »Leider können wir sie nicht mehr rückgängig machen. Wir treffen uns in einer Stunde hier und überlegen gemeinsam, wie wir da wieder rauskommen.« Er hatte seine Stimme voll unter Kontrolle, merkte selbst, wie sie den ganzen Raum füllte und jeden einzelnen erreichte. »Und falls jemand meint, er oder sie sei besser als Anführer unserer Truppe geeignet: Lasst uns abstimmen.«

Bo sah sich in der Runde um. Keiner regte sich. Selbst Toms Gesicht war wie versteinert. Aber Bo hätte schwören können, dass die Schlange an Toms Hals lächelte.

Zurück

»Beruhig dich, Lillith.«

Ein Arm legte sich um ihre Schultern.

Lillith rückte ein Stück von dem Fahrer weg, blinzelte und versuchte, den Mann neben sich zu erkennen. Ihre Augen brannten immer noch, aber die Haut hatte wieder Normaltemperatur angenommen. Sie blinzelte nochmals. Durch den Nebel konnte sie erste Konturen erkennen. Langsam bahnte sich durch die Verzweiflung ein Erkennen.

»Fritjof?«

»Nein. Der Graf von Monte Christo. Wieso warst du nicht in dem alten Schwimmbad? Weißt du eigentlich, wie lange ich nach dir gesucht habe?«

Der Schmerz war fort. Auch die Wogen aus Wut und Angst fühlte sie nur noch als schwaches Echo. In diesem Kleinwagen war endlich, endlich Ruhe. Sie war in Sicherheit. Endlich. Aber – warum saß sie erst jetzt neben Fritjof im Auto? Er war ihr noch eine Erklärung schuldig. Sie hoffte für ihn, dass sie gut war.

»Ein Denza.« Sie strich mit den Fingern über die glatte Oberfläche des Handschuhfachs. »Haben die Ratten deinen Porsche als Lösegeld behalten?«

Sie spürte kurz, ganz kurz Fritjofs Unsicherheit.

»Nein. Ich konnte entkommen.«

Immerhin belog er sie nicht.

»Es tut mir so leid, Lillith, bitte, das musst du mir glauben.« Er legte eine Hand auf ihr Knie, zog sie aber gleich zurück. »Ich hab die Nerven verloren. Ich wollte nur noch weg. Als ich dann wieder zurück bin, da … da warst du schon weg. Ich bin die ganze Nacht die Straßen des Viertels abgefahren, habe aber weder die

Ratten noch eine Spur von dir gefunden. Geht es dir gut? Du siehst furchtbar aus.«

»Vielen Dank!« Das kam zickiger heraus als geplant. Sie atmete tief durch und beschloss, Fritjofs Entschuldigung zu akzeptieren. Ein Held war er nie gewesen. Das Ergebnis zählte. »Wohin bringst du mich?«

»Zu mir nach Hause. Fürs Landgut reicht die Zeit nicht. Eine Nacht kannst du dort verbringen, ohne dass es jemandem auffällt.« Er zupfte an ihrem Kopftuch und zog es ein Stück tiefer in ihr Gesicht.

»Woher wusstest du eigentlich, wo ich bin?«

»Das hat mir jemand geflüstert.« Da war es wieder, Fritjofs spitzbübisches Lächeln, mit dem er sich aus fast jeder unangenehmen Situation befreien konnte.

»Wer?«

»So'n Mädel. Ganz hübsch. Rotblond. Sommersprossen. Bisschen mager vielleicht.«

Sunna. War sie endlich zu ihm vorgelassen worden?

»Stand plötzlich als Avatar in meinem Zimmer und hat mir ziemlich deutlich zu verstehen gegeben, dass ich ein Arschloch bin und dass wir eine gemeinsame Freundin haben, die darauf wartet, dass der verdammte Vampir endlich zurückkommt.« Er grinste Lillith schief an. »Da hab ich endlich kapiert, von wem sie redet. Jedenfalls meinte sie, dass ich heute zwischen 14 und 16 Uhr die einmalige Chance habe, dich aufzugabeln. Und dass sie nach dem Konzert für nichts mehr garantieren könne. War gar nicht so einfach, mich von dem offiziellen Programm loszueisen. Deshalb auch diese Blechdose.«

Sunna hatte schnell begriffen, welche Möglichkeiten Lilliths Vidja ihr mit den Avataren bot. Aber sie war ein hohes Risiko eingegangen. Hatte sie nicht eigentlich Nathan und Johanna losschicken wollen?

Zum Glück hatte Foth die kaum verklausulierte Botschaft nicht gesehen, sonst würde sie jetzt neben ihrem Vater sitzen und nicht neben Fritjof. Lillith sackte noch ein Stück tiefer in den Autositz.

Auf der Fahrt zurück auf die Uhlenhorst erzählte Fritjof, wie Davide ihn am Tag nach Halloween in die Mangel genommen hatte. »Zwecklos, irgendwas zu leugnen. Er wusste, dass wir zusammen im *Eimer* waren. Ich vermute, er hat die Nachricht, die du ihm getwinkert hast, zurückverfolgt und dann eins und eins zusammengezählt. Eigentlich ein Wunder, dass er nicht sofort dort aufgetaucht ist.«

Lillith bezweifelte, dass Davide das wirklich alles gewusst hatte, bevor er mit Fritjof gesprochen hatte. Er musste vermutlich nur einmal streng gucken, um ihn zum Reden zu bringen.

»Trotz der ganzen Kameras habt ihr nicht gesehen, wohin ich gebracht wurde?«, fragte sie.

»Nein, das war ja das Verrückte. Wir haben gemeinsam die Überwachungskameras gefilzt und nach den Verbrechern gesucht, die dich erwischt haben. Aber rund um die Reeperbahn waren sämtliche Kameras ausgeschaltet. Es gab nicht mal Beweise dafür, dass wir beide zusammen dort waren. Natürlich hat dein Vater sofort geglaubt, dass ich dir zur Flucht verholfen und auf einem meiner Landgüter versteckt habe. Seine Nachforschungen vor Ort waren zum Glück erfolglos. Ich weiß nicht, was passiert wäre, wenn du wirklich dort gewesen wärst.«

»Dann hatte diese Entführung am Ende ja doch etwas Gutes.« War Fritjof eigentlich schon immer so ein Feigling gewesen?

Fritjof ignorierte ihre Bemerkung. »Ich frage mich, wie diese Ratten die Kameras manipulieren, ohne dass Foth es bemerkt.«

Wenn es tatsächlich die Ratten gewesen waren und nicht Bo, der mit seinen Freunden ungestört durchs Viertel hatte ziehen wollen.

»Sag mal, wieso kann dein Vater eigentlich auf das ganze Material zugreifen?«, fragte Fritjof. »Ich bekomme nur die Bilder von den Kameras rund um mein eigenes Grundstück.«

»Er bezahlt den Großteil der Technik, schon vergessen? Dafür hat er sich von dem alten Drach ein uneingeschränktes Zugriffsrecht einräumen lassen.«

»Schon praktisch, so viel Geld. Jedenfalls gab es von dem Überfall kein einziges Bild. Ich hab also versucht, ihm zu erklären, wie die drei Typen aussahen und er sagte, er kümmere sich darum und er wäre mir sehr verbunden, wenn ich dein Verschwinden nicht weiter erwähnen würde.« Fritjof sah Lillith tief in die Augen und imitierte Davides fast regungslosen Gesichtsausdruck und seine leise, klare Stimme. »Das ist auch in deinem persönlichen Interesse, Fritjof.« Er lachte nervös. »Es gibt Bitten, die kann ich einfach nicht abschlagen.«

Fritjof parkte den Wagen auf dem Dienstbotenparkplatz und nahm den Hintereingang. Er legte den Arm um Lillith und begleitete sie die schmale Treppe hinauf in seine Privaträume. Mit einem verlegenen Lächeln öffnete er die Tür zu einem der zahlreichen Zimmer, an denen er Lillith bisher immer kommentarlos vorbeigeführt hatte. Ein riesiges Bett dominierte den Raum. An den Wänden hingen große Spiegel und in einer waghalsigen Konstruktion war ein weiterer Spiegel direkt über dem Bett montiert.

»Was ist das?«, fragte sie.

»Eines meiner Gästezimmer. Wenn du dich frisch machen möchtest«, er zeigte auf die Tür auf der anderen Seite des Zimmers, »da ist das Bad mit Dusche und Jacuzzi. Fühl dich wie zu Hause. Wobei – ich würde an deiner Stelle den Dienstboten aus dem Weg gehen. Nicht dass einer von denen dich erkennt; wäre ärgerlich, so kurz vor dem Ziel.« Er lächelte sie bedauernd an. »Und wenn du mich jetzt entschuldigst«, er sah in einen der Spiegel, richtete seine Fliege und drückte die Kragenspitzen des blütenweißen Smokinghemds in Form. »Heute Abend ist der Ball der Saison und ich bin spät dran.«

Sonntagmorgen. Ein weiches, nach Maiglöckchen riechendes Federbett. Dazu der Duft von einer Woche Flucht, Verletzung und Elend. Lillith hatte nicht geduscht. Sie hatte nicht mal Bos Jeans und Shirt zum Schlafen ausgezogen. Wenn sie nach Hause fuhr, wollte sie nicht aussehen, wie frisch aus dem Ei gepellt. Die Entführungsgeschichte machte sich besser, wenn sie dreckig blieb und das getrocknete Blut aus der Platzwunde an der Augenbraue immer noch an ihrer Wange klebte.

Der über ihr hängende Spiegel zeigte ein müdes, trauriges Gesicht. Dabei hatte sie ihr Ziel erreicht: Das Fest war vorbei, sie war niemandem versprochen worden, sie sollte sich frei und unbeschwert fühlen. Sie war frei. Und allein.

Jemand klopfte.

Lillith setzte sich auf die Bettkante. »Ja, bitte.«

Fritjof spähte durch die Tür. »Darf ich reinkommen?«

»Es ist dein Haus. Natürlich.«

Fritjof schlich ins Zimmer und zog die Tür schnell hinter sich zu. So ernst hatte sie ihn lange nicht gesehen. Lillith wartete darauf, dass er losprusten würde, dass er über ihr besorgtes Gesicht lachte und mit einem »Reingelegt!« die Spannung löste.

Nichts davon passierte.

»Wie war das Fest?«

Fritjofs Adamsapfel bewegte sich ein paar Mal auf und ab, bevor er endlich zu sprechen begann.

»Dein Plan ist nicht aufgegangen, Lillith.«

»Was?« In ihrem Nacken stellten sich die Härchen auf.

»Zunächst sah es ganz gut aus. Alle Heiratskandidaten hatten sich im Vorfeld darauf verständigt, die Vertragsverhandlungen erst dann aufzunehmen, wenn du unversehrt wieder aufgetaucht bist. Gentlemen's Agreement.«

»Und dann?«

»Dann hat sich dieser hinterhältige Russe, dieser Kenya Sorokin über alle Absprachen hinweggesetzt und dein Vater hat um Mitternacht die Verlobung verkündet.«

»Nein!«

»Teil des Deals ist, dass du schnell wieder auftauchen musst. Erik Drach und dein Vater sind überzeugt, dass Omega hinter deiner Entführung steckt. Unser freundlicher Polizeichef Joseph Foth hat deshalb freie Hand, jeden einzelnen Widerstandskämpfer zu finden, zu verhaften und so lange zu foltern, bis er – oder sie – verrät, wo du bist. Ich hoffe, deine sommersprossige Freundin hat sich gut versteckt?«

Lillith starrte Fritjof an. Da war keine Lüge, kein Scherz. Sorokin? Der russische Mafia-Mann? Und ein Großaufgebot willkürlicher Polizisten in Foths Diensten, um die Braut schnellstmöglich zu finden?

»Ich muss sofort nach Hause.«

Fritjof neigte den Kopf ein wenig zur Seite.

»Dein Wunsch ist mir Befehl, Prinzessin. Aber dir ist klar, dass hier und jetzt deine letzte Chance zur Flucht besteht? Dein Vater wird dich bis zu deiner Hochzeit nicht mehr aus den Augen lassen.«

Lillith war bereits auf dem Weg zur Tür, immer noch auf nackten Füßen.

»Egal. Ich muss Foth stoppen. Sofort.«

Davide Civetta stand auf der Galerie in der Eingangshalle und blickte auf Lillith und Fritjof herunter. In seinem blassen Gesicht bewegte sich nicht der kleinste Muskel. Lillith fühlte seinen Ärger, seine Enttäuschung, seinen Verdruss, seine Verwunderung, ein kleines bisschen Erleichterung und sogar einen Hauch Freude. Keine einzige Emotion davon war besonders intensiv. Und die Freude bereits wieder verschwunden.

»Geh auf dein Zimmer und wasch dich.«

»Gleich, aber vorher muss ich mit dir reden.«

Davide bat Fritjof hinauf und drehte sich ohne eine weitere Antwort von ihr weg.

»Warte!«, rief Lillith ihm hinterher. »Es waren nicht die Leute von Omega, die mich entführt haben. Du musst Joseph Foth stoppen, bitte. Es waren diese grässlichen Ratten, du weißt schon, dieselben, die uns neulich im Elbtunnel überfallen haben.«

Ihr Vater ging den Gang hinunter, der zum Grauen Salon führte.

»Warum hat Drach diese Ratten eigentlich immer noch nicht festgenommen?« Ihre Stimme überschlug sich. »Bitte, Papa, die Leute von Omega hatten mit meiner Entführung nichts zu tun.«

»Besteht zwischen diesen beiden Gruppen ein Unterschied?«, fragte Davide im Weggehen, offenbar entschlossen, sie erst wahrzunehmen, wenn sie gelernt hatte, sich zu beherrschen.

»Ja natürlich, wenn du mir doch endlich zuhören würdest!« Aber ihr Vater war schon im Grauen Salon verschwunden. Sie stampfte auf, ihre nackten Füße klatschten laut auf dem Teakholzboden. Soviel zu den Themen *Ich helfe euch bei eurem Kampf gegen die Umsiedlung / Ich stoppe Foth / Ich kontrolliere meine Gefühle.* Verdammte Unbeherrschtheit. Verdammte Hilflosigkeit. Verdammtes Frau-Sein.

Schön, wieder zu Hause zu sein.

Fritjof lächelte bedauernd und folgte Davide. Gehorsam wie ein Hund. Hoffentlich gab er wenigstens die Details ihrer »Entführungsgeschichte« richtig wieder:

Die Ratten hatten sie an Halloween entführt, also vor neun Tagen, und in den Kofferraum eines Autos gequetscht, waren stundenlang mit ihr herumgefahren und als sie endlich den Kofferraumdeckel aufgemacht hatten, war sie herausgesprungen und hatte entkommen können. Nachdem sie eine Weile umhergeirrt war, hatte sie eine Gruppe westfälischer Flüchtlinge getroffen, die ihr dabei geholfen hatten, die nächsten Tage zu überleben. So sehr, wie diese Menschen über die Reichen schimpften, hatte sie sich nicht getraut, ihnen zu sagen, wer sie in Wahrheit war. Aber in der Nähe von Hawiks Landgut war sie mit einigen Angestellten ins Gespräch gekommen. Eines der Dienstmädchen war lose mit Fritjof bekannt und hatte versprochen, ihn zu informieren.

Was für eine Räuberpistole. Aber immer noch besser als zuzugeben, dass sie mit voller Absicht weggelaufen war. Dass der steckbrieflich gesuchte Anführer der Widerstandsgruppe sie gerettet und gesundgepflegt hatte. Dass sie gerade die beste Woche ihres Lebens gelebt hatte. Und dass sie dort geblieben wäre, wenn die Dinge nur ein klein wenig anders gelaufen wären.

Sie ging ins Bad und drehte das heiße Wasser an ihrer Wanne auf. Noch während sie die Temperatur regulierte, flog die Tür auf und Maja stürmte herein, blass, mit tiefen Rändern unter den Augen, aber mit so viel Freude um sich herum, wie Lillith seit ihrer Rückkehr noch nicht gespürt hatte. Sie ließ die Wiedersehensfreude alle dunklen Gedanken wegpusten.

Ohne ein Wort nahm Maja sie in die Arme und drückte sie so fest, dass ihr die Luft wegblieb.

»Hey, ich hab die letzte Woche nicht überlebt, damit du mich jetzt erwürgst!«

Maja ließ nur widerwillig los, fasste Lillith dafür an den Armen und musterte sie langsam von oben nach unten und wieder bis nach oben.

»Ich hatte solche Angst um dich. Schlimm siehst du aus.« Ihre Hand strich vorsichtig über Lilliths blutverkrustetes Gesicht.

»Es geht mir gut, Maja. Ich bin hungrig, meine Füße tun weh und meine Haut erinnert sich ab und zu an die Mikrowellen von gestern, aber ansonsten ist alles gut.« Bos enttäuschtes Gesicht blitzte kurz vor ihrem inneren Auge auf, Sunnas Nachricht »*Sie wollen dich töten.*« Nichts war gut.

Maja nahm sie erneut in den Arm, sanfter dieses Mal. Lillith erwiderte den Druck kurz und machte sich dann los. »Du willst doch nicht den Dreck der Straße annehmen. Setzt du dich zu mir, während ich mich zurückverwandele?«

»Gern.« Sie nahm ihr das dreckige T-Shirt ab und schrie auf: »Was ist das?«

»Was?« Lillith wusste nicht, was Maja meinte, und schaute auf die Stelle an ihrer Schulter, auf die Maja gerade zeigte. Die schon fast verheilte Wunde war tatsächlich aufgeplatzt, als sie gefesselt in dem Versteck gelegen hatte, und hatte lange Blutspuren an ihrem Rücken hinterlassen. »Ach das. Nichts Schlimmes. Streifschüsse der Ratten. An der Hüfte hab ich noch so eine Stelle.«

Lillith ließ sich langsam ins warme Wasser sinken. Herrlich. Frangipani-Blüten schwammen im klaren, sauberen Wasser um sie herum und lösten sich langsam, duftend, schäumend auf.

Maja holte einen Hocker und setzte sich zu ihr. »Erzähl mir von der Woche. Hat der Perückenkleber sehr gejuckt?«

Lillith riss ihre gerade entspannt zugeklappten Augen wieder auf. »Woher weißt du? Das war die Hölle!« Sie begutachtete die Narben auf ihren Armen. »Fast so schlimm wie diese Mückenstiche.«

Maja griff nach dem Arm. »Um Himmels willen, wo kommen denn um diese Jahreszeit Mücken her?« Sanft legte sie Lilliths Arm wieder auf den Beckenrand. »Ärmellose Kleider kannst du die nächsten Wochen vergessen.« Sie nahm etwas Shampoo und massierte mit kreisenden Bewegungen Lilliths Kopfhaut. »Aber bis zu deiner Hochzeit ist alles wieder verheilt.« Sie verstummte. »Was für ein blöder Spruch. Fritjof hat dir von Sorokin erzählt?«

»Ja.« Lillith versuchte, sich auf Majas Finger zu konzentrieren. Wenn sie die kurze Zeit der Entspannung nicht nutzte, würde sie nie eine Lösung für diese dämliche Hochzeitsgeschichte finden. Eines nach dem anderen. »Was war das mit dem Perückenkleber?«

»Das war ein spezieller Kleber, der die Perücke fast zur eigenen Haarpracht macht, aber nach einer gewissen Zeit schlimmen Juckreiz als Nebenwirkung hat. Tut mir leid, dass ich dir das nicht erzählt habe. Ich dachte, bis es soweit kommt, bist du schon lange in Sicherheit. Du hast sie dir klugerweise nicht gleich vom Kopf gerissen?«

»Ich nicht«, begann Lillith und dann sprudelte alles aus ihr heraus. Sie erzählte, wie ihr toller Fluchtplan daneben ging und die fingierte Entführung zu einer echten zu werden drohte. Wie Bo aus dem Nichts auftauchte und sie aus den Fängen der Ratten rettete. Wie seine Schwester Sunniva ihre Wunden versorgte, sie erkannte, aber nicht verriet, genau wie Johanna, die ihr stattdessen zeigte, wie sie die Emotionen der anderen ausblenden konnte. Sie erzählte ihr von den Treffen mit Omega, an denen Männer und Frauen gleichberechtigt teilnahmen, von den unglaublichen Geschichten, die sie dort hörte, den vielen Ungerechtigkeiten. Sie berichtete von ihrem Entschluss, Omega zu unterstützen. Sie erzählte, wie sie mithilfe ihrer Vidja Werbeminuten einkaufte und von ihrem Plan, sich als Mata Hari ein Doppelleben zu schaffen. Wie dann am Freitagabend alles schief ging, als Steven Matthewes sie erkannte, wie sie am Samstag aus dem Versteck floh, wie sie Alek und seinen Leuten im Schwimmbad entkam und schließlich von Fritjof aufgegriffen und in Sicherheit gebracht worden war.

»Wen hast du eigentlich losgeschickt, Maja? Ich hoffe, derjenige ist nicht zwischen die Fronten geraten.«

»Losgeschickt? Wohin?«

»Zum alten Schwimmbad, um mich zu holen, gestern.«

»Niemanden. Ich hatte ja keine Ahnung, wo du warst. Warum hätte ich jemanden losschicken sollen?«

Lillith sah sie überrascht an. »Weil Johanna und Nathan dich benachrichtigen wollten.«

Wieder diese kurze Verstimmung bei Maja, wie eben schon einmal, am Anfang ihrer Geschichte. Maja hielt den Duschkopf, mit dem sie das Shampoo ausspülen wollte, ins Wasser, bis der klare, durchsichtige Strahl die richtige Temperatur hatte. »Ich bezweifle, dass Johanna versucht hat, mich zu benachrichtigen.«

»Du meinst, weil sie seit Joris' Hinrichtung ein bisschen verrückt ist?«

»Ist das so?«

Perfekt temperiertes, warmes Wasser floss über Lilliths Kopfhaut. Eiseskälte umgab Maja. Irgendetwas stimmte hier nicht. Ganz und gar nicht.

»Was ist mit Johanna? Kennst du sie?«

»Das ist unwichtig. Du bist wieder zu Hause, das ist alles, was zählt.« Maja drückte etwas Haarkur auf ihre Handfläche und zwirbelte die Pflege in jede einzelne von Lilliths Locken, während sie sich immer mehr verschloss. Lillith platzte der Kragen. Sie war es leid, sich wie ein kleines Kind abspeisen zu lassen. Sie wollte die Wahrheit. Jetzt. Sie entzog sich unwirsch Majas Händen.

»Ist es auch unwichtig, dass meine Mutter zu Tode vergewaltigt wurde? Welche Geheimnisse hast du noch vor mir?«

Maja stand auf und drehte sich von Lillith weg. An dem Waschbecken spülte sie die Haarkur von den Händen, trocknete sie und stellte den kleinen Hocker so weit nach vorne, dass sie Lillith in die Augen blicken konnte. Kummer war an die Stelle der Eiseskälte getreten. Gram über etwas, das lange zurück lag.

»Dein Vater hat alles Material vernichten lassen, das den Tod deiner Mutter zeigte. Er hat viel Zeit und Geld darauf verwendet, alle Spuren dieses schrecklichen Verbrechens aus der Welt zu schaffen. Wir, die wir das damals miterlebt haben, mussten deinem Vater versprechen, niemals ein Wort darüber zu verlieren. Glaub mir, du willst diese Bilder nicht in deinem Kopf haben.«

Lillith schluckte. Es stimmte also. Aleks selbstgefällige kleine Geschichte war keine an den Haaren herbeigezogene und über die Jahre ausgeschmückte Lügengeschichte.

»Und was ist mit Johanna?«

Maja seufzte. »Ihr Mann, Joris und ich … wir waren befreundet. Johanna hat diese Freundschaft nie begriffen, immer mehr vermutet, als da war. Sie war eifersüchtig. Und als ich dann in eurem Haushalt angefangen habe … Sie ist eine kluge Frau, aber in ihren Augen bin ich eine Kriegsgewinnlerin, die sich im Haus der Civettas ein warmes Nest bereitet hat. Ich hab sie seit der Blutnacht nicht mehr gesehen.« Maja starrte an einen Punkt am anderen Ende des Zimmers und blinzelte ein paar Mal.

»Und woher kennen dich Bo und Sunna?«

»Über ihren Vater. Mit dem hab ich mich manchmal getroffen. Deshalb hat Bo mich auch noch in der Halloweennacht kontaktiert. Er hatte uns zusammen auf dem Markt gesehen, du erinnerst dich, und dachte, du wärst bei den Civettas beschäftigt. Ich habe so getan, als wäre ich furchtbar wütend auf dich, weil du lieber für die von Eschenburgs als für uns arbeiten wolltest und ich nun schon wieder nach einer neuen Kammerzofe für Fräulein Civetta suchen musste. Ich hab ihm gesagt, dass ich nichts mehr mit dir zu tun haben wolle und er gefälligst deinem neuen Arbeitgeber Bescheid geben solle, wenn er dich loswerden und die Rechnungen für seine Dienste bezahlt haben wolle.«

Lillith spürte den Hauch einer Lüge. Aber warum sollte ihre Majamama sie anlügen? Außerdem drängte gerade eine andere, große Erkenntnis in den Vordergrund.

»Du hättest mich da schon vor einer Woche rausholen können? Warum hast du das nicht getan?«

»Hättest du das gewollt, Lillith? Ich wusste, dass du in Sicherheit bist, ich wusste, dass deine Tarnung funktionierte und ich hatte unseren Plan vor Augen: Du wolltest verschwinden, bis das große Fest vorbei ist.« Sie zog den Hocker zurück zum Kopfende und widmete sich wieder Lilliths Haaren. Ihre Hände massierten Lilliths Kopfhaut beim langsamen Ausspülen der nach Ylang Ylang duftenden Haarkur. »Die unerwartete Variante mit Bo Thorn war mir tatsächlich lieber als die mit einem der Landgüter der von Eschenburgs. Dein Vater hat die Verbindung zu Fritjof sofort entdeckt.«

Lillith schüttelte so heftig den Kopf, dass ihr Spülung ins Auge floss. »Fritjof hätte schon ein gutes Versteck gefunden. Aber dir ist nicht zufällig der Gedanke gekommen, dass mich die Leute bei Omega genauso hätten umbringen können wie damals meine Mutter?«

Maja wischte ihr sanft die Seife aus dem Gesicht. »Ich dachte wirklich, dass du dort in Sicherheit wärst, selbst, wenn sie dich erkannt hätten. Die Leute von Omega sind keine gemeinen Verbrecher, waren sie nie.«

»Ach, und wie erklärst du dir dann, dass Bo mich umbringen wollte, sobald er wusste, wer ich war?«

Maja hielt inne, überlegte.

»Aber er hat es nicht getan.«

»Gut beobachtet. Nein. Er wollte erst noch das Konzert abwarten.«

»Ich glaube nicht, dass er es getan hätte. So ist er nicht. Er stellt immer das Wohl der anderen über sein eigenes.«

Ja. Das hatte sie bis vorgestern auch gedacht. Sie lehnte sich zurück, spürte wie die Wärme des Wassers die Muskeln entspannte. Lilliths Vorwürfe, ihre Wut richteten sich auf die falschen Personen. Ihr Vater hatte sich auf Sorokin eingelassen. Davide verschleuderte ihre Zukunft. Maja hatte ihr geholfen, so gut sie konnte. Selbst Bos Verhalten konnte sie in gewisser Weise nachvollziehen.

Wie hätte sie reagiert, wenn sie an Bos Stelle gewesen wäre? Sie war eine ganze Woche dort gewesen. Sie kannte alle Pläne, alle Beteiligten, sie könnte innerhalb kürzester Zeit Omega zerschlagen und seinen großen Plan von einer gerechteren Gesellschaft zunichtemachen. Wenn er sie umgebracht hätte, dann nicht aus Lust an der Gewalt, wie Alek, sondern aus Sorge um Omega.

Tot wäre sie trotzdem gewesen.

Von den Frangipani-Blüten war nichts mehr zu sehen, statt ihrer bedeckte üppiger, roséfarbener Schaum ihren Körper. Sie pustete einen kleinen Schaumberg weg, der sich direkt vor ihrer Nase aufplustern wollte. »Erzähl mir von Sorokin. Hast du eine Idee, wie ich aus der Nummer wieder herauskomme?«

»Nein. Die Verlobung zwischen dir und dem Russen hat gestern für einen ziemlichen Tumult gesorgt. Dein Vater muss gute Gründe gehabt haben, allen anderen Kandidaten derart unverhohlen auf die Füße zu treten.«

»Öl, Geld und Freunde.«

Maja sah sie verständnislos an.

»Öl, Geld und Freunde«, wiederholte Lillith. »Sorokin ist seit dem Ende von Kuwait Petroleum unser wichtigster Lieferant für hochwertiges, synthetisch hergestelltes Getriebeöl, das wir in den älteren Windanlagen und vor allem in den Umspannwerken für unsere Transformatoren brauchen. Geld wird sicher auch eine Rolle gespielt haben. Und Sorokins Mafia-Freunde können nützlich sein, vor allem, wenn mal wieder jemand versucht, uns zu sabotieren. Auch für unsere padanische Verwandtschaft ist das mit Sicherheit ein deutliches Signal.«

Sie ließ sich so tief ins Wasser sinken, dass nur noch ihr Gesicht herausschaute. Sie hörte ihren eigenen Herzschlag und ihre Worte klangen dumpf in ihren Ohren.

»Keine so schlechte Wahl für ihn.«

Aber es waren nicht nur wirtschaftliche Gründe, die ihren Vater dazu bewogen hatten, Sorokins Angebot anzunehmen. Es war eine erzieherische Maßnahme gewesen: »Wenn du dich lieber auf den Straßen herumtreibst, statt mir bei der Auswahl deines Ehemanns zur Seite zu stehen, dann muss ich eben allein über deine Zukunft entscheiden.« So würde er argumentieren.

Sie tauchte wieder auf und ärgerte sich über ihre eigene Naivität. Das hätte sie alles vorhersehen können, nein, vorhersehen müssen. Weglaufen war die dümmste aller Lösungen gewesen.

Der Schaum klebte wie unnötiger Ballast an ihrer Haut und an ihren Haaren. Sie wischte sich unwirsch durchs Gesicht.

Wie viel Zeit blieb ihr noch, bis Sorokin ihr jedes bisschen Eigenständigkeit nehmen konnte? Sie kannte die Verträge nicht, aber im schlimmsten Fall konnte ihr Zukünftiger verlangen, dass sie morgen zu ihm nach Russland kam.

Wenn sie Omega helfen wollte, wenn sie das Sunna gegebene Versprechen einlösen wollte, dann musste sie jetzt etwas tun. Sie stand auf, der Schaum perlte langsam an ihrem Rücken herunter, ohne dass sie ihm Beachtung schenkte.

»Maja, kannst du mir eine neue Vidja besorgen? Ich muss sofort mit Foth sprechen.«

»So wie du bist?«

»Wenn ich nur so zu ihm durchkomme … Da mein Vater bisher kein Interesse daran gezeigt hat, mir zu helfen, muss ich mich eben selbst um alles kümmern.«

Solange ich es noch kann.

Die neue Vidja war kein Problem. Maja hatte ihr eines der Geräte aus der Technikzentrale besorgt, das für ausgewählte, leitende Angestellte vorgesehen war. Kein schickes Armband, sondern nur ein kleiner rechteckiger Kasten, aber die Vidja darin tat ihren Dienst. Das Problem war Foths Assistent, der sich weigerte, sie zu Foth durchzustellen.

Sie wischte erneut über den Bildschirm.

»Der gewünschte Teilnehmer ist nicht erreichbar.«

»Und mein Vater lässt sich weiter verleugnen. Maja, was soll ich nur tun?«

»Wie wäre es mit frisieren, schminken und« – Maja warf einen kurzen Blick auf Lilliths Hände – »ein bisschen Maniküre würde auch nicht schaden.« Sie nahm den Haartrockner und die Bürste und strich in langen, gleichmäßigen Bewegungen die Feuchtigkeit aus Lilliths Haar.

»War Cissy eigentlich auf dem Ball? Fritjof hat nichts erzählt.«

Maja schüttelte den Kopf. »Ihr ging es nicht gut, sie hat sich entschuldigen lassen. Lord Rook war allein da.«

»Vidja, Videoanruf bei Cissy Rook.« Lillith runzelte die Stirn. »Hoffentlich ist nichts mit dem Baby.«

»Cissy ist schwanger?«

»Jedenfalls sah es so aus, als wir das letzte Mal gesprochen haben. Wieso überrascht dich das?«

Maja nahm die Bürste aus Lilliths Haaren. Ihre Hand zitterte. Und wieder spürte Lillith, dass Maja ihr etwas verschweigen wollte.

»Nun sag schon. Ich verspreche auch, es niemandem zu erzählen. Selbst Cissy nicht.«

»Ja?« Lord Rook nahm Lilliths Anruf entgegen, sein Gesicht klein und sauertöpfisch wie immer.

»Guten Tag, Lord Rook, ich hoffe, es geht Ihnen und Ihrer werten Gattin …« Der Monitor wurde grau.

»Was …?« Lillith wischte über den Bildschirm. »Dieser alte Schleimpilz hat einfach aufgelegt.« Sie versuchte ein zweites Mal, eine Verbindung herzustellen.

»Der gewünschte Teilnehmer ist nicht erreichbar.«

Maja drückte Lilliths Kopf leicht zurück und zog mit ruhiger Hand einen schmalen schwarzen Strich an ihrem Wimpernkranz entlang. »Wenn du mit Cissy sprechen willst, musst du warten, bis ihr Mann aus dem Haus ist. Wie sonst auch.«

Lillith wartete, bis Maja mit den Augen fertig war. »Warum bist du überrascht, dass Cissy schwanger ist?«

»Es hieß immer, dass Henry Rook unfruchtbar sei«, sagte Maja leise. »Trotz seiner vier Ehen hat er bisher keinen Erben gezeugt.«

Lillith lachte ungläubig auf. »Maja, das ist doch Unsinn, eines der vielen Gerüchte, die gerne über die Reichen gestreut werden. Ich bin sicher, er hat einen ganzen Stall voller Bastarde.«

»Vielleicht. Ich weiß von keinem.«

»Aber seine letzte Ehefrau ist doch angeblich während der Geburt gestorben, weil Rook nicht schnell genug ärztliche Versorgung auf seine Privatinsel hat schaffen können.«

»Ist das so? Hast du diese Frau in den Monaten ihrer angeblichen Schwangerschaft gesehen? Kennst du jemanden, der sie gesehen hat?«

Lillith überlegte. Cissys Vorgängerin war eine junge Frau aus Lübeck gewesen, eine von Zitzewitz, deren Vater sich die Aufnahme in höhere Kreise versprochen hatte. Lillith konnte sich nicht daran erinnern, sie mit dickem Bauch gesehen zu haben. Deren Vorgängerin wiederum war nach drei Ehejahren von Rook wegen andauernder Kinderlosigkeit geschieden worden. Und Rooks erste Ehefrau? Die war gestorben, bevor Lillith sie bewusst wahrgenommen hatte.

»Aber Cissy war glücklich, sie strahlte. Ich schwöre, sie war schwanger.«

Maja nahm den Pinsel und verteilte Puder auf Lilliths Nase, Stirn und Kinn. »Das kann gut sein. Aber ich bezweifle, dass ihr Ehemann der Vater ist.« Maja nahm sich die Reste von Lilliths Fingernägeln vor. »Dass ihr das keiner gesagt hat …«, murmelte sie.

Cissy und Lord Rook. Omega und Foth. Kristofer und das Heimathaus. Bo und Sorokin. Vor einer Woche noch hatte sie gedacht, ihre Flucht würde ihr sämtliche Probleme vom Hals schaffen. Jetzt hatte sie so viele neue, dass sie nicht wusste, mit welchem davon sie anfangen sollte.

»Du hast Besuch«, leuchtete auf ihrem Bildschirm auf. »Komm bitte in den Grauen Salon.« Ihr Vater schien ihr auch diese Entscheidung abzunehmen. Ob er ihr Sorokin vorstellen wollte?

Lillith schaute Maja fragend an.

»Nein«, sagte ihre alte Kinderfrau und lächelte, »ich weiß auch nicht, wer das sein könnte.«

»Wieso habe ich das Gefühl, dass es keine angenehme Überraschung sein wird?« Lillith atmete tief durch. Maja hatte das Korsett nur nachlässig gebunden.

Gemessenen Schrittes ging sie die Freitreppe hinab, die von den Privaträumen der Civettas auf die Arbeitsebene hinunterführte und bog in den Gang ein, der zum Grauen Salon führte. Mit jedem Schritt wuchs ihr Groll. Sie war noch keine Stunde wieder zu Hause und bereits zurück im Instrumentenkasten ihres Vaters, des Mannes, der sie nach Russland verkauft hatte. Der sich keine Sekunde lang gefreut hatte, dass sie halbwegs unversehrt zurück war. Der Jagd machen ließ auf die Menschen, die sie gerettet hatten. Der die Augen vor der Wahrheit da draußen verschloss.

Ihre Fingernägel bohrten sich in ihre Handflächen. Der Schmerz schaltete ihren Verstand wieder ein. Wenn sie die

Beherrschung verlor, noch dazu in Gegenwart eines Gastes, würde Davide ihr heute überhaupt nicht mehr zuhören und sie würde gar nichts erreichen. Contenance. Und immer freundlich lächeln.

Sie wusste, dass zu ihren vielen ungelösten Problemen das nächste kam, als sie die große, kantige Gestalt erkannte, die mit dem Rücken zu ihr stand.

»Guten Tag, Senator Drach.«

Erik Drach drehte sich zu ihr um, ein falsches Lächeln im Gesicht, sämtliche Gefühle streng unter Kontrolle.

»Ah, da ist ja die verlorene Tochter.«

Lillith suchte den Blick ihres Vaters, aber der konzentrierte sich allein auf Drach. »Du benötigst meine Anwesenheit hier nicht länger, nicht wahr?«

»Nein.«

Die Tür klappte hinter Davide ins Schloss und sie war mit dem Heimatschutzsenator allein.

»Bitte, setz dich doch«, übernahm Drach die Rolle des Hausherrn. »Diese Unterhaltung könnte etwas länger dauern.«

»Das bezweifle ich«, gab Lillith zurück. »Ich nehme an, mein Vater hat Ihnen erzählt, was passiert ist?«

Drach lächelte überheblich. »Er hat mir Fritjofs Version der Geschichte erzählt. Eine angebliche Entführung durch die üblichen Verbrecherbanden, eine Flucht der Prinzessin, die umherirrt und leider erst nach dem großen Ball gefunden wird.« Er ging auf Lillith zu und blieb keine Armlänge von ihr entfernt stehen. »*Fignya.*«

Lillith roch einen Hauch von Pfefferminze. Sie zog eine Augenbraue hoch. »Schwachsinn? Was bringt Sie zu dieser Schlussfolgerung?« Sie ging an ihm vorbei zu dem großen Konferenztisch, auf dem eine antike, silberne Kaffeekanne stand und goss sich eine Tasse ein. »Möchten Sie einen Kaffee, Senator Drach?«

Er schien eine andere Reaktion von ihr erwartet zu haben. Kurz glaubte sie, Verwunderung zu spüren, die dann von Belustigung abgelöst wurde. Aber der Mann beherrschte sich gut. Im nächsten Moment war nur noch ein leises Echo seiner Emotionen zu spüren. Drach bediente sich an dem Wodka, der neben der Coca-Karaffe auf dem Gründerzeit-Buffet stand. Die goldenen Intarsien des Buffets leuchteten im Schein des Kaminfeuers. Drachs Schatten tanzte auf den grau tapezierten Wänden.

»Ich weiß, dass du Teil des Widerstands bist, Lillith Civetta. Dass du gemeinsam mit diesen Omega-Wichten den Umsturz planst. Dafür könnte ich dich hinrichten lassen.«

Lilliths Herz fing wie verrückt an zu klopfen.

»Wie kommen Sie denn auf so eine absurde Idee?« Sie setzte sich auf die Lehne eines Clubsessels, die Tasse vorsichtig auf der Untertasse balancierend.

»Ich habe meine Quellen.«

»Wieder ein paar gefälschte Bilder? Oder ein paar Aussagen aus Foths Folterkeller?« Sie lächelte ihn spöttisch an. Wenn es Bilder gegeben hätte, dann hätte Davide darauf Zugriff gehabt und ihre Zeit bei Omega wäre schon vor einer Woche beendet gewesen. Drach musste Bilder gefälscht haben. Aber warum? »Glauben Sie im Ernst, mein Vater ließe sich von Ihren plumpen Fälschungen täuschen?«

Nun war es an Drach, spöttisch zu grinsen. »Aber, aber, wer redet denn von Fälschungen?«

Er drückte auf seinen Manschettenknopf und eine ihr vage bekannte Szene baute sich zwischen ihr und Drach auf: Eine dunkle Seitengasse, die Perspektive seltsam verschoben, als ob die Kamera im Boden versteckt war, ein Mann und eine Frau. Er sagt: »So sind sie, unsere Birds. Flatterhafte Wesen und schneller weg, als man einen Stein nach ihnen werfen kann.« Dann legt er der Frau den Arm um die Schulter. Sie zuckt kurz zurück, greift dann aber nach seinem Arm und geht mit ihm zum Auto. Freiwillig. Im Scheinwerferlicht bricht sie zusammen, direkt in die Arme des Mannes. Aschblonde Haare fallen nach hinten und die Kamera zoomt auf Lilliths Gesicht.

Die Kaffeetasse setzte mit einem hörbaren Klappern auf die Untertasse auf. Aus dem Augenwinkel sah Lillith, wie Drach ihre Reaktion beobachtete. Er war sehr zufrieden.

»Das beweist, dass ich entführt wurde, nicht wahr?«, sagte Lillith, so weit von oben herab wie sie konnte. Trotzdem konnte sie ein Zittern in der Stimme nicht verhindern. Woher kamen diese Bilder?

Drach grinste und nahm einen Schluck Wodka, während Lillith ihren Fehler realisierte: Sie hatte gerade die Echtheit der Bilder bestätigt.

»Wie eine gewaltsame Entführung sieht das meiner Meinung nach nicht aus. Eher wie ein netter Plausch zwischen Freunden.« Selbstgefällig stand der Senator neben dem Buffet, schwenkte das Wodkaglas, scheinbar vertieft in die Bewegung der klaren Flüssigkeit.

»Ich kann mich an die unmittelbaren Momente vor meiner Entführung nicht mehr erinnern«, sagte sie. »Das dürfte Ihnen mein Vater bereits gesagt haben. Wo sind doch gleich Ihre Beweise?«, fragte sie und hob herausfordernd das Kinn.

»Foth hat dich beim Konzert gesehen.«

»Ihr Polizeichef hat sich getäuscht.«

»Tatsächlich?« Erik Drach machte mit seiner freien Hand eine leichte Wischbewegung und neben Lillith leuchtete ein Steckbrief: »Gesucht: Bosse Thorn, Mörder von Willem Duhnkreih«, dazu ein Avatarbild von Bo, aufgenommen während seiner Rede auf dem Heiligengeistfeld.

Dahinter schwebte das eingefrorene Bild des Mannes, der sie aufgefangen hatte, sowie die Worte: »100 % Übereinstimmung.«

Lillith sah ihn fragend an. »Ja – und?« Ihr Mund war trocken. Woher hatte Drach diese Bilder? Fritjof hatte doch gesagt, dass alle Überwachungskameras rund um den *Eimer* ausgeschaltet gewesen waren. Ihre Handflächen wurden feucht.

»Die Civetta-Erbin in den Armen des meistgesuchten Verbrecher Nordlands, wenn das dein Vater erfährt, Lillith. Der junge

Mann sorgt mit seinen beeindruckenden Reden bei den anderen Senatoren übrigens für einiges Kopfzerbrechen, das kannst du mir glauben. Sie nennen ihn schon den neuen Gandhi. Und sie würden alles tun, um ihn in die Finger zu bekommen. Aber warte, ich hab noch mehr!«

Aus dem Handgelenk heraus baute Erik die nächste virtuelle Realität auf: Lillith, wie sie zusammen mit der kleinen Tara Bos Rede lauschte und dann ihre Hand in die Luft streckte, Daumen- und Zeigefinger zum O verbunden. In einer schnellen Animation verschwand das Kopftuch und Lillith stand originalgetreu vor ihr, das Gesicht immer noch begeistert von Bos Rede.

Erik Drach lächelte siegesgewiss. »Stell dir den Skandal vor, wenn ich diese Bilder den anderen Senatoren zeige. Lillith Civetta, überzeugte Anhängerin der sogenannten Widerstandsgruppe Omega. Ganz die Mutter.«

Lilliths Gedanken rasten. Die Bilder mit Bo konnte sie nicht mehr leugnen. Diese hier schon.

»Was für eine billige Fälschung, mein lieber Herr Senator. Falsche Gesichter in Videos einbauen – das können Fünfjährige.« Koffein plus Adrenalin zeigte Wirkung. Lilliths Nervosität war verschwunden, selten hatte sie sich so klar gefühlt. »Aber stellen Sie sich den Skandal vor, wenn die anderen Senatoren die Bilder meiner Entführung sehen und sich fragen, warum der Senator für Heimatschutz eine Woche lang keinerlei Anstalten gemacht hat, Lillith Civetta aus den Händen der Widerstandskämpfer zu befreien. Glauben Sie nicht, dass der eine oder andere dann fragt, ob Sie der richtige Mann für dieses Amt sind?«

Drachs selbstgefälliges Grinsen verschwand aus seinem kantigen Gesicht. Sie spürte seinen Ärger und innerhalb von Zehntelsekunden wieder seine Konzentration, die jedes Gefühl ausschaltete. Für einen winzigen Moment bewunderte Lillith ihn für diese absolute Kontrolle.

»Ich könnte behaupten, Davide Civetta habe mich gebeten, diese Bilder geheim zu halten. Jeder weiß, dass er Zugriff hat. Und jeder weiß, dass er dein Verschwinden geheim halten wollte.«

»Sie wollen sich nicht ernsthaft mit meinem Vater anlegen, Senator Drach.«

Eriks Gesicht blieb unbeweglich. »Wenn ich es vermeiden kann – nein.«

Was wollte Drach? Lillith zog die Augenbrauen hoch und versuchte, mit einem gezierten Tonfall ihre Verwirrung zu verbergen. »Benötigen Sie noch weitere Details über meine Entführung?«

Eriks Augen waren wie schmutziges, graues Eis. »Warum sollte ich mich mit solchen Banalitäten abgeben? Ich kenne die Wahrheit und du weißt, dass ich sie kenne.«

Lillith tat, als hätte sie den letzten Satz nicht gehört. Sie stellte die Tasse auf den kleinen Beistelltisch zwischen Club- und vergoldeten Designersessel, stand auf und ging zur Tür. »Dann wären wir also fertig?«

»Mochtest du das kleine Mädchen eigentlich?« Lässig drückte Erik ein weiteres Mal auf seinen Manschettenknopf, lehnte sich ans Buffet und genoss die Bilder, die sich vor ihm aufbauten.

Lillith sah die Innenansicht eines der Häuser im Armenviertel, offenbar aus der Perspektive einer Helmkamera. Eine verängstigte Frau drückte ihr kleines Mädchen an sich, während Männer in schwarzen Mänteln alles durchwühlten. Foths Hilfskräfte zerschnitten Betten, rissen Schränke auf und den bescheidenen Inhalt heraus. »Ich weiß doch von nichts, ich weiß nichts«, wiederholte die Frau immer und immer wieder und schob ihr kleines Mädchen hinter sich. Einer der Männer schnappte sich das Kind und drückte es an die Wand. Er hatte ein Messer in der Hand und hielt es ihr an den Hals.

Tara. Lilliths Augen weiteten sich.

»Nein!«, schrie die Frau. »Ich weiß nicht, wo Fräulein Civetta plötzlich herkam. Sie war einfach da. Gekleidet wie eine von uns. Ich hab sie nicht mal erkannt.«

Erstes Blut perlte an der Klinge herab. Tara schrie wie am Spieß, die Mutter ebenfalls. Der Mann blickte ungerührt. »Gleich bin ich an der Halsschlagader. Überleg dir, was du mir sagen möchtest.« Auf dem Boden unter dem Mädchen bildete sich ein kleiner, hellgelber See. Einer der Männer im Hintergrund gab ein angewidertes »Ährrg« von sich.

»Ich weiß nicht, ob sie zu Omega gehört. Ich hab mit denen nichts zu tun. Ich versuch doch nur zu überleben. Bitte. Sie müssen mir glauben.«

»Nein«, sagte der Mann nur, schnitt mit einer schnellen Bewegung Taras Kehle durch. »Das tue ich nicht.« Er drehte sich zu dem Mann um, der das alles für Drach aufnahm und nickte ihm zu. Tara brach an der Wand zusammen, Blut strömte hellrot aus ihr heraus. Am Rand der Aufnahme drängte sich die Mutter an dem Mann vorbei und sank zu Tara auf den Boden.

»Du Schwein«, rutschte es Lillith heraus. Sie ging zu ihm und spuckte ihm ins Gesicht. »Du gewissenloses Stück Dreck.«

Gelassen wischte sich Erik Lilliths Spucke von der Wange. Triumph.

Und Lillith erkannte sofort ihren Fehler. Ein besseres Schuldeingeständnis als diesen Tropfen Spucke konnte Drach sich nicht wünschen. Sie suchte ihn nach einer kleinen Kamera ab, sicher, dass er das alles gefilmt hatte. Aber sie sah nichts, was auch nur entfernt so aussah. Vielleicht hatte sie ja Glück und dieses Gespräch wurde nicht von ihm aufgezeichnet. Sie selbst würde gleich alles löschen, was ihr eigenes System gespeichert hatte.

»Warum tust du das? Was willst du?«

Erik lächelte herablassend. »Dir dabei helfen, meine liebe Lillith, die richtigen Entscheidungen zu treffen.« Er trat einen Schritt auf sie zu. Lillith musste den Kopf heben, um seinen Blick zu halten, aber sie wich keinen Zentimeter zurück. Wodkadunst verdrängte die Pfefferminze.

»Mein Vater kennt diese Bilder?«

»Natürlich nicht. Die sind unser kleines Geheimnis.«

»Warum hast du ihm nicht gesagt, wo ich bin?«

Erik sah auf sie herab, ein arroganter Jäger, der seiner hilflosen Beute gleich den Todesstoß geben würde. »Warum sollte ich ein Interesse daran haben, dass du rechtzeitig zur großen Versteigerung zurück bist und Davide Civetta noch reicher wird?«

Aber die Beute war noch nicht erlegt. Endlich ergab Eriks seltsames Verhalten einen Sinn.

»Du wolltest mich nicht finden! Du dachtest, du könntest so die Verlobung verhindern und doch noch als mein Zukünftiger in Frage kommen!« Lillith prustete und tat, als ob sie sich vor Lachen krümmen und sich an dem Konferenztisch festhalten müsste. So konnte sie Abstand zwischen sich und Erik bringen. Sie richtete sich wieder auf und sah ohne zu blinzeln in seine kalten, grauen Augen.

»Du kennst Nordland wirklich schlecht, wenn du glaubst, dass das möglich wäre. Hat dein Vater dir das System nie erklärt? Oder hast du es nur nicht begriffen und er hat dich wegen deiner Dummheit nach Russland geschickt.«

Ein neues Gefühl verdrängte Eriks Arroganz. Sein Gesicht verzerrte sich. Lillith sah die Blitze vor den eigenen Augenlidern und konzentrierte sich darauf, den Jähzorn von sich fernzuhalten. Jetzt nur nicht von dieser absolut unkontrollierbaren Emotion überwältigt werden. Sie stellte sich eine Hütte vor, in der sie Schutz vor dem Gewitter fand, und blendete Eriks Zorn aus.

»Davide hätte es uns allen leichter machen können, wenn er auf mein Angebot eingegangen wäre«, zischte Erik zwischen zusammengepressten Zähnen.

»Lächerlich«, sagte Lillith und packte maximalen Spott in dieses eine Wort. »Wir Civettas geben uns nicht mit Verlierern ab.«

Sie spürte nichts von Eriks Tobsucht.

Sie sah die Hand nicht kommen.

Ihr Kopf flog zur Seite, ihr schmaler Körper hinterher. Die zierliche Porzellantasse auf dem Beistelltisch rutschte wie in Zeitlupe herunter und zerschellte auf dem Boden. Lillith hielt sich an dem vergoldeten Designersessel fest, ihr letzter Halt in einem Raum, in dem sie nicht wusste, wo oben war und wo unten. Ihr Kopf dröhnte, während sie versuchte, zu begreifen, was Erik da gerade getan hatte. Die eigenen Schmerzen verdrängten jedes andere Gefühl.

Erik beugte sich über sie, die Augen zu Schlitzen verengt, die Zähne gebleckt, die Hand erhoben wie zu einem zweiten Schlag. »Du kleines Widerstandsflittchen wirst noch darum betteln, in meinem Haus Unterschlupf zu finden.« Aber statt erneut zuzuschlagen, griff er nach ihrem Arm und zerrte sie hoch. Als Lillith auf den Füßen stand und zu ihm hoch sah, waren die Kanten in seinem Gesicht wieder wie aus Stein gemeißelt.

»Ich wollte nur, dass du die Bilder kennst, meine liebe Lillith. Um zu einem späteren Zeitpunkt angemessen reagieren zu können.«

Die Tür schlug hinter ihm zu. Lillith ließ sich in den Clubsessel fallen und starrte, am ganzen Leib zitternd, auf die Stelle, wo eben noch Erik Drach gestanden hatte. Sie fasste an ihre Wange, ungläubig, dass Erik sie tatsächlich geschlagen hatte.

So etwas machte man nicht in ihren Kreisen. Das konnte ihn seinen Job als Senator kosten.

Lillith schüttelte den Kopf, um das Klingeln aus den Ohren zu vertreiben.

Wenn Erik Krieg wollte – bitte.

»Vidja, Bild- und Tonaufnahmen des Gesprächs speichern und an mich schicken«, befahl sie.

»Das Gespräch wurde nicht aufgezeichnet«, antwortete die Vidja. »Soll die Aufzeichnungsfunktion aktiviert werden?«

Lillith spürte den unbändigen Wunsch, irgendwo gegenzutreten. Etwas kaputtzuschlagen. Im Grauen Salon wurde jedes Gespräch aufgezeichnet. Immer. Warum dieses nicht? Sie beherrschte sich, stand auf und strich ihren Rock gerade.

Contenance.

Ω Elend Ω

Bos gewalttätiger Ausraster gestern hatte erstaunliche Wirkung: Alek kuschte, versprach künftig allen Ansagen zu folgen und bat ihn, sein Stellvertreter bleiben zu dürfen. Bo stimmte zu. Es gab eine geheime Wahl, wer Omegas Anführer sein sollte, jedoch keinen Gegenkandidaten und 94 Prozent stimmten für Bo.

Aleks unüberlegte Aktion wirkte trotzdem nach: Über hundert unschuldige Menschen waren nach dem Konzert verhaftet worden. Omega stand nicht länger für ein friedliches Miteinander, sondern für Gewalt und Terror. Ihr friedliches Image war dahin. Immerhin hatte es keine weiteren Toten gegeben. Aber die Plätze in der Neuen Heimat waren gefragt wie nie. Weshalb Bo und Sunna sich auf den Weg gemacht hatten, um die Neue Heimat endlich persönlich in Augenschein zu nehmen. Fragen konnten sie niemanden. Von den Nachbarn und Bekannten, die schon dorthin gezogen waren, war bislang keiner zurückgekommen.

»Du wusstest von Anfang an, wer sie war?« Bo ging einen Schritt schneller. »Und du hast es nicht für nötig gehalten, mir das zu erzählen?«

»Weil ich wusste, dass du genau so reagierst. Obwohl, nicht ganz. Dass du sie umbringen willst, damit hab ich nicht gerechnet. Das hat es echt nochmal getoppt. Was hat dich da geritten? Verletzte Eitelkeit?«

Sunna ging neben ihm und atmete trotz des hohen Tempos noch nicht einmal schneller. Es hatte keinen Zweck. Er konnte nicht vor ihr weglaufen.

»Ihre Leute haben unseren Vater umgebracht.«

»Aber nicht Lillith persönlich. Sie wollte uns helfen.«

»Du glaubst auch alles, was sie behauptet hat, oder? Sie ist ein Bird, verdammt.«

»Das sind die Secundi auch. Und denen traust du.«

Ihr Streit hallte von den U-Bahn-Wänden wider.

Sunna hielt ihr Handgelenk hoch, an dem ein goldener Armreif im Licht der Taschenlampe funkelte. »Ohne Lilliths Hilfe wären gestern noch viel mehr Menschen gestorben. Die Leute im Stadion hätten sich gegenseitig massakriert. Dein Avatar hat das verhindert. Und dank dieser handlichen kleinen Vidja können wir uns auch wieder freier durch die Stadt bewegen. Wenn Lillith uns wirklich ans Messer liefern wollte, würde sie uns so ein Gerät nicht überlassen, oder? Und ganz ehrlich: So wie du und Alek sie behandelt habt, war ich ziemlich baff, als sie mir das Zeug in die Hand gedrückt hat.«

»Ich hätte sie schon nicht umgebracht«, murmelte er. »Aber ich hätte sie auch nicht freigelassen.«

Vielleicht wollte Lillith sie ja nur weiter reinlegen. Vielleicht war das Armband verwanzt und die Birds wussten genau, was der Widerstand plante. Oder sie hatten Sunna auch schon auf ihre Seite gezogen. Oder … ach scheiße, er wusste, warum er diese Vermutungen nicht laut aussprach: Sie waren totaler Schwachsinn. Sunna hatte ja recht: Sie vertrauten den Secundi. Stev hatte bereits weitere Kumpel mitgebracht. Und tatsächlich erstmals auch Waffen. Warum fiel es ihm so schwer, Lillith zu vertrauen? War es verletzte Eitelkeit, wie Sunna meinte? Möglich. Aber wahrscheinlich war die Antwort viel einfacher: Wie sollte er jemandem vertrauen, der ihn eine ganze Woche lang angelogen hatte? Himmel, sie hatten sogar eine Nacht zusammen verbracht. Er war auf dem besten Weg gewesen, sich in sie zu verlieben. Und dann entpuppte sich alles als eine einzige große Lüge.

Vor ihnen tauchte eine Geröllwand auf. Auch dieser U-Bahn-Zugang im Osten der Stadt war damals gesprengt worden. Und auch hier hatten die Omegas einen geheimen Zugang durch die Wände gegraben. Sie kletterten hindurch und stiegen in das Auto, das einer von Stevs Freunden ihnen geschickt hatte.

Sunna programmierte ihr Ziel ein. Krümmel. Der Ort, an dem die Mustersiedlung stehen sollte.

Es war dunkel, außer ihnen war niemand unterwegs. Sunna hatte die unmittelbar an der Strecke liegenden Kameras mit Ersatzbildern versorgt. Mit unvorhergesehenen Kontrollen mussten sie nicht rechnen. Hier, ganz im Osten Hamburgs, lebten kaum noch Menschen. Da lohnte sich die Willkür von Foths Hilfskräften nicht.

Schon von Weitem konnten sie das hell erleuchtete Kontrollhäuschen sehen, einen knappen Kilometer von den Koordinaten der Neuen Heimat entfernt. Davor versperrten Betonblöcke den Weg. Sunna löschte das Licht des Wagens, fuhr in eine Seitenstraße und stoppte. »Ab hier zu Fuß.«

Sie schlichen durch die verlassene Straße in Richtung Krümmel. Bo genoss die klare, frische Nachtluft, trotz des Regens. Er spekulierte darauf, dass zu dieser Tageszeit und bei diesem Wetter niemand patrouillierte. Hoffentlich behielt er recht. Seine Augen gewöhnten sich an die Dunkelheit und er wusste genau, was Sunna ihm sagen wollte, als sie ihn anstupste. Ja, da vorn war etwas. Er ging lautlos weiter, immer am Rand des Wegs, sodass er sich jederzeit ins Gebüsch schlagen konnte. Nach wenigen Schritten erkannte er den unheimlichen Gegner. »Ein alter Laternenmast«, flüsterte er. »Komm weiter.«

Der Regen, der ihm in den Nacken tropfte, wurde langsam unangenehm. Den Kopf zwischen die Schultern gezogen, den Kragen aufgestellt, fragte er sich gerade, warum sie nicht noch ein Stück weiter mit dem Auto gefahren waren, als er in ein Schlagloch trat, das so tief war, dass er sich beim Herausstolpern das Knie verdrehte.

Hoffentlich lohnte sich das Risiko, das sie hier eingingen. Hoffentlich war das der Weg, um das Volk wieder hinter Omega zu einen. Er dachte an den Text, den sein Vater ihm in die Hand gedrückt hatte. Der Text, von dem Joris geglaubt hatte, er würde das Volk zu einer neuen Revolte bewegen. Eine Zeitlang hatte

Bo das auch geglaubt. Aber inzwischen nicht mehr. Dem Volk war egal, was die Birds machten. Selbst wenn er ihnen den Text kopieren und persönlich aushändigen würde, würde das nichts ändern. Die Menschen würden den Text lesen, mit den Schultern zucken und sagen, tja, so sind sie, die Birds. Selbstsüchtig und gerissen. Aber immerhin geben sie uns jetzt neue Häuser.

Bo kickte einen Stein fort.

Hätte Lillith ihnen wirklich helfen können? Aber warum hatte Maja ihm dann nicht gleich die Wahrheit gesagt, als sie ihn gebeten hatte, in der Halloweennacht auf dieses *Dienstmädchen* aufzupassen? Er hätte misstrauisch werden müssen, als sie ihm als Bezahlung die Untergrund-Karte in die Hand gedrückt hatte. Die war Gold wert. Selbst Tom hatte nicht gewusst, dass es so viele geheime unterirdische Gänge gab. Und dann war Lilly bei ihnen und sie war so ganz anders als die Frauen, die er bis dahin kennengelernt hatte. Noch ein Grund mehr, der ihn hätte misstrauisch machen sollen. Was für ein Anführer war er eigentlich, dass er nicht mal den Hauch eines Verrats spüren konnte?

Oder gab es gar keinen Verrat?

Er war so vertieft in seine trüben Gedanken, dass er seine Schwester aus den Augen verlor. Als er wieder hochschaute, war sie weg. Er drehte sich um seine eigene Achse und sah Sunna ein Stück schräg hinter ihm. Sie zischelte ihm etwas zu, das er nicht verstand und bei dem er auch lieber nicht nachfragte.

Es war Zeit, das Selbstmitleid und die Erinnerung an dieses Vogelküken beiseite zu schieben. Gebückt schlichen sie eine kleine Anhöhe hoch. Noch bevor sie ganz oben waren, hörten sie Geräusche. Sie warfen sich ins Gras und robbten weiter, bis sie schließlich auf die Neue Heimat heruntergucken konnten.

Oder das, was eines Tages eine neue Heimat werden sollte.

Denn bisher standen in dieser aufgewühlten Schlammwüste nur eine Handvoll schmutzig-brauner Gruppenzelte. Ein paar Lampen an einem Bauzaun beleuchteten die Szenerie. Eine Frau versuchte, auf einer provisorischen Feuerstelle etwas zu kochen, ein Mann hielt einen verbogenen Regenschirm über den Kocher, dessen dünne Gasflamme nicht so aussah, als ob sie noch etwas erhitzen könnte.

Bo hörte das Schreien eines Babys. Einen Mann und eine Frau, die miteinander stritten. Er sah zwei Jugendliche durch den Schlamm waten, die Köpfe eingezogen, aber offenbar hielten sie sich lieber im Regen auf als in einem der Zelte. In einer Ecke des Grundstücks standen Bagger neben einer tiefen Grube. Daneben entdeckte er die Reste mehrerer alter Gebäude und eines schmalen hohen Turms – das alte Atomkraftwerk.

Eine Familie näherte sich über die offizielle Zuwegung dem Gelände. Alle fünf trugen einen Rucksack, die Eltern zogen zwei alte Koffer durch den Dreck. Das erste Zelt hinter dem Zaun schien eine Art Kontrollposten zu sein. Die Familie verschwand für ein paar Minuten darin und als sie wieder herauskamen, hatten nur noch drei von ihnen einen Rucksack auf.

Sie stapften durch den Dreck und schlugen die braun-verkrustete Eingangsplane des nächstgelegenen Gruppenzelts zurück. Von innen waren die Zelte strahlend weiß.

»Das Zelt ist voll, hier kann keiner mehr rein«, blaffte jemand von innen.

»Aber wir müssen doch irgendwo unterkommen«, sagte der Vater. »Wir waren den ganzen Tag unterwegs und …«

»Verpisst euch.«

»Netter Zeitgenosse«, flüsterte Bo.

Die Familie zog weiter, wurde aber an jedem Zelt abgewiesen. Schließlich hatten sie an jede Zeltwand geklopft und aus jedem Zeltinneren mehr oder weniger unflätige Beschimpfungen ertragen. Der Vater ging zurück zum Kontrollposten. Die Frau zögerte erst, folgte ihm dann, die drei Kinder wie Entenküken im Schlepptau. Aber sie gingen nicht ins Zelt hinein, um sich zu beschweren. Sie versuchten das Tor zu öffnen, um die Neue Heimat zu verlassen.

Das Tor war verschlossen.

Die Wachen kamen aus ihrer Unterkunft, packten die Familie grob und zerrten sie zu dem Zelt, in dem sie sich die erste Absage geholt hatten. Die Männer, deren braune Uniformen sich kaum von dem Dreck abhoben, rissen die Plane auf und schubsten die Familie hinein. Die Proteste der Anwesenden wurden mit einem kurz gebellten »Ruhe« abgewürgt.

Und dann war tatsächlich wieder Ruhe.

Bo sah zu Sunna hinüber, die mit weit aufgerissenen Augen das Ganze verfolgt hatte. Jetzt blinzelte sie ein paar Mal, überprüfte etwas in der Vidja und nickte dann.

»Alles aufgenommen und gespeichert. Wenn diese Bilder die Menschen nicht überzeugen, dann weiß ich auch nicht mehr weiter.«

Ohnmacht

»Russischer Schick, Bizness oder Barbie?«, fragte Maja mit russischem Akzent. Lillith fand diesen neckenden Ton angesichts ihrer Lage höchst unangemessen. Sie war noch keine zwölf Stunden zu Hause, doch ihr Vater hatte schon wieder die komplette Kontrolle über ihr Leben übernommen. Sie würde heute Abend zu Oppermann nach Duvenstedt fahren und an der Seite ihres Verlobten die Ausstellung von Oppermanns privater Kunstsammlung und das anschließende Wohltätigkeitsdiner besuchen. Noch lag sie auf ihrem Bett und starrte an die Decke.

»Business natürlich. Ich will diesen Sorokin weder verführen, noch mich selbst verleugnen. Barbie, wie kommst du darauf?«

Maja wurde ernst. »Du musst nicht alle Karten auf den Tisch legen. Überleg dir, welche Rolle du ihm gegenüber spielen möchtest. Jetzt, für diesen Moment.«

»Was ändert das?« Ihr Bauch fühlte sich an, als ob jemand dort Wackersteine versenkt hätte.

»Es ist dein Leben. Egal, was dein Vater sagt. Oder irgendein zukünftiger Ehemann.«

»Schön, wenn es so wäre. Ich bin doch nur noch Verhandlungsmasse.« Ihr Vater hatte ihr in einem kurzen Monolog mitgeteilt, dass der Ehevertrag so gut wie unterschrieben sei und die Hochzeit im März stattfinden würde. Im März! Ab dann würde sie in St. Petersburg leben. Ihre Arbeit als Statthalterin in Nordland sei von Sorokin nicht erwünscht gewesen. Stattdessen wurde Titus als Stellvertreter aufgebaut. Titus! Nichts war von den Versprechen übrig geblieben, mit denen Davide ihr die Hochzeit ursprünglich verkauft hatte. Bevor Lillith auch nur den Mund aufmachen konnte, um ihn daran zu erinnern, hatte Davide sich schon in eine Konferenzschaltung seiner Windenergie-

Geschäftsführer eingewählt und Lillith mit unwirschen Handbewegungen aus seinem Arbeitszimmer verwiesen. Keine Chance zu protestieren. Keine Chance, ihm von Eriks Ohrfeige zu berichten oder von der nicht funktionierenden Aufzeichnungstechnik im Grauen Salon. Oder davon, dass Erik ständig gegen den Pakt verstieß, seine Kollegen abhören ließ und Vogeldrohnen über die Stadt und womöglich auch über ihr Grundstück schickte. Ihr Vater hatte die Kommunikation mit ihr eingestellt.

Maja öffnete die Tür zu Lilliths Kleiderkammer. »Ich weiß nicht, ob du aus dem Ehevertrag herauskommst. Aber selbst wenn du mit Sorokin verheiratet bist, ist und bleibt es dein Leben.« Sie ging zu dem Bereich, in dem die Abendgarderobe aus der Kategorie Prinzessin hing. »Was glaubst du, wie er reagiert, wenn er sieht, dass du mehr Ahnung vom Geschäft hast als er? Und wie, wenn er glaubt, dass du die harmlose Ehefrau bist, die nichts anderes möchte, als sich um ihre Fingernägel zu kümmern? Mach dich dümmer als du bist, beobachte, lerne, lass ihn dich unterschätzen – und zieh im Hintergrund die Fäden, nutze im Stillen deine Freiräume, weite sie aus, sobald du seine Spielregeln kennst.«

Lillith dachte nach. Die Wackersteine schienen leichter zu werden.

»Also eigentlich alles wie gehabt, oder?« Sie stützte sich auf ihren Ellenbogen und sah Maja vor den Abendkleidern stehen. »Dann doch das Barbie-Outfit.«

Maja griff zu einem der Röcke mit Reifrock, Rüschen und mehreren Lagen Stoff, auf denen Spitzen, Bordüren, Verzierungen und Stickereien um einen freien Platz kämpften. Alles war in sanften Rot- und Rosé-Tönen gehalten, nur die Nähte waren fliederfarben unterlegt. Dazu suchte Maja die passende Korsage heraus, die zwar viel zu tief dekolletiert war, dafür lange, mückenstichbedeckende Ärmel hatte.

»Könntest du sie mir so schnüren, dass ich atmen kann?«, bat Lillith.

Maja tat, als ob sie sie nicht gehört hätte. Lillith hielt sich an ihrem Schminktisch fest, während die Schnüre die derzeit so beliebte Sanduhr aus ihrem Körper formten. Wie sie das hasste, dieses Keine-Luft-Kriegen. Die flache Atmung, die bei der geringsten Aufregung zur Ohnmacht führte. Und wofür? Damit dieser Idiot sie ehelichte und sie einen Sohn gebar. Toller Plan. Wäre das nicht eigentlich der Job ihrer Mutter gewesen?

Aber natürlich hatte Maja recht, wenn sie ihr riet, das kleine Dummchen zu spielen. Welche Alternative hatte sie denn? Zurück zu Omega? Wohl kaum. Sie schloss die Augen und tat, als ob ihre entglittenen Gesichtszüge dem Schnüren geschuldet wären.

Sie hatte Sunna über den Adam-Kanal eine Nachricht geschickt, aber noch keine Antwort bekommen. Wenn Foth oder seine Männer sie gestern erwischt hatten … sie dachte nicht weiter. In den Nordland-Nachrichten hieß es, dass die Polizei die Unruhen innerhalb weniger Minuten hatte beenden können. Aber der Nachrichtenkanal der Widerstandskämpfer zeigte ein differenzierteres Bild: Die Straßenschlacht hatte sich vom Heiligengeistfeld in die umliegenden Viertel verlagert. Offenbar war es den Omegas gelungen, den Mikrowellen-Waffen zu entkommen und die Polizisten in enge Gassen und tote Hauseingänge zu locken, wo sie sie mit gezielten Pflastersteinwürfen außer Gefecht setzten und entwaffneten.

Die Polizisten hatten den Überraschungsangriff brutal heimgezahlt: Foths Männer drückten unbewaffnete Konzertbesucher auf den Boden; keiner von ihnen trug die weiße Armbinde mit dem Omega-Zeichen. Köpfe knallten auf Asphalt, die gepanzerten Transportwagen füllten sich in wenigen Minuten mit einigen wenigen Beteiligten und vielen Unbeteiligten.

So ungerecht.

So Nordland.

Maja hielt beim Schnüren inne und sah ihr im Spiegel ins Gesicht.

»Was ist los?«

»Nichts. Nur ein bisschen eng.«

»Du wirst dich daran gewöhnen.«

Ja. So, wie sie sich an alles gewöhnen würde. So wie Cissy sich an ihren furchtbaren Ehemann gewöhnt hatte. So viel Gewöhnung, dass am Ende nichts Ungewöhnliches mehr vorhanden war. Wenn Gewohnheit zur Normalität wurde, konnte jede Bösartigkeit gerechtfertigt werden und jedes Auflehnen dagegen verhöhnte das Leid derjenigen, die Generationen vor ihr alles ertragen hatten. Weshalb von diesen Generationen keine Unterstützung zu erwarten war.

Bo kämpfte trotzdem.

»Hast du eigentlich Cissy erreicht?«

Lillith schüttelte bedauernd den Kopf. »Ich hoffe, ich sehe sie heute Abend. Der Bote, den ich geschickt habe, ist nicht zu ihr vorgelassen worden.«

Maja befestigte den Reifrock an Lilliths Korsage und überprüfte die einzelnen Stäbe auf ihre Funktionstüchtigkeit, bevor sie Unter-, Mittel- und Oberrock darüber drapierte und nahtlos mit der Korsage verband. »So, heute wird dir keine obstinatsche Stange im Weg sein. Du solltest trotzdem vorsichtig sein beim Hinsetzen. Schnelle Bewegungen verträgt dieses Modell nicht. Ich hoffe, Oppermann hat genug Platz für die Damen an seiner Tafel eingeplant?«

»Was?« Lillith hatte ihrer alten Kinderfrau nicht zugehört.

»Wo bist du, Lillith?«

»Wieder bei dem Gespräch mit Erik.«

Maja seufzte und Lillith spürte Müdigkeit. »Ich begreife einfach nicht, was er damit bezwecken will«, sagte Lillith zum etwa hundertsten Mal. »Er hat dieses kleine Mädchen umgebracht, nur um mir nachzuweisen, dass ich beim Widerstand war! Was hat er davon? Meine Hochzeit mit Sorokin wird er damit nicht verhindern. Dem war es egal, dass ich auf dem Fest nicht anwesend war, dem wird es genauso egal sein, was ich in der Woche vor unserer Verlobung getan habe.«

»Vielleicht hofft Senator Drach, deine Hochzeit mit dieser Enthüllung zu verzögern. Du bist eine gute Partie. Dass er dich nicht kampflos aufgibt, kann ich verstehen.«

»Und für so eine hypothetische Möglichkeit lässt er Kinder umbringen?«

»Ein Menschenleben zählt in seiner Kalkulation nicht viel.« Maja ging in die Kleiderkammer. Ihre Stimme klang nun dumpf. »Vielleicht will Senator Drach deinem Vater aber auch einfach nur ein bisschen Ärger machen. Männer sind eitel, das weißt du doch, und dass er nicht mal in die engere Wahl der Kandidaten gekommen ist, dürfte ihn geärgert haben. Wie hoch sollen die Absätze sein?«

»Die höchsten.«

Maja kam mit den neuesten Louboutins wieder zum Vorschein. Dunkelrote Lederriemen schlangen sich kunstvoll an einer dünnen Sohle entlang. In dem fünfzehn Zentimeter hohen, spitz zulaufenden Absatz waren sowohl ein Stabilisator als auch ein Entmüdungsprogramm integriert. Lillith setzte sich und die Stangen knackten gefährlich, als sie Maja den Fuß hinhielt.

»Langsam, habe ich gesagt«, schimpfte Maja und schnürte die Riemen um Lilliths Fessel.

»›*Ich möchte nur, dass du die Bilder kennst! Um zu einem späteren Zeitpunkt angemessen zu reagieren.*‹ Maja, sowas sagt man nicht, wenn man einen Konkurrenten nur ein bisschen ärgern möchte. Sowas sagt man, wenn man etwas Größeres plant.«

»Senator Drachs einziger Plan ist es, Geld zu verdienen. Dem kann doch gar nichts Besseres passieren, als dass Omega wieder aktiv ist. Je gewalttätiger es auf den Straßen zugeht, umso mehr Geld kann er scheffeln. Nach allem was man hört, hat er in den letzten drei Wochen mehr Sicherheitssysteme verkauft als sein Vater in den drei Jahren zuvor.«

Lillith sah auf ihre Füße. Die Riemen wanden sich wie Schlangen über die pedikürten Nägel, die sie bei Omega verraten hatten. Sie dachte an Sunna. An Bo. An Kristofer, Huge, Tom und

Nathan. Und an all die anderen, die mit friedlichen Mitteln die Welt zu verändern versuchten. Die Bilder in der Mundsburg kamen ihr in den Sinn: Die Mantelmänner, die mit ihren Schlagstöcken Saftflaschen zerschlugen und der am Boden liegende Händler. Dann der Mann bei der Minidemo am Heiligengeistfeld, den zwei Polizeifahrzeuge zwischen sich zerquetschten. Das Konzert und die brutalen Verhaftungen der Besucher. Der Mord an Tara.

»Und dabei geht die Gewalt gar nicht von Omega aus«, sagte sie. Ihr fiel Alek ein. »Oder nicht nur«, korrigierte sie. »Das war kein Zufall, dass Drach in den vergangenen Wochen das Geschäft seines Lebens gemacht hat.«

Der Puderpinsel in Majas Hand stoppte kurz vor Lilliths Nase. »Was meinst du damit?«

»Erik profitiert nicht nur von den Unruhen. Er verursacht sie.«

Die Straße raus nach Duvenstedt glich einem leuchtenden Bandwurm. Oppermann hatte alles an Illuminationstechnik aufgefahren, was derzeit auf dem Markt erhältlich war. Die herausgeputzten Häuser links und rechts der Straße sonnten sich in fröhlichem Gelb, den frisch angepflanzten Bäumen wurden grüne Blätter auf die Äste projiziert, was angesichts der Jahreszeit einfach nur albern war. Von den Werbetafeln strahlten abwechselnd der Gastgeber, eine Zusammenstellung seiner wertvollsten Bilder (unter anderem Picassos »Das Kind mit der Taube« und Richters »Seestück«) und die 3-D-Animation der Neuen Heimat, für deren Aufbau heute beim Wohltätigkeitsdiner gesammelt werden sollte. Die Häuser der Neuen Heimat waren zwischen zwanzig und dreißig Stockwerke hoch, alle Wohnungen hatten große Fenster und metallverzierte Balkone. Auf den Fassaden waren unterschiedlich geformte Solarfolien für den Eigenstrom angebracht, die als Ganzes betrachtet eine idyllische Familienszene mit Mama, Papa, Kind beim Picknick auf der Wiese vor der Neuen Heimat zeigten. Die ausländischen Gäste würden begeistert sein und »für den guten Zweck« tief in die Tasche greifen.

Davide hatte keinen Blick für diese Bilder. Er war tief in seiner Korrespondenz versunken, wischte von einer Nachricht zur nächsten. Lillith hatte versucht, ihm zu sagen, dass er auf Erik achten müsse, dass von diesem Mann eine nicht zu unterschätzende Gefahr ausging, dass er derjenige war, der mit diesen komischen neuen Hilfskräften die aktuellen Unruhen bewusst ausgelöst habe. Aber Davide hatte ihr nicht zugehört. Als sie ihm von Eriks Ohrfeige erzählte, hatte er sie missbilligend von oben herab angeschaut. »Ich weiß nicht, warum du glaubst, dass solche Geschichten deine Vermählung verhindern können.« Und dann hatte er eine Verbindung zu seinem Bankberater auf den Caymans herstellen lassen und mit ihm über die aktuelle Anlagestrategie diskutiert.

Als sie bei Oppermann durchs Tor fuhren, schallten die Klänge eines Sinfonie-Orchesters in ihre Limousine. Lautsprecher übertrugen die Live-Musik in jede Ecke des weitläufigen Anwesens. Große Tafeln zeigten die Musiker auf der Bühne der Laeiszhalle. Genauer, auf der Bühne des exakten Nachbaus der Laeiszhalle. Das Original rottete im Niemandsland zwischen Armenviertel und Benz' Anwesen vor sich hin. »Toteninsel« war unterhalb der Musiker eingeblendet und wer wollte, konnte sich mit einem Wimpernschlag alle wichtigen Informationen über das Stück und den Komponisten Rachmaninow geben lassen.

Hinter den Absperrungen vor dem Eingangsportal standen Reporter aus aller Herren Länder, die für ihre Berichterstattung Nahaufnahmen der wichtigsten Personen Nordlands einfangen wollten. Die Schönen und Reichen gingen gemessenen Schrittes den roten Teppich hinauf, ausgeleuchtet wie bei einem Filmdreh, und winkten den akkreditierten Presseleuten zu. Lillith legte ihre Hand auf Davides Arm und machte sich bereit für die übliche Lächel- und Posierarie, als ein Reporter mit norwegischem

Akzent rief: »Senator Civetta, was sagen Sie zu dem Vorfall gestern bei dem Konzert?«

Davide blieb stehen, nahm seinen Hut ab, strich sich über das Haar und blickte betroffen in die Kameras. »Ein furchtbares, ein tragisches Unglück.«

Ein anderer Reporter hakte nach. »Können die Opfer mit finanzieller Hilfe rechnen?«

Davide holte tief Luft, sichtlich genervt von den pressefreien Schmeißfliegen, wie er sie im kleinen Kreis nannte. »Mit Geld lässt sich kein toter Mensch zurückholen. Aber wir helfen, wo wir können. Wir trauern mit den Menschen, die Angehörige verloren haben.«

Eine Reporterin stellte die Frage, die Lillith schon die ganze Zeit erwartet hatte: »Was sagen Sie zu den Vorwürfen, die Omega gestern erhoben hat? Stimmt es, dass Sie ganze Stadtviertel enteignen lassen? Stimmt es, dass die Polizei haufenweise Unschuldige verhaftet? Was ist mit den Mädchen, die verschleppt wurden? Meinen Informationen zufolge ist keines davon aufgetaucht. Wie lässt sich das mit Ihrem Rechtsstaat vereinbaren, Senator Civetta?«

Davide ignorierte die Frau und schritt weiter die Treppe hinauf.

»Civetta, wenn Sie glauben, dass Ihr Verhalten keine Konsequenzen hat, täuschen Sie sich«, rief ihm die junge Frau hinterher. »Die Menschen machen Sie für alles verantwortlich, was gerade in Nordland geschieht. Sie sind wütend. Es ist nur noch eine Frage der Zeit, bis …«

Das Geschoss traf Davide am Kopf. Er zuckte zusammen und hielt sich das Ohr, gab aber keinen Laut von sich. Rot tropfte es in seinen weißen Hemdkragen. Oppermanns Domestike war sofort an Davides Seite und führte ihn ins Haus, während die Sicherheitsleute die Menschen hinter dem Absperrband einkesselten. Lillith sah den geplatzten Gummiballon auf den Stufen. Ein Farbbeutel.

Die Tür schloss sich hinter ihnen. »Ich hole Ihnen sofort ein neues Hemd, Senator Civetta. Dieser Vorfall tut mir außerordentlich leid. Beschämend, dass sich so ein Vorfall auf unserem Grundstück zuträgt. Ich kann Ihnen versichern …«

Davide hörte dem Angestellten überhaupt nicht zu. Er war weiß im Gesicht – ein Alarmsignal, das Lillith zeigte, dass sie jetzt dringend in einen anderen Raum gehen sollte. Die rote Farbe malte einen fast künstlerischen Kontrast auf seine weißen Haare, die er wie immer hinter die Ohren gestrichen hatte. »Die wollen einfach nicht begreifen, dass alles, was ich tue, für das Allgemeinwohl ist.« Er flüsterte. Das war das Alarmsignal, bei dem Lillith, wenn sie konnte, das Haus verließ. »Ich kann diesen Schmierenjournalisten hundertmal erklären, dass die Umsiedlung freiwillig geschieht. Dass wir einen hohen dreistelligen Millionenbetrag in die Hand nehmen, um den Menschen ein besseres Leben zu ermöglichen. Ich kann ihnen tausendmal sagen, dass ich nicht der Ministerpräsident dieses Landes bin, dass Benedikt Rabe unser Bürgermeister ist, dass Hawik, Oppermann, Drach, Krawinkel, Kropp, Heister und Benz genauso über Nordland bestimmen wie ich. Sie begreifen es einfach nicht.«

Er wischte sich über das Ohr und sah angewidert auf die Farbe an seiner Hand. »Am Ende bin immer ich derjenige, der an allem schuld ist. Der gierige Ex-Banker, der nur seinen eigenen Vorteil im Blick hat.«

»Davide!«

Liborius Oppermann, schmal und fein wie immer, kam mit gefurchter Stirn auf sie zu.

»Bist du verletzt?«

Davide winkte ab, wieder die Fassung in Person. »Nein, nein, nur Farbe.«

Lillith beobachtete die beiden alten Männer und versuchte herauszufinden, ob dieser Vorfall wirklich nur zufällig passiert war. Liborius schien den Zwischenfall aufrichtig zu bedauern, da waren weder Unsicherheit noch Nervosität noch Genugtuung. Aber wenn sie genau hinspürte, war da auch sonst nicht viel. Sein Bedauern drückte er vor allem mit Worten aus. Sein schmales, asketisches Gesicht mit der hohen Stirn blieb ungerührt. War auch er einer von den Psychopathen? Eine mitleidsfreie Maschine, die ihren eigenen Vorteil über alles andere stellte? Für die Bürgerkrieg, Hungerwinter und Blutnacht die goldenen Zeiten gewesen waren?

Eigentlich schade. Finanzsenator Liborius Oppermann war der Netteste in der Senatorenrunde. Aber ein Feingeist war nicht automatisch ein guter Mensch. Auch Menschen, die sich für die Tiefen der Philosophie, für Musik, Kunst und Kultur interessierten, konnten gewissenlos ihre eigenen Interessen verfolgen. Mit allem, was dazu gehörte.

Die beiden Männer verschwanden in einem Nebenraum und ließen Lillith allein am Eingang der Ausstellung stehen. Feinperliges Gelächter klang ihr entgegen, der Raum summte in verschiedenen Sprachen. Lillith war keine Kunstexpertin, aber sie entdeckte zahlreiche Bilder, die sie bisher nur von Abbildungen aus ihrem Kunstunterricht kannte. Oppermann hatte in den Umbruchjahren rechtzeitig zugegriffen. Hatte sich zunächst mit Kunst bezahlen lassen und dann, als das Volk die Straßen und die öffentlichen Einrichtungen stürmte, die Schätze der Hamburger Kunsthalle in Sicherheit bringen lassen. Nach Duvenstedt. In sein Privatmuseum.

Hilfreiche Kunsthistoriker erklärten zu jedem Bild Geschichte, Bedeutung und Marktpreis; jedes Bild hatte seine eigene Beleuchtung, um feine Nuancen herauszuheben, aber Licht und Historiker mühten sich vergeblich. Die Repräsentanten der obersten 150 Familien Nordlands und die auserlesenen ausländischen Gäste kannten nur ein Thema: die Farbbeutelattacke auf Davide Civetta.

In einer Ecke stand Erik Drach, vertieft im Gespräch mit Meik Hawik. Direkt daneben unterhielten sich Aenne Petersen und Delly – eigentlich Edeltraut – Hawik, Cissys gleichaltrige

Stiefmutter mit zwei weiteren Blondinen, die problemlos als Schwestern von Aenne und Delly hätten durchgehen können. Trophäenfrauen der führenden Parlamentarier. Alle Kundinnen beim selben Chirurgen. Lillith lockerte unauffällig den Knoten ihres Korsetts, bevor sie zu ihnen hinüberging und sich zu ihnen stellte, wobei sie darauf achtete, Drach und Hawik den Rücken zuzuwenden.

»Das waren bestimmt diese Widerstandskämpfer. Alpha oder wie die heißen.«

»Gut, dass wir den Beutel nicht abbekommen haben, mein Kleid wäre ruiniert gewesen.«

»Oh mein Gott, Lilian, das muss furchtbar gewesen sein«, rief Delly ihr zu. Lillith nickte und lächelte. Sie musste nichts weiter zu dem Gespräch beitragen. Niemand interessierte sich ernsthaft für die Gesprächspartner. Senden, senden, senden – empfangen mussten die Dienstboten. Was Lillith sonst genauso ärgerte wie die Unfähigkeit, sich Namen richtig zu merken, kam ihr nun sehr gelegen.

»… könnte mir keinen besseren Polizeichef wünschen«, hörte sie hinter sich Drach zu Hawik sagen. »Die Umsiedlung kommt gut voran. Wer hätte gedacht, dass seine Vergangenheit als Klosterschüler einmal so hilfreich sein kann.«

Obwohl die Männer auch ihr den Rücken zuwandten, konnte Lillith jedes Wort verstehen. Warum sollten sie flüstern? Ihren Frauen waren die Gespräche völlig egal. Und Lilliths Anwesenheit hatten weder Drach noch Hawik bislang bemerkt.

»Du weißt, dass Davide misstrauisch geworden ist? Er hat mich gefragt, ob wir das Ganze nicht abbrechen sollten.«

»Dafür ist es zu spät. Außerdem: Warum sollten wir? Mit diesen paar Hanseln, die ihre Häuser nicht verlassen wollen, werden meine Leute schon fertig. Die Jungs sind hochmotiviert, seitdem sie wissen, dass sie alles behalten dürfen, was in den Wohnungen ist.«

»Pass nur auf, dass das Ausland nichts von deinen Methoden erfährt. Das Konzert gestern war eine Katastrophe fürs Geschäft.«

»Du übertreibst. Es war unschön, aber nichts, was wir nicht regeln könnten. In zwei Wochen redet kein Mensch mehr darüber. Die Querulanten bringen wir zum Schweigen und die große Mehrheit geht freiwillig. Genau wie Foth prophezeit hat.«

»Das sollten sie auch. Ich brauche die Skandinavische Union als Absatzmarkt. Wenn die Ernst machen mit dem Wirtschaftsboykott, kann ich einpacken.«

Lillith hörte, wie Erik dem Landwirtschaftssenator auf die Schulter klopfte.

»Meik, alter Freund, mach dir keine Sorgen. Die Skandinavier wollen auch Geschäfte machen. Die drohen uns heute mit dem erhobenen Zeigefinger und morgen zählen sie damit das Geld, das sie mit uns verdienen. Wir sind ein zivilisiertes Volk und achten die Menschenrechte, ganz wie es unser Freund Davide immer betont. Ich verspreche dir, meine Jungs arbeiten absolut geräuschlos. Es gibt keinen Grund für einen Boykott. Der Plan funktioniert einwandfrei. Nicht mal die Prediger in den Kirchen haben bisher eine Parallele gezogen.«

»Aber wenn die Skandinavier doch Ernst machen, wer ersetzt mir dann meinen Verlust? Du?«

»Darüber können wir reden, wenn es soweit ist. Aber«, er senkte die Stimme und Lillith schob sich und ihre Barbieröcke ein Stück dichter an die Männer heran, »falls du lieber Davide und seinen altmodischen Pakt unterstützen möchtest …«

Lillith roch den Angstschweiß, den Hawik ausströmte. Erik dagegen war völlig gefühllos geblieben. Nein, falsch, sie spürte seine Überraschung und wusste, dass er sie entdeckt hatte.

»Fräulein Civetta«, rief Drach in seinem charmantesten Ton. »Schön wie der Tau des Morgens. Bist du schon lange hier, Lillith?«

Lillith tat überrascht, als sie sich umdrehte. »Senator Drach.« Erik nahm ihre Hand und hauchte, ohne sie mit seinen Lippen zu berühren, einen Kuss darauf. Formvollendet.

»Senator Hawik. Ich hoffe, Sie wurden nicht von irren Farbbeutelwerfern attackiert?«

Hawik fiel fast in ihr Dekolleté, als er einen schweren Arm um ihre Schulter legte und dann mit ihren Brüsten sprach. »Nein, uns hat man nicht behelligt. Es scheint, als ob das Volk nur auf deinen Vater wütend ist.«

»Vielleicht lässt er sich jetzt überzeugen, dass ein weiteres Aufstocken des allgemeinen Sicherheitsetats hilfreich wäre.« Erik sah ihr in die Augen. »Wenn diese Chaoten von Omega sich sogar schon auf unseren Anwesen herumtreiben.«

»Ich bezweifle, dass wir dieses Problem mit noch mehr Polizei lösen können«, sagte Lillith. »Ich könnte mir sogar vorstellen, dass eine Reduzierung Ihres Etats, Senator Drach, sehr viel schneller für Ruhe sorgt.«

Drach kniff die Augen zusammen. »Gut, dass nicht du darüber zu entscheiden hast. Dann müsste ich mir um meine Zukunft wirklich Sorgen machen. Dein Verlobter ist übrigens auch hier. Bist du ihm schon begegnet?« Ohne eine Antwort abzuwarten, nahm er Hawik am Arm. »Liborius hat nebenan einen Black-Jack-Tisch aufgebaut, lass uns eine Runde spielen.« Damit ließ er Lillith stehen.

Aenne und Delly redeten ohne Punkt und Komma, während Lillith versuchte, dem eben Gehörten einen Sinn zu geben. Was hatte Erik vor? Ging es ihm wirklich nur ums Geldverdienen, wie sie bisher gedacht hatte? Sie wurde den Eindruck nicht los, dass hinter diesen neuen Hilfskräften, den Unruhen und der Umsiedlung noch mehr steckte. *»Falls du lieber Davide und seinen altmodischen Pakt unterstützen möchtest …«* Anscheinend baute er eine Front gegen Davide auf. Hawik war bereits auf Eriks Seite. Wer noch? Sie suchte den Raum nach ihrem Vater ab. Sie sollte ihn darüber informieren, dass sein geliebtes Gleichgewicht in Gefahr war. Dass der Neue im Senat sich nicht um alte Traditionen und Vereinbarungen kümmerte.

Sollte sie? Davide hörte ihr doch sowieso nicht zu.

Sie blieb vor Caspar David Friedrichs »Das Eismeer« stehen und tat, als bewundere sie den feinen Strich des Malers. Nein.

Nur weil ihr Vater sie wie ein Kind behandelte, musste sie sich nicht wie eines benehmen. Ihr Problem: Sie hatte keinen einzigen Beweis, nur einen Haufen Vermutungen. Ihr Vater würde ihr kein Wort glauben. Für ihn war es undenkbar, dass man die Weisheit des vor 25 Jahren geschlossenen Pakts nicht erkannte. Er und seine Kollegen hatten es sich gemütlich eingerichtet in ihrer Welt. Keiner von ihnen konnte es sich vorstellen, dass man mit dem Platz nicht zufrieden war, der einem zugewiesen worden war.

»Das Diner beginnt in zehn Minuten.« Lillith zuckte zusammen. Sie hatte nicht bemerkt, dass Davide neben ihr stand. »Ich möchte dich vorher noch mit deinem Sitznachbarn bekannt machen.«

»Warte, ich muss dir erst noch etwas sagen.«

Davide ignorierte sie, nahm ihren Ellenbogen und führte sie zu einer Rauminstallation von Ilya Kabakov. Auf dem Krankenbett – Teil der Installation »Heilung durch Gemälde« – saß ein schlanker Mann vertieft in einen Miniaturbildschirm, auf dem er schnell herumstrich und tippte. Durch sein dunkelbraunes Haar zog sich ein exakt gelaserter, zwei Finger breiter Seitenscheitel, Statussymbol der Männer, die dank genetischer Modulationen nie mehr an Haarausfall leiden würden.

Lillith atmete tief durch. Schwungvoll ging sie auf ihren zukünftigen Ehemann zu, um sich gleich darauf zu ermahnen, weniger selbstbewusst aufzutreten. Barbie. Nicht Bizness. Zusammen mit ihrem Vater blieb sie vor der Installation stehen. Davide räusperte sich, der Mann sah auf, die Augen lagen tief unter exakt gezupften und geschnittenen Brauen. Die lange schmale Nase war perfekt in das Gesicht eingepasst, der Mund verborgen in einem sauber gestutzten Vollbart.

»Wenn ich kurz stören dürfte, Kenya?«, sagte Davide in sachlichem Ton. Aber Lillith konnte seine Nervosität spüren. Er fühlte sich unwohl in der Gegenwart des Russen, unterlegen, ein Bittsteller. Eine Rolle, die nicht zu ihm passte. Die aber der wirtschaftlichen Realität entsprach.

Sorokin war schon wieder in seine Vidja vertieft. »Gleich.« Eine unauffällige, eher leise Stimme. Wie sie viele mächtige Männer besaßen, die gewohnt waren, dass in ihrer Gegenwart alles verstummte. Trotzdem unhöflich. Lillith streckte ihm ihre Hand entgegen: »Kenya Radomirowitsch Sorokin«, sagte sie in der sanftesten Stimme, die ihr zur Verfügung stand. »Es freut mich, Ihre Bekanntschaft zu machen.«

Sorokin blickte weder hoch, noch nahm er ihre Hand. »Innokenty Radomirowitsch Sorokin. Nur meine Freunde dürfen mich Kenya nennen«, verbesserte er sie. »Setz dich. Ach, und Davide«, jetzt sah er doch kurz auf, »wir müssen über die aktuelle Getriebeöl-Lieferung sprechen. Wir haben derzeit einen Engpass in der Produktion. 22 Uhr? Organisiere ein abhörsicheres Zimmer!«

Lillith spürte Davides Ärger. Aber er kontrollierte sich. Wie immer. Er nickte, drehte sich um und ließ sie mit ihrem Zukünftigen allein.

Lillith setzte sich neben Sorokin auf das Kunst-Krankenbett – wenn Oppermann das sehen würde – und wartete, bis er seine Arbeit beendete. Von Nahem war Sorokin weniger imposant als auf den Fotos. Ein zierlicher, fast androgyner Mann mit langen, schmalen Fingern, die auf seiner tragbaren Vidja hin und her wischten, Aufträge übermittelten, Dinge erledigten. Er war schnell. Die Bilder, die Lillith erspähen konnte, wechselten in rascher Folge: Zahlen, Grafiken, Tabellen, Text, vereinzelt Fotos, dann wieder Zahlen, Text. Seine Bewegungen waren genau kalkuliert. Seine Emotionen – Lillith spürte etwas genauer – hatte er unter Kontrolle. Vielleicht hatte er auch keine.

»Rate, was mir gerade große Freude macht!«, befahl er unvermittelt, sein russischer Akzent mit dem rollenden »r« unverkennbar. Lillith schreckte hoch und musste sich nicht besonders anstrengen, um das schreckhafte Mäuschen zu spielen. Sein Mund verzog sich zu einem herablassenden Lächeln, aber um seine Augen war kein einziges Fältchen zu sehen. »Dass Erik tatsächlich bis zum Schluss geglaubt hat, dein Vermögen übernehmen zu können. Tja, schon wieder verloren. Und er ist so ein schlechter Verlierer.«

Lillith starrte ihn mit offenem Mund an. Sie hatte nicht gewusst, dass Sorokin und Drach einander kannten. Die Feinde meines Feindes sind meine Freunde. Was für ein selten dämlicher Spruch.

»Du bist hübscher, wenn du den Mund zumachst.«

Lillith klappte hörbar die Kiefer aufeinander, schluckte und räusperte sich dann. »Ich bin nicht darüber informiert worden, dass der Ehevertrag fertig verhandelt ist.«

Sorokin machte eine wegwerfende Handbewegung. »Davide und ich sind uns einig. Um den Kleinkram kümmern sich die Advokaten. Im März werden wir das Ganze vor der russisch-orthodoxen Kirche besiegeln und mit gebührendem Prunk feiern. Moment«, Innokenty Radomirowitsch Sorokin hob seinen langen Zeigefinger, »ich bekomme gerade eine Meldung der obersten Priorität. Du darfst gehen.«

Lillith zwang sich, den Mund geschlossen zu halten und blieb sitzen, als habe sie ihn nicht gehört.

Sorokins Stirn kräuselte sich leicht. »Ich glaube nicht, dass dich meine Korrespondenz etwas angeht.«

»Ich bewundere gerade dieses Landschaftsbild.« Sie zeigte auf das große Gemälde, das am Kopfende des Bettes stand und Reste eines antiken Theaters zeigte. »Angeblich soll diese Art von Malerei beruhigend auf nervöse Patienten wirken. Aber wussten Sie, dass Kabakov sich das alles nur ausgedacht hat?« Ihre Stimme war so sanft wie die einer Katze, die mit Buckel und aufgeplustertem Schwanz einem Hund gegenüberstand. »Ihre russischen Landsleute sind große Geschichtenerzähler.«

»Richtig. Davide sagte etwas in Richtung ›übertriebenes Selbstbewusstsein‹«, murmelte er. »Macht das Zähmen interessant.« Er wischte über seine Vidja und ein russischer Offizier erschien auf dem Bildschirm. Lillith verstand nur Bruchstücke des maschinenpistolen-schnellen Gesprächs, trotz 15 Jahren Russisch-

Unterrichts. Innokenty, oder Kenya, wie ihn seine Freunde nennen durften, saß weiter ungerührt mit durchgedrücktem Kreuz auf der Bank, während der Offizier aufgeregt mit seinen Händen fuchtelte. *Besporjádok* – Unruhen, *demonstrácija* – Demonstranten, immer wieder *Dvorcovaja ploshhad*, Palastplatz. Der Offizier zeigte einen kurzen Film, der Lilliths wichtigste Fragen beantwortete. Tausende Russen demonstrierten auf dem zentralen Platz in St. Petersburg. Sie hielten Schilder hoch und Lillith konnte sehen, was die Menschen bewegte: Die Energierationen waren gekürzt worden, was für viele in dem kalten russischen Winter den sicheren Tod bedeutete.

Das musste auch Sorokin wissen. Der Offizier schien ihn zu bitten, bei den anderen Oligarchen ein Wort dafür einzulegen, die Rationen wieder zu erhöhen. Für das russische Volk. Für die russische Einheit. Aber Innokenty Sorokin schüttelte den Kopf, sagte »*rasstrelját*« und schloss die Verbindung.

»Dein Mund steht schon wieder offen. Abgewöhnen«, befahl er Lillith.

»Sie wollen die Demonstranten erschießen lassen?« Lillith hatte keine Lust mehr auf Barbie.

»Korrekt.«

»Aber das ist doch Wahnsinn!«, rief sie. »Selbst wenn Ihnen Ihr Volk egal ist – das wird sich katastrophal auf Ihre Geschäfte auswirken.«

Sorokin war schon wieder in seine Vidja vertieft und würdigte Lillith keines Blickes mehr. »Das mag für ein kleines, rohstoffarmes Land wie Nordland gelten, *Glupýshka*. Wir Russen müssen uns um solche Dinge nicht kümmern.«

»Aber das ist Mord. Staatlich angeordneter Mord!« Ihre Stimme hatte die helle, keifende Tonlage erreicht, die sie bei anderen so verabscheute.

Für einen kurzen Moment schaute er von seinen Geschäften hoch und fast schwarze Augen bohrten sich in ihre: »Wer soll uns anklagen?« Er schmunzelte, als er ihre Wut sah, was sie nur noch mehr in Rage brachte. Und mit einer Stimme wie fernes Donnergrollen fügte er hinzu: »Interessant, so eine Aussage von einer Civetta zu hören. Wo ich doch nichts anderes tue als dein Vater in den Anfangsjahren eurer kleinen Republik. Ihr seid doch das Schulbuchbeispiel dafür, dass es funktioniert.« Er machte eine große Geste durch den gesamten Raum. »Euer gesamter Wohlstand basiert auf einer einzigen, brutalen Entscheidung deines Vaters. Eine Blutnacht – und im Gegenzug bekommt man ein Volk, das tut, was man ihm sagt. Das sich nicht länger gegen die nicht zu ändernde Ungerechtigkeit dieser Welt zur Wehr setzt.«

»Das ist gelogen«, rief sie.

Sorokin blieb gelassen. »Frag deinen Vater. Sein ganzer Reichtum basiert auf dem Wissen, dass die Männer aus dem Volk genauso behandelt werden müssen wie Frauen und Kinder. Sie brauchen eine harte Hand zu ihrem Glück.«

»Ihre harte Hand können Sie sich sonst wohin stecken.«

Sorokin zog in einer seltsamen Karikatur eines Lächelns die Lippen auseinander und ließ seine geschlossenen Zahnreihen und viel zu viel Zahnfleisch sehen. »Manch einer würde dieses Angebot sicher gerne annehmen, aber wie ich bereits erwähnte, habe ich genügend andere Mittel und Wege, um meine Ziele zu erreichen. Mach dich mit dem Gedanken vertraut, dass es in St. Petersburg anders zugeht als im Hause deines Vaters.«

»Mag sein, aber es interessiert mich nicht. Die Verhandlungen zum Ehevertrag sind hiermit beendet, die Verlobung ist gelöst.«

Zum ersten Mal zeigte Sorokin leichte Anzeichen von Ärger. Er zog die Augenbrauen hoch, seine rechte Braue verschwand dabei unter seinem Seitenscheitel. »Ich bezweifle, dass du die Prokura für so eine Entscheidung hast. Selbst wenn: Dein Vater steht mir gegenüber im Wort. Es wird Konsequenzen haben, wenn er einen Rückzieher macht.«

Als Lillith am nächsten Morgen erwachte, war ihre Nase dicht und das Schlucken tat weh. Das allein erklärte jedoch nicht den ekligen Geschmack in ihrem Mund. Sie zog die Decke über den Kopf, aber die Bilder der vergangenen Nacht ließen sich nicht aussperren: das zahnfleischreiche Lächeln ihres Verlobten, der mit einem einzigen Wort unzählige Demonstranten hatte abschlachten lassen, das gesetzte Abendessen an seiner Seite, bei dem sie von Sorokin komplett ignoriert und von ihrem Vater gemaßregelt worden war, weil ihr angesichts der Fleischberge auf dem Teller nach einer Woche des Mangels übel geworden war und sie das Essen unangetastet hatte zurückgehen lassen, Erik Drach und Meik Hawik, die während des gesamten Essens über Delly Hawiks Dekolleté hinweg die Köpfe zusammengesteckt und dabei immer wieder zu Davide hinübergeblickt hatten. Nicht einmal die Bilder an der Wand gegenüber waren zur Ablenkung geeignet gewesen: düstere, in Holz geschnitzte Grafiken des ihr unbekannten Künstlers Jakob Steinhardt. Wer hängte sich freiwillig Bilder an die Wand, auf denen ein zum Skelett abgemagerter Hirte inmitten seiner sterbenden Viehherde sitzt und ein knochiger Bauer auf die Knie fällt und verzweifelt versucht, sich und seine Ernte vor einem die Sonne verdunkelnden Schwarm Heuschrecken zu schützen?

Lillith schlug die Decke zurück und starrte nach oben. Ihre Mutter hatte deutlich mehr Geschmack bewiesen bei der Bilderauswahl. Die Fresken zeigten griechisches Götterleben: Hera, die Schutzheilige der verheirateten Frauen, die argwöhnisch das Treiben ihres Mannes Zeus beobachtet. Artemis, die mit den Nymphen zur Jagd aufbricht, die jungfräuliche und unabhängige Artemis, Göttin der Jagd und des Mondes, keinem Manne untertan. Athene, die Kriegsgöttin, die sich in voller Rüstung über einen Menschen beugt, den Speer hat sie zur Seite gelegt. In der Hand hält sie stattdessen eine Eule, sie gibt dem Menschen Weisheit und Verstand, nicht den Krieg. Die kluge, strategisch handelnde Athene war ihre Namenspatronin. Nicht die wilde, stürmische Artemis. Vielleicht hatte sich ihre Mutter etwas dabei gedacht?

Also Lillith Athene Civetta: Welche Optionen hast du?

Option eins: Sie konnte Davide überreden, ihre Hochzeit abzusagen.

Oder die Elbe bitten, in die andere Richtung zu fließen.

Davide würde seine Meinung nicht mehr ändern, egal, was sie ihm erzählte. Das hatte er auf der Rückfahrt mehr als deutlich gemacht: »Mit deinem Verhalten setzt du unsere ganze Existenz aufs Spiel. Willst du wirklich lieber in der Gosse landen, als dich mit einem selten anwesenden Ehemann zu arrangieren? Du wirst ihn heiraten, auch wenn dieses Geschäft dank deiner unbeherrschten Art immer schlechter für mich wird.«

»Unbeherrscht?«, hatte sie gerufen. »Das hab ich wohl von dir. Oder hast du deine Entscheidung für die Blutnacht nach gründlichem Abwägen von Pro und Contra getroffen? Sorokin nennt dich das ›Schulbuchbeispiel‹, aber das Volk nennt dich den Schlächter.«

Die Farbe war komplett aus Davides Gesicht gewichen. »Du sollst diesen Mann heiraten, nicht seinen Schauergeschichten glauben«, hatte er gesagt. Lillith hatte Trauer gespürt und Frustration und das Gefühl, ungerecht behandelt zu werden. Sie hatte nachgespürt: Kein Echo.

Fast hatte ihr die ungeprüfte Anschuldigung leidgetan. Sie wusste doch, wie sich böse Gerüchte verselbständigten und hielten. Wie gerne man seine Wut auf eine Person projizierte statt auf komplizierte Entwicklungen. Eine Entschuldigung war ihr trotzdem nicht über die Lippen gekommen.

Option zwei: Sie konnte sich fügen, heiraten und sich nach und nach Freiräume zurückerobern.

Die Vorstellung, zum Eigentum von Innokenty-nur-meine-Freunde-dürfen-mich-Kenya-nennen-Sorokin zu werden, jagte ihr kalte Schauer über den Rücken. Sie zog die Decke wieder bis zur Nasenspitze hoch. Dann lieber Option drei: Selbstmord. Wirklich? Ihr Leben wegwerfen? Wegen eines Kerls? Niemals.

Option vier: Ein anderer Ehemann? Auch dafür bräuchte sie wieder das Einverständnis ihres Vaters.

So wie es aussah, blieb ihr genau eine Option. Aber diese Ultima Ratio musste gut geplant sein. Sie brauchte Zeit und sie brauchte Hilfe.

Auf ihrer Kontaktlinse leuchtete »Adam«. Adam! Sie bestätigte und hörte Sunnas Stimme direkt in ihrem Ohr. »Kannst du reden?«

»Endlich! Geht's dir gut? Bist du in Sicherheit?«

»Wir konnten rechtzeitig vom Millerntor verschwinden. Und unser Ziel haben wir auch erreicht: Die Menschenrechtsgruppen aus Schweden und Norwegen wollen uns helfen. Aber wir haben ein neues Problem: unsere eigenen Leute.«

»Warum?«

»Diese Schwachsinnsaktion von Alek.« Lillith drehte die Lautstärke herunter. So wütend hatte sie Sunna noch nie erlebt. »Die brutalen Verhaftungen nach dem Konzert haben dazu geführt, dass niemand mehr was mit Omega zu tun haben will. Das war's dann mit unserer friedlichen Revolution. Den geplanten Generalstreik können wir vergessen. Die Menschen wollen nur noch weg aus der Stadt. Die haben keinen Bock mehr auf Mücken und Hunger und Krankheiten und Polizeigewalt und sagen sich, dass es in der Neuen Heimat nicht schlimmer sein kann.«

»Und Alek hat erreicht, was er wollte, oder? Er kann nun behaupten, dass das Volk kein Interesse am gewaltlosen Widerstand hat, sondern mit Waffen zu seinem Glück gezwungen werden muss.«

Sunna atmete tief durch und Lillith ahnte, dass noch mehr schlechte Nachrichten kamen.

»Genau. Außerdem hat Drach gleich nach dem Konzert eine weitere Werberunde für die Neue Heimat gestartet. Er behauptet, erste provisorische Unterkünfte würden bereits zur Verfügung stehen und die Leute sind so blöd, so blöd, dass sie ihm alles glauben. Aber wir waren da, Lilly, wir waren in Krümmel gestern Abend und es ist die Hölle! Ein Schlammloch und ein paar dünne Zelte, mehr ist da nicht, abgesehen von den Flüchtlingen natürlich. Warte, ich schick dir die Bilder.«

Lillith sah, was Bo und Sunna gestern Abend aufgenommen hatten.

»Netter Zeitgenosse«, sagte eine Stimme, bei deren Klang sich Lilliths Härchen am Arm aufrichteten. Nutzte sich das denn nie ab?

»Warum spielt ihr das nicht über die Werbetafeln?«, fragte sie.

»Das wollen wir, aber nicht sofort. Wir werden diesen Film maximal zwei- oder dreimal abspielen können, bis die automatische Zensur uns rauswirft. Wir diskutieren noch, wann wir die meisten Menschen erreichen.«

»Was ist mit Flugblättern? Druckt die Bilder auf Papier und verteilt sie unter euren Leuten.«

»Zu risikoreich. Joseph Foth hat angekündigt, dass jeder, bei dem ein Omega-Flugblatt gefunden wird, persönliche Bekanntschaft mit seiner Spezialeinheit ›Verhör‹ machen wird.«

»Radio?«

»Ja, nutzen wir, aber darüber können wir eben nur Worte übertragen, keine Bilder. Aysen findet gruselige Beschreibungen, die mir echt Angst machen, aber ich hab die Bilder schon im Kopf. Ich weiß nicht, ob die Menschen in unseren Vierteln überhaupt die Zeit haben, uns so genau zuzuhören. Lilly, wir brauchen deine Hilfe. Du musst diese falsche Werbung stoppen.«

»Mit anderen Worten: Ich soll Drachs Umsiedlungspläne stoppen. Nichts leichter als das.«

Schweigen am anderen Ende. Lillith wischte sich über die Augen, das war doch alles aussichtslos.

»War deine Flucht vor der Ehe eigentlich erfolgreich? Ich hab Gerüchte gehört …«

Sunna, die Meisterin der psychologischen Kriegsführung. Lillith war ihr noch einen Gefallen schuldig. Und recht hatte sie, diesen Gefallen einzufordern.

»Mein Vater hat mich mit dem russischen Oligarchen Sorokin verlobt.«

»Wann ziehst du fort?«

Lillith schluckte am Frosch in ihrem Hals vorbei. Sie würde ihre Freiheit nicht kampflos aufgeben. *Freiheit fürs Volk. Freiheit für Lillith Civetta.* Sie kämpften denselben Kampf.

»Gar nicht. Aber das ist ein anderes Thema.« Sie zog einen Mundwinkel nach oben. »Also, kümmern wir uns als Erstes um Drach und die Neue Heimat …« Ihr war eine Idee gekommen. »Was machen Eure Leute eigentlich an einem Freitagabend?«

»Nicht viel. Früher haben sie ihr Geld in den Kneipen versoffen und sind über die Reeperbahn gezogen. Aber seitdem es die Ausgangssperre gibt, sitzen sie zu Hause und versuchen, den Hunger im Bauch zu ignorieren.«

»Okay, pass auf …«, und dann erklärte Lillith Sunna ihren Plan.

Ω Hilfskräfte Ω

Den Ratten schien langweilig zu sein. Bo beobachtete aus dem Versteck heraus, wie die drei Männer die Straße entlangschlenderten und die letzten Sonnenstrahlen des Tages ignorierten. An der nächsten Hausecke stießen zwei weitere Ratten dazu. Aus der gegenüberliegenden Straße kamen die nächsten drei. Bo kannte sie vom Sehen. Sie wohnten in der Gegend und waren früher oft mit ihm und seinen Leuten aus der Quartierswache aneinandergeraten. Aber heute sahen sie anders aus. Statt ihrer verdreckten Pullover und schwarzgefärbten Armeejacken trugen sie neue lange, schwarze Mäntel.

Wie die Männer auf dem Markt in der Mundsburg.

Bo drehte sich zu Alek, Jouko und den anderen Jungs aus seiner reaktivierten Quartierswache um. Die hatten die Ratten ebenfalls gesehen und schienen nur darauf zu warten, sich mit ihnen anzulegen. Bo hob die Hand. »Noch nicht«, flüsterte er. »Wir gucken erstmal, wohin die wollen.« Er holte seine Vidja aus der Tasche und funkte Sunna an. »Kannst du die Kameras in der Susannenstraße ausschalten?«, fragte er.

»Das hat schon jemand vor mir gemacht«, antwortete sie. »Ich melde mich, falls sie wieder anspringen.«

Hatten die Ratten seit Neuestem auch Zugriff auf das Überwachungsnetz? Für so schlau hatte er die Männer bislang nie gehalten.

Am Ende der Straße war ein kleiner Markt aufgebaut. Zehn, vielleicht fünfzehn Händler verkauften und tauschten, was sie übrig hatten. Da der Markt an der Mundsburg immer noch geschlossen war, waren diese kleinen Märkte die einzige Möglichkeit für die Menschen im Viertel, sich zu versorgen. Kein einziger Händler hatte eine offizielle Erlaubnis und niemand zahlte die

Marktsteuer. Dafür hatten sie ein ausgeklügeltes Frühwarnsystem aus schnellen Halbwüchsigen. Bevor Foths Polizisten in ihren braunen Uniformen in die Nähe kamen, rafften die Händler ihr Zeug zusammen und waren in Sekundenschnelle verschwunden. Und die Besucher schlenderten weiter, als ob sie nur mal einen kurzen Spaziergang hatten machen wollen.

Heute war weit und breit keiner von Foths Männern zu sehen.

Bo mischte sich mit seinen Jungs unter die Besucher des Marktes. Falls die Ratten den Händlern ihr bisschen Besitz nehmen wollten, stand er bereit, um das zu verhindern.

Aus einer Querstraße kam ein weiterer dunkel gekleideter Mann. Bo erkannte das riesige Gesicht hinter dem Cordkragen der schlecht sitzenden Wachsjacke sofort. »Skoruppa«, flüsterte er seinen Jungs zu. »Der ist echt immer da, wenn es Ärger gibt.« Mit knappen Handbewegungen orderte er die Quartierswachen an ihre Plätze. Ohne dass es den Ratten bewusst war, waren sie von Omegas umzingelt. Sollten sie den Händlern Ärger machen wollen, würden sie nicht weit kommen.

Skoruppa blieb an dem Tischchen eines Gemüsehändlers stehen, der seine Kartoffeln, Kohlköpfe und Rote Beete zu kleinen Pyramiden geschichtet hatte.

»Was kosten denn die Kartoffeln?«, fragte Skoruppa mit seiner unverwechselbaren schleifenden Stimme. Als ob seinen Stimmbändern ein Schluck Öl fehlte, dachte Bo.

»Fü-fünf Nordmark das K-kilo«, sagte der Händler.

Skoruppa zog seine Jacke auf, als wollte er eine Geldbörse aus der Innentasche holen. Oder ein Messer? Bo stand auf Zehenspitzen, bereit, sofort loszuspringen, falls Skoruppa dem Händler seine Kartoffeln mit Gewalt nehmen sollte. Stattdessen zog die Ratte einen Ausweis heraus und hielt ihn dem Händler vor die Nase.

»Heimatschutzbehörde, Sonderabteilung. Die Markterlaubnis, aber zackig.«

Bo kippte zurück auf die Hacken. Skoruppa mit einem Ausweis der Heimatschutzbehörde? Was war das für eine Fälschung?

Er schaute zu den anderen Ratten, die ihre Mäntel aufgeknöpft hatten und darunter schwarze Uniformen präsentierten. An den schweren Gürteln hingen Schlagstöcke, die rot schimmerten. Maximale Kraft. Damit konnten sie die Händler totschlagen. Auch Skoruppa trug Uniform unter seiner dunkelgrünen Jacke. Und einen Gürtel mit Pistolenhalfter.

Ein kurzer Blickkontakt mit Alek, langsam gewöhnte er sich an dessen Augenklappe. Sie waren in der Überzahl, zwei zu eins. Sie warteten, bis alle Ratten von ihren Leuten eingerahmt waren, bevor sie sich hinter Skoruppa aufbauten, der mit großer Freude eine Kartoffel nach der anderen vom Pyramidenstapel nahm, auf den Boden fallen ließ und mit seinem genagelten Stiefelabsatz zerquetschte. »Also, ich warte.« Der Händler stotterte weiter, versuchte, die Hände schützend über die Kartoffeln zu legen, wurde aber grob von Skoruppa weggestoßen.

In einer einzigen schnellen Bewegung nahm Alek Skoruppa in den Schwitzkasten, während Bo ihm die Pistole aus dem Halfter zog. Die anderen Ratten waren überwältigt, bevor sie realisierten, was mit ihrem Anführer passiert war.

»Warum könnt ihr scheiß Ratten die einfachen Leute nicht endlich in Ruhe lassen?«, fragte Bo. Skoruppa versuchte, aus Aleks Schwitzkasten wegzutauchen. Bo entsicherte die Pistole, was Skoruppa endlich dazu brachte, still zu stehen.

»Wir sind im offiziellen Auftrag hier«, sagte er und seine Stimme war kaum mehr als ein heiseres Flüstern. »Und du, Bosse Thorn, bist ein toter Mann.« Er bewegte seine Augen in einer Art, die Bo zuletzt bei seiner Schwester gesehen hatte, als sie die Neue Heimat mit ihrer Vidja abgefilmt hatte. Scheiße, Skoruppa hatte Kontakt zu weiteren Ratten. Vielleicht sogar zu den Bullen. Sie mussten weg hier.

Bo schrie die Händler um ihn herum an. »Worauf wartet ihr noch? Packt eure Sachen und verschwindet.« Die Schockstarre löste sich und die Händler funktionierten wieder so, wie er es von ihnen gewohnt war. Sie brauchten keine 30 Sekunden, um von der Bildfläche zu verschwinden. Die Besucher des Marktes benötigten nur unwesentlich länger.

Er schlug Skoruppa mit dem Kolben der Pistole über den Schädel. Aber erst Aleks Fausthiebe setzten den Anführer der Ratten schachmatt. Die Omega-Quartierswächter hatten es dank der erbeuteten Schlagstöcke leichter. Eine Ratte nach der anderen ging bewusstlos zu Boden. Bo beugte sich über Skoruppa und nahm ihm den Ausweis ab, bevor er seinen Jungs hinterherrannte. Der nächste Eingang in den Untergrund war knapp 500 Meter entfernt.

»Sunna, was machen die Kameras?«, rief er beim Rennen in seine Vidja.

»Sind gerade wieder angesprungen. Ihr müsst an der U-Bahn vorbeilaufen, ich bin noch nicht so weit. Nehmt den nächsten Eingang. Den kann ich vorbereiten, bis ihr dort seid. Oh sorry, Mann, die Überwachung ist echt zum ungünstigsten Zeitpunkt wieder angesprungen.«

Der nächste Eingang war weitere 1.000 Meter entfernt.

»Weiter«, schrie Bo seine Leute an. »Weiter.«

Und dann hörte er die Sirenen.

Eskalation

Knapp zwei Wochen waren seit ihrer Rückkehr vergangen. Lillith saß ihrem Vater schweigend in der Limousine gegenüber und ließ die Brachfläche, die einmal Planten & Blomen gewesen war, an sich vorbeiziehen. Seit ihren Recherchen in Fritjofs Bibliothek tauchten an dieser Stelle regelmäßig Bilder aus alten Zeitschriften in ihrem Kopf auf: Wasserfontänen, Blumenbeete, mächtige Bäume und weitläufige Rasenflächen, auf denen hunderte Menschen die Sonne genossen.

Wo war das alles hin?

Lillith schloss die Augen. Dieses Thema musste sie nicht auch noch auf ihre Agenda holen. Sie ging auf einer imaginären Liste ihre aktuellen Aufgaben durch:

Sorokin verhindern. Misslungen.

Kristofer aus dem Heimathaus herausholen. Misslungen. Angeblich war ein Kristofer Neuhaus nie verhaftet worden.

Cissy besuchen und warnen. Misslungen. Kein Kontakt. Ihr Ehemann hatte aus ihrem Haus eine Festung gemacht.

Davide überzeugen, Erik wegen diverser Verstöße gegen den Pakt aus dem Senat zu schmeißen. Misslungen.

Davide überzeugen, das Projekt Neue Heimat einzustellen. Misslungen.

Omega unterstützen. Ein bisschen. Sie hatte Sunna Reinigungslösung für die Vidja-Kontaktlinse zukommen lassen und Medikamente, Lebensmittel und Decken. Über ihren verschlüsselten Kanal hatten sie täglich miteinander gesprochen und jedes Mal hatte Lillith danach eine seltsame Leere verspürt. Sie vermisste ihre Freundin. Sie vermisste die Stunden mit Johanna. Und, ja, es war total idiotisch, aber sie vermisste Bo. Ihn am meisten. Sunna hatte erzählt, dass er das Gespräch auf Lillith lenkte, sobald er mit seiner Schwester allein war. Aber der Stachel des Verrats saß tief. Er traute ihr nicht, obwohl sie mit ihren ganzen Unterstützungspaketen jedes Mal aufs Neue bewies, dass man ihr vertrauen konnte.

Immerhin hatte er sich auf die Aktion heute Abend eingelassen. Der Werbeetat war ausreichend aufgestockt. Wenn alles lief wie geplant, würde Erik Drach danach einiges zu erklären haben.

Plan B verfolgen und den Absprung für den inzwischen ziemlich wahrscheinlichen Fall vorbereiten, dass Davide an seinem irrwitzigen Plan festhielt, sie mit diesem Psychopathen aus St. Petersburg zu verheiraten. In Arbeit. In der hintersten Ecke ihres Anziehzimmers stand ein Rucksack mit warmer, bequemer Kleidung, einer Ersatz-Vidja mit anonymisierter Karte, etwas Bargeld und einer Pistole.

Am schwierigsten war das Bargeld gewesen. Sie hatte nicht einen Nordpfennig in ihrem Portemonnaie, schließlich besaß sie einen guten Namen, mit dem – und der Zahlfunktion ihrer Vidja – sie alles kaufen konnte, was sie wollte. Sie hatte sich schließlich am Bargeld bedient, das für die wöchentlichen Lohnzahlungen für ihre Angestellten zur Verfügung stand. Nur ein wenig, damit es nicht weiter auffiel. Noch hatte sie ja Zeit. Sie würde ab jetzt jede Woche neue Angestellte erfinden und deren Geld für sich behalten. Außerdem wollte sie versuchen, unter Davides Namen im Ausland – London? Guernsey? – ein Konto zu eröffnen und sich dafür gleich eine Vollmacht ausstellen. Wenn sie das nächste Mal zum Einkaufen ins Ausland fuhr, würde sie ihre Barreserven weiter aufstocken.

Nervös sah sie zu Davide hinüber, dessen Augenbrauen so zusammengezogen waren, dass sie einen durchgehenden Strich bildeten. Ja, das von ihr mitorganisierte Konzert hatte sein Ziel erreicht. Die Skandinavische Union hatte die angedrohten Wirtschaftssanktionen gleich nach dem großen Festwochenende in die Tat umgesetzt. Der Handel zwischen Nordland und seinen nördlichen Nachbarn war ausgesetzt worden. Auch Indien, Indonesien, Kanada, die Schweiz und die Staaten der Subsahara-Union hatten sich dem Handelsboykott angeschlossen. Für ihren Vater wurde es zunehmend schwieriger, Ersatzteile zu bekommen. Solange alles reibungslos funktionierte, konnte er den Boykott in Ruhe abwarten, seine Anlagen weiter produzieren lassen und das Windgas in dem unterirdischen Speicher in Rehden lagern. Nur leider funktionierte bei Anlagen in dieser Größenordnung selten alles reibungslos.

Im Vergleich zu den Senatoren Kropp, Hawik und Krawinkel hielten sich die Verluste ihres Vaters jedoch in Grenzen. Handelssenator Jay Kropp verlor jeden Tag zehntausende Nordmark, weil er bestellte Waren nicht liefern konnte und Konventionalstrafen zahlen musste. Ganz abgesehen von der Gewinnspanne, die ihm bei den nicht zustande gekommenen Handelsgeschäften entging. Landwirtschaftssenator Meik Hawik musste das frische Fleisch aus seinen Schlachthöfen mangels Nachfrage wegwerfen. Selbst die Dosenfleischfabriken standen still, weil Kropp kein Metall besorgen konnte. Auch für Gesundheitssenator Quirin Krawinkel war der Boykott mehr als ein Ärgernis: Schweden und Norwegen gehörten zu den Hauptabnehmern im Organhandel. Einiges ging zwar nach Russland und weiter nach Asien, aber das zeitkritische und höchst lukrative Transplantationsgeschäft mit Herz, Leber und Lunge wickelte er vor allem mit der Skandinavischen Union ab. Die nichts mehr mit den Offiziellen von Nordland zu tun haben wollte.

Außer ihrer Fahrzeugkolonne war niemand mehr auf der Straße. Natürlich, die Ausgangssperre. An den Kreuzungen standen Foths Hilfskräfte, ein paar von ihnen trugen wieder diese auffälligen langen, schwarzen Mäntel, und beobachteten die vorbeirauschenden Kolonnen auf dem Weg an die Elbe, zum großen abschließenden Fest anlässlich des 25. Jahrestags der Gründung von Nordland: die Wiedereröffnung der Elbphilharmonie. Zwei Wochen später als geplant. Meik Hawik, der sich dem Ausland gegenüber als großzügiger Mäzen und Philanthrop präsentieren wollte und die gesamte Renovierung finanziert hatte, war trotz der Verspätung erstaunlich gelassen geblieben. Renovierung … für das Geld hätte man zwei Neubauten hinstellen können.

Dass die meisten Gäste bereits abgereist waren, dass die hochgelobten persönlichen Klangpersonalisierer nicht richtig funktionierten, dass die Räumlichkeiten jenseits des großen Konzertsaals immer noch Ruinen waren – egal. Der Große Saal war bestuhlt, das Vidjanetz von jedem Platz erreichbar und die Klimaanlage lief. Ehrenreich Benz, auf dessen Grundstück dieser riesige Speicher mit aufgesetztem Glas-Welle-Kasten stand, hatte die Infrastruktur rund um das Gebäude in Ordnung gebracht. Niemand würde sich die Schuhe ruinieren.

Es würde eine kleine, feine *entre nous* Veranstaltung werden. Mit ausgesuchten Geschäftspartnern. »Wir können auf die skandinavischen Gutmenschen verzichten. Und ihre Schmierenjournalisten wollen wir erst recht nicht bei uns haben«, hatte Drach am Mittwoch im Parlament gerufen. »Es ist sowieso nur eine Frage der Zeit, bis Russland sein Gebiet bis nach Stockholm und darüber hinaus ausweitet.« Einige Senatskollegen und die meisten Parlamentarier waren nicht seiner Meinung gewesen, wie Lillith deutlich gespürt hatte, aber niemand hatte einen Streit anfangen wollen. Aus purer Gewohnheit hatte sie diese Information an ihren Vater getwinkert, auch wenn der schon lange nicht mehr reagierte. Immerhin hatte er sie ins Rathaus mitgenommen, was Lillith als gutes Zeichen wertete.

Als sie auf der Besuchertribüne der Bürgerschaft Platz genommen hatte, war sie überrascht gewesen, wie leer der Raum unter ihr war. Nicht, dass die Sitzungen sonst besonders gut besucht waren. Aber an jenem Mittwoch waren von den 100 Abgeordneten nur 17 anwesend. Und die Besuchertribüne war, abgesehen von Bibi Kropp und ihr selbst, leer.

Gesundheitssenator Krawinkel hatte die Erklärung geliefert: Masern. »Es würde mich nicht wundern, wenn dieses Virus von einem unserer ausländischen Gäste eingeschleppt worden ist. Nicht absichtlich natürlich.« Auch Krawinkel wollte niemandem den Krieg erklären für einen vermeintlichen B-Waffen-Angriff. »Nichtsdestotrotz mit gravierenden Folgen. Wir haben zahlreiche Erkrankungen. Es gab bereits mehrere Fälle von schweren Hirnhautentzündungen und wir können nur hoffen, dass keine dauerhaften Schäden bleiben.«

Lillith hatte ein »Krawinkel sorgenvoll wg. Masern« getwinkert, aber darauf verzichtet, ihre Vermutung zu äußern, dass ein naher Angehöriger von ihm erkrankt sein könnte.

Jay Kropp hatte Krawinkels Ausführungen mit dem enorm wichtigen Hinweis ergänzt, dass die Masern die Armenviertel erreicht hätten und viele Bordelle geschlossen wären. Lillith hatte Bibi Kropp beobachtet, die mit ihrem Blick ihren Ehemann zu Asche hätte verbrennen können. Wenn er sich denn getraut hätte, in ihre Richtung zu schauen. »Auch die Kneipen sind übrigens größtenteils geschlossen«, hatte Kropp noch hinzugefügt, als er das Gelächter der anderen Männer hörte.

Lillith war genauso geimpft wie ihr Vater und ihr gesamter Hausstand. Davide legte darauf großen Wert. »Ich bezahle die Leute nicht fürs Kranksein.« Insofern war ihr bis zur Bürgerschaftssitzung am Mittwoch gar nicht bewusst gewesen, dass die Masern sich durch die Stadt fraßen. Die Kinder, die während Lilliths Zeit bei Omega an einer von Krawinkels Schönheitsfarmen um Hilfe gebeten hatten und in großen Bussen abtransportiert worden waren, fielen ihr wieder ein. Waren die nicht auch an Masern erkrankt gewesen?

Der Fahrer passierte am Heiligengeistfeld das Tor zu Ehrenreich Benz' Anwesen. Wie immer staute es sich, während Benz' Sicherheitsleute die Papiere durchsahen, mit den Papieren der Fahrer verglichen und langsam, ganz langsam, einen nach dem anderen hindurchwinkten.

Corvin Benz, Ehrenreichs Vater, hatte sich in den Unruhejahren die gesamte Mitte gesichert. Was er mit dem verrotteten

Einkaufszentrum, der gerade erst fertiggestellten und komplett leerstehenden Hafencity und dem Industriegebiet Rothenburgsort genau wollte, hatte ihr Vater ihr nie erklärt. Lillith hatte den alten Benz nicht mehr bewusst erlebt, kannte ihn nur aus Erzählungen. Demnach war er mindestens so kauzig gewesen wie sein Sohn Ehrenreich. Wenn nicht sogar noch kauziger. Eine Frau Benz hatte es nie gegeben. Es gingen Gerüchte, dass er eine Liaison mit einer einfachen Frau aus dem Volk gehabt hatte und Ehrenreich das Ergebnis dieser Verbindung war. Aber keiner wusste Genaues. Nur dass Corvin eines Tages Ehrenreich als seinen rechtmäßigen Sohn und Erben in die Hamburger Gesellschaft eingeführt hatte. Da das Haus Benz verantwortlich für die Vidja-Netze und damit für die gesamte technische Infrastruktur Nordlands war und Corvin außerdem nach Davide der reichste Mann des Landes, hatte niemand das Bekenntnis zu seinem Sohn hinterfragt.

Ob Davide eine ähnliche Lösung für sein Erbe finden würde, wenn sie nicht länger zur Verfügung stand?

Ihre Limousine fuhr an der Ruine eines alten Kirchturms vorbei und bog kurze Zeit später ab in Richtung Elbe. Corvin Benz hatte, anders als seine Senatorenkollegen, nichts an seinem Grundstück machen lassen. Während Civetta, Rabe und Co. hübsche Parklandschaften anlegten, hatte Corvin sämtliche Häuser und Straßen so gelassen, wie sie einst gewesen waren. Auch Ehrenreich Benz schien nichts daran ändern zu wollen. Die Fahrt über das Grundstück war wie eine Zeitreise. Durch die Lüftung der Limousine drang modriger Gestank. Er kam aus den schmalen Kanälen, die sich durch dieses Gebiet zogen. Fleete, völlig verschlickt und unpassierbar. Sie durchquerten die alte Speicherstadt mit ihren roten Backsteinhäusern, die im Begriff war, in sich zusammenzufallen. Die alten Eichenpfähle, auf denen die Speicher gründeten, waren wegen des immer stärkeren Tidenhubs zu oft und zu lange dem Sauerstoff ausgesetzt gewesen und verrotteten. Die an die Speicherstadt anschließenden, rund hundert Jahre jüngeren Büro- und Wohntürme der Hafencity waren in einem nur unwesentlich besseren Zustand. Gebaut aus Stein, Glas und Beton waren sie die verfallenden Zeugen einer anderen Welt.

Mittendrin stand das Juwel: Die Elbphilharmonie. Erbaut auf dem backsteinernen Sockel eines alten Kaispeichers, in dem vor Urzeiten Kakao und Kaffee gelagert worden waren. Eine elegant geschwungene Fassade, die an eine Welle erinnerte. Feinstes venezianisches Glas, jede einzelne Scheibe unterschiedlich geformt und mit einem Chrom-Punkteraster versehen. Das Licht brach sich tausendfach und immer wieder neu, wie bei einem besonders fein geschliffenen Diamanten. Nur dass dieser Edelstein über 100 Meter hoch war.

Der Wagen hielt. Dieses Mal gab es keine Presse, keine Farbbeutelwerfer, die sich unter die Pressemeute hätten mischen können. Über dem breiten Eingangsportal war in der gerade sehr modernen Retro-Optik ein Laufband mit dem aktuellen Programm angebracht. Dazu liefen kurze Einspielungen zu den jeweiligen Stücken – passgenau zum Text. »Große Gala. Das Beste aus 300 Jahren Musikgeschichte. Sie hören Auszüge aus Mozarts ›Die Zauberflöte‹. – Genießen Sie Dramatisches aus Wagners ›Ring des Nibelungen‹. – Erfreuen Sie sich an Auszügen aus Hermann Goetzes Oper ›Der Widerspenstigen Zähmung‹ – Reisen Sie mit ›Star Wars – Eine neue Hoffnung‹ ins All.«

Und so weiter und so fort.

»Schon traurig, dass Nordland in den vergangenen 25 Jahren keine eigene Kultur geschaffen hat, findest du nicht, Vater?«

Davide sah sie ausdruckslos an und schwieg, während sie auf einer langen Rolltreppe die Elbphilharmonie hinaufschwebten.

»Kreative Kultur kommt in eurer merkantilen Welt nicht vor. Kein Wunder, dass sich unsere Gesellschaft nicht weiterentwickelt.«

»Dein Selbstbewusstsein ist unerträglich«, flüsterte er. »Verhalte dich endlich so, wie es sich für eine Civetta gehört.«

»Oder was?« Lillith sprach in normalem Tonfall, während sie der Kellnerin freundlich zulächelte, die ihr ein Glas Champagner servierte. »Hausarrest? Zwangsheirat? Diese Strafen hast du doch schon verhängt. Wovor soll ich noch Angst haben?« Sie nahm einen Schluck und sah an ihm vorbei in die Menge. »Oh, da vorne ist Cissy. Ich versuche seit Ewigkeiten, sie zu erreichen. Wir müssen unsere Diskussion ein anderes Mal fortsetzen.«

Davides Gesicht war sämtlichen Eisregen wert, den sie in den nächsten Stunden würde ausblenden müssen.

Lillith drängte sich durch die anderen Besucher und spürte die Empörung über ihr Verhalten, als sie ihr freundliches »Entschuldigung bitte« bei einigen besonders breit stehenden Männern mit einem Ellenbogenstoß akzentuierte. Aber noch bevor sie sich zu Cissy durchgekämpft hatte, läutete der Gong. Einmal, zweimal, dreimal. Die Vorstellung begann. Ihre Freundin verschwand aus ihrem Blickfeld. Lillith blieb stehen und leerte ihr Champagnerglas in einem Zug, bevor sie sich umdrehte und sich auf den Weg in ihre eigene Loge machte. Nicht ohne in dem Gedränge ein paar weitere Ellenbogenstöße zu verteilen.

In der Mitte des Saals saßen die Musiker. Trompeten und Posaunen, Flöten und Klarinetten glänzten im Scheinwerferlicht. Die Plätze der Zuhörer reihten sich in großzügigen Abständen nach oben. Das goldene Licht brach sich millionenfach in den Paillettenkleidern der Damen. Lillith saß mit ihrem Vater auf einem altmodisch verschnörkelten und nach hinten geschlossenen Balkon schräg oberhalb der Musiker und sah auf das Meer glitzernder Punkte hinab. Hawik, der sich offenbar mit Oppermann einen kleinen Kulturkampf leistete, hatte die Original-Balkone aus der alten Laeiszhalle herüberbringen, restaurieren und in einer gewagten Konstruktion auf halber Höhe des Saals anbringen lassen. Was auf der Bühne passierte, sah man von hier aus nicht so gut; aber man konnte die anderen Zuschauer sehen und vor allem von ihnen gesehen werden. Ihrem sonst so bescheidenen Vater schien das heute Abend wichtig zu sein.

Im Balkon gegenüber saß Erik Drach.

Das Licht wurde gedimmt, was niemanden daran hinderte, weiter mit seinem Sitznachbarn zu reden. Lillith blätterte im hintergrundbeleuchteten Programmheft, das in die Brüstung eingebaut war, nahm aber keine einzige Zeile, kein einziges Bild wahr.

Der Werbeblock startete. Feingeist Oppermann hatte mehrfach versucht, dieser Sitte Einhalt zu gebieten, aber Senator Magnus Heister, der damit sein Geld verdiente, hatte ihn ausgelacht und gesagt: »Wenn ich als Medien- und Kommunikationssenator keine Werbung mehr zeigen darf, stelle ich mein Amt gerne zur Verfügung.« Also gab es bei jeder öffentlichen Vorstellung, gleich ob Theater, Oper, Ballett oder Kino, vorab ein paar Marktschreier-Einheiten. Die neueste Generation der Satelliten-Zeppeline (»Nie wieder Engpässe bei der Datenübertragung«); die glättendste Gesichtscreme aus indonesischem Tiefenplankton (»Spart den Chirurgen«); die innovativste Luxuslimousine aus dem Hause Tesla (»Qualität und Design – Made in Ghana«); die mondänste Reise zum Mond vom Kosmodrom Jiuquan (»Die schnellste Art und Weise, einmal alles hinter sich zu lassen«); der neue günstige Vidja-Hirnchip (»Vereinfacht die Kommunikation mit Personal und Hausstand«). Abschließend der Werbeclip für die Neue Heimat. Glückliche Menschen auf grünem Gras vor hübschen Hochhäusern (»Hier haben wir unsere Neue Heimat gefunden«). Schlecht gestimmte Violinen kreischten im Hintergrund und auf der Bühne erschien eine 3-D-Projektion, die aussah wie die Landschaft in einem Endzeitfilm. Dreckstarrende Zelte. Die Reste des Kernkraftwerks. Die hageren, enttäuschten Gesichter derer, die nicht in einem der Zelte untergekommen waren und unter alten Plastiktüten kauerten, die sie als Mini-Dach auf vier Stöcke gespannt hatten. Dazu Bos Stimme: »Das hier ist die Neue Heimat.«

Erik Drach sah irritiert von seinem Programmheft auf. Lillith spürte Davides Unmut und blockierte ihn. Ihre eigene Nervosität genügte ihr.

»Wer einmal hier ist, kommt nicht mehr raus«, fuhr Bo fort. Die Zuschauer sahen eine Familie, die am Ausgangstor rüttelte, von Uniformierten weggerissen und in eines der Zelte gestoßen wurde. Und dann stand Bos Avatar mitten auf der Bühne und zeigte mit dem Finger auf die Besucher der Elbphilharmonie: »Wir werden kommen und die Welt gerechter aufteilen. Wir werden uns unseren Anteil holen.«

Das Orchester begann zu spielen. Der Werbeblock war beendet. Überall im Saal wurde getuschelt, aber die oberen Eintausend waren zu wohlerzogen, um aufzuspringen und die Gala zu unterbrechen. Erik Drach, Davide, Magnus Heister und ein paar andere gaben über ihre Vidjas Anweisungen. Alle vermutlich mit ähnlichem Wortlaut: Wer ist dafür verantwortlich?

Ob sie schon die neuesten Informationen von der Straße bekamen? Über die automatischen Werbefahrzeuge, die mit lauter Musik durch die Elendsviertel fuhren und den gleichen Film, die gleiche Botschaft an jede dafür geeignete Hauswand projizierten? Hatten Foths Männer schon die Vidja-Avatare entdeckt, die in den engen Gassen standen und den Menschen die wahren Bilder aus der Neuen Heimat zeigten? Was würden die Polizisten tun? Avatare konnten sie nicht verhaften.

Lillith durchsuchte ihre Vidja nach Daten aus der Überwachung. Auf der Übersichtskarte von Hamburg tauchte ein Alarmdreieck nach dem nächsten auf. Sie schmunzelte, als das Orchester die Filmmusik aus dem amerikanischen Uraltklassiker »Mission Impossible« anspielte und schickte ihrem Vater eine Nachricht: »Du musst Erik Drach und seine Neue Heimat stoppen, sonst kannst du Nordland abschreiben!«

»Ich lasse mir von meiner Tochter keine Befehle erteilen.«

Wenn es helfen würde, hätte sie Davide jetzt bei den Schultern gefasst und so lange geschüttelt, bis die losen Zellen seines Gehirns zurück auf ihre Plätze fielen und wieder rationale Ergebnissen lieferten. Aber Schütteln half nicht. Wie konnte er das alles ignorieren?

Sie hielt Ausschau nach Cissy. So gerne würde sie mit ihrer Freundin reden. Einfach nur mal wieder ein verständnisvolles Gespräch über idiotische Väter. Sie musste lange suchen. Schließlich fand sie sie, im hinteren Bereich der untersten Ebene neben ihrem glatzköpfigen Mann. Dieses graue Ding, in das sie sich gehüllt hatte, machte sie fast unsichtbar. Wenn sie ihre einst so prachtvollen blonden Haare nicht offen getragen hätte, wäre sie ihr vorhin in der Menge gar nicht aufgefallen. Erst jetzt bemerkte Lillith, dass die Haare strähnig waren und unfrisiert ins ungeschminkte Gesicht hingen. Cissys Gesicht war noch schmaler als bei ihrer letzten Begegnung.

Auf der Bühne gab es Auszüge aus Shakespeares »Der Widerspenstigen Zähmung.« Gerade hatte Petruchio bewiesen, dass er seine widerspenstige Frau gründlich gezähmt hatte; Katherina war als einzige der drei frisch Vermählten sofort herbeigeeilt, als er nach ihr hatte rufen lassen. Zum Abschluss des Stücks zerrte eben diese Katherina die beiden anderen Frauen auf die Bühne und ließ sich in ihrem abschließenden Monolog darüber aus, warum die Frauen ihren Ehemännern immer gehorchen sollten.

Cissys völlig deplatziertes Lachen füllte den Raum. Lord Rook kniff sie in den Arm. Sie verstummte und Tränen flossen über ihr graues Gesicht.

Nach drei Stunden Gala stürmte Lillith nach unten. Sie durfte nicht schon wieder die Gelegenheit verpassen, mit Cissy zu reden. Sie musste ihr zu verstehen geben, dass sie immer noch eine Freundin hatte. Während sich die Gespräche unter den Kronleuchtern um die unglaubliche Werbeeinblendung aus der Neuen Heimat drehten und erste Gerüchte über die Projektionen in den Elendsvierteln die Runde machten, raffte Lillith ihren dunkelblauen Brokatrock und stürmte die Stufen hinunter.

Sie erwischte Cissy an der Garderobe.

»Liebste Cissy!« Lillith wollte sie umarmen, ihr die üblichen Luft-, vielleicht auch echte Küsse auf die Wange drücken, aber etwas im Verhalten ihrer Freundin hielt sie davon ab.

»Hallo Lillith.« Pause. Die Garderobiere gab ihr ihren Mantel. Lord Rook drängelte sich zwischen die beiden Frauen. »Komm jetzt.« Pause. Cissy schien sich einen winzigen Moment lang zu sträuben, dann gab sie nach und ließ sich von ihrem Mann mitziehen. Ein letzter Blick über die Schulter. Fort.

Meik Hawik drängte sich an Lillith vorbei. Sie hielt ihn am Ärmel fest.

»Senator Hawik. Ich muss mit Ihnen reden.«

Hawik sah missmutig auf ihre Hand, die immer noch sein Jackett festhielt.

»Ich kann mir nicht vorstellen, was ich mit dir zu bereden hätte.«

»Bitte Senator Hawik, es geht um Ihre Tochter! Es geht ihr nicht gut. Sie müssen ihr helfen. Oder mich helfen lassen, bitte.«

»Liebe Lillith.« Hawiks Augen verschwanden hinter seinen dicken Backen, als er den Mund zu etwas verzog, das wohl ein Lächeln sein sollte. »Ich glaube nicht, dass du in der Position bist, mir zu sagen, was ich zu tun oder zu lassen habe.«

»Bitte, Senator. Es ist Ihre Tochter.«

»Sie ist verheiratet, Rook hat seine Mitgift, ich bin nicht länger verantwortlich.«

Er wischte Lilliths Hand von seinem Ärmel und drehte sich von ihr weg.

Ein weiterer Senator näherte sich der Garderobe, gab seine kupferne Marke ab und bekam einen verfilzten Wollmantel überreicht. Lillith starrte immer noch Hawik hinterher, der hinter einer Tür mit der Aufschrift »Privat« verschwand.

»Haben Sie schon gehört, Frau Civetta?« Ehrenreich Benz trat an sie heran. »Unser Schöne-Neue-Welt-Senator Magnus Heister hat noch während der Galavorstellung herausgefunden, wer diesen unglaublichen Omega-Clip bezahlt hat: Es war eine *Ihrer* Tochterfirmen!« Benz hatte die Stimme extrovertiert nach oben gezogen, wie eine der Frauen, die eine »unglaubliche Neuigkeit«

weitertratschte. »Natürlich wusste Ihr Herr Vater nichts davon. Jemand muss sich auf illegale Art Zugang zu Ihrem Marketingetat verschafft und nicht nur uns, sondern anscheinend halb Hamburg mit diesem Filmchen versorgt haben«, fuhr er in jovialem Ton fort. »Schreckliche Geschichte.« Er nahm Lillith am Arm, führte sie ein paar Schritte von der Garderobiere fort und flüsterte: »Davide schäumt und er ahnt, welche Rolle Sie dabei gespielt haben, Frau Civetta. Seien Sie vorsichtig. Die brauchen Sie noch.«

Bei dem Wort »die« hatte er Daumen und Zeigefinger aufeinandergelegt – allerdings ohne die anderen drei Finger abzuspreizen. Das Omega-Zeichen. In dieser Form unsichtbar für eine Überwachungskamera.

Lillith sah ihn an. Sprachlos. Er tippte einmal an seinen nicht vorhandenen Hut. »Frau Civetta, es war mir wie immer eine Ehre, mit Ihnen zu plaudern. Gehaben Sie sich wohl.«

Auf Lilliths Kontaktlinse leuchtete »Adam«. Sie twinkerte Sunna unbeantwortet weg. Ganz schlechter Zeitpunkt. Davide saß auf der anderen Seite des mächtigen Schreibtischs und analysierte Schritt für Schritt, warum sie, Lillith Civetta, als einzige Person für die Finanzierung des Omega-Werbefilms in Frage kam: »Der als Auftraggeber angegebene Angestellte existiert nicht. Trotzdem wurde der Auftrag als befugt und im Rahmen des vorhandenen Budgets von unseren automatischen Überwachungsroutinen genehmigt. Es gibt keine Spuren für einen unbefugten Eingriff in unser Vidja-System. Der Zugriff erfolgte also aus unserem Konzern heraus, nicht von außen. Von einer internen Person, die genau wusste, welcher Etat jetzt im November noch über Reserven verfügte. Kein Mitarbeiter würde für so eine wahnsinnige Idee seinen Job riskieren; keiner wäre so naiv, zu glauben, damit nicht aufzufliegen. Dieses übersteigerte, realitätsferne Selbstbewusstsein besitzt in unserem gesamten Konzern nur eine einzige Person.«

Lillith hielt den Kopf gesenkt. Sie betrachtete das fein gewobene Muster auf ihrem Tagesrock und wartete darauf, welche Konsequenzen Davide verkünden würde. Leugnen war zu diesem Zeitpunkt zwecklos.

Das Muster ihres Rocks machte sich gut auf der unsichtbaren Plane, die sie zwischen sich und Davide gespannt hatte, um seinen Ärger und seine Enttäuschung nicht fühlen zu müssen. Und weil es so einfach war, wickelte sie die Plane auch gleich noch um ihr eigenes Gefühlszentrum. Nie wieder wollte sie diese Hilflosigkeit spüren, der sie in jener langen Nacht bei den Omegas ausgeliefert gewesen war. Sie brauchte einen klaren Kopf für alles, was jetzt kommen würde.

»Deine Vidja, bitte.« Davide hielt ihr die Hand hin. »Bevor du weiteren Unsinn machst. Die Technik wird dir keine neue zur Verfügung stellen.«

»Aber …« Lillith sah ihren Vater flehentlich an, blinzelte, als ob sie Tränen zurückhalten müsse.

»Ich lasse mich kein zweites Mal von dir hintergehen. Meine eigene Tochter unterstützt die Chaoten. Wenn das die anderen erfahren, bin ich das Gespött des ganzen Landes.«

»Aber ich …« Sie blinzelte weiter und schluchzte. Sie brauchte nur noch wenige Sekunden …

Davide sah sie verächtlich an. »Tränen? Seit wann kommst du mit Tränen? Du bist eine miserable Schauspielerin, Lillith.«

»Einen Versuch war es wert.«

Sie warf den kleinen Kasten auf den Tisch. Die Verbindung zu Adam war gelöscht, die Technik sollte nichts mehr finden, was zu Sunna führte. Sie war froh, rechtzeitig eine Vidja für den Notfall-Rucksack organisiert zu haben. So leicht würde ihr Vater ihr die Verbindung zu Omega nicht nehmen können.

David legte die ihm vor die Hände geworfene Vidja in eine Schublade, bevor er Lillith ansah wie ein Scharfrichter einen Delinquenten. »Ich weiß nicht, woher deine Zuneigung zum einfachen Volk kommt. Es muss dein mütterliches Erbe sein, das dich blind macht für die Realität.«

»Blind für die Realität? Der Schlamm in der Neuen Heimat ist Realität. Eriks ständiges Brechen deines heiligen Pakts ist Realität. Die Polizeigewalt in unserem Unrechtsstaat ist Realität. Anstatt mich zu maßregeln, solltest du endlich Erik stoppen.« Lillith beugte sich vor. »Und was meine Mutter betrifft: Sie scheint die einzige Frau in deinem Konzern gewesen zu sein, die Recht von Unrecht unterscheiden konnte. Ist sie deinen Geschäften im Weg gewesen? Oder konntest du nicht ertragen, dass sie dir die Wahrheit gesagt hat? Dass dein ganzes gottverdammtes Geld nichts nützt, wenn die Welt um dich herum im Elend versinkt? Hast du sie deshalb vom Mob lynchen lassen?«

Davide war blass geworden. Im Flüsterton sagte er: »Es reicht. Diese Unterhaltung ist beendet.« Er umklammerte die Lehnen seines Stuhls, die Fingerknochen stachen weiß hervor, als ob es ihn große Anstrengung kostete, seine Hände dort festzuhalten.

Aber Lillith war noch nicht fertig. »Wenn du damals nicht alles so gierig an dich gerissen hättest, würde Mama noch leben. Und wenn du jetzt nur ein einziges Mal die Augen aufmachen würdest, könntest du sehen, dass nicht Omega das Problem ist, sondern Erik. Mama hätte das begriffen. Sie hätte mich nie nach Russland verkauft.«

»Rissa war eben keine besonders begabte Geschäftsfrau.«

Die Plane um ihr Gefühlszentrum riss. Lillith stieß den Stuhl zurück.

»Ich hätte dich Duhnkreih überlassen sollen.«

»Ach, noch eins«, sagte Davide, als sie schon fast durch die Tür hindurch war. »Der Ehevertrag ist unterschrieben. Dein Flieger geht in einer Stunde, Titus begleitet dich und sorgt dafür, dass du sicher in St. Petersburg ankommst. Deine Schwiegermutter wird dich auf deine weiteren Aufgaben vorbereiten.«

Es dauerte ein paar Augenblicke, bis der Inhalt dieser Nachricht in aller Deutlichkeit bei Lillith ankam. In ihrer Nase fing es an zu kribbeln, in den Tränenkanälen machte sich ein Wasserfall bereit. Sie blinzelte heftig, jetzt bloß nicht die Fassung verlieren. Dieses Mal waren die Tränen echt. Aber sowas von echt. Die hübsch gemusterte Plane wehte im Sturm davon.

»Jetzt? Sofort?«

Davide nickte nur kurz. Er war bereits wieder in seine Vidja vertieft.

Lillith rannte in ihr Zimmer. So schnell … sie hatte gedacht, sie hätte noch Monate Zeit, bevor sie ein weiteres Mal würde fliehen müssen. Warum nur hatte sie nicht mehr Geld zur Seite geschafft? Wenigstens versucht, das Konto in London zu eröffnen? Egal. Keine Zeit für Selbstvorwürfe. Sie musste Kontakt zu Sunna aufnehmen. Und dann? Sie stand in ihrem Anziehzimmer und drehte sich einmal um ihre eigene Achse.

Sie musste so tun, als würde sie sich fügen. Dann würde Davide ihr nur eine kleine Sicherheitsmannschaft mitgeben; die meisten waren ohnehin gerade bei einer Schulung für den neuen »Hüter«, Erik Drachs aktualisiertes, neuestes, geilstes Sicherheitsprogramm für reiche Vögel. Lillith griff zum Reiserock, in dessen Falten Taschen für praktische Necessaires untergebracht waren; für Vidja und Ersatzlinsen, Taschenlampe, Munition, Antibiotika, Dolch, Reisepass, Qi-Gong-Kugel, was man eben so mitnahm, wenn man sein Elternhaus verließ. In den Saum hatte sie Bargeld eingenäht.

Die zum Rock passende weiße Bluse war eines der wenigen ungeschnürten Teile. Die Bluse saß eng an, aber dank neuester Fasern konnte sie vernünftig atmen. Sie überprüfte den Sitz. Ja, sehr schön, das im BH eingenähte Geld war genauso unsichtbar wie das in ihren Strümpfen. St. Petersburg im November, da waren Wollstrümpfe wohl erlaubt.

Ihre Ersatzvidja stellte eine sichere Verbindung zu Sunna her.

»Kannst du die Kameras rund um den Flughafen stilllegen? Jetzt sofort?«

»Ja, klar«, sagte ein sichtlich irritierter Sunna-Avatar. »Aber was ist los?«

»Mein Vater weiß, dass ich euch unterstütze. In einer Stunde geht mein Flieger nach … Es kommt jemand«, unterbrach Lillith sich. »Ich melde mich wieder.«

Sunna hatte sich gerade im Nichts aufgelöst, als sich die Tür öffnete.

»Was ist los?« Maja stand in der Tür. »Verreist du?«

Lillith drückte den Dolchschaft etwas tiefer in die Rocktasche »Davide schickt mich ins Haus meines Zukünftigen«, sagte Lillith. »Und er lässt mir nicht mal Zeit zum Packen.«

Maja stand immer noch in der Tür. »Du fügst dich?«

»Wonach sieht es denn aus?«, fragte sie zurück und zog ihren Kaschmirmantel über. Sie bückte sich, öffnete den Rucksack, überprüfte den Inhalt – bequeme Kleidung, Wäsche, Vidja-Reiniger, Seife, Pistole, Munition, Handtuch und Zahnbürste – und steckte die Pistole in ihre Manteltasche.

»Nach ungewöhnlichem Reisegepäck.«

»So ein Rucksack ist praktisch«, sagte Lillith. »Man hat die Hände frei.« Sie umarmte Maja so fest sie konnte, die langen grauen Locken kitzelten ihre Nase. »Mach dir keine Sorgen«, flüsterte sie ihr ins Ohr. »Lilly meldet sich, sobald sie kann.« Sie löste sich von ihrer alten Kinderfrau. »Auf Wiedersehen, liebste Majamama.«

Ob Maja traurig war oder sich sorgte, das konnte sie nicht länger fühlen. Lillith hatte sich und die Gefühle der anderen wieder fest im Griff.

In der Einfahrt stand bereits die Limousine, die sie zum Flughafen bringen sollte. Titus lehnte lässig am Kotflügel, ein selbstgefälliges Grinsen im Gesicht. Mit so leicht vom Gesicht abzulesenden Gedanken würde er es als Davides Stellvertreter nicht weit bringen. Aber ihr Vater hatte es ja nicht anders gewollt. Victor saß bereits am Steuer, neben ihm twinkerte Yaren mit Giacomo, dem Chef der Sicherheit, über die aktuelle Lage auf den Straßen.

»Die Straßen nach Fuhlsbüttel sind frei, wir benötigen keine weiteren Begleitfahrzeuge«, sagte er. »Es scheint, als ob Senator Drachs harte Hand Wirkung zeigt.«

»Das sollte sie auch langsam«, sagte Victor schlecht gelaunt. »Es wohnen schließlich kaum noch Menschen in diesem Viertel.«

»Na, na, na«, mischte sich Titus ein. »Ist das etwa Kritik an den Maßnahmen unserer Senatoren?«

Victor ignorierte ihn. Er hatte offenbar noch nichts von Titus' Machtzuwachs gehört oder kein Problem damit, es sich mit ihm zu verderben. Er öffnete Lillith die Tür zum Fond, aber noch bevor sie einen Fuß ins Auto setzen konnte, drängelte sich der Assistent ihres Vaters an ihr vorbei. Lillith unterdrückte eine spitze Bemerkung, ging um den Wagen herum und stieg auf der anderen Seite ein. Ihre Hände vergrub sie tief in den Taschen ihres Mantels.

Lillith wartete, bis sie fast am Flughafen waren.

»Deine Vidja, Titus.«

Titus reagierte nicht. Er war vertieft in einen Bericht über die neuesten Sportwagen und würdigte sie keines Blickes. Lillith drückte ihm den Lauf ihrer Pistole in die Seite. Titus wollte ihre Hand irritiert wegwischen – und erstarrte.

»Was …«, fing er an.

»Ich möchte deine Vidja. Jetzt sofort.«

Titus sah sie mit weit aufgerissenen Augen an. Lillith erhöhte den Druck auf die Pistole.

»Ich hab kein Problem damit, sie dir gewaltsam zu entwenden. Deine Wahl.« Titus starrte auf die gläserne Trennwand zum Fahrerraum, an die er vermutlich gerne klopfen würde. Aber der Lauf der Pistole war immer noch auf Höhe seiner Milz. Mit zitternden Händen drückte er ihr Kontaktlinse, Ohrknopf und Kasten in die Hand. Lillith verstaute die Vidja und klopfte nun selbst an die Scheibe.

»Victor, kannst du bitte rechts an den Rand fahren?«

Victor drehte sich überrascht um, sah Titus verzerrtes Gesicht und ein kurzes Lächeln glitt über sein eigenes.

»Natürlich, Fräulein Civetta.«

Er hielt an, sprang aus dem Auto und öffnete ihre Tür. Lillith stieg aus, die Pistole auf Titus gerichtet. »Nehmt es nicht persönlich, Jungs«, sagte sie, ohne den Blick von Titus zu nehmen. »Aber den Rest der Strecke fahre ich allein. Titus, raus aus meinem Auto. Yaren, Victor, eure Vidjas bitte.«

Victor griff in die Innentasche seiner Uniform und gab Lillith seinen Kommunikator. Yaren starrte sie an, als ob er Lillith gerade zum ersten Mal sah. Vielleicht lag es aber auch an der Pistole in ihrer Hand. »Fräulein Civetta, was …, warum …«, stammelte er, bevor er an seinem Auge und an seinem Ohr herumfummelte und ihr die drei Teile seiner Vidja in die Hand drückte.

»Hinter den Mauern des Flughafens seid ihr in Sicherheit. Nicht, dass hier etwas passieren wird. Senator Drach hat schließlich alles im Griff, nicht wahr? Bestellt ihm schöne Grüße und sagt ihm, dass Omega Unterstützung bekommen hat.«

Weder Yaren noch Victor versuchten, sie am Wegfahren zu hindern. Yaren schlug den Kragen seines Mantels hoch und tat, als würde er nicht sehen, dass Titus ihm heftig zunickte und mit zusammengezogenen Augenbrauen zum Handeln aufforderte.

Lillith setzte sich auf den Fahrersitz und gab Gas. Die Energieanzeige war wie sie sein sollte – fast voll. Wie lange würde es dauern, bis die Männer am Flughafen waren und Zugriff auf eine Vidja hatten? Fünf Minuten? Zehn? Sie schaltete den kleinen Vidjakasten von Titus auf den integrierten Bildschirm der Limousine und loggte sich in den Funkverkehr ihrer Sicherheitszentrale ein. Alles ruhig. Gut. Die Kameras hatten ihren Seitenwechsel verpasst. Sie würde Titus' Vidja noch ein bisschen laufen lassen und sie dann auf einen der selbstfahrenden LKW werfen, die regelmäßig vom Flughafen aus Richtung Norden fuhren.

Sie aktivierte ihre Ersatzvidja. Zwei Wimpernschläge später saß Sunna neben ihr auf dem Beifahrersitz und ließ sich von ihr auf den aktuellen Stand bringen. Lillith warf immer wieder einen bewundernden Blick auf ihre rotblonde Freundin, deren Avatar sich mühelos an die Autoumgebung anpasste. So ein elegantes Einpassen kannte sie bislang nur von chinesischen Geschäftspartnern, die viel Zeit und Geld in die Programmierung ihrer elektronischen Doppelgänger steckten.

»Okay, du kannst noch fünf Minuten weiter Richtung Norden fahren«, sagte Sunna. »Bis Ochsenzoll habe ich die Kameras im Griff. Kurz vorher ist ein kleines, verwildertes Waldstück, da biegst du ein und suchst dir einen Platz unter den Bäumen. Wir holen dich da ab.«

»Weiß Bo, dass ich komme?« Plötzlich drängte sich durch Lilliths Gefühlspanzer ein nervöses Magengrimmen.

»Nein. Aber das macht nichts. Du bleibst erstmal ein bisschen unsichtbar und … Oh scheiße, du fährst genau auf eine Kontrolle zu.« Sunnivas Avatar beugte sich vor und betrachtete etwas, das Lillith nicht sehen konnte. »Halt an, Lillith, warte, ich muss dir eine alternative Route suchen. Zwei Kreuzungen weiter überprüfen Foths Hilfskräfte die Ausgangssperre.«

»Es ist helllichter Tag.«

»Ja, das ist den Ratten aber sowas von egal.«

Lillith stoppte den Wagen. Von den Civetta-Sicherheitsleuten war nach wie vor nichts zu hören. »Die Ratten überprüfen die Ausgangssperre?«, fragte sie nach.

»Ja. Seitdem sie Polizeiuniformen unter ihren langen, schwarzen Mänteln tragen, sind sie zu Göttern geworden, die über Zeit und Raum bestimmen. Und wenn sie sagen, dass jetzt Ausgangssperre …«

»Die Ratten tragen Polizeiuniformen?«, fragte Lillith. Sie verstand gar nichts mehr. »Unter langen, schwarzen Mänteln?«

Sunna sah mit einem Ausdruck ehrlicher Überraschung zu Lillith hinüber. »Wusstest du das nicht? Foth hat den Großteil seiner neuen Hilfskräfte direkt bei den Ratten rekrutiert. Den Bock zum Gärtner gemacht, wie es so schön heißt. Sie dürfen den Menschen in den Armenvierteln nun mit offizieller Genehmigung ihren letzten Besitz nehmen.«

»Seit wann?«

»Seit … ich glaub, das war kurz nach dem Konzert. Da haben sich ein paar stadtbekannte Ratten auf dem Schwarzmarkt an der Susannenstraße rumgetrieben und mit ihren schicken neuen Ausweisen aus der Heimatschutzbehörde gewedelt. Bo und ein paar von den Jungs waren zufällig in der Nähe und haben sich eingemischt. Wäre fast schief….«

»Hallo Sicherheit? Yaren an Sicherheit!« Yarens Stimme klinkte sich in ihr Gespräch. Sunna zuckte zusammen.

»Ich bin noch in unser System eingeloggt«, erklärte Lillith. »Wollte wissen, ab wann nach mir gesucht wird.«

»Sicherheit, bitte melden.« Yaren wieder. Ungewöhnlich, dass ihre Sicherheitsleute nicht sofort reagierten. Egal, es war an der Zeit, die Nabelschnur zu kappen und Titus' Vidja auf den Weg nach Norden zu schicken. Sie griff nach dem kleinen Kasten.

»Verdammt, wo seid ihr?« Lillith hielt in der Bewegung inne. Panik hatte sie noch nie bei ihrem Leibwächter gehört. »Yaren an Sicherheit!« Immer noch keine Antwort. Stille. Dann ein Knacken. »Yaren?« War die Zentrale also doch besetzt. Gut. »Komm sofort zurück. Fahre zum Haupthaus. Wir …« Schüsse. Eine ganze Salve aus einem Maschinengewehr. Dann war es still. »Zentrale?«, hörte sie Yaren rufen. »Zentrale?« Dann nichts mehr. Yaren versuchte, andere Civetta-Vidjas zu erreichen. Das Organisationsbüro. Den Empfang. Die Sicherheitskräfte an den Eingängen. Ihren Vater direkt. Aber keiner reagierte.

»O-oh, das klingt nicht gut«, flüsterte Sunna.

»Titus!«

Die herrische Stimme ihres Vaters. Gott sei Dank, ihm war nichts passiert. Er saß wahrscheinlich schon im Panikraum und wartete darauf, dass Erik Hilfe schickte. Es gab keinen Grund, ihren Plan zu ändern. Sie drückte den Startknopf, die Limousine rollte langsam weiter und wich pflicht- und navigationstreu dem großen Schlagloch vor ihr aus. »Also Sunna, wie komme ich ungesehen an der Kontrolle vorbei?«

»Titus, sofort kommen!«

»Aber, aber, Senator Civetta.« Eine Stimme wie eine schlecht geölte Kette. »Glauben Sie wirklich, die kleine Schwuchtel kann Ihnen noch helfen?«

Lillith wusste, wer bei ihrem Vater im Zimmer stand, noch bevor sie das geckernde Lachen hörte: Der Mann mit dem Brotkastengesicht, dieser Dämon, der sie verfolgte wie ein böser Fluch.

»Ach du scheiße«, sagte Sunna, die die Stimme ebenfalls erkannt hatte. »Der war in der Susannenstraße auch mit dabei. Wojtek Skoruppa. Die grausamste Ratte, die auf Nordlands Straßen unterwegs ist. Wieso kann der so einfach bei euch reinspazieren?«

Die Puzzleteile fielen von ganz allein an ihren Platz.

»Vidja, finde die schnellste Route nach Hause«, rief Lillith ins leere Auto. Sie knallte den Rückwärtsgang rein, drehte den Wagen und überließ dann dem Autopiloten die Kontrolle. »Alle Geschwindigkeitsbeschränkungen werden für ungültig erklärt, Notfallcode LAC / 22-12.«

»Legen Sie die Pistole weg«, sagte Davide. »Ich bin sicher, dass wir uns einigen können.«

»Aber das wäre nur der halbe Spaß! Noch ein letztes Wort für die Nachwelt?« Er lachte wieder.

Das Lachen stoppte, als die Verbindung auf Davides Seite unterbrochen wurde.

Sie drehte sich zu Sunna, während das Auto über die menschenleere Straße raste. Eine Kleinigkeit fehlte noch, ein Puzzleteil, das sie schon öfter in der Hand gehabt, aber nie die Stelle gefunden hatte, wo es hineinpasste.

»An dem Halloweenabend, als Bo mich vor den Ratten gerettet hat, habt ihr da die Kameras rund um den *Eimer* manipuliert?«

Sunna schüttelte den Kopf. »Das war nicht nötig. Es waren doch sowieso alle verkleidet. Warum fragst du?«

»Weil es von dem Abend keine einzige offizielle Aufnahme gibt. Angeblich sind die Kameras weiträumig ausgefallen, mein

Vater hatte keine Ahnung, wohin ich verschwunden bin. Ich dachte immer, Omega wäre dafür verantwortlich gewesen. Aber dann hat mir Erik Drach Bilder gezeigt, auf denen man deutlich sehen kann, wie ich mit Bo davonfahre.«

»Dann gab es also doch Bilder aus den Kameras und Drach hat sie deinem Vater nur vorenthalten?«

»Nein. Das ist mit dem bestehenden System unmöglich. Mein Vater ist Hauptfinanzierer, er hat Zugriff auf alles, was an Überwachung in der Stadt abläuft.« Das Auto bog mit quietschenden Reifen in eine Querstraße ab. Lillith widerstand der Versuchung, sich am Lenkrad festzuhalten. »Das Video, das Erik mir vorgespielt hat, war außerdem kein normales Überwachungsvideo. Die Perspektive stimmte nicht. Es sah so aus, als ob Erik die Kamera im Boden vergraben hätte.«

»Ja?«

Lillith holte tief Luft. »Aber da war keine Kamera. An der Stelle, wo die Kamera hätte sein müssen, lag dieser Skoruppa. Erik hat ihn auf mich angesetzt, damit der Verlobungsball platzt. Er muss ihm einen Hirnchip verpasst haben, sonst hätte er nicht mit geschlossenen Augen weiterfilmen können. Und jetzt«, Lilliths Stimme zitterte, die Gefühle kamen mit Macht zurück, es war ihr egal, »und jetzt ist dieser Mann in unserem Haus und bringt meinen Vater um.«

»Vielleicht bist du schnell genug zurück, um das zu verhindern.«

»Ich hab ihn gewarnt! Ich hab ihm immer und immer wieder gesagt, dass Erik gefährlich ist!« Lillith schlug wütend auf das Lenkrad ein. »Aber er schickt mich ja lieber nach Russland.« Sie zog die Nase hoch. »Danke für deine Hilfe, Sunna, aber du solltest jetzt besser verschwinden, bevor die Kameras dich neben mir sehen.«

Die automatische Erkennung am Nordtor funktionierte, das Tor öffnete sich, sobald Limousine und Fahrerin erfasst worden waren. Lillith suchte nach den Wächtern, aber niemand stand draußen oder am Fenster. Die Vidja-Verbindung war genauso tot wie zu dem Zeitpunkt, als der Schleifer sie unterbrochen hatte. Vor dem Haupteingang kam der Wagen zum Stehen, Kieselsteine spritzten die Treppe hoch und durch die offene Eingangstür hinein in die große Empfangshalle.

Das Haus war wie ausgestorben.

Die Kristalle des Kronleuchters quinkelierten, als ein Windstoß von draußen die kaskadenhaft fallenden Glastropfen in Bewegung setzte. Sie ging die Treppe hoch und bog in den Flur, der zu den Arbeitszimmern führte. Vor der Tür zum Grauen Salon lag ein verdrehter, lebloser Körper. Giacomo, der Chef der Sicherheit und persönliche Leibwächter ihres Vaters. Die Augen weit aufgerissen, ein überraschter Ausdruck eingefroren in seinem Gesicht, eine Schusswunde auf Höhe des Herzens. Das Parkett um ihn herum war dunkel gefärbt. Lillith bog seine noch warmen Finger auseinander und nahm die Makarow an sich. Eine unnötige Vorsichtsmaßnahme. Wenn jemand im Grauen Salon oder im dahinter liegenden Arbeitszimmer ihres Vaters auf sie warten würde, hätte sie ihn längst gespürt.

Davide lag neben dem gläsernen Konferenztisch, seine Augen waren geschlossen, aber er atmete. Lillith kniete neben ihm. Auf seinem Hemd waren ein paar kleine Flecken, als ob er beim Essen mit Tomatensoße gekleckert hätte. Er sah aus, als würde er schlafen, aber als sie seine Wange berührte, stöhnte er. Sie drehte seinen Kopf vorsichtig zu sich und würgte. Die ganze Seite war in Blut getränkt. Seine Haare klebten an der Kopfhaut, das Blut zog sich über das Ohr den Hals herunter. Hellrot pulste es auf den grauen Fußboden. Lillith konnte nicht erkennen, wo genau die Wunde war. Sie sah überall nur das hellrote Blut, das über das weiße Haar floss. Ein saurer Geruch stieg auf, ihr wurde übel, so viel Blut.

Papa! Was soll ich tun? Papa, hilf mir.

Sie versuchte, ihn hochzuheben, aber sein Gewicht überstieg ihre Kraft. Sie setzte sich wieder, bettete Davides Kopf in ihren Schoß und strich ihm über die Wange. Wach auf, bitte, Papa, wach auf. Ich weiß nicht, was ich tun soll. Ihre Hände waren feucht von seinem Blut, die Übelkeit in ihrem Hals wollte heraus.

Ihr Verstand bahnte sich einen Weg durch ihre eigene, tiefrote Angst. Ja, Wunden am Kopf bluteten besonders stark. Ja, es war bestimmt nur eine Platzwunde und gleich würde es aufhören zu bluten. Gleich würde Davide die Augen wieder aufschlagen. Sie konnte ihn nicht tragen. Aber sie musste etwas tun. Ihr Atem ging flach und schnell, sie war sich nicht sicher, ob sie seinen noch hörte. Sie musste die Blutung stoppen. Irgendwie.

Sie zog ihre Bluse aus und drückte den Stoff auf Davides Kopf, dort, wo sie die Wunde vermutete, wo das Blut dicker war und dunkelrot. Wieso hörte es nicht auf zu bluten? Sie strich Davide eine Strähne aus dem Gesicht. Er war immer so stolz auf seine Haare gewesen. Nicht weggehen. Bitte. Die weiße Bluse wurde an einer Stelle tiefrot.

Dumme Kuh. Sie griff nach seinem Manschettenknopf und aktivierte den Wand-Bildschirm. In der unteren Ecke stach der kleine Alarmknopf rot hervor. Hatte auch nichts genutzt, jetzt, wo es ernst geworden war. Sprachsteuerung – aktiviert. »Achtung! Davide Civetta ist schwer verletzt. Wir brauchen einen Arzt im Grauen Salon. Schnell.« Sie wusste nicht, ob diese Botschaft in ihrem anscheinend leeren Haus von jemandem gehört worden war, es kam keine Bestätigung. Aber vielleicht konnte sie die durch ihre Tränen hindurch nur nicht sehen.

Der Geruch nach Blut wurde stärker. Der rote Fleck auf ihrer Bluse wurde größer. Es hörte einfach nicht auf zu bluten. Aus seinem Mund floss ein weiterer Strom und vereinte sich in ihrem Schoß mit dem Blut aus seiner Kopfwunde.

Der Tod war erneut in ihr Haus gekommen. Dieses Mal hatte er sein Ziel erreicht.

– III –

Feinde

Erik Drach kam persönlich. Lillith hörte die schweren Schritte auf der Treppe und spürte tiefe Zufriedenheit, durchzogen von Schadenfreude. Hinter ihm polterten Polizisten die Treppe hinauf.

»Hier.« Ohne weitere Begrüßung warf Erik ihr seine Jacke zu. »Ich kann mich beherrschen, aber du solltest meinen Männern keinen Grund geben, unkonzentriert zu arbeiten.«

Lilliths Gesicht brannte, als sie das viel zu große Jackett überzog. Erik hockte sich neben Davide und suchte nach einem Puls. »Mein Beileid«, sagte er mit unbewegter Miene. »Gibt es Aufzeichnungen von der Tat?«

Jemand lief mit leichten Schritten den Gang entlang. Im nächsten Moment stand Maja neben ihr und nahm sie in den Arm. Lillith wollte sich hineinversenken, wollte Erik und seine Männer nicht sehen, wollte dieses ganze Drama in die Kategorie Albtraum packen, aus dem sie in wenigen Momenten aufwachen würde, aber Majas Mitleid war zu intensiv, dieser Ausweg versperrt. Lillith schossen die Tränen in die Augen und zum ersten Mal heute ließ sie das Unmögliche an sich heran: Davide war tot. Und sie war allein. Sie griff nach der Qi-Gong-Kugel in ihrer Rocktasche. Die glatte, kühle Oberfläche zog fast automatisch einen Deich zwischen Majas Mitleid und ihr hoch. Sie blinzelte die Tränen weg.

»Vidja, zeige die letzten 30 Minuten aus dem Grauen Salon«, sagte sie mit belegter Stimme. »Virtuelle Realität.«

Grauer Grissel legte sich neben und über Davides Leichnam.

»Vidja, ignoriere den beschädigten Bereich und berechne aus dem vorhandenen Material die realen Daten.«

»Negativ«, sagte die Computerstimme. »Es gibt nicht genug Rohdaten für eine realistische Wiedergabe.«

»Vidja, zeige die letzte unbeschädigte Sequenz.«

Die Tür, die den Grauen Salon mit Davides Arbeitszimmer verband, öffnete sich. Lillith kam herausgestürmt, das Gesicht vom Kampf gegen die Tränen verzerrt, ihr Vater saß im Hintergrund hinter seinem mächtigen Schreibtisch und sah ihr nach. Irgendwo knallte eine Tür, Davide erhob sich, ging ein paar Schritte, als wollte er ihr nachlaufen, schüttelte dann den Kopf und setzte sich wieder, das Gesicht in den Händen verborgen.

»Ihr habt euch gestritten?«

Lillith konnte Erik die Schadenfreude aus seinem Gesicht ablesen.

»Er war mit dem Baoxiniao-Hochzeitskleid nicht einverstanden«, murmelte sie. Sie schluckte. Diesen Davide kannte sie nicht.

»Und dann?«

Maja schob sich zwischen Erik und Lillith. »Herr Senator, das Kind hat gerade seinen Vater verloren. Bitte geben Sie Lillith ein paar Minuten.«

»Wo warst du, Lillith Civetta, als dein Vater ermordet wurde?«

Lillith hörte Erik nur ganz am Rande ihres Bewusstseins. Davide war wütend gewesen, als sie sein Büro verlassen hatte. Ziemlich wütend – oder war das ihre eigene Wut gewesen? Sie dachte an ihr letztes Bild vom lebendigen Davide, dem in seiner Vidja versunkenen, eiskalt kalkulierenden Geschäftsmann. Jede Handlung hatte Konsequenzen im Leben. Auf jede Aktion folgte eine Reaktion. Ihre zu offensichtliche Unterstützung von Omega wurde mit Verbannung bestraft, ausgeführt vom Adlaten Titus.

Titus!

Bevor sie Erik die trauernde, unwissende Tochter vorspielte, musste sie verhindern, dass Titus die Wahrheit über die letzte Stunde in Davides Leben preisgab. Ansonsten würde sie im besten Fall heute Abend im Flieger nach St. Petersburg sitzen. Und im schlechtesten Fall im Heimathaus als Hauptverdächtige im

Mordfall Davide Civetta. Ein besseres Motiv konnte niemand haben, oder? Erik würde es gnadenlos ausnutzen.

Sie schwankte und krallte sich an Majas Arm.

Erik sah sie aus zusammengekniffenen Augen an, als würde er überprüfen, ob sie schauspielerte. Aber sie war besser, als Davide ihr zugestanden hatte. »Gut, Lillith, ich werde später mit dir reden. Aber du solltest dieses Gelände nicht verlassen.«

Lillith sah ihn mit rehgroßen Augen an. »Warum sollte ich das tun?«, flüsterte sie.

Eriks Oberlippe zuckte kurz nach oben. Sollte er sie ruhig verachten, sie für das Dummchen halten, das sie ihm vorspielte. Das gab ihr Zeit, ein paar Angelegenheiten in Ordnung zu bringen.

Sobald sie mit Maja in ihren eigenen Räumen war, aktivierte sie Titus' Vidja und suchte nach seinen persönlichen Daten. »Weißt du, ob Titus Familie hat?«, fragte sie. »Und wenn ja, wohnt sie bei uns auf dem Gelände?«

Maja brauchte nicht lange zu überlegen. »Titus ist verheiratet, hat zwei kleine Söhne und wohnt mit seiner Familie in einem der Reihenhäuser am Nordende.«

»Bist du über alle Mitarbeiter so gut informiert?«

Maja kreuzte die Arme vor der Brust. »Nur über die, die allen auf die Nerven fallen. Magda, die Köchin, wohnt direkt neben Titus. Er tut wohl immer so, als ob er der zweite Mann hinter Davide und eigentlich auch ein Bird wäre. Er soll sogar dafür gesorgt haben, dass seine Frau die Mädchen, mit denen sie schwanger war, hat wegmachen lassen. Als ob er Angst haben müsste, dass sein reiches Erbe in falsche Hände gerät.« Maja schüttelte den Kopf. »Aber seine Söhne vergöttert er.«

Lillith überflog die Textnachrichten, die er in jüngster Zeit an seine Frau geschickt hatte und diktierte in Titus' Tonfall eine Nachricht an Käte Steegen: »Schatzi, es ist so weit, der Alte ist tot und ich bin der neue Chef! Komm sofort zum Haupthaus, bring die zwei Flöhe mit und sag niemandem ein Wort! Niemandem, verstanden? Sobald alles offiziell ist, darfst du's den Nachbarn aufs Brot schmieren. Aber jetzt will ich dich und die Jungs an meiner Seite. Sofort!!!«

Maja warf einen Blick auf den Text. »Wie willst du Titus abfangen?«

Mit wenigen Handbewegungen hatte Lillith eine Audioverbindung zu ihrem Leibwächter aufgebaut.

»Yaren?«

Sie hörte Yarens überraschten Kiekser in der Stimme, als er mit »bestätigt« antwortete. Ein kluger Leibwächter wusste, wann er knapp antworten musste.

»Davide ist tot. Ich bin zu Hause und erwarte dich und Titus im Herrenzimmer. Ein Fahrzeug ist auf dem Weg, um euch abzuholen. Bitte sorge dafür, dass Titus direkt zum Herrenzimmer kommt und auf dem Weg mit niemandem redet. Er steht wegen Mordverdacht unter Hausarrest. Diese Information ist wegen der Brisanz als geheim klassifiziert.«

Nicht nur Erik Drach konnte sich die Wahrheit zurechtbiegen.

Zwanzig Minuten später hatte Lillith Davides Blut von den Händen gewaschen und war angemessen gekleidet. Auf das Korsett hatte Maja verzichtet (»Wir wollen Erik nicht zu lange warten lassen.«) und ihr eine ähnliche Bluse herausgesucht wie die, die unten bei Davide lag. Dazu trug sie ein altes Chanel-Kostüm ihrer Mutter. Der knielange Rock mit dem einfachen geraden Schnitt war furchtbar unmodern, aber ihre Auswahl an schwarzer Kleidung war nicht besonders groß. Alte-Frauen-Farbe, hatte sie immer gespottet, wenn Cissy sie bei ihren Einkaufstouren zu einem Designerstück in Schwarz überreden wollte.

Da der Graue Salon als Besprechungszimmer ausfiel, wich Lillith in das Schreibkabinett am anderen Ende des Arbeitsflügels aus. Als sie auf der Galerie den Eingangssaal passierte, führte Maja bereits die aufgeregte und trotz der Kürze der Zeit ziemlich herausgeputzte Käte Steegen in den hinteren Bereich des Hauses. Im Souterrain gab es einige fensterlose Zimmer, Panikräume, in die Maja und die anderen Angestellten gerade erst auf Anweisung von Davide geflüchtet waren. Mit einer kleinen Veränderung der Programmierung wurde daraus eine Zimmerflucht, aus der niemand herauskam.

Das Schreibkabinett war das Arbeitszimmer ihrer Mutter gewesen. Davide hatte es seit ihrem Tod nicht mehr betreten und für Lillith war es verbotenes Terrain gewesen. Die handgeschöpften, frühlingsgrünen Tapeten hatten wegen der ständig zugezogenen schweren Vorhänge nichts von ihrer Leuchtkraft eingebüßt. Der weiße Schreibtisch aus dem 18. Jahrhundert strahlte mit den Bildern an den Wänden um die Wette. Es waren farbenfrohe Kunstwerke des 21. Jahrhunderts. Lillith zog die Vorhänge zur Seite. Der Blick ging hinaus auf die Wohnquartiere der Angestellten. Der Regen fiel in gleichmäßig langen Strähnen vom Himmel und angesichts des deprimierenden Grau hätte sie die Vorhänge gleich wieder geschlossen, wenn Erik nicht in diesem Moment ins Zimmer gekommen wäre.

Sie zeigte auf den Stuhl vor ihrem Schreibtisch. »Setz dich.«

Lillith spürte Eriks Überraschung über die Anrede und war sehr zufrieden, als er überrumpelt tat, was sie wollte. Das würde vermutlich nicht so schnell wieder vorkommen. Er hatte ihr bislang nicht das »du« angeboten. Aber sie war die Verlobte des Mafia-Mannes Sorokin und solange der nicht hier war, war sie als seine Stellvertreterin den anderen Senatoren gleichgestellt. Niemand kannte die Details des Ehevertrags, niemand wusste, dass Titus für diese Position vorgesehen war und sie eigentlich gerade im Flugzeug nach St. Petersburg sitzen sollte. Niemand außer Sorokin – aber das Problem würde sie später lösen.

»Um deine Frage von eben zu beantworten: Als mein Vater starb, war ich auf dem Weg zu Lady Cecilia Rook«, erklärte sie, ohne eine Aktion von Erik abzuwarten. »Aber die viel wichtigere Frage ist doch: Warum hat deine frisch in unser System gespielte Sicherheitssoftware nicht funktioniert? Wie konnten die Mörder meines Vaters ungehindert auf unser Grundstück kommen, und warum haben die Kameras nichts aufgezeichnet?«

»Das überprüfen wir gerade«, antwortete Erik. »Genauso wie wir überprüfen, ob dein Alibi wasserdicht ist.«

»Warum hätte ich meinen Vater umbringen sollen?«

»Jeder weiß, dass du diesen Russen nicht heiraten willst. Du hast ein gutes Motiv.«

»Was für ein Unsinn. Natürlich werde ich Sorokin heiraten. Die Verträge sind unterschrieben, die Feier wird im März mit reichlich Prunk und Pomp in St. Petersburg stattfinden. Hast du keine Einladung bekommen?«

Wieder kniff Erik die Augen zusammen, als ob er so besser zwischen Wahrheit und Lüge unterscheiden könnte.

»Wann hast du das Haus verlassen? Wann bist du zurückgekommen?«

Lillith seufzte übertrieben genervt. »Ich bin mit Titus, Yaren und Victor gegen 13:30 losgefahren. Haben die Kameras das nicht aufgezeichnet? Oder hat deine Software bereits zu diesem Zeitpunkt nicht mehr gearbeitet? Unsere Anwälte werden wegen deiner fehlerhaften Software Regressansprüche gegen deinen Konzern stellen, Erik. Ich hoffe, du bist gut versichert.«

»Lenk nicht ab, Lillith.«

»Titus hatte mich gebeten, ihn auf dem Weg zu Cissy am Flughafen abzusetzen. Er sollte in St. Petersburg die letzten Detailverhandlungen der Advokaten über meinen Ehevertrag überwachen. Aber kaum hatten wir den Flughafen hinter uns gelassen, hat uns der Hilferuf der Sicherheit erreicht. Hier.« Sie spielte ihm den Ausschnitt vor, in dem der Kontaktversuch der Zentrale vom Feuer der Maschinengewehre unterbrochen worden war. »Wir sind natürlich sofort umgedreht, aber wir waren zu spät.« Sie flüsterte nur noch, der Schmerz war echt und drohte, ihre mühsam aufgebaute Fassade in Stücke zu schlagen. »Weißt du schon, wie viele Tote es gegeben hat?«

»Sechs. Plus deinen Vater.« Erik streckte das Kinn vor. »Ist dir etwas aufgefallen, als du zurück auf euer Grundstück gefahren bist? Hast du jemanden gesehen?«

Lillith spürte zu Erik hinüber. Er war nervös. Ganz leicht nur, aber als sie sich auf ihn einließ, wurden ihre Handflächen feucht. Wenn sie zugab, dass sie wusste, wer ihren Vater auf dem Gewissen hatte, würde sie die nächste Nacht nicht überleben.

»Nein, tut mir leid. Es war alles wie ausgestorben.« Ihre Handflächen waren wieder trocken.

Erik schob den Stuhl zurück. »Wir werden deine Aussage überprüfen, Lillith. Du wirst das Haus in der Zwischenzeit nicht verlassen.«

»Du erteilst mir Hausarrest, Erik?« Lillith zog eine Augenbraue hoch. »Auf welcher Grundlage? Unser Pakt schützt auch mich. Außerdem habe ich zu tun. Ich muss für meinen Verlobten die Geschäfte am Laufen halten. Er wird nicht erfreut sein, wenn er hört, dass du versuchst, meinen Bewegungsspielraum einzuschränken.«

Eriks Kiefer drohte aus seinem Gesicht herauszuspringen. Aber er hatte seine Wut sofort unter Kontrolle. »Ein Missverständnis. Ein Vorschlag nur, um dir diese schwere Zeit zu erleichtern. Natürlich darfst du jederzeit dein Haus verlassen und dich deinen Geschäften widmen. Viel Erfolg.«

»Traust du mir das nicht zu?«

»Doch, doch.« Eriks Wut war zur Häme geworden. »Wir alle halten unseren Teil des Pakts, nicht wahr?«

»Der Umbau der Sicherheitsarchitektur ist abgeschlossen«, meldete Technikchef Amitabh fünf Tage später.

Lillith saß am weißen Schreibtisch ihrer Mutter und versuchte, so schnell sie konnte, in die Schuhe ihres Vaters hineinzuwachsen. »Gut. Danke«, antwortete sie. Damit hatte sie Eriks »Hüter« komplett durch Programme aus Finnland ausgetauscht. Und jetzt? Ihre Anwälte arbeiteten an einer Schadenersatzklage gegen Eriks Sihhuri AG. Die Chancen zu gewinnen, tendierten gegen null.

Genauso hoch waren ihre Chancen, Erik den Mord an ihrem Vater nachzuweisen. Nichts in den gespeicherten Daten ihres

Vaters deutete auf einen Streit oder auch nur auf eine Meinungsverschiedenheit mit dem Heimatschutzsenator hin. Sie hatte keinen einzigen Beweis, abgesehen von der letzten Vidja-Aufzeichnung mit Skoruppas charakteristischem Lachen. Wie sollte sie nachweisen, dass Skoruppa zu Eriks Leuten gehörte und in seinem Auftrag Davide Civetta ermordet hatte? Offiziell existierte dieser Mann überhaupt nicht. Es gab keine Akte, kein Vorstrafenregister, nicht einmal einen Eintrag im Meldeamt. Und das Fahndungsbild, mit dem nach dem Überfall im Elbtunnel nach ihm gesucht worden war, hatte keinerlei Ähnlichkeit mit der Oberratte.

Erik hatte den Mord perfekt geplant, das musste sie ihm lassen: Sich unter dem Deckmantel der Modernisierung Zugang zu Davides elektronischen Sicherheitssystemen verschaffen, die wichtigsten Mitarbeiter durch idiotische Fortbildungsmaßnahmen von dem zu schützenden Gelände fortlocken und dann einen unsichtbaren Killer auf Davide loslassen. Der Plan passte zu Erik, aber er verstieß gegen die wichtigste Regel der Birds: Sie ermordeten sich nicht gegenseitig.

Wenn jemals öffentlich wird, dass Willem mich umbringen wollte, wird es das Ende von Nordland sein. Wenn nur ein einziger offen den Pakt missachtet, dann wird sich kein anderer mehr daran halten. Das wäre das Ende unseres friedlichen Zusammenlebens.

Davides Worte auf dem Weg nach Rehden. Zugegeben: »offen« missachtet hatte Erik den Pakt nicht.

Sollte sie die anderen Birds warnen? Jeder, der es sich leisten konnte, hatte nach den jüngsten Unruhen die Modernisierung seiner Sicherheitsanlagen bei der Sihhuri AG in Auftrag gegeben. Wenn ihre Vermutungen stimmten, konnte Erik auf jedes einzelne Haus zugreifen.

In einer Welt, die auf gegenseitigem Vertrauen basiert, gewinnt derjenige, der als erster den Glauben an das Gute als Dummheit definiert.

Aber da war nicht nur das Problem mit den Beweisen. Wenn sie mit den Anschuldigungen an die Öffentlichkeit ging, wie lange würde es dauern, bis Erik auch sie aus dem Weg räumte? Und selbst wenn sie sich schützen und ihm den Mord nachweisen konnte – würden sich die anderen Männer dann noch an den Pakt halten? Oder wäre das der Anfang vom Ende? Ihr Vater hatte das geglaubt, als er Willems Mordversuch mit keiner Silbe erwähnt hatte. Willems Mordversuch … ob Erik auch dahinter steckte?

Aber warum? Seine Geschäfte liefen so gut wie seit Jahren nicht. Was trieb ihn, das seit 25 Jahren bestehende Gleichgewicht zu zerstören? Warum setzte er mit einem Mord den Frieden im Land aufs Spiel?

Unter Lilliths Fingern stapelten sich die Meldungen aus den Konzernbereichen. Lillith wischte auf der in den Schreibtisch eingelassenen Glasfläche eine Nachricht nach der anderen zur Seite. Sie musste Prioritäten setzen, aber alles schien gleich wichtig und gleich dringend zu sein. Wo sollte sie anfangen?

Die freundliche, aber unmissverständliche Note des Westfalen Schedalke lag ziemlich weit oben, unbeantwortet. Am Montag nach Davides Tod hatte Schedalke seinen Anspruch auf den Gasspeicher in Rehden angemeldet und ihr drei Wochen Zeit gegeben, ihm den Zugang dazu freiwillig zu überlassen.

Schedalke würde nicht wirklich einen Krieg mit Nordland riskieren. Oder? In dem Fall würde sie Erik und den Heimatschutz um Hilfe bitten müssen. Eine unangenehme Vorstellung. Sie wischte weiter über das Rechteck aus Glas. Das Thema Energiespeicher hatte noch Zeit.

Anders sah es aus beim Thema Energieerzeugung. Auf Ventus 3 standen die Windräder erneut still, dieses Mal nicht wegen Sabotage, sondern wegen Sorokin. Das dringend benötigte Getriebeöl aus Sorokins Raffinerien war bisher nicht in Wilhelmshaven angekommen. Sie würde ihm die Sache mit dem Pakt nochmal genau erklären müssen. Dass er verpflichtet war, die Stromversorgung sicherzustellen. Dass dafür die Windkraftanlagen laufen mussten. Dass ein Stromausfall, der länger als

48 Stunden dauerte, ihn seinen Job als Energiesenator kostete und sich in diesem Fall das gesamte Civetta-Vermögen auf einen Schlag in Luft auflöste.

Morgen bei der Beerdigung würde sie ihren Zukünftigen wiedersehen. Und er würde sie fragen, wann sie endlich nach St. Petersburg kommen würde. Sie würde ihn weiter hinhalten müssen. Sie hatte nur noch keine Idee, wie.

Lillith stand auf und stellte sich ans Fenster. Frauen hängten Wäsche auf, das Baby vor dem Bauch, ein, zwei Kleinkinder an den Rockzipfeln. Männer sahen ihnen zu und inhalierten tiefe Züge aus ihren selbstgedrehten Zigaretten. Kinder kamen von der Schule nach Hause und wurden von ihren Müttern ermahnt, die Schuluniformen auszuziehen, bevor sie zum Spielen verschwinden durften. Ein Stück dahinter, nur ab und an zwischen den Häuserlücken zu sehen, funkelte Stacheldraht im Sonnenlicht. Dort stand die Mauer, die ihr Anwesen vom Elendsviertel abgrenzte.

Lillith zog ihr Wolltuch fester um die Schultern. Über den abhörsicheren Adam-Kanal hatte Sunna sie über die Entwicklung jenseits der Mauer informiert. Die Avatar-Aktion im Anschluss an die Wiedereröffnung der Elbphilharmonie hatte den Ansturm auf die Neue Heimat tatsächlich gestoppt. Trotzdem glaubten immer noch zu viele Menschen Drachs Versprechen und überließen der Behörde ihre Häuser im Tausch für eine Wohnung in der Neuen Heimat. Keiner kam zurück, um den ehemaligen Nachbarn von den neuen Unterkünften zu berichten. Sunna war am Montag erneut nach Krümmel aufgebrochen, musste aber zwei Kilometer vor dem Ziel umdrehen. Die Neue Heimat war komplett abgeriegelt. Selbst die kleinen Schleichwege, über die sie die letzten Male gekommen waren, waren inzwischen gesperrt und wurden überwacht. Hindurch kam man nur mit einer offiziellen Erlaubnis der Behörde am Poggendiek.

Sunna hatte versucht, ihre Nachbarn zu warnen. Aber niemand hörte auf sie. »Ihr werdet gesucht und könnt nicht von der

Neuen Heimat profitieren. Deshalb gönnt ihr uns das bessere Leben nicht«, war das Standard-Gegenargument derer, die ihre Sachen packten. Zwar schlossen sich nach wie vor junge Leute dem Widerstand an, aber es waren nicht genug. Bos Plan, die Masse der Bevölkerung auf seine Seite zu ziehen, womöglich einen Aufstand des Volkes gegen die Drach'schen Pläne zu initiieren, drohte zu scheitern.

Die Masse glaubte an fließendes Wasser, Strom aus der Steckdose und Manna vom Himmel.

Für den Beerdigungszug morgen hatte Omega deshalb wieder eine Aktion geplant. Wenn es ihnen schon nicht gelang, das Volk zu überzeugen, dann wollten sie wenigstens die Senatoren und Abgeordneten und vielleicht auch die ausländischen Gäste und Medienvertreter darauf aufmerksam machen, dass die angeblich freiwillige Umsiedlung in Wahrheit eine Vertreibung war. Lillith spekulierte darauf, damit endlich bei den Senatoren Gehör zu finden. Wenigstens bei einigen von ihnen.

Bei der Senatssitzung am vergangenen Montag war sie nicht zu Wort gekommen. Alle hatten reichlich ungerührt ihr Beileid zum Tod ihres Vaters ausgesprochen und sie danach komplett ignoriert, während Erik ohne mit der Wimper zu zucken Omega als Hauptverdächtigen präsentierte. Das mehrfach an die Außenmauer ihres Anwesens gemalte Symbol diente ihm dabei als Beweis und Anlass, beim Kampf gegen die Rebellen »jetzt endlich richtig durchzugreifen«. Kein Senator wunderte sich darüber, dass Erik dafür bereits eine neuartige Technologie aus den USA hatte anschaffen lassen: Drohnen, die mit einer Mischung aus konventionellem Sprengstoff und ferngesteuerter Lasertechnik Häuser in Schutt und Asche verwandelten.

Erik beabsichtigte, »Operation Hail« in der Woche nach der Beerdigung zu starten und in einer Strafaktion gezielt die Häuser zu zerstören, in denen er die Unterstützer von Omega vermutete, »um den Chaoten jede Rückzugsmöglichkeit zu nehmen und ihren Helfern zu zeigen, was passiert, wenn sie sich gegen uns stellen.« Niemanden kümmerte es, dass Erik keinen Unterschied machte zwischen tatsächlichen Unterstützern und Bewohnern, deren einziges Vergehen darin bestand, ihren Besitz nicht freiwillig geräumt zu haben.

Sollte sie Sorokin um Hilfe bitten? In den kurzen Kontakten mit ihm hatte sie sich als Titus ausgegeben – ihr neuer Avatar war eine perfekte Kopie von Davides Assistenten. Aber was, wenn Sorokin Titus morgen persönlich sprechen wollte? Angst legte sich auf ihre Seele und auf ihren Verstand. Was sollte sie tun, wenn Sorokin sie aufforderte, noch am selben Tag mit ihm nach Russland zu kommen? Was, wenn Titus … Es klopfte.

Lillith zuckte zusammen. »Ja bitte?« Ihre Stimme war wackliger, als ihr lieb war.

Ein Hausmädchen stand in der Tür und knickste. »Fräulein Civetta, Ihr Besuch wartet unten.«

»Mein Besuch?« Lillith konnte sich nicht vorstellen, wer sie heute besuchen wollte. Sie hatte alle Termine abgesagt.

»Herr von Eschenburg sagt, Sie erwarten ihn.«

Fritjof! Mit dem hatte sie seit ihrer Rückkehr von Omega nicht mehr gesprochen. Ihr Vater hatte ihr jeden Kontakt zu ihm verboten und Fritjof selbst war nicht in der Verfassung gewesen, sich über das Verbot ihres Vaters hinwegzusetzen. Er hatte, wie so viele andere in Nordland, zwei Wochen lang krank mit Masern im Bett gelegen.

»Sag ihm, ich komme gleich.«

Das Hausmädchen war noch nicht fertig. »Er bat mich, Sie daran zu erinnern, dass er festes Schuhwerk und einfache Hosen für Ihren Ausflug empfohlen hat.«

Lillith sah auf ihre Pumps herab. Was hatte Fritjof vor?

Ihr Freund stand mit ernster Miene im Empfangssaal. »Mein Beileid, Lillith. Wie geht es dir?«

Lillith nickte nur kurz. »Danke. Ich hoffe, es ist wirklich wichtig! Ich habe nur wenig Zeit.«

»Würde ich dich je für etwas Unwichtiges stören?«

Lillith sparte sich die Antwort. Egal, was Fritjof jetzt vorhatte – und vermutlich war es etwas Unwichtiges – im Grunde war sie froh über die Ablenkung. Als sie eben ihr Kostüm gegen die Jeans getauscht hatte, hatte sie sich das unbeschwerte Leben der letzten Jahre zurückgewünscht: mit Freundinnen in Shanghai shoppen, am Strand von Rio de Janeiro den Sand unter den Füßen spüren, samstagabends mit ihrer Clique über die Reeperbahn ziehen oder auch einfach nur an einem ganz normalen Wochentag mit ihrem Vater über seine Geschäfte diskutieren.

Aber ihr Vater war tot. Das unbeschwerte Leben war vorbei. Punkt.

Fritjof hatte seinen Porsche genau vor der Auffahrt geparkt. Mehrere Kieselsteine lagen auf der Treppe, Lillith kickte sie nach unten. Ein vergeblicher Versuch, für Ordnung zu sorgen. Als Fritjof anfuhr, drehten die Reifen durch, neue Steine regneten auf die Stufen.

»Also, rück schon raus mit der Sprache: Wohin fahren wir?«

»Wir besuchen eine gemeinsame Freundin.«

»Cissy? Hast du sie erreicht?« An Cissy hatte sie seit dem Tod ihres Vaters überhaupt nicht mehr gedacht. »Mein Gott, ich versuche schon ewig, mit ihr zu sprechen. Hast du sie gesehen? Sie sieht schrecklich aus. Weißt du, was mit ihr ist? Ist sie nun eigentlich schwanger oder nicht?«

Fritjof ließ ihren Redeschwall wortlos abprallen. Als Lillith eine Pause machte, holte er tief Luft. »Ich habe Cissy das letzte Mal gesehen, als sie …«, er überlegte, »keine Ahnung. Ewig her. Schwanger? Da weißt du mehr als ich.« Er strich sich über sein glattrasiertes Kinn, bevor er wieder das Lenkrad umklammerte und Gas gab. »Nein. Wir fahren nicht zu Cissy. Ihr eifersüchtiger Ehemann würde uns nie im Leben zu ihr lassen.«

»Wir müssen ihr helfen! Kannst du nicht mit Rook reden? Oder mit ihrem Vater? Mich ignoriert Hawik. Vielleicht hört er auf dich.«

Fritjof konzentrierte sich auf die Straße. »Du überschätzt meine Position. Der Herr Landwirtschaftssenator interessiert sich nicht für die Meinung eines verarmten Adeligen. Und bei Rook brauche ich es gar nicht erst zu probieren. Der hetzt gleich seine Hunde auf mich.«

»Arme Cissy.« Lillith schwieg. Fritjof hatte recht. Solange Lord Rook zu Hause war, war es unmöglich, Cissy zu treffen und herauszufinden, was eigentlich los war. Und ihr Ehemann war inzwischen ständig zu Hause. Seine Geschäfte mussten desaströs laufen. In ihrem Kopf pochte es. Lillith schloss die Augen und massierte sich die Schläfen. Wenn ihren Geschäften nicht das gleiche Schicksal drohen sollte, musste sie Cissys Probleme für den Moment zur Seite schieben. Cissy war erwachsen.

Lillith hatte trotzdem ein schlechtes Gewissen.

An einem heruntergekommenen Gebäude aus Glas und Stein, nicht weit von ihrem Grundstück entfernt, hielt Fritjof. Man sah dem Gebäude die Vernachlässigung der vergangenen 25 Jahre an. Von den ehemals fünf Stockwerken schien nur noch das Erdgeschoss betretbar zu sein. Und selbst da war Lillith sich nicht sicher.

Fritjof warf einem vor dem Gebäude herumlungernden Jungen eine Münze zu. »Wenn ich wiederkomme, steht mein Auto unverändert auf seinem Platz und zwar ohne einen weiteren Kilometer auf dem Tacho, verstanden?«

Der Junge, vielleicht gerade mal 13, aber mit der drohenden Haltung eines Halbstarken, den man besser nicht schief ansah, nickte und lehnte sich lässig an die Wand. »Schon klar, Chef, wie immer.«

»Du kennst den Jungen?«

Fritjof reagierte nicht, sondern zwängte sich durch eine unauffällige Tür ins Innere. Der Eingang erinnerte Lillith stark an die Verstecke von Omega. Aber Fritjof würde sie nicht allen Ernstes zu Omega bringen. Am Ende des kurzen unbeleuchteten Ganges fiel Licht durch die Ritzen einer Flügeltür. Fritjof öffnete sie und Lillith blieb mit offenem Mund stehen, unfähig aus dem Gewirr vor sich etwas zu machen, was ihr Verstand begreifen konnte, unfähig, mit diesem sie plötzlich überrollenden Gefühlstsunami fertig zu werden.

»Lillith!«

Ein von rotblonden Haaren gerahmtes, sommersprossiges Gesicht kam in ihr Blickfeld. Schmerzen, Trauer, Hoffnungslosigkeit verschwanden und pure, helle Freude durchströmte Lillith.

»Sunna!«

Lillith umarmte Sunna, drückte sie fest an sich, bevor sie sie auf Armeslänge von sich hielt und ihren früher wohl einmal weißen Arztkittel musterte.

»Trittst du jetzt doch die Nachfolge deines Vaters an?«

»Nur aushilfsweise.« Sunnas fröhliches Lachen war zurückhaltender geworden. »Hallo Fritjof.« Sie gab ihm die Hand. »Danke, dass du es möglich gemacht hast.«

Fritjof schenkte ihr sein charmantestes Lächeln. »Stets zu Diensten, meine Liebe. Sind die anderen …?« Er wies mit dem Kopf zu einem schmalen Gang. Sunna nickte. »Lillith, in etwa 45 Minuten fahren wir wieder.«

Fritjof? Unterstützer des Widerstands? Aber bevor sie nachfragen konnte, zog Sunna sie weiter in den Saal hinein. Und endlich begriff Lillith, wo sie war: in einem Krankenhaus, besser: einem Krankenlager.

Dutzende kleine Körper lagen eng beieinander auf dünnen Matratzen, die über dem Boden verteilt waren. Vereinzelt hielt eine Frau ein Kind im Arm und strich ihm über den Kopf. Ganz vereinzelt. Mädchen in Schwesterntracht liefen durch den Raum, stützten die Kinder, wenn sie aufstehen wollten, nahmen weinende Knirpse in den Arm, bevor sie weiterhasteten zu dem nächsten nach Mama schreienden Kind.

»Überlebende der Masernepidemie«, erklärte Sunna. »Das Virus wurde vermutlich genetisch verändert. Es gibt haufenweise SSPE-Erkrankungen und zwar in der schnellen Variante.

Außerdem Lungenentzündungen en masse, viele davon verlaufen tödlich.«

»SSPE?«

»SSPE ist die Abkürzung für subakute sklerosierende Panenzephalitis, eine an und für sich seltene Folgeerkrankung bei Masern. Im ersten Stadium gibt es psychische und neuronale Auffälligkeiten. Im zweiten folgen fokale Anfälle, dann das Wachkoma. Und dann …« Sunna hob hilflos die Hände. »Die gute Nachricht: Wir scheinen den Scheitelpunkt der Epidemie überschritten zu haben. Aber das hilft den Würmern hier auch nicht.«

»Wo sind die Eltern?«

»Weg.«

»Wie – weg?«

Eine Krankenschwester flößte einem Kind Wasser ein. Sie machte ihre Arbeit mit sachlicher Effizienz.

»Kranke dürfen nicht mit in die Neue Heimat. Also bringen sie uns ihre Kinder«, erklärte Sunna. »Sie wissen, dass wir weder die passenden Medikamente noch genug zu essen haben. Sie hoffen auf ein Wunder, sagen, sie kommen zurück, um sie nachzuholen in die Neue Heimat, aber die meisten wissen, dass es ein Abschied für immer ist.«

»Sie verlassen ihre Kinder? Was sind das für Eltern?« Dann fiel ihr Meik Hawik ein. Und ihr eigener Vater. Und sie schwieg.

Sunna hob resignierend die Hände. »Sie machen es sich nicht leicht. Du möchtest keine dieser Abschiedsszenen sehen, Lillith. Die Eltern müssen sich für oder gegen das kranke Kind entscheiden, für oder gegen die Zukunft seiner gesunden Geschwister.«

Manchmal ist das Opfer eines einzelnen der einzige Weg, um das Leben aller anderen zu schützen. Lillith fielen erneut die Worte ihres Vaters ein. Gab es denn keinen anderen Weg?

Die meisten Kinder waren geistig abwesend, saßen oder lagen an dem Ort, an dem sie abgesetzt worden waren. Ein kleines Mädchen wiegte den Oberkörper hin und her, während es leise summte. Die Augen waren geschlossen, die Hände fest auf die

Ohren gepresst, als wollte es jeden Lärm von außen ausblenden. Ein vielleicht zehnjähriger Junge schlug seinen Kopf gegen die Wand hinter ihm. Rhythmisch, als übe er auf einer Trommel. Am Rand des Lagers stürzte etwas ungebremst zu Boden. Ein Junge lag bewegungslos auf dem Rücken, den Kopf überstreckt, die Augen weit aufgerissen mit Pupillen, die fast das ganze Auge ausfüllten. Er atmete nicht. Sunna rannte zu ihm und drehte ihn auf die Seite. Aus seinem Mund floss dünner, roter Speichel, der im nächsten Moment schaumig wurde, als alles an dem Kind unkontrolliert zu zucken begann. Der Anfall dauerte keine Minute, dann – von einer Sekunde auf die andere – schlief der Junge ein. Sunna hielt ihn fest und wischte ihm den blutigen Speichel vom Mund, die Tränen aus dem Gesicht.

»Weshalb ich Fritjof gebeten habe, dich mitzubringen«, Sunna drückte den Jungen in die Arme einer Krankenschwester, »hat nichts mit Omega zu tun.« Sie durchquerten den Rest des Lagers. Am anderen Ende führte ein Gang tiefer in das baufällige Gebäude hinein. Links und rechts davon gingen Türen ab, aber alles war still.

»Wieso ist Fritjof eigentlich hier?«, fragte Lillith, die immer noch nicht glauben konnte, dass ihr hasenfüßiger Freund sich Omega angeschlossen haben sollte.

»Du erinnerst dich an Stev?«

»Nur zu gut.« Den stinkenden Zweitgeborenen der Matthewes-Familie, der ihre wahre Identität verraten hatte, würde sie nicht so schnell vergessen.

»Jedenfalls, der hat ihn mit angeschleppt und zusammen mit einem weiteren Freund für ihn gebürgt.«

»Dass ihr den Secundi vertraut …«

Sunna blieb vor einer unscheinbaren Tür stehen, kramte in den Taschen ihres Arztkittels und zog einen Schlüssel heraus. »Sie stecken eine Menge Geld in den Widerstand. Sie versorgen uns mit Informationen, mit Vidjas, seit neuestem sogar mit Waffen. Einer von ihnen hat einen guten Draht in die Heimatschutzbehörde, sodass wir über größere Polizeiaktionen rechtzeitig informiert werden.« Sie lächelte. »Und dein Freund Fritjof scheint wirklich nicht so verkehrt zu sein.«

Die Erwähnung der Heimatschutzbehörde erinnerte Lillith an eines der zahlreichen ungelösten Probleme auf ihrem Schreibtisch. »Sunna, ich …«, Lillith strich sich über den Nacken, »ich habe nach Kristofer suchen lassen.«

Sunna hielt in der Bewegung inne. Aus ihrem Gesicht verschwand alle Farbe.

»Es hat länger gedauert als gedacht, weil ein Kristofer Neuhaus offiziell nie verhaftet wurde. Aber ich habe ihn gefunden, oder wenigstens jemanden, auf den die Beschreibung passt.« Lillith holte tief Luft. »Im Haus ohne Namen.«

Sunna schloss die Augen und stand regungslos da. Sie schien sich extrem zu konzentrieren.

Während Lilliths Zeit bei Omega hatten die Widerstandskämpfer manchmal vom Heimathaus erzählt. Immer leise und immer mit Furcht in der Stimme. Damals hatte sie zum ersten Mal vom Haus ohne Namen gehört. Eine Abteilung der Heimatschutzbehörde, die ihren Namen nach der Blutnacht bekommen hatte, als Joseph Foth wie im Rausch alle verhaftet hatte, die auch nur entfernt mit Omega zu tun gehabt hatten oder nur nicht das Gegenteil beweisen konnten. Wer in dieser Abteilung landete, war so gut wie tot. Offiziell war er nie im Heimathaus angekommen. Er wurde weder registriert, noch wurde ihm ein ordentlicher Prozess gemacht, irgendwann tauchte er als Toter »ohne Namen« in den Leichenhallen von Krawinkels Krankenhäusern auf. Ausgeweidet. Was sich an Organen und Körperteilen noch hatte verkaufen lassen, fehlte. Manchmal erkannten Angehörige die Toten und durften sie dann – gegen eine Bearbeitungsgebühr – mitnehmen und begraben. Falls jemand nach den Gründen für den gewaltsamen Tod fragte, verdoppelte sich die Gebühr.

»Ich kann keine offizielle Anfrage stellen«, sagte sie. »Drach wartet nur auf so eine Gelegenheit, damit er mich der Kollaboration mit dem Widerstand beschuldigen kann. Aber vielleicht kann dieser Secundus mit den Kontakten zur Heimatschutzbehörde weiterhelfen?«

»Ja, vielleicht.« Sunna sah aus, als ob sie gerade aus einem Albtraum aufwachte. Lillith spürte eine tiefe Schuld. Und obwohl sie ein schlechtes Gewissen hatte, dass sie Kristofer bislang nicht hatte befreien können – diese Schuld hatte kein Echo, diese Schuld war nicht ihre. Mit einem Ruck drehte Sunna den Schlüssel im Schloss und öffnete die Tür.

Vor dem Fenster stand eine schmale Frau mit bemerkenswert langen schwarzen Locken. Lillith griff instinktiv zur Qi-Gong-Kugel in ihrer Jackentasche, wollte den Damm zwischen sich und Johannas Trauer hochziehen. Aber als sich die Frau zu ihnen umdrehte, spürte Lillith nichts. Gar nichts. Die Pupillen, die wie schwarze Tränen in die blaue Iris tropften, passten sich nicht dem helleren Licht aus dem Flur an. Sie blieben groß und starr. Lillith ließ die Kugel los und sah fragend zu Sunna.

»Es ist schlimmer geworden«, sagte Sunna mit leiser Stimme. »Ich glaube, sie trauert immer noch, aber in einer Welt, die für uns nicht mehr zugänglich ist. Ich dachte, vielleicht, wenn sie dich sieht … Dein Unterrichten damals, das hat ihr gut getan. So klar war sie danach nie wieder.«

Johanna schaute aus dem Fenster, schien weder ihre Tochter noch Lillith wahrzunehmen. Lillith zog mitleidend die Augenbrauen zusammen. »Ich bin keine Psychologin. Ich hab keine Ahnung, wie ich ihr helfen könnte.«

»Aber du bist empathisch, du kannst fühlen, was sie fühlt.«

Lillith spürte erneut in Johannas Richtung. »Da ist nichts. Sie scheint sich komplett von ihren Emotionen abgespalten zu haben. Es tut mir leid.« Sunnas Hilflosigkeit machte das Gespräch nicht leichter. »Sie muss Joris sehr geliebt haben«, flüsterte Lillith und ging einen Schritt auf Sunnas Mutter zu. Die weite Kleidung verbarg nur auf den ersten Blick, wie dünn Johanna geworden war. Sie schien sich aufzulösen.

»Johanna?« Lillith drückte ihrer Mentorin die Qi-Gong-Kugel in die eiskalte Hand. Die Kugel klang ganz zart und leise und für einen kurzen Moment glaubte Lillith, ein Erkennen in dem Gesicht der alten Frau gesehen zu haben. Dann fiel die Kugel auf den Boden. Ein Stück Emaille splitterte ab, aber die kleine Glocke im Inneren tönte nach. Lillith hob die Kugel auf und ließ sie von einer Hand in die andere gleiten. In Johannas Gesicht regte sich nichts. Kein Aufwachen, kein Wiedererkennen, nicht einmal ein erleichtertes Eintauchen in ihre heile Studentenwelt.

War es das, was mit den anderen Empathischen passiert war? Als die Welt zu verrückt wurde, um bei klarem Verstand zu bleiben?

Ach Johanna. Deine Kinder kämpfen für eine bessere Welt. Lass sie nicht allein!

Lillith legte die Kugel auf den Nachttisch, nahm Johannas Hände in ihre und wärmte sie. Die alte Frau ließ es geschehen. Ihr Blick verlor sich irgendwo über Lilliths Schulter. Sie setzten sich auf eine schmale Liege, neben dem Nachttisch das einzige Möbelstück in diesem Raum.

»Johanna?« Lillith drückte die Hände ein bisschen fester. »Ich bin's. Lillith.« Am Rande ihres Bewusstseins regte sich Trauer. Lillith spürte genauer hin. Es war eine Trauer, die nachhallte, es war Lilliths eigene. Eine der schwarzen Locken fiel Johanna ins Gesicht. Vorsichtig strich Lillith sie zurück. »Danke für deine Nachricht neulich«, fing Lillith an zu reden, um überhaupt etwas zu tun. »Die Flucht hat geklappt, aber alles andere ist schiefgegangen. Das weißt du bestimmt, oder?«

Keine Reaktion.

Also fing Lillith an zu erzählen: So wie sie Maja von der Zeit beim Widerstand berichtet hatte, so gab sie nun Johanna eine Zusammenfassung dessen, was in den letzten drei Wochen alles passiert war. Einmal, als sie von Majas Ratschlag erzählte, sich wie eine Barbiepuppe anzuziehen und zu benehmen, glaubte Lillith ein kurzes Leuchten in Johannas Augen zu sehen und Wehmut zu spüren, aber dieser Moment war schnell vorbei. Johannas Hände wurden wärmer.

Lillith beschrieb die gelungene Werbe- und Avatar-Aktion am Abend der Wiedereröffnung der Elbphilharmonie. »Keiner hat mehr der Musik zugehört, alle waren damit beschäftigt, über diesen unglaublichen Werbespot zu twinkern und zu tratschen und wer den wohl bezahlt hat und dann …« war da ein Detail, das sie über Davides Tod komplett vergessen hatte: Ehrenreich Benz und seine Omega-Geste. »Sag mal, Sunna«, wandte sie sich an ihre Freundin, »wann hat sich eigentlich Ehrenreich Benz Omega angeschlossen?«

»Wer ist Ehrenreich Benz?«

»Der Bildungssenator. Und der Mann, dem das Vidjanetz gehört.« Lillith erzählte, wie er nach dem Konzert auf sie zugekommen war, ihr zugeflüstert hatte, dass »die« sie noch brauchen würden und dabei versteckt das Omega-Handzeichen gemacht hatte.

»Interessant. Aber nein, der Bildungssenator hat bisher keinen Kontakt zu uns aufgenommen.« Sunna stützte das Kinn in ihrer Hand und tippte den Zeigefinger auf die Lippen. »Ihm gehört das Vidjanetz?«, fragte sie dann. »Mit allen Zeppelinen?«

Lillith nickte.

»Der Besitzer des Vidjanetzes kann sich einen genauso guten Überblick über das verschaffen, was in der Stadt passiert, wie Drach mit seinen ganzen Kameras. Er muss nur die Leitungen anzapfen«, erklärte Sunna.

»Das geht so einfach?« Ein beunruhigender Gedanke.

»Naja, einfach würde ich das bei der gigantischen Menge an Daten nicht nennen. Und die verschlüsselten Daten sind auch ziemlich sicher. Aber bei den Bildern aus den Überwachungskameras wäre es viel zu aufwändig, die Daten so zu verpacken, dass keiner sie mitlesen kann.«

»Benz schien auf eurer Seite zu sein. Bist du sicher, dass du ihm noch nie begegnet bist?«

»100 Prozent. Aber schön zu hören, dass nicht jeder der hohen Herren uns für nichtsnutzige Chaoten hält, die es auszurotten gilt. Hast du schon Kontakt zu ihm aufgenommen?«

»Bei den letzten Sitzungen war er nicht da. Und ehrlich gesagt, ist der alte Stotterer auch nicht mein Lieblingsverbündeter.«

»Aber er ist Senator, oder?«

Lillith seufzte. »Ja. Aber er hat keine Lobby. Im Senat lachen alle über ihn. Und in der Bürgerschaft auch. Er wird mir nicht dabei helfen können, Erik und die Vertreibung zu stoppen.«

»Apropos Vertreibung: Wann wird Drach mit Hail loslegen?«

»In der Woche nach der Beerdigung.«

Johanna zog ihre Hände aus Lilliths und fing an zu kichern. »Hail, hail, hail to the Lord«, sang sie in schrägen Tönen, »let my people go.« Sie wechselte die Tonlage, traf die Töne und sang weiter: »Let my people go.« Fünf-, sechsmal, nur diese eine Zeile, dann begann sie wieder zu kichern.

Lillith spürte Trauer, tiefe Trauer ohne Nachhall.

»Johanna?«

Ein kurzes Lächeln glitt über Johannas Gesicht. Die tränenden Pupillen zogen sich leicht zusammen und öffneten sich wieder, als Johannas Gesicht im Schatten ihrer eigenen Haare verschwand.

Lillith spürte Sunnas Aufregung und Freude.

»Mama?« Johanna sah zu ihrer Tochter, wieder war da dieses kurze, traurige Lächeln, aber sie sang nicht mehr. Lillith traute sich kaum zu atmen, aus Angst, Johanna wieder zu verlieren. Aber das lag genauso wenig in ihrer Macht, wie sie zu halten. Noch bevor irgendeine Art der Verständigung möglich war, wischte Johanna sich über die Augen und erlosch.

»Mama?«

Die Verzweiflung in Sunnas Stimme brach Lillith fast das Herz. Warum nur hatte sie die Hinrichtung nicht verhindert? Ein tiefes Loch tat sich vor ihr auf. Atmen. Denken. Die Hinrichtung konnte sie nicht rückgängig machen. Aber sie konnte kämpfen, damit ihre Leute nicht noch mehr Leid über das Volk brachten. Atmen. Nicht verzweifeln.

»Johanna?«, versuchte sie ihre Mentorin zurückzuholen. Wieder nahm sie Johannas Hände in ihre. Wieder waren sie eiskalt. »Sing für uns«, bat sie. Vielleicht versuchte Johanna mit ihnen zu kommunizieren und hatte nur noch Zugriff auf Melodie und einzelne Wörter. Lillith sang die Zeile, die Johanna eben gesungen hatte: »Let my people go.« Sunna fiel mit einer klaren Sopranstimme ein und sang den gesamten Refrain:

»Go down, Moses,
Way down in Egypt's Land.
Tell ol' Pharaoh,
Let my people go.«

Johanna rührte sich nicht.

»Was ist das für ein Lied?«, fragte Lillith.

Sunna lächelte leicht verlegen. »Das haben wir als Kinder immer gesungen. Mama hat es uns beigebracht.«

»Worum geht es in dem Lied?«

»Um den Auszug Israels aus Ägypten. Kennst du die Geschichte nicht? Moses geht zum Pharao und sagt: ›Lass mein Volk ziehen.‹ Und als der Pharao sich weigert, schickt Gott den Ägyptern die zehn Plagen: Blut im Wasser, Heuschrecken, Dunkelheit und so, das nützt aber alles nichts, also bringt Gott am Ende alle Erstgeborenen Ägyptens um.«

»Ganz schön brutal«, murmelte Lillith. Sie drückte Johannas Hände. »Ach Johanna, was willst du uns damit sagen?«

Keine Reaktion.

Sunna sah auf ihre Mutter herab, die Freude war der Resignation gewichen. »Sie wird wohl kaum wollen, dass wir die Erstgeborenen der Reichen umbringen. Ich glaube ehrlich gesagt nicht, dass ihr Gesinge eine tiefere Bedeutung hatte.«

»Ich bin mir sicher, dass sie uns damit etwas sagen wollte.« Lillith biss sich auf die Unterlippe. »Vielleicht will ich das aber auch einfach nur glauben.« Sie klammerte sich an diesen Strohhalm, obwohl ihr Verstand ihr sagte, dass ein Strohhalm eine ziemlich dünne Angelegenheit war. »Worüber haben wir geredet, als sie mit dem Singen angefangen hat?«

Sunna steckte die Hände in die Kitteltaschen. »Wir waren bei Ehrenreich Benz.«

»Ach richtig, und bei der Aktion Hail von Erik Drach.«

»Hail wie Hagel.« Sunna rümpfte die Nase. »Der Mann mag es bildlich, oder?«

»Hagel«, wiederholte Lillith. »Sag mal, Sunna, bei diesen Plagen war nicht zufällig auch ein Hagelschauer dabei?«

»Ich hab keine Ahnung, es ist ewig her, dass Mama uns Geschichten aus der Bibel vorgelesen hat.«

Lillith drückte den Manschettenknopf an ihrem Hemdsärmel. »Vidja, zähle die zehn Plagen aus der Bibel auf.«

Gehorsam machte sich die Vidja an die Arbeit: »1. Verwandlung aller Gewässer in Blut. 2. Frösche. 3. Stechmücken. 4. Stechfliegen. 5. Viehpest. 6. Blattern. 7. Hagel. 8. Heuschrecken. 9. Finsternis. 10. Sterben der Erstgeburt.«

»Da!«, rief Lillith aufgeregt. »Siebtens! Hagel!«

Sunna schüttelte den Kopf. »Warum sollte Erik Drach sich so einer Geschichte bedienen? Es ist ja nicht so, dass wir hier wegwollen und er einen Pharao davon überzeugen müsste, uns endlich gehen zu lassen. Nein, Lillith. Das ist Zufall. Wir hatten weder blutige Flüsse noch die Blattern.« Sie lächelte Lillith an. »Lieb von dir, dass du den Gedanken meiner Mutter Tiefe verleihen möchtest, aber ich fürchte, diese Singerei ist einfach nur – Gesang.« Sunna kratzte sich über den Arm.

»Und was ist mit den Stechmücken?«, fragte Lillith und sah auf ihre eigenen Arme. Die Stiche waren verschwunden, nur kleine rote Narben erinnerten sie noch an die Nacht, als die Mücken über sie hergefallen waren.

»Zufall. Ganz ehrlich. Drach ist doch kein Gott, der mal eben einen Schwarm Mücken auf uns loslassen kann. Und wo bitte will er in unseren Breitengraden Heuschrecken herkriegen? Nein,

Lillith, Drach ist ein Arsch, der uns das Leben schwer macht, aber er ist kein Gott. Komm, wir haben nur noch fünfzehn Minuten, bevor die Sitzung der anderen vorbei ist. Lass uns die Zeit sinnvoll nutzen und nochmal die Aktion morgen durchgehen. Du bist sicher, dass die Polizei uns in Ruhe lässt? Das ist ein ziemliches Risiko, das unsere Leute da eingehen.«

Lillith starrte an Sunna vorbei, hoch zur Decke. Ihr Bauchgefühl wehrte sich vehement dagegen, Johannas Gesang einfach abzutun. Aber Sunna hatte recht. Sie mussten ihre nächste Aktion planen.

»Solange ihr friedlich bleibt, hat die Polizei keinen Grund einzuschreiten«, sagte Lillith. »Aber wenn Alek und seine Leute eine ähnliche Aktion planen wie nach dem Konzert, dann brauchen wir nicht weiterzureden.«

»Die sind auch nicht lebensmüde«, versicherte Sunna. »Alek hat versprochen, sich im Hintergrund zu halten. Es wird kein einziges Banner mit unserem Zeichen geben.«

Zehn Minuten später verabschiedete Lillith sich von Johanna. Sie hätte genauso gut eine Puppe umarmen können. Zurück im Krankensaal gesellten sich der Schmerz über das Verlassensein und die Verzweiflung der Kinder zu ihrer eigenen Trauer. Lillith dachte sich eine durchsichtige Plane. Sie wollte ihre eigenen Gefühle nicht noch potenzieren.

»Fritjof sollte gleich kommen. Du musst mit ihm verschwinden, bevor einer der anderen aus dem Zimmer kommt«, erklärte Sunna.

»Woher weiß er eigentlich, dass ich für Omega eine persona non grata bin?«

Sunna zeigte auf das verbogene Gitter eines leeren Kinderbetts. »Er stand daneben, als Bo dagegengetreten hat – nachdem Huge vorgeschlagen hat, Kontakt zu dir aufzunehmen.« Sie räusperte sich. »Ich glaube, Bo hat Lilly wirklich gemocht. Er glaubt, dass du ihm deine Zuneigung nur vorgespielt hast, um Omega auszuspionieren.«

Vom anderen Ende des Saals kamen Schritte auf sie zu: Fritjof.

»Wir müssen los, Lillith. Die Omegas sind gleich mit ihrer Besprechung fertig und du wirst nicht freiwillig ihrem Anführer begegnen wollen.« Er grinste. »Dem hast du ja gründlich das Herz gebrochen.«

Lillith presste die Lippen zusammen. Sie musste blinzeln, um die Tränen aus ihren Augen zu vertreiben. Diese Umgebung voller Schmerz und Leid war nicht besonders hilfreich dabei, ihr Selbstmitleid auszublenden. Das war alles so ungerecht. Sie bediente sich eines gedachten Schutzanzugs. Weiß, Ganzkörper, eigene Atemluft. Sie hatte genug Probleme. Bo gehörte nicht länger dazu.

St. Michaelis war bis auf den letzten Platz besetzt. Schwarzer Trauerflor hing in langen Stoffbahnen von der Decke und verhüllte die Kirchenfenster. Auf den Balustraden, an den Kirchenbänken, auf jedem einzelnen Vorsprung waren weiße Lilien arrangiert; ihr schwerer Duft überlagerte alles andere.

An der Seite ihres Verlobten Innokenty Radomirowitsch Sorokin schritt Lillith den Mittelgang hinunter zu ihrem Platz in der ersten Reihe. Die Orgel stimmte einen Bachchoral an: »Vor deinen Thron tret' ich hiermit.« Hinter ihrem schwarzen Schleier kämpfte sie mit den Tränen. Musik erschwerte die Kontrolle von Emotionen. Der eigenen und die der anderen. Zum Glück, kurz zuckten ihre Mundwinkel, waren es heute nur die eigenen.

Schwarz umrandet blickte Davide von einem viel zu großen Foto aus hochmütig auf die Trauergemeinde herab. Erik hatte nicht das sympathischste Bild ihres Vaters für diesen Staatsakt ausgesucht. Andererseits passte das Bild zu dem, was der Senator für Heimatschutz an Prunk und Symbolik aufgefahren hatte: Den gesamten Mittelgang entlang präsentierte die Ehrengarde das Gewehr. Im Altarraum stand ein schwarzer, mit Goldfäden bestickter Baldachin, darunter aufgebahrt der Sarg des ehrenwerten Davide Civetta, eingerahmt von Soldaten in Galauniform.

Seine Totenwache. Über ihm hing der Gekreuzigte und blickte auf das schwarze Stoffdach, das ihren Vater vom Himmel trennte.

Lillith spürte den Atem von Erik Drach in ihrem Nacken.

Die letzten Klänge des Chorals verklangen. Bürgermeister Benedikt Rabe erhob sich und ging gemessenen Schrittes zu dem Rednerpult. »Wir trauern um Davide Civetta«, fing der Bürgermeister an, »den Mitgründer von Nordland, unseren Senator für Energie, unseren Kollegen und Freund. Davide Civetta, den ein grausamer Mord viel zu früh aus unserer Mitte gerissen hat. Dank seiner Tatkraft stehen wir heute hier. Davide Civetta, geboren vor 65 Jahren in unserem schönen Hamburg …«

Neben ihr raschelte ihr Zukünftiger und drückte auf seinen Manschettenknopf. Eine knappe Stunde vor Beginn des Staatsakts war Sorokin in Hamburg eingetroffen und hatte ein persönliches Gespräch mit Titus gefordert. Lillith hatte Titus seine Vidja gegeben und eine frische Kontaktlinse, inklusive Standleitung zu ihrer eigenen Vidja. »Ein falsches Wort, Titus Steegen, und deine Frau und deine Kinder werden dafür bezahlen«, hatte Lillith ihm eingeschärft, bevor sie ihn allein ließ und sich im Überwachungsraum vor die Monitorwand setzte.

Er hatte ein falsches Wort gesagt. Natürlich. Als Sorokin eine kurze Redepause machte, hatte er versucht, dem Russen seine missliche Lage zu erklären. Lillith hatte dem Sicherheitsmann in Kätes Zimmer den Befehl gegeben, mit der Arbeit anzufangen und Titus die Live-Schalte auf die Kontaktlinse geschickt. So konnte Titus in Echtzeit erleben, wie seiner Frau die Haare geschoren wurden. Die Welt würde sie nun für eine gewöhnliche Diebin halten. Dazu Lilliths Warnung: Beim nächsten falschen Wort wird dein Ältester dafür zahlen. Aber nicht mit Haaren.

Danach hatte Titus sich an ihre Verabredung gehalten und ihre eigenen Punkte als seine verkauft.

Sorokin hatte zugesichert, die Lieferung des Getriebeöls persönlich zu überwachen. Er hatte sogar Verständnis dafür geäußert, dass die trauernde Lillith nicht sofort nach Russland kommen konnte. Im Gegenzug hatte sie dem Hochzeitstermin am 10. Januar zugestimmt. Ab dem Tag konnte Sorokin frei über Davides Vermögen verfügen.

Ein hoher Preis für sechs Wochen Freiheit.

»Während der verschiedenen Finanzkrisen zu Beginn dieses Jahrhunderts war er in der Politik ein gefragter Berater«, berichtete Rabe aus dem Leben Davide Civettas. »Mit Nordland hat er dann einen Staat errichtet, wie ihn schon Adam Smith in seinem berühmten Werk ›Wohlstand der Nationen‹ beschrieben hat, einen Staat, der nicht alles regelt und bestimmt, sondern den Kräften des Marktes freien Lauf lässt.«

Bo würde laut loslachen, wenn er jetzt neben ihr säße. Sie konnte sein Argument förmlich hören: Ein Staat muss mehr sein als ein Verein für Mächtige, in dem jeder tut, was er möchte und in dem die einzige Einschränkung darin besteht, das Gleichgewicht untereinander zu wahren.

»Davide Civetta hat einen revolutionären Ansatz für unser politisches System gewählt«, redete Rabe weiter. »Er hat sich auf die Kernkompetenzen konzentriert: die innere Sicherheit, die äußere Sicherheit und die Versorgungssicherheit mit Energie, Lebensmitteln, Technologie. Indem er alles Überflüssige wegschnitt, konnte er die Ausgabenseite niedrig halten und auf hohe Steuereinnahmen verzichten. Die Investitionsbedingungen für Unternehmen sind in unserem Land einmalig, der Steuersatz mehr als wettbewerbsfähig und dank unseres funktionierenden Rechtssystems bieten wir ein hervorragendes Umfeld für Investoren aus aller Welt.«

Wer auch immer dem alten Rabe die Rede geschrieben hatte – er legte viel Wert darauf, das ramponierte Image Nordlands wieder in Ordnung zu bringen.

»›Wer Freiheit und Gleichheit zugleich verspricht, ist entweder ein Fantast oder ein Scharlatan‹. Diese Worte des alten Goethe zitierte Davide Civetta gerne und häufig«, fuhr Rabe fort. »›Freiheit‹ war das Leitmotiv seines Lebens. Und mit seinem steten Kampf für die Freiheit überzeugte er uns, uns von der zentralen, alles gleichmachenden Politikerkaste in Berlin loszusagen und selbst die Freiheit zu wagen.«

In Rabes Augen entdeckte Lillith einen leichten Schimmer. Davide hatte nie viel von der Zeit vor ihrer Geburt erzählt, aber es war ein Allgemeinplatz, dass die aktuelle Führungsriege von Davides Handeln finanziell profitiert hatte. Nicht alle waren in der alten Bundesrepublik so reich gewesen wie heute.

»Davides Kampf für die Freiheit ließ selbst dann nicht nach, als seine Frau ein Jahr nach der Gründung von Nordland gewaltsam ums Leben kam. Er kämpfte weiter für eine freiheitliche Grundordnung. Er entmachtete die alte Politikerkaste, die in der schlimmsten Nacht unserer kurzen Geschichte für den Tod so vieler Menschen verantwortlich gewesen war. Davide Civetta organisierte den politischen Neubeginn, ebenso wie den wirtschaftlichen. Er kämpfte für die Freiheit, seines eigenen Glückes Schmied sein zu dürfen.

Gerne hätte er noch mehr für diejenigen getan, die nicht von Schicksal, Herkunft oder Glück begünstigt waren. Er war einer der größten Wohltäter Nordlands. Große Summen seines Vermögens sind über Stiftungen den Bedürftigen zugutegekommen. Ohne ihn hätte es hierzulande keinen sozialen Frieden gegeben. Auch die Siedlungen der Neuen Heimat sind auf seine Initiative hin entstanden. Er wollte den Einwohnern Nordlands neue, menschenwürdige Wohnungen zur Verfügung stellen. Sie hatten die Freiheit, dieses Angebot anzunehmen oder weiter in ihren Hütten und heruntergekommenen Behausungen zu bleiben. Umso tragischer, dass ausgerechnet die Menschen, für die er so viel getan hat, ihn kaltblütig ermordet haben.«

Lillith glaubte, nicht richtig zu hören. Hinter sich spürte sie eine tiefe Zufriedenheit und sie war sich ziemlich sicher, den Autor zu erkennen, der diese Lügengeschichten erfunden hatte.

»Ich kann den Angehörigen«, Rabes Blick ging zu Lillith, »und allen hier Anwesenden versprechen, dass dieses Verbrechen nicht ungesühnt bleibt. Wir werden den Mörder finden und bestrafen.« Er senkte seine Stimme. »Aber heute sind wir hier, um eines großen Staatsmannes zu gedenken. Eines Mannes, wie er nur einmal in jeder Generation zu finden ist. Davide Civetta wird uns fehlen.«

Ein Cello auf der Empore gab einen einzigen klagenden Laut von sich, in den sofort weitere Streicher einstimmten und nach drei Viertelnoten die Blechbläser und die Pauke. Ein einziger Wehschrei. Das Orchester auf der Empore spielte den Trauermarsch aus Wagners Götterdämmerung. Pompös, wuchtig – nichts, was Davide gemocht hätte.

Zwei Stunden und viele, viele Reden später setzten die Soldaten sich in Bewegung und führten den Sarg nach draußen. Lillith ging mit gesenktem Haupt und gestrafften Schultern direkt dahinter, neben sich Sorokin, der nach wie vor damit beschäftigt war, Geschäftliches zu erledigen. Ein Wunder, dass er nirgendwo gegenlief.

Lillith hatte Erik den Großteil der Organisation überlassen, aber beim Punkt »Trauerzug« hatte sie sich eingemischt. Erik hatte berittene Polizisten organisiert, Reste einer uralten Kavallerie, die den Sarg auf dem Weg durch die Stadt schützen sollten. Sie hatte eingewilligt, die Eskorte dem Sarg vorauszuschicken, sich aber geweigert, in einer geschlossenen Limousine irgendwo am undefinierten Ende des Trauerzugs eingereiht zu werden.

»Er war mein Vater. Ich bin seine Erbin. Ich werde direkt hinter dem Sarg gehen. Und alle anderen Würdenträger dürfen sich hinter mir einreihen, egal ob zu Fuß oder mit dem Auto.« Erik war nicht glücklich über ihre Wahl gewesen, hatte in seiner Vidja-Projektion etwas von Sicherheit und Angemessenheit gefaselt. »Wir sagen die ganze Veranstaltung ab, wenn du anderer Meinung bist, lieber Erik.« Sie lächelte unter ihrem Schleier, als sie sich an dieses Gespräch erinnerte. Er hatte eingelenkt.

Auch bei dem Weg von St. Michaelis zurück zu ihrem Anwesen hatte sie sich durchgesetzt: Der Trauerzug nahm nicht den direkten Weg über das Grundstück von Ehrenreich Benz, sondern führte die Friedrich-Ebert-Straße hoch, bog am Heiligengeistfeld ab und ging dann durchs Elendsviertel. Heute war die letzte Gelegenheit, die Senatoren auf ihre Seite zu ziehen und Eriks Umsiedlung und sein Programm »Hail« zu stoppen.

»Das Wetter ist viel zu schön für so einen Tag«, hörte sie Petersen hinter sich sagen. Es war klirrend kalt, aber die Sonne schien vom wolkenlosen Himmel herab. Kein Engel weinte, als sie Davide zu Grabe trugen.

Sobald sie am alten Bismarck-Denkmal vorbei waren, säumten Männer in dunkelblauen Galauniformen den Weg. Alle trugen ein schwarzes Band um den Arm. Im bis dahin schweigsamen Zug setzte Flüstern und Tuscheln ein. Selbst Sorokin sah von seinen Geschäften auf. »Was ist das?«, fragte er.

»Sicherheit«, antwortete Lillith knapp. Falls Sorokin nicht wusste, dass dunkelblau die Farbe der Civettas war und dort ihre – und damit seine – Männer standen, wollte sie ihn nicht mit der Nase darauf stoßen.

Ihr Vater hatte sich im Stillen eine Privatarmee aufgebaut. In den Büchern getarnt als einfache Arbeiter, versteckt in Trainingslagern, verteilt über ganz Nordland. Er war nicht nur der Hauptsponsor der gemeinsamen Streitkräfte gewesen. Er hatte auch für gute Argumente gesorgt, für den Fall, dass er seine eigenen Interessen gegen die der anderen durchsetzen musste. Als der Notar bei der Testamentseröffnung die Details ihres Vermögens dargelegt hatte, hatte sie ihre Überraschung nur mühsam verbergen können. Davide besaß diverse Offshore-Konten, die er bisher mit keinem Wort erwähnt hatte. Vermögen aus dubiosen Geschäften, angehäuft über Jahrzehnte, versteckt in kleinen Inselparadiesen. Vermögen, aus dessen Ertrag er seine private Armee inklusive modernster Waffen finanzierte. Geldflüsse, die in keiner offiziellen Bilanz auftauchten und die anscheinend nur dazu dienten, seine Position innerhalb Nordlands zu festigen.

Wenn sie wollte, konnte sie mit diesen Männern in einem Staatsstreich Omega zur Macht verhelfen. Oder sich selbst an die Spitze setzen. Das würde einige tausend Menschenleben kosten, ihr Land auf Jahre verwüsten und ökonomisch für alle zur Katastrophe werden.

Davide hatte gewusst, warum er seine Truppen geheim gehalten hatte.

Aber heute benötigte sie diese Demonstration ihrer Stärke.

Denn von den Häusern, an denen sie vorbeizogen, wehten weiße Banner. Und auf jedem Dach saßen Menschen. Sie schwiegen, aber ihre beschriebenen weißen Bettlaken sagten genug: »Wir haben Civetta nicht umgebracht.« – »Drach! Such dir einen anderen Sündenbock.« – »Wir wollen keine Neue Heimat.« – »Das hier ist unser Eigentum.« – »Wir werden unsere Häuser nicht verlassen.« Das hier waren die Bürger Nordlands, die sich zu Wort meldeten. Sie suchte die Dächer nach bekannten Gesichtern ab. Sie glaubte, Sunnas rot-blonde Haare an einer Stelle zu sehen und Huges rote Locken an einer anderen. Aber so wie sie da auf dem Dach saßen, waren sie nicht Teil von Omega. Sie waren Menschen, die etwas einforderten, das Rabe gerade erst allen zugestanden hatte: einen Rechtsstaat.

Was blieb vom Rechtsstaat übrig ohne Staat? Recht? Oder nur das Recht des Stärkeren?

Eriks Männer liefen an ihr vorbei auf die Häuser zu. Genau wie Lillith befürchtet hatte. Sie twinkerte – und noch bevor Eriks Männer eine der Türen eintreten konnten, positionierten sich Lilliths Soldaten davor.

»Was soll das?«, bekam sie als Nachricht auf ihre Kontaktlinse.

»Lass sie in Ruhe, sie tun nichts Unrechtes«, schickte sie an Erik zurück, der nur wenige Schritte hinter ihr ging. Sie spürte seine Wut und lächelte. Die Polizisten standen unschlüssig vor den dunkelblau gekleideten Männern, die keinen Zentimeter zur Seite rückten.

»Dafür wirst du bezahlen, Lillith Civetta.«

Vielleicht, aber diese Runde geht an mich.

Fast zeitgleich stiegen von den Dächern Luftballons auf. Wer die Banner bisher noch nicht gesehen hatte, wurde spätestens jetzt aufmerksam. Weiße und schwarze Luftballons, mit Helium gefüllt und so zusammengebunden, dass sie einen Totenkopf bildeten.

Darunter die Botschaft auf weißer Leinwand: »Vertreibung ist Mord.«

»Drach wird eure Häuser zerstören, alle auf St. Pauli. Heute Vormittag noch. Informiert eure Leute. Sie müssen raus aus ihren Häusern. Sofort!«

Auf allen Vidjas leuchtete zeitgleich dieselbe Information auf, kurz wurde es hell in ihrem Versteck. Bo warf sein Gerät zur Seite, als habe er sich gerade die Finger daran verbrannt. »Ich glaub das einfach nicht«, rief er. »Wie kann Drach ein ganzes Viertel plattmachen und keiner seiner lieben Senatorenkollegen fällt ihm in den Arm und stoppt ihn?«

Sunna blinzelte ein paar Mal und nickte dann. Bo ahnte, mit wem sie da kommunizierte, tonlos, von Kontaktlinse zu Kontaktlinse.

»Was meint deine Freundin dazu?«, fragte er.

Sunna sah ihn überrascht an, versuchte aber nicht, ihn anzulügen.

»Angeblich will Drach nur einige wenige Häuser zerstören, und zwar die, in denen er Omegas vermutet.«

»Ich finde es bedenklich, dass du immer noch Kontakt zu dieser Bird-Schlampe hast«, sagte Riekje, die Stimme wie immer so gelangweilt, als würde sie aus einem Wörterbuch vorlesen.

»Ohne diese Bird-Schlampe und ihre Soldaten wären wir am Freitag alle verhaftet worden«, sagte Sunna. Ihre Stimme hatte einen scharfen Unterton bekommen, der sehr dem von Johanna ähnelte, wenn sie wütend war. Bo musste unwillkürlich lächeln. »Und falls du dich erinnerst«, fuhr Sunna fort, »haben wir dank dieser Bird-Schlampe unsere bisher erfolgreichste Aktion gegen die Neue Heimat auf die Beine gestellt. Seitdem wir die Bilder gezeigt haben, wollen deutlich weniger Leute dorthin.«

»Aber der Effekt lässt schon wieder nach. Und wenn Drach jetzt tatsächlich das ganze Viertel in Schutt und Asche legt, haben die Menschen doch überhaupt keine Alternative mehr«, meinte Nathan. »Können wir noch welche in den oberen Stockwerken unterbringen?«

»Ein paar, aber nicht 5.000 oder wie viele noch auf St. Pauli wohnen«, sagte Berenike, eine der Neuen, eine junge Frau mit blaugefärbten Haaren, die sich um die Versorgung der Flüchtenden kümmerte.

Schnelle, schwere Schritte kamen die Wendeltreppe von unten hoch. Bo leuchtete dem kleinen Mann direkt ins Gesicht. Seine wie zu einem Nest aufgetürmten Haare warfen einen verstörenden Schatten an die Wand. Stev.

»Mein Kontakt bei der Heimatschutzbehörde hat gesagt, dass in einer halben Stunde alle Häuser auf St. Pauli platt sind«, rief er, ohne sich mit einer Begrüßung aufzuhalten. »Ihr müsst die Menschen warnen, die da wohnen. Sofort.«

»Haben wir noch Werbeetat?«, fragte Bo.

»Nein. Und selbst wenn – dafür reicht die Zeit nicht mehr.«

Bo überlegte. Die Zeit war zu knapp für eine Ansprache über Radio, zu knapp für Flugblätter, zu knapp für Avatare. Er schaute sich die Menschen an, die sich bei ihnen im Wasserturm versammelt hatten. Das waren gut und gerne 300 Widerstandskämpfer; von vielen kannte er noch nicht mal den Namen.

»Wir müssen raus«, sagte er. »Wir müssen an die Türen klopfen und alle warnen.«

»Und wenn das eine Falle ist?«, fragte Alek.

»Glaub ich nicht. Los, raus jetzt. Die Menschen haben am Freitag ihr Leben für uns riskiert, als sie sich auf ihre Dächer gesetzt haben, wir können jetzt nicht einfach zugucken, wie Drach sie in die Luft sprengt.«

Bo hatte seine Jacke bereits angezogen, das Omega-Zeichen war an seinem Ärmel befestigt. Er war es leid, sich zu verstecken. Es war Zeit für das offene Visier. Und wenn er schon sein Leben riskierte, um das Leben der anderen zu retten, dann sollten die Geretteten wenigstens wissen, wer ihnen zu Hilfe gekommen war. Die anderen machten es ihm nach.

Draußen erwartete sie Schneeregen. Bo sah, wie Stev sich nach dem Tunnel umdrehte, als ob er am liebsten gleich wieder untertauchen würde. Aber er riss sich zusammen und folgte ihnen. Sie hatten die Straßenzüge aufgeteilt. Jeder wusste, was er zu tun hatte und wie ein Heer von Ameisen rannten sie durch die Straßen und klopften an jede Tür.

»Nehmt nur das Nötigste mit. Drach schickt gleich Drohnen, die alles plattmachen werden. Versucht, den Bunker am Heiligengeistfeld zu erreichen. Beeilt euch. Sagt euren Nachbarn Bescheid. Schnell!«

Sie liefen so schnell sie konnten. Klopften. Riefen. Rannten.

Über ihnen, am Himmel, bewegte sich etwas Großes, Graues. Bo sah hoch: Einer der Zeppeline für das Vidja-Netz stand über ihnen, eine kleine Gondel wie angeklebt am Bauch des Luftschiffs. Von dort dröhnte eine Computerstimme: »Verlassen Sie sofort Ihre Häuser. In 30 Minuten werden Ihre Wohnungen zerstört sein. Nehmen Sie nur das Allernötigste mit. Ich wiederhole: Verlassen Sie sofort Ihre Häuser.«

Hunderte Menschen kamen ihnen entgegen. Einige zogen Anhänger hinter sich her, auf denen sie Matratzen, Decken, Kissen, Stühle, Kochtöpfe und Säcke voll Kleidung gestapelt hatten. Bo entdeckte verrostete und verbogene Einkaufswagen auf quietschenden Rollen, voll mit Tüten, in dem die nun Heimatlosen ihren letzten Besitz transportierten. Wacklige Kinderwagen waren vollgestopft mit Gläsern voll Eingekochtem und Kanistern mit Trinkwasser. Es sah nicht so aus, als ob die Aufforderung, ihre Häuser zu verlassen, überraschend gekommen wäre.

Und dann hörte Bo die Drohnen. Kleine Motoren, wie die Rasenmäher, die er früher gehört hatte, wenn er und die anderen Quartierswächter in der Nähe der Birds-Anwesen zu tun gehabt hatten. Es waren viele Drohnen. Bo suchte den Horizont nach ihnen ab und sah die schwarzen Maschinen von Süden kommend auf sie zufliegen. Zugvögel, die die Saison verpasst hatten. Tödliche Zugvögel.

»Lauft!«, schrie er. Die Drohnen ließen ihre tödliche Fracht auf die mehrstöckigen Wohnhäuser fallen. Laserstrahlen suchten sich den Weg durch den Schneeregen, markierten die Punkte, an denen die Geschosse landeten und explodierten. Ein Haus nach dem anderen sackte in sich zusammen. Staubwolken erhoben sich in die Luft und färbten den Schnee aschegrau.

Die Omegas vermischten sich mit den Bewohnern St. Paulis – ein Strom von Menschen floss in Richtung Heiligengeistfeld. Dort war der Bunker. Ein erster, kleiner Schutz für die nun Obdachlosen. Aber als sie sich ihm näherten, sahen sie schon an den Menschenmassen vor der Eingangstür, dass dieser Teil des krude zusammengestümperten Rettungsplans nicht aufging.

Joseph Foth stand auf dem Podest, auf dem Bo vor gar nicht so langer Zeit gestanden und geredet hatte und schaute aus seinen halb zusammengekniffenen Augen über die Menschen hinweg. Der steife hohe Kragen seiner Uniform war trotz der Staubwolken makellos und seine durch die Vidja verstärkte Stimme hallte über den ganzen Platz.

»Heute um 15 Uhr fahren Busse von der Moorweide aus in die Neue Heimat. Dank großzügiger Spenden der Senatoren kann jeder, der heute durch Kollateralschäden seine Unterkunft verloren hat, eine Wohnung in der Neuen Heimat finden. Dieses Angebot gilt jedoch nur heute und nur für persönlich identifizierbare Bürger Nordlands.«

Die ersten Menschen nahmen bereits ihre Koffer, ihre Karren, ihre Einkaufswagen und machten sich auf den Weg zur Moorweide.

Bo verlor sein Volk.

Allianzen

Das Licht in dem alten Reederlokal war schummrig und aus den Polstern stieg der Geruch von jahrzehntealtem Zigarrenqualm. Nebenan schlickte das stinkende Wasser im Fleet. Ein Fenster stand auf Kipp und modrig-süßlicher Geruch drang in das überheizte Restaurant.

Die Gläser waren fast leer, als die Tagesordnung der Senatssitzung endlich auf Davides Beerdigung und die Protestaktion im Elendsviertel kam. Liborius Oppermann ergriff das Wort: »Also Erik, wie ist der Stand der Dinge bei der Neuen Heimat? Ich dachte, die Umsiedlung läuft freiwillig.«

»Die Umsiedlung läuft wie besprochen auf rein freiwilliger Basis, Liborius, natürlich tut sie das.« Erik war erstaunlich gelassen. Er hatte mit großem Appetit eine doppelte Portion Schwarzsauer verspeist. Jetzt saß er zurückgelehnt, breitbeinig, die Hände hinter dem Kopf verschränkt. »Die Verhandlungen sind fast abgeschlossen. 75 Prozent aller Grundstücke sind in unserem Besitz. Weitere 20 Prozent sind fertig verhandelt. Weitere vier Prozent sind willens, uns die Häuser zu verkaufen, da geht es nur noch um den Preis. Es bleibt also gerade mal ein Prozent übrig, das nicht mit uns redet. Wir können ziemlich sicher davon ausgehen, dass es sich bei diesem einen Prozent um die Unterstützer der Chaoten handelt. Ein Prozent, das sich am Freitag sehr beeindruckend in Szene gesetzt hat.« Er nahm einen Schluck Wein. »Ich hätte die Demonstranten verhaftet, aber Fräulein Civetta wollte keinen Aufruhr.«

»Was eine kluge Entscheidung war«, sagte Oppermann. »Die ausländischen Journalisten haben nur auf solche Bilder gewartet. Das fehlende Prozent – wie viele Menschen sind das in absoluten Zahlen?«

»Nicht viele.« Erik wischte Luft beiseite. »20? 30? Vielleicht 50. Auf keinen Fall mehr als das, was da auf den Dächern gesessen hat. Und selbst die sind inzwischen weg. Meine Männer waren am Wochenende in den Häusern. Sie stehen leer. Wir können die Operation Hail jederzeit abschließen.«

Natürlich waren die Häuser leer. Keiner der Aktivisten war so blöd, sich Erik Drach auszuliefern, nachdem Lillith ihre Truppen aus dem Viertel abgezogen hatte. Aber ihr Ziel hatte sie erreicht: Die Senatoren fingen an, Fragen zu stellen.

»Hast du aktuelle Bilder aus der Neuen Heimat, Erik?«, fragte Handelssenator Jay Kropp, den der Wirtschaftsboykott besonders schmerzte. »Wir sollten die ins Ausland schicken, um zu zeigen, wie gut es dem Volk geht.«

»Kann ich organisieren. Bis wann brauchst du die?«

»Sobald wie möglich.«

»Wir könnten zeitnah einen Ortstermin in Krümmel ansetzen und uns persönlich davon überzeugen, dass dort alles in Ordnung ist«, meldete sich Lillith zu Wort. »Dann hätte jeder von uns eigene, glaubwürdige Bilder, mit denen er seine Geschäftspartner versorgen kann. Macht sich besser als ein weiterer Imagefilm.«

Erik lächelte und zeigte dabei zwei Reihen gerader, weißer Zähne. »Wenn das gewünscht wird, organisiere ich selbstverständlich eine Ortsbesichtigung. Ich gebe allerdings zu bedenken, dass die Wege dort noch nicht befestigt sind und der extrem nasse November eine Menge Schlamm und Dreck produziert hat. Mit solchen Absätzen«, er zeigte auf Lilliths Stilettos, »wirst du dort nicht weit kommen.«

»So eine Ortsbesichtigung verursacht unverhältnismäßig viel Aufwand«, sagte Landwirtschaftssenator Hawik. »Keiner von uns hat die Zeit, jede unserer Maßnahmen vor Ort in Augenschein zu nehmen.«

»Naja, aber ich finde, also, das ist doch schon eine Maßnahme, die irgendwie ziemlich wichtig ist, oder? Für unser Land und …«

»Ich möchte ja nur ein paar Bilder«, unterbrach Jay Kropp den Versuch von Ehrenreich Benz, Lilliths Vorschlag zu unterstützen. »Irgendwas, damit die Schweden endlich Ruhe geben. Kann unser stets abwesender Kommunikationssenator Magnus nicht ein Kamerateam hinschicken und den Film dann zu Protokoll geben?«

Erik lächelte, wie immer ohne eine einzige Lachfalte an den Augen. »Gute Idee, Jay. Ich werde Magnus antwinkern und ihm die konkreten, technischen Anforderungen übermitteln. Zusätzlich können wir Betroffene zu einer der nächsten Sitzungen einladen und uns anhören, warum sie ihren Häusern in der Schanzenstraße den Rücken gekehrt haben. Ich kenne ja die Antwort, angesichts des Zustands, in dem die Baracken waren. Wir haben heute Morgen nicht einmal die Hälfte des berechneten Sprengstoffs benötigt, um diese Ruinen dem Erdboden gleichzumachen.«

Die Senatoren nickten wissend.

»Gibt es noch weitere Wortmeldungen zu diesem Thema?«, fragte Otwin Rabe in die Runde, der für seinen Vater die Sitzung leitete. »Nein? Dann können wir jetzt über das weitere Vorgehen abstimmen.«

Lillith und Ehrenreich Benz waren die einzigen, die sich für eine Ortsbesichtigung aussprachen. Den anderen genügte es, dass Senator Drach versprach, sie mit Informationen zu versorgen.

»Was machen eigentlich die Ermittlungen im Mordfall Civetta?«, sprach Liborius Oppermann das nächste Thema an, das Erik unangenehm sein sollte.

»Wir kommen gut voran, Liborius.« Erik drehte sich zu Lillith. Er tat nicht nur selbstgefällig, er war es, bis in die letzte Faser hinein. Lillith dachte sich einen schmalen Paravent, um seine ekelerregende Arroganz fernzuhalten. Wenn sie ihm den Mord doch nur irgendwie beweisen könnte. »Wir werden die Mörder deines Vaters bald dingfest machen, Lillith«, behauptete Erik. »Ich habe einen Zeugen, der gesehen hat, wie der Anführer unserer kleinen Rebellentruppe, dieser Bosse Thorn, über die Mauer auf euer

Grundstück geklettert ist. Dass sie sich mit Vidjatechnik auskennen und in der Lage sind, sie zu hacken, haben die Chaoten ja bereits unter Beweis gestellt.« Er seufzte übertrieben. »Bleibt die Frage, woher Thorn wusste, dass an dem Tag nur eine Handvoll Sicherheitsleute vor Ort waren.« Sein schmieriges Grinsen verriet ihr, dass er großes Vergnügen daran hätte, sie des Mordes oder wenigstens der Mittäterschaft zu beschuldigen. »Aber ich kann dir versichern: Sobald wir diesen jungen Thorn geschnappt haben, wissen wir auch, wer sein Informant bei den Civettas war, Lillith.«

»Ist das nicht derselbe Bursche, der auch Willem totgeschlagen hat?«, fragte Kropp. »Wie lange ist das jetzt schon her? Zwei Monate? Warum läuft der immer noch frei herum?«

Eriks Mundwinkel gingen nach unten. »Das wüsste ich auch gerne. Glaub mir, Jay, wir waren mehrfach kurz davor, ihn zu verhaften. Aber eine Person aus unseren Reihen scheint ihn zu protegieren und ihn rechtzeitig über unsere Aktionen zu informieren.«

»Du willst doch nicht behaupten, dass einer von uns …«, beschwerte Kropp sich.

»Nein, nein, nicht aus unserem engsten Kreis«, unterbrach ihn Erik. Er sah zu Lillith hinüber und seine Mundwinkel zuckten wieder nach oben. »Wir arbeiten gerade daran, den Maulwurf zu identifizieren.«

»Halte uns auf dem Laufenden«, sagte Liborius, nahm den letzten Schluck aus seinem Glas und machte sich bereit zum Aufbruch. »Wenn es sonst nichts mehr zu besprechen gibt – die Geschäfte warten.«

»Ich hätte noch eine Bitte«, sagte Lillith und hoffte, dass ihr Plan aufging und diese Männerrunde jetzt nichts lieber wollte, als zurück zu ihren komfortablen Arbeitsräumen, wo sie auf den zahlreichen Monitoren die Eröffnung der Börsen in Sao Paulo und Toronto verfolgen oder sich von einer Mätresse auf andere Gedanken bringen lassen konnten.

Die Ungeduld im Raum stieg auf ein selbst für Nicht-Empathen zu spürendes Niveau. Der Wirt ließ das Handtuch fallen und katzbuckelte zu ihrem Tisch. »Kann ich noch etwas für Sie tun, werte Herren Senatoren?«

»Mach die Rechnung fertig«, sagte Erik. »Die geht heute auf mich.«

»Also Lillith, was gibt's noch Wichtiges?«, fragte Otwin Rabe und streckte sich. Lillith spürte seine Erleichterung. Offenbar hatte er gedacht, er als Sitzungsleiter müsste die Rechnung zahlen.

»Ich benötige Truppen an der Grenze zu Westfalen«, erklärte Lillith. »Schedalke droht damit, den Gasspeicher in Rehden zu annektieren. Wir sollten Präsenz zeigen.«

Würden die anderen sich überrumpeln lassen, nicht weiter zuhören in ihrer Aufbruchsstimmung, einfach nur zustimmen, bevor sie ihre Mäntel überzogen, die Handschuhe zurechtzupften und die Hüte aufsetzten?

»Diese Westfalen! Als ob die nicht genug eigene Probleme hätten«, sagte Kropp. »Als Handelsmarkt kann man die inzwischen komplett vergessen.«

»Genau deshalb suchen sie ja den äußeren Konflikt«, sagte Oppermann. »Wir müssen sie in die Schranken weisen, bevor sie auf dumme Ideen kommen. Wie viele Soldaten brauchst du, Lillith?«

Otwin Rabe, der schon an der Tür stand, rief: »Ich muss los, schließe mich aber der Mehrheit an.«

Und dann schob Erik Drach seinen Stuhl zurück. Das Holz knirschte laut über den Fußboden. »Wir brauchen unsere Männer in Hamburg. Der Konflikt mit diesen Omega-Chaoten ist noch nicht ausgestanden. Ich rate dringend davon ab, unsere Anwesen schutzlos zu lassen, nur um dem Civetta-Konzern weitere Millionengewinne zu sichern.«

Mist.

Eriks Kumpel Hawik trompetete sofort ins Unterstützerhorn.

»Nimm doch deine eigenen Truppen, Lillith«, sagte der Landwirtschaftssenator. »Der Speicher in Rehden ist keine Angelegenheit der nationalen Sicherheit. Ich wüsste nicht, warum wir dafür unsere Armee mobilisieren sollten.«

»Weil es um unsere Südgrenze geht?«, sagte Lillith. »Weil Schedalke sich erst meinen Speicher einverleiben wird und dann deine landwirtschaftlichen Flächen, Meik.«

»So ein Unsinn.« Hawiks Doppelkinn wackelte bedrohlich. »Um die geht es doch gar nicht. Und wenn, dann werde ich meine Drohnen schon einzusetzen wissen. Überhaupt, warum hat dein Vater eigentlich so viele Männer unter Waffen? Und warum«, er riss dem Kellner einen zeltartigen Mantel aus der Hand, »warum verhandelst du diese ganzen Sachen? Wo ist dein Verlobter? Hat er es nicht nötig, an unseren Sitzungen teilzunehmen?«

»Er hat es ja nicht einmal nötig, einen richtigen Stellvertreter zu schicken.« Erik nahm seine hellen Lederhandschuhe und ließ sich den Spazierstock reichen. »Richte Kenya aus, dass er sich selbst um die Sicherheit seines Vermögens kümmern darf.«

Die Tür knallte hinter ihm ins Schloss.

Ehrenreich Benz hatte Lilliths Kaschmirmantel von der Garderobe geholt und suchte noch nach der besten Position, um ihr hineinzuhelfen. Liborius Oppermann nahm ihm den Mantel ab und hielt ihn Lillith hin. »Vielleicht kannst du die Bedrohung durch Schedalke während der nächsten Senatssitzung etwas ausführlicher schildern«, sagte er. »Erik und Meik allein können eine Grenzverstärkung gegen den Rest von uns nicht verhindern.« Er richtete Lilliths Mantelkragen und ließ seine Hände einen Moment länger als nötig auf ihren Schultern. »Falls du weitere Hilfe brauchst …«

»Danke. Ich komme darauf zurück.« Sie schlang sich den Schal um Kopf und Hals und griff nach dem Regenschirm. Draußen fiel eine ungemütliche Mischung aus Regen und Schnee. Und als ob das Thema ihr gerade erst eingefallen war, fragte sie Liborius: »Hast du dir das finnische Sicherheitsprogramm näher angeschaut?«

»Meine Techniker wollten sich in den nächsten Tagen darum kümmern, danke für deine Empfehlung.«

Also nicht. Wenn Erik wollte, konnte er Oppermanns Sicherheit ebenso leicht manipulieren wie die der Civettas. »Ich habe die Sihhuri-Software komplett entfernen lassen«, erzählte Lillith. »Das finnische Konkurrenzprodukt ist genauso leistungsfähig, wenn nicht sogar besser auf unsere Sicherheitsbedürfnisse abgestimmt. Ich will Erik natürlich nicht sein Geschäft verderben, aber ...«

»Ich kann dich verstehen. Dabei war es, wenn ich Erik glauben darf, nur eine winzige Sicherheitslücke im Quellcode, wie es sie bei jedem Programm gibt, wenn man nur lange genug sucht. Diese Lücke haben meine Techniker bereits geschlossen.« Er drückte sich den Hut auf den Kopf, ein Borsalino, ähnlich dem, den Davide oft getragen hatte. Lillith drückte die Fingernägel in ihre Handflächen. »Eine wirklich sehr unglückliche Verkettung von Umständen«, sagte Oppermann. »Ich weiß, dass du unseren Heimatschutzsenator nicht besonders schätzt, aber du solltest nicht versuchen, ihm Davides Tod in die Schuhe zu schieben. Wir Senatoren gehen jedenfalls davon aus, dass Erik den Mord beim besten Willen nicht hätte verhindern können. Du verstehst, was ich meine?«

Lillith nickte. Oh ja, leider verstand sie das alles nur zu gut. Oppermann hatte durchaus begriffen, dass Erik mehr mit Davides Tod zu tun haben könnte, als gut für ihren Nichtangriffspakt war. Und er verhielt sich genauso wie Davide: Bloß nichts sehen, ja nichts hören, nur nichts sagen. Um des lieben Friedens willen. Bis der nächste in ihrer Reihe ermordet wurde. So war der Pakt bestimmt nicht gemeint gewesen. Sie reichte Oppermann die Hand. Der deutete formvollendet einen Handkuss an und öffnete ihr die Tür.

An ihrem Wagen wartete Ehrenreich Benz ohne Hut und Schirm. Die wenigen Minuten hatten gereicht, um ihn komplett zu durchnässen.

»Senator Benz! Worauf warten Sie?«

»Darf ich Sie vielleicht auf Ihrer Rückfahrt begleiten, Frau Civetta? Also natürlich nur, wenn es Ihnen recht ist und Sie nicht gerade irgendwie in eine andere Richtung, ich meine, woanders hin fahren wollten.«

Lillith zögerte kurz. So pudelnass hätte Davide niemanden in seine Limousine einsteigen lassen. Benz trat von einem Fuß auf den anderen. Seine Schuhe waren durchweicht vom Schneematsch.

Sie war nicht ihr Vater!

Sie brauchte jeden Verbündeten, den sie kriegen konnte.

»Gerne. Haben Sie bei uns in der Gegend zu tun?«

»Sozusagen.« Er wartete nicht, bis Victor ihm öffnete, sondern zog selbst die Tür zum Fond auf. Lillith drückte ihrem Leibwächter Yaren den Schirm in die Hand und setzte sich neben Benz. Ob er sich jetzt endlich offenbarte? Ob er nun erklärte, woher er von ihrer Zeit bei Omega und ihrer Nähe zu den Widerstandskämpfern wusste?

»Ich möchte Ihnen etwas zeigen«, sagte Benz. »Also, nun ja, ich fürchte, dass diese Operation Hail ein bisschen aus dem Ruder gelaufen ist, aber ich war nicht dabei, als unsere Kollegen dem Herrn Senator Drach diese Aktion genehmigt haben und weiß also nicht genau, was da beschlossen worden ist. Aber was ich da vorhin eher zufällig gesehen habe, also mich würde Ihre Meinung dazu interessieren, also, was Sie darüber denken. Könnten Sie Ihren Fahrer bitten, einen kleinen Umweg zu fahren?«

Lillith verbarg ihr Lächeln in dem Schal, den sie sich umständlich vom Kopf wickelte. »Natürlich, Senator Benz.« Mit einem kleinen Fingerdruck auf die Scheibe aktivierte sie die Kommunikation zu Victor. »Wir fahren nicht auf direktem Weg nach Hause, sondern … Senator?«

»Über die Reeperbahn, wenn es Ihnen nichts ausmacht.«

Die Schneeflocken wurden dichter, als sie das alte Reederlokal an der Elbe hinter sich zurückließen und den Hamburger Berg zur Reeperbahn hochfuhren. Die Lokale der Ausflugsmeile standen dicht an dicht. Aber Lillith verschwendete keinen Blick auf die Clubs und Bars und Bordelle und ihre kreischend bunte

Werbung. Sie verstand sofort, warum Ehrenreich Benz ihr das zeigen wollte.

Die Silhouette der Straße hatte sich im Vergleich zu Freitag dramatisch verändert. Wo am Tag von Davides Beerdigung schmale Seitengassen in ein Gewirr von kleinen Kneipen und Nachbarschaftstreffs, winzigen Läden, Werkstätten und Wohnhäusern geführt hatten, ragte nun eine Hügellandschaft aus Schutt empor.

»Die erste Reihe hat Drach stehenlassen«, sagte Benz. »Aber dahinter ist nichts heil geblieben. Ich hatte ihn eigentlich so verstanden, dass er nur die Häuser der vermeintlichen Omega-Unterstützer zerstören wollte. Als Strafaktion und so. Aber er hat alles platt gemacht.«

»Haben hier noch Menschen gelebt?«

»Ja. Die konnte ich zum Glück gerade noch rechtzeitig warnen. Ich hab gesehen, wie Drach diese komischen Hail-Drohnen auf den Weg geschickt hat. Und zwar viel, viel mehr, als er uns gesagt hat.«

»Wie haben Sie das gesehen?«

Benz zeigte in den Himmel. Dort schwebten seine zigarrenförmigen Zeppeline. »Von da oben hat man einen ganz guten Überblick.«

»Von da oben beobachten Sie auch den Widerstand?«

Benz lächelte verlegen und hob linkisch eine Schulter. »Ich bin nicht besonders mutig, das wissen Sie, oder? Aber mir gefällt nicht, wie Drachs Leute immer willkürlicher durch die Straßen ziehen. Also ich finde, da muss man was gegen machen, irgendwie. Aber ich weiß nicht, was. Ich meine, mich, den stotternden Bastard, mich nimmt doch keiner ernst.« Er kicherte leise. »Aber deshalb finde ich es gut, dass es Menschen gibt, die mutiger sind als ich, und die sich wehren. Und ich freue mich, wenn die was machen, was den Reichen nicht ins Konzept passt. Aber pssst! Nicht weitererzählen. Also ich meine, ich tu ja auch nichts.«

Lillith fiel der unbekannte Händler ein, der Omega mit alten Vidjas und neuen Karten versorgte. Sie betrachtete den alten Kauz zum ersten Mal ohne Spott und Zynismus. Ehrenreich Benz. Ein dünnes, blasses, graues Männchen, die Haare immer zu lang, die Kleidung immer zu abgetragen, das Benehmen immer zu unsicher.

Ein Mann, der schon mutig gewesen war, als sie noch ihre Kleinmädchenträume von einer Zukunft als gleichberechtigte Partnerin eines Ehemanns in Schweden träumte.

»Sie haben Omega die Vidjas überlassen, nicht wahr?«

Benz antwortete nicht. Er zwinkerte ihr nur zu und lächelte dabei.

Beide schwiegen, während sie langsam an den Steinhaufen vorbeirollten, die vor weniger als 24 Stunden Heim und Heimat von Hunderten gewesen waren. Der Schneeregen hatte sich grau gefärbt.

»Wissen Sie eigentlich, Frau Civetta, warum Senator Drach so aufs Tempo drückt? Warum er die Leute rausschmeißt, obwohl die Neue Heimat nicht mehr ist als ein Barackenlager?«

»Weil er schnell Erfolge vorweisen will?«

»Das auch.« Benz machte eine dramatische Pause. »Aber der Hauptgrund ist ein anderer: Damit die Senatoren nicht merken, dass er sie betrügt.« Benz kicherte und Lillith kam der Verdacht, dass Benz vielleicht doch ein kleines bisschen verrückt war. »Er will Fakten schaffen, bevor die anderen ihm vielleicht doch noch dazwischenfunken. Verstehen Sie?«

»Ehrlich gesagt: nein.«

»Ich habe mir mal so ein paar Informationen kommen lassen, weil ich sein Tempo einfach nicht verstanden habe«, erzählte Benz, wieder in ernstem Ton. »Ich habe also mal einen Blick in die Verträge geworfen und wissen Sie was?«

»Was?«

»Die ganzen Kaufverträge, egal wie getürkt oder echt sie sind, sind auf Erik Drach persönlich abgeschlossen worden. Nicht auf den Namen der Behörde am Poggendiek, so wie er immer behauptet hat. Dieses ganze Viertel geht nicht in unser Gemeinschaftseigentum über. Es wird nicht zur Verlängerung des Hafens, nicht zur Logistikfläche, nicht zu einem hübschen Park, durch den wir sicher flanieren können, nein, liebe Frau Civetta, Sie bekommen einen neuen Nachbarn.«

»Das glaube ich nicht!«

»Ist aber so.«

»Das ist gegen jede Absprache! Haben Sie das den anderen Senatoren gesagt?«

Wieder hob Benz nur linkisch eine Schulter.

»Die hören mir doch sowieso nicht zu. Und selbst wenn sie es tun würden: Erik zieht die zwar alle gewaltig über den Tisch – aber das ist erlaubt. Geschäftliche Vorteilnahme verstößt nicht gegen den Pakt. Wenn die anderen zu dumm sind, es zu merken …«

Lillith starrte auf die Schuttberge. Ja, so waren die Regeln. Auf einem Geröllhaufen kletterten zwei graue Gestalten herum, auf der Suche nach etwas, das nicht zerstört war.

»Wo sind die Menschen hin, die hier gewohnt haben?«, fragte Lillith.

»Das weiß ich nicht. Aber ich schätze mal, also wenn ich Drach wäre, dann würde ich dafür sorgen, dass sie möglichst schnell aus dem Blickfeld verschwinden, bevor sie, wie soll ich sagen, also bevor sie für Ärger sorgen können. Ich denke mal, dass Drach sie gleich in die Neue Heimat geschickt hat. Was meinen Sie, darf ich mitkommen, wenn Sie sich das dort angucken? Sie wollen sich das doch angucken, oder?«

»Ja natürlich.« Lillith wusste nicht, wann sie diesen Ausflug in ihrem viel zu vollen Terminkalender unterbringen sollte, aber Benz hatte recht. Wenn sie beide vor Ort Aufnahmen von dem Elend machten, dann mussten die anderen Senatoren endlich reagieren. Wie konnte denen ihr eigenes Volk nur so egal sein? Sie sah gedankenverloren aus dem Fenster. Vor ihr schoben riesige Bulldozer die Häuserreste zusammen. Auf ihrer schwarzen Metalloberfläche prangte der Schriftzug des Unternehmens, das Erik mit dieser Aufgabe beauftragt hatte. »Locust – kennen Sie die Firma?«

»Nein. Nein. Noch nie davon gehört. Aber wenn die zu Senator Drachs Imperium gehört«, Benz kicherte wieder, »also dann hat er sich ja wirklich einen passenden Namen dafür ausgesucht. Locust!«

»Warum?«

»Locust heißt Heuschrecke.«

»Und warum ist das so passend?«

Benz räusperte sich. »Also, ich will Sie ja nicht verletzen, Frau Civetta, aber früher, also als Nordland noch Teil der Bundesrepublik war, da waren ein paar der heutigen Senatoren, also wie Alexander Drach, aber auch ihr Vater, also die nannte man Heuschrecken. Die offizielle Bezeichnung war natürlich eine andere.« Benz zeichnete Anführungszeichen in die Luft. »›Finanzinvestoren‹. Aber ehrlich gesagt, Heuschrecke passte viel besser, weil die alles fraßen, was ihnen in den Weg kam. Unter dem Vorwand der Finanzierung kauften die sich in funktionierende Firmen ein und verkauften dann alles, was irgendeinen Wert hatte, um …«

Lillith hörte Benz nicht länger zu. Locust. Heuschrecken. Sunna, hier haben wir deine Heuschrecken. Direkt nach dem Hagel. *Let my people go.* Aber Johanna war wirr, diese Liedzeile war reiner Zufall gewesen. Oder?

»Kennen Sie die zehn biblischen Plagen, Senator Benz?«

Der schmale graue Mann ihr gegenüber räusperte sich verlegen. »Sie meinen diese Dinger da mit dem Pharao und Josef? Oder nein, das war …, ich komm' gerade nicht auf den Namen … Religion ist nicht mein Fachgebiet.«

»Könnte es Drachs Fachgebiet sein?«

»Bestimmt nicht. Sein Vater war kein religiöser Mensch und ich bezweifle, dass die Zeit in Russland aus dem Junior einen gläubigen Menschen gemacht hat.« Benz kratzte sich am Ohr. »Aber wenn Sie mehr wissen möchten, als die Vidja hergibt, können Sie Joseph Foth fragen. Der war als Kind auf einer Klosterschule.«

»Ich könnte mir keinen besseren Polizeichef wünschen. Wer hätte gedacht, dass seine Vergangenheit als Klosterschüler einmal so hilfreich sein kann.«

Alles ergab einen Sinn.

Drach und Hawik, tief versunken im Gespräch bei Oppermanns Empfang.

»Die große Mehrheit geht freiwillig. Wir sind ein zivilisiertes Volk, niemand wird einen Grund finden, uns zu boykottieren.«

»Warum fragen Sie nach den zehn Plagen?«, unterbrach Benz ihre Gedanken.

»Weil«, Lillith räusperte sich, »weil ich glaube, dass Erik Drach von Anfang an dieses Land haben wollte. Da er es – anders als in Russland – nicht mit Gewalt an sich reißen konnte, musste er die Menschen überzeugen, ihm freiwillig die Grundstücke zu verkaufen. Joseph Foth erinnerte sich an die zehn Plagen und daran, dass das eine hübsche Geschichte über sich langsam steigernde Gewalt ist. Und es funktioniert: Das Volk erträgt das Elend in den Armenvierteln nicht länger und verlässt wie von Erik gewünscht freiwillig die Häuser. Alles geschieht im Rahmen rechtsstaatlicher Prozesse und es gibt keinen Grund für unsere Handelspartner, Nordland wegen Menschenrechtsverletzungen zu boykottieren. Kein schlechter Plan, oder?«

»Aber der Plan hat nicht geklappt. Wir werden boykottiert, oder?«

»Ja, weil Erik ganz zu Anfang einen Fehler gemacht hat. Noch bevor das Volk von der Neuen Heimat wusste, hat er als Zeichen seiner Durchsetzungskraft Joris Thorn hinrichten lassen, den vermeintlichen Mörder von Willem Duhnkreih. Sie erinnern sich? Die ersten Ω tauchten kurz nach der Hinrichtung auf. Ohne diese Hinrichtung würde es heute kein Omega und damit keinen organisierten Widerstand gegen die Neue Heimat und gegen das herrschende System geben. Ohne Omega würden die Menschen immer noch schafbrav ihre Häuser an Erik Drach überschreiben. Niemand würde sich wehren, das Ausland hätte nie von den wahren Verhältnissen bei uns erfahren.«

Benz räusperte sich. »Also ich weiß nicht. Ich meine, ich bin ja froh, dass Sie auch finden, dass diese Operation Hail nicht in Ordnung ist. Aber dass sie als Teil der zehn Plagen übers Volk gekommen sein soll«, er schnalzte, »also ich weiß nicht.«

Immerhin hörte Benz ihr zu. Das war mehr, als Lillith gewohnt war.

»Vidja, beschreibe in Kurzfassung die zehn biblischen Plagen.«

Die Vidja listete erneut die zehn Plagen auf, dieses Mal kleine Zusammenfassungen dessen, was passiert war. Lillith hörte gespannt zu, Benz blieb skeptisch. Als die Vidja mit der Ermordung der Erstgeborenen geendet hatte, wäre Lillith am liebsten aufgesprungen. Selten war sie sich so sicher gewesen, recht zu haben.

»Es passt alles, wenn man die Plagen nur etwas bildhafter fasst: Wir haben Plage Nummer acht, die Heuschrecken, die alles vernichten. Das sind die Bulldozer, die hier gerade die Reste der Häuser zusammenschieben. Wir hatten Plage Nummer sieben, den Hagel – Erik hat seine Aktion ja sogar ›Hail‹ genannt. Wir hatten Plage Nummer sechs, die Blattern. Haben Sie sich nie gefragt, warum es in Hamburg aus heiterem Himmel zu einer Masernepidemie gekommen ist? In russischen Forschungslaboren gibt es bestimmt jede Menge Masernkulturen und für jemanden wie Erik ist es kein Problem, eine davon zu bekommen. Dann weiter zurück: Plage Nummer fünf, die Viehpest …«

Lillith kam ins Stocken.

»Ich glaube zwar immer noch an einen Zufall, aber falls Sie tote Tiere brauchen: Drach hat vor einiger Zeit das gesamte Vieh im Elendsviertel einsammeln lassen«, erzählte Benz. »Hawik hat es übernommen und direkt geschlachtet.«

Das musste passiert sein, als sie bei Omega gewesen war. Lillith überlegte – und erinnerte sich, wie Bo und seine Leute beratschlagt hatten, ob sie leerstehende Gebäude für Tiere auftreiben konnten. »Stimmt«, rief sie. »Hawik durfte sie mit der Begründung einsammeln, dass man nur so der Mückenplage Herr werden könnte – womit wir auch die Stechmücken haben, Plage Nummer drei. Von denen ich im Übrigen selbst noch jede Menge Narben habe.«

»Sie haben ganz nonchalant Plage Nummer vier übersprungen, die Stechfliegen. Und was ist mit Plage Nummer zwei, den Fröschen?«, fragte Benz. Er war immer noch nicht überzeugt, trotz der vielen Parallelen. »Meinen Sie nicht, dass das alles Zufall ist?«

»Nein.« Lillith grübelte. »Bei den Stechfliegen weiß ich nicht, was gemeint sein könnte. Aber die Frösche … die Frösche …« Lillith schlug sich vor die Stirn. »Natürlich! Die Frösche! Wir haben uns noch gefragt, warum Drach seiner neuen Behörde ein Froschlogo verpasst hat. Die Poggendiekbehörde. Die Behörde am Froschteich. Die Frösche, die in jedes Haus kommen. Plage Nummer zwei.«

»Dann bleibt nur noch das Blut im Wasser. Hat Drach rote Farbe in unsere Leitungen gekippt?«

Lillith schüttelte den Kopf. Wenn doch nur alles so klar vor ihr liegen würde wie gerade die zehn Plagen. »Das Wasser war schon rot, bevor Drach nach Nordland gekommen ist. Hawik hatte seine Leitungen nicht im Griff, erinnern Sie sich? Die alten Wasserrohre waren so verrostet, dass sich rot-braune Partikel ablösten und unter anderem die weißen Handtücher von Krawinkel in dessen Gesundheitsfarmen rot färbten. Ich wette, Foth ist so überhaupt erst auf die Idee mit den zehn Plagen gekommen.«

»Und was ist mit den letzten beiden? Tod aller Erstgeborenen? Drach wird nicht alle Erstgeborenen töten. Nie. Wir sind ein zivilisiertes Land.«

»Vielleicht ist auch das eher bildlich gedacht. So wie die Heuschrecken. Aber ganz ehrlich: Ich habe keine Ahnung.«

»Und die neunte Plage? Die Dunkelheit? Will er Wolken vor die Sonne schieben?«

Lillith sah aus dem Fenster.

»Bei so einem Wetter ist das zu dieser Jahreszeit gar nicht nötig. Er muss nur dafür sorgen, dass der Strom ausfällt.« Ihr fiel ein, was Erik gesagt hatte, an dem Tag, als Davide ermordet worden war: *»Natürlich darfst du dich deinen Geschäften widmen. Viel Erfolg.«* Und dann: *»Wir alle halten unseren Teil des Pakts, nicht wahr?«*

Was, wenn Erik die Stromversorgung angriff? Ihre Stromleitungen? Oder die Windräder? Wenn der Strom über einen längeren Zeitraum ausfiel, wenn sie also ihren Teil des Pakts nicht halten konnte, dann würde sie alles verlieren. Senatorenamt. Windparks. Alles. Ihr wurde kalt.

»Das wäre dann also Ihre Baustelle, Frau Civetta, nicht wahr? Falls ich da irgendwie helfen kann …« Benz runzelte die Stirn. »Aber eines verstehe ich immer noch nicht. Was will Drach mit diesen ganzen Flächen? Ich meine, Wilhelmsburg ist riesig. Er besitzt die ganze Elbinsel und damit das größte zusammenhängende Stück Hamburgs. Wozu braucht er noch mehr Land?«

»Nichts für ungut, Senator Benz, aber geht es bei Männern nicht immer darum, wer den …«, sie räusperte sich und drehte in letzter Sekunde den Satz, »wer am besten ausgestattet ist?«

Das Grinsen ließ Benz' Gesicht fast jugendlich erscheinen. »Ja. Das ist wohl so. Trotzdem. Könnte er das nicht auch anders erreichen? Warum betreibt er so einen biblischen Aufwand, nur damit das Volk freiwillig geht? Er nimmt sich doch sonst auch, was er will.« Benz strich sich über sein schütteres Haar. Am zu kurzen Ärmel seiner Jacke franste der Stoff aus. Lillith konnte sich ein Lächeln nicht verkneifen.

»Weil es in unserer Welt immer auf die äußere Erscheinung ankommt. Die meisten von uns benötigen für ihre Geschäfte wenigstens eine Fassade aus Demokratie und Rechtsstaatlichkeit. Wobei es Drach persönlich überhaupt nicht stört, dass die Skandinavier keine Geschäfte mehr mit uns machen wollen. Er hat in den vergangenen Wochen das Geschäft seines Lebens gemacht.«

»Ganz ehrlich, Frau Civetta, das passt doch viel besser zu Senator Drach. Erst für Unruhe sorgen und dann allen, die es sich leisten können, seine Sicherheitsmodule verkaufen. Dafür braucht er keine zehn Plagen und auch keinen Widerstand. Wenn er Unruhe will, kann er einfach seine eigenen Leute einsetzen.«

»Genau das hat er gemacht.«

Benz sah sie mit großen Augen an. »Nein! So etwas hätte Ihr Vater nie zugelassen, Frau Civetta.«

»Deshalb hat Erik ihn umgebracht.« In dem Moment, in dem sie es aussprach, wusste Lillith, dass es exakt so gewesen war.

Benz' Mund stand offen. Seine Zähne waren deutlich schlechter als die von Bo und Sunna.

»Haben Sie dafür Beweise?«

»Das ist mein Problem.«

Sie näherten sich dem alten Dammtorbahnhof. Auf einer Brachfläche direkt neben dem Anwesen der Civettas, standen hunderte Menschen. Blasse Beamte in den froschgrünen Farben der Poggendiek-Behörde setzten sich an die am Straßenrand aufgereihten Tische. Hinter ihnen stand eine Kolonne von Bussen, ausgeschlachtet bis auf den Fahrersitz. Eine Handvoll Polizisten in verschlissenen braunen Uniformen und Dutzende von Foths neuen Hilfskräften, viele von ihnen in langen, schwarzen Mänteln, sorgten für Ordnung.

»Was passiert da?«, fragte Lillith.

Benz' Gesicht war ein einziges Fragezeichen.

Lillith aktivierte ihre Vidja. Aber auch die hatte keine Antwort.

»Victor, halt bitte kurz an«, bat Lillith. »Weiß einer von euch, was hier los ist?«, fragte sie ihre Angestellten.

Yarens Hände steckten in seinen Taschen, seine Fäuste waren vermutlich geballt. Lillith konnte den Zorn durch die Scheibe hindurch spüren. »Drach transportiert die Menschen, deren Häuser er zerstört hat, in die Neue Heimat«, sagte Yaren. Er drehte sich zu Lillith um. »Ich habe meine Freunde gewarnt! Ich habe ihnen erzählt, was Sie erzählt haben, aber sie haben mir nicht geglaubt. Sie glauben lieber Drachs haltlosen Versprechungen als einer unbequemen Wahrheit.«

»Sei nicht ungerecht, Yaren«, sagte Victor. »Was würdest du machen, wenn man dir heute Morgen das Haus weggesprengt hätte?«

Die Beamten stellten tragbare Monitore auf die Tische, aktivierten schuhkartongroße Vidjas und positionierten einen chromglitzernden Gegenstand zwischen sich und dem Volk. Lillith hatte dieses Gerät, eine Mischung aus Stempel- und Nadelkissen, noch nie gesehen.

Vor den Tischen drängelten die Menschen. Jeder wollte als Erster in den Bus, niemand wollte zurückgelassen werden. Kräftige Männer schoben die alten Weiber zur Seite. Bevor sie sich untereinander bekämpften, gingen Foths Hilfskräfte dazwischen. Geld wechselte den Besitzer und der Mann, der hatte zahlen können, drückte als Erster seinen Finger auf den Stempel-Stift.

Der Beamte tippte auf den Bildschirm, nickte und winkte den Mann durch zum Bus. Dann wischte er mit einem Schieber über das Gerät, die Nadel verschwand, an anderer Stelle tauchte die nächste auf.

Schnellste Identifizierung dank der neuen Nano-ID's!

»Da! Die vierte Plage!« Lillith zeigte auf die Beamten »›Stechfliegen füllen die Häuser der Ägypter‹«, zitierte sie. »Verstehen Sie, Senator Benz? Gestochen werden bei Plage vier ausschließlich die Ägypter – also in unserem Fall nur das Volk. Und welche Stiche mussten die Menschen in den Elendsvierteln nach der Mückenplage noch über sich ergehen lassen? Die neuartige Identifizierung, die Senator Kropp initiiert hat. Wenn wir ihn fragen, woher er die PID-Idee hatte, wird er auf Erik zeigen. Jede Wette.«

Eine Frau mit einem Baby im Arm zog einen schmalen Ring von ihrem Finger und wollte ihn einem der Mantelmänner in die Hand drücken. Aber der schlug das Schmuckstück verächtlich weg. Der Ring landete zwischen den Stiefeln der Menschen, die weiter nach vorn drängelten und ihn immer tiefer in den Schneematsch drückten. Die Frau ließ sich auf die Knie fallen und tastete in dem Dreck nach ihrem letzten Wert, während die Menschen ihr achtlos auf die Hände traten. Lillith spürte die Angst des Babys, die Verzweiflung der Frau und wandte den Blick ab.

Die Polizisten bildeten eine Gasse. Ein Mann nach dem anderen identifizierte sich und stieg in den Bus. Junggesellen ohne viel Besitz mit einer Sporttasche über der Schulter oder einem Koffer in der Hand. Irgendwann standen die Stärksten im Bus. Obwohl die breitschultrigen Männer sich bereits näher kamen, als ihnen lieb war, machten die Beamten keine Anstalten, den Bus auf die Reise zu schicken. Ein Familienvater mühte sich, seinen kleinen Anhänger in die Gasse hinein zu manövrieren. »Nur ein Gepäckstück pro Person«, rief einer der Schwarzgekleideten. »Den Rest schicken wir hinterher.« Der Vater seufzte, zog den Anhänger zur Seite, schickte seine Frau und die drei Kinder vor und füllte ein Formular aus. Gerade als der Mann das Formular an seinem Anhänger befestigte, schlossen sich die Türen und der Bus fuhr los.

Wieder Verzweiflung. Dazu Panik. Als ob er Angst hätte, seine Familie nie wiederzusehen. Die Hände ausgestreckt nach dem davonfahrenden Bus, ein kurzer vergeblicher Versuch hinterherzulaufen, dann mit gesenktem Blick zurück an den Tisch. Identifizierung.

»Lass dich nicht pidden!«, hätte Lillith ihm am liebsten zugerufen. Aber dafür war es längst zu spät.

Der nächste Bus öffnete seine Türen. Dasselbe Bild. Keine Sitze, Menschen, die sich hineindrängelten und dicht an dicht standen mit jeweils einem Koffer, Rucksack oder Beutel. Vor der Gasse stapelten sich die zurückgelassenen Habseligkeiten. Alt und schäbig. Einer der Polizisten zog eine Plastikfolie darüber, um die Gegenstände vor Schnee und Regen zu schützen. »Finger weg«, herrschte er einen der Schwarzmäntel an, der die Folie am anderen Ende hochgehoben und sich bereits bedient hatte. »Das bleibt alles genauso, wie es da jetzt steht, verstanden?«

Der junge Mann, fast noch ein Kind, ließ die Beute zurückfallen. Bis auf einen kleinen Gegenstand, der in seinem Ärmel verschwand.

In wenigen Stunden würden die zurückgelassenen Schätze neue Besitzer haben.

Die Menschen, die weiter vorne standen, hatten den Streit und die Gier des jungen Mannes ebenfalls bemerkt. Sie quetschten so viel sie konnten in ihre Koffer. Ein weißhaariger Mann wollte seinen halb-offenen Koffer durch die Gasse schieben. Aber einer der Hilfskräfte stellte ihm ein Bein, der Weißhaarige stolperte und der Inhalt seines Koffers – Wäsche, Bücher, Seife – verteilte sich im Dreck. Der nächste Bus fuhr in den Osten.

Die Mantelmänner trieben die verbliebenen Wartenden wie eine Kuhherde nach vorne. Die Menschen schienen nicht länger damit einverstanden zu sein, dass sie ihren Besitz zurücklassen sollten. Die ersten Hilfskräfte holten Schlagstöcke hervor und versperrten breitbeinig den Weg zurück.

Lillith hatte genug gesehen. »Lass uns fahren«, bat sie Victor.

Ehrenreich Benz' Gesicht war weiß wie frischgefallener Schnee. Seine Hände zitterten.

»Alles in Ordnung, Senator?«

In Benz' Augen erkannte sie einen tiefen Schmerz. »Wissen Sie, wer diesen Platz als Sammelplatz ausgewählt hat?«, fragte er.

»Einer der Behördenmitarbeiter, schätze ich. Wobei: Ich würde Drach zutrauen, dass er sich um dieses Detail persönlich gekümmert hat. Es dürfte ihm große Freude bereitet haben, seine Pläne in unmittelbarer Nachbarschaft unseres Grundstücks in die Tat umzusetzen, wissend, was mein Vater davon hielt.«

»Der Mann hat einen perversen Sinn für Dramatik.« Benz schwieg.

»Warum?«

»Diese Brachfläche hier …«, seine Stimme zitterte, er schluckte und setzte erneut an. »Von diesem Platz hier ist 1941 die jüdische Bevölkerung Hamburgs in die Konzentrationslager deportiert worden.«

Ω Kinder Ω

»Glaubst du, sie kommt jemals zurück?« Bo zog den grobgezinkten Kamm mit einer Engelsgeduld durch Johannas schwarze Locken. Immer, wenn er auf eine verfilzte Stelle stieß, legte er den Kamm beiseite und löste den Knoten mit den Fingern.

»Manchmal würde ich ihr gerne dorthin folgen, wo sie jetzt ist«, antwortete Sunna. Sie verstaute die Nagelschere, mit der sie Johannas Fingernägel geschnitten hatte, in einem schmalen Beutel. Wie zur Überprüfung schaute sie auf ihre eigenen Hände, aber da war nicht viel zu schneiden. Die Nägel waren bis aufs Nagelbett abgekaut.

Das war keine Antwort auf seine Frage gewesen. Aber Bo kannte sie ohnehin. Er hatte den Knoten entwirrt und nahm sich die nächste Strähne vor. Die Pflege seiner Mutter hatte etwas Meditatives. Die Zeit, die er bei ihr verbrachte, war wie ein Rückzug in die Vergangenheit. Er konnte Sunna gut verstehen.

Johanna war eine liebe Patientin. Sie stand morgens auf, aß und trank, wenn man ihr etwas hinstellte, ging allein auf Toilette, wusch sich, wenn man ihr einen Waschlappen in die Hand drückte, ging abends ins Bett und nachts störte sie niemanden. Ob sie schlief? Die Frauen, die sich in diesem improvisierten Krankenhaus um sie und die anderen Patienten kümmerten, erzählten, dass Johanna meist mit offenen Augen in ihrem Bett lag. Die Grundfunktionen ihres Körpers waren intakt. Aber sie redete nicht mehr. Und ob das, was sie sagten, sie erreichte?

»Hast du was von Lillith gehört?« Bo ließ die Frage bewusst beiläufig klingen.

»Die Senatoren haben sie gestern komplett auflaufen lassen. Drach hat ein paar gefälschte Zahlen zur Umsiedlung in die Runde geworfen, die alle geschluckt haben. Die Zustände in der

Neuen Heimat sind den Herren Senatoren nach wie vor egal. Und dass die Westfalen damit drohen, Lillith den Windgasspeicher zu nehmen … Sie meinte, die Schadenfreude überwog.«

»Sie riskiert eine Menge für uns, oder?« Bo konzentrierte sich auf eine besonders hartnäckig verknotete Locke und riss etwas heftiger daran, als er eigentlich gewollt hatte.

»Autsch.«

Bo und Sunna starrten sich an. Keiner der beiden traute sich, etwas zu sagen. Bo ließ die Strähne Strähne sein und setzte sich Johanna gegenüber. Sie sah verwirrt aus, aber sie erkannte ihre Kinder. Sie erkannte ganz offenbar ihre Kinder.

»Sunna«, sagte sie und strich ihrer Tochter über die Wange. »Bosse.« Sie legte ihre Hand auf seine. »Meine wunderbaren Kinder. Sch-sch, nicht weinen, Sunna.« Sie umarmte ihre Tochter und zog auch Bo zu sich heran. Er verbarg sein Gesicht an ihrer Schulter. Wann hatte er sich das letzte Mal so geborgen gefühlt?

Schwere Fahrzeuge fuhren unter ihrem Fenster auf. Stiefel trampelten über den Hof, Männer brüllten Kommandos. Warum jetzt? Warum ausgerechnet jetzt?

Er machte sich los. »Mama, wir müssen weg. Ich weiß nicht, wer da unten ist, aber die wollen nichts Gutes. Komm mit uns. Bitte. Schnell.«

Sunna packte bereits die Sachen zusammen. »Komm, Mama«, rief sie.

Aber Johanna nahm Bos Gesicht in beide Hände. »Ich will nicht mehr weglaufen. Geht ohne mich. Es ist in Ordnung.«

Bo nahm ihre Hände. »Bitte, du kannst nicht hierbleiben.« Er versuchte, sie hochzuziehen, aber seine Mutter blieb sitzen. Sollte er sie einfach über die Schulter werfen und mitschleppen? Sie war inzwischen so dünn wie ein Kind und wog auch nicht mehr. Aber seine Mutter schien seine Gedanken zu erraten und schaute ihn so streng an, als ob er gerade einer alten Frau die letzten Äpfel klauen wollte.

»Ich kann dich nicht …«

»Doch, Bo, das kannst du und das wirst du!«

Bo versuchte nochmals, sie hochzuziehen, aber Johanna blieb stur sitzen. Hilfesuchend sah er zu Sunna, die abwechselnd auf Johanna und die Lastwagen vor dem Fenster blickte. Männer in den weißen Kitteln der Gesundheitszentrale trugen die kranken Kinder aus dem Gebäude und hoben sie in die Lastwagen. Ein paar Krankenschwestern standen hilflos daneben, versuchten die weinenden Kinder zu trösten, ihnen ein Kissen mitzugeben, eine dünne Decke. Wie lange würden die Männer brauchen, um alle Kinder einzusammeln? Nicht lange. Wenn Johanna sich sträubte, hatten sie keine Chance, rechtzeitig die unterirdischen Gänge zu erreichen.

»Mama, bitte!«

Aber er kannte diesen Blick. Bitten und betteln war zwecklos. Sunna schüttelte fast unmerklich den Kopf, auch sie wusste um die Sinnlosigkeit weiterer Überredungsversuche.

Es brach ihm das Herz, als er seine Mutter ein letztes Mal in den Arm nahm und so fest an sich drückte, als ob er sie auf diese Weise mit sich nehmen könnte. Alles, was er an Liebe für sie empfand, legte er in diese Umarmung. Nie wollte er sie wieder loslassen, aber dann spürte er ihren Mund an seinem Ohr und hörte sie flüstern: »Sie ist ein guter Mensch, Bosse. Ich habe in ihr Herz geschaut und es ist gut. Lass es zu! Und jetzt lauft. Lauft und macht mich stolz.«

Bismarck

Lillith versuchte, sich auf ihre Korrespondenz zu konzentrieren, aber ihr Blick floh hinaus, durch den Regen hinunter auf die Stadt. Sie überflogen die Elbe, das Wasser war genauso grau wie der Rest des Tages. Ob es in der Neuen Heimat inzwischen mehr als nur Zelte gab? Sie bezweifelte es. Sie musste dringend hinfahren. Das war ihre einzige verbliebene Chance, die anderen Senatoren auf ihre Seite zu holen und Erik zu entmachten. Bevor der ihr den Strom abstellte.

Den Besuch in Bielefeld eben hätte sie sich jedenfalls sparen können. »Ich verhandele nicht mit einer Frau«, hatte Heinrich Schedalke ausrichten lassen, als sie bei ihm im Vorzimmer stand. »Wenn Sorokin es nicht nötig hat, persönlich zu kommen, scheint ihm der Gasspeicher ja egal zu sein.«

Lillith hatte ihrem Verlobten diese Nachricht zukommen lassen, aber sie würde ihn nicht ernsthaft kümmern. Das Getriebeöl war immer noch nicht angekommen. Sie musste Windräder vom Netz nehmen, die heiß zu laufen drohten. 63 Prozent ihrer Windräder standen still. Was zwar im Prinzip kein Problem war, weil es den Speicher in Rehden gab, aus dem sie die fehlende Energie ins Netz einspeisen konnte. Was aber sehr wohl zum Problem wurde, wenn sie nicht mehr auf Rehden zugreifen konnte. Ihr blieben noch sechs Tage, um Schedalke umzustimmen. Dann würde er seine Truppen über die Grenze schicken und sich ihren Gasspeicher mit Gewalt holen. Wenn sie sich ihm nicht mit ihren eigenen Truppen in den Weg stellte.

Ein Polizeiboot raste über die Elbe, das Wasser spritzte links und rechts; es steuerte nur knapp an einem der Containerschiffe vorbei und aus der Stadt hinaus.

Sie lehnte den Kopf an die Stütze und schloss die Augen. Diese Elektrokopter waren so viel angenehmer als die alten kerosingetriebenen Brummer, die Davide bevorzugt hatte.

Wenn sie ihren Gasspeicher verteidigte, fehlten ihr die Soldaten in Nordland. Ein Angriff von Erik war im Prinzip überall möglich. Selbst wenn sie alle Soldaten zum Schutz ihrer Windkraftanlagen, Umspannwerke und Haupt-Stromleitungen einsetzte, würde es immer noch hunderte potentielle Angriffspunkte geben. Sie musste das Problem technisch lösen, die Drohnenüberwachung verstärken und bei Auffälligkeiten reagieren.

»Landung in fünf Minuten«, gab der Pilot auf ihre Kopfhörer durch.

Gut. Sie hatte genug vom Flug durch Wind und Regen. Seit Tagen fiel das Wasser ununterbrochen vom Himmel, manchmal als Schnee, meistens als Regen. Sie könnte ein paar Sonnenstrahlen vertragen.

Heute Abend würde sie Sunna treffen. Ganz offiziell in den Räumen von Omega. Seitdem Lilliths Truppen die Protestierer auf den Dächern geschützt hatten, vertrauten die Widerständler ihr endlich. Die meisten jedenfalls. Diese Aktion war auch schon wieder zehn Tage her. Wo blieb nur die Zeit?

Zehn Tage, seit sie ihren Vater zu Grabe getragen hatte.

Nach wie vor hatte sie täglich Kontakt zu Sunna. Am Montag vor einer Woche, gleich nachdem sie Benz vor seinem Wohnhaus abgesetzt hatte, dem alten Vier-Jahreszeiten-Hotel, hatte sie Sunna angetwinkert und ihr von den zehn Plagen und ihren neuesten Erkenntnissen dazu berichtet. Sie hatte sie vor den drei Tagen Dunkelheit gewarnt. Aber bislang hatte sie Sunna nicht von ihrer Theorie überzeugen können.

Lillith war sich sicher, dass Drachs nächster Schachzug darin bestehen würde, ihr den Strom abzustellen. Und die Ratten würden sich drei Tage Dunkelheit nicht entgehen lassen.

Die Ratten. Mit Wojtek Skoruppa an der Spitze. Gesteuert von Erik Drach. Wenn sie diese Verbindung doch nur irgendwie nachweisen könnte. Dann könnte sie beweisen, dass Erik den Pakt gebrochen hatte. Dass er Davide umgebracht hatte. Dann könnten die anderen Senatoren nicht länger die Augen verschließen. Aber Erik war vorsichtig. Es gab keine einzige Aufnahme, auf der Skoruppa als Hilfskraft in Foths Diensten zu sehen war.

Vielleicht hatte Omega eine Idee.

Sie hatte Sunna auch vor den Deportationen gewarnt, aber ihre Freundin hatte ihr erklärt, dass sie ihre Leute nicht länger davon abhalten konnte, in die Neue Heimat zu gehen. Es gab einfach nichts mehr, wo sie sonst unterkommen konnten. Selbst das kleine Krankenhaus war nur noch Schutt und Asche. »Hail« hatte es dem Erdboden gleich gemacht. Zum Glück waren die Kinder kurz vorher in Einrichtungen von Gesundheitssenator Krawinkel gebracht worden. Die Erwachsenen jedoch, unter ihnen auch Johanna, waren spurlos verschwunden. Lillith hatte keinen Trost für Sunna. Oder für sich selbst. Die Qi-Gong-Kugel, die von ganz allein den Weg in ihre Hand gefunden hatte, klang seltsam dumpf. Gebrochen.

Wo genau sie sich treffen wollten, wusste sie nicht. So weit ging das Vertrauen nicht. Aber Fritjof war informiert. Er wartete auf sie, als sie nach Einbruch der Dunkelheit und dem Beginn der Sperrstunde mit ihrem Sportwagen auf sein Grundstück einbog. Lillith nahm den Stoffbeutel vom Fahrersitz. »Ich geh mich nur schnell umziehen«, rief sie Fritjof statt einer Begrüßung zu, verschwand im Haus und kam fünf Minuten später als Kerl wieder heraus. Glatzenperücke, Schiebermütze und Nickelbrille hatte sie aus dem civettaeigenen Kostümfundus, die breitcordige Arbeitshose mit Trägern und die gerade geschnittene Mao-Joppe hatte Maja besorgt.

»Du musst breitbeiniger gehen«, empfahl Fritjof. »Aber ansonsten bist du schon ziemlich gut, Buddy.«

Sie waren noch keine fünf Minuten in dem Denza unterwegs, den sie zur Tarnung gewählt hatten, als sie den ersten Alarm hörten. Nicht weit von der Mundsburg entfernt, jujute eine Sirene. Fritjof ging vom Gas, ein Polizeiwagen überholte sie und auf ihrer Windschutzscheibe leuchtete: »Stopp – Kontrolle!« Fritjof fuhr rechts ran. »Mist. Wir haben bei der Wahl unseres Autos die Sperrstunde vergessen«, sagte er, bevor er den Fensteröffner drückte.

»Ja?«, fragte er ungehalten.

Zwei Männer in langen, schwarzen Mänteln kamen auf sie zu. Foths Hilfskräfte. Einer hatte seine Pistole auf Fritjof gerichtet.

»Ihr seid während der Ausgangssperre unterwegs, wir hätten dann gerne mal die Ausnahmegenehmigung.« Der Mann bewegte seine Pistole ungelenk mit seiner linken Hand. Sein rechter Arm endete am Handgelenk.

Fritjof kletterte aus dem Kleinwagen heraus. Er baute sich vor den beiden Männern auf, ganz Herr der Lage.

»Ich glaube nicht, dass die Ausgangssperre für mich gilt. Ihr Name?«

»Heiner Meier«, antwortete der Mann mit den zwei Händen, gewohnt, auf Befehle schnell zu reagieren.

Der Einhändige betrachtete Fritjof und den kleinen Denza. Er schob seine Mütze ein Stück zurück, beugte sich durch Fritjofs Tür und studierte Lillith, die einen spitzen, ganz und gar nicht männlichen Aufschrei in ein kieksendes Husten verwandelte: Dieser Mann hatte sie am Tag nach Joris' Hinrichtung angegriffen – wofür Yaren ihm die Hand zerschossen hatte.

»Wir stellen die Fragen«, sagte er. »Und uns würde interessieren, warum ihr euch in der Nähe des Tatorts befindet und warum dieser Kerl da auf dem Beifahrersitz aussieht, als würde er zu den Chaoten gehören.«

Fritjof wurde noch ein Stück größer, als er sich der einhändigen Ratte zuwandte. »Ich bin Fritjof von Eschenburg, der Herr im Auto ist meine Begleitung. Und es geht dich einen Scheißdreck an, was wir machen.«

Der Mann zog sich ruckartig aus dem Auto zurück und nahm Fritjof ins Visier. Lillith hörte ein leises »Verdammich noch mal«

und sah, wie er Haltung annahm. »Nichts für ungut, Herr von Eschenburg. Benötigen Sie Geleitschutz?«

Das speichelleckende Verhalten überspielte nur mühsam seine abgrundtiefe Verachtung. Lillith wandte sich angewidert ab.

»Nicht nötig.« Fritjof faltete seine langen Beine zurück ins Auto und schlug die Tür zu. Den Finger schon am Fensterknopf fragte er: »Was für ein Tatort?«

»Zwei Straßen weiter ist ein Polizeiwagen abgebrannt. Die Männer konnten sich gerade noch retten, aber von dem Auto ist nichts mehr übrig«, erklärte Heiner Meier eifrig. »Wir wissen noch nicht, ob die Elektronik versagt hat oder …«

Mit einem »wusch« schlug eine Stichflamme aus ihrem eigenen Polizeiauto hoch. Meier und der Einhändige rannten zu ihrem Wagen – aber bevor sie etwas tun konnten, stand das Elektroauto in Flammen.

Fritjof gab Gas. »Vielleicht hättet ihr die Heizung nicht so aufdrehen sollen«, rief er durch das offene Fenster. Lillith kicherte. »Kann ich den Blick bitte nochmal in Zeitlupe haben?«, fragte sie. »Sieht so aus, als ob Sunna und ihre Leute das E-Mobil-Netz gehackt und die automatische Abschaltung der Ladestationen deaktiviert haben.«

In den nächsten zehn Minuten kamen sie an zahlreichen brennenden Polizeiautos vorbei. Lilliths Euphorie über die Brandaktion ließ in dem Moment nach, als ein uniformierter Polizist wild gegen die Fensterscheibe trommelte. Die Tür musste sich verklemmt haben, er war allein unterwegs und in dem Auto gefangen. Auf dem Sitz neben ihm loderte bereits das Feuer. Im letzten Moment öffnete sich die Tür, der Mann stürzte heraus, eine lebende Fackel.

»Fritjof, wir müssen ihm helfen!«

»Wie denn? Hast du was zum Löschen dabei? Lillith, wir können froh sein, dass die Polizei anderes zu tun hat, als uns zu verfolgen. Aber ich sage dem Krankendienst Bescheid.«

Fritjof fuhr in Richtung St. Pauli; hinein in die Ruinen, die Hagel und Heuschrecken übrig gelassen hatten. Am S-Bahnhof

Sternschanze bog er ab und steuerte auf den Wasserturm zu, dessen obere Etagen in sich zusammengefallen waren. Er erinnerte an einen kariösen Zahn, wie er da einsam auf dem kleinen Hügel stand.

»Warum hat Erik den Wasserturm stehen gelassen?«, fragte Lillith mit spottendem Unterton. »Doch nicht aus Denkmalschutzgründen.«

»Nein. Aus Dummheit«, sagte Fritjof.

Der alte Eingang zum Turm war hinter Bergen von Schutt vergraben. Aber ein Stück weiter, am Fuß des Hügels, gab es eine Öffnung, gerade breit genug, um mit einem schmalen Auto hindurchzufahren. Dahinter öffnete sich eine Halle – eine Tiefgarage.

Fritjof parkte hinter einem Schuttberg.

»Ich bin beeindruckt, wie schnell du das Vertrauen von Omega gewonnen hast«, sagte Lillith und konnte ihren Neid nicht verbergen. »Ich musste erst meine Soldaten auffahren, damit man mir meine guten Absichten glaubt.«

»Du hattest einfach keinen besonders guten Start. Und du weißt doch, wenn du einen Mann in seiner Ehre oder seiner Eitelkeit verletzt, dauert es immer besonders lange, bis die Wunde verheilt ist.«

»Ehre oder Eitelkeit? Ist das nicht das Gleiche?«

Fritjof zog einen einzelnen Stein aus der Mauer, tastete und drückte dann etwas, vermutlich einen Hebel. Zu ihren Füßen öffnete sich in der Wand ein schmaler Spalt. Eindeutig Omega-Technik. Lillith robbte als Erste hindurch und landete in kompletter Dunkelheit. Sie suchte in ihrer tief hängenden Hosentasche nach der kleinen LED-Lampe.

»Moment«, rief Fritjof, während er die Steine zurückgleiten ließ. Im nächsten Moment leuchtete seine Taschenlampe und Lillith sog die Luft ein.

Sie kannte diesen Ort: Das alte Rollband, das es sonst nur an Flughäfen gab. Die runden Mauern und der muffige Geruch.

»Das Hauptquartier!«, rief sie. »Fritjof, hier kenne ich jeden Stein.«

Fritjof grinste und klappte die geheime Treppenstufe herunter. »Ich weiß. Aber jetzt komm, die anderen haben bestimmt schon angefangen.«

Sie saßen wieder im ersten Stock am großen Besprechungstisch. Sunna und Bo, Riekje und Alek, der rothaarige Huge und der kluge Nathan, die hübsche Aysen und all die anderen. Aleks Auge funkelte ihr böse entgegen, eine Augenklappe verbarg das andere. Sein herzförmiges Gesicht hatte die Symmetrie verloren. Lillith griff automatisch zur Qi-Gong-Kugel.

Bo stand auf und streckte ihr die Hand entgegen.

»Hallo Lilly-th«, sagte er. »Ich hätte dich fast nicht erkannt – du bist gut darin, dich zu tarnen.«

Lillith zögerte. Bei ihrer letzten Begegnung hatte er sie umbringen wollen. Sie spürte seine Nervosität, intensiver als ihre eigene. Ihr Blick wanderte zu Alek und sie sah den Hass in seinen Augen, sie spürte seinen Groll, der sich gerade zur Schadenfreude entwickelte.

Sie und Bo kämpften denselben Kampf.

Lillith nahm seine Hand, bereit, diesen Handschlag als Entschuldigung zu akzeptieren. »Jeder tut, was er tun muss, um zu überleben. Hallo Bo.«

Sunna rückte ihren Stuhl ein Stück zur Seite, Fritjof hatte bereits einen Hocker in der Hand und setzte sich neben sie. Lillith stand unschlüssig im Raum und ließ sich auf den letzten freien Platz neben Alek nieder.

Der erzählte gerade vom heutigen Erfolg: »… und dann sind wir mit den Enterhaken hoch und diese drei holländischen Schiffer hatten keine Ahnung, wie ihnen passierte, und schon ist das Containerschiff in unserer Gewalt. Foth hat sich aufgeführt wie Rumpelstilzchen, aber er konnte nichts machen. Jedes Polizeiboot, das sich genähert hat, haben wir per Kugelhagel überzeugt, wieder abzudrehen. Momentan liegt das Schiff ein Stück elbabwärts und wir warten auf ein Angebot von Kropp.«

»Was ist mit der Besatzung?«, fragte Bo.

»Die sitzen in ihren Panikräumen und warten darauf, dass irgendwer sie befreit.«

»Garantierst du mir für ihre Sicherheit?«

Alek verdrehte das Auge. »Ey Bo, das sind Holländer!«

»Das sind Menschen! Wir treffen die Birds, wo es ihnen weh tut, also beim Handel. Aber dafür müssen wir keine Unschuldigen umbringen.«

Riekje schnaubte, als hätte sie eine verstopfte Nase. »Du begreifst es einfach nicht, oder? Die Birds verstehen nur die Sprache der Gewalt. Die hören uns nur zu, wenn wir ihnen die Uzi direkt unter die Nase halten.«

»Wenn wir die Unterstützung der Masse wollen, müssen wir die Zahl der zivilen Opfer so niedrig wie möglich halten.«

»Bosse, kapier doch endlich! Es gibt keine Masse mehr. Dein geliebtes Volk hat sich wie eine Herde Schafe in die Neue Heimat treiben lassen. Du wirst keine Revolution mehr entfachen. Vergiss Liberté, Egalité und Fraternité – wenn wir etwas verändern wollen, dann geht es nur mit Gewalt. Wir holen das Volk wieder raus aus der Neuen Heimat, aber erst, wenn wir die Birds besiegt haben.«

Die meisten stimmten Riekjes Worten zu.

Aysen meldete sich zu Wort: »Die Westfalen haben uns angeboten, einen Umsturz zu unterstützen.«

»Was?« Lillith drehte sich zu Fritjof, unsicher, ob sie Aysen gerade richtig verstanden hatte. Aber bevor sie nachfragen konnte, schrie von unten ein Wachposten: »Raus! Wir müssen sofort raus. Foth und seine Leute kommen. Raus, alle raus!«

Stühle stürzten um, Wasser ergoss sich über den Tisch, Bo nahm seine Sporttasche, Sunna griff nach zwei Rucksäcken und drückte einen davon Lillith in die Hand. Die ersten Omegas quetschten sich durch die getarnte Treppenstufe im Keller, als

Joseph Foth und seine Männer in der Etage über ihnen Steine aus dem Weg sprengten.

Lillith rannte das Rollband hinunter, hinein in den Kriechtunnel, hinein in die Unterwelt. Sie rutschte die Röhre hinunter und stand im alten Gleisbett.

»Weiter, weiter«, rief jemand. Lillith rannte, der Rucksack schlug mit jedem Schritt auf ihren Rücken. Irgendwann blieben die Omega-Leute stehen, schnaufend, keuchend.

Und voller Misstrauen.

»Hey, ich habe niemandem euer Versteck verraten«, wehrte sich Fritjof, der die Blicke der anderen sah und auch ohne Empathie begriff, dass er verdächtigt wurde.

»Und was ist mit unserem Goldkehlchen?«, fragte Alek voller Hass.

»Ich wusste bis eben nicht mal, wo euer Hauptquartier ist«, verteidigte sich Lillith.

»Seid mal still«, zischte Bo. »Da hinten ist jemand.«

Undeutliche Stimmen, schwere Schritte, dann die fistelige Stimme von Joseph Foth. »Die können noch nicht weit sein, los, beeilt euch!«

»Scheiße, wer hat die Stufe nicht zugemacht?«, fragte Alek aufgebracht und in Lilliths Richtung.

»Das können wir diskutieren, sobald wir in Sicherheit sind«, flüsterte Sunna. »Und jetzt halt die Klappe und lauf!«

Der Rucksack wurde immer schwerer. Sie durchquerten die stillgelegte U-Bahn-Station, kurz dahinter hielt Bo an und untersuchte die Wand. »Hier muss ein Durchgang in die Kanalisation sein«, sagte er leise und tastete die Wand ab. »Also Leute, haltet die Luft an.« Er hatte den Stein mit dem verborgenen Klappmechanismus gefunden und ließ einen nach dem anderen durch die Luke klettern, Lillith ging als Letzte. Er machte keine Anstalten, ihr hinterher zu klettern.

»Kommst du nicht mit?«

»Ich lege eine falsche Fährte.«

Lillith schloss kurz die Augen.

»Ich war's echt nicht!«, flüsterte sie.

»Ich weiß.« Bo lächelte und drückte ihr einen Kuss auf den Mund. Dann schloss sich die Wand vor ihr. Kurz berührte sie mit dem Finger ihre Lippen. Sollte sie sich über Bos Dreistigkeit empören? Oder war Krieg und alles war erlaubt? Sie drehte sich um und kletterte an kalten Eisenstäben nach oben. Über ihr war die nächste Öffnung, eine Tür, die in die alte Kanalisation führte.

Niemand sagte ein Wort, als sie durch die stinkende Kloake stapften. Von fern hörten sie die Rufe von Foths Männern, dann einen Schuss. Lillith zuckte zusammen.

Sunna hatte aus Bos Sporttasche eine Karte herausgeholt. Im Licht einer Mini-Taschenlampe studierte sie den Plan, bevor sie die Gruppe durch die backsteingemauerten Katakomben führte. Der Boden war von den Überresten einer alten Zivilisation bedeckt, die Füße machten schlurpende Geräusche, wenn sie sie mit viel Kraftaufwand aus dieser kaugummiartigen Konsistenz hoben, nur um sie – Ekel beiseite – gleich wieder in den Brei hineinzusetzen. Schlurp. Kwatsch. Schlurp. Andere Tunnel kreuzten. Sunna benötigte nie länger als ein, zwei Sekunden, um sich für eine Richtung zu entscheiden.

An einem mannshohen grünen Rechteck aus Stahl hielt sie an. Es gab keinen Griff, nichts, mit dem sich dieses türartige Gebilde öffnen ließ. Sunna suchte nach dem losen Stein und dem verborgenen Mechanismus, sie tastete immer hektischer und als Alek leise zischelnd zu meckern anfing, drehte sie den Lichtkegel ihrer Taschenlampe in sein Gesicht. »Wenn dein pfadfinderisches Talent so groß wäre wie deine Klappe, dann müssten wir nicht durch die Scheiße laufen.« Sie trat wütend gegen die Wand – und ein schmaler Durchgang öffnete sich.

Der Kriechtunnel dahinter war mehr ein Grab als ein Gang. Die klaustrophobischen Anfälle, mit denen fast alle in der Gruppe zu kämpfen hatten, machten den Weg für Lillith zur Hölle. Sie tastete nach ihrer Qi-Gong-Kugel, aber Riekjes entnervtes und für alle laut hörbares »Luxusküken, beweg deinen goldenen Arsch« trieb sie weiter, bevor sie ihren Schutzwall verstärken konnte.

Eine gefühlte Unendlichkeit später stoppten sie. Ein schrilles Kreischen ließ den Tunnel vibrieren. »Geht doch!«, rief Sunna mit gepresster Stimme und wieder kreischte es, es quietschte und es schleifte, als sie die Eisentür nach außen drückte.

Aus dem Kriechtunnel wurde eine Kathedrale.

Lillith leuchtete über die Wände und versuchte, sich zu orientieren. Sie stand in einem riesigen Raum tief unter der Erde, es roch modrig und feuchte Kälte kroch unter ihre Mao-Joppe. Das hier war keine U-Bahn-Station und auch kein Stück Kanalisation. Wo waren sie? Das Licht glitt über die Reste einer Zwischendecke weiter in die Höhe. Lillith glaubte, eine Art Gewölbe zu erkennen. Nicht weit von ihr entfernt führte eine Treppe nach oben. Die Geländer waren abgebrochen und lagen zusammen mit einzelnen Mauersteinen und mehreren kniehohen weißen Gebilden, die stark an Termitenhaufen erinnerten, auf dem Boden.

Sie folgte Sunna die Treppe hinauf. Über ihr hingen lange, spitz zulaufende Stalaktiten wie Dolche von der Zwischendecke. Feucht genug war es hier für eine Tropfsteinhöhle. Aber dieser Raum war keine Höhle, die Wände waren von Menschenhand geschaffen worden. Auf die unverputzte Wand hatte jemand mit rotem Stift »Jogi was here! 3.10.79« gekritzelt. Über ihrem Kopf prangte ein meterhoher, stilisierter Adler an der Wand. Darüber verlor sich das Licht der Taschenlampe. An den Wänden gegenüber hingen mit Rost bedeckte Rohre. Darüber weitere Farbkleckse. Sie leuchtete die Wand hoch und erkannte ein riesiges Bild: Ein Baumstamm mit dicken Ästen, die sich über die gesamte Fläche zogen. Dazwischen Eichenblätter und darunter, in altdeutscher Schrift, ein martialischer Spruch: »Wir sind nicht auf dieser Welt, um glücklich zu sein und zu genießen, sondern um unsere Schuldigkeit zu tun.«

»Na, das ist ja mal ein Motto«, murmelte sie. »Könnte von meinem Vater stammen.«

»Okay, ich denke, hier können wir erst mal eine Weile bleiben«, sagte Sunna und setzte sich auf den Boden.

»Wo sind wir?«, fragte Lillith.

»Im alten Bismarck-Denkmal«, erklärte Sunna.

Das erklärte den Reichsadler. »Ich wusste gar nicht, dass dieser Koloss begehbar ist«, sagte Lillith.

»Wusste ich auch nicht, aber Bos Wunderkarte hat es uns als Versteck vorgeschlagen.« Sunna warf ihr das zusammengerollte Papier zu. Lillith nahm die Taschenlampe zwischen die Zähne und entrollte das Papier. Rote, blaue, schwarze und grüne Linien zogen sich in einem wilden Muster über die Fläche. Lillith suchte nach einer Legende, einem Maßstab, fand aber nichts.

»Was ist das?«

»Eigentlich ist sie ganz einfach zu lesen, wenn man weiß, was man vor sich hat.« Sunna fuhr mit den Fingern einzelne Linien nach. »Also: Die roten Linien hier, das sind die alten U-Bahn-Tunnel. Die blauen sind die Siele. Die grünen Linien zeigen an, wo die Omegas früher Verbindungsschächte gegraben haben. Und die schwarzen sind die winzigen Kriechtunnel wie der, durch den wir eben gekommen sind. Die Ziffern sind unterirdische Verstecke.« Sie zeigte auf die Nummer 17. »Hier ist der Wasserturm und hier«, sie zeigte auf die Nummer 21, »ist das Bismarck-Denkmal. Die roten Punkte kennzeichnen die Ausgänge, also die im Mauerwerk versteckten Türen. Einkerbungen in den Steinen helfen dabei, die losen Steine zu finden, hinter denen die Öffnungshebel untergebracht sind.«

»Wie kommt es, dass du die Karte lesen kannst?«

»Maja hat sie Bo erklärt und der wiederum mir.«

»Maja?«

Lillith spürte Unruhe und leichten Ärger. Das war anscheinend eine Information, die Sunna ihr gerne verheimlicht hätte. Lilliths eigene Anspannung entlud sich: »Entweder traust du mir, dann kannst du mir auch erzählen, wie Maja hier mit drin hängt, oder du traust mir nicht, dann bringst du mich am besten gleich um.«

Sunna biss sich auf die Unterlippe.

»Ja, sorry, du hast ja recht. Maja hatte Bo nur gebeten ... na, egal. Also: Du erinnerst dich an den Abend, als Bo dich vor den Ratten gerettet hat?«

Lillith nickte, gespannt, was jetzt kommen würde. Fritjof gesellte sich zu ihnen.

»Maja hatte Bo kurz vorher kontaktiert. Du weißt, dass sie und meine Mutter ...« Sunna zögerte. Sie war unsicher, nervös.

»Maja hat mir erzählt, dass sie mit deinem Vater befreundet war«, half Lillith ihr weiter. »Und dass deine Mutter ihr das immer übel genommen hat. Sie hat mir auch erzählt, dass ihr trotzdem den Kontakt gehalten habt.«

»Genau. An jenem Tag kam sie in die kleine Hütte, die unserer Quartierswache als Zentrale dient – gedient hat. Sie fragte nach Bo und ob sie ihn kurz unter vier Augen sprechen könne. Dann zeigte sie ihm die Karte und erzählte, wie Joris ihr die vor vielen Jahren zur Aufbewahrung überlassen hatte. Und dass sie fand, dass Bo diese Karte jetzt besser gebrauchen könne als sie selbst. Sie erklärte ihm alles, was er wissen musste, und verabschiedete sich. Im Rausgehen, Bo muss immer noch wie vom Donner gerührt dagesessen und auf diese Karte gestarrt haben, drehte sie sich um und erwähnte, dass eines der neuen Hausmädchen an Halloween mit dem von Eschenburg ausgehen wollte, in den *Eimer*, und dass sie dem alten Windhund nicht traute – nichts für ungut, Fritjof – und sie bat Bo, ein Auge auf das Mädchen zu haben. Er würde sie schon erkennen, er habe sie neulich in ihrer Begleitung auf dem Markt in der Mundsburg getroffen.«

»Und für Bo war es selbstverständlich eine Frage der Ehre, das Hausmädchen Lilly zu retten, nachdem Maja ihm diese unschätzbar wertvolle Karte gebracht hatte, nicht wahr?«, fragte Fritjof mit zynischem Unterton. Lillith spürte seinen Ärger und sah ihn überrascht an. Es konnte ihm doch sowas von egal sein, was ihr altes Kindermädchen von ihm dachte. Oder war er etwa eifersüchtig? Lillith hatte keine Zeit, länger darüber nachzudenken, denn Alek kam mit lauten Schritten in den Raum.

»Geile Sprüche stehen hier an den Wänden«, rief er. »Hört mal den hier: ›Nicht durch Reden werden die großen Fragen entschieden, sondern durch Eisen und Blut‹. Also Lillith: Wann setzen wir deine Truppen gegen die Mannschaft von Erik Drach ein?«

»Gar nicht.«

»Seht ihr?« Alek sah sich triumphierend um. »Wie ich gesagt habe. Unser Goldkehlchen möchte nur ein kleines Abenteuer im gruseligen Untergrund. Aber sobald wir sie bitten, uns zu helfen …«

»Klar. Und der Schutz eurer Leute am Freitag war keine Hilfe?« Aleks selbstgefälliges Getue war extrem anstrengend. »Ich verheize meine Leute nicht in einem sinnlosen Bürgerkrieg.« Sie stand auf und stellte sich eine Handbreit zu dicht vor Alek. »Aber solange ihr friedlich bleibt, helfe ich euch dabei, die Neue Heimat aufzulösen und dafür zu sorgen, dass eure Leute entschädigt werden.«

»Super Idee«, lästerte Alek. »Das ist genau das, was wir wollen.«

»Das ist genau das, was ihr momentan erreichen könnt. Aber wenn ihr lieber Krieg wollt, dann sucht euch jemand anderen, der euch dabei unterstützt.«

Alek sah mit seiner Augenklappe im Halbdunkel noch bedrohlicher aus als sonst. Er beugte sich zu ihr und Lillith musste ihre ganze Selbstbeherrschung aufwenden, um nicht einen Schritt zurückzugehen. Sein Atem stank nach verdorbenem Fisch. »Weißt du was? Wir brauchen deine Hilfe nicht. Wir haben genug Verbündete, um dein ganzes Scheißsystem zu stürzen.« Er zog die Oberlippe ein Stück hoch und bleckte seine braungefleckten Zähne.

»Das stimmt nicht und das weißt du auch, Alek«, sagte eine Männerstimme aus dem Dunkeln. Lilliths Härchen stellten sich auf. Seit wann war Bo wieder dabei?

»Die Civetta-Truppen könnten den entscheidenden Unterschied machen«, sagte Riekje. »Die gibt's wenigstens nicht nur auf dem Papier.« Sie blickte Fritjof herausfordernd an.

»Unsere letzte Lieferung Kalaschnikows stand also nur auf dem Papier?«, fragte Fritjof. »Bevor wir Secundi dabei waren, habt ihr doch nur Steine geworfen.«

»Wir wissen die Hilfe der Secundi zu schätzen, Fritjof«, mischte sich Sunna ein. »Aber du musst zugeben, dass du uns andere Dinge versprochen hast, als du dich uns angeschlossen hast.«

»Das ist alles in Arbeit, aber es dauert seine Zeit. Wir sind auf den Goodwill der Westfalen angewiesen, wir können sie nicht zwingen, uns sofort ihre Panzer zu schicken.«

Lillith starrte ihren Freund an, als würde sie ihn zum ersten Mal sehen. »Das hast du versprochen, Fritjof?«

»Ach, tu doch nicht so unwissend, Lillith. Der Krieg kommt. So oder so. Dank der Kontakte von Stev nach Westfalen haben wir uns deren Unterstützung gesichert. Du glaubst doch nicht im Ernst, dass die Senatoren das Volk freiwillig an die Fleischtöpfe lassen. Unsere Väter haben sich damals mit diesem Scheißpakt über den Tisch ziehen lassen. Wir holen uns nur das, was uns zusteht.«

Fritjof redete wie Willem Duhnkreih.

»Aber begreifst du denn nicht, was du damit auslöst?«, fragte Lillith. »Sobald du mit Gewalt versuchst, dir deinen Anteil zu holen, verlieren alle.«

»Sunna, zeig ihr die Bilder.«

Sunna blinzelte ein paar Mal und zwischen ihnen baute sich eine virtuelle Realität auf: Zu ihren Füßen lag ein Fluss, allem Anschein nach die Elbe, im Hintergrund standen Hafenkräne. An einem provisorischen Anleger fuhren Schützenpanzer von einem Frachter, dann schwer beladene LKW, schließlich ein Anhänger mit einem Aufbau, der stark nach einem Flugabwehrraketensystem aussah.

»In den LKW liegen Panzerfäuste und Granatwerfer, aber auch jede Menge Scharfschützengewehre, Mikrowellenwaffen und munitionierte Vogeldrohnen für den Einsatz im Guerillakampf«, erzählte Sunna, »Drachs aktuelle Waffenlieferung.«

»Heftig, oder?«, fragte Fritjof. »Ich hätte nie gedacht, dass Erik so viel Kohle hat.«

»Das hast du mitfinanziert, lieber Fritjof, durch die Etaterhöhung im Bereich Heimatschutz«, sagte Lillith.

»Aber dafür kriegt er doch nie im Leben so viele Waffen! Erik muss noch eine Goldmine in Russland haben oder so was«, mutmaßte Fritjof.

»Drach hat nicht nur reichlich Waffen«, sagte Sunna, blinzelte und rief eine weitere Luftaufnahme auf. Die Kamera zoomte auf einen Platz in einer Heidelandschaft. Ein Exerzierplatz mit hunderten Soldaten. Keiner davon hatte die braune Uniform der Heimatschutzbehörde an. Alle trugen schwarze Körperpanzer – Drachs persönliche Sicherheitsmannschaft.

Lillith erinnerte sich an die Diskussionen in der Bürgerschaft, in denen Erik den Etat für die Neue Heimat immer weiter hatte aufstocken lassen, und daran, wie Davide kurz nach der Farbbeutelattacke bei Oppermann von einem hohen dreistelligen Millionenbetrag gesprochen hatte, der dem Volk bereits zugutegekommen war.

»Das Geld kommt aus dem Etat für die Neue Heimat«, sagte sie. »Statt menschenwürdiger Unterkünfte in der Neuen Heimat baut er private Kasernen.« Sie ballte die Fäuste. »Wenn wir den anderen Senatoren diese Aufnahmen zeigen, werden sie eingreifen. Dann werden sie Drach seines Amtes entheben.«

»Da wäre ich mir nicht so sicher, Lillith«, sagte Sunna und wischte erneut durch die Luft. Vor einer großen Scheune entluden Männer in gold-grünen Uniformen mit Hilfe von Exo-Skeletten unscheinbare Kisten. Die Kamera zoomte auf eine der Kisten, die offen vor dem Tor stand: Railguns, elektromagnetische Schienenkanonen aus den USA. Zwei schnelle Handbewegungen und die Kamera zoomte zurück und zeigte, was Lillith schon anhand der Uniformen erkannt hatte: Die Scheune befand sich unweit der Grenze zu Westfalen auf einem der Güter von Landwirtschaftssenator Meik Hawik.

Eine weitere Handbewegung, eine Karte Nordlands öffnete sich und über den entsprechenden Positionen schwebten die aktuellen Truppenstärken von Drach, Hawik, Kropp, Krawinkel und Petersen. Lillith überschlug kurz die Zahlen – es waren mehr, als sie selbst unter Waffen hatte. Aber das musste noch nichts heißen. Zahlen allein sagten nichts über Ausbildung und Ausrüstung aus.

Jeder von uns hat die Mittel, die anderen aus dem Weg zu räumen. Aber allen ist bewusst, dass – sobald wir zu diesen Mitteln greifen – die Kämpfe um unser persönliches Überleben im Bürgerkrieg enden.

Deshalb der Pakt.

»Deine Truppen haben für Eindruck gesorgt«, erzählte Fritjof. »Erik hat am selben Abend noch sein Old-Boys-Netzwerk zur Mobilmachung aufgerufen.«

»Woher weißt du das?«, fragte Lillith.

»Auch ich habe mein Netzwerk«, sagte Fritjof nur.

»Alle bereiten sich auf Krieg vor«, erklärte Bo und trat ins Licht. »Die Senatoren. Die Nachbarländer. Selbst wir. Ich kann diese Eskalation nicht mehr verhindern.« Sein Blick ging zu Alek und dann wieder zu Lillith. »Die Zeit des passiven, friedlichen Widerstands geht zu Ende.«

»Was ist mit Oppermann?« Lillith war aufgefallen, dass vom Finanzsenator keine Truppenstärke auf der Karte verzeichnet war.

Jetzt war es an Fritjof, eine virtuelle Realität in den Raum zu werfen. Auch auf Oppermanns Grundstück standen Lastwagen. Aber die wurden nicht aus-, sondern eingeladen. Schmale Pakete in unterschiedlichen Größen, zum Teil in extra-dicken Schichten von Luftpolsterfolie gewickelt, wurden behutsam in spezielle Halterungen gestellt, die dann ihrerseits vorsichtig in den Lastwagen geschoben wurden.

»Oppermann packt seine Sammlung«, rief Lillith. »Er haut ab!« Das erklärte, warum ihn die Sihhuri-Software nicht länger kümmerte.

»Ja. Seit dem Tod deines Vaters fehlt es ihm an Verbündeten«, analysierte Fritjof. »Erik hat den Rest des Senats im Sack und unser freundlicher Finanzsenator weiß, wann es Zeit ist, zu gehen.«

Ihr Vater war noch keine Woche unter der Erde – und der Pakt bereits Geschichte.

»Also Goldkehlchen: Stellst du uns jetzt deine Truppen zur Verfügung?«

Ω Vor dem Sturm Ω

Die Secundi hatten geliefert. Bo öffnete eine der Holzkisten: Kalaschnikows. In der nächsten war Munition. Dann Schutzwesten und Helme. Handgranaten. Nicht die modernste Art und Weise, um Krieg zu führen. Aber genug, um für Unruhe zu sorgen.

Vor zwei Wochen hatte Drach die Häuser auf St. Pauli zerstört. Viele Menschen waren seitdem in die Neue Heimat gezogen. Aber nicht alle. Eine Menge junger Männer hatte sich Omega angeschlossen und nicht nur die Plätze derer eingenommen, die Foth erwischt und verhaftet hatte. Aus Bos Quartierswache war zwar noch keine Armee geworden, aber durchaus schon ein Bataillon. Tom hatte ihm in den vergangenen Tagen geholfen, dem ungeordneten Haufen eine Struktur zu geben, Befehlsebenen einzubauen, Hierarchien und Kommunikationsstrukturen zu klären. Bevor er von einem Tag auf den anderen verschwunden war.

Alek war auch in dieser neuen Struktur Bos Stellvertreter. Ein Risiko, das er eingehen musste. Alek hatte ihm versichert, dass er Bos Entscheidungen akzeptieren und ausführen würde. Was ihm leichter fiel, seitdem Bo eingesehen hatte, dass sie ohne Kampf nicht weiterkamen. Seitdem sich das Volk in die Neue Heimat hatte treiben lassen.

Jetzt musste er nur noch Lillith überzeugen, ihre Truppen mit Omega zu vereinen.

Bo schloss die Kiste mit den Handgranaten.

»Zufrieden?«, fragte Fritjof.

Bo nickte nur.

»Dann komm mit rein, ich habe uns was zu essen vorbereiten lassen.«

Bo hatte keinen Hunger. »Ich komm gleich nach.«

»Wie du meinst«, erwiderte Stev. »Aber ich kann dir nicht versprechen, dass wir was übrig lassen.«

Bo sah Fritjof und Stev nach, wie sie über den Hof gingen und in Fritjofs Landhaus verschwanden. Bo war sich immer noch nicht sicher, ob er das Richtige tat. Hier in Trappenkamp, 50 Kilometer nördlich von Hamburg, lagerten in mehreren Scheunen und alten Ställen die Waffen für Omega. Über ganz Hamburg versteckt warteten fast 500 junge Männer auf seine Befehle. Dank Fritjof, Stev und einem ganzen Haufen anderer Secundi hatten sie sogar genug Mittel, um sie zu versorgen.

Bo ging einen kleinen Hügel hinauf und setzte sich auf einen umgestürzten Baumstamm. In der Ferne konnte er die Lichter von Hamburg sehen. Die Birds hatten die Weihnachtsbeleuchtung angeschaltet, die in dieser klaren Nacht ihren hellen Schein bis zu ihm schickte. Über ihm stand ein fast voller Mond. So hell, so trocken und so warm war schon lange keine Nacht mehr gewesen.

Er hatte schon eine ganze Weile so gesessen, als er hinter sich Schritte hörte.

»Du solltest was essen, Bruderherz.«

Sunna drückte ihm ein Brot in die Hand, belegt mit Schinken, Käse und Tomaten, und setzte sich neben ihn.

»Fritjof und Stev sind beim Wein, aber ich hatte den Eindruck, dass du lieber einen klaren Kopf behalten wolltest.«

Bo biss von dem Brot ab. Er schmeckte nichts.

»Lillith versucht immer noch, die anderen Senatoren auf friedlichem Weg zum Einlenken zu bewegen«, erzählte Sunna. »Morgen will sie in die Neue Heimat fahren, die Zustände vor Ort filmen und den anderen Männern zeigen, dass ihr Geld nicht in eine neue Siedlung für die Armen geflossen ist.«

»Glaubst du, sie kann die Birds überzeugen?«

»Ich hoffe es. Denn Bo, das hier«, Sunna zeigte auf die Scheunen mit den Waffen, »das hier ist nicht das, was Papa gemeint hat, als er …«

»Doch. Genau das hat er gemeint«, unterbrach Bo sie. »Die Birds verstehen nur die Sprache der Gewalt. Wir können die Welt nicht verändern, wenn wir nur darüber reden. Du siehst doch, wie weit wir damit gekommen sind. Wir müssen uns wehren.«

»Und wenn du dich gewehrt hast? Wenn du deine Jungs bewaffnet auf die Straßen geschickt und alle Birds umgebracht hast – was machst du dann? Glaubst du wirklich, dass die Secundi uns etwas von ihrer neuen Macht abgeben werden? Gar wieder eine richtige Demokratie einführen?«

Bo legte das Brot zur Seite. Immer die gleichen Debatten.

»Das haben sie uns zugesichert!«

»Und du glaubst ihnen?«

Natürlich nicht. Deshalb hätte er ja so gerne Lilliths Truppen. Ihr glaubte er die friedlichen Absichten. Sie hatte bislang alles getan, um den Konflikt nicht weiter eskalieren zu lassen. Sie war schlau genug, um den Krieg verhindern zu wollen. Aber sie war eine Frau.

»Wenn wir Lillith überzeugen können, dass sie uns ihre Truppen überlässt …«, fing er an.

»Und was hätte sie davon? Die Secundi würden sich darüber freuen, endlich eine ernsthafte Armee zu haben und als nächstes Lillith ausschalten. Du glaubst doch nicht im Ernst, dass Stev ihr in seiner schönen neuen Welt einen Platz überlässt?«

»Wer sagt denn überhaupt, dass Stev das Land übernimmt? Sobald wir die Birds aus dem Weg geräumt haben, rufen wir echte Wahlen aus. Ich werde mich als Bürgermeister zur Wahl stellen und Lillith könnte Senatorin für Energie bleiben.«

»Super! Es ist noch keinen Monat her, dass du sie umbringen wolltest. Und jetzt soll sie mit dir zusammen das Land regieren? Überhaupt – was ist da eigentlich zwischen dir und Lillith?«

Bo schwieg. Das wüsste er selbst gerne. Der flüchtige Kuss neulich war einfach so passiert. Ohne dass er es gewollt, geplant oder auch nur darüber nachgedacht hätte. Aber es hatte sich richtig angefühlt. So verdammt richtig.

»Was hältst du von ihrer These mit den zehn Plagen?«, lenkte er ab.

»Weiß nicht.« Sunna betrachtete das aus Hamburg herüberleuchtende Licht. »Aber wenn sie recht hat, kommt als nächstes die Dunkelheit. Ich denke, wir sollten uns darauf vorbereiten.«

Heimat

Rund um die Alster leuchtete die Adventsdekoration. Ihre Nachbarn hielten an dem alten Brauch fest, die Dunkelheit der Vorweihnachtszeit mit viel Licht zu vertreiben. Selbst der ewig klamme Fritjof machte sich ein Vergnügen daraus, Sterne in die kahlen Bäume seines Gartens zu drapieren und dicke, rote Weihnachtsmänner die beleuchtete Fassade des Haupthauses hinaufklettern zu lassen. Lillith nahm die Anzughose vom Bügel und strich über den festen Wollstoff. Ein weiteres Kleidungsstück ihrer Mutter, das sie im Wohnbereich ihres Vaters gefunden hatte und das ihr wie maßgeschneidert passte. Trauer drängte nach oben. Lillith schluckte und blinzelte die Tränen fort. Irgendwo in der Ferne flackerten Lichter.

Acht Tage war ihr Besuch bei Omega jetzt her. Acht Tage, in denen sie sich den Kopf über das weitere Vorgehen zermartert hatte. Sie hatte versucht, mit Oppermann unter vier Augen zu reden, aber der hatte jede Gesprächsanfrage abgelehnt. Sie hatte ihren Titus-Avatar vorgeschickt und um Gesprächstermine mit Kropp, Krawinkel und Heister gebeten. Der Avatar wartete immer noch auf Antwort. Ehrenreich Benz hatte sich als einziger mit ihr getroffen, war aber wie erwartet keine Hilfe gewesen.

Omega hatte sich in letzter Zeit auffallend zurückgehalten. Keine brennenden Polizeiautos mehr, keine entführten Containerschiffe, nicht einmal neue provozierende Graffiti.

Die friedliche Vorweihnachtsstimmung war ihr unheimlich. Ein letztes Atemholen.

Lillith knöpfte die Hose zu und zog das passende Jackett vom Bügel. Sie war nicht bereit für einen Krieg. Es musste einen anderen Weg geben. Es musste!

Sie hatte alle Soldaten zurück in die Trainingslager geschickt, bis auf eine Sondereinheit, die in Rehden Präsenz zeigte. Schedalkes Ultimatum war vor zwei Tagen abgelaufen, aber noch hatte der Westfale nicht versucht, ihr den Speicher gewaltsam zu nehmen.

Auch in Nordland war es bislang ruhig geblieben. Sie hatte versucht, Bo und seinen Leuten zu erklären, dass jetzt die Zeit für Diplomatie war. Dass sie die Lage nicht mit einer gut gemeinten Unterstützungsaktion verschlimmern wollte.

So wie bei der kleinen Tara.

Ihr lief die Zeit davon. Wenn Erik ihr erst den Strom abdrehte, würde sie ihr letztes bisschen Einfluss verlieren. Ganz abgesehen von den Einnahmen, die sie brauchte, um ihre Soldaten zu bezahlen. Aber vielleicht waren die zehn Plagen ja doch nur ein Hirngespinst? Noch floss der Strom. Ein kleiner Lichtblick angesichts des Regens, der ununterbrochen vom Himmel fiel und den kurzen Dezembertagen ihr letztes Dämmerlicht nahm.

Ein Lichtblick, der sofort verschwand, als ihr Blick auf den großen Bildschirm im Zimmer nebenan fiel. Der Leiter der Offshore-Anlage hatte ihr soeben die aktuellen Daten geschickt: 82 Prozent der Anlagen standen still, weil Sorokin immer noch kein Getriebeöl geliefert hatte. Den Verkauf von Windgas hatte sie bereits eingestellt; seit gestern floss Gas aus Rehden zurück nach Hamburg. Die Speicher im Süden Nordlands reichten, um die Stromversorgung für die nächsten sechs Monate sicherzustellen. Ihre Entwicklungsabteilung arbeitete fieberhaft daran, eine eigene Raffinerie aufzubauen, in der sie selbst Getriebeöl produzieren konnte. Aber solange der Wirtschaftsboykott anhielt, fehlte ihr ohnehin der wichtigste Rohstoff dafür: Öl.

Schließlich war da noch das klitzekleine Problem mit ihrer Hochzeit. Die Einladungen für den 10. Januar waren verschickt. Lillith hatte nicht vor, diesen Termin wahrzunehmen. Sie würde die Hochzeit verschieben oder besser noch den Vertrag mit Sorokin annullieren. Wie ihr das gelingen sollte, ohne das Schicksal ihrer italienischen Cousine Federica zu teilen, wusste sie noch nicht. Nach wie vor zweigte sie Geld von den verschiedenen Firmenkonten über diverse Umwege auf die geheimen Offshore-Konten ihres Vaters ab, die nun auf ihren Namen liefen. Ihre letzte Absicherung, falls sie untertauchen musste. Aber das war die Ultima Ratio. Sie würde das Erbe ihres Vaters nicht kampflos Erik Drach und seiner Kohorte überlassen.

Und deshalb würde sie heute in die Neue Heimat fahren.

Die Neue Heimat war Eriks einzige Schwachstelle. Solange es keine offiziellen Bilder gab, konnten die anderen Senatoren die Augen vor dem Unrecht verschließen, konnten ignorieren, dass ihr Geld statt in Unterkünfte in Eriks Armee geflossen war. Sobald es Bilder gab, mussten sie reagieren. Deshalb hatte sie bei der Senatorensitzung angekündigt, dass sie die Situation vor Ort persönlich in Augenschein nehmen wollte.

Es war ihr letzter Versuch, Verbündete gegen Erik zu gewinnen und die Senatoren mit friedlichen Mitteln daran zu erinnern, dass Unrecht schlecht fürs Geschäft war.

Leider hatte Benz gekniffen. Oppermann hatte Zeitgründe vorschieben lassen. Bei den anderen Senatoren hatte sie es gar nicht mehr versucht. Sie hatte sich bereits darauf eingestellt, allein zu fahren, als sich doch noch einer aus dem inneren Zirkel als Begleiter anbot.

Sie schloss die Tür zu ihren privaten Räumen und ging in die Eingangshalle, wo Otwin Rabe auf sie wartete. Er war zwar nur ein Sohn. Aber der vom Bürgermeister. Und da er von seinem zunehmend dementen Vater einiges an Amtsgeschäften übernommen hatte, war Lillith zufrieden.

Wenn er sich nur endlich diese Knutscherei abgewöhnen könnte.

»Hallo Lillith«, Kuss links, Kuss rechts, dann wieder Kuss links. »Mit wie vielen bewaffneten Horden rechnest du auf unserem Weg?«

Sie hätte auch nichts dagegen, wenn er seinen Absinth erst nach Feierabend trinken würde.

»Mindestens mit denen von Dschingis Khan. Vielleicht aber auch noch ein paar Kosaken und Tataren.«

Lillith hatte sich für die Fahrt nach Krümmel ähnlich ausgerüstet wie ihr Vater zu Hochzeiten der Unruhen durch die Ratten. Vor und hinter ihrer gepanzerten Limousine fuhren jeweils drei große Geländewagen mit voller Besatzung. Dazu Otwins neuer Tesla mit seinen beiden Leibwächtern und dem Chauffeur. Wer sie umbringen wollte, musste mindestens 28 Männer töten. Das konnte selbst Erik Drach nicht unbemerkt tun.

»Wir müssen noch kurz zur Uhlenhorst«, sagte Lillith, als sie sich Otwin gegenüber setzte. »Fritjof kommt auch mit.«

Otwin entglitten die Gesichtszüge.

»Hast du damit ein Problem?«, fragte Lillith.

»Nein, nein, ganz und gar nicht.« Er bemühte sich um ein Lächeln. »Ich teile dich nur so ungern mit anderen Männern.«

Was hatte Otwin gegen Fritjof? Sie hatte immer gedacht, die beiden wären Freunde. Oder würde ihr Mörder gar nicht von außen kommen, sondern saß schon neben ihr im Auto?

Wurde sie allmählich paranoid?

So langsam verstand sie, warum ihr Vater so viel Wert auf den Pakt gelegt hatte. Wenn man ständig damit rechnen musste, ermordet zu werden, nützte einem das ganze Geld nichts, das man angehäuft hatte. Sie überprüfte, ob ihre Pistole griffbereit in ihrer Handtasche lag.

»Weißt du, was ich neulich in den Unterlagen meines Vaters gefunden habe?«, fragte sie, sobald sie unterwegs waren. »Einen uralten elektronischen Artikel über einen meiner entfernten Vorfahren. Ein berühmter Mafiaboss, der in den letzten Jahren vor seiner Verhaftung in einem Erdloch gehaust hat. Nicht aus Angst vor der Polizei. Aus Angst vor der Blutrache eines verfeindeten Clans. Und da hab ich mir noch so gedacht: Wie gut, dass unsere Eltern sich damals auf den Pakt verständigt haben, findest du nicht auch?«

Otwin traute sich nicht, ihren Blick zu erwidern. »Hm, ja, ich denke schon«, sagte er und Lillith liefen Schweißperlen an den Armen hinunter. Sie stellte sich eine Glasscheibe zwischen sich und Otwin vor, ähnlich der realen Scheibe, die den Fahrer von ihren Gesprächen ausschloss, und hörte sofort auf zu schwitzen.

Der Bürgermeistersohn schwieg die ganze Fahrt über. Einmal, kurz bevor sie bei Fritjof waren, machte er eine Bewegung, als wollte er etwas aus seiner Jacke ziehen, überlegte es sich aber anders, lehnte sich zurück und schaute aus dem Fenster. Lillith nahm ihre Hand aus der Handtasche.

Die Stimmung war eisig, als sie bei Fritjof ankamen. Der Eingang zu seinem Haupthaus blinkte und blitzte mit Sternen, Lichterketten, Schneemännern und fluoreszierenden Eiskristallen. Fritjof setzte sich zu ihnen ins Auto, machte gut gelaunt Konversation und schien sich nicht daran zu stören, dass weder Otwin noch Lillith viel dazu beitrugen.

Sie fuhren fast eine Stunde in Richtung Südosten.

»Wie gehen wir eigentlich vor, wenn sich deine Befürchtungen bewahrheiten, Lillith, und die Neue Heimat tatsächlich eine Art Konzentrationslager ist?«, fragte Fritjof. »Du wirst dich kaum hinstellen und Erik befehlen können, das Ganze wieder rückgängig zu machen.«

»Nein, aber wenn du, mein lieber Otwin, mitziehst und Ehrenreich Benz auch, dann haben wir die Sperrminorität zusammen. Dann kann Erik nicht einfach weitermachen. Du ziehst doch mit, oder Otwin?«

»Darüber sollten wir reden, wenn es tatsächlich so ist«, sagte Otwin. »Noch gibt es keinen Grund, überhaupt anzunehmen, dass die Neue Heimat wirklich so schrecklich ist. Und ich bin mir auch immer noch nicht so ganz klar über Ehrenreichs Rolle bei dieser ganzen Geschichte. Ich meine, kann man jemandem trauen, der Ehrenreich heißt?«

»Kann man jemandem trauen, der Drach heißt?«, entgegnete Lillith.

»Streitet euch doch nicht über Namen, Kinder«, sagte Fritjof gut gelaunt. »Wenn ihr dem wirklich Bedeutung beimesst, dann müsstet ihr mir als Erstem aus dem Weg gehen. Frit für Friede und jof für Räuber. Friedensräuber? Friedlicher Räuber? Lillith, die alte Kindsmörderin, würde ich dann übrigens auch meiden.«

»Kindsmörderin?«, wiederholte Otwin.

»Fritjof!« Lillith boxte ihren Freund. »Lillith ist eine Figur aus der jüdischen Mythologie: die erste Frau Adams, die von ihm verstoßen wurde, weil sie zu selbständig war und Forderungen stellte. Zum Dank hat sie dann angeblich kleine Kinder gemordet. Ich glaube, das haben ihr die Rabbiner angedichtet, weil sie keine selbstbewussten Frauen wollten. Aber was ist mit Otwin? Was bedeutet dein Name?«

»Vor allem Ärger für meine Mutter, wenn es sie noch geben würde.« Langsam taute Otwin auf und es war fast wie früher, als sie gemeinsam über die Reeperbahn gezogen waren. »Wer nennt seinen Sohn Otwin? Ich glaub, die Bedeutung ist auch so eine zusammengesetzte: ot für Freund und win für Besitz, Reichtum. Oder umgekehrt.«

Sie näherten sich der Absperrung, die Sunna erwähnt hatte. Nur dass Absperrung nicht länger das richtige Wort dafür war. Die Neue Heimat war von einer vier Meter hohen Stahlmauer umgeben. Polizisten in Drachs verschlissenen braunen Uniformen standen in kleinen Unterständen links und rechts vom Tor.

Die Geländewagen stoppten und auf Lilliths Vidja leuchtete ein »Was sollen wir tun?« auf.

»Schickt sie zu mir«, twinkerte sie zurück.

Die Scheibenwischer fegten den Regen von der Scheibe. Zwei junge Männer liefen zu ihrer Limousine. Lillith zog das Dokument heraus, das sie sich von Erik hatte unterschreiben und abstempeln lassen, und reichte es hinaus. Würde Erik es wagen, sie abweisen zu lassen? In der Hoffnung, dass sie dann keine Zeit mehr haben würde, einen zweiten Anlauf zu starten?

Aber die beiden Polizisten waren ausgesprochen freundlich. »Wir haben Sie bereits erwartet, Fräulein Civetta«, sagte der eine.

Der andere winkte den Männern am Tor zu. »Gebt den Eingang frei.«

Sie näherten sich dem Tor, einem beeindruckenden Werk aus dunkelgrauem Stahl, das Erik anscheinend mit einer Titanlegierung hatte überziehen lassen. Er schien große Angst zu haben, dass jemand mit Gewalt hindurchbrechen wollte. Auf der Mauer waren mehrere Reihen Draht befestigt, vermutlich elektrisch geladen. Darüber kreisten bewaffnete Drohnen, bereit jeden Eindringling unter Beschuss zu nehmen.

»Das hat er sich was kosten lassen«, sagte Fritjof, als sie sich dem Tor näherten. »Aber kannst du mir verraten, wer ein Interesse daran haben könnte, diesen gottverlassenen Ort zu überfallen?«

Als sie in die Neue Heimat hineinfuhren, bemerkte Lillith die spitzen Eisenstangen, die auf Knopfdruck aus dem Boden hochschossen und ein Auto in Sekundenbruchteilen von unten aufschlitzten – inklusive der Insassen. Sie waren im Inneren der Neuen Heimat angebracht. Erik Drach hatte keine Angst davor, dass jemand die Anlage überfallen würde. Er wollte verhindern, dass man sie wieder verließ.

Lillith hatte das Gefühl, in eine Falle getappt zu sein. Aber noch war sie nicht zugeschnappt. Sie startete mit der Übertragung.

»Senator Benz?«, twinkerte sie.

»Auf Empfang«, erschien es auf ihrer Kontaktlinse. »Standleitung steht, erbitte Zugriff auf die audiovisuellen Daten.«

»Zugriff genehmigt, Code Ludwig Anton Cäsar 2808 Raute.«

Wenn Erik glaubte, er könnte mit einem Mord an ihr verhindern, dass Bilder nach draußen gelangten, würde er eine Überraschung erleben.

»Übertragung startet«, bestätigte die Vidja in ihrem Ohr.

Vor ihr standen Reihe um Reihe schmutzig weiße Baracken. Erik hatte Unterkünfte für tausende Menschen geschaffen. In Rekordzeit, das musste man ihm lassen. Es war gerade mal vier

Wochen her, dass sie in der Elbphilharmonie die Bilder mit den Zelten gezeigt hatte.

Zwischen den Baracken zogen sich wie mit dem Lineal gezogene Straßen. Der ordentliche Eindruck wurde durch den knietiefen Schlamm zunichte gemacht, der den Weg von einer Unterkunft zur nächsten zur Wattwanderung machte.

»Victor, fahr bitte rechts ran, ich gehe zu Fuß.«

»Davon würde ich abraten«, meldete sich Yaren vom Vordersitz der Limousine.

Die freundlichen Polizisten fielen ihr ein, das verschlossene Tor, die dolchartigen Eisenstäbe auf dieser Seite der Mauer. Es wäre ein Leichtes, sie und Fritjof in diesem Lager verschwinden zu lassen und die Bewohner dafür verantwortlich zu machen.

»Okay. Dann bitte der Hauptstraße folgen. Oder was man hier so als Hauptstraße bezeichnet.«

Nach wenigen Minuten drehten die Räder ihrer Limousine im Schlamm und bekamen keinen Boden mehr zu fassen. Victor hatte sich festgefahren. Lillith schenkte ihm ein aufmunterndes Lächeln und beauftragte den Geländewagenfahrer direkt vor ihr den Mercedes aus dem Dreck zu ziehen.

Während sie zum nächsten Fahrzeug ging, holte sie einen kleinen Geigerzähler heraus.

»Wetten, dass hier alles verseucht ist?«

»Das würde mich wundern«, sagte Otwin. »Erik hat doch den Boden einmal austauschen lassen, bevor er diese … Dinger, diese Häuser da hingestellt hat. Oder woher kommt sonst der ganze Schlamm?«

»Von dem schweren Gerät, das die Überreste des Atomkraftwerks abgerissen und dort hinten in die Grube geworfen hat«, vermutete Lillith und zeigte auf eine unbebaute Fläche zwischen Mauer und letzter Barackenreihe, in der ein tiefes Loch klaffte.

»Ich schau mir das mal an«, sagte Otwin. »Was sagt der Geigerzähler?«

Das Instrument gab einen leisen Alarmton von sich. »13 Millisievert. Das ist ungefährlich, solange wir uns dem nicht länger aussetzen«, sagte Lillith.

Fritjof sah über seine Schulter zurück zur Limousine. »Ob ich deinem Fahrer irgendwie helfen kann?«

»Fritjof!«

»Okay, okay.« Er stapfte hinter ihr her und schimpfte leise vor sich hin. Sie setzten sich zu Yaren in den Geländewagen. Fritjof betrachtete seine rahmengenähten Schuhe, an denen große Dreckklumpen hingen. »Meinst du, das Zeug hier ist auch radioaktiv?« Lillith hielt den Geigerzähler an seine Füße. Das Gerät schlug leicht aus, blieb aber im grünen Bereich.

»Nicht akut gesundheitsgefährdend.«

Der Humor verging Lillith, je weiter sie in das Lager fuhren. Die schlammigen Straßen waren eklig und unbequem, aber die ständige, wenn auch nur schwache Radioaktivität war lebensgefährlich für die Menschen, die hier wohnen mussten.

Falls sie überhaupt lange genug lebten, um Krebs zu bekommen.

Denn anders als in Eriks tollen Prospekten gab es nirgends Flächen für Gärten oder Ställe für Tiere. Etwa 50 Meter von der Mauer entfernt standen die ersten Baracken und zogen sich Reihe für Reihe über das Gelände.

In der Mitte der Neuen Heimat stießen sie auf einen gepflasterten Sammelplatz, auf dem mehrere Lastwagen standen und hunderte Menschen in Reih und Glied auf etwas warteten. Als Lilliths Kolonne anrollte, öffneten sich die Ladetüren der LKW und Männer in verschlissenen braunen Uniformen fingen an, Decken an diejenigen zu verteilen, die in der ersten Reihe standen.

»In was für einem Knast sind wir denn hier gelandet?« Endlich hatte auch Fritjof begriffen. Lillith zeigte auf uniformierte Männer, alle in langen, schwarzen Mänteln, die breitbeinig neben den LKW standen, den Schlagstock griffbereit in den Händen.

»Denen scheint es große Freude zu bereiten, für Disziplin zu sorgen«, sagte Lillith. Unter den Wartenden waren viele Männer mit deutlich sichtbaren Verletzungen: blaue Augen, geschwollene Gesichter, verbogene Nasen und Kiefer. Einige trugen dreckige Verbände um den Kopf, andere versuchten, ihre gebrochenen Arme in einer provisorischen Schlaufe zu stabilisieren.

Der nächste Lastwagen öffnete sich. Die erste Reihe mit den Decken trat ab, die zweite einen Schritt vor und wurde für dieses Wohlverhalten mit Kartoffeln und Kohl belohnt. Als nächstes wurden Kanister verteilt. Brennstoff, damit die Menschen ihre Kartoffeln kochen konnten? Oder Trinkwasser?

»Lasst uns weiterfahren«, sagte Lillith. »Ich möchte mir gerne mal ein paar der Baracken von innen ansehen. Vielleicht eine von denen, die etwas abseits liegen.«

Sie fuhren weiter in die Neue Heimat hinein, in eine mit dem Lineal gezogene Welt. Am Ende einer jeden Straße stießen sie auf die mit Elektrodraht gesicherte Mauer. Straßen gingen im rechten Winkel ab. Tore gab es abgesehen von dem am Eingang keine.

Das Elend rund um die Baracken war sich zum Verwechseln ähnlich. Lillith hatte das Gefühl, durch die immer gleiche Straße zu fahren. Dünne, abgemagerte Menschen standen in den Öffnungen der Flachbauten, bei denen der Bauherr vergessen hatte, eine Tür einzubauen. Nur wenige von ihnen trugen eine Jacke. Manche hatten die Arme um sich geschlungen, manche umarmten den Menschen neben sich. Nur einmal war eine Kleinigkeit anders. Lillith wusste nicht, was es war, aber sie ließ ihre Kolonne halten und stieg aus. Fritjof sah sie fragend an und zeigte auf den Geigerzähler. Die Werte waren unverändert. »Du kannst mitkommen«, sagte Lillith, »es gibt keinen Unterschied zwischen drinnen und draußen.«

Sie marschierten durch den Regen auf die Baracke zu, die ihr aufgefallen war. Im Eingang stand ein großgewachsener Mann. Hinter ihm bewegten sich mehrere dünne Gestalten. Wie viele Menschen sich wohl so einen Raum teilten?

»Hallo, ich bin Lillith Civetta, das ist Fritjof von Eschenburg«, stellte sie sich vor. Der Regen fiel ihr ins Gesicht, als sie zu dem Mann hochschaute. »Wir möchten euch helfen, dürfen wir hereinkommen?«

Der Mann schüttelte den Kopf. »Peer!«, rief jemand von innen und der Mann trat einen Schritt zur Seite. Die Schatten hinter ihm drückten sich an die Wände. Hier vegetierten mindestens 50 Menschen vor sich hin. Betten oder Schränke gab es nicht, auch keine Tische oder Stühle. Auf dem Fußboden, der bei genauem Hinsehen nur festgestampfter Schlamm war, lagen Decken. An einer Seite standen ein paar Küchenutensilien, ein kleiner Campingkocher, dessen Solarbatterie bei diesem Wetter schon lange nicht mehr funktionierte, Schüsseln, Näpfe, Becher.

In einer Ecke des Raums saßen und lagen ein halbes Dutzend Orgelpfeifenkinder, das jüngste hustete erbärmlich. Die große Schwester hielt das Kleinkind im Arm und wiegte es hin und her. An dem keuchenden Husten änderte das nichts. Die Mutter stand daneben und blickte die Besucher mit großen Augen an.

Tonja!

Natürlich! Das waren Peer und Tonja. Die Familie aus Neugraben. Die Davide und sie nach dem Hubschrauberabsturz vor dem Mob bewahrt hatten. Es war nicht die Baracke gewesen, die ihr aufgefallen war. Es war der Mann am Eingang gewesen.

»Peer! Tonja! Um Himmels Willen, was macht ihr denn hier?«, rief Lillith. Sie hatte sie in die Dienste der Civettas holen wollen – und das angesichts der Wirren der letzten Wochen komplett vergessen.

»Wir hatten Ärger mit unseren Nachbarn und konnten nicht länger in unserem Haus bleiben«, sagte Tonja leise.

»Schweig, Weib!«

»Das tut mir alles so leid. Ich wollte euch zu uns holen, wir brauchen immer Personal, aber dann ist so viel passiert und ich, also …« Lillith stammelte wie Ehrenreich Benz und spürte die tiefe Abneigung von Peer. Seine Verachtung machte sie noch kleiner, als sie sich ohnehin fühlte. Sie griff zur Qi-Gong-Kugel.

»Kommt mit. Das ist das Mindeste, was ich für euch tun kann. Ich kann euch Arbeit geben, ihr könnt auf unserem Anwesen wohnen, ihr müsst hier nicht bleiben.«

»Wir wollen deine Almosen nicht, Civetta, wir wollten sie damals nicht, wir wollen sie heute nicht. Verschwinde.«

So viel Stolz. Sturer, unnötiger, dämlicher Stolz. Lillith nahm Tonjas Hände in ihre.

»Tonja, denk an deine Kinder, bitte, ich kann euch ein besseres Leben geben.«

Tonja entzog sich ihr. »Und was ist mit den anderen Menschen hier im Lager? Wie sollen wir mit dem Wissen leben, dass alle anderen hier krepieren?«

»Tonja, genau deshalb bin ich doch hier. Ich will dieses Lager auflösen. Ihr sollt eure Freiheit wiederhaben. Und alles, was ihr verloren habt.«

»Hehre Pläne, Civetta. Genauso realistisch wie ein Flug zum Mond. So, Ende der Besichtigungstour. Wenn das Fräulein Civetta bitte in ihre Welt zurückkehren könnte …«

Peer baute sich drohend vor ihr auf.

Lillith wich einen Schritt zurück. Konnte sie denn gar nichts tun? Sie sah an ihm vorbei, aber die Mutter hatte sich bereits zu ihrer ältesten Tochter gedreht. Wo war eigentlich der älteste Sohn, Kimon? War der bei der Verteilaktion gewesen? Vermutlich. Sie würde ihn nicht erkennen.

Hilflos hob sie die Hände, die Handflächen nach oben gedreht, und sah Peer mit dem bittendsten Blick an, der ihr zur Verfügung stand.

Peer zog Rotz hoch und spuckte ihn gezielt neben ihre Füße.

Lilliths Hände sackten herunter.

»Du kannst hier nicht helfen«, sagte Fritjof und führte sie am Ellbogen zurück zum Auto.

»Untersteh dich«, brüllte Peer.

»Sie ist doch fast tot. Willst du sie lieber in der Grube vergammeln sehen?«, schrie eine Mädchenstimme. Lillith drehte sich um. Die älteste Tochter duckte sich unter dem Arm des Vaters hindurch und rannte hinter ihr her, das hustende kleine Wesen auf dem Arm.

»Bitte, Frau Civetta, nehmen Sie sie mit. Helfen Sie ihr, wenn Sie können. Und wenn nicht, geben Sie ihr wenigstens ein anständiges Begräbnis.« Das Mädchen drückte ihr das kleine Kind in die Arme. »Sie heißt Amaj.«

Der mächtige, große Peer sackte in der Türöffnung in sich zusammen. Seine Pranken verbargen sein Gesicht, die Hände seiner Frau schüttelte er unwirsch ab. Das Bild brannte sich in Lilliths Netzhaut.

Schweigend fuhren Lillith und Fritjof Richtung Ausgang. Der kleine Wurm hustete und wimmerte. »Amaj«, flüsterte Lillith. »Amaj, wir retten dich. Und deine Mama und deine große Schwester auch.« Sie streichelte ihr das heiße Gesicht. Das Kind brauchte dringend einen Arzt. Aber eine Sache musste sie noch überprüfen, bevor sie das Lager wieder verließen.

»Können wir bitte zu der Grube fahren, in der die Reste des AKW liegen?«, bat Lillith den Fahrer.

Es gibt Dinge, die kann das menschliche Hirn nicht erfassen, selbst wenn sie eindeutig vor ihm liegen.

»Senator? Machen Sie sich auf das Schlimmste gefasst«, twinkerte Lillith, bevor sie sich zwang, die Grube abzufilmen, das hustende Kind auf dem Arm, ein Schutzschild zwischen dem, was sie sah und dem, was sie ertragen konnte. Sie drückte Amaj noch etwas fester an sich.

Fritjof übergab sich.

Pietätvollerweise neben die Grube, in der nicht nur die AKW-Reste entsorgt worden waren, sondern auch alle Menschen, die in der Neuen Heimat bereits gestorben waren.

Viele Menschen.

»Wo ist eigentlich Otwin?«, fragte Fritjof.

»Gute Frage«, sagte Lillith. Otwin hatte sie angesichts des Elends komplett vergessen. Auf der anderen Seite der Grube blitzte Mündungsfeuer auf. Einmal. Zweimal. Dreimal.

Otwin stand keine 50 Meter von ihnen entfernt.

Und verfehlte sie. Hatte seine Pistole keine Zielsteuerung? Er warf die Waffe weg, sprang in seinen Tesla und raste davon. Etwas Warmes rann ihr über die Finger. Lillith sah auf ihre Hände, die Amaj umklammert hielten. Sie waren rot vor Blut. Ihr Verstand sprang auf Überlebensmodus und weigerte sich, weiter über Amaj nachzudenken.

»Schnell, Fritjof, wir müssen hinterher. Ihn werden die Wachen durchlassen. Los, schnell.«

Sie kletterte zurück in den Geländewagen, Amaj fest im Arm. »Los, los, los!«, brüllte sie den Fahrer an. Sie wurde in den Sitz gedrückt, ihre Hände tasteten nach dem Puls, sie hinterließen Blutspuren auf der durchsichtig-weißen Haut des Mädchens. Aber da war kein Puls mehr.

Der Schmerz schnitt durch alle Verteidigungslinien. Der Leibwächter, der seinen Job sowas von nicht gemacht hatte, gab noch mehr Gas. Lilliths Leute schossen auf den Tesla, aber der war gepanzert und schnell. Das Tor öffnete sich, er raste hindurch. Sie waren noch 50 Meter entfernt, die Flügeltüren schlossen sich, ihre Leibwächter schossen auf alles, was die Mechanik des Tores stoppen könnte. Ohne Erfolg. Die beiden Türen bewegten sich aufeinander zu. Noch zwanzig Meter. Die ersten vier Geländewagen waren draußen, der fünfte auch, noch zehn Meter, jetzt ratschte ihr eigener auf Kosten der Außenspiegel durchs Tor. Victor war in seiner Limousine nur wenige Meter hinter ihnen, der Mercedes war schmaler als die Geländewagen, das müsste reichen.

Und dann drückte einer der Polizisten auf den Knopf für die Eisendolche.

»Nein!« schrie Lillith, als hinter ihr die Limousine in Stücke gerissen wurde. »Victor!«

»Frau Civetta?«

»Ja?«

»Was war das gerade?«

»Ein ziemlich eindeutiger Verstoß gegen den Pakt. Und Menschen, die noch am Leben wären, wenn Erik in seinem Scheißrussland geblieben wäre. Und wenn es jetzt nichts Wichtiges mehr gibt, beende ich unsere Standleitung, ja?«

Otwin war entkommen. Die Geländewagen waren zu langsam für Verfolgungsfahrten. Was hatte er sich nur dabei gedacht? Das war doch ein Himmelfahrtskommando. Was hatte Erik ihm angeboten, damit er sie aus dem Weg räumte?

Fritjof war ein Stück von ihr weggerückt, er war käsebleich und starrte während der ganzen Fahrt aus dem Fenster. Von dem redseligen, gutgelaunten, braungebrannten Fritjof, der mit großem Engagement die Bürgerkriegspläne von Omega unterstützt hatte, war nichts mehr übrig.

Lillith ließ sich mit der toten Amaj an dem Nebengebäude absetzen, in dem die Krankenstation für ihre Angestellten untergebracht war. Fritjof folgte ihr. »Dass er uns umbringen wollte!«, murmelte er. »Warum?«

»Du weißt, warum«, sagte Lillith. »Aber das war sein letzter Versuch. Jetzt haben wir genug in der Hand.«

»Glaubst du? Wieso werde ich das Gefühl nicht los, dass Erik sich auch da rauswinden wird?« Er rollte die Schultern und dehnte die Halsmuskulatur, als ob er unendlich verspannt sei. »Vielleicht sollte ich mal richtig Urlaub machen und Nordland für eine Zeit den Rücken kehren. Kommst du mit?«

Ein ohrenbetäubender Alarmton ersparte ihr die Antwort. Die Sirene hielt eine halbe Minute an, schwächte sich ab und startete dann aufs Neue. Insgesamt fünf Mal. Sie hatte keine Ahnung, was dieser Alarm zu bedeuten hatte. Sie hatte bis eben nicht einmal gewusst, dass die alten Heuler noch in Betrieb waren.

»Ich fahre nach Haus. Und Lillith«, Fritjof wischte sich erschöpft über die Augen, »ich habe das eben ernst gemeint.

Wenn das hier schlimmer wird, dann … überleg's dir.« Er drehte sich um und ging zu einem der Geländewagen zurück, der ihn nach Hause bringen würde.

Noch während Lillith den Arzt instruierte, dass er die tödlichen Wunden des Mädchens dokumentieren musste und sie dann so herrichten sollte, als wäre es eine kleine Civetta, leuchtete auf ihrer Vidja die erwartete Nachricht auf: »Sofortige Sondersitzung des Senats, Vidja-Schalte.«

Lillith lief zu ihrem Arbeitszimmer und setzte sich an den weißen Schreibtisch.

»Meine Herren, Fräulein Civetta«, begrüßte Bürgermeister Rabe die Anwesenden, deren Avatare sich um einen virtuellen Tisch gesetzt hatten. »Soeben haben mehrere Hubschrauber unsere Luftabwehr durchbrochen und sind auf dem Dach der Handelskammer gelandet. Dort haben sie eine Flagge mit dem Omega-Zeichen gehisst, bevor sie in Richtung Süden verschwunden sind.« Er legte den Zettel, von dem er das abgelesen hatte, zur Seite und sah in die Runde, hoffnungslos überfordert mit der Leitung einer Senatssitzung. Otwin war nicht an seiner Seite.

Erik übernahm sofort die Gesprächsführung. »Es ist so weit. Es ist eingetreten, womit wir schon die ganze Zeit rechnen mussten: Die Westfalen unterstützen die Chaoten in unserem Land.«

»Gibt es eine Stellungnahme aus Bielefeld?«, fragte Oppermann, sein Gesicht zerfurcht von tiefen Sorgenfalten.

»Die Regierung streitet jede Beteiligung ab«, sagte Erik. »Unsere Grenzdrohnen haben jedoch aufgezeichnet, dass die nicht gekennzeichneten Hubschrauber unsere südliche Landesgrenze passiert haben.«

»Was nur bedeutet, dass die Luftüberwachung der Westfalen genauso löchrig ist wie unsere«, sagte Lillith. »Wie kommt es überhaupt, dass die Hubschrauber bis zum Rathausmarkt kommen konnten? Wo waren deine Sicherheitskräfte, Erik?«

»Die Luftüberwachung fällt in Lüntjes Bereich«, sagte Erik.

Richtig. Bürgerschaftspräsident Lüntje Petersen war als Nachfolger von Willem Duhnkreih für das Luftnetz und die Sicherheit im Luftraum über Nordland zuständig. Schade.

»Eigentlich wäre das ein Grund, ihm das Netz wieder zu nehmen«, sagte Hawik. »Ihr kennt die Regeln.«

Erik machte eine wegwerfende Handbewegung. »Mein Gott, er ist neu dabei. Es gibt so viele Dinge, um die er sich kümmern muss. Und es ist ja nicht wirklich etwas passiert. Geben wir ihm noch 'ne Chance.«

Die anderen Männer um den Tisch herum nickten. Hawik stimmte nach kurzem Zögern zu.

»Dann schicken wir also eine Protestnote nach Bielefeld«, sagte Erik und stand auf. »Ich muss los.«

»Nicht so schnell«, hielt Hawik ihn auf. »Wenn die Westfalen den Angriff abstreiten, können wir ihnen keine Protestnote schicken. Das würde diplomatische Verwicklungen nach sich ziehen. Wir müssen auf unsere Außenwirkung achten.«

»Vielleicht war es gar keine ausländische Macht? Vielleicht besitzen die Chaoten inzwischen Hubschrauber?«, spekulierte Jay Kropp.

»Ach, so ein Unsinn, woher sollen die denn das Geld für Hubschrauber haben?«, meinte Gesundheitssenator Quirin Krawinkel, der offenbar nichts von Kropps entführten Containerschiffen mitbekommen hatte.

»Diese Chaoten werden hundertprozentig vom Ausland unterstützt«, sagte Erik und drückte wie ein Silberrücken die Fäuste auf den Tisch. »Ob es nun die Westfalen oder die Preußen oder womöglich sogar die Dänen sind, ist völlig egal. Wir müssen Härte zeigen. Und jedem potentiellen Usurpator deutlich machen, dass wir unser Land zu verteidigen wissen.«

»Dann verurteilen wir diese Aktion aufs Schärfste – ohne konkreten Adressaten – und kündigen an, dass wir auf weitere Angriffe angemessen reagieren werden«, formulierte Oppermann. »Lüntje wird sicher kein zweites Mal ein unbekanntes

Flugobjekt in unseren Luftraum hineinlassen. Und du, Erik, kümmerst dich darum, dass unsere Truppen einsatzbereit sind.«

»Das sind sie seit Wochen«, sagte Erik und richtete sich wieder auf. »War's das? Ich muss wirklich los.«

»Eine Sache noch«, rief Lillith und Erik verdrehte für alle sichtbar die Augen.

»Ich war eben in der Neuen Heimat und die Zustände dort sind furchtbar. Ich habe Bilder, die das beweisen!«

»Wen interessiert denn jetzt die Neue Heimat?« Auch Jay Kropp verdrehte die Augen.

Okay, falscher Ansatz. Als sie heute Morgen losgefahren war, hatte sie nicht damit gerechnet, so schnell die Senatoren konfrontieren zu müssen. Eine Strategie, irgendwas, schnell!

»Und außerdem hat Otwin Rabe dort gerade versucht, mich und Fritjof von Eschenburg zu erschießen«, platzte es aus ihr heraus.

Stille.

Bis Erik an die Runde gewandt sagte: »Genau deshalb sollten Frauen sich nicht um Geschäftliches kümmern. Sie ertragen es nicht, wenn sie nicht im Mittelpunkt stehen und müssen sich Schauergeschichten ausdenken.«

Lillith wünschte, sie könnte Ehrenreich Benz unterm Tisch vor das virtuelle Schienbein treten. Der rührte sich nicht, war anscheinend ganz auf die vor ihm liegenden Papiere – Papiere! – konzentriert und tat, als ob er die Diskussion nicht verfolgen würde.

»Also, mein liebes Mädchen, nimm dich nicht so wichtig.« Eriks Avatar klopfte ihrem Avatar auf die Schulter. Sie spürte die Berührung nicht, trotzdem duckte sie sich weg. »Du darfst für ein paar Wochen Stellvertreterin deines Verlobten spielen, aber ich verspreche dir, sobald du verheiratet bist, werden wir erst wieder von dir hören, wenn du einen Erben zur Welt gebracht und deine dir von der Natur gegebene Aufgabe erfüllt hast.« Sein Mund deutete ein Lächeln an, die Augen blieben eiskalt.

»Otwin hat auf mich geschossen!«

»Aber ganz offensichtlich nicht getroffen.« Meik Hawik lachte ein hässliches Männerlachen. Die meisten anderen am Tisch stimmten ein.

Lillith änderte die Einstellung ihres Avatars und schickte ihr reales Bild an die Runde. Sie hob die Hände, die genauso blutbeschmiert waren wie ihre Jacke. »Und wie erklärt ihr euch das ganze Blut? Ich hatte ein kleines Mädchen auf dem Arm. Otwin hat sie getroffen, als er versucht hat, mich zu töten.«

Erik beugte sich zu ihr hinunter. »Tolle Show, Lillith. Wie lange hat dein Maskenbildner dafür benötigt?« Er sah auf die Uhr, »Ich muss wirklich los«, und klinkte seinen Avatar aus der Konferenzschaltung aus.

»Nachdem sein Anschlag fehlgeschlagen ist, ist Otwin geflohen«, sagte Lillith. »Und wenn ich hier angeblich Lügengeschichten erzähle – warum ist er dann nicht hier?«

Die Senatoren sahen ihren Bürgermeister an.

»Woher soll ich wissen, wo dieser Otwin ist?«, wehrte der alte Rabe unwirsch ab.

»Weil er dein Sohn ist«, flüsterte Oppermann. Und dann lauter: »Das sind schwere Beschuldigungen, die du hier vorbringst, Lillith, und ich muss Erik recht geben: Wir haben momentan andere Sorgen, als uns um deine gefühlte Sicherheit zu kümmern.«

Lillith suchte nach einer passenden Antwort, fragte sich, warum Benz ihr nicht zur Seite stand und bekam prompt die nächste Hiobsbotschaft auf die Kontaktlinse gespielt. Dieses Mal von ihren eigenen Leuten aus Rehden. »Erster Angriff auf Gasspeicher. Konnten die Offensive der Westfalen zurückschlagen. Benötigen Verstärkung.«

Sie sah die Männer in der Runde an, die alle im Aufbruch waren. »Meine Herren, soeben habe ich die Nachricht bekommen, dass Schedalke meinen Gasspeicher in Rehden angegriffen hat. Wir müssen endlich Truppen in den Süden schicken!«

Selbst diese Ankündigung löste kein Engagement aus. Hawik zuckte mit den Schultern. Kropp verabschiedete sich mit einem »Klärt das ohne mich«, Heister schien noch zu überlegen, Benz war nach wie vor in seine Papiere vertieft und Oppermann, Davides alter Freund Liborius Oppermann, sagte nur: »Mein Gott, Lillith, überlass ihnen das Scheißding doch einfach.«

Sie unterbrach die Verbindung zur Konferenzschalte. Im nächsten Moment tauchte eine kurze Nachricht von Benz auf: »Nicht so impulsiv. Agieren Sie überlegter, strategischer, Frau Civetta.«

Danke. Genau so einen väterlichen Rat brauchte sie jetzt.

Sie saß an ihrem Schreibtisch, das Gesicht in den blutigen Händen vergraben und hatte das Gefühl, keinen einzigen Finger mehr rühren zu können.

Jemand klopfte an die Tür.

»Ja?«

Maja brachte ihr einen Briefumschlag. Einen weißen Briefumschlag mit schwarzem Rand. »Der ist eben für dich abgegeben worden«, sagte sie leise.

Was noch? Was konnte noch kommen? Lilliths Hände zitterten, als sie die Todesanzeige aus dem Umschlag zog.

Völlig überraschend und unerwartet hat meine geliebte Ehefrau

Lady Cecilia Rook geb. Hawik

diese Welt verlassen.

Ich bin untröstlich.

Lord Henry Rook

Lillith fasste in ihre Jackentasche und spürte die kühle Oberfläche der Qi-Gong-Kugel. Johanna hatte sie immer davor gewarnt, ihre eigenen Gefühle komplett auszublenden. »Du willst doch nicht so werden wie der Rest der Birds.« Inzwischen wusste sie, dass es ein Geschenk war, ohne Empathie auf die Welt zu kommen.

Sie baute einen Eispanzer um ihr Herz. Wenn das hier alles vorbei war, würde sie ihn wieder abschmelzen und nachschauen, ob etwas von ihr überlebt hatte.

»Weißt du mehr?«, fragte sie.

»Sie hat sich erhängt. Auf dem Dachboden. Drei Tage lang hat niemand sie vermisst. Gestern dann hat Rook das Bedürfnis geäußert, sie zu sehen und nach ihr geschickt. Einer der Hausdiener hat sie gefunden.«

Wann hatte sie mit Fritjof über Cissy gesprochen? Kurz vor Davides Beerdigung. Sie hätte hinfahren müssen, hätte Cissy einfach schnappen und mitnehmen müssen, dann hätte sie diesen Selbstmord verhindern können.

Hätte. Wäre. Könnte.

Sie baute eine zweite Iglu-Mauer um die erste herum.

Sie musste das Wichtige vom Unwichtigen trennen. Prioritäten setzen. Wenn sie die Welt für alle ein bisschen besser machen wollte, konnte sie sich nicht um jeden einzelnen kümmern. »Manchmal ist das Opfer eines einzelnen …«, fielen ihr die Worte ihres Vaters ein. Und dann: »Ich kann die Welt nur verändern, wenn ich jeden einzelnen retten will.« Bo, als er sie aus dem Bunker am Heiligengeistfeld mit in den Untergrund geschleppt hatte, gegen den entschiedenen Widerstand von Alek.

Einer der Eissteine fiel aus ihrer sorgfältig aufgeschichteten Wand heraus.

»Möchtest du allein sein?«, fragte Maja.

Lillith antwortete nicht, zu beschäftigt damit, den Stein zu betrachten. Er war nicht eckig wie die anderen. Er war rund. Rund und glatt. Wie die Qi-Gong-Kugel.

»Ich glaube, ich werde langsam verrückt«, flüsterte sie.

Maja nahm sie in den Arm, aber Lillith reagierte nicht. Ihr altes Kindermädchen ließ sie los und entfernte sich lautlos aus dem Schreibkabinett.

Mit einem Donnerschlag knallte die Tür auf. Ein Mann stand vor ihr. Lillith blinzelte, um sie herum war alles gefroren. Der runde Stein, den sie eben noch in der Hand gehalten hatte, war verschwunden. Sie versuchte, den Mann in ihrer Arktis unterzubringen. Sein Gesicht war wie aus Eis gemeißelt. An den Kanten würde man sich blaue Flecken holen, wenn man ihm zu nahe kam.

Ein Mädchen stand hinter dem Mann, den Kopf gesenkt. »Scusi, Signorita, scusi!«, sagte das Mädchen immer wieder. Federica. Ihr Name war Federica. Der Anblick des demütig vor ihr stehenden Mädchens machte ihr Angst. In dem Eis spiegelte sich Lilliths Gesicht – und es sah aus wie das von Federica.

Lillith stand auf, nahm die Schultern zurück und setzte die arrogante »Ich-bin-Lillith-Civetta-und-du-Wurm-interessierst-mich-nicht-Miene« auf.

»Klopft man bei dir zu Hause nicht an, Erik?« Ihr Finger lag bereits auf dem Alarmknopf, dann überlegte sie es sich anders. »Du kannst gehen, Federica.«

Das Mädchen nickte ehrfürchtig und schloss hinter Erik die Tür.

»Du hast ja mehr Leben als eine Katze, Lillith Civetta.«

Lillith hatte die Pistole bereits in der Hand und zielte auf Eriks Herz.

»Kein Stress, Mädchen.« Erik hob in friedfertiger Geste die Hände. »Ich bin unbewaffnet. Außerdem mache ich die Drecksarbeit nie selbst.«

»Du gibst also zu, dass Otwin in deinem Auftrag unterwegs war?«

»Ich hätte wissen müssen, dass er es vermasselt, oder? Der alte Alki. Zu blöd, um auf deinen Kopf zu zielen. Aber leider war gerade kein anderer in der Runde so knapp bei Kasse, dass er sich auf mein Angebot eingelassen hätte.«

»Sag bloß, du schreibst deine Mordaufträge aus?«

»Immer für einen Scherz zu haben, das Fräulein Civetta.« Eriks Lippen verzogen sich zu etwas, das wohl ein Lächeln sein sollte. »Nun leg das Ding doch mal weg«, er wischte durch die Luft, »es macht mich ganz nervös, wenn du da so stehst.«

Lillith zielte immer noch auf sein Herz. »Was willst du?«

»Ich nehm' ein Glas Wodka.«

»Das hier ist ein Arbeitszimmer, keine Bar.«

»Sind eigentlich alle Frauenzimmer so langweilig.«

Erik steuerte auf den hochlehnigen Stuhl zu, der vor ihrem Schreibtisch stand. Lillith verfolgte seine Bewegungen mit ihrer Pistole. Der Mann war die Ruhe in Person. Vermutete sie jedenfalls. Sie hatte ihren Eispanzer nicht gelöst.

»Also entweder erschießt du mich jetzt oder du legst die hübsche Beretta weg«, schlug Erik vor. »Dein Arm muss doch schon ganz lahm sein.«

Sie könnte Erik erschießen. Jetzt. Einfach so. Ihre Handflächen wurden feucht.

Nein. Sie konnte es nicht. Sie war nicht in der Lage, einen anderen Menschen zu erschießen. Nicht einmal Erik. Nicht einmal, um einen Bürgerkrieg mit womöglich tausenden Toten zu verhindern.

Sie nahm die Pistole herunter, behielt sie aber weiter in der Hand.

Erik setzte sich und legte seine Füße auf den Tisch.

»Für so ein hübsches Köpfchen bringst du erstaunlich viel Verstand mit, Lillith. Braves Kind. Also: Nach deiner hyperventilierenden Attacke in der Konferenzschalte eben scheidet deine Ermordung für den Moment leider aus. Also, dachte ich, schlage ich dir ein Geschäft vor. Du hast doch ein Händchen für gute Geschäfte?«

Lillith wischte seine Füße von ihrem Tisch. Das Gummi unter seinen Sohlen hinterließ schwarze Streifen auf dem weißen Holz. Sie setzte sich auf die Schreibtischkante.

»Was für ein Geschäft?«

»Du erinnerst dich an unser letztes vertrauliches Gespräch? An die Bilder, die dich als Teil des Widerstands zeigen? Ich weiß nicht genau, gegen welchen Teil des Pakts es verstößt, dass du Mitglied bei Omega bist. Aber im Zweifel tut es auch eine simple Anklage wegen Landesverrats. Eine Anklage, die dich dein Amt, deine Verlobung, dein gesamtes Vermögen kosten wird.«

»Falls die anderen dir das glauben.«

Erik lachte lauthals los. »Ich bitte dich. Jeder weiß, mit welcher Vehemenz du gegen die Neue Heimat kämpfst. Da ist es naheliegend, dass du kleine Nestbeschmutzerin dich den Schmuddelkindern angeschlossen hast. Apropos Neue Heimat: Du erzählst nichts von deinem Besuch dort und ich erzähle nichts von deinem Besuch bei Omega.«

»Vergiss es.«

Erik betrachtete seine manikürten Nägel. Er hatte erstaunlich schmale Hände mit fast mädchenhaft langen Fingern.

»Ja, ich hatte schon gehört, dass du eine harte Verhandlerin bist. Also gut, ich lege noch etwas drauf. Ich schaffe dir Sorokin vom Hals und du darfst Senatorin bleiben.«

Es kostete Lilliths gesamte Selbstbeherrschung, nicht sofort »Ja« zu schreien. Das konnte sie nicht ernsthaft in Betracht ziehen. Senatorin von Eriks Gnaden? Was hatte er vor?

»Das würdest du tun? Nur damit ich mein Wissen über die Neue Heimat für mich behalte?«

»Nicht ganz.« Sein selbstgefälliges Grinsen zeigte ihr, dass sie zu schnell gezuckt hatte. »Die Voraussetzung für dieses Geschäft ist natürlich, dass du mich heiratest.«

Er grinste noch ein bisschen breiter. »Diese Verbindung hat nur Vorteile für dich.« An seinen Fingern zählte er sie ab: »Eins: Mein Wissen über dein ach so heftig für Omega schlagendes Herz bleibt in meinem eigenen Herzen verschlossen. Zwei: Dir bleibt dieser furchtbare Russe erspart. Drei: Du darfst Senatorin bleiben, vermutlich sogar für den Energiebereich. Drei Pluspunkte, nein vier, wenn ich es mir recht überlege, die Ehe mit mir ist schließlich auch ein echter Gewinn. Also Lillith, was sagst du?«

»Raus!«

Eriks Gesicht wurde zum Steinbruch.

»Dann werde ich dich leider«, er machte eine Kunstpause, sein Grinsen entblößte beide Zahnreihen, »ausschalten müssen.«

Lillith zielte bereits mit ihrer Pistole. Erik hob beschwichtigend die Hände. »Aber, aber, nicht so stillos«, sagte er und verließ den Raum.

Zu spät erinnerte sich Lillith an Benz' Worte. »Nicht immer so impulsiv. Überlegter. Strategischer.« Scheiße. Bevor sie erneut im Selbstmitleid versinken konnte, blinkte die nächste Nachricht auf, dieses Mal aus Wilhelmshaven. »Getriebeöl angekommen, aber Sturm verhindert Wiederanfahren der Anlagen. Voraussichtliche Wiederaufnahme der Stromproduktion: Samstagmittag.«

Samstagmittag. Drei knappe Tage musste sie Rehden noch verteidigen. Drei Tage lang die Kontrolle behalten. Diese drei Tage würde sie durchhalten. Und dann würde sie tun, was Oppermann ihr so unfreundlich geraten hatte und dieses Scheißding den Westfalen überlassen.

Und dann würde sie ihre Soldaten nach Hause holen und gemeinsam mit Omega für eine gerechtere Gesellschaft kämpfen.

Ohne anzuklopfen platzte Maja herein: »Sie sind weg!«

»Wer ist weg?«

»Titus und Käte. Mit ihren Kindern. Die Räume waren abgeschlossen. Aber sie sind weg. Einfach weg.«

»Wie …«

In dem Moment ging das Licht aus.

Drei Sekunden lang stand sie im Dunkeln. Dann flackerten die Lampen und es wurde wieder hell. Lillith wischte über den Monitor, bis sie die Anzeige für die Energieanlagen auf dem Schirm hatte. Notstromaggregate versorgten ihr Anwesen mit Strom. Uralttechnologie. Der Diesel, der die Aggregate antrieb, reichte für 48 Stunden. Wie bei allen anderen reichen Familien auch. Der Rest der Stadt war vom Strom abgeschnitten.

Sofort stellte sie die Verbindung nach Rehden her.

Die Verbindung war miserabel, der Befehlshaber schwer zu verstehen. Im Hintergrund hörte sie Schüsse, Schreie, noch mehr Schüsse. »Noch haben wir … unter Kontrolle, aber Schedal… fälische Armee mobil… brauchen dringend Verstärkung, Fräulein …«

»Speisen Sie noch Gas ein?«

»… abgestellt, zu gefährlich, alle Leitungen … gezielter Treffer … Feuerball.«

War das Eriks Versuch, sie »auszuschalten«? Wusste er, dass sie wegen Sorokins verspäteter Lieferung Probleme mit der Windenergie hatte? Wusste er, dass ein schöner, langer Sturm ihr den Rest geben würde, wenn sie nicht auf Rehden zugreifen konnte? Hatte er seine Truppen womöglich nach Westfalen geschickt und unterstützte dort Schedalke?

Clever.

Um den Speicher zu halten, musste sie ihre gesamte Armee nach Rehden schicken. Sie gab den Befehl zur sofortigen Mobilmachung.

Lillith drehte sich zu Maja und lächelte schief. »Okay. Wir haben noch 47 Stunden und 58 Minuten.«

Maja sah sie verständnislos an.

»Für 48 Stunden hat jeder in Nordland seine eigene Notstromversorgung vorzuhalten«, erklärte Lillith. »Darauf haben sich die Gründungsväter verständigt. Mein Vater hat damals behauptet, jeden Schaden innerhalb von zwei Tagen beheben zu können. Hoffen wir, dass wir Rehden so schnell zurückerobern können.«

»Und wenn nicht?«

»Dann übernimmt ein anderer Senator das Energienetz und ich suche in meinem Adressbuch nach einem entfernten Verwandten, bei dem ich als Dienstmädchen arbeiten kann.«

Das sollte witzig klingen. Tat es nicht.

»Kümmerst du dich um Titus?«, bat sie Maja. »Versuche herauszufinden, wie er fliehen konnte. Überprüfe alle Kameraaufzeichnungen, ja? Wenn du mit der Technik nicht klar kommst, kannst du Yaren um Hilfe bitten.«

»Das wird nicht nötig sein.«

Lillith sah ihrer alten Kinderfrau hinterher. Sie kannte niemanden, der sich der Vidja-Technik so verweigerte wie ihre Majamama. Warum brauchte sie jetzt keine Unterstützung?

Darüber würde sie nachdenken, wenn der Strom wieder normal floss.

Sie ließ sich mit dem Leiter der Offshore-Anlagen verbinden.

»Wie schnell können Sie die Windräder wieder ans Netz schließen?«

»Samstagmittag.«

»Wie schnell, hab ich gefragt, nicht wie langsam.«

»Samstag! Wir haben hier üble Bedingungen, der Wind ist so heftig, dass jedes Einschalten kompletter Wahnsinn wäre. Für morgen und übermorgen sagen die Meteorologen ein Sturmtief aus Nordwest voraus. Der Wind wird Orkanstärke annehmen. Bis der sich abgeschwächt hat, können wir nichts machen, es sei denn, Sie wollen sämtliche Parks auf einmal verlieren.«

Sie stand am Fenster und starrte in die Dunkelheit. Darauf zu hoffen, dass der Wind rechtzeitig zu stürmen aufhörte, wäre naiv. Ihre Reserven waren auf null. Der Wirtschaftsboykott verhinderte, dass sie aus Dänemark oder Holland Windgas dazukaufen konnte. Und die wenigen befreundeten Länder mit nennenswertem Energieexport waren zu weit weg für eine schnelle Lieferung. Jedenfalls in der Größenordnung, die sie benötigte. Sie sah auf ihre immer noch blutigen Hände. Sie musste Rehden halten, die Westfalen – und Eriks Truppen – zurückschlagen. Wie schnell würden ihre Soldaten den Angriff stoppen können? Was, wenn bei den Kämpfen die Leitungen beschädigt würden und sie selbst nach erfolgreicher Verteidigung die Versorgung nicht rechtzeitig anfahren konnte?

Vor ihrem Auge poppte ein dringender Gesprächswunsch nach dem nächsten auf. Die Herren Senatoren erkundigten sich nach der Ursache für den Stromausfall. Meistens in unverschämtem Ton. Sie versicherte allen, dass sie dieses kleine Problem im Griff habe und die Stromversorgung selbstverständlich in Kürze reibungslos funktionieren werde.

»Titus?«, dröhnte eine Stimme in ihrem Ohr. Sorokin. Mit wenigen Wimpernschlägen hatte sie den Titus-Avatar aktiviert.

»Ja, Herr Sorokin?«

»Ich höre, ihr habt Ärger mit der Stromversorgung? Ist das Getriebeöl immer noch nicht da?«

»Doch, Herr Sorokin, das Öl wird bereits in den Anlagen eingesetzt. Aber …«

»Weitermachen.«

»Jawohl, Herr Sorokin.«

Ihr Verlobter hatte die Verbindung unterbrochen, ohne weitere Details anzuhören. Wie hatte er so schnell davon erfahren? Sollte sie ihn erneut kontaktieren und um Hilfe bitten? Nein. Sie wollte Sorokin nicht. Sie brauchte ihn nicht. Das bekam sie allein hin. Sie war es leid, sich auf die Männer in ihrer Umgebung zu verlassen. Wenn man sie brauchte, verschwanden sie schneller in der Versenkung als eine Kakerlake hinter dem Kühlschrank.

»Frau Civetta?«

Konnte sie nicht mal zwei Minuten in Ruhe nachdenken?

»Ja?« Sie aktivierte die Audioverbindung.

»Ehrenreich Benz hier, ich wollte nur wissen, ob Sie damit einverstanden sind, wenn ich die Bilder aus der Neuen Heimat ins Ausland schicke. Ich meine, schließlich sind das ja eigentlich Ihre Bilder, aber ich glaube, wir beide kommen allein nicht gegen, Sie wissen schon … die Senatoren scheinen gerade die Bedeutung nicht ganz zu begreifen und haben irgendwie auch andere Sorgen und …«

»Ich auch, Herr Senator, ich habe auch gerade ganz andere Sorgen!« Warum war ihr einziger Verbündeter eigentlich so eine Null? »Machen Sie, was Sie für richtig halten.«

Mit mehr Druck als nötig beendete sie die Verbindung. Sie setzte sich an ihren Schreibtisch, suchte die Aufnahmen aus der Neuen Heimat aus ihrem eigenen Speicher heraus und schickte sie an Sunna. Dazu den Hinweis: »Benz schickt das ins Ausland.«

Es klopfte. Maja kam ins Zimmer und stellte einen Teller mit heißer Suppe auf den Tisch. Lillith schob ihn zur Seite. »Hast du etwas herausgefunden?«

Maja runzelte die Stirn, sparte sich aber einen Kommentar. »Ich habe alle Kameraaufzeichnungen aus unserem Haus durchgesehen«, berichtete sie. »Aber die entscheidenden Momente sind mit grauem Grissel überzogen. Man erkennt nichts und die Technik kann die ursprünglichen Bilder nicht wiederherstellen.«

»Dann wissen wir wenigstens, wer Titus befreit hat. Erik hat mich vorhin besucht, er hatte mit Sicherheit einen Störsender dabei.« Sie erzählte Maja von Eriks Angebot. »Ich habe es sofort abgelehnt. War offensichtlich nicht so klug.«

»Aber woher wusste er von Titus?«

»Keine Ahnung. Für ihn ist der Mann Gold wert. Titus kennt unsere Unternehmen fast so gut wie ich.«

»Vielleicht hatten sie regelmäßig Kontakt über uns unbekannte Kanäle. Und als Titus sich nicht mehr gemeldet hat, hat Drach eins und eins zusammengezählt.«

»Das würde bedeuten, dass Titus schon vor dem Tod meines Vaters mit Erik zusammengearbeitet hat.« Lillith fuhr sich durch die Haare. »Warum bin ich nicht ein bisschen überlegter vorgegangen? Ich hätte Erik doch bloß das Gefühl vermitteln müssen, dass ich seinen Heiratsantrag ernsthaft prüfe.«

Sie sprang auf. Ihr war eine Idee gekommen. »Ich muss mit Schedalke reden. Persönlich. Vor Ort. Willst du mit?«

Maja gähnte. »Ich glaube, ich schlafe lieber ein paar Stunden. Dir würde ich das auch empfehlen.«

»Das mache ich, sobald ich Rehden befriedet habe und unser Strom wieder fließt.«

»Manchmal geht das besser, wenn man ausgeschlafen ist.«

»Keine Zeit. Ich muss als erstes Schedalke davon überzeugen, dass sein Angriff auf Rehden unnötig ist.«

»Wie das?«

»Ganz einfach: Ich biete ihm meine Hand. Wenn er glaubt, dass er mich heiraten und mein Vermögen auf diesem Weg übernehmen kann, hat er keinen Grund mehr, mir den Speicher mit Gewalt zu nehmen.«

»Aber … das meinst du nicht ernst …«

»Genau. Aber außer dir weiß das niemand.«

»Und wie verkaufst du ihm, dass die Verlobung mit Sorokin nicht mehr existiert?«

»Keine Ahnung. Mir wird schon etwas einfallen.«

Maja musterte sie, als ob sie Lillith zum ersten Mal sähe. »Willst du damit nicht warten, bis es hell ist?«

»Liebste Majamama, dem Wetterbericht nach wird es in den nächsten Tagen überhaupt nicht mehr hell. Uns droht ein übles Unwetter. Heute Nacht ist die einzige Gelegenheit, überhaupt zu fliegen. Glaub mir, im Sturm abzustürzen ist kein Vergnügen.«

»Nimm genug Sicherheitspersonal mit. Ich habe kein gutes Gefühl.«

Lillith nahm ihre alte Kinderfrau in den Arm. »Mach dir keine Sorgen. Mir passiert schon nichts.«

Noch bevor Lillith das Schreibkabinett verlassen hatte, kam die nächste Nachricht auf ihre Kontaktlinse: »Standleitung?«, fragte Sunna.

»Für zehn Minuten«, twinkerte Lillith zurück. »Dann muss ich mich um den Strom kümmern.« Lillith schickte der Flugabteilung den Befehl, Hubschrauber und Sicherheitsteam bereitzustellen. »Habt ihr Nachricht von Johanna?«

»Ja.«

Lilliths Brustkorb wurde eng. Bitte, bitte nicht die nächste Tote.

»Foth hat alle Erwachsenen aus dem Krankenhaus ins Heimathaus gebracht und verhört. Die meisten sind wieder zurück.

Aber von Johanna gibt es keine Spur. Wir vermuten, dass sie im Haus ohne Namen ist.«

»Scheiße!«

»Ja, das fasst es ganz gut zusammen.«

Während sie ins Bad ging, um sich endlich das Blut von den Händen und aus dem Gesicht zu waschen, versuchte sie, sich durch Sunnas Augen in ungewohnter Umgebung zurechtzufinden. Sie war in einem Raum ohne Fenster, offenbar wieder etwas Unterirdisches. Flackerndes Kerzenlicht illuminierte eine Art Warteraum, direkt vor ihr befand sich eine Sitzbank, wie in einem alten Zug, nur dass der Raum größer war, viel größer als ein Zugabteil und hinter der Sitzbank weitere Sitzbänke montiert waren. Alek und Riekje saßen ihr genau gegenüber. Sunna drehte den Kopf und Lillith sah, dass Huge rechts und Bo links von ihr saßen. Bo.

»Sobald die Westfalen liefern, legen wir los. Dieser Stromausfall kommt wie gerufen.« Alek preschte voran.

»Falls sie liefern.« Sunna klang skeptisch.

»Klar liefern die. Mit den Helis hat das doch auch geklappt. Was für eine geile Aktion, oder Bo?« Riekje sah zu Bo. Vielleicht lag ihr entrückter Blick nur an dem Flackern der Kerzen, Lillith spürte trotzdem einen Stich in der Herzgegend.

Das rotbraune Wasser verschwand in einem kleinen Wirbel im Abfluss. Klares Wasser lief über ihre Handgelenke.

»Aktuelle Info«, twinkerte Lillith an Sunna: »Die Westfalen sind gerade damit beschäftigt, mit ihrer Armee meinen Gasspeicher einzunehmen, rechnet nicht mit schneller Unterstützung.« Sie trocknete Gesicht und Hände und ging in ihr Ankleidezimmer, während Omega über die neueste Entwicklung diskutierte. Kurz überlegte sie, eines der eng geschnürten Sanduhrkostüme anzuziehen, griff dann aber doch zu einem Hosenanzug. Neues Spiel. Neue Regeln. Ihre Regeln.

»Wartet, es kommt gerade eine Nachricht aus Schweden rein.«

Unwillkürlich richteten sich die Härchen auf Lilliths Armen auf.

»Måns Åkesson: ›Habe gerade schlimme Bilder aus der Neuen Heimat bekommen. Werde mich auf diplomatischem Weg für euch einsetzen. Bleibt friedlich!‹«, las Bo vor.

Alek schüttelte den Kopf. »Hör mal, Bosse, wenn wir noch lange auf die ›diplomatischen Bemühungen‹ setzen, sind wir alle tot. Wenn dein Goldkehlchen recht hat mit diesen drei Tagen Dunkelheit, dann ist das jetzt unsere Chance, um zuzuschlagen.«

»Oder die Menschen aus der Neuen Heimat zu befreien«, antwortete Bo.

»Und dann?« Riekje war weniger aggressiv als Lillith sie in Erinnerung hatte. »Ich kann ja verstehen, dass du die Leute da rausholen willst. Aber wo willst du mit ihnen hin? Wie willst du sie versorgen? Warum sollte es ihnen im Niemandsland vor den Toren Hamburgs besser gehen als in der Neuen Heimat? Da haben sie immerhin noch ein Dach über dem Kopf.«

Lillith nahm einen dunklen Mantel aus dem Schrank und suchte nach ihren Lederhandschuhen. Sunnas Blick ging währenddessen zu der blauhaarigen Berenike.

»Wir haben Geld und Lebensmittel. Wir haben ein paar verlassene Dörfer gefunden, nur zwei Tage Fußmarsch von Hamburg entfernt, wir haben …«

»Du willst nicht schon wieder ein Flüchtlingscamp direkt neben unserer Basis errichten?« Alek war aufgesprungen, er schien sich nur mit Mühe zurückhalten zu können. »Das ist schon beim Wasserturm schief gegangen.«

»Nein, diese Dörfer sind weit genug weg. Reg dich ab.«

»Ich bin dafür, alles was wir haben, im Kampf gegen die Birds einzusetzen. Wir können das System stürzen. Jetzt.« Riekje sah wieder an Sunna-Lillith vorbei zu Bo. Und endlich schaute Sunna ihren Bruder an.

Bo hatte einen Fuß auf die gegenüberliegende Sitzreihe gestellt. »Wenn wir die Privatarmee der Civettas auf unsere Seite holen können …«

Lillith blieb mitten auf der Treppe stehen. »Vergiss es«, twinkerte sie an Sunna. »Die brauche ich in Rehden. In zwei Tagen können wir darüber verhandeln. Aber solange solltet ihr euch darum kümmern, dass das Volk vor den Ratten geschützt wird, anstatt unrealistische Umsturzpläne zu schmieden.«

»Ich bezweifele, dass wir Lillith dazu überreden können«, sagte Sunna, während Lillith sich einen Schirm aus dem Ständer am Eingang nahm. Es war nicht nur dunkel, das Wasser floss immer noch vom Himmel, als hätte einer der Götter vergessen, sein Badewannenwasser abzustellen. »Ich meine, wenn die Hälfte von uns ihr nicht vertraut, warum bitte sollte sie uns ihre Männer überlassen? Außerdem finde ich es wichtiger, in diesen dunklen Tagen unsere eigenen Leute zu schützen, als ausgerechnet jetzt die Birds anzugreifen. Bei denen funktioniert der Strom noch. Und damit auch sämtliche Sicherheitssysteme.«

Bo sah Sunna in die Augen, als ob er ahnte, wer da in Wirklichkeit sprach. Lillith fand diesen Blick extrem irritierend. Sie wich ihm aus, griff nach der Klinke, entschlossen, sich endlich dem Regen und dem Hubschrauberflug zu stellen, bevor das Wetter noch schlechter wurde. Im selben Moment schlug ihr die Tür entgegen und ein halbes Dutzend Polizisten drängte ins Haus. Einer drehte ihr die Arme auf den Rücken, nahm ihr die Vidja-Manschettenknöpfe ab und steckte sie in die eigene Tasche.

Joseph Foth baute sich vor ihr auf und musterte sie aus halb zusammengekniffenen Augen. Sein schütteres und trotzdem streng gescheiteltes Haar setzte auf den hohen Kragen seiner Uniformjacke auf.

»Lillith Athene Civetta«, sagte er mit seiner fisteligen Stimme, die Lillith kalte Schauer den Rücken herunterjagte, »auf der Grundlage meiner vom Senat erteilten Sondervollmacht verhafte ich Sie hiermit wegen Mitgliedschaft in einer kriminellen Vereinigung.«

Wilhelmsburg

Ihr Anwalt war sofort ins Heimathaus geeilt. »Unser Antrag auf Freilassung gegen Kaution ist wegen Fluchtgefahr abgelehnt worden«, erklärte er.

Lillith stand in dem kahlen Raum und sah fassungslos auf Neidhard Hundertmark herunter, der auf seinem tragbaren Monitor hin und her tippte und ihrem Blick auswich.

»Haben Sie Sorokin kontaktiert?«, fragte Lillith. »Ich denke, er sollte wissen, dass seine Verlobte auf Grundlage einer hanebüchenen Anklage verhaftet wurde.«

»Ich kann ihn nicht erreichen.« Hundertmark drückte auf seinen Manschettenknopf.

»Wissen die anderen Senatoren von diesem Affront? Was sagt Oppermann dazu?« Ihre Stimme wurde lauter. »Foth hat keinen einzigen Beweis. Drach verstößt mit meiner Festnahme gegen den Pakt.« Sie versuchte, ihre Stimme unter Kontrolle zu bekommen und nicht wie eine Furie loszukreischen. Es gelang ihr nur bedingt. »Ich habe zu tun, Neidhard, ich habe keine Zeit, um mich von diesem Kretin einsperren zu lassen.«

Hundertmark wich ein Stück zurück. »Ich tue, was ich kann, Fräulein Civetta.«

»Dann tun Sie nicht genug.« Lillith schlug mit der Faust auf den Tisch. »Verdammt, wofür bezahle ich Sie eigentlich?«

Hundertmark drückte einen Knopf auf seinem Monitor und beobachtete konzentriert, wie der Bildschirm sich auf die Größe einer Streichholzschachtel zusammenfaltete. Er nahm ihn vom Tisch und steckte ihn in seinen überdimensionierten Aktenkoffer. »Ich würde mich gerne mit meinen Kollegen beraten. Ich melde mich.«

So sahen also davonschwimmende Felle aus.

»Scheißkerl«, murmelte Lillith, als er die Tür hinter sich schloss. Ein Polizist nahm sie am Ellbogen und führte sie über den langen Flur zurück in ihre Zelle.

Wilhelmsburg. Heimathaus. Trakt für Untersuchungsgefangene, erster Stock. Kahle Wände. 1,50 Meter breit, 2,50 Meter lang. Ein Stockbett. Waschbecken und Toilette aus Metall. Über der Tür die Digitalanzeige einer Uhr. 23:17 Uhr. Eine kratzige Wolldecke. Kein Kissen. Keine Heizung. Ihren Mantel hatten sie ihr gleich bei der Ankunft genommen. Genauso wie ihre Schuhe. Damit sie sich aus den Schnürsenkeln keine Waffe bastelte. Auf Socken marschierte sie die 2,50 Meter auf und ab. Auf und ab.

Ob Maja Sorokin Bescheid gegeben hatte? Er würde nicht dabei zusehen, wie Erik alles an sich riss, was ihm schon fast gehörte, oder? Wusste Maja überhaupt, dass sie verhaftet worden war? Beim Hinausfahren hatten ihre Sicherheitsleute am Tor die Kolonne aus Polizeiwagen nur angestarrt. Sie hatte gegen die Scheibe geklopft und »Maja« und »Yaren« gebrüllt, aber die Männer hatten nicht reagiert. Foth hatte seine großformatige, mobile Vidja herausgeholt und den Wachposten überreicht. Offenbar ihr Haftbefehl. Das Tor hatte sich geöffnet und keiner ihrer Sicherheitsleute hatte auch nur den Versuch gemacht, sie aufzuhalten.

Warum galten Recht und Gesetz eigentlich immer nur für die Starken?

Durch Regen und Wind waren sie auf die andere Elbseite gefahren. Nach Wilhelmsburg, auf das Anwesen von Erik Drach. Drach Senior hatte sich bei der Neuordnung Nordlands bereit erklärt, Teile seines riesigen Grundstücks für das städtische Gefängnis zur Verfügung zu stellen. Was kein besonders großes Opfer war. Die Sihhuri AG nutzte es als Ausstellungsfläche und testete hier die neuesten Geräte und technologischen Spielereien. Die schlichten zweistöckigen Gebäude mit ihren grauen Satteldächern waren die am besten gesicherten Gebäude Nordlands. Regelmäßig hatte Alexander Drach zu Produktvorstellungen eingeladen. Lillith hatte sich stets darum gedrückt, ihren Vater zu begleiten. Zu viele negative Gefühle.

Umso genauer hatte sie hingeschaut, als sie vor wenigen Stunden als Gefangene auf das Gelände gefahren wurde. Riesige Scheinwerfer beleuchteten das Areal. Der Eingangsbereich war ähnlich gesichert wie der in Krümmel: Wachposten, Mauer mit Elektrodraht, auf Knopfdruck hochfahrende Eisendolche. Die Mauer zog sich um das gesamte Gelände, bis auf ein etwa hundert Meter langes Stück gleich rechts vom Eingang: Hier hatte der alte Drach den Deich zum Spreehafen als natürliche Abgrenzung genutzt und ihn mit im Boden vergrabenen, ungesicherten Induktionsspulen versehen. Für die Produktvorstellung hatte er eine Katze über diesen Teil des Geländes gescheucht. Nach wenigen Sprüngen stand das Tier in Flammen. Über das gesamte Gelände verteilt ragten Stahlmasten mit Kameras in die Höhe. Möwen saßen auf den silberglänzenden Gehäusen und setzten sich in Bewegung, als sie vorbeifuhren. Sie waren fast synchron in ihren Bewegungen.

Die Gefängnistrakte waren – ähnlich wie die Baracken in der Neuen Heimat – parallel hintereinander gebaut. Eine Reihe für die Untersuchungsgefangenen und die Verhöre, zwei Reihen für die Männer, eine für die Frauen und eine als »Überlaufbecken«, wie der alte Drach gespottet hatte.

Hier musste das Haus ohne Namen untergebracht sein. Ihre Angst, dass Foth sie ebenfalls dort einsperren würde, hatte sich als unbegründet herausgestellt. Jedenfalls für den Moment.

Lillith ging weiter in ihrer Zelle auf und ab. Drei Schritte in die eine Richtung, drei Schritte in die andere. Wie um Himmelswillen sollte sie hier herauskommen? Der kalte Betonfußboden war genauso undurchdringlich wie alles andere hier. Außerdem verdammt kalt. Das Fensterglas war mit dicht gesponnenem Draht gegen jeden Ausbruchsversuch gesichert, aber es war schlecht in den Rahmen eingepasst. Der Wind pfiff durch winzige Löcher und unterhalb des Fensters hatte sich bereits eine kleine Pfütze aus Regenwasser gebildet. Lillith setzte sich auf das obere Bett – hier zog es weniger als unten – und nahm die alte Wolldecke. Der Geruch von nassem Schaf stieg ihr in die Nase. Über ihr krabbelte eine Fliege in gleichmäßig kleinen Schritten über die Wand. Noch eine Drohne.

Sie musste eingeschlafen sein. Plötzlich stand die Tür offen und ein Polizist schubste ein dünnes, kleines Männchen in den Raum. Die Tür schloss sich wieder, ein kurzes Knacken zeigte an, dass die elektronische Verriegelung aktiviert worden war.

Ehrenreich Benz.

Lillith schloss die Augen. Sie musste träumen. Einen dieser Klarträume, in denen man weiß, dass man träumt. Die Uhr über der Tür zeigte 03:07 Uhr.

»Guten Morgen, Frau Civetta. Ich wünschte, ich könnte sagen, dass ich mich freue, Sie zu treffen. Aber, ähm, naja, ich könnte mir schönere Umstände vorstellen.« Benz' Atem war in der Kälte der Zelle deutlich zu sehen.

Lillith setzte sich auf. Ihre Füße waren Eisklumpen. Sie rieb sie zwischen ihren Händen, die auch nicht viel wärmer waren. Kein Traum. Die Fliege krabbelte immer noch über die Wand.

»Was machen Sie hier, Senator?«

»Man hält mich für gefährlich.« Er zog linkisch eine Schulter hoch. »Angeblich habe ich unser Land verraten. Also, jedenfalls wenn man so argumentiert wie Senator Drach und sagt, dass freie Meinungsäußerung Landesverrat ist, sobald sie unser Image im Ausland beschädigt. Kurz gesagt. Die lange Fassung: Ich habe ja vorhin die Bilder aus der Neuen Heimat nach Schweden geschickt. Aber anscheinend, also irgendwie hat Drach mir wohl schon länger nicht getraut. Jedenfalls hat er mir einen Trojaner ins System gespielt, nennt man die heutzutage noch so? Das habe ich dummerweise nicht bemerkt, ich dachte immer, meine kleine private Leitung ins Ausland sei gut gesichert. War sie aber wohl nicht. Jedenfalls hat er sofort seine Polizisten vorbeigeschickt und die haben dann alles beschlagnahmt, was ich an Technik zu Hause herumstehen hatte.«

Er zeigte ihr mit hilfloser Geste seine Handflächen. An den Handgelenken war die Haut abgeschürft. »Ich war noch nicht mal hier, da hatte Drach schon die anderen Sachen gefunden. Tja. Was soll ich sagen? Da komme ich wohl nicht mehr raus.«

»Welche anderen Sachen?«

Benz sah sich in der Zelle um, klopfte prüfend aufs untere Bett, bevor er sich darauf niederließ und sich nochmals umsah, als könnte er immer noch nicht glauben, dass er im Heimathaus war.

Womit es ihm genauso ging wie Lillith.

»Na, die Bilder vom Heiligengeistfeld, Sie wissen schon, als die ersten beiden Demonstranten ums Leben gekommen sind, die Väter, die wegen ihrer verschwundenen Töchter demonstriert hatten.«

»Die haben Sie ins Ausland geschickt?« Und bei Omega hatten alle gedacht, Kristofer hätte sich mit seiner leichtsinnigen Aktion selbst ins Heimathaus manövriert.

»Ja, natürlich. So ein widerliches Verhalten darf man doch nicht unter den Teppich kehren. Aber ich habe wohl nicht gründlich genug aufgeräumt. Jedenfalls hat Senator Drach nachvollziehen können, dass die Bilder damals nicht, wie von mir behauptet, von seiner Behörde aus ins Ausland gegangen sind, sondern über meinen kleinen Privatkanal. Schade. Aber nicht mehr zu ändern. Vielleicht war es einfach an der Zeit, dass ich alter Idiot endlich die Finger von der großen Politik lasse. Bin dafür schließlich nie geboren worden.« Er rückte auf die Bettkante vor und drehte den Kopf so, dass er Lillith ansehen konnte. »Aber warum sind Sie hier, Frau Civetta?« Sein Blick ging an ihr vorbei. »In Gesellschaft eines alten Kauzes und eines Insekts.« Er deutete auf die Fliege.

Lillith sprang vom Bett und landete leise wie eine Katze vor Benz. »Man wirft mir die Mitgliedschaft in einer kriminellen Vereinigung vor. Absurd, nicht wahr?« Lillith legte alles an Überzeugungskraft in ihre Stimme, was ihr zur Verfügung stand.

»Einfach nur unglaublich. Was sagt Ihr Verlobter dazu?«

»Ich hatte noch keine Erlaubnis, mit ihm zu reden.«

»Welch ein Skandal. Das muss alles ein furchtbares Missverständnis sein.«

»Ja. Ich gehe davon aus, dass sich das in den nächsten Stunden auflösen wird.« Sie sah ihn mit großen, verzweifelten Augen an. Die Unschuld in Person. Lillith setzte sich neben Ehrenreich aufs Bett, zog ihre Füße unter ihren Körper und lehnte sich an die kalte Wand.

Das hier war kein Missverständnis, das sich bald auflösen würde. Das hier war Erik, der sein Ziel fast erreicht hatte. Und ihr einziger Verbündeter saß genauso fest wie sie.

»Ich hätte es wissen müssen«, fing Ehrenreich Benz nach einiger Zeit wieder an. »Ich wusste doch, dass die Wahrheit nicht gern gesehen wird in Nordland.« Er pustete in die Hände, rieb sie und sah sich nach seiner Decke um. »Damals ist genau das Gleiche passiert wie heute. Erst die Wahrheit, dann die Proteste und dann …« Er redete nicht weiter, sondern faltete sorgfältig die Wolldecke auseinander und legte sie über seinen Schoß. Der Geruch schien ihn nicht zu stören.

»Was meinen Sie?«

»Die Blutnacht. Erik Drach wird kein Problem damit haben, erneut das Volk zusammenschießen zu lassen, sollte es protestieren. Genau wie damals Ihr Vater – «

»Aber das war doch eine ganz andere Situation«, unterbrach Lillith ihn. »Die Blutnacht gab es, weil die überforderten Politiker sich nicht anders zu helfen wussten. Nein, Senator, ich kann mir nicht vorstellen, dass diese Geschichte sich wiederholt.«

»Geschichte wird von den Gewinnern geschrieben.«

Lillith richtete sich auf. »Wie meinen Sie das?«

Benz' hellblaue Augen blinzelten nicht. Er sah sie unverwandt an.

»Was ist damals passiert, Senator? Ich vermute«, sie zeigte auf die Uhr, 03:19, »wir werden noch einige Stunden gemeinsam hier verbringen. Und ich wüsste gerne mehr über diese Zeit. In den Datenbänken gibt es kaum Material darüber.« Sie griff nach oben auf ihr Bett, holte die Decke herunter und wickelte sich darin ein. »Wissen Sie, meine Hauslehrer haben immer nur erzählt, was für ein Held mein Vater gewesen sei.«

Benz blickte in die Ferne. »In gewisser Weise war er das wohl auch, Ihr Herr Vater, der Pate von Nordland, wie er damals von allen genannt wurde. Er hat mit dem Pakt die Strukturen geschaffen, die uns 25 Jahre lang Frieden beschert haben.« Er zitterte am ganzen Körper und Lillith war sich nicht sicher, ob wegen der Kälte oder wegen seiner Nervosität. »Aber Ihr Herr Vater hat vorher dafür gesorgt, dass, wie soll ich sagen, also, man soll ja nicht schlecht über Verstorbene reden, aber«, er holte tief Luft, »sein Handeln hat alles erst ausgelöst.«

»Erzählen Sie weiter, bitte. Ich weiß, dass mein Vater kein Heiliger war.«

Benz strich über die Decke auf seinem Schoß. »Also, wo soll ich anfangen?«, überlegte er laut. »Wie soll ich die Geschichte am besten erzählen?« Er sah Lillith erneut ohne zu blinzeln in die Augen. »Kalt hier, oder?«, fragte er und setzte sich auf seine Hände. Das Zittern hatte aufgehört. Und dann fing er an zu erzählen, als ob er sein Leben lang nichts anderes getan hätte.

»Auch in jenem Herbst ist es kalt gewesen. Kalt und ungemütlich. Aber das störte uns nicht. Der Strom kam aus der Steckdose, das Gas für die Heizungen aus den Rohren in der Wand. Solange man nicht vor die Tür musste, war alles gut. Ihrem Vater gehörte damals, kurz nach dem Ende der Rohstoffkriege, bereits der Großteil der energieproduzierenden Betriebe. Er versorgte die gesamte Bundesrepublik mit Strom und Wärme. Allerdings wurde das Geschäft immer schwieriger, angesichts der Hyperinflation, des zunehmenden Elends in der Bevölkerung und der Willkür der Regierung in Berlin. In jenem Spätherbst vor 25

Jahren forderten die Berliner Ihren Vater dazu auf, den Großteil der Energie kostenlos zur Verfügung zu stellen, damit die Bevölkerung in dem vor der Tür stehenden Winter nicht erfror. Andernfalls, so drohten sie, würden sie ihm sämtliche Windparks wegnehmen und verstaatlichen.

Ihr Vater verhandelte mit der Regierung. Kam ihr entgegen. Aber während man sich in den Jahren zuvor immer hatte einigen können, fuhren die Verhandlungen nun vor die Wand. Berlin stellte die Zahlungen für den Strom ein – und Ihr Vater die Lieferung. Er stellte dem Rest der Republik einfach den Strom ab.«

Benz schüttelte den Kopf, selbst heute schien er dieses Verhalten nicht zu begreifen.

»Sie können sich nicht vorstellen, was damals los war. Berlin hat sofort reagiert und die Bundeswehr geschickt. Aber Ihr Vater saß am längeren Hebel. Er besaß nicht nur Windparks in Schleswig-Holstein, Mecklenburg und Niedersachsen, er hatte auch hervorragende Kontakte zu den jeweiligen Landesregierungen und die waren sofort auf seiner Seite. Die ehemals mächtigen Landesregierungen hatten es nie verwunden, dass Berlin das föderale System der Bundesrepublik über die Jahre komplett ausgehöhlt hatte. Es existierte de facto nicht mehr. Und nicht nur die Politik war auf seiner Seite. Auch die Kaufleute der Hansestadt, genauso wie die aus den umliegenden Bundesländern, unterstützten ihn. Die Wirtschaftsleute hatten schon immer ein Gen gegen zu viel Staat. Und das Volk war absolut desillusioniert über die Politiker in Berlin. Arbeitslosengeld, Rente, Krankenkasse? Das Sozialsystem war ein schlechter Witz.

Die norddeutschen Länder schlossen sich also zusammen und aus Civettas Kampf um seine Windparks wurde der Kampf Norddeutschlands für Unabhängigkeit und einen eigenen Staat. Es war eine Aufbruchsstimmung, vergleichbar mit der Stimmung wie sie – wenn man den Geschichtsbüchern trauen darf – beim Ausbruch des Ersten Weltkriegs herrschte.

Als die Zentralregierung in Berlin die schlecht ausgestattete Bundeswehr über die Grenze schickte, waren es deshalb nicht nur die Sicherheitstruppen der Kaufleute, die sich den bundesdeutschen Soldaten in den Weg stellten. Alle kämpften mit. Weil Davide Civetta ihnen versprochen hatte, dass sie zu dem Staat zurückkehren würden, den sie aus der Zeit vor den Rohstoffkriegen kannten.«

Diesen Teil der Geschichte hatten ihre Lehrer ausgelassen. Lillith kannte den Seperationskrieg, wusste, dass Nordlands Unabhängigkeitserklärung diesen Krieg ausgelöst und damit das Ende der Bundesrepublik besiegelt hatte. Aber sie hatte nie von den Versprechen gehört, die ihr Vater dem Volk gemacht und dann gebrochen hatte. Kein Wunder, dass das Volk ihn auch heute noch hasste.

»Die Menschen glaubten ihm, sein Plan klang plausibel: Die norddeutschen Länder hatten mit den Windparks und der extensiven Landwirtschaft zwei funktionierende Wirtschaftsbereiche. Wenn man die Energie nicht länger an die Nassauer in Berlin und damit an den Rest der Bundesrepublik verschenken musste, gab es genug Geld für ein neues, funktionierendes, politisch, wirtschaftlich und sozial gerechtes Gesellschaftssystem.

Der Separationskrieg war zum Glück nach vier Wochen vorbei. Anfang November rief ihr Vater zusammen mit seinen Mitstreitern die Demokratische Republik Nordland aus. Und versprach allen Bürgern, dieses Land schnell wieder aufzubauen. Sie waren damals gerade auf die Welt gekommen, Frau Civetta, und es waren schöne Bilder, die Ihr Vater der Welt präsentierte: Der frischgebackene Vater, der gemeinsam mit seiner wunderschönen Frau eine bessere Welt schaffen wollte, nicht nur für seine bezaubernde Tochter, nein, für alle. Er verzichtete sogar auf den Bürgermeisterposten, überließ das ruhmreiche Amt dem alten Ben Rabe. Eine kluge Entscheidung, die ein Gleichgewicht zwischen den Mächtigen herstellte und Ihren Vater zwang, alle Entscheidungen im Konsens mit den anderen Senatoren zu treffen und nicht einfach über die Köpfe der anderen hinweg zu entscheiden, die sich dann möglicherweise gegen ihn gestellt hätten. Gleichzeitig war das aber auch eine dumme Entscheidung. Denn jede Entscheidung, die Geld kostete – und der Aufbau eines neuen Sozialsystems hätte eine Menge Geld gekostet – wurde nun in dem Old-Boys-Club so lange diskutiert und zerredet, bis nichts mehr davon übrig blieb.«

Benz machte eine Pause, als suchte er nach den richtigen Worten.

»Ihr Vater hat dem Land Frieden geschenkt, aber vom daraus resultierenden Reichtum haben nur die Reichen profitiert. Die Armen wurden immer ärmer.«

Er rieb sich wieder die Hände. Die Temperatur in ihrer Zelle schien weiter zu sinken.

»Ein knappes Jahr lang hat das Volk den Versprechen geglaubt. Einen langen, grausamen Hungerwinter hat es überstanden. Und dann, ungefähr zum Jahrestag der Gründung von Nordland, kurz vor dem zweiten Hungerwinter, verbreitete sich eine Art Zeitungsartikel im Volk. Ein Text, in dem in aller Deutlichkeit aufgelistet wurde, wie die Reichen im vergangenen Jahr noch reicher geworden waren und auf wessen Kosten und mit welchen Methoden sie ihr Vermögen vermehrt hatten. Haben Sie davon gehört?«

Lillith nickte nur. Ihr Hals war rau, sie hatte keine Spucke mehr, um zu sprechen. Dieser Text musste das Pamphlet gewesen sein, das ihre Mutter in den Tod getrieben hatte.

Benz bemerkte nichts. Er schmunzelte. »Damals kamen die Birds zu ihrem Gattungsnamen, wussten Sie das auch?«

Wieder nickte Lillith. »Haben Sie diesen Text noch?«

»Um Himmels willen, nein! Darauf steht die Todesstrafe. Ich hab ihn nie besessen, auch immer nur davon gehört. Aber die Menschen, die ihn gelesen haben, sind auf die Straße gegangen. Sie erinnerten Ihren Vater an sein nicht gehaltenes Versprechen. Jeden Tag aufs Neue. Absolut friedlich. Damals gründete sich die Widerstandsgruppe namens Omega.« Er rieb sich erneut die Hände, pustete hinein, als ob das in dieser Eiseskälte etwas bringen würde.

»Aber eines Tages war da plötzlich Gewalt. Ich weiß nicht, warum die Stimmung gekippt ist. Aber sie ist gekippt. Und Ihre Frau Mutter war mittendrin.« Benz wich ihrem Blick aus, starrte auf den Fußboden. »In der darauffolgenden Nacht hat Ihr Vater den Befehl gegeben, die Demonstranten zusammenschießen zu lassen.«

»Nein, das stimmt nicht.« Lillith stellte die Füße auf den kalten Boden. »Der Befehl für die Blutnacht kam von den hoffnungslos überforderten Politikern!«

Benz sah ihr offen ins Gesicht: »Die waren zu dem Zeitpunkt doch gar nicht mehr im Amt, Frau Civetta. Wie ich bereits sagte: Geschichte wird von den Gewinnern geschrieben.«

Lillith stand auf und kletterte nach oben auf ihr Bett. Worte, Beobachtungen, Fakten wirbelten in ihrem Kopf umher.

Peer, der Familienvater in Neugraben: »Vom Schlächter der Blutnacht war nichts anderes zu erwarten.«

Otwin Rabe bei der Hinrichtung von Bos Vater: »Wenn Davide Civetta beschließt, dass wir für heute genug Energie verbraucht haben, dreht er uns einfach den Strom ab. Soll ja schon mal passiert sein.«

Innokenty Sorokin am Tag ihrer ersten Begegnung: »Euer gesamter Wohlstand basiert auf einer einzigen, brutalen Entscheidung deines Vaters. Eine Blutnacht – und im Gegenzug bekommt man ein Volk, das tut, was man ihm sagt.«

»Aber erst, nachdem noch viele Männer ihren Spaß mit ihr gehabt haben.« Alek zum Tod ihrer Mutter.

Das völlige Fehlen von Dokumenten in der Bibliothek der von Eschenburgs.

Kein einziger Eintrag in Davides eigener Datenbank über diese Zeit.

So viele offene Geheimnisse. Alle hatten davon gewusst. Nur sie selbst hatte man naiv und unwissend gehalten. Dabei konnte sie in gewisser Weise sogar nachvollziehen, dass ihr Vater keine Skrupel gehabt hatte, aufs Volk schießen zu lassen. Nachdem, was das Volk seiner Frau, ihrer Mutter, angetan hatte.

Ihr war schlecht. Sie lag mit aufgerissenen Augen auf ihrem Bett und starrte an die Decke, während Ehrenreich Benz zu schnarchen begann.

Lillith verfolgte die digitale Anzeige der Uhr. Minute für Minute. Als es um 5.30 Uhr an der Tür klapperte, ein Krug mit Wasser und zwei Teller mit Haferbrei durch eine kleine Öffnung geschoben wurden, war sie der Lösung ihrer aktuellen Probleme keinen Zentimeter näher gekommen. Statt über einen sinnvollen Plan nachzudenken, hatte sie die meiste Zeit über ihren Vater gegrübelt, über seine Motive, über sein »manchmal muss man einen Einzelnen opfern« – nur dass es in diesem Fall hunderte, vielleicht sogar tausende Menschen gewesen waren, die er geopfert hatte, um – ja um was eigentlich zu tun? Das große Ganze zu schützen? Eher seinen Besitz und seine Ehre.

Um Punkt neun Uhr öffnete sich die Tür.

»Civetta, mitkommen!«, forderte sie ein Polizist in der braunen Uniform der Heimatschutzbehörde auf.

Benz nickte ihr aufmunternd zu. Lillith schritt mit aller Würde, die sie auf Socken aufbringen konnte, durch die Tür. Sie gingen einen langen Flur entlang, die Lampen an den Decken strahlten scheinwerferhell. Aus einem Zimmer kam geckerndes Lachen. Lillith zuckte zusammen. Die Tür stand einen Spalt offen und das Gesicht von Wojtek Skoruppa näherte sich einem Mann, der mit dem Rücken zur Tür saß. Oder eher hing. Nur die auf den Lehnen fixierten Arme hielten ihn überhaupt auf dem Stuhl. »Der hat genug für heute«, sagte Skoruppa mit seiner unverkennbar schleifenden Stimme. Er holte einen silberglänzenden Flachmann aus seiner Jackentasche und nahm einen tiefen Schluck. Etwas an dieser Flasche irritierte Lillith, aber bevor sie weiter darüber nachdenken konnte, schubste der Polizist sie nach vorne.

»Weiter jetzt! Oder möchtest du lieber von unserer Spezialeinheit verhört werden, Schätzchen?«

Schreie, laute verzweifelte Schreie, schrillten über den Gang. Eine Frauenstimme. Eine Tür schlug zu und die Schreie verstummten.

Der Polizist brachte Lillith in denselben Raum, in dem sie gestern Hundertmark hatte sprechen dürfen. Ein Tisch, zwei Stühle, kahle Wände, aber ausgeleuchtet wie eine Theaterbühne. Der Polizist drückte sie auf einen der beiden Stühle und legte ihre Hände auf die Armlehnen. Um ihre Handgelenke schlossen sich breite Metallreifen.

»Ich will meinen Anwalt sprechen.«

»Der kommt gleich dazu, keine Sorge, Fräulein Civetta. Sie werden standesgemäß behandelt«, fistelte jemand hinter ihr. Auch diese Stimme war unverkennbar: Joseph Foth.

»Und das hier?« Lillith zog an den Fesseln.

»Standardprozedere. Guten Tag, Herr Hundertmark.«

Eine Vidja-Projektion leuchtete neben Lillith auf. Neidhard Hundertmark saß in einem bequemen Sessel, begrüßte erst Joseph Foth, dann Lillith und bestätigte »für das Protokoll«, dass die Befragung von Lillith Civetta rechtmäßig sei und den Regeln Nordlands entsprechend ausgeführt wurde.

»Wenn Sie mit uns kooperieren, könnte sich das positiv auf das Strafmaß auswirken«, sagte Foth. »Sie wissen, dass auf Landesverrat die Todesstrafe steht?«

»Wie bitte?« Bis eben hatte Lillith diese gesamte Anklage für einen schlechten Scherz gehalten, für Eriks Versuch, ihre Handlungsfähigkeit einzuschränken.

»Wir wissen, dass Sie Mitglied in der sogenannten Widerstandsgruppe Omega sind.« Er machte eine wegwerfende Handbewegung und seine Vidja projizierte dieselben Bilder in den Raum, die Erik ihr nach ihrer Rückkehr von Omega gezeigt hatte: Wie sie Bo bewusstlos in die Arme sank, wie sie beim Konzert die Hand zum Omega-Zeichen hob, wie Taras Mutter bestätigte, dass Lillith beim Konzert dabei gewesen war. Der Mord an der kleinen Tara war selbstverständlich gelöscht worden.

»Sie beteiligen sich aktiv am Widerstand.« Er zeigte ihr eine neue Szene: Der Bunker am Heiligengeistfeld, wo sich eine Menschenmenge versammelt hatte. Er zoomte auf ein Bunkerfenster, aus dem etwas Weißes heraushing – Lilliths Halloweenkleid. Und darüber Lillith, die wild winkte und versuchte, Bo auf sich aufmerksam zu machen.

Foth fror das Bild ein und zeigte mit seinem Finger auf Lillith im Bunker. Ihr Gesicht unter der aschblonden Kurzhaarperücke leuchtete rot auf. »Wenn Sie die Chaoten nicht gewarnt hätten, hätten wir dem Spuk damals ein Ende gemacht.« Foth zeigte mit seinem Finger direkt auf Lillith. Sie schloss die Augen, der rote Laserpunkt an seinem Finger blendete sie. »Also: Wo verstecken sich diese sogenannten Widerstandskämpfer? Wer unterstützt sie? Wo befinden sich die Waffenlager?«

»Ich habe keine Ahnung.«

Sie würde die Unschuld aus gutem Hause geben. Den ganzen Tag lang und wenn es sein musste auch noch die ganze Nacht.

»Wo verstecken sich die Chaoten?«

Billiges, nach Tabak riechendes Rasierwasser, verstopfte ihre Nase. Sie riss die Augen auf. Foths Gesicht war nur wenige Zentimeter von ihrem entfernt. Lillith drehte sich zu ihrem Anwalt. »Hundertmark, holen Sie mich hier raus, verdammt.«

Aber der nahm nur einen Schluck von seinem Coca-Tee.

»Ich habe keine Ahnung«, wiederholte sie.

Foth griff in seine Tasche und holte ein Plexiglaskästchen hervor: Manschettenknöpfe. »Unsere Techniker konnten rekonstruieren, dass Sie im Moment Ihrer Verhaftung mit Omega korrespondierten. Machen Sie es uns doch nicht so schwer, Fräulein Civetta.« Wieder näherte sich sein Gesicht dem ihren, wieder hatte sein entsetzliches Rasierwasser bereits jede Grenze überschritten. »Wir wissen, dass Sie die Chaoten nicht nur mit Geld unterstützen, sondern auch mit Waffen und Soldaten. Das ist Landesverrat. Ihr Vater würde sich im Grabe umdrehen.«

»Meine Soldaten kämpfen derzeit in Rehden und schützen unsere südliche Landesgrenze. Wenn Sie das als Landesverrat bezeichnen, haben Sie die falsche Staatsangehörigkeit.«

»Wir wissen, dass Sie Teil des Widerstands sind, Fräulein Civetta. Wir wissen, dass Sie einen Putsch planen.«

»Sie sind falsch informiert.«

»Ich habe Sie bei dem Konzert gesehen, Fräulein Civetta. Mit meinen eigenen Augen.«

»Sie haben mich mit jemandem verwechselt.«

Foth stellte sich hinter ihren Stuhl und legte seine Hände auf ihre Schultern. Lillith schüttelte sich, aber er drückte nur noch fester zu.

»Warum machen Sie es uns so schwer, Fräulein Civetta? Jeder Richter dieses Landes wird Sie aufgrund der vorliegenden Beweise zum Tod verurteilen. Aber wenn Sie kooperieren, werden Sie mit lebenslanger Haft davonkommen. Und wenn Sie uns dabei helfen, die Widerstandsgruppe zu zerschlagen, dann setze ich mich persönlich dafür ein, dass aus der Haftstrafe ein Hausarrest wird. Sie möchten doch nicht den Rest Ihres Lebens im Heimathaus verbringen, oder Fräulein Civetta?« Endlich nahm er die Hände von ihr weg. Die Erleichterung war nur kurz. Er drehte ihren Stuhl so, dass er über ihr stand, seine Hände auf ihren Armen, sein Gesicht vor ihrem. Sie dachte an die Qi-Gong-Kugel und an ihren Eispanzer, der das schützte, was einmal ihr Herz gewesen war.

Sollte sie Omega verraten?

Nein. Sie konnte Foth nicht trauen. Sie musste darauf setzen, dass seine Beweise die anderen nicht überzeugten. Dass Oppermann ihr hier raushalf. Oder einer der anderen Senatoren.

»Ich habe diesen Thorn am Halloweenabend zum ersten und zum letzten Mal gesehen. Ich habe keinen Kontakt zu irgendwelchen Widerstandskämpfern. Die Daten auf meiner Vidja sind genauso gefälscht wie die Bilder vom Bunker am Heiligengeistfeld und die vom Konzert. Meine Soldaten verteidigen derzeit die Südgrenze unseres Landes und ihre Präsenz am Tag der Beerdigung von Senator Davide Civetta war ein Zeichen des Respekts für meinen Vater.«

Sechs Stunden lang drehte sich das Verhör im Kreis. Lillith hatte Durst, aber niemand bot ihr ein Glas Wasser an. Oder gar eine Pause. Um kurz nach drei öffnete sich die Tür. Hundertmark, der trotz Coca-Tee in seinem Sessel eingenickt war, schreckte hoch. Und auch Lilliths Augen vergrößerten sich. Titus stand vor ihr, ein schleimiges Grinsen im Gesicht.

»Hallo Lillith.« Er spazierte um ihren Stuhl herum, sein Blick blieb deutlich länger als schicklich auf ihrem Busen und wanderte dann aufreizend langsam weiter nach unten.

»Ja, Herr Foth, ich kann bestätigen, dass diese Person mich und meine unschuldige Familie gefangen gehalten hat.«

Joseph Foths Kinn berührte seinen hohen, steifen Kragen. »Fräulein Civetta?«

Lillith zerrte an den Fesseln. Zu gerne würde sie aufspringen und diesen Wurm in seine Schranken weisen. Titus' Grinsen wurde breiter.

»Er lügt«, sagte Lillith und versuchte, ihre Wut unter Kontrolle zu bekommen. »Titus ist gekränkt, weil ich ihn nicht als persönlichen Assistenten übernommen habe. Er denkt sich Schauergeschichten aus, um meinem Ruf zu schaden.«

»Er behauptet, dass Sie an dem Tag, als Ihr Vater gestorben ist, nach St. Petersburg zu Ihrem Verlobten fliegen sollten. Dass Sie ihn aber stattdessen mit einer Waffe bedroht, im Niemandsland ausgesetzt und angekündigt haben, sich dem Widerstand anzuschließen.«

»Ich bitte Sie!« Lillith war wieder in ihrer Rolle der Unschuld aus gutem Hause. »Genau das sind die infamen Lügen, mit denen er seinen kleinen Rachefeldzug gestaltet. Wollen Sie diesem … diesem Wurm wirklich glauben? Im Übrigen: An dem

Tag, als mein Vater ermordet wurde, waren auch mein Chauffeur Victor und mein Leibwächter Yaren mit uns im Auto. Bitte befragen Sie doch Yaren.«

»Warum nicht den Chauffeur?«

»Weil Ihre Leute, Foth, Ihre Sicherheitskräfte ihn bei unserem Besuch in der Neuen Heimat umgebracht haben. Weil lange Eisendolche ihn in Stücke geschnitten haben, als er das Gelände verlassen wollte. Und wenn ich wie üblich bei ihm in der Limousine gesessen hätte, wären von mir ebenfalls nur noch Streifen übrig.«

Foth reagierte nicht. Aber Lillith spürte, dass er unsicher wurde. Leider nur für einen kurzen Moment. Als er sich erneut an Titus wandte, war er wieder so steif wie tiefgefrorener Fisch. »Und Sie meinen also, Herr Steegen, dass Lillith Civetta genug Zeit gehabt hätte, um mit dem Auto zurückzufahren und ihren Vater umzubringen?«

Titus nickte eifrig und Lillith blieb der Mund offen stehen. »Was für eine bösartige Verleumdung!«

»So?« Foths Lippen bewegten sich kaum, als er sich zu ihr vorbeugte. »Dann erzählen Sie mir doch, wie es wirklich war, an dem Tag, an dem Ihr Vater starb.«

Neidhard Hundertmark saß mit regungslosem Gesicht neben ihr. Titus feixte auf der anderen Seite. Joseph Foths Gesicht war immer noch viel zu dicht an ihrem. Sollte sie ihren Trumpf spielen? Sie hatte die Aufnahme mit dem geckernden Lachen. Damit konnte sie beweisen, dass Wojtek Skoruppa ihren Vater umgebracht hatte. Skoruppa, der nur ein paar Zimmer weiter ein Verhör führte.

Sobald Erik von diesem Beweisstück wusste, würde er in ihr Haus fahren und es vernichten.

»Ich habe meiner Aussage, die ich gegenüber Senator Drach an dem Tag gemacht habe, nichts hinzuzufügen.«

»Aber warum haben Sie den armen Herrn Steegen und seine Frau eingesperrt?«

»Schenken Sie den Worten eines einfachen Angestellten mit niederen Motiven mehr Glauben als mir?«

Und erneut drehte sich ihr Verhör im Kreis.

Um Punkt 18.00 Uhr machte Joseph Foth Feierabend. Er verabschiedete sich von Neidhard Hundertmark, machte eine knappe Kopfbewegung zu dem Polizisten, der die ganze Zeit neben der Tür gestanden hatte und ging. Lilliths Fesseln lösten sich. Erleichterung, Müdigkeit und Verbitterung drangen gleichermaßen durch ihren Eispanzer. Sie rieb ihre Handgelenke und warf einen Blick auf Hundertmark, der gerade die Verbindung unterbrechen wollte. »Holen Sie mich hier endlich raus, Neidhard«, sagte sie.

Hundertmark gähnte und hielt sich erst im letzten Moment die Hand vor den Mund. »Ich tue, was ich kann, aber die Fakten sprechen gegen Sie, Fräulein Civetta.«

Lilliths Müdigkeit verflog. »Ich hoffe doch sehr, dass ich noch nicht Ihr gesamtes Können gesehen habe. Falls Ihre Kanzlei das Haus Civetta weiter betreuen möchte, tun Sie besser deutlich mehr als bisher.«

Hundertmark stand auf und rückte seine Krawatte zurecht. »Meine Partner und ich sind uns nicht sicher, ob es in zwei Tagen überhaupt noch ein Haus Civetta gibt, das wir betreuen können«, sagte er und mit einem »schönen Abend noch«, das von einem weiteren Gähnen verzerrt wurde, unterbrach er die Verbindung.

Die Zelle war leer, als sie zurückkam. Lillith legte sich aufs Bett und schlief ein, bevor sie den Gedanken an Benz' Verbleib überhaupt zu Ende gedacht hatte.

Tock, tock. Tock, tock.

Tock, tock. Tock, tock.

Das Licht brannte grell in ihren Augen, sie brauchte einen Moment, um sich daran zu erinnern, wo sie war.

Tock, tock. Tock, tock.

Tock, tock. Tock, tock.

Das Geräusch kam vom Fenster.

Tock, tock. Tock, tock.

Unter ihr schnarchte Ehrenreich Benz. Äußerlich unverletzt.

Tock, tock. Tock, tock.

Der Platz draußen war hell erleuchtet, aber außer der kahlen Fläche war nichts zu sehen.

Tock, tock. Tock, tock.

Vom Himmel fiel das Wasser in dünnen Fäden quer durch das Scheinwerferlicht. Ein Stück weiter schlugen die Wellen der Elbe mit einem gleichmäßigen Rauschen an den Deich. Am Fenster machte es weiter tock, tock, tock, tock. Lillith verdrehte den Hals und sah endlich den Verursacher. Keine Robin-Hood-Befreiungsaktion für Lady Marian. Nur ein blöder Ast, der gegen das Fenster schlug.

Ein Ast? Wo kam auf diesem baumlosen Gelände ein Ast her?

Kein Ast. Ein Stück Regenrinne schlug vor den Fensterrahmen. Immer und immer wieder. Und dann – Stille. Das Stück Kupfer flog so schnell über den Appellhof, dass Lillith es erst wieder entdeckte, als es sich in dem Stacheldraht auf der Mauer verfing. Brizzelnde Blitze zeigten die Position.

Der Sturm peitschte die Bindfäden aus Wasser schräg über das Gelände. Richtig. Die Meteorologen hatten ein Unwetter angekündigt. Der Himmel war schwarz. Die Elbe rauschte wie ein Meer.

Lillith lag auf dem Bett und sah nach draußen. An Schlaf war nicht mehr zu denken. Ihr Blick wanderte von der Uhr, 3:13, zu Ehrenreich Benz, zu dem Unwetter. Sie war zu müde für einen genialen Plan, zu müde für irgendeinen klaren Gedanken. Sie schloss die Augen, aber sofort drehte sich das Panikkarussell. Sie sah sich auf dem Rathausmarkt, große Bühne, nur leider war sie Hauptdarstellerin, nicht Besucherin. Ihr Hals schnürte sich zu, sie spürte den rauen Hanf des Stricks schon an ihrem Hals – und riss die Augen wieder auf. Was für ein Unsinn! Sie setzte sich auf. Ihr Blick wanderte von der Uhr, 3:23, zu Ehrenreich Benz, zu dem Unwetter draußen.

Ein kleiner Bach floss auf das Gelände des Heimathauses. War der schon immer da gewesen? Sie versuchte, sich zu erinnern. Wilhelmsburg war eine Insel, das Elbewasser blieb dank der Deiche draußen.

3:24 Uhr. Aus dem kleinen Bach war ein Fluss geworden.

Und endlich verstand Lillith.

»Benz, aufwachen, wir müssen raus hier! Sofort!«

Der Deich war gebrochen, das lange vernachlässigte Bauwerk hatte dem ständigen Regen, dem Orkan aus Nordwest und den von der Nordsee nach Hamburg hereinbrechenden Wassermassen nicht länger standgehalten. Die Flutwelle strömte durch Wilhelmsburg und löschte mit ihrer Macht das Licht und die Zeit.

Und alles andere, was mit Elektrizität betrieben wurde.

Von einer Sekunde auf die andere war alles dunkel. Sie roch das Wasser unter ihrem Fenster. »Wir ertrinken hier, wenn wir nicht sofort abhauen, los, kommen Sie endlich, Benz!« Sie war schon an der Tür. Das Wasser hatte alles zerstört, so gründlich, dass kein Notfallsystem mehr funktionierte. Gott sei Dank. Die elektronische Verriegelung der Tür hatte ausgesetzt, der Weg nach draußen war frei. »Raus hier, Benz, helfen Sie mir, die anderen Gefangenen rauszuholen.« Sie konnte ihn nicht sehen, aber sie hörte, wie er mit dem Kopf an den Bettrahmen schlug, als er aufsprang und dabei vergessen hatte, wo er war.

Der Flur war leer. Sie rannte den Gang hinunter, riss die Türen auf und schrie »Raus, alle raus, raus, hoch aufs Dach.« Sie rechnete ständig damit, auf Wachen zu treffen, das Licht von Taschenlampen über den Boden huschen zu sehen, Schüsse zu hören und Stimmen, die sie wieder zurück in ihre Zellen scheuchten. Aber in dem gesamten Haus gab es keinen einzigen Wachmann mehr.

»Benz, finden Sie einen Weg nach oben«, rief sie. »Schicken Sie auch Leute in den Keller, aber schnell, das Wasser wird gleich überall sein.« Lillith rannte die Treppe hinunter. Auf der letzten Stufe trat sie ins Elbewasser – der Fluss hatte seinen Weg ins Gebäude gefunden. Sie stemmte sich dem Strom entgegen, der an ihren Fußgelenken zerrte. Was für eine Kraft. Wenn sie erst von dem Wasser geweckt worden wäre, hätte sie keine Chance gehabt. Die Elbe hätte sie an die Wand gepresst und ertränkt.

Sie rannte zum Ausgang, der Weg war trotz Dunkelheit leicht zu finden: immer der Flut entgegen.

Das Haus ohne Namen war in dem hintersten Gebäude untergebracht. Und die Flut stieg. Als sie das Frauengefängnis erreichte, den zweiten Gebäuderiegel, ging das Wasser ihr bereits bis ans Knie. Auch in diesem Gebäude waren keine Wachen. Wann würden sie kommen und sich um ihre Gefangenen kümmern? Oder würden sie warten, bis die Badewanne namens Wilhelmsburg vollgelaufen und alle Anwesenden ertrunken waren?

In der ersten Zelle lag jemand, aber mehr als die Umrisse eines menschlichen Körpers konnte sie nicht erkennen. »Die Flut kommt. Wir müssen raus, sag allen Bescheid, geht rauf aufs Dach, sonst ertrinkt ihr.« Die Frau schoss hoch, fiel zurück und krümmte sich vor Schmerz. Sie rappelt sich erneut hoch, dieses Mal wesentlich langsamer, bevor sie mit steifen Beinen zur Tür stakste. »Ich versuch's«, flüsterte sie. Lillith rannte weiter. In der nächsten Zelle saßen zwei Frauen halbwach auf ihren Betten. Sie wiederholte ihren Spruch. »Ich muss weiter. Bitte helft allen!«, rief Lillith. »Und nehmt Decken mit.«

Der dritte Gebäuderiegel. Tiefe Stimmen brüllten durch das Haus, panisch, wütend. »Aufs Dach«, rief Lillith. »Sagt allen Bescheid!« Eine schmale Gestalt kam ihr entgegen, mühsam das Wasser tretend. »Was ist hier los?«, fragte eine tiefe Stimme, die mit einem Kiekser in eine höhere Tonlage wechselte. »Wieso ist es so nass?« Ein Pubertierender! Ein Kind, wenn sie den schmalen Umriss richtig interpretierte.

»Der Deich ist gebrochen«, schrie Lillith. »Du musst aufs Dach, so schnell du kannst.« Sie wollte gerade umdrehen und zum nächsten Haus laufen, als ihr ein Gedanke kam.

»Sind die Omega-Leute hier?«, fragte sie und schüttelte den Jungen, als der nicht sofort antwortete.

»Ein paar. Aber die meisten sind unter der Erde.«

»Tot?«

»Nein«, kiekste der Junge, »im Haus ohne Namen. Im Keller, ganz, ganz unten. Ich war auch ein paar Tage dort, bevor Drach …« Er stockte.

»Wie komme ich dahin? Wo ist der Eingang?«

»Ich kann's dir zeigen.«

Lillith spürte ihre Beine kaum noch. Sie watete durch hüfthohes Wasser. In wenigen Minuten würde es ihr bis zur Brust gehen. Sie sah sich nach etwas Schwimmendem um, einem Stück Holz, falls sie es nicht zum Haus ohne Namen schaffte. Aber es war zu dunkel. Viel zu dunkel. Nicht einmal den Regen konnte sie noch sehen. Nur spüren. Die hellen Steine der Gebäude setzten sich von der Nacht ab und gaben eine grobe Richtung vor. Sie folgte dem Schatten des Jungen, das Wasser schien nicht mehr ganz so schnell anzusteigen, aber wenn die Omegas unter der Erde waren …

Die Tür zum Haus ohne Namen war geschlossen. Lillith und der Junge zogen, zerrten, rissen, versuchten mit allem, was sie an Kraft hatten, die Tür zu öffnen. Nichts. Das Wasser stieg weiter. Die Strömung wurde stärker.

»Wir müssen da rein«, brüllte Lillith. Der Wind war in Orkanstärke unterwegs. Alle Elemente hatten sich gegen sie verschworen. Lillith hasste das Wasser, hasste die Flut, hasste den Sturm mit aller Kraft, die sie noch hatte.

Und mehr noch als die Naturgewalt hasste sie Erik Drach, dessen Plan in diesem Moment wie von modernster Vidjatechnik aufbereitet vor ihr lag.

Er hatte gewusst, dass die Deiche brechen würden. Der Tag, an dem sie mit ihrem Vater nach Rehden geflogen war, tauchte in ihrer Erinnerung auf. Erik Drach, wie er mit seinem Segelboot auf einer neu aufgeworfenen Sandbank festsaß und sich in aller Ruhe vom maroden Zustand der Deiche überzeugte. Sie hatte ihm Hilfe angeboten. Als ob ein Erik Drach jemals Hilfe annehmen würde. Nein. Erik Drach nahm sich, was er brauchte. Genau wie diese Scheißflut.

Er hatte gewusst, dass er sein Anwesen in Wilhelmsburg auf Dauer nicht würde schützen können. Den Deich instand zu halten, kostete Milliarden. Also hatte er die zentralen Viertel der Stadt an sich gerissen. Deshalb die zehn Plagen. Damit das Volk freiwillig ging und ihm die Grundstücke für einen symbolischen Preis überließ. Deshalb hatte er so aufs Tempo gedrückt. Damit die Viertel in seinem Besitz waren, bevor der Deich brach. Legal hätte er nie im Leben ein so großes Stück Stadt an sich bringen können. Aber damit würde er nicht durchkommen. Damit hatte er den Bogen überspannt.

Lillith trat gegen die Tür; ein nutzloses Unterfangen unter Wasser, eine Bewegung in Zeitlupe – und ihr Glück, sonst hätte Lillith sich den großen Zeh an dem Ding gebrochen, das vor der Eingangstür lag und alles blockierte.

»Hey, hier ist was, hilf mir ziehen«, brüllte sie gegen den Sturm. Sie griffen ins Wasser und bekamen einen rechteckigen Kasten zu fassen. Gemeinsam zogen sie das für seine Größe viel zu schwere Teil von der Tür weg. Lillith tastete weiter. Der Kasten war an einer langen Stange befestigt. »Das muss einer der Kameramasten sein«, rief sie. »Wenn Drach alles so schlampig verankert hat, steht hier nichts mehr, wenn die Sonne aufgeht.«

Der Durchgang war gerade schmal genug, damit sich Lillith und ihr Begleiter hindurchquetschen konnten, genau wie das Wasser, das mit ihnen in den trockenen Gang strömte. Der Junge stand vor ihr, unsicher, in welche Richtung er gehen sollte. »Ich weiß nicht mehr, wo es in den Keller geht«, flüsterte er und Lillith hörte die Tränen in seiner Stimme. Hier drinnen war es noch dunkler als draußen, die Wände waren so schwarz wie das Wasser, das über den Boden floss.

Das Wasser floss. Es stieg nicht.

»Hier entlang«, sagte Lillith, drehte sich nach rechts und folgte dem Wasser. »Hier muss es zum Keller gehen.«

Sie erreichten das Ende des Gangs. Lillith schlug mit der Faust gegen die Wand. Nichts. »Wie kommt man hier runter?« Sie griff nach dem Jungen und drückte seinen Arm, härter als beabsichtigt.

»D-d-das war immer offen, ich weiß nicht«, schluchzte der Kleine.

»Hilfe!« Unter ihren Füßen riefen Stimmen. »So helft uns doch! Wir ertrinken!« – »Ihr verdammten Ratten, lasst uns raus!« Männer, Frauen, Alte, Junge.

»Wir finden den Eingang nicht«, rief Lillith. »Wir stehen vor der Wand und finden den Eingang nicht.«

»Lillith, bist du das?« Das war die Stimme von Tom. Tom Dederding, dem Wirt. Was machte der hier?

»Tom? Ja, wie kommt man hier rein?«

»Die Wand ist Teil von ’ner Schleuse. Irgendwo auf eurer Seite muss es ’n Knopf geben, der die Hydraulik in Gang setzt.«

Wenn denn der Strom funktionieren würde.

Lillith tastete an der Wand entlang. Da! Statt Mauer fühlte sie Glas. Das musste der Überwachungsraum sein. Sie schob sich hinein; gleich neben dem Eingang ertastete sie einen Lichtschalter, nutzlos. Aber darüber hing etwas Röhrenförmiges – eine Taschenlampe. Der Lichtstrahl glitt über ein Schaltpult, in dessen Mitte ein großer runder Knopf saß. Elektrizität gab es mit Sicherheit nicht mehr. Trotzdem drückte sie darauf.

»Beeil dich, uns steht das Wasser bis zum Hals und ich meine das wörtlich.«

Nichts passierte.

»Tom, der Strom ist weg, ich krieg die Tür nicht bewegt.«

Schweigen unter ihnen.

Bis der Junge vorsichtig Lillith anstupste und auf ein Schild zeigte, das am Rand des Lichtkegels zu erahnen war:

»Bei Stromausfall hier pumpen.«

Daneben war ein Hebel, der offenbar die Hydraulik per Hand in Bewegung setzte. Lillith warf dem Jungen die Lampe zu und fing an zu pumpen, bis ihre Arme brannten. Mit einem maschinellen »tschuuk« öffnete sich unter ihnen der eine Teil der Schleuse.

»Hier wird nicht gedrängelt, verdammt, einer nach dem anderen.« Stimmengewirr, panische Rufe und dann Toms ruhige Stimme: »Lillith, du kannst jetzt wieder pumpen.« Erneut ein »tschuuk«, dann ein Einrasten der ersten Tür, pumpen, weiter pumpen und langsam, ganz langsam öffnete sich die Schleuse auf ihrer Seite. Die Menschen drängten heraus wie Wasser durch den Deich. Lillith konnte sie nicht zählen, zu viele stürmten aus ihrem unterirdischen Gefängnis. »Ihr müsst aufs Dach«, rief Lillith. »Versucht, so weit wie möglich nach oben zu kommen. Die Deiche sind gebrochen und das Wasser steigt.«

Von Tom war nichts zu sehen, aber Lillith erkannte andere aus ihrer Zeit im Wasserturm. Ein alter, aber ziemlich zäher Mann schob Lillith zur Seite, drückte ihr eine Mini-LED-Lampe in die Hand und übernahm das Pumpen.

»Nathan! Wann haben Sie dich verhaftet?«

»Die Geschichten gibt's später, Lilly«, sagte Nathan. »Such Johanna, sie war mit uns in der Schleuse, ich kümmere mich um die Hydraulik.«

Aber Johanna war nirgends zu sehen.

»Johanna?« Lillith rief so laut sie konnte. Würde Johanna überhaupt noch auf ihren Namen reagieren? Sie rannte hoch in den ersten Stock. »Johanna?« Nichts. Der Gang vor ihr war leer. Die Türen standen offen und ein kurzes Hineinleuchten zeigte unbenutzte Stockbetten, zusammengelegte Decken und vergitterte Fenster. Das gleiche Bild im zweiten Stock. Nur mit dem Unterschied, dass dürre Gestalten ihr entgegenkamen. »Von hier kommen wir nicht aufs Dach«, sagte einer von ihnen. »Sackgasse.«

Logisch. Das hier war ein Gefängnis. Ein Gefängnis hatte keinen allgemein zugänglichen Ausgang aufs Dach.

Sie leuchtete trotzdem die Wände ab, die Fenster der Zellen, die Decke – überall das gleiche verschlossene Bild. »Aus dem

Keller sind alle raus«, rief Nathan von unten. »Aber das Erdgeschoss ist unter Wasser und die Flut steigt weiter.«

»Wir müssen raus und von außen hochklettern«, antwortete Lillith. Alles war besser, als hier zu stehen und zu warten, bis das Wasser kam. Sie rannte die Treppe hinunter. Der Gang im Erdgeschoss war nur noch eine strömende, eiskalte Flut, die sich mit Macht durch die nun weit offene Eingangstür ergoss. Es stank nach Schlick und Moder und Verderben.

»Los jetzt, Leude, ihr habt schon Schlimmeres ausgehalten«, rief Tom. »Immer an'er Wand lang, dann Luft anhalten und runter tauchen, durch die Tür durch. Und nich' vergessen: Wenn ihr draußen seid, müsst ihr euch irgendwo festkrallen, sonst seid ihr morgen früh in Westfalen.«

Ein lautes Platschen zeigte, dass die Omegas taten, was Tom vorgeschlagen hatte.

»Ich kann nicht schwimmen«, flüsterte eine heisere Stimme. Lillith drehte sich um und leuchtete einem Mann ins Gesicht, der mehr Ähnlichkeit mit einem Skelett hatte als mit einem lebenden Menschen. Er war kleiner als sie, wog vielleicht noch 40 Kilo, das Gesicht war ohne Falten, aber seine Augen waren die eines Hundertjährigen. Irgendwie kam er ihr vertraut vor. Vermutlich einer der Jungs aus dem Wasserturm.

»Halt dich an mir fest.« Der Mann legte den Arm um ihre Schulter und Lillith biss die Zähne zusammen, als sie ins Wasser stieg. Ihr Instinkt befahl ihr, sofort das kalte Wasser zu verlassen. Lillith nahm die Taschenlampe zwischen die Zähne und stieß sich ab.

Die Luft verließ augenblicklich ihren Körper. Das kalte Wasser drückte die Lungen so zusammen, dass kein Platz mehr war für Sauerstoff. Lillith atmete schnell und flach und schwamm mit hektischen Bewegungen Richtung Ausgang, den skelettierten Mann an ihrer Seite, dessen Knochen unendlich schwer wogen. Nur ein paar Meter! Das Wasser stand fast unter der Decke. Die Strömung zog sie in die andere Richtung, zurück ins Haus.

Lillith suchte Halt an der Wand, nichts. Ihre Hand streifte etwas Drahtiges über ihr – die Deckenlampe! Sie griff danach, nur kurz ausruhen, ganz kurz, sie befahl ihren Beinen, sich zu bewegen, da vorne musste die Tür sein, aber es war zu kalt, sie würde ertrinken, ihr Atem ging immer schneller und immer flacher. Die anderen schwammen an ihr vorbei, tauchten; sie umklammerte immer noch das Drahtgeflecht, als könnte die Lampe sie mit Zauberkraft auf die andere Seite transportieren.

Aber es gab nur ihre eigene Kraft. Sie konzentrierte sich, dachte an die Qi-Gong-Kugel und stoppte endlich ihr Hyperventilieren. Ein tiefer Atemzug, dann tauchte sie ab. Wenigstens dabei war dieser Mann ihr eine Hilfe. Mit kräftigen Zügen durchquerte sie den Türrahmen, stieß sich ab vom Boden – aber sie erreichte die Oberfläche nicht. Der Mann an ihrer Seite zog sie hinunter. Panisch versuchte sie, seinen Griff zu lockern, sie sanken zurück in die Tiefe. Luft, ihre Lungen schrien nach Luft, ein zweites Mal stieß sie sich vom Boden ab und als sie jetzt in die Nähe der Wasseroberfläche kam, spürte sie Hände, die sie packten, sie und den Mann. Prustend und spuckend kam sie an die Oberfläche, die Taschenlampe trudelte nach unten, der Lichtfleck strömte an dem Gefängnisbau vorbei ins Nichts.

»Ich hab dich, Lillith«, rief Tom.

»Kris, hör auf dich zu wehren«, schrie eine andere männliche Stimme.

Kris? Sunnas Kristofer?

Helfende Hände zogen sie aufs Dach. Sie atmete schwer, ihr war schwindlig. Weitere Menschen stießen hoch aus dem Schwarz, schwammen um ihr Leben. Lillith kletterte wieder hinunter und reihte sich ein in die Kette derer, die die anderen aus der Strömung bargen. Einen nach dem anderen, Frauen, Männer, Jugendliche.

Aber keine Johanna. Auch auf dem Dach war niemand, der Ähnlichkeit mit ihrer Mentorin hatte. Das Wasser hatte inzwischen den zweiten Stock überflutet. Von den anderen Gefängnistrakten leuchteten Lampen herüber. Auch dort hatten sich die Gefangenen aufs Dach gerettet. Manchmal glaubte Lillith, Körper an sich vorbeiziehen zu sehen, zu schnell, um ihnen eine Hand hinzuhalten, zu leblos, als das es noch etwas gebracht hätte, das eigene Leben in Gefahr zu bringen, um eine Leiche aus dem Wasser zu holen.

Ob das zu Eriks Plan gehörte? Alle Gefangenen hier ersaufen zu lassen? Den Widerstand wäre er damit auf einen Schlag los. Und seine Gegenspieler im Senat auch. Der Wind hatte sich ein wenig beruhigt, war von Orkanstärke auf kräftigen Herbstwind heruntergedimmt, kühlte aber immer noch jede einzelne Hautzelle aus, die sich an der nassen Kleidung zu wärmen suchte. Es war still geworden, hier oben auf dem Dach. Die Widerstandskämpfer rückten zusammen. Lillith hielt Abstand. Sie schlang die Arme um sich und sah hinunter ins Wasser.

Da war Johanna!

Die langen Haare klebten an ihrem Gesicht, sie kraulte gegen die Strömung an.

»Johanna!«

Lillith rutschte das Dach hinunter, brach dabei die Regenrinne aus der Verankerung und hielt sich an diesem brüchigen Anker fest. Sie streckte die freie Hand aus. »Johanna, hier!« Johanna sah zu ihr, streckte sich und griff nach ihren Fingern. Kurz berührten sie einander, die Regenrinne knackte, Lillith wollte nach ihrem Handgelenk greifen …

Die Strömung zog sie an ihr vorbei. Jemand leuchtete von oben auf Johanna hinunter, genau in ihr Gesicht, und Lillith sah, wie die Pupillen, die sich wie schwarze Tränen in die blaue Iris ergossen, auf einen kleinen Punkt zusammenzogen.

»Nein!«

Sie wollte hinterherspringen, aber jemand hielt sie fest und zog sie zurück aufs Dach. Lillith schlug um sich, aber die Arme waren zu stark.

»Du kannst ihr nicht mehr helfen. Lass sie ziehen.«

Lillith brüllte und schrie. Nicht noch ein Thorn. Nicht noch einer! Der Eispanzer um ihr Herz zersprang in tausend Stücke.

Johanna hob den Arm wie zu einem letzten Gruß und verschwand.

Ω Rettung Ω

»Du bist ein Idiot, Bo. Wir sollten die Dunkelheit nutzen und endlich vorrücken, statt 'ne lustige Bootstour zu machen.«

»Hast du nicht gehört, was Fritjof erzählt hat? Lillith ist verhaftet worden – wir haben überhaupt nicht genug Truppen, um vorzurücken.«

»Aber wir könnten jetzt die Anwesen der Birds überfallen.«

»Oh Alek, mach die Augen auf: Die haben Reservestrom. Da brennt das Licht noch.«

»Aber irgendwann geht bei denen auch das Licht aus.«

»Genau. Und unsere Leute sind ertrunken.«

Bo, Alek und ein paar weitere Omegas standen auf einem Schlepper, eines der Boote, die normalerweise Containerschiffe durch den Hamburger Hafen bugsierten. Vor einer knappen halben Stunde hatte Fritjof Sunna kontaktiert, sie alle mit einem Lieferwagen eingesammelt und an die Elbe gefahren. Auf der Fahrt hatte er sie über die neuesten Entwicklungen informiert, darüber, dass der Dauerregen der vergangenen Tage die Deiche aufgeweicht hatte, dass einige davon zu brechen drohten, dass die Flutwelle, die gerade von der Nordsee aus nach Hamburg hineindrückte, höher sei als die von 1962 und dass damals ganz Wilhelmsburg abgesoffen sei. Also genau der Stadtteil, in dem das Heimathaus stand. Und er, Fritjof, würde sich nicht wundern, wenn der Deich rund um Wilhelmsburg schon gebrochen war. Dann hätten sie nicht mehr viel Zeit, um die Menschen zu retten.

Zum Glück hatte er sowohl einen Schlepper als auch ein hoch motorisiertes Schlauchboot, ein Zodiac, auftreiben können. »Hab sie mir kurz von Kropp geliehen«, hatte er gesagt und dabei über das ganze Gesicht gegrinst. Dann hatte er ihnen die Grundfunktionen erklärt und sich wieder auf den Weg zurück in die Stadt gemacht. Sunna hatte derweil die Sicherheitssperren geknackt und die automatische Navigation eingestellt. Bei der Wasserlandschaft, die sich vor ihnen ausbreitete, bestand die Kunst darin, den Weg zum Heimathaus zu finden, ohne auf Grund zu laufen.

Es regnete und stürmte immer noch, als ob jemand da oben ganz sicher gehen wollte, dass niemand hier unten überlebte. Bo musste an die Geschichte der Arche Noah denken, die Johanna ihnen früher oft erzählt hatte. Daran, dass die Menschen solche Sturmfluten als Strafe Gottes gesehen hatten. Nur: Warum saßen dann die wirklich Schuldigen in ihren warmen Stuben, während Menschen wie seine Mutter um ihr Leben kämpften?

Die Scheinwerfer des Schleppers sorgten für mehr Licht als er in den vergangenen anderthalb Tagen gesehen hatte. Zusammen mit seinen Jungs war er durch St. Georg, Hamm und Barmbek gezogen, die Viertel östlich der Alster, die noch nicht von Drach geräumt worden waren, und hatte eingegriffen, wenn sich jemand die Dunkelheit zunutze machen wollte. Aber es waren weniger Ratten unterwegs gewesen, als er erwartet hatte. Und sie hatten keinen Mantelträger gesehen, keinen, der in Foths Diensten stand. Es war, als ob sie auf etwas warteten. Auf etwas Größeres. Das Finale. Drei Tage Finsternis waren über die Ägypter gekommen. In Nordland war heute die zweite Nacht ohne Strom.

Wenn dieses Scheißding doch nur schneller fahren würde. Er beugte sich zu Sunna. »Hat der Kahn wirklich nicht mehr drauf?« Sie zeigte auf die Anzeige, deren Nadel schon im roten Bereich zitterte.

»Tut mir leid, aber der Schlepper ist nicht für Geschwindigkeit gebaut worden.«

Unendlich zäh und langsam fuhren sie durch das Hafengebiet. Außerhalb ihrer eigenen Scheinwerfer war alles dunkel. Bo erwartete, Boote der Polizeibehörde zu sehen, die ihn aufbringen, seine Papiere kontrollieren, ihn festnehmen würden. Aber sie begegneten keinem einzigen.

»Da vorne«, sagte Sunna und zeigte auf ein paar Dächer, die aus dem Wasser ragten. Weder von dem Deich noch von der Mauer, die das Heimathaus umschlossen, war etwas zu sehen. Die Scheinwerfer des Bootes glitten über das erste Dach hinweg. Menschen saßen auf dem Dachfirst, viele Menschen. Das Wasser spülte ihnen bereits über die Füße. Bo drückte auf die Hupe. Schnell jetzt. Sunna stoppte den Schlepper vor dem ersten Gebäuderiegel, aber die Welle, die sie mitbrachten, spülte die ersten Menschen herunter.

Bo rannte hinaus aus der Steuerkabine. Gemeinsam mit seinen Leuten ließ er Strickleitern, Taue, Rettungsringe von der Reling herabfallen. Alek war mit dem Zodiac ein Stück zurückgeblieben und versuchte, Überlebende aus dem Wasser zu fischen. Die Scheinwerfer leuchteten das Gelände des Heimathauses aus und Bo sah, dass es noch vier weitere Gebäuderiegel gab. Auf allen Dächern saßen Menschen. Sie würden niemals alle rechtzeitig aus den Fluten ziehen können.

»In welchem Gebäude sind die Omegas untergebracht?«, fragte er jeden, dem er aufs Schiff half. Aber die meisten zuckten nur mit den Schultern, nuschelten ein »weiß nicht« oder reagierten gar nicht. Erst ein älterer Mann, ein Männchen fast nur, schien mehr zu wissen.

»Das hier ist das Untersuchungsgefängnis«, sagte er mit kaum hörbarer Stimme. »Der nächste Block ist das Frauengefängnis, dann kommen zwei Blöcke für die Männer und der letzte Block ist das Haus ohne Namen. Wenn du die Omegas retten willst, musst du dahin fahren.«

Bo versuchte, am Ende des Scheinwerferlichts mehr zu erkennen. Es sah so aus, als ob die Omegas noch zwei, drei Minuten Zeit hatten, bevor ihr Dach überschwemmt wurde. »Wir retten als erstes die Frauen im nächsten Block«, rief er Sunna zu, die den Schlepper steuerte. »Alek«, brüllte er in den Wind. Der Zodiac war genau neben ihnen und Alek half den Überlebenden, die sie hatten rausfischen können, an Bord zu gehen. »Alek, du musst zum letzten Gebäudekomplex fahren. Das ist das Haus ohne Namen.«

Alek gab Gas. Bo stand an der Reling und musste hilflos mit ansehen, wie einige Frauen von dem Dach abrutschten, genau in dem Moment, als sie zur Hilfe kamen. Er warf weitere Rettungsringe hinunter. Einigen Frauen gelang es, sich daran festzuhalten und sich hochziehen zu lassen. Aber nicht allen. Oh Gott, lass nicht Lillith darunter sein. Und nicht Mama. Der Scheinwerfer leuchtete hell, einige Frauen hielten geblendet die Hand vor die Augen, andere griffen nach den Seilen, den Strickleitern. Wo war Johanna? Wo war Lillith? Wieso waren sie nicht hier? Sie mussten alle im Haus ohne Namen sein. Aber er konnte die Frauen nicht einfach zurücklassen. Wenn sie sich nur etwas beeilen würden. »Schneller, schneller, schneller«, rief er und zog die Frauen hoch, bis endlich alle an Bord waren.

Es hatte höchstens zwei Minuten gedauert – ihm war es, als wären Stunden vergangen.

Sunna steuerte das Haus ohne Namen an. Von den Männertrakten kam Gebrüll, wütende Schreie, hasserfüllte Flüche, bevor die Elbe die Männer von den Dächern riss und sie mit sich fortnahm. Bo verschloss seine Ohren. Er wünschte, er könnte alle retten. Alle. Aber er konnte nicht. Zum ersten Mal seit Joris gestorben war, fühlte sich die Aufgabe zu groß an. Zum ersten Mal wollte er aufgeben.

Die Elbe überspülte den Dachfirst vom Haus ohne Namen. Die Menschen balancierten mühsam auf dem letzten Stück Grund, aber die Wellen schlugen die ersten hinunter. Sie rutschten ins Wasser, tauchten wieder auf, klammerten sich ans Dach, wenn sie es noch erwischten, oder wurden abgetrieben. Die Schreie hallten in seinen Ohren. Sie würden nicht rechtzeitig kommen. Sie würden sie nicht retten können.

Und dann sah er eine große, schlanke Frau, die kinnlangen Haare klebten ihr im Gesicht. Lillith. Da war Lillith. Er hörte ihren entsetzten Schrei, als die Welle kam und sie mitreißen wollte. Aber sie hatte sich irgendwo festgekrallt und kletterte wieder aufs Dach. Und da, ein Stück weiter, saß Tom. Und, mein Gott, war das Kris? Das Schlauchboot drehte sich im Wasser, Alek holte einen nach dem anderen heraus, aber sein Boot war schon fast voll.

Lillith griff nach einer der Strickleitern. Ja, gut so, komm, halt dich fest! Aber sie hielt sich nicht fest, sie versank im schwarzen Wasser. Bo wollte springen, als Lillith wieder an die Oberfläche kam und der Lichtkegel des Suchscheinwerfers sie erfasste. Bo warf seinen letzten Rettungsring. Sie streckte den Arm hindurch, klammerte sich fest. Bo zog sie gegen die Strömung, zog sie hoch, sie war schon aus dem Wasser, als ihre Augen sich so verdrehten, dass er nur noch das Weiße darin sah. Ihr Griff um den Ring löste sich und sie fiel zurück ins Wasser.

»Nein!« Etwas in Bo drohte zu zerspringen. So dicht. So dicht. Sie durfte jetzt nicht ertrinken. »Alek!«, schrie er und deutete auf Lilliths Kopf, der wieder an die Oberfläche gekommen war. Kämpf, Lillith, kämpf! Alek griff nach ihren Armen und zog sie in sein Boot.

Dunkelheit

Zitternd kauerte Lillith zwischen den anderen Überlebenden. Nasse, kalte Körper berührten sie, sie waren sich so nah wie Liebende, aber statt Hitze kam von ihnen nur Kälte und Feuchtigkeit. Es war zu dunkel, um zu erkennen, wer das Boot mit ihr teilte. Der Schlepper war hinter ihnen zurückgeblieben; der Scheinwerfer des Zodiac leuchtete über eine nicht endende Wasserfläche. Die Sicherheitsanlagen des Heimathauses? Alles überflutet. Keine einzige Mastspitze tauchte mehr aus dem Wasser auf. Selbst von den Drohnenvögeln war nichts zu sehen. Hatte der Sturm sie aus der Bahn geweht? Oder hatte Erik seine teuren Überwachungsinstrumente vorher in Sicherheit gebracht, weil er wusste, dass kein Gefangener den Deichbruch überleben würde?

Sie sah Johanna an sich vorbeiziehen. Immer und immer wieder. Warum hatte Tom sie nicht hinterherspringen lassen? Vielleicht hätte ihre Kraft gereicht, um Johanna zu retten. Und wenn nicht, dann müsste sie wenigstens nicht länger diese Hoffnungslosigkeit spüren. Und diese Schuld.

Was hatte Joris kurz vor seiner Hinrichtung gesagt? Es wäre besser gewesen, wenn er damals an der Seite seiner Freunde gestorben wäre, als dem Schicksal weitere Jahre abzutrotzen und vergeblich auf Gerechtigkeit zu hoffen. Eine Gerechtigkeit, die ihr Vater ihm und allen Menschen Nordlands versagt hatte.

Ihr Vater, der Schlächter der Blutnacht. Davide, der die Menschen in den Bürgerkrieg geschickt hatte für Versprechen, die er nie eingelöst hatte.

So viel Schuld.

Der Fahrtwind war schneidend, weder in ihre Füße noch in ihre Hände war Leben zurückgekehrt, das Wasser in ihrer Kleidung und an ihrem Körper schien zu Eis gefroren zu sein. Ab wann erfror man? Und: War das noch wichtig? Das Boot bremste ab, der Kapitän gestikulierte, er schrie etwas in seine Vidja, während hinter ihm die Kräne ihre Köpfe ins Wasser neigten wie durstige Aliens. Ein Millionenschaden für Kropp, dachte Lillith und schloss die Augen.

»Komm schon, wach auf, Lillith.« Jemand rüttelte sie unsanft. »Oh scheiße, Mann, ich hab dir doch gesagt, nur das kurze Stück raus aus Wilhelmsburg, sonst sterben sie dir auf dem Zodi, oder? Du bist so ein Idiot!«

»Wenn sie tot ist, wirf sie über Bord.« Auch ohne die charakteristisch-heisere Stimme hätte Lillith gewusst, von wem dieser Vorschlag kam.

Eine warme Hand tastete an ihrem Hals und eine Frauenstimme sagte: »Der Puls ist noch da.« Déjà-vu. Lillith öffnete die Augen einen Spaltbreit. »Kalt«, war alles, was sie sagen konnte. Warme Arme legten sich um sie. »Komm, wir ziehen dich an Bord.« Jemand zog ihr einen Klettergurt über und drückte ihre Hände um ein Seil. »Einfach nur festhalten.« Wie sie diese Stimme vermisst hatte.

Sie bekam kaum mit, wie sie nach oben gezogen wurde oder wie man sie in den Windschatten des Brückenaufbaus legte. Erst als Bo sie erneut in seine Arme nahm, ihr eine Tasse mit etwas Heißem, Dampfendem in die Hand drückte und ihr half, den ersten Schluck zu trinken, taute sie langsam auf. Nach ein paar Schlucken kehrte das Gefühl in ihre Finger zurück, ein paar weitere Schlucke später ihr Verstand.

Die dunklen Silhouetten der Kräne waren verschwunden, es hatte aufgehört zu regnen, Wolken rasten über den Himmel und ließen dem Vollmond Gelegenheit, die Wasserlandschaft zu beleuchten. Die Elbe hatte jede ihr bekannte Landmarke überschwemmt. »Wo sind wir?«, fragte sie und drückte sich tiefer in Bos Arme.

»Da vorne ist Finkenwerder«, sagte Bo und zeigte auf einen Flugzeugflügel, der aus dem Wasser ragte. Von den Hallen, in denen bis vor Kurzem Willem Duhnkreih und dann Lüntje Petersen Flugzeuge gefertigt hatten, war nichts mehr zu sehen. Petersen, beziehungsweise seine Versicherung würde diesen Schaden verkraften. Geld, Geld, Geld. Sie würde ihr ganzes gottverdammtes Geld geben, wenn sie dafür Johanna zurückholen könnte.

»Deine Mutter …«, fing Lillith an, »es tut mir so leid!«

»Ich bin Tom dankbar, dass er dich daran gehindert hat, ihr zu folgen.«

Der Wind drehte sich und sie schlang die Arme um ihren Körper. Lillith spürte Bos Trauer, die so sehr auch ihre eigene war. Nur die Schuld hatte ein flugzeughallengroßes Echo und war ihre ganz allein. »Sehr viele verdanken dir ihr Leben, Lillith.« Bos Finger strich über ihre Wange und wenn sie geweint hätte, wären es ihre Tränen gewesen, die er zur Seite gewischt hätte. »Warum um Himmels Willen warst du überhaupt im Heimathaus?«

»Foth hat mich verhaftet«, sagte Lillith und erzählte kurz, was passiert war. »Ist Benz an Bord?«, fragte sie. Der alte, von allen unterschätzte Kauz. Wer hätte gedacht, dass er die treibende Kraft der Veränderung in Nordland war? Der einzige, der Erik ernsthaft Widerstand geleistet hatte.

»Keine Ahnung, ich weiß nicht mal, wie Benz aussieht. Er finanziert zwar die Schulen, lässt sich aber nie dort blicken. Worüber wir nicht wirklich traurig … was ist?«

Lillith war aufgesprungen. Sie hatte Todesangst gefühlt, so intensiv, als ob Gevatter Tod sie in seinen Armen hielt. Aber neben ihr war nur Bo. Sie blickte ihn an, das weiße Mondlicht ließ sein Gesicht seltsam blass scheinen, aber nein, die Todesangst kam nicht von ihm. Die anderen Geretteten kauerten alle weit weg von ihnen, unten auf dem Deck. Das konnte nur bedeuten … Sie sprang auf und rannte zur Reling. Ein Stück vor ihnen, draußen in der Elbe, jenseits ihrer Scheinwerfer und im Mondlicht nur unscharf zu erkennen, trieb jemand in der Flut.

»Da ist noch jemand im Wasser, Bo.«

Bo aktivierte seine Vidja, der Steuermann auf der Brücke ließ den Schlepper beidrehen. Die Scheinwerfer richteten sich auf eine Frau mit langen schwarzen Haaren, die eine auf dem Wasser treibende Planke umklammerte.

Gab es doch einen gnädigen Gott?

»Johanna«, flüsterte Lillith.

Sie näherten sich der Schiffbrüchigen. Bo drückte sanft ihre Schultern.

»Nein, Lillith. Ich weiß nicht, wer das ist, aber es ist nicht meine Mutter.«

Lillith kniff die Augen zusammen. Lange schwarze Haare, ja, schlank, ja, aber deutlich älter als Johanna. Ihr Rock hatte sich so aufgebläht, dass er die Frau wie ein Luftkissen über Wasser hielt. Trotzdem ein Wunder, dass die alte Frau es geschafft hatte, in dem kalten Wasser zu überleben. Zähes Stück.

Bos Männer holten sie an Bord. Lillith ging zu der Frau hinüber, die zitternd, mit dunkelblauen Lippen aber bei vollem Bewusstsein in der Nähe der Reling hockte Lillith reichte der Frau ihren eigenen, noch halbvollen Becher. Der Scheinwerfer des Schleppers suchte nach weiteren Überlebenden und als er über Lilliths Gesicht hinwegglitt, sagte die alte Frau: »Du hättest gerne etwas früher kommen können, Lillith.« Sie nahm einen Schluck Brühe und spuckte ihn in hohem Bogen übers Deck. »Willst du mich vergiften?«

»Kennst du diese reizende Dame?«, fragte Bo.

Erneut glitt der Schweinwerfer über sie hinweg. Mehrere Lagen Röcke hingen an der alten Frau, trotz der Nässe hielt der Reifrock sie in Form. Genauso wie das Korsett den Rest dieser Person.

Und endlich erkannte Lillith, wer vor ihr saß.

»Das ist Stine Duhnkreih, die Mutter unseres kürzlich verstorbenen Bürgerschaftspräsidenten Willem Duhnkreih.«

Bo machte eine Bewegung, als ob er Stine Duhnkreih packen und wieder über Bord werfen wollte. Lillith klammerte sich an seinen Arm.

»Das macht deinen Vater nicht wieder lebendig«, flüsterte sie ihm ins Ohr. Seine Wut ließ so schnell nach, wie sie gekommen war. »Ich hätte nicht gedacht, dass das Leben noch ungerechter sein kann«, sagte er und gab sich keine Mühe, seine Stimme leise zu halten.

»Wenn du deine nicht besonders klugen Gedanken über den Sinn des Lebens beendet hast, junger Mann, wäre es an der Zeit, mir trockene Kleider und etwas Vernünftiges zu essen zu bringen. Lillith, dein Personal ist schrecklich ungehobelt. Hast du nach Davides Tod kein Geld mehr, um dir besseres leisten zu können?«

Ohne ein weiteres Wort zu sagen, drehte Lillith sich um und ließ Stine Duhnkreih stehen. Von allen Menschen auf dieser Welt hatte sie ausgerechnet die Todesangst dieser alten Hexe spüren müssen. Wie hatte Willem es nur den ganzen Tag mit seiner Mutter ausgehalten? Nett von ihrem Schwiegersohn, Handelssenator Kropp, sie nach Willems Tod nicht einfach ins Kloster zu stecken, sondern sie in Finkenwerder wohnen zu lassen. Vielleicht auch einfach nur rational, weil sie dort am wenigsten Ärger machte. Den hatte sie jetzt.

»Komm, wir gehen auf die Brücke«, sagte Bo, der ihr gefolgt war. »Ein Bird an Bord ändert unsere Pläne.«

»Falls du hoffst, Lösegeld fordern zu können – vergiss es. Kropp zahlt dir höchstens was, wenn du sie behältst.«

Bo lachte bitter auf. »Das hatte ich befürchtet. Aber wir können sie nicht mit in unsere neue Zentrale nehmen. Und sie zusammen mit den anderen außerhalb der Stadtgrenzen absetzen – dann können wir sie auch gleich wieder über Bord werfen.«

Lillith kletterte die Leitern hoch, die zur Brücke führten, zwei Decks über dem Hauptdeck. Die Handläufe waren eisig und der immer noch heftige Sturm wehte sie fast in die Elbe. Hinter ihnen illuminierte das Mondlicht Rabes »Weißes Hotel an der Elbchaussee«. Kein einziges künstliches Licht brannte. Hatte der alte Rabe vergessen, wie er den Notstrom in Gang setzte? Oder war ihm die Energie ausgegangen? Laut Pakt müsste er bis heute 18 Uhr Reserven vorhalten, erst dann waren die 48 Stunden um. Die anderen Anwesen entlang der Elbe waren nach wie vor beleuchtet, während die Armenviertel dahinter im Dunkeln versanken. Ein Stück elbabwärts strahlte Krawinkels Grundstück im vollen Weihnachtsornat und auch bei Petersen, dem zweiten, direkten Nachbarn Rabes, leuchteten bunte Lichter über dem schwarzen Wasser.

»Wir könnten die alte Duhnkreih bei einem der Elbe-Anrainer absetzen«, schlug Lillith vor.

Bo drehte sich zu ihr um. »Zu gefährlich. Die schießen auf alles, was sich von der Wasserseite her nähert.«

»Kann Fritjof jemanden schicken?« Sie folgte Bo über das Zwischendeck zur nächsten Leiter.

»Falls wir ihn erreichen … in der letzten Stunde war seine Vidja tot.«

Hoffentlich hatte Foth nicht auch Fritjof verhaftet.

»Wie spät ist es?«, fragte Lillith.

Bo sah auf seine alte Uhr. »Halb fünf, warum?«

»Wollte nur wissen, wie lange ich noch für die Energieversorgung zuständig bin«, erklärte Lillith. »So wie es aussieht, ist es meinen Truppen bislang nicht gelungen, die Westfalen aus Rehden zu vertreiben. Ohne Rehden keine Energie für das nordländische Netz. Ohne Energie kein Senatorenposten mehr für die Civettas – und keine laufenden Einnahmen.« Sie zog sich die letzte Leiterstufe hoch.

»Heißt das, du schickst uns deine Leute zur Verstärkung?«

Hatte er ihr gerade nicht zugehört? Sie würde innerhalb kürzester Zeit überhaupt kein Geld mehr haben, um ihre Soldaten zu bezahlen!

Nicht immer so impulsiv. Agieren Sie überlegter, strategischer.

Benz' Ratschlag nachdem sie ihr bislang bestes Argument gegen Erik Drach leichtfertig verpulvert hatte.

»Vielleicht. Habt ihr eine verschlüsselte Verbindung zu Fritjof?«

Bo nickte, die Hand an der Tür zur Brücke. »Kommst du jetzt mit rein? Ist echt kalt hier draußen.«

In Lilliths Kopf formte sich ein Plan. »Nein. Ich geh' wieder runter und versteck mich im Maschinenraum. Du musst das Gerücht streuen, dass ihr mich zwar noch aufs Schiff geschafft habt, ich aber nicht wieder zu Bewusstsein gekommen, sondern an Unterkühlung gestorben bin. Alek wird dir nicht glauben. Schärfe ihm ein, dass er seine Verstärkung kriegt, aber nur, wenn er seine Klappe hält.« Noch hatte sie ihre Truppen. Noch hatte sie regelmäßig den Sold bezahlt. Noch waren diese Männer ihr bestes Argument in der Drohkulisse gegen Drach. »Versuch weiter, Fritjof zu erreichen. Ich muss dringend mit ihm sprechen.«

»Was ist mit Benz? Soll ich ihn auch zu dir schicken? Wie sieht er überhaupt aus?«

»Dünnes, kleines Männchen, Mitte 50, Anfang 60, strähniges, zu langes graues Haar, ungepflegter grauer Bart. Und ja, schick ihn runter.«

Bos Hand lag immer noch auf der Klinke. »Du verrätst mir nicht, was du vorhast?«

»Später. Wenn ich hier noch lange stehe, wird das Gerücht über meinen Tod wahr.«

Bo nahm sie in den Arm und hielt sie fest. Eine Ewigkeit. »Wenn das hier alles vorbei ist …«, murmelte er.

»Dann fangen wir ganz von vorne an. Bei den Versprechen, die mein Vater nicht eingehalten hat. Dann schaffen wir ein Land, in dem …«

»Kannst du mal kurz aufhören, über das Wohl Nordlands zu reden und auf mein ganz persönliches Wohl zu sprechen kommen?«

Statt einer Antwort küsste Lillith ihn.

Der Maschinenraum war dreckig, aber warm. Lillith versuchte, sich auf die Details ihres Plans zu konzentrieren. Wenn sie wollte, dass das Erbe ihres Vaters nicht schon wenige Wochen nach seinem Tod in Scherben lag, wenn sie ein friedliches, prosperierendes Nordland wollte, dann musste sie denken und handeln wie ihr Vater.

Sie war die einzige, die Erik ausschalten konnte. Kurz bereute sie, ihn nicht erschossen zu haben, als sie die Gelegenheit dazu gehabt hatte. Nein. Das war der falsche Ansatz. Wenn sie den drohenden Bürgerkrieg verhindern wollte, musste sie ihn mit demokratischen Mitteln aus dem Weg räumen, nicht mit Gewalt.

Dafür brauchte sie zwei Dinge: Beweise und Verbündete.

Beides fehlte. Es gab zwar den kurzen Audiomitschnitt, auf dem die letzten Minuten ihres Vaters zu hören waren, aber sie hatte nach wie vor keinen einzigen Beweis für eine Verbindung zwischen Skoruppa und Drach. Sie konnte nicht darauf spekulieren, dass Drach seine Bekanntschaft mit einem der schlimmsten Verbrecher Nordlands jemals öffentlich machte. Aber sie konnte Drach das Gefühl geben, dass er es könnte. Die Tatsache, dass Drach alles über diesen Mann gelöscht hatte – inklusive des Vorstrafenregisters – könnte bedeuten, dass er mehr mit ihm vorhatte. Und wenn Lillith tot war, die letzte Zeugin von Skoruppas Überfall auf die Civetta-Kolonne im Elbtunnel, die letzte aus der Bird-Riege, die Skoruppas Rattenvergangenheit kannte, vielleicht wurde Erik Drach dann ein wenig nachlässig.

Zugegeben. Auf diese vage Hoffnung ließ sich kein Plan für die nächsten 24 Stunden bauen. Deshalb benötigte sie weitere Figuren auf dem Spielfeld. Weitere Verbündete.

Bei den Senatoren sah es schlecht aus. Bürgermeister Rabe war dement, sein Sohn hatte versucht, Lillith umzubringen. Landwirtschaftssenator Hawik gehörte zur Kategorie Erzfeind der Civettas. Gesundheitssenator Krawinkel und Handelssenator Kropp richteten ihre Fähnchen immer nach dem Wind. Informationssenator Heister kümmerte sich einen Dreck um die Dinge, die in Hamburg passierten. Senator Benz war ausgeschaltet. Oppermann packte seine Sachen. Und ihr Verlobter war eine absolute Null und hatte mit seiner verspäteten Lieferung den ganzen Ärger mit verursacht.

Sie brauchte neue Verbündete. Männer, die ihr Vater ebenfalls schon auf der Rechnung gehabt hatte – allerdings als potentielle Gegner: die Parlamentarier. Die mehr Macht hatten, als ihnen bewusst war. Lillith war bereit, sie über diese Macht zu informieren und sie mit weiteren Versprechen auf ihre Seite zu holen.

Sunna stand in der Tür, in ihrer Hand eine der alten klobigen Vidjas. »Wir haben Fritjof endlich erreicht«, sagte sie und strich sich die Haare aus dem Gesicht. Ihre Sommersprossen waren kaum noch zu sehen, tiefe Ränder hatten sich unter ihren Augen eingegraben. Das goldene Armband an ihrem Handgelenk war das einzige, was an ihr leuchtete.

»Danke.« Lillith nahm ihr das Gerät ab. Ein attraktiver Fritjof-Avatar strahlte ihr von dem kleinen Bildschirm entgegen. »Lillith.« Die Stimme ihres Freundes klang übernächtigt. »Ich habe ehrlich gesagt nicht mehr damit gerechnet, jemals wieder von dir zu hören. Aber etwas später als fünf Uhr morgens wäre auch schön gewesen.«

»Wir haben nicht mehr viel Zeit, Fritjof«, unterbrach sie ihn, »und schlafen kannst du, sobald wir Erik besiegt haben. Also, erstens, ganz wichtig – bist du wach?«

»Ja.« Pause. »Ja, Mann, leg los.«

»Keiner, der im Heimathaus gefangen war, hat den Deichbruch überlebt. Kein einziger Gefangener. Benz nicht. Ich auch nicht.«

»Dafür bist du ganz schön bossy.«

Lillith biss in letzter Sekunde die scharfe Antwort zurück.

»Tut mir leid.« Sie brauchte Fritjof. »Die nächsten 24 Stunden entscheiden über unsere Zukunft. Über meine, über deine, über die von Nordland. Wenn alles läuft wie geplant, dann bin ich übermorgen meine eigene Herrin und bestimme selbst über mein Leben. Und auch darüber, wen ich heiraten werde.«

Die Pause am anderen Ende zeigte ihr, dass Fritjof dabei war, den Köder zu schlucken.

»Gut.« Seine Stimme war deutlich aufgeräumter als eben noch. »Du bist tot. Benz auch. Und die ganzen Widerstandskämpfer sowieso. Was soll ich tun?«

Lillith erklärte ihm ihren Plan und dann – sehr komprimiert – die verfassungsrechtlichen Hintergründe. »Du musst die Parlamentarier abklappern. Persönlich. Einen nach dem anderen. Wenn du das über die Vidja machst, bekommt Erik alles mit. Erzähl ihnen, dass es angesichts der aktuellen Ereignisse mit Sicherheit morgen, spätestens übermorgen eine Sondersitzung geben wird. Sag ihnen, dass sie alle kommen müssen, weil sie über Krieg und Frieden zu entscheiden haben. Erklär ihnen, dass sie mehr Macht haben, als sie glauben. Und sag den Vertrauenswürdigen unter ihnen, dass ich vorhabe, sie wieder stärker an der Politik Nordlands zu beteiligen. Dass das aber nur geht, wenn Erik nichts mehr zu sagen hat.«

»Lillith, das klingt verdammt gut.« Fritjof schien aufrichtig begeistert zu sein.

»Eine Bitte hab ich noch. Kannst du Stine Duhnkreih von Bord holen und bei dir unterbringen?«

»Was? Die alte Hexe? Bei aller Liebe …«

»Fritjof, es ist zu riskant, sie zu Kropps zu schicken. Sie hat mich gesehen – und die ganzen Widerstandskämpfer.«

»Aber dieser alte Drache …«

»Eine unbedachte Äußerung von ihr und unser ganzer Plan fällt in sich zusammen. Erik muss glauben, dass er auf ganzer Linie gewonnen hat. Kein Omega mehr. Keine Gegner. Keine Zeugin, die weiß, wie es wirklich in der Neuen Heimat aussieht. Senat und Parlament komplett auf seiner Linie. Er muss leichtsinnig werden. Das ist die einzige Chance, die wir haben.«

Fritjof willigte mit leisem Gemecker ein. Lillith beendete das Gespräch, gab Sunna den Vidja-Kasten aber nicht zurück. »Wir trauern, wenn wir das hier alles hinter uns haben, okay?«, fragte sie und hoffte, dabei nicht wie der letzte Kühlschrank zu wirken. Ihren inneren Deich hatte sie in dem Moment hochgezogen, als ihre Freundin in den Maschinenraum gekommen war. Trauer war das Gefühl, das sie inzwischen am leichtesten ausblenden konnte.

Sunna nickte und versank noch ein Stück tiefer in dem viel zu großen Anorak. »Wie willst du deine Truppen benachrichtigen, wenn du tot bist?«, fragte sie.

»Dafür brauche ich deine Hilfe – und das goldene Armband aus dem Civetta-Netzwerk.«

»Aber sobald du dich zeigst, fliegt deine Geschichte auf!«

»Deshalb werde ich mich auch nicht zeigen. Mein geliebter Verlobter wird für mich handeln. Ich habe einiges an Daten von ihm gespeichert – meinst du, du kannst mir einen schicken Avatar von ihm bauen? Und den Absender so fälschen, dass Rückfragen auf meiner Vidja ankommen – und nicht bei ihm in St. Petersburg?«

Der Hauch eines Lächelns huschte über Sunnas Gesicht. »Krieg ich hin. Aber vergiss nicht, das Armband regelmäßig an den Adapter zu hängen und zu kurbeln. Der Akku hält nicht besonders lange.«

»Es hat echt Vorteile, wenn man nicht von einem großen Energieversorger abhängig ist.«

Das Lächeln in Sunnas Gesicht hielt mehrere Sekunden. »Ich mache mich an die Arbeit.«

Lillith wählte sich dank ihres alten Vidja-Armbands problemlos in das Civetta-Netzwerk ein. Das Passwort ihres Vaters war leicht zu merken gewesen: Is,dimKdWNw2034. Als der Notar ihr bei der Testamentseröffnung den versiegelten Umschlag mit Davides Vidjapasswort überreicht hatte, hatte sie die erste Zeile aus dem Amtseid sofort erkannt. »Ich schwöre, dass ich meine Kraft dem Wohle Nordlands widme.« Die letzten Aufzeichnungen ihres Vaters waren wie gehabt mit Störsender-Grissel überdeckt. Aber mit dem Passwort ihres Vaters hatte sie Zugriff auf jedes einzelne Benutzerkonto – auch auf das von Titus.

»Vidja, zeige die Chronologie vom 22. November, elf bis zwölf Uhr.«

Und da war die Sequenz: Davides herrischer Ruf: »Titus, sofort kommen!«, Skoruppas geckerndes Lachen, Davides kontrolliertes »Legen Sie die Pistole weg. Ich bin sicher, dass wir uns einigen können.« Und dann Skoruppas »Aber das wäre nur der halbe Spaß! Noch ein letztes Wort für die Nachwelt?«

Lillith kopierte die Datei und speicherte sie auf mehreren Systemen innerhalb wie außerhalb des Civetta-Netzwerks. Falls Erik den Fehler machte, sich mit Skoruppa zu zeigen, würde sie diese Datei hervorholen. Und dann mussten die anderen Senatoren ihn seines Amtes entheben.

Leider machte Erik nur selten Fehler.

Bo hatte das Schiff gestoppt, die Maschinen schwiegen.

Lillith öffnete die Tür und spähte nach draußen. Morgendämmerung lag über der Stadt. Fritjof war gekommen, um Stine abzuholen. Die alte Frau hatte die letzten Stunden dösend in der Kombüse verbracht und war noch gar nicht ganz wach, als sie schon wieder zu zetern begann. »Herr von Eschenburg, ich verlange, dass Sie meine Familie sofort benachrichtigen. Und wie das Fräulein Civetta mich behandelt hat – das wird ein Nachspiel haben!«

»Das Fräulein Civetta ist tot.«

»Oh. Ist das so? Sie schien mir vorhin noch sehr lebendig.«

»Der Tod kommt in Zeiten wie diesen oft schneller, als uns lieb ist. Und wenn Sie mir jetzt bitte folgen würden, Frau Duhnkreih.«

Genervt drehte Fritjof sich um und verließ den Schlepper. Lillith konzentrierte sich wieder auf die Vidja. Sie überlegte sich die Sätze, mit denen sie als Sorokins Avatar in Nordlands Politik mitmischen würde. Wann würde Drach ihm das Netz und den Senatorenposten nehmen? Heute Abend schon, sobald die 48 Stunden um waren? Oder erst morgen früh? Würde Sorokin sich vorher melden? Eher nicht. Ihrem Verlobten war die Gefahr für sein Vermögen nicht bewusst und Erik war der Letzte, der ihn warnen würde. Vielleicht hatte man Sorokin darüber informiert, dass sie gestorben war. Und während er noch die Verträge wälzte, um herauszufinden, ob die Verlobung für eine Erbschaft ausreichte, würde er die Mitteilung erhalten, dass es nichts mehr zu erben gab. Spätestens dann würde er selbst sämtliche Verträge annullieren und sich komplett aus Nordland zurückziehen. Und sie hätte ein Problem weniger.

Sie kontaktierte ihre Truppen in Rehden. Vielleicht hatten sie wider Erwarten die Oberhand gewonnen? Sie wusste, dass dem nicht so war, als sie in das erschöpfte Gesicht des Befehlshabers auf dem kleinen Bildschirm der Uraltvidja blickte. Die Verbindung war noch schlechter als beim letzten Mal und Lillith hielt Sorokins Fragen knapp. »Natürlich kämpfen …ller Kraft, Herr Sorokin. Nein, … nicht gelung… Speicher zurückzu… Ja, Verstärkung ist rechtzeitig eingetroffen, aber Schedalke hat Unterstützung von Soldaten in schwarzen Uniformen, ohne Hoheitszeichen … verdammt viele … Nein, … keine Angriffe aus der Luft, Schedalke will erobe… nicht zerstören. … Ja, verstanden. Stellung halten. Erwarte weitere …«

Als nächstes bekam der leitende Transportmanager seine Befehle: Alle verfügbaren Flugzeuge, Hubschrauber, Transportflugzeuge und Truppentransporter flogen sofort nach Rehden. Besetzt bis auf den letzten Platz. Sollte Erik ruhig glauben, dass Sorokin neue Truppen nach Rehden schickte. Bis er dahinterkam, dass die Soldaten nur virtuell existierten, waren die echten Soldaten zurück in Hamburg. Aber damit musste sie warten, bis es erneut dunkel war. Bis Petersen seine Flugsicherung mangels Strom nicht länger überprüfen konnte. Bis sie einige der Männer ungesehen in die Neue Heimat bringen konnte, die im Dunkel dieser Nacht das Volk dort herausholen würden.

Weitere Figuren auf dem Schachbrett.

Ihre Männer würden die Menschen auf ihr Anwesen bringen und sie dort verstecken. Sobald der Termin für die Sondersitzung stand, würden sie zum Rathausmarkt transferiert. Wenn die Senatoren ihren Worten und Bildern nicht glaubten, dann musste sie ihnen eben das ganze Elend vor die Tür kippen.

Den größten Teil ihrer Armee würde sie in der Nähe positionieren. Ihre private, flexible Sondereinheit, die eingreifen konnte, falls sich Senatoren und Parlamentarier wider Erwarten nicht beeindrucken ließen und weiter an Erik festhielten.

Die Maschinen starteten wieder. Und Bo stand zusammen mit Benz in der Tür, die Arme verschränkt.

»Wie geht's weiter?«

»Wir müssen warten, bis es dunkel wird.« Und dann erklärte sie den beiden Männern ihren Plan. Mit fast allen Einzelheiten.

Sie ankerten in einer kleinen Elbbucht und warteten darauf, dass der Tag verging. Soeben drehte das letzte von Fritjof geschickte Boot bei und fuhr elbabwärts. Die Jacht war voll mit den Frauen, die Bo aus dem Frauentrakt hatte retten können, darunter die vermissten Töchter, für deren Rückkehr die Männer damals, vor gefühlten Urzeiten, am Heiligengeistfeld demonstriert hatten.

Die Mädchen waren kaum noch ansprechbar gewesen.

Kurz zuvor hatte ein altes Fischerboot die von Folterspuren gezeichneten Männer an Bord genommen. Männer wie Kristofer. Auch sie waren jetzt auf dem Weg in die neue Zentrale des Widerstands, wo Fritjofs Ärzte auf sie warteten. Aus dem kleinen Bullauge des Maschinenraums heraus hatte Lillith sehen können, wie Tom den zu Skeletten abgemagerten Männern auf das Fischerboot half. Der heftige Wind wehte die Männer fast von Bord.

In der Ferne erloschen die Lichter der Stadt. Ein Weihnachtsstern nach dem anderen flackerte und verschwand. Lillith drehte an der Kurbel, die ihre Vidja mit Energie versorgte. Über das Civetta-System konnte sie nach wie vor auf sämtliche Überwachungskameras der Stadt zugreifen. Aber die Kameras waren tot. Erik hatte keine separate Energieversorgung daran gekoppelt. Er schien nicht mit Problemen zu rechnen.

»Sofortiger Rückzug«, bellte Sorokins Avatar den Befehlshaber in Rehden an. Er gab die Koordinaten zu einem Waldstück südlich der Elbe durch.

»Verstanden. Sofortiger Rückzug.«

Auch der Schlepper setzte sich in Bewegung und fuhr zurück nach Hamburg.

Lillith wählte sich in die Senatoren-Schalte ein. Die Runde war kleiner als erwartet. Nur Drach, Krawinkel, Oppermann und Kropp hatten offenbar für mehr als 48 Stunden Diesel vorrätig.

»Ah, Kenya, wir wollten dich gerade zu unserer kleinen Konferenz einladen«, begrüßte sie ein schmierig grinsender Erik Drach.

»Bericht!«, befahl Sorokin.

Krawinkel beugte sich zu Kropp hinüber und flüsterte etwas in sein Ohr. Oppermann räusperte sich, aber es war Drach, der wieder das Wort ergriff: »Mein lieber Kenya, wir sind nicht deine Untergebenen, also bitte, mäßige deinen Befehlston.« Sein Grinsen wurde noch breiter, die Kanten seines Gesichts setzten sich wie falsch gemalt neu zusammen. Lillith musste an Bilder von Picasso denken. Vielleicht war es aber auch nur die schlechte Bildqualität der alten Vidja, auf der sie die Konferenz mangels Kontaktlinsen und Monitor verfolgte.

»Aber bitte, hier der Bericht: Es ist dir nicht gelungen, innerhalb von 48 Stunden die Versorgung mit Energie sicherzustellen. Wir stellen fest, dass es zu einem eklatanten Verstoß gegen den Pakt gekommen ist und wir deshalb, in Übereinstimmung mit den Gesetzen Nordlands, sämtliche Windparks, Anlagen, Leitungen und was sonst noch dazu gehört an deinen Nachfolger als Senator für Energie übertragen: Lord Henry Rook.«

»Was?«, entfuhr es Lillith/Sorokin. »An Rook?«

»Du kennst ihn?«, fragte Drach und kniff die Augen leicht zusammen.

»Ich glaube nicht, dass dich meine Bekanntschaften etwas angehen«, ließ Lillith den Avatar sagen. Maximale Arroganzstufe. »Ihr hört von meinen Anwälten.« Dann unterbrach sie die Verbindung.

Lord Henry Rook auf dem wichtigsten Posten des Landes? Aber doch, natürlich. Wenn Erik direkt nach dem lukrativsten Job des Landes gegriffen hätte, wäre der eine oder andere Senator womöglich misstrauisch geworden. Also hatte er einen Stellvertreter installiert. Wie lange der alte Hochstapler sich wohl an seinem neuen Amt würde freuen können?

Egal. Jetzt ging es darum, diese Nacht zu überstehen. Und ihre Figuren in Position zu bringen.

Der Schlepper wurde langsamer. Alek war zurück. Die Taschenlampen leuchteten von der Reling herunter auf das Zodiac und die Erinnerungen an die letzte Nacht kamen zurück. Nur dass in dieser Nacht keine Menschen auf den Schlepper gezogen wurden, sondern Kalaschnikows, Handgranaten und Munitionsgürtel.

»Fritjof ist da.« Bo stand vor ihr, die Taschenlampe auf den Boden gerichtet. »Benz wartet bereits an Steuerbord.«

»Wenn das hier vorbei ist, fangen wir nochmal ganz von vorne an, okay?«, flüsterte sie. Sie sperrte ihre Gefühle aus. Kein Eispanzer dieses Mal, nur eine dünne Schicht Kevlar.

Die Omegas drängten sich um die Waffen, Lillith und Ehrenreich Benz kletterten auf der anderen Seite des Schiffes lautlos über die Reling. Fritjof wartete mit einem Ruderboot neben dem Schlepper und brachte sie ungesehen ans Ufer.

»Schnell«, flüsterte Fritjof und öffnete die Tür zu seinem Porsche.

Lillith kletterte auf den Notsitz. »Ich freue mich auf eine heiße Dusche. Und auf vernünftige Monitore.«

»Ähm, Lillith, ich fürchte, den Teil des Plans wirst du ändern müssen«, sagte Fritjof. »Du kannst nicht nach Hause. Ich bin eben bei dir vorbeigefahren. Erik hat seine Leute um dein Grundstück herum postiert. Vermutlich fliegen auch Drohnen drüber weg. Wir können nur hoffen, dass die dich nicht in meinem Auto entdecken, sonst bist du die längste Zeit tot gewesen.«

»Mist.« Sie war davon ausgegangen, dass Erik sich nicht weiter um ihr Anwesen kümmerte, sobald sie ertrunken war. Ein Fehler.

»Wohin fahren wir stattdessen? Und wohin bringen wir die Leute aus der Neuen Heimat?«

Stille.

Benz räusperte sich. »Sie können mit zu mir kommen, Frau Civetta. Dort können wir überprüfen, ob Senator Drach tatsächlich Drohnen einsetzt und wo sie genau fliegen und dann alles weitere entscheiden.«

»Wie das?«, fragte Fritjof. »Anders als bei den Überwachungskameras kann auf die privaten Drohnen kein anderer zugreifen.«

»Die Übertragungswege der Drohnen sind die gleichen wie für alle Daten«, erklärte Benz. »Sie gehen über meine Zeppeline. Ich muss mich kurz ins Netz einklinken – und dann können wir alles sehen, was auch unser verehrter Herr Senator sieht.«

»Großartig so ein Über-Überwacher«, sagte Fritjof, aufrichtig begeistert. »Haben Sie denn Energie?«

»Ich habe mich nie auf die 48-Stunden-Regel verlassen. Meine Systeme funktionieren dank Sonne und Wind und eigenem Speicher komplett autark.«

»Aber wenn Drach Drohnen einsetzt – dann wird er mit Sicherheit auch Ihr Grundstück überwachen«, sagte Lillith. »Ich habe schon kein gutes Gefühl in diesem Auto.« Kaum hatte sie den Satz ausgesprochen, als sie die Sirene eines Polizeiwagens hörten. Auf der langen, geraden Elbchaussee kam ihnen Blaulicht entgegen. Fritjof machte das Licht aus, bog ab und stellte auf Autopilot. »Double-O-Seven«, befahl er dem Programm und das Auto verschwand im Gewirr alter, verlassener Gassen, bog mal links ab, dann wieder rechts – unmöglich für das Polizeiauto, sie zu verfolgen. Blaulicht und Sirene entfernten sich und Lillith entspannte sich wieder.

»Anders als bei den flächendeckenden Kameras können Drohnen nicht überall sein«, setzte Benz das Gespräch fort, als wäre nichts gewesen. »Wir brauchen nur zwei Sekunden. Herr von Eschenburg, kennen Sie den alten Eingang zur U-Bahn-Station Stephansplatz? Den, der direkt an Planten & Blomen liegt.«

»Ich nicht, aber mein Auto bestimmt.« Fritjof programmierte die Koordinaten und über Nebenstraßen näherten sie sich dem Zentrum der Stadt.

Lillith ließ währenddessen Sorokins Avatar ihre Männer kontaktieren, die gerade in der Neuen Heimat gelandet waren. »Planänderung: Die Leute können nicht aufs Civetta-Anwesen. Übernehmen Sie die Kontrolle, aber warten Sie mit der Abfahrt, bis ich Ihnen den alternativen Sammelpunkt genannt habe.«

Über den kleinen Vidja-Bildschirm verfolgte Lillith, wie sich der erste Lastwagen der vier Meter hohen, aus Betonwänden gebauten Mauer näherte. Abgesehen von dem Scheinwerfer des LKW war kein einziges Licht zu sehen, der Elektrodraht auf der Mauer summte nicht länger. Das Tor war – anders als bei Lilliths Besuch in der Neuen Heimat – nicht von außen bewacht. Sie bezweifelte, dass Drach auf der anderen Seite eine große Wachmannschaft sitzen hatte. Nicht bei den elenden Gestalten, die hier ihr Dasein fristeten. Das Tor öffnete sich, im Wachhaus irrlichterten Taschenlampen herum, auf dem Tisch lagen Spielkarten, einer von Eriks Männern kam heraus und leuchtete dem Lastwagen entgegen; man hatte ihn erwartet.

Nicht jedoch die Ladung.

Sobald der LKW auf dem Gelände der Neuen Heimat stand, sprangen Männer in dunkelblauen Uniformen heraus und überwältigten die Wachhabenden, entwaffneten sie und nahmen ihnen die Vidjas. Die anderen LKW, die im Schutz der Dunkelheit gewartet hatten, folgten durch das nun offene Tor. Die ganze Aktion dauerte keine 30 Sekunden.

Lillith beendete die Verbindung. Fritjfos Auto wich einem Schlagloch auf der Straße aus und sie rutschte zur Seite. Die dunklen Gebäude um sie herum dräuten unheilvoll und rückten näher. Mondlicht waberte hinter den schnell ziehenden Wolken. Wenigstens regnete es nicht länger. Das schlimmste Unwetter schien vorbei zu sein.

»So, da vorne ist die U-Bahn-Haltestelle«, sagte Fritjof. »Ich setze euch zwei dort ab und fahre gleich weiter; habe noch viele Besuche zu erledigen.«

»Hast du eine Waffe? Könnte gefährlich werden heute Nacht.«

»Klar!« Er schlug sein Jackett zurück und Lillith sah das Schulterholster. »Für den Notfall. Wobei ich weiter die Flucht bevorzuge. Wie fandest du mein 007-Programm?«

»Ganz großartig. Hast du externe Energie für deine Vidja?«

»Selbstverständlich, meine Liebe.« Fritjof zeigte auf ein ähnliches Kurbelradio, wie Lillith es bei sich trug. »Diese Low-Tech ist cool.«

»Gut. Dann halte ich dich auf dem Laufenden, was die Drohnen angeht. Wäre blöd, wenn Drach dich heute Nacht noch erwischen würde.«

Fritjofs breites Grinsen erreichte fast seine Ohren. »Nett, dass du dich um mich sorgst. Aber keine Angst, ich lasse mich nicht erwischen. Nie.« Das Auto stoppte und Benz und Lillith sprangen auf die Straße. Benz rannte unter das kleine Vordach und dann die Treppe hinunter. Vor einer Mauer aus Schutt und Geröll hielt er an. »Können wir Ihrem Freund vertrauen, Frau Civetta?«

»Fritjof?« Lillith war überrascht. »Natürlich!«

»Ich meine ja nur. Er scheint mir ein sehr typischer Vertreter der Birds zu sein.« Benz kletterte ein Stück den Geröllberg hoch.

»Ähm«, Lillith räusperte sich, »wie kommen wir von hier auf Ihr Anwesen?« Falls Benz darauf hoffte, dass sie ihm dabei half, diesen Schuttberg abzutragen, hatte er sich getäuscht. Das würde die halbe Nacht dauern und so viel Zeit hatten sie nicht. Sie schob den Ärmel hoch und wollte gerade Fritjof zurückbeordern, als Benz auf einen der Steine drückte, ihn herausdrehte und den dahinterliegenden Hebel betätigte.

Woher kannte Benz die Omega-Technik?

In dem Geröll öffnete sich ein quadratisches Loch. Benz legte den Stein zurück in die Mauer, holte eine Taschenlampe aus seiner

Jacke und leuchtete hindurch. »Ein bisschen staubig, aber intakt«, sagte er und kletterte durch das Loch nach unten. Lillith folgte ihm. Eine Treppe führte in die Tiefe. Benz ließ sie vorbei, griff nach dem auf dieser Seite installierten Hebel und schloss die Öffnung.

»Wieso … woher kennen Sie …?« Lillith wusste nicht genau, wie sie fragen sollte, ohne preiszugeben, dass es noch mehr von diesen Tunneln gab.

»Diesen Eingang? Praktisch, nicht wahr? Sie wissen doch, dass ich dank meiner Zeppeline viel zu sehen bekomme. Unter anderem, wie immer wieder junge Burschen in diesem U-Bahn-Eingang verschwinden und nie wieder auftauchen. Also habe ich mich einfach mal auf die Lauer gelegt und beobachtet.« Er sprang ins Gleisbett und hielt ihr die Hand entgegen. »Auf Socken wird es jetzt etwas unbequem, aber es ist nicht weit.«

Benz hatte recht. Die Steine im Gleisbett waren spitz und bohrten sich durch den dünnen Stoff, den ihr die Gefängniswärter in Wilhelmsburg gelassen hatten. Nach 50 Schritten versperrte eine Wand aus Stahl den Weg. Benz leuchtete bis hoch unter die Decke. »Er war sehr gründlich, der gute Corvin. Hier beginnt sein Grundstück. Der Alte hat sich nicht darauf verlassen, dass der Schuttberg ausreicht.« Er klopfte gegen den Stahl. »Die Jungs scheinen an dieser Richtung nie interessiert gewesen zu sein. Aber ich dachte mir, dass ein geheimer Zugang eines Tages ganz hilfreich sein könnte.«

Er ging zur roh behauenen Tunnelwand und drückte leicht dagegen. Ein schmaler Spalt öffnete sich, gerade groß genug, damit er sich an der Stahlwand vorbeiquetschen konnte. Sobald sie auf der anderen Seite waren, schloss sich die Lücke und Lillith wusste, dass die Tapetentür wieder zur staubigen, von Spinnweben verhangenen Tunnelwand geworden war. Sie folgte Benz, der munter vor sich hin pfiff und die spitzen Steine unter seinen Füßen nicht zu spüren schien.

Nach einiger Zeit leuchtete ihnen grünes Licht den Weg. Benz steuerte darauf zu und öffnete die Tür unter dem EXIT-Schild.

Sie glitt lautlos nach innen, im Raum dahinter sprang die Beleuchtung an und Benz bat Lillith mit einer Verbeugung hinein.

Sie trat in ein perfekt klimatisiertes Kellergewölbe. Blinkende Maschinen standen zwischen den gemauerten Bögen bis hoch unter die Decke. Kabel schlängelten sich von einem Gerät zum nächsten und verschwanden zwischen Regalen und Fußleisten. In einer Ecke stand ein Tisch mit einem Monitor aus dem letzten Jahrtausend, einer klobigen Tastatur und einem handtellergroßen, schwarzen Gerät, das Lillith noch nie zuvor gesehen hatte.

»Willkommen in meinem zentralen Serverraum«, sagte Benz. »Den hat Drach zum Glück nicht gefunden. Bitte, setzen Sie sich doch, machen Sie es sich bequem. Warten Sie, ich logge mich schnell ein, dann können Sie den Drohnenflug verfolgen, während ich Ihnen ein paar Schuhe besorge. Welche Größe?«

Lilliths Mund stand immer noch offen. Der alte Kauz besaß eine Überwachungszentrale, die jeden Geheimdienst alt aussehen ließ.

Benz räusperte sich. »Welche Schuhgröße darf ich Ihnen bringen?«, fragte er nochmals, während er mit diesem seltsamen Gerät über die Schreibtischfläche wischte.

»41.« Lillith setzte sich auf den Stuhl, den Benz ihr zugedreht hatte. »Was ist das?«, fragte sie, um die erste von hundert Fragen loszuwerden, und zeigte auf das schwarze Ding in Benz' Hand.

Er hielt inne und lächelte. »Das ist eine sogenannte Maus. Ziemlich alte Technik. Macht nichts anderes als das, was Sie mit Ihren Handbewegungen erledigen. Aber manchmal ist diese ›Low-Tech‹, wir Ihr Freund Herr von Eschenburg es ausdrückte, ganz hilfreich.«

Auf dem Monitor vor ihr verfolgte Lillith eine kleine Pfeilspitze, die in Windeseile von einer Seite zur anderen sprang und zusammen mit bestimmten Buchstabenkombinationen, die Benz über die Tastatur eingab, Programme startete. In Sekundenschnelle hatte Benz' Technik die Überwachungsdrohnen gefunden. Unzählige Punkte blinkten ihr von dem Monitor entgegen.

»Ach du Scheiße. Wie sind wir denn an denen vorbeigekommen?«

Drach hatte hunderte Drohnen im Einsatz. Benz' Programm listete jede einzelne auf: Möwen und Krähen, wie damals bei der Kundgebung am Heiligengeistfeld, dazu jede Menge Tauben und viele, viele Miniaturdrohnen, keine davon größer als die Fliege in ihrer Gefängniszelle.

»Klassischer Fall von Selbstüberschätzung durch Technik.« Benz drückte ein paar Mal mit seinem Zeigefinger auf die Maus, tippte auf der Tastatur herum, drückte ein weiteres Mal auf dieses seltsame Gerät und sagte dann: »Bei so vielen Einzelsystemen muss Senator Drach sich darauf verlassen, dass die Technik genau die Dinge herausfiltert, die ihm wichtig sind. Ein Herr von Eschenburg in seinem Porsche ist kein Ereignis, auf das seine Kameras reagieren.« Benz machte noch ein paar weitere Bewegungen mit der Maus. »Gleich sehen wir, was Erik sieht.« Er ging zur Tür und betätigte einen Schalter. Auf der gegenüberliegenden Wand flackerte es und im nächsten Moment leuchteten 20 Monitore auf. Der zentrale Monitor zeigte eine detaillierte Karte von Hamburg und jede einzelne Drohne.

»Wenn Sie eine bestimmte Perspektive sehen möchten, klicken Sie mit der Maus einfach auf die Drohne, die Sie interessiert. Wenn Sie nichts auswählen, tut es das System für Sie. So, und jetzt besorge ich uns endlich Schuhe und einen heißen Kakao.«

Die Drohnen waren gleichmäßig in der ganzen dunklen Stadt verteilt. Lillith rückte näher an den Monitor heran. Nein, das stimmte nicht. Erik Drach wollte nicht wissen, was in ganz Hamburg passierte. Sein Interesse konzentrierte sich auf die Wohngebiete der anderen Senatoren. Sie klickte auf einen der dichtgesäten Punkte, der ihr eigenes Grundstück überwachte. Ihr Haupthaus lag fast komplett im Dunkeln. Nur ein paar Kerzen flackerten. Unmöglich, die Menschen aus der Neuen Heimat hier zu sammeln und zu versorgen.

Sie suchte auf der Karte nach der Neuen Heimat. Eine einzelne Drohne sendete Bilder von einem intakten Tor, von einigen Lastwagen, die am Eingang herumstanden, von einem Wachhaus, in dem eine Handvoll Soldaten bei Kerzenlicht Karten spielten. Die Männer – ihre Männer – trugen die Uniformen der Heimatschutzbehörde.

Benz stellte einen Becher mit dampfendem Kakao vor ihr auf den Tisch. Die beiden Schuhkartons rutschten dabei unter seinem Arm hervor und polterten auf den Boden. Lillith beachtete ihn gar nicht. Wohin sollte sie die Menschen aus der Neuen Heimat bringen? Ihr fiel Sunnas Umprogrammierung der Überwachungskameras ein. »Können Sie einzelne Drohnen manipulieren?«, fragte sie.

»Sicher. Wie zum Beispiel die hier in der Neuen Heimat?« Benz tippte und klickte. »So, ich habe eine kleine Dauerschleife eingerichtet. Die Wachhabenden werden nun die ganze Nacht Karten spielen und sich nicht aus ihrem Haus herausbewegen.«

»Danke. Bleibt die Frage, wo wir die Menschen hinbringen.«

Gemeinsam betrachteten sie die Monitore und die Flugbahnen der Vögel, Käfer, Fliegen und sonstigen Überwachungsinsekten. In den Armenvierteln schwirrten nur einzelne Drohnen herum, auch die Einfallstraßen nach Hamburg waren größtenteils überwachungsfrei. Drach schien nicht mit einem Angriff vom Land zu rechnen.

Lillith wählte eine der wenigen Drohnen aus, die südlich der Elbe herumflogen. Die Sturmflut war vorbei, die Elbe zurück in ihrem alten Bett. Von Bo war nichts zu sehen. Aber überall lagen schwarze – Dinge. Lillith zoomte nicht näher heran. Die Wärmebildkameras zeigten ihr, dass alles da unten kalt war. Kalt und tot. Sie drehte sich zu Benz, der einen Ausschnitt von seinem Anwesen musterte. Er betrachtete die kleinen Punkte, wiegte den Kopf erst nach links, dann nach rechts, runzelte die Stirn, beobachtete weiter. »Wir sollten das noch ein bisschen beobachten, bevor wir eine Entscheidung treffen, aber mir scheint, dass die Drohnen auf meinem Grundstück nur den Alster- und den alten Innenstadtbereich überwachen. Den Industrieteil im Osten hat Senator Drach nicht auf seinem Radar. Wir könnten die Menschen aus der Neuen Heimat dorthin bringen. Da stehen eine Menge Hallen, für diese eine Nacht sollte das gehen.« Er bückte sich und reichte Lillith die beiden Schuhkartons. »Bitte. Einmal bequem – und einmal für den großen Auftritt morgen.«

Lillith öffnete die Kartons: altmodische, aber sehr intakte Turnschuhe waren in dem einen, klassische Pumps aus weichem Wildleder in dem anderen.

»Wo haben Sie die hergezaubert?«

»Es gab ein paar Lager, die während der Unruhejahre nicht gefunden – und nicht geplündert – worden sind.«

»Gibt es da auch Decken und Lebensmittel?«

»Ich lasse meine Leute gerade alles zusammenpacken.«

»Großartig. Sie stecken wirklich voller Überra…«

Lillith zeigte mit ausgestreckter Hand auf den Monitor, der gerade selbständig auf Othmarschen geschaltet hatte. Schwarzgekleidete Männer liefen durch den Überwachungsradius der Vogeldrohnen, bewaffnete Männer, Maschinengewehre im Anschlag. Rabes Sicherheit schien komplett ausgefallen zu sein. Die Männer stürmten durch das Haupttor hindurch, als wäre es nicht vorhanden. Rabes Sicherheitspersonal erwartete sie, aber nach einem kurzen Handgemenge stürmten die Angreifer einfach weiter. Es war, als ob man eine Sturmflut mit einem Putzeimer bekämpfen wollte.

Ein Mann stand hinter einem der Gebäude, ebenfalls bewaffnet. Lillith vergrößerte das Bild: Otwin Rabe hatte seine kleine Handfeuerwaffe aus der Neuen Heimat gegen ein Maschinengewehr ausgetauscht. Er schien den Besuch erwartet zu haben. Er feuerte und mähte die erste Reihe der Angreifer nieder. Aber die nächste Reihe sprang einfach über die Toten hinweg.

Otwin hatte keine Chance.

Die Männer rannten an seiner Leiche vorbei ins Haus. Durch die Fenster sah Lillith weiteres Mündungsfeuer aufblitzen. Wer waren diese Männer? Erik würde nicht ernsthaft die Ratten auf seine Senatoren-Kollegen loslassen. Oder? Die ersten Schwarzgekleideten kamen heraus, die Arme vollgeladen mit Beute. Vor dem Tor standen mehrere Lastwagen, sie sprangen hinein, bereit für den nächsten Überfall.

Auf ihren Armen prangte schwarz auf leuchtendweißem Grund ein Zeichen.

Ω.

Entscheidung

»Seid ihr wahnsinnig geworden?« Lilliths Stimme war nur noch ein Flüstern. »Ich dachte, wir hätten uns darauf verständigt, dass deine Leute das Volk in der Stadt schützen, Bo. Warum überfallt ihr die Senatoren?«

Sie hatte Bo auf dem verschlüsselten Kanal erreicht. Er stand in einer Nebenstraße irgendwo im Stadtteil St. Georg. Riekje stand neben ihm und Lillith spürte einen kleinen Stich, als Bo sich zu ihr hinunterbeugte. Sie schob den Schmerz weg, keine Zeit für sowas. Riekje schüttelte vehement den Kopf.

»Hast du Bilder von dem Überfall?«, fragte Bo. »Riekje schwört, dass unsere Kämpfer alle in den Elendsvierteln unterwegs sind.«

Lillith schickte die Bilder an Bo. Der zog die Augenbrauen zusammen und versuchte, die Gesichter zu erkennen. »Die gehören nicht zu uns. Ich schwör's dir.«

»Und was ist mit dem Omega-Zeichen?«

»Kann sich jeder umbinden.«

»Was ist mit Alek? Meinst du nicht, dass er die Gelegenheit jetzt nutzt?«

»Alek steht zwei Häuser weiter. Ich habe ein Auge auf ihn, schon die ganze Zeit.«

Lillith beendete die Verbindung und vergrub ihr Gesicht in den Händen. Wenn es nicht dieser Idiot Alek war, der mit seinen Leuten die Dunkelheit nutzte, um den Reichtum umzuverteilen, dann …

»Erik schickt seine Ratten«, flüsterte sie. Und dann, mehr zu sich als zu Benz, der hinter seinem Tisch kauerte, als ob er sich am liebsten darunter verstecken würde: »Aber warum?«

»Frau Civetta?«, fragte Benz leise.

»Gleich.«

Die automatische Problemerkennung der Drohnen stellte auf das Grundstück von Petersen scharf. Schwere Limousinen überholten die LKW, die eben noch bei Rabe auf dem Grundstück gestanden hatten und näherten sich dem Haupttor. »An Rabes Fuhrpark haben sie sich also auch bedient«, murmelte Lillith. Petersen konnte sie nicht mehr helfen, hoffentlich war er so vernünftig, sich den Angreifern nicht in den Weg zu stellen.

Sie drehte sich zu Benz. »Die Männer, die gerade dabei sind, Petersens Haus auszurauben, sind Drachs Hilfskräfte.«

Benz strahlte komplette Ratlosigkeit aus. »Warum sollte er das tun? Das wirft ein ziemlich schlechtes Licht auf seine Polizeiarbeit.«

»Ich weiß es nicht. Vielleicht um auch noch den letzten moderaten Senator auf seine Seite zu ziehen, wenn er bei der nächsten Sitzung vorschlägt, alle Erstgeborenen zu ermorden?«

»Aber was hat er von so einem Massenmord?«

»Ich weiß es nicht, Senator Benz, ich weiß wirklich nicht, was in diesem Schädel vor sich geht.«

Benz biss sich auf die Unterlippe. »Also, ähm, wenn die Ratten jetzt alle Senatoren überfallen, sollten Sie dann nicht vielleicht auch ein paar von Ihren Soldaten zu Ihrem eigenen Anwesen schicken? Und vielleicht, also nur, wenn noch welche übrig sind, auch zu meinem?«

Lillith lächelte, fast froh darüber, dass der alte unsichere Benz wieder vor ihr stand.

»Sie vergessen, lieber Senator Benz, dass wir beide vor unserem unglücklichen Tod der Kollaboration mit dem Widerstand angeklagt wurden. Wie würde es aussehen, wenn uns unsere eigenen Leute ausraubten? Nein. Die Ratten werden unseren Besitz nicht anfassen.« Lillith zeigte auf den Bildschirm, der Petersens Eingangsbereich zeigte. Scherzend und lachend und in aller Ruhe kamen die Männer aus dem Haus; schwerbepackt, aber offenbar ohne weitere Leichen hinterlassen zu haben. Eine der Miniaturdrohnen flog ins Haus hinein und zeigte Lüntje Petersen und seine Frau gefesselt und geknebelt auf ihren unbequemen Designerstühlen sitzend. Die Augen von Frau Petersen funkelten böse. Sie war nicht immer so freigiebig wie damals bei dem Konzert.

Lilliths Mitleid hielt sich in Grenzen. »Letztlich ist es mir egal, warum Erik die Senatoren überfallen lässt. Ich werde die Gelegenheit nutzen und ein paar Schuldscheine ausstellen.« Sie öffnete die Verbindung zu ihren Soldaten, die südlich der Elbe auf ihre Befehle warteten. »Bataillon Eins zu den Koordinaten 53.58010°N und 9.99935°E«, ließ sie den Sorokin-Avatar sagen. »Verteidigen Sie das Grundstück von Senator Jay Kropp. Bataillon Zwei zu den Koordinaten 53.58143°N und 10.01158°E. Auch Senator Hawik wird mit Sicherheit angegriffen. Bataillon Drei bleibt auf Standby, warten Sie auf weitere Befehle.«

Die Ratten schwappten von der Elbe wie eine Flutwelle in die Stadt hinein. Von Petersens Anwesen in Othmarschen fuhren die als Widerstandskämpfer verkleideten Männer in einer straßenbreiten Kolonne aus gestohlenen Limousinen und LKW nach Norden, durch das frisch geräumte St. Pauli hoch nach Eppendorf. Wie Lillith richtig vermutet hatte, ließen sie das Civetta-Grundstück rechts liegen und steuerten direkt zu Hawiks Anwesen.

Lillith hatte versucht, Hawik über seine Vidja zu erreichen, aber dessen Leitung war tot. Er hatte offenbar keine autarke Stromversorgung. Ihr blieb nur die Zuschauerrolle und die Hoffnung, dass sich Hawik von ihren Offizieren davon überzeugen ließ, dass sie, beziehungsweise Sorokin, helfen wollte.

Sie schaltete auf eine der Drohnen, die über Hawiks Tor flog. Die Farben der Uniformen ließen sich dank neuester Nachtsichtgeräte einwandfrei zuordnen. Drach musste ein Vermögen für seine Drohnen ausgegeben haben. Die dunkelblauen Uniformen ihrer Männer hatten sich zu den grün-goldenen des Landwirtschaftssenators gesellt und die Ratten stießen zum ersten Mal in dieser Nacht auf einen ernstzunehmenden Gegner.

Drachs Männer bemerkten zu spät, dass Hawik vorbereitet war. Sie fuhren durch das Tor, das sich wie von Zauberhand öffnete. Das erste Auto war noch nicht auf dem Grundstück, als die Eisendolche es von unten aufschlitzten. Die anderen Fahrzeuge stoppten, Männer schossen mit ihren Maschinengewehren auf die Wachen, aber als ein Sperrfeuer antwortete, drehten die Angreifer bei. Es waren kluge Ratten, die angesichts des unerwarteten Widerstands in ihren Löchern verschwanden und mit ihren Limousinen zum nächsten Senator fuhren.

Das Spiel wiederholte sich bei Jay Kropp, dieses Mal allerdings ohne tote Ratten. Sobald sie die blau-uniformierten Männer aus Lilliths Armee bemerkten, fuhr keiner mehr durch den einladend geöffneten Eingang. Einer der Männer holte eine Vidja aus seiner Manteltasche und hielt sie dicht an den Mund. Lillith zoomte näher heran und sah ein vor Wut verzerrtes Gesicht. Nach einigen Augenblicken entzerrte sich das Gesicht, der Mann nickte mehrfach, drückte auf das Gerät und ließ es in seiner Tasche verschwinden. Die Flutwelle bewegte sich weiter Richtung Norden.

Sie musste ihre Leute zu den Menschen nach Wellingsbüttel und Poppenbüttel schicken. So ungern, wie sie Rook zu Hilfe kam. Allerdings wohnten auch viele Parlamentarier in diesem abgegrenzten Viertel. Parlamentarier, auf deren Unterstützung sie sehr bald angewiesen sein würde. Lillith kontaktierte ihre Männer südlich der Elbe und wies sie an, sofort zum Beamtenviertel zu fliegen.

Ihre Männer kamen gerade noch rechtzeitig. Lillith beobachtete erneut den Anführer der Ratten in seinem schwarzen Mantel, der aber ansonsten leider überhaupt keine Ähnlichkeit mit Skoruppa hatte. Dieses Mal war die Drohne nah genug für Sprachaufnahmen. »Das läuft hier aber ganz anders als geplant, hier stehen auch wieder die Männer in Blau … Sie haben gesagt, wir könnten hier ganz einfach containern, und jetzt sind Dutzende von meinen Leuten tot, dabei haben Sie uns doch gesagt, dass …« Er verstummte. Im nächsten Moment katzbuckelte er: »Natürlich, entschuldigen Sie, ja, natürlich, Sie sind der Boss … Wir sparen uns Duvenstedt, verstanden … alle anderen Viertel zur freien Verfügung.« Er steckte seine Vidja zurück in die Tasche und sagte, nicht ahnend, dass jedes Wort von seinem Chef gehört wurde: »Hab ich doch gleich gesagt: Eine Krähe hackt der anderen kein Auge aus. Was für ein Scheiß-Plan. Die Elendsviertel. Als ob es da was Sinnvolles zu holen gäbe.«

Okay, Bo, jetzt seid ihr dran. Lillith aktivierte die Verbindung:

»Es geht los. Die Ratten ziehen sich von den Senatoren zurück und lassen ihre Wut am Volk aus. Bereitet euch vor. Ich halte sie so lange ich kann in Wellingsbüttel fest und schicke euch meine Männer zur Verstärkung.«

Die Kämpfe dauerten die ganze Nacht.

Als der Morgen graute, war das Unwetter vorbei. Die Windkraftanlagen in der Nordsee produzierten wieder und der Strom floss in jeden einzelnen Weihnachtsstern, zwölf Stunden, nachdem Lillith ihr Amt und das Energienetz verloren hatte. Einige Sterne waren zerrupft und lagen am Boden, aber die meisten strahlten in kaltem Licht.

Lillith war unendlich müde, die Nacht vor den Bildschirmen, die schnellen Entscheidungen, die Kämpfe, die Dinge, die sie gesehen und nicht hatte verhindern können. Alles zehrte an ihr, sie würde so gerne kurz die Augen schließen.

Nicht jetzt. Sie setzte die Vidja-Kontaktlinse ein, die Benz eben zu ihr herübergeschoben hatte.

»Lillith?«

Fritjof. Endlich. Das letzte Mal hatte sie mit ihm gesprochen, als er kurz davor gewesen war, in einen Hinterhalt der Ratten zu fahren. Sie hatte ihn rechtzeitig warnen können, aber danach war die Verbindung zu ihm abgebrochen.

Lillith gähnte und erinnerte sich in letzter Sekunde an ihre Manieren. »Warst du erfolgreich?«, fragte sie hinter vorgehaltener Hand.

Fritjofs graue Haare hingen ihm strähnig ins überschattete Gesicht. »Ich hoffe. Hab nicht alle erreicht. Jetzt liegt's an Bo. Wenn er gut ist, können wir den Rest vielleicht überzeugen. Gerade tagen die Senatoren und versuchen, aus der vergangenen Nacht schlau zu werden. Neueste Info aus dem Kreis der Mächtigen: Erik Drach hat Joseph Foth abserviert. Und dreimal darfst du raten, wen er als neuen Polizeichef benannt hat.«

Lillith hatte kaum zugehört. Joseph Foth gehörte zu den Männern, die ihr im Moment sowas von egal waren. Aber Fritjof wartete auf eine Reaktion.

»Hm?«, murmelte Lillith.

»Rate!«

»Fritjof!«

»Okay, okay. Foths Nachfolger ist der ehrenwerte Wojtek Skoruppa.«

Lillith war mit einem Schlag hellwach. »Das ist nicht dein Ernst.«

»Doch, doch. Für heute, 14 Uhr, ist eine Sondersitzung der Bürgerschaft einberufen worden.«

»Großartig! Damit gräbt sich Erik selbst sein Grab. Gibt es schon eine Tagesordnung?«

»Nein, noch nicht. In der Einladung stand nur … Moment«, Fritjof suchte nach dem passenden Dokument, »da: ›Sehr geehrte Herren Abgeordnete, angesichts der Ereignisse der vergangenen Tage und speziell der Angriffe der vergangenen Nacht müssen wir unsere Handlungsfähigkeit sofort wiederherstellen. Wir bitten Sie deshalb zahlreich zu erscheinen, um die für Nordland überlebenswichtigen Entscheidungen der Senatoren zu bestätigen und die Kriegserklärung an unser Nachbarland Westfalen auf eine breite parlamentarische Basis zu stellen. Tagesordnung folgt.‹«

»Immerhin halten sie sich an die parlamentarischen Gepflogenheiten.«

»Ja. Vor allem Hawik soll darauf bestanden haben.«

»Wenigstens einer, der an seinen Prinzipien festhält. Bei aller Feindschaft zwischen ihm und meinem Vater: Der äußere Schein war beiden wichtig.« Lillith schüttelte sich, als eine andere Erinnerung zurückkam. »Deshalb musste Cissy auch diesen furchtbaren Lord Rook heiraten.«

Schuld drängte sich in ihr Bewusstsein. Warum nur hatte sie nicht … nein. Keiner dieser Gedanken würde Cissy wieder ins Leben zurückholen. Sie brauchte jetzt ihre ganze Kraft, um weitere Tote zu verhindern. Danach konnte sie um Cissy trauern.

»Du weißt, dass Lord Rook mein Nachfolger wird?«

»Ja, die Personalien haben sich schon herumgesprochen. Petersen übernimmt das Amt von Ehrenreich Benz und Dauve wiederum wird der neue Bürgerschaftspräsident.«

»Dauve? Woher kenne ich den Namen?«

»Keine Ahnung. Der ist Richter im normalen Leben.«

Benz räusperte sich. »Dauve ist der Richter, der den alten Thorn per Schnellverfahren zum Tode verurteilt hat«, sagte er.

Lillith schloss die Augen. »Na, dann hat Drach seine Freunde ja gut mit Posten versorgt. Warum lassen die anderen Senatoren ihn nur so gewähren?«

»Weil sie Angst vor ihm haben.« Benz' Stimme war leise. Die Falten neben seinem Mund waren tief in seinem Gesicht eingegraben, das noch grauer war als das von Fritjof.

»Hier kommt gerade die Tagesordnung rein«, unterbrach Fritjof Lilliths trübe Gedanken. »Also, Punkt Eins: Vereidigung der neuen Senatoren, Punkt Zwei: Schweigeminute, Punkt Drei: Bericht über die vergangene Nacht, Punkt Vier – oha! Lillith, hör mal, das ist neu! Punkt Vier ist die Abstimmung über die Einführung der allgemeinen Wehrpflicht für alle zwischen 16 und 25. Jede Familie hat mindestens einen Angehörigen zu schicken, vorzugsweise den ältesten Jungen. Und Punkt Fünf ist dann die Kriegserklärung an Westfalen aufgrund der wiederholten Unterstützung revolutionärer Chaoten.«

»Kannst du Punkt Vier wiederholen?«

»Punkt Vier ist die Abstimmung über die Einführung der allgemeinen Wehrpflicht für alle zwischen 16 und 25. Jede Familie hat mindestens einen Angehörigen zu schicken, vorzugsweise den ältesten Jungen.«

Es dauerte einen Moment, in dem Lillith ins Leere starrte. Dann sprang sie auf, als wäre auf ihrer Sitzfläche plötzlich ein PID-Nadelkissen aktiviert worden. »Da ist sie. Die zehnte Plage. Oh Gott, wir sind ja so dumm gewesen! So naiv!«

Die beiden Männer sahen sie an, als ob sie verrückt geworden wäre. Aber sie hatte dasselbe ausgeleuchtete Gefühl wie letzte Nacht in Wilhelmsburg, als ihr das Wasser bis zum Hals stand und sie endlich Drachs Gründe für die schnelle Umsiedlung begriffen hatte.

»Wir sind viel zu naiv an die ganze Geschichte herangegangen«, erklärte Lillith. »Wir – und dabei schließe ich explizit meinen Vater mit ein – wir sind die ganze Zeit davon ausgegangen, dass alle Senatoren so denken wie wir. Dass ein friedliches Miteinander das höchste Gut ist, sowohl innerhalb Nordlands als auch unseren Nachbarn gegenüber. Dass die besten Geschäfte in Friedenszeiten gemacht werden. Dass wir diesen Frieden deshalb um jeden Preis wahren müssen.«

»Was ist an diesem Denken falsch?«

»Nichts. Außer, einer ist anderer Meinung. Alexander Drach hat seinen Sohn nach Russland geschickt, damit er sich dort die Hörner abstößt, oder wie es die Gerüchteküche damals formuliert hat: ›Es war der letzte Versuch, etwas Vernunft in diesen Schädel zu hämmern.‹ Leider ist das Gegenteil passiert. Eriks Geschäft ist die Unvernunft. Und sein Ehrgeiz ist größer als Hamburg. Größer als Nordland. Er führt die Wehrpflicht als Strafe für die Übergriffe dieser Nacht ein. Dafür, dass das Volk offenbar Omega immer noch unterstützt. Nach den Überfällen auf ihre Anwesen wird er jeden Senator auf seiner Seite und dazu eine riesige Armee haben, die ihn nichts kostet.«

»Aber glauben Sie wirklich, dass er Krieg will? Das ist doch ein Allgemeinplatz, dass das schlecht fürs Geschäft ist. Ich kann mir nicht vorstellen, dass die anderen Senatoren da mitziehen.«

»Erinnern Sie sich an den Tag, als der Hubschrauber auf dem Dach der Handelskammer gelandet ist? Wenn Hawik nicht eingeschritten wäre, hätte Drach den Westfalen schon an jenem Tag den Krieg erklärt. Nach dieser Nacht wird Drach behaupten, die Westfalen hätten die Überfälle eingefädelt, um die Führungsriege Nordlands zu ermorden und das Land damit zu destabilisieren.«

Mit wenigen Augenbewegungen hatte Lillith die Verbindung zu Bo hergestellt und ihn in kurzen Sätzen informiert.

»Was schlägst du vor?«, fragte er.

»Es wird nicht reichen, dass wir den Senatoren das Elend der Neuen Heimat auf dem Rathausmarkt präsentieren. Das werden wir weiter tun, aber was wir außerdem brauchen ist pure Masse. Friedliche, ungefährliche aber beeindruckende Masse. Du musst die Mütter überzeugen, für ihre Kinder zu demonstrieren. Und nur die Mütter. Eine Demonstration aus Frauen wird Erik nicht zusammenschießen lassen. Du musst die Mütter überzeugen, zum Rathausmarkt zu kommen. Eine kurze Rede nur, die spielen wir dann über alle Kanäle.«

»Okay, gib mir eine Stunde.«

Fritjof schwieg und sah sie fragend an. »Du bist dir sicher, dass du diese Konfrontation willst? Wäre es nicht besser, wenn du nochmal mit den anderen Senatoren redest?«

»Nein. Ich habe in den letzten Wochen alles versucht, was mir an Diplomatie zur Verfügung stand und bin nicht einen Zentimeter vorangekommen. Entweder wir haben mit unserer Aktion heute Erfolg, oder …«

»Oder wir haben Krieg. Ich weiß. Ich habe meinen Flieger in Richtung England startklar in Fuhlsbüttel stehen. Du kannst mich begleiten. Vielleicht sollten wir gehen, bevor alles eskaliert. Heute Nachmittag kommen wir womöglich nicht mehr raus.«

Fritjof grinste, aber sein Lächeln war weit von seinen Ohren entfernt.

»Nein, Fritjof. Wir kämpfen. Und wir gewinnen. Wir haben keine Alternative.«

Lillith wurde das Gefühl nicht los, dass sie Fritjof heute nicht in der Bürgerschaft sehen würde. »Wir brauchen dich!«, sagte sie. »Du bist zentral für unsere Aktion heute, das weißt du, oder? Wenn du nicht kommst, verliere ich die Parlamentarier. Dann haben wir keine Chance. Dann hat Erik gewonnen.«

Fritjof seufzte. »Ich weiß. Und ja, ich komme. Ich lasse dich nicht im Stich.«

Um kurz nach neun schickte Bo seine Rede. Lillith leitete sie auf alle Werbetafeln in die verbliebenen Armenviertel der Stadt weiter. Bo kümmerte sich parallel darum, dass der alte Fernsehturm das Stück über die analogen Radiofrequenzen schickte. Lillith horchte auf die Stimme und blickte auf ihre Gänsehaut-Arme.

Funktionierte das auch bei Menschen, die Bo nicht kannten? Oppermann war davon überzeugt gewesen. Er hatte ihren Vater nach dem so spektakulär schiefgelaufenen Konzert in einem Schreiben davor gewarnt, Bo frei herumlaufen zu lassen. »Der Junge hat Charisma«, hatte er geschrieben. »Wenn wir den machen lassen, wird der zum nächsten Martin Luther King.«

Er hätte sich keine Sorgen machen müssen. Erik Drach hatte den Kampf um Gleichberechtigung im Keim erstickt.

»Mütter Nordlands! Heute werden die Reichen und Mächtigen euch eure Kinder nehmen. Sie werden beschließen, dass aus jeder Familie das älteste Kind in den Krieg ziehen muss. Jede Familie, in der ein Kind älter als 16 ist, wird dieses Kind verlieren. Mütter Nordlands: Steht auf und wehrt euch! Kommt zum Rathaus! Heute um 14 Uhr. Wir sind viele. Zeigt den Birds, dass ihr keine Opfer seid. Heute um 14 Uhr. Auf dem Rathausmarkt. Mütter Nordlands: Kommt und rettet eure Kinder!«

Vor Lilliths Augen blitzten Sterne.

»Sie sind ganz blass, Frau Civetta.« Benz schob ihr einen Kaffee und ein Stück Brot zu. »Sie sollten eine Kleinigkeit essen.«

Lillith nahm den Kaffee, rührte das Brot aber nicht an. »Wie geht es den Menschen aus der Neuen Heimat?«

»Alle wohlbehalten in Rothenburgsort angekommen. Aber viele sind in einem wirklich schlimmen Zustand. Die werden nicht in der Lage sein, heute zum Rathausmarkt zu kommen.«

»Sie müssen. Die Senatoren glauben mir nur, wenn sie das Elend mit eigenen Augen sehen. Karren Sie die Menschen dahin. Alle. Wer die 30 Kilometer Weg aus der Neuen Heimat überstanden hat, wird die zwei Kilometer zum Rathaus auch schaffen. Weiß Erik, dass wir das Lager geräumt haben?«

»Ich glaube nicht. Ihre Männer haben die neue Schicht heute Morgen freundlich begrüßt und geräuschlos in einem der nun freien Gebäude untergebracht. Und Eriks Aufmerksamkeit richtet sich gerade auf Ihre Soldaten.«

Lilliths Mundwinkel zuckten kurz nach oben. »Hoffen wir, dass Sorokin es nach wie vor nicht nötig hat, eine Gesprächsanfrage aus Nordland entgegenzunehmen.«

Für Sorokin schien das Kapitel Nordland tatsächlich beendet zu sein. Er hatte heute Morgen um Punkt acht aus dem Büro von Bürgermeister Rabe die offizielle Mitteilung über den Verlust seines Senatorenpostens bekommen. Gerüchten zufolge hatte er sich kurz und heftig über die Amateure in Nordland aufgeregt, sich aber ansonsten nicht weiter um sein Amt als Energiesenator bemüht. »Das Vermögen war deutlich kleiner als erwartet, für diese Peanuts fange ich keinen Streit an«, hatte er in einer kurzen Stellungnahme für seine russischen Landsleute formuliert. Als Lillith sich in das Postfach ihres Vaters einloggte, fand sie eine kurze Note von ihm, in der er dem Vertreter des Hauses Civetta mitteilte, dass er Schadenersatzansprüche prüfe und dass das Fräulein Civetta, falls es wider Erwarten überlebt habe, sich wegen der entfallenen Geschäftsgrundlage nicht länger auf den von ihrem Vater mit Innokenty Radomirowitsch Sorokin geschlossenen Ehevertrag berufen könne, der hiermit fristlos gekündigt sei.

Sie war frei. Sie war wirklich und wahrhaftig zum ersten Mal in ihrem Leben frei. Kein Mann konnte über sie bestimmen, keiner ihr vorschreiben, was sie zu tun oder zu lassen hatte. Es fühlte sich seltsam an. Sie fühlte sich wie ein Kanarienvogel, dessen Käfigtür man vergessen hatte zu schließen, und der sich nicht entscheiden konnte zwischen dem vertrauten Raum mit dem gefüllten Futternapf und der unbekannten weiten Welt.

Würden ihre Flügel sie tragen?

Sie war vorbereitet für heute, für den wichtigsten Tag ihres Lebens. Sie hatte sämtliche Beweise und belastenden Bilder aus dem System herausgesucht; Sunna hatte daraus kurze Filmsequenzen gemacht, die Lillith jederzeit präsentieren konnte. Sie hatte die Wahrheit auf ihrer Seite, sie hatte die Fakten, sie hatte das Volk aus der Neuen Heimat, sie hatte die Mütter, sie hatte die Verbindung zwischen Erik und Skoruppa, sie hatte Eriks Motive und sie konnte ihm seine Verbrechen nachweisen.

Trotzdem wurde sie das Gefühl nicht los, dass das alles nicht reichen würde. Dass sie sehr bald das Schicksal ihrer italienischen Cousine teilen würde. Oder Schlimmeres. Gedankenverloren wischte sie durch Davides alte Korrespondenz.

»Ich geh nochmal ins Lager«, sagte Benz. »Soll ich Ihnen einen neuen Anzug mitbringen, damit Sie den alten hier mit allen Erinnerungen in den Müll werfen können?«

»Ich bleibe so wie ich bin, danke für Ihre Bemühungen.«

In den Müll werfen … Sie aktivierte das kleine Papierkorbsymbol in dem Korrespondenzordner ihres Vaters. Hatte sie den bei ihrer Suche nach Beweisen für Eriks Taten eigentlich durchgeguckt?

Hatte sie nicht. Hunderte, tausende, zehntausende Dokumente, Dateien, Videos, Sprachaufnahmen fielen ihr entgegen. Da sie momentan sowieso nichts anderes tun konnte, als zu warten, fing sie an, nach neuen Informationen zu suchen.

»Vidja, filtere alles heraus, was auf Erik Drach Bezug nimmt.«

Aus den zehntausenden wurden ein paar hundert.

»Sortiere nach Datum.«

Am 3. Oktober gab es die erste Häufung. 3. Oktober … an dem Tag war Joris hingerichtet worden. Lillith öffnete die erste Vidjaaufzeichnung. Davides Stimme waberte durch den Raum. Eine unwirkliche Erinnerung an Vergangenes. »Ich rechne mit Schwierigkeiten. Ich fürchte, Erik will die Situation heute eskalieren. Wir treffen uns um 14:45 Uhr im Merkursaal in der Handelskammer für eine kurze Besprechung.«

Diese Nachricht war an Giacomo gegangen, Davides Leibwächter. »Erik will die Situation eskalieren.« Sie erinnerte sich nur zu gut an die Hinrichtung und an den Aufruhr im Anschluss. Hatte Erik das alles so geplant? Er hatte Joris die Betäubungsspritze verweigert. Um das Volk gegen sich aufzubringen?

Sie öffnete die nächste Datei.

»Verdammt, Erik, du Idiot!«, schrie Davide. »Erschieß ihn. Sofort. Sonst bringt uns das Volk um.«

»Ich verschwende keine Munition an einen Sterbenden«, antwortete Eriks kalte Stimme.

»Giacomo, erschießen Sie den Verurteilten!« Ein Schuss hallte durch den Raum. Genauso unwirklich wie dieser Ausflug in die Vergangenheit. »Erik, ich erschieße dich persönlich, wenn du dein Gewehr gegen jemanden aus dem Volk erhebst.«

Ihr Vater hatte ein Blutbad verhindert. Während sie auf dem Balkon gejammert hatte, dass er sich nicht um sie kümmerte, hatte er hunderten Menschen das Leben gerettet.

Lillith schniefte. Ihre Nase fing an zu laufen. Sie suchte nach einem Taschentuch, fand keines und benutzte ihren Ärmel. Wenn Maja das jetzt sehen würde. Maja. Hoffentlich ging es ihr gut.

Lillith suchte weiter. Die nächsten Aufzeichnungen waren Diskussionen zwischen Davide und den anderen Senatoren, die Davides Argumenten nicht folgten und verhinderten, dass Erik Drach sein Amt als Heimatschutzsenator wieder abgeben musste. Wenn Davide sich da schon durchgesetzt hätte … Dann weitere Gespräche, in denen der Name Erik auftauchte, aber alles ohne großen Erkenntnisgewinn. Erik schien sich an die Gepflogenheiten Nordlands anzupassen.

In einer Audiodatei, die mit lib. gekennzeichnet war, tauchte Lilliths Name auf:

»Lillith behauptet, dass es Eriks Truppen waren, die auf dem Markt für Unruhe gesorgt haben.«

Und dann Davides alter Freund Liborius Oppermann: »Ausschließen können wir das nicht.«

»Wir müssen Erik seine Grenzen zeigen. Nordland ist nicht Russland.«

»Was willst du tun?«

Davide seufzte. »Ich weiß es nicht. Er hat Meik auf seine Seite gezogen und der junge Rabe scharwenzelt auch um ihn herum. Gegen die beiden werden wir ihn nicht absetzen können. Wir müssen abwarten und hoffen, dass er Fehler macht. Wie zum Beispiel mit dieser komischen Neuen Heimat. Hast du eine Ahnung, was er damit will?«

»Vielleicht hofft er, das Volk leichter überwachen zu können, wenn er es an einem zentralen Ort sammelt.«

»Vielleicht.« Davide machte eine Pause und Lillith wollte gerade zur nächsten Datei springen, als er weiterredete. »Liborius, was ist aus unseren Plänen geworden? Warum haben wir es nicht geschafft, Nordland zu dem Land zu machen, das uns vorschwebte, damals?«

»Auch dein Tag hat nur 24 Stunden, alter Freund. Es lag nicht in deiner Verantwortung, für das Glück jedes einzelnen zu sorgen. Du hast es so gut gemacht, wie es ging.«

»Es war nicht gut genug. Und jetzt stehen wir vor unserem Kartenhaus. Ein Windhauch und alles stürzt ein. Ich muss dringend den Ehevertrag für Lillith fixen.«

Oppermann lachte. »Ich möchte nicht dabei sein, wenn du ihr das erzählst. Dagegen war der Aufbau Nordlands ein Kinderspiel.«

Lillith suchte weiter. Auf Altherrenwitze konnte sie gerade gut verzichten.

Davide hatte gewusst, dass Erik eine Gefahr für Nordland war. Und er hatte es trotzdem nicht geschafft, ihn auszuschalten. Nicht einmal zusammen mit Liborius, der sie, Lillith, seit Davides Tod komplett ignoriert hatte.

Wie bitte sollte ihr das jetzt gelingen?

Lillith durchsuchte die letzten Aufzeichnungen aus Davides Leben. Er hatte anscheinend kurz vor dem Überfall noch einiges in den Papierkorb geschoben. Das letzte Dokument war eine Videodatei, die Davide in einem Vidjagespräch mit Oppermann zeigte. Ihr Vater sah alt aus, viel älter als sie ihn je gesehen hatte. Seine Stimme zitterte. »Lillith ist auf dem Weg nach St. Petersburg. Ich hoffe, ihr Verlobter kann sie besser beschützen als ich. Bitte sag mir, dass es die richtige Entscheidung war. Dass es das wert war.«

Oppermann schwieg. Auch er sah schlecht aus. »Ich weiß es nicht. Vielleicht wird sie es irgendwann begreifen. Aber rechne nicht damit, dass das noch zu deinen Lebzeiten passiert. Wenn man weggeschickt wird, in eine Welt, in die man nicht möchte, wenn man eine Rolle ausfüllen soll, die nicht zu einem passt, dann ist es schwer, die Liebe dahinter zu entdecken.«

»Vielleicht kann ich es ihr erklären, wenn das hier alles vorbei ist. Oh Gott, Liborius. Es fühlt sich fast so schlimm an wie damals, als Rissa starb.«

»Reiß dich zusammen, Davide. Für den Moment ist es besser, wenn Lillith in St. Petersburg ist. Die nächste Senatssitzung wird schmutzig. Otwin ist auf unserer Seite, die eine Hälfte hab ich ihm gestern überwiesen, die andere bekommt er Montagabend. Bleibt nur noch Hawik und den können wir überstimmen. Es sei denn, Erik hat weitere Verbündete gekauft, von denen wir bisher nicht wissen. Noch ist das hier alles nicht vorbei.«

Davides Schultern strafften sich. »Du hast recht. Wir haben Erik zu lange gewähren lassen. Möglicherweise hat er die Zeit ebenfalls genutzt. Dann fängt der Krieg in Nordland gerade erst an.«

Davides letzter Satz. Er verharrte in seiner aufrechten Stellung, die Schultern zurück, das Kinn hoch erhoben. Bereit für den Kampf. Lillith sah auf die eingeprägte Uhrzeit: 11:54 Uhr. Er hatte nur noch eine halbe Stunde zu leben. Sie schloss die Augen. Der Kloß in ihrem Hals drängte nach oben. Sie schluckte. Nicht jetzt. Sie würde Erik absetzen. Sie musste.

Sie öffnete die Augen und sah sich um.

Benz stand in der offenen Tür. Wie lange hatte er sie schon beobachtet?

»Wussten Sie davon, Senator Benz? Wussten Sie, dass mein Vater Erik absetzen lassen wollte?« Lillith wischte sich erneut mit dem Ärmel über die Nase.

»Nein, Frau Civetta. In solche Absprachen hat man mich nie eingeweiht.« Ein Hosenanzug hing über seinem Arm, Coco Chanel, dazu eine blütenweiße Bluse im Vintage-Stil der 20er Jahre. Er selbst trug immer noch die gleichen zerrissenen Kleidungsstücke wie vorhin. »Das erklärt natürlich, warum Ihnen keiner zugehört hat, als Sie von Otwins Anschlag berichtet haben. Die Senatoren haben gesehen, was mit Ihrem Vater passiert ist, als er versucht hat, Erik auszuschalten – und hatten Angst, dass ihnen das Gleiche zustößt.«

Lillith beendete den Zugang zu ihrer internen Vidja-Datenbank, stand auf und nahm Benz die Kleidung ab. »Haben Sie ein Bad, wo ich mich frischmachen kann?«

Benz zeigte mit dem Daumen hinter sich. »Zweite Tür links.«

Lillith stand vor dem Waschbecken und starrte ihr Spiegelbild an. Im Licht der Neonröhre war ihr Gesicht noch blasser als ohnehin. Schwarze Ringe unter den Augen zeigten der Welt, dass sie seit … seit wann? … nicht geschlafen hatte. Die Augen waren gerötet, als ob sie stundenlang geweint hätte. Vielleicht hätte sie es besser getan, sie wusste es nicht.

Ihren Plan, Erik wegen des Mordes an Davide Civetta, wegen des unleugbaren Verstoßes gegen den Pakt absetzen zu lassen, konnte sie vergessen. Keiner der Männer würde sich aus der Deckung trauen. Sie würden jeden noch so deutlichen Beweis leugnen und ignorieren.

Sie war wieder bei null. Wie sollte sie die Senatoren auf ihre Seite holen und Erik ausschalten?

Lillith wusch sich das Gesicht und beseitigte mit viel kaltem Wasser die Spuren der vergangenen Nächte.

Sie hatte ihre Armee, sie hatte das Volk und sie hatte Bo. Und sie besaß etwas, das Davide nicht gehabt hatte. Etwas, auf das er in seinen letzten Wochen kaum noch zurückgegriffen hatte. Etwas, das er abschätzig als ihr »Frauenleiden« bezeichnet hatte. Ihre Hochsensibilität. Wenn sie heute in der Bürgerschaft auftauchte, dann würde sie spüren, wer ihre Verbündeten waren und wer ein gefährliches doppeltes Spiel spielte.

Einen Anruf musste sie vorher noch erledigen.

Benz organisierte ihr eine verschlüsselte Leitung zur Privatvidja von Joseph Foth. »Ich habe ein Angebot für Sie«, sagte sie. Foth war überraschend kooperativ. Seine Entlassung war alles andere als im gegenseitigen Einvernehmen gelaufen und sie wusste, dass er die Wahrheit sagte, als er jede Beteiligung an dem Mord an Davide Civetta abstritt. Für Erik war der Polizeichef nur eine kleine Figur auf dem Spielfeld gewesen. Aber auch ein Mann wie Erik machte ab und zu mal einen Fehler.

Die Hosenbeine hochgekrempelt, Turnschuhe an den Füßen, Pumps in der Hand, ging sie zusammen mit Ehrenreich Benz durch den Tunnel zurück zum Stephansplatz. Kaum hatten sie den Eingangsbereich der alten U-Bahn erreicht, fuhr Fritjof in einer Limousine vor. Die Drohnen waren in Drachs neue Zentrale, den Bunker am Heiligengeistfeld, beordert worden. Die normale Überwachung war aktiviert. Benz hatte die Kameras manipuliert und leise vor sich hin gekichert, als er das Gerät am Stephansplatz so einstellte, dass es für die nächsten zwanzig Minuten einen Straßenmusiker zeigte, der »Wind of Change« auf seiner Gitarre schrammte.

Lillith hatte den Borsalino tief ins Gesicht gezogen; der unförmige Männermantel über ihren Schultern verbarg, dass sich eine Frau darunter befand.

»Du siehst aus wie dein Vater!«, bemerkte Fritjof.

»Charmant wie immer. Du weißt, wo du mich absetzen musst?«

Fritjof nickte. Am Straßenrand liefen Frauen in farbenfrohen Jacken und Mänteln in Richtung Innenstadt und es wurden immer mehr, je näher sie dem Rathausmarkt kamen. »Als ob heute verkaufsoffener Sonntag wäre«, sagte er.

»Bitte was?«

»Das war vor deiner Zeit.«

»Wie spät ist es?«

»Gleich viertel vor zwei.« Sie fuhren am Rathaus vorbei, Lillith sah durch die abgedunkelten Scheiben, wie die Limousinen der anderen Senatoren auf den Parkplatz einbogen. Alles wirkte wie immer. Aber als sie Kropp aus seinem Wagen steigen sah, spürte sie Nervosität. Er öffnete die zweite Tür des Fonds und hielt seiner Gattin den Arm hin. Bibi Kropp, wie immer ganz in schwarz, verströmte eine ganz und gar ungewöhnlich gute Laune.

»Was ist eigentlich mit der alten Duhnkreih? Musstest du sie in ein Verlies sperren oder war sie kooperativ?«

Lilliths Hände wurden nass. Fritjof?

»Die, äh, also …«

Fritjof musste gar nicht weiterreden. Aus den Augenwinkeln sah Lillith noch, wie Bibi ihrer Mutter aus dem Auto half.

»Fritjof!«

»Sie hat versprochen, nichts zu sagen.«

»Und du hast ihr geglaubt?«

Fritjof drehte sich zu ihr, sein Gesicht gerötet, die Augenbrauen flehend in die Höhe gezogen. »Sie hat mich schon auf der Rückfahrt so tyrannisiert, dass ich nicht anders konnte, als sie gleich zu Kropps zu bringen. Ehrlich, du hättest es auch nicht anders gemacht.«

Lillith hätte ihrem Freund am liebsten den Kopf abgerissen. Sein Denkvermögen würde das nicht beeinflussen. Egal. Stine Duhnkreih war nicht länger wichtig. In wenigen Minuten würde Lillith ohnehin wieder zu den Lebenden gehören.

An der Ruine der Nikolaikirche hielt der Wagen. Lillith lief über den kleinen Platz zur Krypta. Eine einzelne Taschenlampe leuchtete ihr aus der Unterwelt entgegen.

»Hier entlang«, flüsterte Bo.

»Bist du allein? Wo ist Sunna? Und der ganze Rest?«

»Sunna organisiert die Frauen. Die anderen sind dahinten und folgen uns unauffällig.« Er zeigte ins Dunkle. »Wo ist Benz?«

»Er kümmert sich aus Fritjofs Auto heraus um unsere Kommunikation.«

»Gut. Wann kommen die Menschen aus der Neuen Heimat?«

»Werden pünktlich um 14 Uhr gebracht.« Lillith sah skeptisch in die Tiefe der Krypta. »Du bist sicher, dass du von hier aus ins Rathaus kommst?«

»Vertrau mir.« Er nahm ihre Hand und führte sie weiter hinunter. Sie gingen einen steil abfallenden Gang entlang, bis sie vor einer Mauer standen. Lillith überraschte es nicht länger, dass Bo genau wusste, welchen Stein er zu drücken hatte, um den Hebel zu finden, der den Durchgang öffnete. Aber sobald sie hindurch waren …

»Wow!«

Eine riesige unterirdische Halle erstreckte sich weiter als die Taschenlampe leuchtete. Aus Ziegelsteinen gemauerte, gebogene Wände ließen Lillith an die alten Siele denken – aber dieser Tunnel hier war deutlich größer und roch besser. Das Licht der Taschenlampe glitzerte auf dem still daliegenden Wasser. An einem Steg war ein Ruderboot festgemacht. Bo löste das Seil und half ihr hinein. »Kleine Bootsfahrt?«

Ein neuer Gedanke schoss durch ihr übermüdetes Gehirn.

»Nach England?«, fragte sie, nur halb im Scherz. Fritjof hätte bestimmt nichts dagegen, wenn Bo auch mitkäme. Ach was, sie brauchte Fritjof nicht dafür. Sie hatte selbst Flugzeuge.

Bo lachte. »Nein, dieser überbaute Fleet geht nicht mal bis zur Elbe.«

Jetzt, allein mit Bo, flirrte der Gedanke verlockend durch ihren Kopf. Warum ein Kampf, wenn sie zusammen mit Bo weglaufen könnte.

»Ich meine es ernst, Bo. Ich habe Flugzeuge und ich habe genug zur Seite geschafft, wir könnten in einem anderen Land neu anfangen.«

Bo wurde schlagartig ernst. Er sah sie von der Seite an. »Du willst Nordland seinem Schicksal überlassen? Sunna? Nathan? Tom? Maja?«

»Wir könnten sie mitnehmen.«

»Wir können nicht alle mitnehmen. Lillith.« Er schob ihr den Borsalino aus dem Gesicht und küsste sie sanft, fast flüchtig. »Du würdest es dir nie verzeihen, wenn du jetzt einfach abhaust. Du würdest jeden einzelnen Toten in Nordland für den Rest deines Lebens in deinem Gewissen spüren, genau wie ich. In deinen Augen würde ich die Schuld sehen, die in meiner Seele wütet. Jeden Tag aufs Neue. Wir würden zerbrechen.«

Lillith schloss die Augen; er sollte nicht sehen, wieviel Pein bereits in ihrer Seele war.

Die Ruderschläge waren gleichmäßig wie Herzschläge. Jeder Schlag führte sie näher an die Schlacht. Lillith drängte es, aufzuspringen, Bo das Ruder aus der Hand zu reißen, zurückzurudern.

Aber für all das war es zu spät.

An einem schmalen Holzsteg legte Bo an, vertäute das Boot und reichte ihr erneut seine Hand. Wortlos kletterte sie heraus, wortlos ging sie an seiner Hand zum Ausgang: einer schweren Stahltür, die an eine unsichtbare Energiequelle angeschlossen war. Das Ziffernblatt leuchtete auf einem Pult neben der Tür und Bo gab einen Zahlencode ein.

Hinter ihnen legten weitere Boote an. Männer mit schweren Stiefeln sprangen auf den Steg – Lilliths Soldaten.

Die Tür öffnete sich knirschend, widerstrebend. Sie holte tief Luft und ging hindurch.

Fast wäre sie wieder umgedreht. Dutzende Männer standen dicht beieinander und blickten arrogant und gelangweilt auf sie herunter. Warum hatte sie sie nicht gespürt? Dann sah sie die Spinnweben zwischen den Figuren. Sie spürte Bos Belustigung; er war nicht zum ersten Mal hier unten.

Eine zugestaubte Treppe führte aus dem Keller heraus. Bo und Lillith schlichen über einen Seitengang zum Sitzungssaal. Dicke Teppiche verschluckten ihre Schritte. An den Wänden schauten längst verstorbene Männer in Bürgermeisterkragen auf sie herab, während Lillith die Hosenbeine herunterkrempelte und Mantel und Turnschuhe zu Füßen der Altvorderen liegen ließ. Den Borsalino behielt sie auf.

»Wie läuft's?«, twinkerte Lillith.

Auf ihrer Kontaktlinse leuchtete ein: »Alle sind auf Position. Erik ruft gerade zur Schweigeminute für Otwin, Sie und mich auf. Soll ich die Übertragungen starten?«

»Ja.«

Lillith drückte die Tür auf – und genoss die ungeteilte Aufmerksamkeit von fast hundert Abgeordneten, sieben Senatoren, einem Bürgermeister und knapp 30 Besuchern auf den Zuschauerrängen. Sie schob den Hut in den Nacken und lächelte in die Runde. »Entschuldigen Sie bitte meine Verspätung!«

Totenstille. Nur in Drachs Zuschauerloge raschelte es. Wojtek Skoruppa zog seine Jacke an, diese dunkelgrüne Barbour-Jacke mit den zu kurzen Ärmeln, und war im Begriff, die Loge zu verlassen. Er griff in die Tasche, holte einen silbern glänzenden Flachmann heraus und nahm einen Schluck.

Ein kurzes Kommando über ihre Vidja. Noch bevor Skoruppa die Flasche abgesetzt hatte, stand einer ihrer Soldaten neben ihm. Der Mann mit dem Brotkastengesicht starrte in den Gewehrlauf – und setzte sich wieder. Die Waffe nicht aus den Augen lassend, nahm er erneut einen Schluck aus der Schnapsflasche. Lillith zoomte mit ihrer Vidja dichter heran: Die fein eingravierten Linien auf dem Silber zeigten eine Krähe.

Die Barbour-Jacke war mit Sicherheit aus russischer Produktion. Wojtek Skoruppa hatte nicht nur ihren Vater umgebracht.

Um sich herum spürte sie Ratlosigkeit, Überraschung, Besorgnis, Ungeduld, vereinzelt Freude. Bos Anspannung konnte sie fast greifen.

Nur Erik Drach hatte Gesicht und Gefühle komplett unter Kontrolle. »Was soll das hier werden? Ein Putsch? Ich dachte, mein lieber russischer Freund Sorokin hat Nordland heute Morgen offiziell abgeschrieben?«

»Dein lieber russischer Freund hat hiermit nichts zu tun. Und nein, das hier ist kein Putsch, sondern die Wiederherstellung der alten Ordnung.«

Die Senatoren drückten sich in ihre Sitze. Lillith spürte, wie sich Sorge zu Furcht und Angst verdichteten. Erik blieb gelassen.

»Dann musst du meinem neuen Polizeichef ja nicht länger das Gewehr ins Gesicht halten.«

Lillith und Bo gingen durch den mittleren Gang an den heute nahezu vollständig erschienenen Parlamentariern vorbei auf Erik Drach zu. »Wissen deine lieben Kollegen, dass du den Mörder meines Vaters zum Polizeichef machst?«, fragte Lillith.

Eine kurze Unsicherheit bei Erik, aber das Gesicht blieb eine unbewegte Felsenlandschaft.

»Lillith, solche unbegründeten Anschuldigungen werden dir nicht helfen. Wir wissen alle, dass der Mann neben dir deinen Vater umgebracht hat – mit deiner tatkräftigen Hilfe. Der Assistent deines Vaters hat mir alles detailliert geschildert und ist sicher bereit, das ein weiteres Mal zu tun, oder Titus?«

In der Civetta-Loge nickte Titus eifrig. Die Ähnlichkeit mit einem hechelnden Hund, der seinem Herrchen bedingungslos dient, war frappierend.

»Nehmt sie fest!« Erik winkte die Saaldiener herbei. »Du bist der Mitgliedschaft in einer terroristischen Vereinigung sowie der Beihilfe zum Mord an Davide Civetta angeklagt, Lillith Civetta. Und nur weil du aus dem Heimathaus entkommen konntest, ist diese Anklage nicht hinfällig geworden.«

Die Saaldiener, die gar keine Saaldiener waren, sondern Männer in langen, schwarzen Mänteln, kamen auf Lillith und Bo zu.

»Das würde ich nicht tun«, sagte Lillith. Sie wischte einmal durch die Luft und auf der weißen Wand zwischen den Fenstern erschien eine Luftaufnahme vom Rathausmarkt. Der Platz war voll mit Menschen. Lillith zoomte mit einer weiteren Handbewegung zum Eingang und ließ die Drohne einmal um das gesamte Rathaus herumfliegen: Überall standen ihre Männer.

Sie twinkerte und öffnete dann die Videoübertragung zu Måns Åkesson, einem der ehemaligen Heiratskandidaten. Der Mann, der bereit war, einen friedlichen Wandel in Nordland zu unterstützen und der Lillith jetzt ein »Viel Erfolg« auf die Kontaktlinse schickte.

»Empfangen Sie, was hier passiert, Herr Åkesson?«

»Als würde ich neben Ihnen stehen, Frau Civetta.« Åkessons Avatar tauchte neben Lillith auf.

Die Mantelmänner blieben stehen, unsicher, was sie tun sollten. Und selbst von Erik strömte zum ersten Mal Ratlosigkeit aus, die nach wenigen Sekunden in Ärger umschlug.

Laut und deutlich übertrugen die Überwachungskameras vom Rathausmarkt die Rufe der Mütter: »Unsere Kinder sind kein Kanonenfutter« und »Keine Kriegsspiele – wir wollen Frieden«. Im Zentrum des Platzes, von den bunt gekleideten Frauen umringt wie von einem Schutzwall, standen die Überlebenden der Neuen Heimat. Zerlumpte, graue Gestalten. Als Lillith auf diese Menschen zoomte, spürte sie Abscheu und Ekel, Unsicherheit, aber auch Verlegenheit und Scham in den Reihen der Mächtigen.

Bo ging an Lillith vorbei und stellte sich ans Rednerpult. Die Menge draußen jubelte, als er sich eine Strähne aus dem Gesicht strich und die Abgeordneten der Bürgerschaft ansah, einen nach dem anderen. Dank der Zusammenarbeit von Benz und Sunna wirkte es auf die Frauen draußen so, als ob Bo sie ansah, jede einzelne, eine nach der anderen.

»Werte Abgeordnete, danke, dass Sie heute gekommen sind. Danke, dass Sie sich die Zeit nehmen, sich persönlich ein Bild von den Taten Ihres Heimatschutzsenators Erik Drach zu machen.« Er drehte sich zu Drach und sah ihn herausfordernd an, bevor er sich wieder an die Parlamentarier wandte. »Da draußen sehen Sie das Ergebnis seiner Vertreibungspolitik. Diese elenden Gestalten sind Menschen, die bis vor Kurzem in der Lage waren, selbst für sich zu sorgen. Wir haben sie gestern aus der Neuen Heimat befreit. Dieser Ort auf dem Gelände des alten Atomkraftwerks Krümmel ist keine neue Siedlung, wie Erik Drach immer behauptet, sondern ein Konzentrationslager.«

Lillith öffnete das Video, das sie dort aufgenommen hatte. Die Parlamentarier verfolgten die 30 Sekunden Film mit spürbarem Entsetzen.

»Erik Drach hat sein Ziel fast erreicht«, fuhr Bo fort. »Er hat so lange mit seinen eigenen Leuten für Unruhe gesorgt, dass Sie heute bereit sind, die Kinder des Volkes in seinen ungerechten Krieg zu schicken. In einen Krieg, den Erik Drach provoziert hat. Aber die Mütter dieses Landes sagen ›Nein‹ zu diesem Krieg. Sie sagen ›Nein‹ zum Mord an ihren Kindern. Sagen auch Sie ›Nein‹!«

Lillith warf passend dazu die von Sunna geschnittenen Filmsequenzen an die weiße Wand: der Aufmarsch von Eriks schwarzgekleideten Truppen in der Heide, seine Waffenlieferungen und schließlich die Bilder ihrer eigenen Truppen aus Rehden: schwarz gekleidete Soldaten stürmten auf den von den Civetta-Truppen geschützten Speicher zu.

Erik bewegte hektisch seine Augen. Und im nächsten Moment hörte Lillith, was er gerade über seine Vidja aufgerufen hatte. Hubschrauber näherten sich dem Rathaus – und flogen darüber hinweg.

Die Frauen auf dem Platz vor dem Rathaus schauten irritiert in die Luft.

Die Senatoren blickten abwechselnd auf die Luftaufnahme und auf die von Lillith gezeigten Bilder, einige besorgt, andere gespannt.

Die Parlamentarier, viele von ihnen zum ersten Mal an diesem Ort, flüsterten miteinander. Lillith spürte ihre Unsicherheit, sie wussten nicht, wie sie sich verhalten sollten.

Lillith suchte den Blick von Liborius Oppermann. Aber der Finanzsenator sah nicht in ihre Richtung, er sah nicht einmal auf das Schauspiel, das sich ihm bot. Oppermann hatte den Kopf zur Seite geneigt und betrachtete Bo.

Erik Drach saß auf seinem Platz zwischen den anderen Senatoren und schüttelte den Kopf. »Verehrte Senatoren, geehrte Abgeordnete«, setzte er zur Gegenrede an. »Vor Ihnen steht der Anführer der sogenannten Widerstandsgruppe Omega. Dieser Gruppe werden zahlreiche Morde zur Last gelegt, unter anderem der Mord an Davide Civetta und der Mord an Otwin Rabe sowie die Überfälle auf unsere Anwesen in der letzten Nacht. Leider hat sich Davides Tochter diesen Chaoten angeschlossen. Titus, wenn du uns kurz berichten könntest«, forderte Erik ihn auf. Titus wiederholte die Geschichte, die er auch schon im Heimathaus von sich gegeben hatte, dieses Mal allerdings mit weniger anzüglichen Blicken garniert.

Parallel dazu zog Erik die altbekannten Bilder aus seiner Vidja: Lillith, wie sie an Halloween in Bos Arme sank; Lillith, wie sie beim Konzert das Omega-Zeichen machte – die Frauen draußen jubelten und formten ebenfalls Daumen und Zeigefinger zum »O« –; wie sie am Heiligengeistfeld mit ihrem weißen Kleid versuchte, Bo zu warnen.

»Also, Herr Åkesson«, richtete Erik sein Wort nun an den Schweden. »Sie sehen, wir haben gute Gründe, Fräulein Civetta der Kollaboration mit dem Widerstand zu beschuldigen.«

Bo räumte seinen Platz am Rednerpult. Jetzt war Lillith an der Reihe. »Zu den Bildern, die mich als Teil des Widerstands zeigen, komme ich gleich. Aber zunächst möchte ich Ihnen ein paar interessante Informationen über Erik Drach geben. Wussten Sie, verehrte Senatoren, verehrte Abgeordnete, dass die Deiche so bald brechen würden? Nein? Erik schon.«

Sie zeigte ihre eigene Aufzeichnung, die Erik auf seinem Segelboot zeigte, scheinbar gedankenverloren, tatsächlich aber genau den Deich prüfend.

»Er wusste, dass er sich möglichst schnell ein neues Anwesen würde sichern müssen. Mit legalen Mitteln kam er nicht an ein Gelände heran, dass seinen Großmachtfantasien genügen würde. Er wusste, dass er – solange er nur vordergründig alle Regeln des Paktes einhalten würde – jeden einzelnen von Ihnen über den Tisch ziehen durfte. Sie wissen sicher bereits alle, dass die Grundstücke in St. Pauli und Altona ihm persönlich gehören. Nicht der Heimatschutzbehörde.«

Ein dem ehrwürdigen Saal nicht angemessenes Tuscheln zeigte ihr, dass dem nicht so war.

»Dummerweise wohnten in diesem Gebiet Menschen. Er musste sie vertreiben, ohne dass es wie eine Vertreibung aussah. Und dafür entwickelte er einen Plan, der sich an den zehn biblischen Plagen orientierte.«

Bo warf die Stellen aus der Bibel an die Wand zwischen den Fenstern. Lillith erzählte von den Fröschen der Poggendiekbehörde, die nicht nur in jedes Haus gekommen waren, sondern auch mitgenommen hatten, was sie in die Finger bekommen konnten. Sie erzählte von den Mücken und den PIDs, von dem gestohlenen Vieh, das Hawik geschlachtet, wegen des Wirtschaftsboykotts aber nicht mehr hatte verkaufen können und deshalb hatte wegwerfen müssen.

Hawik schüttelte seine drei Doppelkinne und tat, als sei Lillith eine lästige kleine Fliege, die er zur Seite wischen konnte. Aber Lillith spürte, dass er angespannt war.

»Und dann kamen die Masern. Genmanipuliert, wie unsere Labore bestätigt haben. Erik wird sie aus Russland importiert haben, vielleicht sogar von demselben Unternehmen, das Ihnen, Senator Krawinkel, die PIDs zur Verfügung gestellt hat.«

Krawinkel, der nervös auf seinem Minibildschirm herumgewischt hatte, hielt inne; seine Augen waren rot geädert und zum ersten Mal spürte Lillith eine absolut selbstlose Emotion in diesem Saal: Trauer.

Ein weiterer Puzzlestein fiel an seinen Platz. Lillith erinnerte sich an den Tag, als in der Bürgerschaftssitzung die Masern diskutiert worden waren. Sie hatte Krawinkels Elend gespürt. Sie ging zu ihm und suchte seinen Blick. »Wer hat sich bei Ihnen infiziert, Senator Krawinkel?«

Krawinkel schaute immer noch nach unten, scheinbar auf den Bildschirm, tatsächlich ins Nichts. So leise, dass er in den hinteren Reihen kaum zu hören war, sagte er: »Mein Enkel. Er hat überlebt, aber aus einem lebenslustigen, frohen Jungen ist ein geistig abwesendes Kind geworden. Er wird nie wieder spielen, nie wieder selbst essen oder trinken, nie wieder lachen …«

Krawinkels Blick ging zu Erik. »Ist das wahr, was Fräulein Civetta hier behauptet?«

Erik sah abschätzend erst zu Krawinkel, dann zu Lillith und begnügte sich mit einem einfachen: »Nein.«

Lillith drehte sich wieder zu den Parlamentariern.

»Von den weiteren Plagen waren Sie noch weniger betroffen als bisher schon. Wohl aber die Menschen, die Sie da draußen sehen.« Lillith erzählte von den Minibomben namens Hail. Von den Heuschrecken-Baggern, die den letzten Rest Haus und Garten vernichteten. Von den drei Tagen Dunkelheit und schließlich von der letzten Plage, der Schlimmsten: dem Tod aller Erstgeborenen.

»Natürlich richtet sich die Wehrpflicht allein an die Familien, die ihre Kinder nicht herauskaufen können. Keiner von Ihnen wird sein Kind verlieren. Jedenfalls nicht in dem von Senator Drach geplanten Angriffskrieg. Vielleicht aber in dem Moment, in dem der Krieg nach Nordland kommt. In dem aus Angriff Verteidigung wird und jeder zu den Waffen greift, greifen muss, um zu überleben.«

»So ein Unsinn. Erik plant doch keinen Krieg«, warf der Abgeordnete Claas von Marchtaler ein. »Oder Erik?«

Erik schwieg.

»Eriks Ehrgeiz ist zu groß für Nordland«, sagte Lillith. »Und seitdem er hier ist, sät er Zwietracht. Es fing an dem Abend an, als Willem Duhnkreih meinen Vater umbringen wollte.«

»So ein Unsinn«, rief Jay Kropp. »Zu so etwas wäre mein Schwager nie in der Lage gewesen.«

»Deswegen hat es ja auch nicht funktioniert. Mein Vater hat den Versuch vertuscht. Er glaubte, dass dieser direkte Paktverstoß das Ende von Nordland bedeuten würde, sobald er ihn öffentlich machte. Er glaubte, dass sich ab diesem Moment niemand mehr an den Pakt halten würde.«

Lillith sah in Oppermanns Richtung.

»Dieses Schweigen, dieses Nicht-Wahrhaben-Wollen war es letztlich, was meinen Vater umgebracht hat.«

Ein Stich von Schuld schob sich in Lilliths Herz. Instinktiv blockte sie ihn ab.

»Und der Mörder meines Vaters ist nun Ihr neuer Polizeichef.«

»Ach, Fräulein Civetta, tolle Geschichten, aber wo sind Ihre Beweise?« Erik lehnte sich auf seinem Sitz zurück, selbstgefällig die Hände hinter dem Kopf verschränkt.

Lillith nickte Bo zu, der mit einem Twinkern den Audiomitschnitt von Davides letzten Minuten in den Raum warf.

»Vidja, vergleiche die Stimmen mit bekannten Stimmen aus der Datenbank.«

»Bei den beiden hier sprechenden Männern handelt es sich um den jüngst verstorbenen Senator Davide Civetta sowie um Wojtek Skoruppa, den aktuellen Polizeichef von Nordland.«

»Zu dem Zeitpunkt, als dieses Gespräch geführt wurde, war ich auf dem Weg zurück zu unserem Grundstück. Ich hatte den Hilferuf der Sicherheit gehört. Aber ich war zu spät. Als ich endlich wieder zu Hause war, hatte Skoruppa meinen Vater bereits ermordet.« Sie schluckte schwer und tupfte sich die Augen, als ob sie nur mit Mühe ihre Tränen zurückhalten konnte.

Auf der Senatorenbank hinter ihr breitete sich Nervosität aus. Keine Überraschung. Alle, alle! wussten, dass Erik ihren Vater ermordet hatte. Aber statt sich auf ihre Seite zu stellen, wollten sie weiter vertuschen, weiter ihren Geschäften nachgehen und weiter so tun, als sei der Pakt intakt.

Anders die Parlamentarier. Claas von Marchtaler rief: »Senator Drach, wie können Sie so jemanden zum Polizeichef machen?« Ein anderer meldete sich mit »Wir sind ein Rechtsstaat, Senator Drach, keine Bananenrepublik« zu Wort. Ein dritter rief: »Bitte bestätigen Sie, dass Sie von diesen Machenschaften nichts wussten, Senator Drach.«

Erik Drach wischte Lilliths Anschuldigungen mit einem »Das sind dreiste Fälschungen« zur Seite. »Sie glauben diesem Mädchen?«

Lillith redete weiter. Noch ließen die Mantelmänner sie und Bo in Ruhe. Noch hatte sie die volle Aufmerksamkeit der Anwesenden.

»Ihr wisst, dass Erik den Pakt missachtet hat. Wollt ihr diesem Mann alles überlassen, was ihr aufgebaut habt? Wollt ihr Krieg und Leid und eine Geschäftswelt, in der sich nur noch Waffen verkaufen lassen?«

Eriks Anspannung stieg. »Ich wusste gar nicht, dass ich es inzwischen zum Kriegstreiber und Massenmörder gebracht habe, liebe Kollegen. Was dieses Mädchen hier erzählt, ist kompletter Unsinn. Eine hübsche Geschichte, aber völlig haltlos.«

Lillith spielte ihre nächste Karte aus, eine, die sich erst vor wenigen Minuten überraschend in ihre Hand geschoben hatte. Krawinkel war bereits auf ihrer Seite, er glaubte Erik nicht länger, das konnte sie spüren. Oppermann auch. Jetzt musste sie Kropp überzeugen. Sie brauchte drei Senatoren, um Eriks Kriegspläne zu stoppen.

»Wissen Sie, verehrter Senator Kropp, dass der neue Polizeichef auch ihren Schwager ermordet hat?« Dabei schaute Lillith hoch zur Loge, in der Bibi Kropp saß. Sie meinte Unsicherheit zu spüren, Ratlosigkeit, dann Entschlossenheit, aber auf die Entfernung konnte sie nicht sicher sein.

»Werte Kollegen, wollen Sie dieser Märchenstunde wirklich weiter lauschen?« Erik versuchte, die Kontrolle an sich zu reißen.

»Lass Lillith das noch erklären, Erik«, sagte Jay Kropp. Er twinkerte und Lillith fand auf ihrer Kontaktlinse den Satz: »Danke für deine Soldaten letzte Nacht.«

Mit wenigen Augenbewegungen holte sie aus der Parlamentsdatenbank die Szene, die Erik ihnen bei seinem ersten Auftritt in Nordland präsentiert hatte: Willem Duhnkreih am Boden, fast nackt, Joris und Bo Thorn neben ihm. Duhnkreih lebte noch. Er spuckte Blut. Ein tiefer, rasselnder Atemzug – und dann Stille. »Das war's«, sagte der Mann in dem Flickenmantel. Die Kamera zeigte ein altes Gesicht, von tiefen Linien durchzogen, keine der typischen Schläger-Visagen.

Lillith stoppte die Wiedergabe. »Dieser Mann, Joris Thorn, war Arzt in dem Elendsviertel. Er hat den Menschen geholfen, er wollte auch Willem Duhnkreih helfen.« Sie ließ den Film weiterlaufen.

Joris' Begleiter stand bereits und half ihm auf die Beine. »Wir müssen abhauen, bevor die Bullen kommen«, hörte man ihn sagen. Die beiden Männer ließen Duhnkreih zurück und bewegten sich mit schnellen Schritten aus dem Bild.

»Wir alle glaubten, dass diese beiden Männer Duhnkreih totgeschlagen hatten. Aber wie Sie sehen, haben sie keinerlei Beute dabei. Wojtek Skoruppa dagegen trägt Duhnkreihs russische Barbour-Jacke – und er besitzt Duhnkreihs Flachmann.«

Lillith zeigte auf Skoruppa, der mitten in der Bewegung innehielt. Aber es war zu spät. Alle konnten die Flasche mit der charakteristischen torkelnden Krähe sehen.

Zum ersten Mal stutzte Erik, überspielte das aber mit Lässigkeit. »Das muss nichts heißen. Vermutlich haben wir Thorn die Flasche abgenommen und Skoruppa konnte etwas damit anfangen. Wo ist das Problem? Es sei denn, Jay möchte die Flasche haben, dann bekommt er sie natürlich zurück. Lillith, das ist kein Beweis, das ist Unsinn.«

Auf der Loge über ihnen raschelten Kleider. Bibi Kropp war aufgestanden und sah auf die Männer herab. Ein schwarzer Racheengel, die Handtasche vor ihr auf der Brüstung fest umklammert.

»Ich habe gesehen, wie Willem überfallen wurde. Ich habe dich angerufen, Erik, du solltest ihm helfen, aber du hast nicht reagiert.«

»Sie haben den Überfall gesehen, Frau Kropp?«, fragte Oppermann.

Bibis Zunge fuhr über ihre Lippen. Dann sagte sie: »Willem hatte sich mit mir darauf verständigt, dass ich ihn bei seinen Geschäften unterstütze und mir deshalb Zugang zu seinem Chip gegeben.«

Willem hatte sich einen Vidja-Hirnchip implantieren lassen? Und Bibi hatte ihn gesteuert? Ob Jay sich ebenfalls von seiner Frau helfen ließ? Aber warum hatte Bibi ihren Bruder nicht daran gehindert, so eine Dummheit wie den Mordanschlag auf Davide zu begehen?

»Er hat leider nicht immer auf mich gehört, sonst würde er noch hier sitzen«, beantwortete Bibi die Frage, als ob sie Lilliths Gedanken hatte hören können. »Aber dein Angebot, Erik, war für ihn zu reizvoll.«

Erik hob die Hände. »Ich weiß von nichts.«

»Dann ist es ja gut, wenn ich deiner Erinnerung auf die Sprünge helfen kann.« Bibi wischte ein paar Mal durch den Raum und im nächsten Moment hörten alle ein Gespräch zwischen Willem Duhnkreih – und Erik Drach:

»Selbstverständlich bekommst du den Posten des Energiesenators, Willem. Wenn du mich fragst, hättest du ihn von Anfang an haben sollen.«

»Gut. Also: Ich räume den alten Civetta aus dem Weg und du sorgst dafür, dass ich sein Nachfolger werde. Hast du die anderen Senatoren auf deiner Seite?«

»Darüber mach dir keine Sorgen.«

Auf Lilliths Kontaktlinse leuchtete ein: »Das ist kein Kooperationsangebot. Ich bleibe nur ungern etwas schuldig.« Lillith suchte den Blickkontakt zu Bibi, aber die hatte sich bereits wieder auf ihren Platz in ihrer Loge zurückgezogen. Ihre Mutter Stine war an die Brüstung herangerückt, sah Lilliths Blick und winkte zu ihr herunter.

Die Nervosität auf der Senatorenbank stieg spürbar an. Jeder einzelne – außer Drach – fragte sich, ob man angesichts dieser Veröffentlichungen Erik als Senator noch halten konnte. Sie twinkerten, blinzelten, versuchten sich auf die Schnelle auszutauschen – aber die große Ratlosigkeit war für Erik genauso sichtbar wie sie für Lillith zu spüren war. Oppermann blickte zwischen Lillith und Bo und Erik hin und her, unsicher. Krawinkel war voller Trauer um sein Enkelkind und voller Hass auf Erik. Jay nickte eifrig, offenbar gab Bibi ihm Anweisungen, wie er sich zu verhalten hatte. Hawik schüttelte seine Kinne, ungläubig, dass Erik sich bei seinen Machenschaften hatte erwischen lassen. Petersen und Rook waren hin- und hergerissen, ob sie sich zu Drach stellen oder doch lieber etwas Abstand halten sollten. Der neue Bürgerschaftspräsident Dauve hielt unschlüssig sein Hämmerchen in der Hand und wartete ebenfalls ab.

Und dann zog Erik seinen Trumpf.

Er twinkerte einmal, zweimal, dreimal.

Von der Alster kamen Hunderte schwarzgekleideter Soldaten. Wie eine schwarze Welle strömten sie auf den Rathausmarkt. Und dieses Mal stand kein Davide bereit, um Erik in die Parade zu fahren.

Lilliths Männer standen auf der falschen Seite. Sie hatten sich um das Rathaus gesammelt. Die Alsterseite war frei. Zwischen ihnen und Eriks Männern standen tausende Frauen und Busladungen voll ausgemergelter und schwacher Gestalten aus der Neuen Heimat. Und es kamen immer mehr Soldaten.

Aus Nervosität wurde Angst, aus Angst Panik.

»Erik, stopp deine Leute«, versuchte Oppermann ihn zur Vernunft zu bringen.

»Bleibt ruhig«, rief Lillith den Frauen draußen zu. »Geht auf die andere Seite des Rathauses, dort seid ihr sicher.«

Aber auch die Straße südlich vom Rathaus war schwarz von Soldaten. Erik kesselte das Volk ein. Er würde nicht zögern, ein beispielloses Blutbad anzuzetteln. Keiner konnte ihn daran hindern.

»Zieh deine Männer zurück, Lillith«, sagte Erik. »Dann dürfen die Frauen ungehindert den Platz verlassen.«

Die ersten Frauen drängten an den blau Uniformierten vorbei; sie wollten ins Rathaus flüchten. Aber egal wie sehr sie an den Türen rüttelten – sie blieben verschlossen. Erik hatte die Hände hinter dem Kopf verschränkt, sein Grinsen entblößte beide Zahnreihen. »Ich dachte, dem Rathaus könnte ein kleines Sicherheitsupdate nicht schaden. Wie recht ich hatte! Sonst hätten wir den Pöbel jetzt in unseren hübschen Hallen.«

Lilliths Männer waren in der Überzahl. Aber angesichts der Massen zwischen ihnen und Eriks Truppen nützte ihnen das nichts. Sobald sie anfingen zu schießen, würden sie Unschuldige umbringen. Unschuldige, die Lillith persönlich an diesen Ort beordert hatte.

»Lassen Sie das Volk gehen«, schaltete sich Åkesson aus Schweden ein.

»Erik, sei vernünftig«, versuchte Oppermann ihn zur Vernunft zu bringen.

Aber aus Eriks Augen leuchtete die Freude am Chaos, die Lust an der Zerstörung und die Gewissheit, fast gewonnen zu haben.

»Liebe Senatoren«, hob er an, »ich tue nur, was man von einem Heimatschutzsenator erwartet: Ich schütze unsere Heimat. Fräulein Civetta ist diejenige, die für Aufruhr sorgt. Die nichts mehr zu verlieren hat. Fräulein Civetta unterstützt schon lange den Widerstand und wenn ich sie nun gewähren lasse, werden Chaos und Krieg unser Land regieren. Nicht mir müssen Sie sagen, was ich zu tun und zu lassen habe, sondern diesem Widerstandsflittchen.« Sein langer, weißer Zeigefinger wies auf Lillith. »Ihre Männer müssen sich ergeben, die Waffen niederlegen – oder wollen Sie etwa, dass dieser Omega-Hansel hier seinen Drohungen Taten folgen lässt und uns alle enteignet?«

Lillith spürte, wie die Stimmung umschlug, wie die anderen Senatoren sich an Bos Worte in der Elbphilharmonie erinnerten, wie sie die Gefahren für sich und ihren Besitz neu abwägten. Und Lillith wusste, dass es an der Zeit war, den Teil des Plans in die Tat umzusetzen, von dem sie bis zuletzt gehofft hatte, ihn nicht einsetzen zu müssen. *Manchmal ist das Opfer eines einzelnen der einzige Weg, um das Leben aller anderen zu schützen.*

Sie twinkerte ein »Jetzt bitte« und in der ansonsten leeren Loge von Bürgermeister Rabe bewegte sich ein Mann nach vorne an die Brüstung. Obwohl Drach ihn entlassen hatte, trug Joseph Foth immer noch die Uniformjacke mit dem steifen hohen Kragen. Sein schütteres Haar war streng gescheitelt und aus halb zusammengekniffenen Augen betrachtete er die Menschen unter sich.

»Meine Herren«, setzte er an. Auch an seiner fisteligen Stimme hatte sich nichts geändert. »Bevor Sie eine Entscheidung treffen, sollten Sie folgendes wissen: Vor einiger Zeit haben Senator Davide Civetta, Senator Erik Drach und meine Wenigkeit zusammengesessen und überlegt, wie wir Bosse Thorn habhaft werden könnten, ohne ihn zum Märtyrer zu machen. Frau Civetta schien uns dafür das geeignete Instrument zu sein. Sie hat sich zu diesem Zweck als Spionin bei Omega einschleusen lassen. Während ihrer Zeit dort hat sie uns regelmäßig mit Informationen versorgt. Und wenn ich das richtig sehe, präsentiert sie uns heute, wie vereinbart, den Anführer dieser Organisation auf dem Silbertablett.«

Aus Bos Gesicht war jede Farbe verschwunden. Lillith spürte seine Fassungslosigkeit, so tief und so leer wie der Weltraum.

Lillith ergriff wieder das Wort. »Wir alle wissen«, und ihr Blick ging dabei zu Oppermann, »dass es vor allem Bosse Thorn ist, der die Massen hinter sich bringen kann. Er ist der einzige, der einen Aufstand erfolgreich anführen könnte. Deshalb übergebe ich ihn heute der Obrigkeit, unter der Bedingung, dass er ein faires Gerichtsverfahren bekommt, dass Erik Drach abgesetzt und wegen Mordes angeklagt wird, dass sämtliche Maßnahmen, die er angeordnet hat, rückgängig gemacht werden, dass die Menschen, die wegen ihm ihren Besitz verloren haben, alles zurückbekommen; die Häuser Benz und Civetta schließe ich bei dieser letzten Forderung explizit mit ein.«

Auf dem Rathausmarkt waren alle Rufe verstummt.

»Das ist mein Angebot«, wiederholte Lillith. »Bosse Thorn im Austausch für Frieden und Gerechtigkeit.«

Lilliths Soldaten drängten sich an den Frauen vorbei und marschierten auf Eriks Truppen zu.

»Wenn Sie nicht auf mein Angebot eingehen, wird es zum Kampf kommen. Ich werde versuchen, die Zahl der zivilen Opfer so niedrig wie möglich zu halten.« Lillith drehte sich um zu den Senatoren: »Aber wenn ihr nicht in der Lage seid, Erik auszuschalten, dann tue ich es.«

Niemand sagte ein Wort.

Und dann lachte Oppermann laut los. Alle sahen irritiert in seine Richtung. Der Finanzsenator sprang auf, ging auf Lillith zu und umarmte sie. »Hast du die Parlamentarier auf deiner Seite?«, flüsterte er ihr dabei so ins Ohr, dass es außer Lillith niemand hörte. Lillith nickte.

Oppermann löste sich von ihr und rief: »Lillith Civetta, dich möchte ich genauso wenig zum Feind wie deinen Vater. Und ja, ich stimme für Frieden und gegen den Krieg. Für das Haus Civetta und gegen das Haus Drach. Aber da wir ein demokratisches Land sind, möchte ich alle hier Anwesenden um ihre Stimme bitten. Wer ist dafür, dass Erik Drach abgesetzt und die übrigen Bedingungen von Frau Civetta erfüllt werden?«

Oppermann, Krawinkel, Kropp, Hawik und Rabe hoben die Hand.

Erik Drach war weiß geworden. Aber auch er kannte die Gepflogenheiten: »Wir wissen alle, dass drei Senatoren eine Sperrminorität besitzen. Also, wer ist gegen den Vorschlag von Frau Civetta?«

Drach und die neuen Senatoren Rook und Petersen meldeten sich.

Erik entblößte seine viel zu weißen Zähne in etwas, das wohl ein siegessicheres Grinsen sein sollte. »Tja, liebe Lillith. Damit hast du leider verloren. Verabschiede dich von deinen Freunden. Das wird jetzt schmutzig da draußen.«

Lillith nahm die Schultern zurück und streckte sich. Sie drehte sich zum Parlament und sagte: »Gemäß § 117, Absatz 3, Satz 5 kann die Sperrminorität der drei Senatoren durch eine einfache Mehrheit der Parlamentarier aufgehoben werden. Sie sind jetzt also gefragt, werte Abgeordnete. Wollen Sie Krieg oder wollen Sie Frieden? Wollen Sie ein diktatorisch regiertes Land – oder wollen Sie, dass Ihre Meinung auch in Zukunft gefragt sein wird? Wollen Sie, dass Nordland wird wie Russland? Oder soll es werden wie eines der Länder der Skandinavischen Union, mit echtem Rechtsstaat, echter Demokratie, echten Chancen für alle? Bitte heben Sie die Hand, wenn Sie das Veto der Senatoren Drach, Rook und Petersen aufheben möchten.«

Fritjof hatte gute Arbeit geleistet. Alle hoben die Hand.

Auf dem Rathausmarkt jubelte das Volk.

Aber es war noch nicht vorbei.

Eriks Männer fingen an zu schießen.

»Erik. Hör sofort auf damit. Du bist nicht länger befugt, diese Männer zu befehlen«, schrie Oppermann.

»Ich werde dafür sorgen, dass keiner diesen Platz lebend verlässt. Hindert mich doch, wenn ihr könnt.«

Keiner hatte direkten Zugriff auf Eriks Männer.

»Erik, ruf deine Männer zurück!«, schrie Hawik.

Lilliths Männer hatten die Frauen inzwischen hinter sich gebracht und standen als Schutzschilde zwischen ihnen und Eriks Truppen, bereit, die Frauen mit ihrem Leben zu schützen.

Eriks Männer waren im Begriff, auf Lilliths Soldaten loszugehen, als sie Schreie aus ihren eigenen, hinteren Reihen hörten. Nur undeutlich konnte man erkennen, was hinter den Schwarzgekleideten passierte. Lillith schickte eine Drohne Richtung Alster und sah Männer, mit denen sie nicht gerechnet hatte.

Die Omegas pflügten zusammen mit den schwer bewaffneten Secundi durch die Reihen von Eriks Armee. Ausgestattet mit Helmen, Schutzwesten und Kalaschnikows feuerten sie in die Masse schwarzer Männer. Eriks Männer waren gut geschützt. Die Kugeln verletzten nur, wenn sie an die Schwachstellen der Panzerung kamen: Hals und Seiten. Aber es waren so viele Kalaschnikows und so viele Angreifer, dass genug Kugeln durchkamen. Eriks Söldner, die nicht oder nur leicht verletzt waren, warfen ihre Gewehre weg und liefen davon. Für einen Zwei-Fronten-Krieg hatte Erik sie nicht bezahlt.

Aber die Omega-Kämpfer stürmten weiter aufs Rathaus zu. Mit der Wut der Betrogenen griffen sie Lilliths Männer an. »Wir holen dich da raus, Bo«, schrien sie. »Wir wollen die Revolution, keine leeren Versprechen.«

»Stopp!« Eine Stimme wie ein Erdbeben. Bo stand wieder am Rednerpult: »Es ist genug. Ich will keine weiteren Toten. Keinen einzigen. Wenn ich als einziger dafür bezahle, dass der Rest von uns wieder ein Leben bekommt, dann ist es so.« Bo sah zu Lillith und seine Augen glänzten. Seine Stimme war nicht länger Gänsehaut, sie war Zorn und Wut und sie riss ihr das Herz aus dem Leib. »Lillith hat mich verraten. Aber dumme Racheaktionen nützen niemandem. Nehmt das Angebot der Birds an, verdammt. Jeder bekommt seinen Besitz zurück, jeder von uns kann wieder ein Leben leben, das sich lohnt. Wenn mein Kopf der Preis dafür ist, dann soll es so sein. Hört auf zu morden. Fangt an zu verhandeln. Gebt der Demokratie eine Chance. Gebt den Parlamentariern die Chance, in eurem Sinne für eine gerechtere Welt zu sorgen.«

Die Omegas hielten inne, ratlos, suchend. Die ersten Frauen kamen auf sie zu, nahmen ihnen die Gewehre ab, umarmten sie. Eine ältere Frau verpasste einem jungen Mann eine Ohrfeige, nahm ihn an die Hand und zog ihn heraus aus dem Getümmel. Lillith wiederholte diese Sequenz und spielte sie in Großaufnahme ein weiteres Mal ab. Lachen löste die Spannung, die Gewehre wurden zu Boden gerichtet. Lilliths Männer standen unsicher daneben, zögerten, auf Lilliths Kontaktlinse leuchtete die Ansage: »Erwarten weitere Befehle.«

»Nehmt Eriks Männer fest«, twinkerte sie zurück, »lasst die Omegas ziehen und helft den Menschen aus der Neuen Heimat.«

Ω Freiheit Ω

»Du bist ein Idiot, Bo.« Dieser Satz von Alek lief in Dauerschleife in seinem Kopf. »Du bist ein Idiot. Ein Idiot. Ein Idiot.« Wie recht Alek am Ende doch gehabt hatte. Wie recht damit, Lillith nicht zu trauen. Als ihn die Polizisten abführten, hatte er nochmal versucht, Blickkontakt zu ihr aufzunehmen. Nicht einmal diesen einen Blick hatte er von ihr bekommen.

»Wenn ich als einziger dafür bezahle, dass der Rest von uns wieder ein Leben bekommt, dann ist es so«, das hatte sich so leicht dahingesagt. Aber wenn er ehrlich war: Er hatte scheiße viel Angst vor dem, was jetzt kam.

Da es kein Heimathaus mehr gab, hatten die Polizisten ihn in ihre neue Zentrale gebracht, die einmal seine gewesen war: den Bunker am Heiligengeistfeld. Hier saß er nun in einem abgesperrten Raum und hatte viel Zeit zum Nachdenken. Ihm fiel die Nacht ein, die er mit Lillith verbracht hatte. Damals, als er dachte, dass dieser einen Nacht noch unzählige andere folgen würden. Der Moment, als Stev sie enttarnte … er hätte sie gleich umbringen sollen, dann wäre er jetzt ein freier Mann.

Und schon lange tot.

Je mehr er über die vergangenen Wochen nachdachte, umso widersprüchlicher wurde alles.

Er sah Lilly vor sich, die Spionin. Was hatte sie den Birds alles über Omega erzählt? Und warum hatte sie dann gleichzeitig den Widerstand unterstützt, selbst nachdem er sie hatte umbringen wollen? Alles nur für die Legende? Warum hatte sie ohne Ende Werbung gebucht? Die Idee mit den Avataren und dem Film aus der Neuen Heimat gehabt? Nur damit sie weiter spionieren konnte?

Er sah Lillith vor sich, fast erfroren, wie sie aufblühte als sie für einen kurzen Moment glaubte, Johanna aus den Fluten retten zu können. Er erinnerte sich an den Schmerz in ihren Augen, wenn das Gespräch auf seinen Vater gekommen war. Als ob sie die Hinrichtung hätte verhindern können.

Und dann dieses eiskalte »Deshalb übergebe ich ihn heute der Obrigkeit.« Sie wusste doch, wie ungerecht ihre Welt war. Sie musste doch ahnen, dass er keinen fairen Prozess bekommen würde.

»Jeder tut, was er tun muss, um zu überleben.« So hatte sie ihn begrüßt, als sie zum ersten Mal als Lillith bei ihnen war, an dem Tag, als sie bis ins Bismarck-Denkmal geflohen waren. Er hätte besser zuhören sollen.

Aber wenn sie so skrupellos war wie ihr Vater – warum hatte sie dann mit ihm fliehen wollen? Woher kam dann die Verzweiflung in ihrem Gesicht, als er ihr Angebot ablehnte?

Ungebeten kamen die Bilder aus der gemeinsamen Nacht im Wasserturm zurück. Er sollte sie hassen. Aber so sehr er sich auch anstrengte, er konnte es nicht. Er vertraute ihr. Sie hatte sich gegen die Birds durchgesetzt. Sie hatte dem Volk und sich selbst die Freiheit erkämpft.

»Sie ist ein guter Mensch, Bosse. Ich habe in ihr Herz geschaut und es ist gut. Lass es zu.«

Sie würde ihn nicht im Stich lassen.

Bilanz

Bo hatte sich ohne Gegenwehr abführen lassen. Erik Drach hatte deutlich mehr Ärger gemacht. Er hatte wie verrückt getwinkert, aber niemand hatte mehr auf seine Befehle reagiert. Krawinkel hatte sofort sämtliche Ärzte, Sanitäter und Krankenschwestern aus seinen Krankenhäusern gerufen, die sich um die Verletzten auf dem Rathausmarkt kümmerten, um Frauen und Kinder, um die Überlebenden aus der Neuen Heimat und um Lilliths Soldaten, um die Kämpfer von Omega und um Eriks Männer, die nicht mehr weglaufen konnten.

Die meisten Verluste hatten die Ratten hinnehmen müssen, die von dem überraschenden Zweifrontenkampf aufgerieben worden waren. Lillith war hinausgegangen zu den Verletzten, hatte helfen, Trost spenden wollen. Aber der Hass, der ihr von Seiten der Omegas entgegengeschlagen war, war so heftig, dass ihr Schutzpanzer nicht ausgereicht hatte. Sie hatte sich nach Hause fahren lassen und saß seitdem am Schreibtisch ihrer Mutter.

Ihr Plan war aufgegangen. Erik hatte sein Amt als Heimatschutzsenator abgeben müssen. Benz war erneut verantwortlich für die Vidja-Infrastruktur und würde sich auch in Zukunft als Bildungssenator um die Schulen des Landes kümmern. Lillith hatte ihr Amt als Energiesenatorin zurück und war als gleichberechtigte Senatorin in die Männerrunde aufgenommen worden – mit dem kleinen Hinweis darauf, dass nach ihrer Hochzeit selbstverständlich ihr Ehemann diese Position übernehmen würde. Innokenty Sorokin hatte sich gemeldet, aber Lillith hatte seine Anfrage ignoriert. Sorokin hatte den Ehevertrag rechtsgültig gekündigt. Sie würde diesen Mann kein zweites Mal in ihr Leben lassen.

Oppermann hatte ihr zum Abschied die Hände gedrückt. »Dein Vater wäre sehr, sehr stolz auf dich gewesen«, hatte er gesagt. Und: »Ich würde mich freuen, wenn du mich als deinen väterlichen Freund und Ratgeber betrachtest. Gemeinsam bauen wir an dem Land weiter, das dein Vater wollte.«

Sie hatte ihm ihre Hand entzogen und auf seine gelegt. »Wir lösen die Versprechen ein, die ihr vor 25 Jahren gegeben habt.«

»Ja. Das werden wir.« Oppermanns feines Gesicht war ernst, aber um seine Augen vertieften sich die Lachfältchen. »Auch deine Mutter wäre sehr stolz auf dich gewesen.«

Lillith erinnerte sich an den Tag, als Erik vor ihrem Schreibtisch gestanden und an die Schicht aus Eis, die sie an diesem Tag um ihr Herz gelegt hatte. Musste sie ihr Innerstes erneut zu einer Eiswüste machen, um ihre ganzen Versprechen einzulösen? Musste sie ihre Gefühle abspalten, um Nordland zu regieren? Damit die Emotionen sie nicht beeinflussten? Die eigenen und die der anderen?

Oder war es genau das, was sie benötigte? War es das, was Davide gefehlt hatte?

Vielleicht gab es etwas dazwischen. Zwischen der emotionalen Impulsivität ihrer Mutter und der eiskalten Rationalität ihres Vaters.

Es klopfte. Lillith reagierte mit einem automatischen »Ja«. Maja kam durch die Tür. Die Augen rot vom Weinen, das Gesicht verquollen, die Hände zitterten.

»Ja?«, fragte Lillith und packte ihr Herz in Eis.

Lilliths unsichtbare Barriere war zu viel für Maja. Sie brach vor dem Schreibtisch zusammen. Aber noch bevor Lillith zu ihr gehen konnte, stürzte Sunna durch die Tür und hockte sich zu Maja auf den Teppich.

»Komm, Tantchen, es wird alles gut. Lillith wird nicht zulassen, dass sie Bo umbringen. Und Bo selbst hat gesagt, dass er an ihrer Stelle ganz genauso gehandelt hätte. Es ging nicht anders, Tantchen.«

Tantchen?

Lillith öffnete ganz vorsichtig einen winzigen Spalt in ihrer Eiswand. Bedauern. Schuld. Und Trauer. Trauer, wie sie sie das letzte Mal bei Johanna gespürt hatte. Sie kniete sich neben Sunna.

»Ich musste es tun, Maja. Wenn ich Bo nicht den Behörden übergeben hätte, hätte es ein Blutbad gegeben. Erik hätte sich durchgesetzt. Wir wären im Krieg mit Westfalen. Tausende Unschuldige würden sterben.« Die Trauer drängte sich weiter in sie hinein, öffnete den Spalt zu ihrem Innersten.

Maja ignorierte Lillith und schlang ihre Arme um Sunna. »Sunniva. Warum war ich nur so stur? Warum? Und jetzt auch noch Bo.«

Sunna wiegte die kleine grauhaarige Person in ihren Armen. »Du warst ja nicht die einzige. Johanna hätte genauso gut den ersten Schritt machen können.«

Und endlich begriff Lillith. Die dichten langen Locken, das warmherzige Lächeln, Tantchen ... Johanna war Majas Schwester gewesen. Mit einem lautlosen Knacken zerbrach der Eispanzer. Lillith liefen die Tränen über das Gesicht. Wenn sie sich doch nur ein bisschen mehr gestreckt hätte! Dann hätte sie Johannas Hand erreichen können.

Sie hatte eine fatale Wirkung auf Mitglieder der Familie Thorn.

Sunna strich Lillith über den Arm und lächelte ihr zu. Unendlich traurig, aber absolut ehrlich.

Lillith wollte Maja in den Arm nehmen, aber ihre alte Kinderfrau rückte von ihr fort. »Johanna hat gesagt, dass man aus einem Raubvogel keine Friedenstaube machen kann. Ich habe ihr immer widersprochen. Aber Johanna hatte recht. Du bist ein Raubtier und du machst mir Angst, Lillith. Wie konntest du Bo einfach opfern?«

»Ich habe ihn nicht geopfert«, sagte Lillith. Bo war kein Opfer, er war ihr Einsatz gewesen beim Spiel um die Zukunft Nordlands. Aber so konnte und würde sie es Maja niemals sagen. Oder Sunna. »Er wird bald wieder frei sein. Das verspreche ich dir.

Und mehr: Ich werde dafür sorgen, dass all die Versprechen, die mein Vater dem Volk gegeben hat, endlich eingelöst werden. Es wird für alle ein besseres Leben geben.«

»Außer für Bo.«

»Auch für Bo. Noch nicht heute, auch nicht morgen, aber bald.«

Ein besseres Leben für alle.

Außer für sie selbst. Sie trauerte um Johanna. Um Majas Liebe. Um ihre Liebe zu Bo. Sie trauerte dem Moment nach, als sie die Gelegenheit gehabt hatte, mit Bo zu verschwinden, vorhin, in dem Boot auf dem unterirdischen Fleet. Sie wischte sich über die Augen.

Ihre Gefühle für Bo mussten hinter Eis. Sie durften ihre Arbeit nicht beeinflussen.

Manchmal war das Opfer eines einzelnen der einzige Weg, um das Leben aller anderen zu schützen.

Ω Die Autorin Ω

Fotografin: Susanne Dupont

Gabriele Albers ist Journalistin und Volkswirtin und veröffentlichte unter anderem bei Capital und der Financial Times Deutschland. In ihren Geschichten thematisiert sie gefährliche Entwicklungen unserer Zeit, indem sie deren Folgen in einer fiktiven Zukunft beschreibt. Ihre persönliche Zeitreisemaschine würde sie rund 500 Jahre in die Zukunft katapultieren, obwohl sie sich nicht sicher ist, dass es dann noch Menschen gibt. „Nordland" ist ihr erster Roman.

Danksagung

Ein Buch zu schreiben, ist eine einsame Angelegenheit. Dachte ich. Und dann kam Nordland.

In der Reihenfolge ihres Erscheinens:

Danke NaNoWriMo.org, danke, Hamburger Nanoaten. Ohne euch würde ich immer noch am Plot feilen.

Danke, ihr lieben Betaleser, die ihr euch durch die verschiedenen Fassungen kämpfen musstet und mir trotzdem immer das Gefühl gegeben habt: Das wird was. Danke, Andreas, Johanna, Jost, Uta (unvergessen), Uwe, Yvonne.

Danke, Ulrike, deine Meinung bedeutet mir mehr, als du ahnst.

Danke, Katharina, für die nie endende Motivation und den Exkurs zum Thema Granulation.

Danke, Stephan, fürs Augen-Öffnen. War nicht schön, aber wichtig.

Danke, liebe Textgruppe im writers' room: Anke, Annette, Heinke, Susanne – ich kann euch gar nicht sagen, wie froh ich darüber bin, Teil dieser Gruppe zu sein.

Danke, Tordis, für die Nachhilfe beim Pitch. Unbezahlbar.

Danke, Monika, für das Gespräch in Leipzig. Wie schön, dass wir jetzt Kolleginnen sind.

Danke, Susanne, für die wunderschönen Portraitfotos.

Danke, dem wunderbaren acabus-Team: Daniela, für die motivierenden Rückmeldungen, für das aufmerksame Lesen, das Finden von Fehlern und Ungenauigkeiten. Alles, was jetzt noch falsch ist, ist ganz allein meine Schuld. Annelie: Danke für das großartige Cover. Und last not least: Danke, Claudia, fürs tatkräftige Marketing und das Ausgleichen meiner Schwächen.

Danke, Detlef, für den Kontakt nach Leipzig, das war der erste Stein, der rollte.

Danke, Heiko, für den Blick ins Bismarck-Denkmal. Beeindruckende Bilder.

Danke, Jayzo, fürs Komponieren des Soundtracks und für die Ideen zum Buchtrailer.

Danke, Annamaria, für deine großartigen Nordland-Buchtrailer und dafür, dass du in dieser ganzen verrückten Schlussphase so herrlich gelassen geblieben bist. Das will ich auch mal können.

Und schließlich die wichtigste Person in meinem Leben. Danke, Boris. Du müsstest eigentlich ganz oben stehen, denn du warst es, der mir damals gesagt hat: „Mach!“ Du müsstest auch in der Mitte stehen, so oft, wie du mich aufgebaut hast, wenn ich an allem gezweifelt habe. Und am Ende, als es richtig stressig wurde, warst du es, der mir den Rücken freigehalten hat. Und das, obwohl kein einziger Flugzeugträger in der Geschichte vorkommt. Danke!

Gabriele Albers, Februar 2018

Weitere Titel im acabus Verlag

Oliver Kyr

Ascheland
Roman

ISBN: 978-3-86282-449-6
BuchVP: 15,00 EUR
216 Seiten, Paperback

Deutschland, 2023, fünf Jahre nach dem Untergang der bekannten Welt: Zacharias Brandt wandert mit seiner dreibeinigen Hyäne Else durch das postapokalyptische Mitteldeutschland. Die wenigen Überlebenden sind weit verstreut und doch kennt man ihn überall. Er ist der Kindermacher, der vermutlich einzige Mann, der noch Nachkommen zeugen kann. Der ehemalige Zoowärter ist aber kein Freund der Menschen, die er für die Verwüstung der Welt verantwortlich macht. Doch wenn er etwas bekommen will, muss er auch etwas geben.

Ist es ein Fluch oder ein Segen, dass er ihnen Hoffnung geben kann? Will er ihnen wirklich eine neue Generation schenken?

Auf seinem Weg begegnet Zacharias Menschen, die ihn in seinen Ansichten bestätigen, aber auch solchen, die ihm neue Perspektiven aufzeigen und ihrerseits Hoffnung geben. Und während er ihnen eine neue Zukunft schenkt, sieht er in seinen Träumen immer wieder ein altes, efeubewachsenes Haus. Liegt dort seine Zukunft?

Miriam Pharo

Sektion 3:Hanseapolis

Schlangenfutter

Sci-Fi

ISBN: 978-3-941404-79-3

BuchVP: 12,90 EUR

248 Seiten, Paperback

Packender Mix aus Krimi und Science-Fiction!

Die Europäische Föderation im Jahr 2066: Die einstigen blühenden Hansestädte im Norden existieren nicht mehr. Hamburg ist ein Nobelbezirk von Hanseapolis – einer Megacity mit über 20 Millionen Einwohnern –, die Lübecker Region eine riesige Industriezone. Dass die Cops 72 Stunden und mehr am Stück Dienst tun, ist keine Seltenheit. Denn Hanseapolis schläft nie.

An einem heißen Februarmorgen wird im Sumpf außerhalb der Stadt eine verstümmelte Leiche gefunden. Louann Marino, neu im Morddezernat von Hanseapolis, und ihr zynischer Partner Elias Kosloff nehmen die Ermittlungen auf. Die Spuren führen das ungleiche Paar in die stillgelegten U-Bahn-Schächte unterhalb der glitzernden Metropole. Zur selben Zeit erhält Cedric Dunn, Reporter des Yahoogle Investigation Network, kurz YIN genannt, einen heißen Tipp: Ein Informant will über Korruption und illegale Prostitution auspacken. Ein Nummernkonto aus Singapur ist der Schlüssel, doch der heimliche Zugriff auf die gesperrten Daten bleibt nicht unbemerkt. Ein Wettrennen gegen die Zeit beginnt …

Johannes Finkbeiner

Monokultur

Roman

ISBN: 978-3-86282-535-6
BuchVP: 14,00 EUR
204 Seiten, Paperback

Spätsommer in Deutschland. Andi Locher kämpft mit dem Nieselregen und versucht, die Erinnerungen an seine gescheiterte Beziehung und die Frustration über sein Dasein als Wochenend-Papa in einer losen Affäre zu ertränken. Als Übersetzer verdient er kaum genug, um seine Miete zu bezahlen. Einzig das Feierabend-Bier mit seinem Nachbarn Rachid, einem geflohenen Marokkaner, bringt ein paar Lichtblicke in seinen Alltag. Unverhofft tut sich eine große Chance auf, als die rechtspopulistische Partei Direkte Demokratie ihm einen lukrativen Auftrag anvertraut. Er soll eine Präsentation der französischen Force Nationale übersetzen. Vom Geld geködert, engagiert Andi sich für die Sache der Extremisten. Widerstandslos lässt er sich vor den Karren der Flüchtlingshasser spannen und wird in einen Strudel aus Manipulation und Bestechung gezogen, der unweigerlich in die Katastrophe führen muss. Erst als es zu spät ist, erkennt Andi seinen Fehler.

Ein gesellschaftspolitischer Roman über Schuld, Gleichgültigkeit und die leise Ahnung, dass der Nazi von heute Hawaii-Toast isst und sich IKEA-Duftkerzen aufs Sideboard stellt.